ALLAN FOLSOM

Des Teufels Kardinal

Buch

Ein schöner Junitag in Rom: Auf offener Straße wird Kardinal Rosario Parma erschossen. Vier Tage später in Los Angeles: Harry Addison, prominenter Anwalt, hört auf dem Anrufbeantworter die angstvolle Stimme seines Bruders Daniel, zu dem er vor Jahren den Kontakt abgebrochen hat. Daniel, der als Priester im Vatikan lebt, bittet ihn um Hilfe. Einen Tag später ist Daniel tot, Opfer eines Bombenattentats. Fassungslos macht sich Harry auf den Weg nach Italien, um die sterblichen Überreste seines Bruders nach Hause zu holen. In Rom wird er bereits von der Polizei erwartet. Sie verdächtigt Daniel des Mordes an dem Kardinal und ihn, Harry, der Mithilfe. Als die Polizei ihn zu der Leiche seines Bruders führt, erkennt Harry sofort, daß dies nicht Daniel sein kann. Doch niemand glaubt ihm, vor allem nicht die Polizei, die auf Drängen des Vatikans die Ermittlungen einstellen will. Stutzig geworden, beginnt Harry nachzufragen und stößt auf skrupellose Machenschaften…

Autor

Allan Folsom arbeitete als Drehbuchautor in Los Angeles, bevor ihm mit »Übermorgen« ein internationaler Bestseller gelang. Seither widmet er sich ausschließlich dem Schreiben von Romanen.

Von Allan Folsom ist bereits erschienen:

Übermorgen (36463)
Stunde der Vergeltung (36602)

Allan Folsom

Des Teufels Kardinal

Thriller

Deutsch von
Wulf Bergner

blanvalet

Die Originalausgabe erschien unter dem Titel
»Day of Confession«
bei Little, Brown & Company, Boston.

Dieser Roman ist frei erfunden.
Personen, Institutionen, Organisationen, Situationen und Weltanschauungen sind entweder das Produkt der Phantasie des Autors oder, falls sie wirklich existieren, fiktiv und nicht in der Absicht verwendet worden, ihr tatsächliches Verhalten darzustellen oder zu schildern.

Umwelthinweis:
Alle bedruckten Materialien dieses Taschenbuches sind chlorfrei und umweltschonend.

Einmalige Sonderausgabe Februar 2007 bei Blanvalet, einem Unternehmen der Verlagsgruppe Random House GmbH, München.

Umschlaggestaltung: Design Team München
Umschlagfoto: Jupiter Images/William Koechling
ES · Herstellung: WAG
Druck und Einband: GGP Media GmbH, Pößneck
Printed in Germany
ISBN 978-3-442-36681-1

www.blanvalet-verlag.de

Für Karen und Riley
und für Ellen

Die Personen der Handlung

Harry Addison

Pater Daniel Addison, Harrys jüngerer Bruder, Geistlicher im Vatikan und Privatsekretär von Kardinal Marsciano

Schwester Elena Voso, Franziskanerin und Krankenschwester

Herkules, ein kleinwüchsiger Artist

VATIKAN

Giacomo Pecci, Papst Leo XIV.

Die *uomini di fiducia*, die »Vertrauten« des Papstes:
Kardinal Umberto Palestrina
Kardinal Nicola Marsciano
Kardinal Joseph Matadi
Monsignore Fabio Capizzi
Kardinal Rosario Parma

Pater Bardoni, ein Mitarbeiter Kardinal Marscianos

VATIKANPOLIZEI

Jakow Farel, Chef der Vatikanpolizei

ITALIENISCHE POLIZEI

Otello Roscani, Kriminalbeamter
Gianni Pio, Kriminalbeamter
Scala, Kriminalbeamter
Castelletti, Kriminalbeamter

Gruppo Cardinale: die vom italienischen Innenministerium wegen der Ermordung des Kardinalvikars von Rom eingesetzte Sonderkommission

Marcello Taglia, Chefermittler der *Gruppo Cardinale*

CHINESEN

Li Wen, staatlicher Wasserkontrolleur
Yan Yeh, Präsident der Volksbank von China
Jiang Youmei, Botschafter Chinas in Italien
Zhou Yi, chinesischer Außenminister
Chen Yin, Blumenhändler
Wu Xian, Generalsekretär der Kommunistischen Partei Chinas

SONSTIGE

Thomas José Alvarez-Rios Kind, international gesuchter Terrorist
Adrianna Hall, WNN-Korrespondentin

James Eaton, Erster Sekretär des Beraters für politische Angelegenheiten an der US-Botschaft in Rom

Pierre Weggen, schweizerischer Investmentbankier
Miguel Valera, spanischer Kommunist

Prolog

Rom. Sonntag, 28. Juni

Heute nannte er sich *S* und sah Miguel Valera, dem siebenunddreißigjährigen Spanier, der hinter ihm in einem leichten, durch Drogen bewirkten Schlaf lag, täuschend ähnlich. Das Apartment, in dem sie sich befanden, war nichts Besonderes, nur zwei Zimmer mit Bad und einer winzigen Küche im vierten Stock über der Straße. Die Möbel waren billig und abgewohnt wie in den meisten wochenweise vermieteten Apartments. Die auffälligsten Möbelstücke waren das verblaßte Samtsofa, auf dem der Spanier ausgestreckt lag, und der kleine Klapptisch unter dem auf den Platz hinausführenden Fenster, an dem *S* stand und hinaussah.

Die Wohnung war also nichts Besonderes. Attraktiv war nur die Aussicht: das Grün der Piazza di San Giovanni und dahinter die imposante Basilika San Giovanni, die im Jahr 313 von Kaiser Konstantin dem Großen erbaute Kathedrale Roms und »Mutter aller Kirchen«. Heute war die Aussicht noch prachtvoller als sonst: In der Basilika zelebrierte Giacomo Pecci, Papst Leo XIV., anläßlich seines fünfundsiebzigsten Geburtstags ein Pontifikalamt. Auf dem Platz drängte sich eine gewaltige Menschenmenge, als feiere ganz Rom mit ihm.

S fuhr sich mit einer Hand durch sein schwarzgefärbtes Haar und sah zu Valera hinüber. In zehn Minuten würden dessen Augen sich wieder öffnen; in zwanzig Minuten würde er einsatzfähig sein. *S* wandte sich abrupt ab und konzentrierte sich auf den uralten Schwarzweißfernseher in der Zimmerecke. Auf dem Bildschirm war eine Liveübertragung der Messe in der Basilika zu sehen.

Der Papst im weißen Priestergewand ließ seinen Blick über die Gesichter der Gläubigen vor ihm schweifen und erwiderte deren Blicke kraftvoll, Hoffnung spendend und spirituell. Er liebte seine Gläubigen, und sie liebten ihn ihrerseits. Trotz seines Alters und seiner allmählich nachlassenden Gesundheit schien das ein wahrer Jungbrunnen für ihn zu sein.

Jetzt schwenkten die Fernsehkameras zur Seite und entdeckten in der Menge im Kirchenschiff die vertrauten Gesichter von Prominenten aus Kunst, Politik und Wissenschaft. Dann fuhren sie weiter und blieben kurz auf fünf Geistliche gerichtet, die hinter dem Pontifex maximus saßen. Es waren seine langjährigen Berater, seine *uomini di fiducia*, seine Vertrauten. Sie waren vermutlich das einflußreichste Gremium innerhalb der römisch-katholischen Kirche. Es waren:

Kardinal Umberto Palestrina, zweiundsechzig Jahre alt. Ein Waisenkind aus Neapel, das es vom Straßenjungen bis zum Außenminister des Vatikans gebracht hatte. Innerhalb der Kirche sehr beliebt und in Diplomatenkreisen hoch angesehen. Körperlich imposant: ein Zweimetermann, der hundertzwanzig Kilo wog.

Kardinal Rosario Parma, siebenundsechzig. Kardinalvikar von Rom, ein hochgewachsener, strenger, frommer Prälat aus Florenz, in dessen Kirche und Diözese die Messe zelebriert wurde.

Kardinal Joseph Matadi, siebenundfünfzig. Präfekt der Bischofskongregation. Gebürtig in Zaire, breitschultrig, jovial, weitgereist, mehrsprachig, diplomatisch gewandt.

Monsignore Fabio Capizzi, zweiundsechzig. Generaldirektor der Vatikanbank. Gebürtiger Mailänder, Oxford- und Yale-Absolvent, Selfmademan und Millionär, bevor er mit dreißig ins Priesterseminar eingetreten war.

Kardinal Nicola Marsciano, sechzig. Ältester Sohn eines toskanischen Bauern, Studium in Zürich und Rom, Verwaltungspräsident des Patrimoniums des Heiligen Stuhls. In dieser Funktion für die Überwachung aller Investitionen des Vatikans zuständig.

S schaltete mit seiner behandschuhten Hand den Fernseher aus und trat wieder an den Klapptisch vor dem Fenster. Hinter ihm hustete Miguel Valera und bewegte sich auf dem Sofa. Nach einem Blick zu ihm hinüber sah *S* erneut aus dem Fenster. Die Polizei hatte Absperrungen errichtet, um die Menge von dem gepflasterten Bereich vor der Basilika fernzuhalten, und auf beiden Seiten des Bronzeportals zogen nun berittene Polizisten auf. Links hinter ihnen, außer Sichtweite der Menge, sah *S* ein Dutzend dunkelblaue

Kastenwagen stehen. Vor ihnen war ein Kontingent Bereitschaftspolizei aufmarschiert – ebenfalls außer Sicht, aber im Bedarfsfall einsatzbereit. Vier schwarze Mercedes, neutrale Dienstwagen der Polizeieinheit, die den Papst und seine Kardinäle außerhalb des Vatikans zu schützen hatte, fuhren jetzt an den zum Portal hinaufführenden Stufen vor, um den Papst und die Kardinäle in den Vatikan zurückzubringen.

Plötzlich wurden die Flügel des Bronzeportals aufgestoßen, und aus der Menge stieg ein Schrei auf. Gleichzeitig schienen alle Kirchenglocken Roms zu läuten. Sekundenlang geschah nichts. Dann hörte *S* einen weiteren Aufschrei, der das Glockenläuten übertönte, als der Papst erschien. Seine weiße Robe hob sich deutlich von den roten Gewändern der ihm folgenden Kardinäle ab. Eng abgeschirmt wurde die kleine Gruppe von Sicherheitsbeamten, die ohne Ausnahme schwarze Anzüge und Sonnenbrillen trugen.

Valera ächzte, seine Lider zuckten, und er versuchte, sich auf die Seite zu wälzen. *S* sah wieder zu ihm hinüber, aber nur für einen Augenblick. Dann drehte er sich wieder um und hob einen in ein Badetuch gehüllten Gegenstand aus dem Schatten neben dem Fenster. Er legte ihn auf den Klapptisch, zog das Handtuch weg und sah durch das Zielfernrohr des finnischen Scharfschützengewehrs. Sofort hatte er die Basilika hundertfach vergrößert vor sich. Im nächsten Augenblick trat Kardinal Palestrina ins Fadenkreuz, dessen Schnittpunkt genau über Palestrinas breitem Grinsen lag. *S* holte Luft, hielt den Atem an und ließ seinen behandschuhten Finger leicht den Abzug berühren.

Palestrina trat abrupt zur Seite, und das Fadenkreuz lag nun genau über Kardinal Marscianos Brust. *S* hört Valera hinter sich grunzen. Er ignorierte ihn und schwenkte den Gewehrlauf durch ein Meer aus Kardinalspurpur nach links, bis er den weißgekleideten Leo XIV. im Zielfernrohr hatte. Nur Bruchteile einer Sekunde später lag das Fadenkreuz in Leos Stirnmitte dicht über dem Nasensattel.

Hinter ihm schrie Valera auf. *S* kümmerte sich nicht darum. Sein Finger nahm Druckpunkt am Abzug, als der Papst weiterging, an einem der Sicherheitsbeamten vorbei, in die Menge lächelnd und winkend. Dann schwenkte *S* das Gewehr nach rechts zurück, bis das Fadenkreuz genau auf der Brust von Rosario Parma, dem Kardinalvikar von Rom, lag. *S* blieb völlig kalt, als er dreimal rasch nacheinander abdrückte, den Raum von donnernden Schüssen erzittern ließ und zweihundert Meter entfernt Leo XIV. und sein Gefolge mit dem Blut eines päpstlichen Vertrauten bespritzte.

1

Los Angeles. Donnerstag, 2. Juli, 21 Uhr

In der Stimme auf dem Anrufbeantworter schwang unüberhörbar Angst mit.

»Harry, ich bin's – dein Bruder Danny ... Ich wollte dich nicht so überfallen ... nach so langer Zeit ... Aber ich ... ich habe sonst keinen, mit dem ich reden könnte ... Ich hab' Angst, Harry ... Ich weiß nicht, was ich tun soll ... oder was als nächstes passieren wird. Gott steh mir bei! Nimm bitte ab, wenn du zu Hause bist! ... Harry, bist du da? ... Anscheinend nicht ... Ich versuch's später noch mal.«

»Verdammt!«

Harry Addison legte sein Autotelefon auf, behielt die Hand darauf, nahm erneut ab und drückte die Wiederwahltaste. Er hörte die digitalen Töne, als das Telefon die Nummer automatisch anwählte. Nach kurzer Pause folgte der gemessene doppelte Summton des italienischen Telefonsystems, das die Verbindung herzustellen versuchte.

»Komm schon, Danny, melde dich!«

Nach dem zwölften Leerzeichen legte Harry das Autotelefon in die Halterung zurück. Die Scheinwerfer des Gegenverkehrs tanzten hypnotisierend über sein Gesicht, bis er fast nicht mehr wußte, wo er war: in seiner Limousine, mit seinem Chauffeur in rasender Fahrt zum Flughafen unterwegs, um die Nachtmaschine um zweiundzwanzig Uhr nach New York zu erreichen.

In Los Angeles war es einundzwanzig Uhr, sechs Uhr morgens in Rom. Wo konnte ein Priester um diese Zeit sein? In der Frühmesse? Vielleicht war er dort; vielleicht meldete er sich deshalb nicht.

Harry, ich bin's, dein Bruder Danny. Ich hab' Angst. Ich weiß nicht, was ich tun soll. Gott steh mir bei!

»Verdammt!« Harry fühlte Hilflosigkeit und zugleich panische

Angst. Sie hatten seit Jahren kein Wort und keine Zeile mehr gewechselt, und plötzlich war Dannys Stimme zwischen vielen anderen auf dem Anrufbeantworter. Und nicht nur seine Stimme, sondern die eines Mannes, der in ernsthaften Schwierigkeiten steckte.

Harry hatte ein Rascheln gehört, als habe Danny bereits auflegen wollen; dann hatte sein Bruder jedoch weitergesprochen, seine Telefonnummer angegeben und Harry gebeten, ihn zurückzurufen, falls er bald heimkomme. Für Harry war »bald« vorhin gewesen, als er seinen privaten Anrufbeantworter per Fernabfrage abgehört hatte. Aber Dannys Anruf war schon vor zwei Stunden eingegangen, kurz nach neunzehn Uhr hiesiger Zeit, also kurz nach vier Uhr morgens in Rom. Was hatte Danny um diese Tageszeit mit »bald« gemeint?

Harry griff erneut nach dem Telefon, um sein Anwaltsbüro in Beverly Hills anzurufen.

»Joyce, hier ist Harry. Ist Byron da?«

»Er ist eben weggefahren, Mr. Addison. Soll ich versuchen, ihn im Auto zu erreichen?«

»Bitte.«

Harry hörte das Rauschen atmosphärischer Störungen, als Byron Willis' Sekretärin versuchte, ihn mit Byrons Autotelefon zu verbinden.

»Tut mir leid, er meldet sich nicht. Er hat irgend etwas von einer Einladung zum Dinner gesagt. Soll ich eine Nachricht bei ihm zu Hause hinterlassen?«

Die Scheinwerfer verschwammen. Nicht gleich aufregen, ermahnte er sich. Danny kann in der Frühmesse oder bei der Arbeit oder auf einem Spaziergang sein. Fang nicht an, dich selbst oder andere Leute verrückt zu machen, bevor du weißt, was überhaupt los ist.

»Nein, schon gut. Ich bin nach New York unterwegs. Ich rufe ihn morgen früh an. Danke.«

Harry wollte auflegen, zögerte jedoch und wählte nochmals Rom an. Er hörte wieder die digitalen Töne, eine kurze Pause und den jetzt schon vertrauten italienischen Wählton. Danny meldete sich noch immer nicht.

2

Italien. Freitag, 3. Juli, 10.20 Uhr

Pater Daniel Addison döste auf seinem Fensterplatz im rückwärtigen Teil des Touristenbusses und konzentrierte seine Wahrnehmungen bewußt auf das leise Heulen des Dieselmotors und das Summen der Reifen, während er auf der Autostrada nach Norden in Richtung Assisi unterwegs war.

Er trug Zivilkleidung. Seine Priesterkleidung und einige Toilettenartikel waren in einer kleinen Reisetasche, die in dem Gepäckfach über seinem Sitz verstaut war, und er hatte seine Brille und seine Ausweispapiere in der Innentasche seiner Windjacke stecken, die er zu Jeans und einem Hemd mit kurzen Ärmeln trug. Pater Daniel war dreiunddreißig und sah wie ein Doktorand, wie ein gewöhnlicher, alleinreisender Tourist aus. Und so wollte er aussehen.

Als in den Vatikan abgeordneter amerikanischer Geistlicher lebte er seit sieben Jahren in Rom und fuhr schon fast ebenso lange nach Assisi. Mehr als jeder andere Ort, an dem er je gewesen war, gab diese alte Stadt in den Hügeln Umbriens, der Geburtsort eines bescheidenen Priesters, der ein Heiliger geworden war, Daniel ein Gefühl von Reinheit und Gnade, das ihn seine eigene spirituelle Reise besser begreifen ließ. Aber jetzt war diese Reise unterbrochen, sein Glaube beinahe zerstört. Verwirrung, Sorgen und Angst überlagerten alles. Halbwegs bei Vernunft zu bleiben, erforderte eine gewaltige psychologische Anstrengung. Trotzdem saß er jetzt in diesem Bus und fuhr hin. Aber ohne die geringste Vorstellung davon, was er tun oder sagen würde, wenn er dort ankam.

Die etwa zwanzig Fahrgäste vor ihm unterhielten sich, lasen oder ruhten sich wie er aus, während sie die Kühle in dem klimatisierten Bus genossen. Draußen ließ die Sommerhitze die Luft über der Landschaft flirren, ließ die Feldfrüchte reifen, machte die Trauben süß und nagte unmerklich an den wenigen alten Wällen und Burgen, die es hier noch gab und die in der Ferne zu sehen waren.

Pater Daniel ließ sich treiben und dachte an Harry und die Nachricht, die er ihm in der Stunde kurz vor Tagesanbruch auf seinem

Anrufbeantworter hinterlassen hatte. Er fragte sich, ob Harry seine Nachricht überhaupt schon abgehört hatte. Oder ob er sie zwar gehört hatte, aber verärgert gewesen war und absichtlich nicht zurückgerufen hatte. Das hatte er bewußt riskiert. Harry und er hatten seit ihrer Jugend kein gutes Verhältnis zueinander. Seit acht Jahren hatten sie nicht mehr miteinander telefoniert, sich seit zehn Jahren nicht mehr gesehen. Und auch damals war das Wiedersehen nur kurz gewesen, als sie beide zum Begräbnis ihrer Mutter nach Maine zurückgekommen waren. Harry war damals sechsundzwanzig Jahre alt gewesen, Danny dreiundzwanzig. Also konnte man logischerweise annehmen, Harry habe seinen jüngeren Bruder schon längst abgeschrieben und schere sich den Teufel um ihn.

Aber in diesem Augenblick hatte es keine Rolle gespielt, was Harry dachte oder was sie einander entfremdet hatte. Danny wollte nur Harrys Stimme hören, ihn irgendwie berühren und ihn um seine Hilfe bitten. Er hatte ihn aus Angst wie aus Liebe angerufen und weil er sonst keinen Menschen kannte, an den er sich hätte wenden können. Er war in einem Teufelskreis gefangen, aus dem es kein Entrinnen gab und der nur noch grausiger und schrecklicher werden konnte. Deshalb war er sich über die durchaus bestehende Möglichkeit im klaren, daß er zu Tode kam, ohne noch einmal mit seinem Bruder gesprochen zu haben.

Eine Bewegung im Mittelgang vor ihm riß ihn aus seinen trübseligen Gedanken. Ein Mann kam auf ihn zu. Er war Anfang Vierzig, bartlos und trug zu einer Khakihose ein leichtes Sportsakko. Dieser Mann war in Rom im letzten Augenblick zugestiegen, als der Bus schon abfahren wollte. Pater Daniel glaubte einen Augenblick lang, er werde an ihm vorbei und auf die Toilette im Heck des Busses gehen, aber der Mann blieb neben ihm stehen.

»Sie sind Amerikaner, nicht wahr?« fragte er mit englischem Akzent.

Pater Daniel sah an ihm vorbei nach vorn. Die anderen Fahrgäste verhielten sich wie zuvor; sie sahen nach draußen, redeten miteinander oder entspannten sich. Die nächsten waren ein halbes Dutzend Sitzreihen entfernt.

»Ja.«

»Hab' ich mir gedacht.« Der Mann grinste breit. Er wirkte

freundlich, sogar jovial. »Mein Name ist Livermore. Ich bin Engländer, falls Sie's nicht gemerkt haben sollten. Darf ich mich zu Ihnen setzen?« Ohne die Antwort abzuwarten, glitt er auf den Sitz neben Pater Daniel.

»Ich bin Bauingenieur. Auf Urlaub hier. Vierzehn Tage in Italien. Nächstes Jahr sind die Staaten dran. Bin noch nie drüben gewesen. Also frage ich alle Yankees, die ich sehe, was man sich drüben ansehen sollte.« Er war redselig, sogar ein bißchen aufdringlich, aber dabei nicht unfreundlich. Es schien einfach seine Art zu sein. »Darf ich fragen, aus welcher Gegend Sie stammen?«

»Maine.« Irgendwas stimmte hier nicht, aber Pater Daniel hatte keinen bestimmten Verdacht.

»Auf der Karte wäre das ein Stück oberhalb von New York, ja?«

»Ein ziemliches Stück.« Pater Daniel sah nochmals nach vorn. Bei den Fahrgästen keine Änderung: Alle waren mit sich selbst beschäftigt, keiner drehte sich nach ihnen um. Als er wieder zu Livermore hinübersah, ertappte er den dabei, wie er sich für den Notausstieg in der Sitzreihe vor ihnen interessierte.

»Sie leben in Rom?« Livermore lächelte freundlich.

Warum hatte der Mann sich den Notausstieg angesehen? Was wollte er? »Sie haben gefragt, ob ich Amerikaner bin. Wie kommen Sie darauf, daß ich in Rom leben könnte?«

»Ich bin ein paarmal dort gewesen. Sie sind mir irgendwie bekannt vorgekommen, das ist alles.« Livermores rechte Hand lag in seinem Schoß, seine linke war außer Sicht. »Was machen Sie beruflich?«

Das Gespräch sollte harmlos sein, aber das war es durchaus nicht. »Ich bin Schriftsteller ...«

»Was schreiben Sie?«

»Für amerikanische Fernsehsender ...«

»Nein, das tun Sie nicht.« Livermores Benehmen veränderte sich schlagartig. Sein Blick wurde scharf, und er lehnte sich gegen Pater Daniel. »Sie sind Geistlicher.«

»Was?«

»Sie sind Geistlicher, habe ich gesagt. Sie arbeiten im Vatikan. Ihr Chef ist Kardinal Marsciano.«

Pater Daniel starrte ihn an. »Wer sind Sie?«

Livermore hob die linke Hand. In ihr hielt er eine kleine Pistole mit aufgesetztem Schalldämpfer. »Ihr Terminator.«

In diesem Augenblick sprang eine unter dem Bus angebrachte Digitalschaltuhr auf 00:00 Uhr zurück. Sekundenbruchteile später gab es eine schmetternde Detonation. Fenster wurden nach außen gedrückt, Bussitze und menschliche Körper flogen durch die Luft. Der Bus schleuderte nach rechts und rammte einen weißen Ford gegen die Leitplanke. Von dort prallte er wieder ab und raste als heulender, schleudernder, zwanzig Tonnen schwerer Feuerball aus brennendem Stahl und Gummi quer über die anderen Fahrbahnen. Er erfaßte einen silbergrauen Lancia und schob ihn vor sich her durch die Mittelleitplanke, genau vor einen entgegenkommenden Tanklastzug. Der Tankzugfahrer reagierte blitzschnell: Er bremste mit aller Kraft und riß sein Lenkrad herum. Mit blockierenden Rädern und kreischenden Reifen stellte das schwere Fahrzeug sich fast quer, ließ den Lancia wie eine Billardkugel von dem Bus abprallen und rammte den brennenden Bus von der Autostrada und einen Steilhang hinunter. Der Bus hielt sich noch eine Sekunde lang auf zwei Rädern gekippt, dann überschlug er sich und verstreute seine Fahrgäste, viele von ihnen verstümmelt und in Flammen, in der Sommerlandschaft. Fünfzig Meter tiefer kam er zum Stillstand und entzündete das trockene Gras um sich herum mit lautem Knistern.

Sekunden später explodierte der Treibstofftank und ließ Flammen und Rauch in einer röhrenden Feuersäule aufsteigen, die weiterwütete, bis zuletzt nichts mehr übrig war als ein verkohltes, ausgebranntes Wrack, aus dem unbedeutende kleine Rauchfäden aufstiegen.

3

Delta Airlines Flug 148 New York–Rom.
Montag, 6. Juli, 7.30 Uhr

Danny war tot, und Harry war nach Rom unterwegs, um den Leichnam seines Bruders zur Beisetzung nach Amerika zurückzubringen. Die letzte Stunde des Flugs war wie ein Traum gewesen. Harry hatte beobachtet, wie die Morgensonne die Alpengipfel vergoldete. Er hatte sie auf dem Weg des Tyrrhenischen Meers glitzern gesehen, als ihre Maschine in weitem Bogen tiefergegangen war, um den römischen Flughafen Leonardo da Vinci in Fiumicino über italienische Felder hinweg anzufliegen.

Harry, ich bin's, dein Bruder Danny...

Er hörte immer nur Dannys Stimme auf seinem Anrufbeantworter. Sie erklang wieder und wieder in seinem Kopf, als laufe darin ein Tonband mit Endlosschleife. Ängstlich, verzweifelt und jetzt verstummt.

Harry, ich bin's, dein Bruder Danny...

Harry schüttelte dankend den Kopf, als die attraktive Stewardeß ihm lächelnd Kaffee nachschenken wollte, lehnte sich in seinen Luxussessel in der ersten Klasse zurück, schloß die Augen und rief sich erneut ins Gedächtnis zurück, was seither passiert war.

Auf seinem Flug nach New York hatte er noch zweimal versucht, Danny anzurufen, dann nochmals, als er im Hotel angekommen war. Zunehmend besorgt, hatte er schließlich den Vatikan direkt angerufen, weil er hoffte, Danny werde dort an seinem Arbeitsplatz sein. Nachdem er von einer Abteilung zur anderen weiter verbunden worden war und mit Leuten geredet hatte, die gebrochenes Englisch, nur Italienisch oder eine Mischung aus Englisch und Italienisch sprachen, hatte er die Auskunft erhalten, Pater Daniel sei »bis Montag nicht da«.

Für Harry bedeutete das, daß sein Bruder übers Wochenende weggefahren sein mußte. Unabhängig von seinem augenblicklichen Geisteszustand war das ein legitimer Grund dafür, daß Danny sich nicht am Telefon meldete. Harry hinterließ auf seinem Anrufbeantworter daheim in Kalifornien die Telefonnummer seines New Yorker Hotels, damit Danny ihn dort erreichen konnte, falls er wie versprochen bald wieder anrief.

Und dann stürzte Harry sich mit gewisser Erleichterung in die Angelegenheit, derentwegen er nach New York gekommen war: eine letzte Besprechung mit den Verleih- und Vertriebschefs von Warner Brothers wegen des für den 4. Juli vorgesehenen Starts von *Dog on the Moon*, Warners Hauptfilm für diesen Sommer. Der

Film erzählte die Geschichte eines bei einem NASA-Experiment versehentlich auf dem Mond zurückgelassenen Hundes und eines Little-League-Baseballteams, das davon erfährt und eine Möglichkeit findet, den Hund zurückzuholen. Drehbuchautor und Regisseur des neuen Films war Harrys vierundzwanzigjähriger Mandant Jesus Arroyo.

Harry Addison, ledig und attraktiv genug, um ein Filmstar sein zu können, war nicht nur einer der begehrtesten Junggesellen der Unterhaltungsbranche, sondern auch einer ihrer erfolgreichsten Rechtsanwälte. Seine Anwaltsfirma vertrat die Creme der millionenschweren Hollywoodtalente. Seine eigenen Mandanten hatten Hauptrollen in einigen der ertragreichsten Filme und Fernsehserien der letzten fünf Jahre gespielt oder sie entscheidend gestaltet. Seine Freunde kannte ganz Amerika von den Titelseiten nationaler Nachrichtenmagazine.

Wie das täglich erscheinende Hollywooder Fachblatt *Variety* vor kurzem geschrieben hatte, verdankte Harry seinen Erfolg »einer Kombination aus Intelligenz, harter Arbeit und einer Haltung, die sich auffällig von den verbissen konkurrierenden jungen Kriegeragenten und -anwälten unterscheidet, für die der ›Deal‹ alles ist und deren Einstellung sich mit ›Gefangene werden nicht gemacht‹ beschreiben läßt. Mit seinem Ivy-League-Haarschnitt und in dem für ihn typischen weißen Hemd zu einem dunkelblauen Armani-Anzug vertritt Harry Addison die Ansicht, daß es für jeden am besten ist, wenn alle möglichst wenig bluten müssen. Deshalb klappen seine Deals, lieben ihn seine Mandanten und achten ihn die Film- und Fernsehgesellschaften, so daß er eine Million Dollar im Jahr verdient«.

Aber was bedeutete das jetzt noch? Der Tod seines Bruders überschattete alles. Harry konnte nur noch daran denken, was er vielleicht hätte tun sollen, um ihm zu helfen. Die US-Botschaft in Rom oder die römische Polizei anrufen, damit sie jemanden zu ihm schickte? Er wußte nicht mal, wo Danny wohnte. Darum hatte er Byron Willis, seinen Boß, Mentor und besten Freund, anrufen wollen, sobald er Dannys Anruf erhalten hatte. »Wen kennen wir in Rom, der da helfen kann?« hatte er ihn fragen wollen. Aber Byron war nicht zu erreichen gewesen. Könnte Danny noch leben, wenn sie jemanden in Rom gefunden hätten? Vermutlich nicht, weil dieser Versuch zu spät gekommen wäre.

Wie hatte er im Lauf der Jahre versucht, Verbindung mit Danny zu halten? Mit förmlichen Weihnachts- und Geburtstagskarten, die sie nach dem Tod ihrer Mutter einige Zeit lang ausgetauscht hatten. Dann ein Fest übersehen, dann noch eines. Schließlich gar keine Karten mehr. Und Harry, der mit seinem Leben und seiner Karriere beschäftigt war, hatte nichts mehr unternommen und sich mit diesem Zustand abgefunden. Feindliche Brüder, zwischen denen Welten lagen, immer liegen würden. Vielleicht hatte jeder von ihnen sich in ruhigen Augenblicken gefragt, ob er nicht die Initiative ergreifen und eine Möglichkeit finden sollte, sie wieder zusammenzuführen. Aber keiner von ihnen hatte es getan.

Und am Samstag abend, als er bei Warner Brothers in New York den triumphalen Start ihres Kassenschlagers *Dog on the Moon* mitgefeiert hatte – neunzehn Millionen Dollar in den Kinokassen, was auf das Wochenende hochgerechnet achtunddreißig bis zweiundvierzig Millionen Dollar ergab –, hatte Byron Willis aus Los Angeles angerufen. Die katholische Erzdiözese hatte versucht, Harry zu erreichen, wollte aber keine Nachricht für ihn im Hotel hinterlassen. Über sein Büro war sie dann auf Willis gestoßen, und Byron hatte es übernommen, Harry anzurufen. Danny sei tot, hatte er ruhig gesagt. Auf der Fahrt nach Assisi bei einem anscheinend von Terroristen verübten Bombenanschlag auf einen Touristenbus umgekommen.

In dem dadurch ausgelösten Gefühlsaufruhr war Harry nicht wie vorgesehen nach L. A. zurückgeflogen, sondern hatte für Sonntag abend einen Flug nach Italien gebucht. Er würde hinfliegen und Danny selbst heimbringen. Das war der letzte und einzige Dienst, den er ihm noch erweisen konnte.

Am Sonntag morgen hatte Harry dann das Außenministerium in Washington angerufen und darum gebeten, die US-Botschaft in Rom solle ihm die Möglichkeit zu einem Gespräch mit den mit dem Bombenanschlag befaßten Ermittlern verschaffen. Danny war ängstlich und verzweifelt gewesen; vielleicht konnten seine Äußerungen etwas Licht auf die Ereignisse werfen oder sogar auf die Spur der Täter führen.

Unter sich hörte Harry nun das mahlende Geräusch, mit dem das Fahrwerk ausgefahren wurde. Als er wieder nach draußen sah, war die Landebahn schon in Sicht, und die italienische Landschaft flitzte an ihm vorbei. Weite Felder, Wassergräben, noch mehr weite Felder. Dann ein Rumpeln, und sie waren gelandet. Die Maschine wurde langsamer, bog von der Landebahn ab und rollte zu den langen, niedrigen, in der Sonne liegenden Gebäuden des Flughafens Leonardo da Vinci zurück. Die uniformierte Beamtin an der Paßkontrolle bat ihn, einen Augenblick zu warten, und nahm den Telefonhörer ab. Während er wartete, sah Harry sein Spiegelbild in der Glasscheibe. Auch heute trug er, wie in *Variety* beschrieben, einen dunkelblauen Armani-Anzug mit weißem Hemd. In seinem Koffer hatte er noch einen Anzug mit Hemd, einen leichten Pullover, ein Polohemd, Jeans, einen Jogginganzug und Laufschuhe. Es war das Gepäck, mit dem er nach New York gereist war.

Die Beamtin legte auf und sah Harry an. Im nächsten Augenblick tauchten zwei Polizeibeamte auf. Einer von ihnen trat an den Schalter und blätterte in Harrys Reisepaß; dann sah er zu Harry hinüber und winkte ihn zu sich.

»Kommen Sie bitte mit?«

»Selbstverständlich.«

Als sie sich in Bewegung setzten, fiel Harry auf, daß der erste Polizeibeamte seine Uzi etwas nach vorn nahm und mit der rechten Hand ihren Griff umfaßte. Schon nach wenigen Metern schlossen sich ihnen zwei weitere Polizeibeamte an, um Harry durch das Terminal zu eskortieren. Andere Flugreisende machten ihnen hastig Platz und blieben dann stehen, um sich neugierig nach der kleinen Gruppe umzusehen.

Auf der anderen Seite des Terminals machten sie vor einer Sicherheitstür halt. Einer der Polizeibeamten gab auf dem verchromten Tastenfeld im Türrahmen einen Zahlencode ein, ein Summer ertönte, und der Beamte drückte die Tür auf. Sie gingen eine Treppe hinauf und betraten einen fensterlosen Raum, in dem zwei Männer in Anzügen auf sie warteten. Harrys Paß wurde einem der Männer übergeben; dann gingen die Uniformierten und schlossen die Tür hinter sich.

»Sie sind Harry Addison?«

»Ja.«

»Der Bruder des Vatikanpriesters Pater Daniel Addison?«

Harry nickte. »Danke, daß Sie mich abgeholt haben.«

Der Mann, der seinen Reisepaß in der Hand hielt, war Mitte Vierzig, groß, braungebrannt und wirkte sehr fit. Sein Englisch war akzentgefärbt, aber gut verständlich. Der zweite Mann war etwas älter, fast ebenso groß, aber schlanker und bereits graumeliert.

»Ich bin Ispettore Capo Otello Roscani, Polizia di Stato. Das hier ist Ispettore Capo Pio.«

»Freut mich, Sie kennenzulernen.«

»Warum sind Sie nach Italien gekommen, Mr. Addison?«

Diese Frage verblüffte Harry. Sie wußten, weshalb er hier war, sonst hätten sie ihn nicht abgeholt. »Um den Leichnam meines Bruders heimzuholen... Und mit den Ermittlern zu reden.«

»Wann haben Sie geplant, nach Rom zu kommen?«

»Das ist nie geplant gewesen.«

»Beantworten Sie bitte meine Frage.«

»Samstag abend.«

»Nicht schon vorher?«

»Vorher? Nein, natürlich nicht.«

»Sie haben Flug und Hotel selbst gebucht?« Das waren Pios erste Worte. Sein amerikanisch gefärbtes Englisch war nahezu akzentfrei, als sei er selbst Amerikaner oder habe lange in den Vereinigten Staaten gelebt.

»Ja.«

»Vorgestern?«

»Samstag abend. Das habe ich Ihnen schon gesagt.« Harry sah von einem zum anderen. »Ich verstehe Ihre Fragen nicht. Sie haben gewußt, daß ich komme. Ich habe unsere Botschaft gebeten, einen Gesprächstermin mit Ihnen zu vereinbaren.«

Roscani ließ Harrys Reisepaß in seine Jackentasche gleiten. »Wir möchten Sie bitten, mit uns auf das Präsidium zu kommen, Mr. Addison.«

»Wir können auch gleich hier miteinander reden. Viel zu erzählen habe ich ohnehin nicht.« Irgend etwas stimmte hier nicht.

»Vielleicht sollten Sie das uns entscheiden lassen, Mr. Addison.«

Harry sah nochmals von einem zum anderen. »Was geht hier vor? Was verschweigen Sie mir?«

»Wir möchten uns nur eingehender mit Ihnen unterhalten, Mr. Addison.«

»Worüber?«

»Über die Ermordung des Kardinalvikars von Rom.«

4

Sie stellten Harrys Gepäck in den Kofferraum und fuhren eine Dreiviertelstunde lang schweigend nach Rom hinein, ohne einen Blick oder ein Wort mit ihm zu wechseln.

Die Questura, das römische Polizeipräsidium, war ein altes, vierstöckiges Gebäude aus Sandstein und Granit in der Via di San Vitale, einer schmalen Pflasterstraße, die im Stadtzentrum von der Via Nazionale abzweigte. Zum Haupteingang ging es unter einem Torbogen hindurch, der von bewaffneten Polizeibeamten bewacht und mit Überwachungskameras gesichert war. Die Uniformierten grüßten, als Pio mit dem Dientwagen unter dem großen Torbogen hindurch auf den Innenhof fuhr.

Pio stieg als erster aus und führte sie in das Gebäude und an einem Glaskasten vorbei, in dem zwei Uniformierte nicht nur den Eingang, sondern auch eine Reihe von Videomonitoren überwachten. Dann gingen sie einen hellerleuchteten Korridor entlang zum Aufzug.

Während sie nach oben fuhren, sah Harry die beiden Männer an, bevor er den Kabinenboden musterte. Die Fahrt vom Flughafen in die Stadt hatte er nur undeutlich wahrgenommen, und das Schweigen seiner Begleiter hatte alles noch schlimmer gemacht. Aber er hatte unterwegs Zeit gehabt, sich in Ruhe zu überlegen, was hier vorging und warum er so empfangen worden war.

Harry wußte, daß der Kardinalvikar von Rom vor acht Tagen von einem Attentäter ermordet worden war. Der Mörder hatte aus dem Fenster einer Wohnung geschossen, und es war ein Verbrechen, das nach amerikanischen Maßstäben einem Anschlag auf den Präsidenten oder eine ausgesprochene Berühmtheit gleichkam. Harrys Wissen darüber beschränkte sich jedoch auf das, was er im

Fernsehen mitbekommen oder in der Zeitung überflogen hatte, nicht anders als Millionen seiner Landsleute. Daß Danny wenig später bei einem Bombenanschlag auf einen Bus umgekommen war, mußte die Polizei logischerweise interessieren. Vor allem wegen des Tenors von Dannys Anruf bei Harry. Er war ein Vatikanpriester gewesen; der ermordete Kardinal hatte innerhalb der Kirche eine wichtige Rolle gespielt. Und die Polizei versuchte herauszubekommen, ob es eine Verbindung zwischen dem Mörder des Kardinals und den Busattentätern gab. Vielleicht existierte sogar eine. Aber was sollte Harry darüber wissen?

5

»Wann sind Sie Mitglied der kommunistischen Partei geworden, Mr. Addison?« Roscani, der einen Notizblock neben sich liegen hatte, beugte sich leicht nach vorn.

»Der kommunistischen Partei?«

»Ja.«

»Ich bin kein Mitglied der kommunistischen Partei.«

»Wie lange hat Ihr Bruder ihr angehört?«

»Ich habe nie gewußt, daß er dort Mitglied ist.«

»Sie leugnen also, daß er ein Kommunist gewesen ist?«

»Ich leugne überhaupt nichts. Aber als Geistlicher wäre er exkommuniziert worden.«

Harry wollte seinen Ohren nicht trauen. Was sollte dieser Unsinn? Vor ihm standen zwei Schreibtische in rechtem Winkel zueinander. An dem einen saß Roscani, der ein gerahmtes Foto von seiner Frau und seinen drei halbwüchsigen Söhnen neben einem Computer stehen hatte, auf dem eine unglaubliche Anzahl grellbunter Icons leuchtete. An dem anderen saß eine attraktive Frau mit roter Mahne und gab alles, was sie sagten, in einen weiteren Computer ein. Das Klappern der Tastatur unter ihren Fingern hob sich als dumpfes Stakkato von dem asthmatischen Keuchen des in die Jahre gekommenen Klimageräts unter dem einzigen Fenster ab, neben dem Pio stand: an die Wand gelehnt, die Arme verschränkt, mit ausdrucksloser Miene.

Roscani zündete sich eine Zigarette an. »Erzählen Sie mir von Miguel Valera.«

»Ich kenne keinen Miguel Valera.«

»Er ist ein guter Freund Ihres Bruders gewesen.«

»Ich weiß nicht, wer die Freunde meines Bruders gewesen sind.«

»Er hat also nie über Miguel Valera gesprochen?« Roscani machte sich auf seinem Block eine Notiz.

»Nicht mir gegenüber.«

»Wissen Sie das bestimmt?«

»Hören Sie, mein Bruder und ich haben kein enges Verhältnis zueinander gehabt. Wir hatten lange nicht mehr miteinander gesprochen.«

Roscani starrte ihn sekundenlang an. Dann wandte er sich seinem Computer zu und tippte etwas ein. Als die gewünschte Information auf dem Bildschirm erschien, sah er wieder zu Harry hinüber.

»Ihre Telefonnummer ist 310-555-1719?«

»Richtig.« Harry wurde schlagartig mißtrauisch. Seine Privatnummer stand nicht im Telefonbuch. Die Polizei konnte sie trotzdem herausbekommen, das wußte er. Aber wozu?

»Ihr Bruder hat Sie letzten Freitag um vier Uhr sechzehn hiesiger Zeit angerufen.«

Das war es also. Sie hatten eine Liste von Dannys Telefongesprächen.

»Ja, das hat er getan. Aber ich bin nicht zu Hause gewesen. Er hat eine Nachricht auf meinem Anrufbeantworter hinterlassen.«

»Was hat er gesagt?«

Harry schlug die Beine übereinander und sah dann zu Roscani hinüber. »Darüber wollte ich von Anfang an mit Ihnen reden.«

Roscani äußerte sich nicht dazu. Er wartete nur darauf, daß Harry weitersprach.

»Er hat Angst gehabt. Er hat gesagt, er wisse nicht, was er tun solle oder was als nächstes passieren werde.«

»Was hat er mit ›als nächstes passieren‹ gemeint?«

»Das weiß ich nicht. Das hat er nicht gesagt.«

»Was hat er sonst noch gesagt?«

»Er hat sich für den unerwarteten Anruf entschuldigt. Und er hat gesagt, er würde versuchen, noch mal anzurufen.«

»Hat er das getan?«

»Nein.«

»Wovor hat er Angst gehabt?«

»Das weiß ich nicht. Jedenfalls ist es schlimm genug gewesen, um ihn dazu zu bringen, mich nach acht Jahren erstmals wieder anzurufen.«

»Sie hatten acht Jahre nicht mehr miteinander geredet?«

Harry nickte.

Roscani und Pio wechselten einen Blick.

»Wann haben Sie ihn zuletzt gesehen?«

»Bei der Beerdigung unserer Mutter. Vor zehn Jahren.«

»Sie haben jahrelang nicht mehr mit Ihrem Bruder gesprochen, dann ruft er sie an, und wenig später ist er tot?«

»Richtig.«

»Gibt es einen bestimmten Grund für die Entfremdung zwischen Ihnen und Ihrem Bruder?«

»Einen bestimmten Anlaß? Nein. Manche Dinge bilden sich einfach im Lauf der Jahre heraus.«

»Wieso hat er jetzt gerade Sie angerufen?«

»Er hat gesagt, er habe sonst niemanden, mit dem er reden könne.«

Roscani und Pio wechselten erneut einen Blick.

»Wir würden gern die Nachricht auf Ihrem Anrufbeantworter hören.«

»Ich habe sie gelöscht.«

»Warum?«

»Weil das Tonband voll war. Es hätte keine weiteren Anrufe aufzeichnen können.«

»Dann gibt es also keinen Beweis für die angebliche Nachricht. Oder dafür, daß Sie oder jemand in Ihrem Haushalt nicht doch mit ihm gesprochen hat.«

Harry setzte sich ruckartig auf. »Was wollen Sie damit andeuten?«

»Daß Sie vielleicht nicht die Wahrheit sagen.«

Harry hatte Mühe, seinen Zorn zu beherrschen. »Erstens ist niemand in meinem Haus gewesen, als der Anruf eingegangen ist. Zweitens bin ich zu diesem Zeitpunkt bei Warner Brothers in Burbank, Kalifornien, gewesen, habe wegen eines Filmvertrags für einen Drehbuchautor und Regisseur verhandelt, der mein Mandant ist, und habe über den Start seines neuen Films gesprochen. Er ist an diesem Wochenende angelaufen, falls es Sie interessiert.«

»Wie heißt dieser Film?«

»Dog on the Moon«, sagte Harry ausdruckslos.

Roscani starrte ihn einen Augenblick an, dann kratzte er sich am Kopf und machte sich wieder eine Notiz.

»Und der Name dieses Drehbuchautors und Regisseurs?« fragte er, ohne aufzusehen.

»Jesus Arroyo.«

Jetzt sah Roscani auf.

»Ein Spanier!«

»Hispano-Amerikaner. Für Sie ein Mexikaner. In Los Angeles geboren und aufgewachsen.« Harry wurde allmählich wütend. Sie setzten ihn unter Druck, ohne ihm irgend etwas zu erzählen. Sie verhielten sich, als verdächtigten sie nicht nur Danny, sondern auch ihn, etwas verbrochen zu haben.

Roscani drückte seine Zigarette in dem vor ihm stehenden Aschenbecher aus. »Warum hat Ihr Bruder Kardinal Parma ermordet?«

»Was?« Harry war verblüfft, völlig überrumpelt.

»Warum hat Ihr Bruder Rosario Parma, den Kardinalvikar von Rom, ermordet?«

»Das ist absurd!« Harry sah zu Pio hinüber, der jedoch keine Reaktion zeigte. Er lehnte wie zuvor mit verschränkten Armen an der Wand neben dem Fenster.

Roscani griff nach einer weiteren Zigarette, ohne sie anzuzünden. »Bevor Pater Daniel sein Theologiestudium aufgenommen hat, ist er beim United States Marine Corps gewesen.«

»Ja.« Harry fühlte sich noch immer wie vor den Kopf geschlagen, während er die Tragweite ihrer Anschuldigungen zu begreifen versuchte. Er konnte keinen klaren Gedanken fassen.

»Er hat einer Elitetruppe angehört. Er hat hohe Auszeichnungen als Scharfschütze erhalten.«

»Es gibt Tausende von Scharfschützen mit hohen Auszeichnungen. Er ist Geistlicher gewesen, verdammt noch mal!«

»Ein Geistlicher mit der Fähigkeit, einen Mann aus zweihundert Meter Entfernung mit drei präzisen Schüssen in die Brust zu treffen.« Roscani schaute Harry an. »Ihr Bruder ist ein hervorragender Schütze gewesen. Er hat Wettbewerbe gewonnen. Wir haben seine Personalakte, Mr. Addison.«

»Das macht ihn noch längst nicht zum Mörder!«

»Ich frage Sie nochmals nach Miguel Valera.«

»Ich habe Ihnen schon gesagt, daß ich den Namen noch nie gehört habe.«

»Ich glaube doch.«

»Nein, niemals, bevor Sie ihn genannt haben.«

Die Protokollführerin schrieb mit flinken Fingern jedes Wort mit. Was Roscani sagte, was Harry sagte, alles.

»Dann will ich Ihnen von ihm erzählen. Miguel Valera ist ein spanischer Kommunist aus Madrid gewesen. Zwei Wochen vor dem Mordanschlag hat er eine Wohnung an der Piazza San Giovanni gemietet. Aus diesem Apartment sind die tödlichen Schüsse auf Kardinal Parma abgegeben worden. Valera ist noch in der Wohnung gewesen, als wir sie gestürmt haben. Er hat mit seinem Gürtel um den Hals an einem Wasserrohr im Bad gehangen.« Roscani tippte mit dem Mundstück seiner Zigarette auf den Schreibtisch, um den Tabak zu verdichten. »Wissen Sie, was ein Sako TRG 21 ist, Mr. Addison?«

»Nein.«

»Ein finnisches Scharfschützengewehr. Die Waffe, mit der Kardinal Parma erschossen worden ist. Wir haben es in diesem Apartment in ein Badetuch gewickelt hinter dem Sofa entdeckt. An der Waffe sind Valeras Fingerabdrücke gefunden worden.«

»Nur seine?«

»Ja.«

Harry lehnte sich zurück, ohne Roscani aus den Augen zu lassen. »Wie können Sie dann behaupten, mein Bruder habe die Tat verübt?«

»In dem Apartment ist noch jemand gewesen, Mr. Addison. Jemand, der Handschuhe getragen hat. Der versucht hat, den Eindruck zu erwecken, Valera habe allein gehandelt.« Roscani nahm die Zigarette zwischen seine Lippen und zündete sie an. »Was kostet ein Sako TRG 21?« fragte er mit dem noch brennenden Streichholz in der Hand.

»Keine Ahnung.«

»Ungefähr viertausend Dollar, Mr. Addison.« Roscani blies das Streichholz aus und ließ es in den Aschenbecher fallen. »Das Apartment ist für fast fünfhundert Dollar in der Woche gemietet worden. Valera hat die Miete bar bezahlt. Miguel Valera ist sein Leben lang Kommunist gewesen. Ein Steinmetz, der oft arbeitslos gewesen ist. Er hatte eine Frau und fünf Kinder, die er kaum kleiden und ernähren konnte.«

Harry starrte Roscani ungläubig an. »Wollen Sie etwa behaupten, mein Bruder sei der Unbekannte in der Wohnung gewesen? Er habe das Gewehr gekauft und Valera das Geld für die Miete gegeben?«

»Wie hätte er das tun können, Mr. Addison? Als kleiner Pater ist Ihr Bruder arm gewesen. Die Kirche hat ihm nur ein jämmerlich geringes Gehalt gezahlt. Er hat nie viel Geld besessen. Nicht mal ein Bankkonto. Er hat keine viertausend Dollar für ein Gewehr gehabt. Und auch keine tausend Dollar in bar, um eine Wohnung mieten zu können.«

»Sie widersprechen sich dauernd selbst. Sie erzählen mir, daß an der Waffe nur Valeras Fingerabdrücke gefunden worden sind, aber gleichzeitig soll ich glauben, daß mein Bruder damit geschossen hat. Und dann setzen Sie mir umständlich auseinander, daß er sich weder das Gewehr noch die Wohnungsmiete hätte leisten können. Worauf wollen Sie also hinaus?«

»Das Geld ist von jemand anders gekommen, Mr. Addison.«

»Von wem?« Harry sah aufgebracht zu Pio hinüber, bevor er sich wieder auf Roscani konzentrierte.

Der Kriminalbeamte starrte ihn durchdringend an, hob seine rechte Hand, mit der er die Zigarette hielt, und deutete damit auf Harry.

»Von Ihnen, Mr. Addison.«

Harrys Mund war plötzlich trocken. Er versuchte zu schlucken, aber das gelang ihm nicht. Deshalb hatten sie ihn also vom Flughafen abgeholt und in die Questura gefahren! Aus irgendwelchen Gründen galt Danny als Hauptverdächtiger, und jetzt versuchten sie, auch ihn in diese Sache hineinzuziehen. Aber das würde er sich nicht gefallen lassen. Harry schob seinen Stuhl zurück und stand ruckartig auf.

»Ich möchte mit der amerikanischen Botschaft telefonieren. Sofort!«

»Sag's ihm«, forderte Roscani seinen Kollegen auf italienisch auf.

Pio verließ seinen Platz am Fenster und durchquerte den Raum. »Wir haben gewußt, daß Sie nach Rom kommen würden. Und mit welchem Flug. Aber nicht aus dem Grund, den Sie vermutet haben.« Pios ganze Art wirkte umgänglicher als Roscanis, aber das konnte daran liegen, daß er amerikanisch gefärbtes Englisch sprach.

»Letzten Samstag haben wir das FBI um Amtshilfe gebeten. Bis unsere Kollegen Sie gefunden hatten, waren Sie schon auf dem Weg hierher.« Er setzte sich auf die Kante von Roscanis Schreibtisch. »Natürlich haben Sie das Recht, jederzeit mit Ihrer Botschaft zu telefonieren. Aber Sie sollten sich darüber im klaren sein, daß Sie dann sehr rasch mit dem LEGATS reden.«

»Nicht ohne einen Anwalt.« Harry wußte, wer die LEGATS waren. Die Abkürzung bezeichnete *legal attachés* – vom FBI in US-Botschaften abkommandierte Special Agents, die mit der örtlichen Polizei zusammenarbeiteten. Aber die Drohung blieb wirkungslos. Auch wenn Harry schockiert war, hatte er nicht die Absicht, sich von der römischen Polizei, dem FBI oder sonst jemandem weiter verhören zu lassen, ohne einen gewieften italienischen Anwalt neben sich zu haben.

»Fare venire mandato di cattura.« Roscani sah zu Pio hinüber.

Harry reagierte ungehalten. »Reden Sie englisch!«

Roscani stand auf und kam hinter seinem Schreibtisch hervor. »Ich habe ihn aufgefordert, einen Haftbefehl ausstellen zu lassen.«

»Mit welcher Begründung?«

»Augenblick, bitte.« Pio sah Roscani an und nickte zur Tür hinüber. Roscani ignorierte ihn, starrte weiter Harry an und tat so, als habe Harry Kardinal Parma ermordet.

Nun nahm Pio seinen Kollegen beiseite und sprach halblaut auf ihn ein. Roscani zögerte. Pio sagte noch etwas. Roscani gab nach, und die beiden gingen hinaus.

Harry beobachtete, wie die Tür sich hinter ihnen schloß, dann wandte er sich ab. Die Rothaarige am Computer schaute zu ihm herüber. Harry ignorierte sie und trat ans Fenster. Durch das dicke Glas sah er unter sich die schmale gepflasterte Straße und gegenüber ein der Questura ähnliches Gebäude. Am Ende der kleinen Straße schien eine Feuerwache zu liegen. Er kam sich wie im Gefängnis vor.

Wo war er hier hineingeraten? Was war, wenn sie recht hatten, wenn Danny wirklich etwas mit dem Attentat zu tun gehabt hatte? Aber das war eine verrückte Idee. Oder doch nicht? Als Jugendlicher war Danny mehrmals mit dem Gesetz in Konflikt gekommen. Nicht häufig, aber doch ein paarmal wie viele orientierungslose Jugendliche. Diebstahl, Sachbeschädigung, Körperverletzung und dergleichen. Das war einer der Gründe für seinen Eintritt ins Marinekorps gewesen – als Mittel, um sein Leben durch Disziplin in den Griff zu bekommen. Aber das alles lag nun schon lange zurück, und Danny war bei seinem Tod ein erwachsener Mann und seit vielen Jahren Priester gewesen. Ihn sich als Killer vorzustellen, war unmöglich. Trotzdem, Harry mochte nicht daran denken, aber es war eine Tatsache, konnte Danny das Töten im Marinekorps gelernt haben. Und dazu sein rätselhafter Anruf. Was war, wenn er deswegen angerufen hatte? Was war, wenn er es getan hatte und dann mit niemandem darüber sprechen konnte?

Die Tür ging wieder auf, und Pio kam allein herein. Harry sah an ihm vorbei, weil er auf Roscani wartete, aber Roscani blieb verschwunden.

»Sie haben ein Hotelzimmer gebucht, Mr. Addison?«

»Ja.«

»Wo?«

»Im Hassler.«

»Ich sorge dafür, daß Ihr Gepäck hingebracht wird.« Pio griff in seine Jackentasche, zog Harrys Reisepaß heraus und gab ihn ihm zurück. »Den brauchen Sie, wenn Sie sich im Hotel eintragen.«

»Ich kann also gehen?«

»Sie sind bestimmt erschöpft – aus Kummer und nach Ihrem Flug.« Pio lächelte freundlich. »Und nach dieser gänzlich unerwarteten Konfrontation mit der Polizei. Aus unserer Sicht vielleicht notwendig, aber nicht eben gastfreundlich. Ich möchte Ihnen erklären, was sich ereignet hat und was im Augenblick geschieht. In einem privaten Gespräch, Mr. Addison. Am Ende der Straße gibt es ein ruhiges kleines Restaurant. Essen Sie gern chinesisch?«

Harry starrte ihn an. Guter Cop, böser Cop. Genau wie in Amerika. Und in diesem Fall spielte Pio den guten Cop, den Freund auf Harrys Seite. Deswegen hatte Roscani das Verhör begonnen. Trotzdem war klar, daß es noch keineswegs beendet war. Dies war ihre Methode, es fortzuführen. Mit anderen Worten: Er hatte keine andere Wahl.

»Yeah«, antwortete er schließlich, »ich esse gern chinesisch.«

6

FRÖHLICHE WEIHNACHTEN von den Addisons!

Harry sah noch immer die Fotoweihnachtskarte vor sich: im Hintergrund der geschmückte Baum, davor die Familie mit lächelnden Gesichtern, alle mit roten Santa-Claus-Zipfelmützen. Zu Hause hatte er in irgendeiner Schublade noch ein Exemplar liegen, dessen ursprünglich kräftige Farben zu Pastelltönen verblaßt waren. Damals waren sie zum letztenmal alle zusammen gewesen. Seine Eltern mußten Mitte Dreißig gewesen sein. Er war elf, Danny acht und Madeline sechs. Sie war am ersten Januar sechs geworden und zwei Wochen später gestorben.

Der Sonntag nachmittag war sonnig, klar und sehr kalt gewesen. Danny, Madeline und er hatten auf einem zugefrorenen Teich in der Nähe ihres Hauses gespielt. Einige ältere Jungen spielten Eishockey. Auf der Jagd nach dem Puck kamen mehrere von ihnen auf sie zugefahren.

Harry glaubte noch immer, den scharfen Knall des zerspringenden Eises zu hören, laut wie ein Pistolenschuß. Er sah die Eishockeyspieler scharf abbremsen, und dann öffnete sich die Eisfläche genau dort, wo Madeline stand. Sie gab keinen Laut von sich, sie ging einfach unter. Harry schrie Danny zu, er solle Hilfe holen, streifte Jacke und Stiefel ab und sprang hinter ihr her. Aber er sah nichts als eisige Schwärze.

Es war schon fast dunkel, als die Feuerwehrtaucher sie heraufbrachten, nur jenseits der kahlen Bäume hinter ihnen stand noch ein Streifen Abendrot.

Harry und Danny und ihre Eltern standen mit einem Priester wartend im Schnee, als die Männer über das Eis auf sie zukamen. Der Feuerwehrkommandant, ein großer Mann mit einem Schnurrbart, hatte die Leiche von den Tauchern in Empfang genommen und trug sie jetzt in eine Wolldecke gehüllt in den Armen, während er die kleine Prozession anführte.

Am anderen Ufer beobachteten die Hockeyspieler, ihre Eltern und Geschwister, Nachbarn und Fremde das Geschehen aus sicherer Entfernung, bedrückt schweigend.

Harry machte einen Schritt nach vorn, aber sein Vater packte ihn an den Schultern und hielt ihn energisch zurück. Als der Feuerwehrkommandant das Ufer erreichte, blieb er stehen, und der Priester sprach ein Totengebet, ohne die Wolldecke auseinanderzuschlagen. Als er fertig war, ging der Kommandant, von den Tauchern begleitet, die noch immer ihre Anzüge mit den Flaschen auf dem Rücken trugen, zu dem bereitstehenden weißen Krankenwagen. Madeline wurde hineingelegt, die Türen wurden geschlossen, und der Krankenwagen fuhr in die Dunkelheit davon.

Harry starrte den roten Schlußlichtern nach, bis sie verschwanden. Schließlich drehte er sich um. Dort stand Danny, acht Jahre alt und vor Kälte zitternd, und sah ihn an.

»Madeline ist tot«, sagte er, als versuche er, das zu verstehen.

»Ja«, flüsterte Harry.

Das war am Sonntag, dem fünfzehnten Januar neunzehnhundertdreiundsiebzig. Sie waren in Bath, Maine.

Pio hatte recht: Das *Ristorante Cinese Yu Yuan* in der Via delle Quattro Fontane war wirklich ein ruhiges Lokal am Ende einer Straße. Zumindest war es dort ruhig, wo Harry und er saßen: an einem glänzenden Lacktisch ziemlich weit von der mit roten Laternen geschmückten Eingangstür und den eiligen Mittagsgästen entfernt. Auf dem Tisch standen eine Kanne Tee und eine große Flasche Mineralwasser.

»Sie wissen, was Semtex ist, Mr. Addison?«

»Plastiksprengstoff.«

»Zyklotrimethylen, Pentaärythritoteltetronitrat und Kunststoff. Bei der Detonation hinterläßt er charakteristische Nitratrückstände und Kunststoffspuren. Außerdem zerfetzt er Metall in winzige Stücke. Damit ist der Bus nach Assisi in die Luft gejagt worden. Diese Tatsache ist heute morgen von Fachleuten nachgewiesen worden und wird heute nachmittag bekanntgegeben.«

Diese Information war vertraulich, das wußte Harry. Sie gehörte zu dem, was Pio ihm versprochen hatte. Aber sie sagte ihm wenig oder gar nichts über den Stand ihrer Ermittlungen gegen Danny. Pio verhielt sich nicht anders als Roscani: Er gab nur eben genug preis, um das Gespräch in Gang zu halten.

»Sie wissen also, womit der Bus in die Luft gejagt worden ist. Wissen Sie auch, von wem?«

»Nein.«

»Hat der Anschlag meinem Bruder gegolten?«

»Das wissen wir nicht. Wir wissen nur, daß wir jetzt zwei getrennte Ermittlungen führen müssen. Wegen der Ermordung eines Kardinals und wegen des Bombenanschlags auf einen Reisebus.«

Ein alter chinesischer Ober kam an ihren Tisch, musterte Harry flüchtig und schwatzte auf italienisch mit dem Kriminalbeamten. Pio bestellte für beide, ohne einen Blick in die Speisekarte zu werfen. Der Ober legte die Hände aneinander, verbeugte sich knapp und ging. Pio sah wieder zu Harry hinüber.

»Es gibt – oder gab – fünf Kardinäle, die als engste Berater des Papstes fungieren. Kardinal Parma ist einer davon gewesen. Kardinal Marsciano ist ein weiterer.« Pio goß sich ein Glas Mineralwasser ein und wartete auf eine Reaktion Harrys, die jedoch ausblieb. »Haben Sie gewußt, daß Ihr Bruder Kardinal Marscianos Privatsekretär gewesen ist?«

»Nein.«

»In dieser Position hat er Zugang zu allen Interna des Heiligen Stuhls gehabt. Unter anderem hat er die Termine des Papstes gekannt – wo, wann, für wie lange. Wer seine Gäste sein würden. Wo er welches Gebäude betreten oder verlassen würde. Die Sicherheitsvorkehrungen. Schweizergarde oder Polizei, in welcher Stärke... Darüber hat Pater Daniel nie gesprochen?«

»Ich habe Ihnen bereits gesagt, daß wir kein sehr enges Verhältnis gehabt haben.«

Pio musterte ihn. »Weshalb?«

Harry gab keine Antwort.

»Sie hatten acht Jahre lang nicht mehr mit Ihrem Bruder gesprochen. Aus welchem Grund?«

»Dazu möchte ich lieber nichts sagen.«

»Das ist eine sehr einfache Frage.«

»Ich habe es Ihnen schon erzählt. Manche Dinge stauen sich im Lauf der Zeit an. Alte Geschichten, Familiendinge. Nichts Weltbewegendes. Jedenfalls nichts, was mit einem Mord zusammenhängt.«

Pio schwieg einen Augenblick, dann griff er nach seinem Glas und trank einen Schluck Mineralwasser. »Sie sind zum erstenmal in Rom, Mr. Addison?«

»Ja.«

»Warum jetzt?«

»Ich bin gekommen, um seine Leiche heimzuholen. Aus keinem anderen Grund. Das habe ich Ihnen schon gesagt.«

Harry spürte, daß Pio zu drängen begann, wie Roscani es getan hatte, weil er etwas Verdächtiges suchte. Eine widersprüchliche Aussage, ein Zögern, einen abgewandten Blick. Irgend etwas, das darauf schließen ließ, Harry lüge oder halte etwas zurück.

»Ispettore Capo!«

Der Ober kam wie zuvor grinsend an ihren Tisch. Er machte Platz für vier dampfende Platten, stellte sie zwischen die Männer, schwatzte auf italienisch.

Harry wartete, bis er gegangen war, und sah Pio dann offen an. »Ich sage Ihnen die Wahrheit. Und ich habe nie etwas anderes getan. Wollen Sie jetzt nicht Ihr Versprechen halten und mir erzählen, weshalb Sie glauben, daß mein Bruder etwas mit der Ermordung von Kardinal Parma zu tun gehabt hat?«

Pio forderte Harry mit einer Handbewegung auf, sich von den dampfenden Platten zu bedienen. Aber Harry schüttelte den Kopf.

»Also gut.« Nun zog Pio ein zusammengefaltetes Blatt Papier aus seiner Jacke und gab es Harry. »Das haben die Madrider Kollegen bei der Durchsuchung von Valeras Wohnung gefunden. Sehen Sie es sich genau an.«

Harry faltete es auseinander. Es handelte sich um eine vergrößerte Fotokopie eines privaten Telefonverzeichnisses. Die spanischen Namen und Adressen waren handschriftlich eingetragen, die dazugehörigen Telefonnummern standen rechts. Den Vorwahlnummern nach schien es sich hauptsächlich um Madrider Nummern zu handeln. Ganz unten auf der Seite stand eine einzelne Telefonnummer; links von ihr war lediglich ein R eingetragen.

Damit konnte Harry nichts anfangen. Spanische Namen, Madrider Telefonnummern. Was sollte das bedeuten? Möglicherweise war das R ganz unten eine Abkürzung für Rom, aber der Name fehlte. Dann begriff Harry plötzlich.

»Jesus«, sagte er halblaut und sah die Nummer erneut an. Die Telefonnummer neben dem R war die Nummer, die Danny auf seinen Anrufbeantworter gesprochen hatte. Er hob ruckartig den Kopf. Pio starrte ihn lauernd an.

»Nicht nur seine Telefonnummer, Mr. Addison. Anrufe«, sagte Pio. »Valera hat Ihren Bruder in den drei Wochen vor dem Attentat ein dutzendmal von seinem Mobiltelefon aus angerufen. Erst aus Madrid, dann nach seiner Ankunft aus Rom. Gegen Ende sind die Anrufe häufiger und kürzer geworden, als bestätige er Anweisungen. Soviel wir feststellen können, sind das die einzigen Gespräche gewesen, die er hier geführt hat.«

»Wer angerufen wird, ist noch längst kein Mörder!« Harry wollte seinen Ohren nicht trauen. War das alles, was die Polizei hatte?

Ein Paar, das an einem anderen Tisch Platz nahm, sah zu ihnen hinüber. Pio wartete, bis die beiden die Speisekarte studierten, bevor er weitersprach.

»Sie haben gehört, daß es Beweise für die Anwesenheit einer zweiten Person in der Wohnung gibt. Und daß wir glauben, daß nicht Valera, sondern diese zweite Person Kardinal Parma erschossen hat. Valera ist ein kommunistischer Agitator gewesen, aber er scheint nie im Leben eine Waffe abgefeuert zu haben. Ich erinnere Sie daran, daß Ihr Bruder ein beim Militär ausgebildeter hervorragender Scharfschütze gewesen ist.«

»Das ist eine Tatsache, kein Verdachtsgrund.«

»Ich bin noch nicht fertig, Mr. Addison. Die Tatwaffe, das Sako

TRG 21, verschießt normalerweise eine Winchesterpatrone Kaliber 308. In diesem Fall ist sie mit in den USA hergestellten 150-Grain-Patronen von Hornady geladen gewesen, die in Spezialgeschäften an Jäger verkauft werden. Drei haben wir in Kardinal Parmas Leiche gefunden. Das Gewehrmagazin enthält zehn Schuß. Die restlichen sieben Patronen sind noch darin gewesen.«

»Und?«

»Valeras privates Telefonbuch hat uns veranlaßt, zur Wohnung Ihres Bruders zu fahren. Er war nicht da. Er war offenbar nach Assisi unterwegs, aber das haben wir nicht gewußt. Aufgrund von Valeras Telefonbuch konnten wir einen Durchsuchungsbefehl erwirken.«

Harry hörte schweigend zu.

»Eine Standardschachtel enthält zwanzig Patronen... In der Wohnung Ihres Bruders haben wir in einer abgeschlossenen Schublade eine Patronenschachtel mit zehn 150-Grain-Patronen von Hornady gefunden. Daneben hat ein Reservemagazin für das Scharfschützengewehr gelegen.«

Harry fühlte sich wie vor den Kopf geschlagen. Er wollte etwas erwidern, etwas zu Dannys Verteidigung vorbringen, aber ihm fehlten die Worte.

»Außerdem haben wir eine Quittung über eine Million siebenhunderttausend Lire gefunden – knapp über tausend Dollar, Mr. Addison. Diesen Betrag hat Valera als Wohnungsmiete bezahlt. Die Quittung war von Valera ausgestellt und unterschrieben. Die Schrift ist mit der in seinem Telefonverzeichnis identisch.

Nur Indizienbeweise? Ja, das stimmt. Und wenn Ihr Bruder noch am Leben wäre, könnten wir ihn danach fragen und ihm Gelegenheit geben, alles zu widerlegen.« In Pios Stimme schwangen Zorn und Leidenschaft mit. »Wir könnten ihn auch fragen, warum er getan hat, was er getan hat. Und wer seine Komplizen gewesen sind. Und ob er vielleicht auch den Papst ermorden wollte... Das ist nun nicht mehr möglich.« Er lehnte sich zurück und trank einen Schluck Mineralwasser, während er sich langsam wieder beruhigte.

»Vielleicht stellt sich heraus, daß wir uns getäuscht haben. Aber das glaube ich nicht. Ich bin seit vielen Jahren Kriminalbeamter, Mr. Addison, und versichere Ihnen, daß man der Wahrheit nicht viel näher kommen kann. Vor allem nicht, wenn der Hauptverdächtige tot ist.«

Vor Harrys Augen verschwamm das ganze Lokal. Bisher war er der festen Überzeugung gewesen, die Polizei müsse sich irren, sie verdächtige den Falschen, aber was Pio ihm erzählt hatte, änderte alles.

»Und der Bombenanschlag auf den Bus?« fragte er beinahe flüsternd.

»Wollten die Hintermänner des Attentats auf Kardinal Parma damit einen Mitwisser beseitigen? Hat die Mafia den Anschlag aus ganz anderen Gründen verüben lassen? Ist er die Tat eines unzufriedenen Angestellten des Busunternehmens, der sich mit Sprengstoffen auskennt? Das wissen wir noch nicht, Mr. Addison. Wie ich vorhin gesagt habe, handelt es sich dabei um getrennte Ermittlungen.«

»Wann erfährt die Öffentlichkeit das alles?«

»Vermutlich nicht vor Abschluß der Ermittlungen. Und dann überlassen wir die Formulierung der Pressemitteilung voraussichtlich dem Vatikan.«

Harry faltete die Hände und starrte seinen leeren Teller an. Er fühlte sich benommen, als sei ihm gerade mitgeteilt worden, er leide an einer unheilbaren Krankheit. Aber trotzdem ... obwohl die Polizei lauter Indizien zusammengetragen hatte, fehlten ihr hieb- und stichfeste Beweise, wie Pio selbst zugegeben hatte. Und obwohl er den Beamten erzählt hatte, was Danny am Telefon gesagt hatte, war er der einzige, der Dannys Stimme gehört hatte. Eine Stimme, aus der Angst, Schmerz und Verzweiflung gesprochen hatten. Nicht die Stimme eines Mörders, der hilfesuchend um Gnade flehte, sondern die eines Mannes, der in schrecklichen Umständen gefangen war, denen er nicht entrinnen konnte.

Aus irgendwelchen, ihm selbst nicht recht verständlichen Gründen fühlte Harry sich Danny jetzt näher als jemals seit ihrer Kindheit. Vielleicht, weil sein Bruder ihm endlich die Hand entgegengestreckt hatte. Für Harry schien das wichtiger zu sein, als er bisher geahnt hatte.

»Mr. Addison, es dauert mindestens noch einen Tag, vielleicht sogar länger, bis das Identifizierungsverfahren abgeschlossen ist und die Leiche Ihres Bruders freigegeben werden kann, Sie wohnen während Ihres gesamten Aufenthalts in Rom im Hassler?«

»Ja.«

Pio zog eine Karte aus seiner Geldbörse und legte sie ihm hin. »Ich wäre Ihnen dankbar, wenn Sie mich über Ihre Bewegungen auf dem laufenden halten würden. Falls Sie die Stadt verlassen. Falls Sie irgendwohin fahren, wo Sie schwer zu erreichen sind.«

Harry steckte die Karte in seine Jackentasche. Er sah zu Pio hinüber.

»Sie werden keine Mühe haben, mich zu finden.«

7

Schlafwagenzug Genf–Rom. Dienstag, 7. Juli, 1.20 Uhr

Kardinal Nicola Marsciano saß in seinem dunklen Abteil und horchte auf das leise Rattern der Räder, als der Zug schneller wurde und Mailand nach Südosten verließ, um über Florenz nach Rom zu fahren. Draußen erhellte ein verschleierter Mond die Landschaft gerade so weit, daß sie schemenhaft erkennbar war. Der Kardinal dachte einen Augenblick an die römischen Legionäre, die vor zwei Jahrtausenden unter diesem Mond marschiert waren. Sie waren jetzt Geister, wie er eines Tages einer sein würde, und ihr Leben hatte wie seines kaum eine Spur im Sand der Zeit hinterlassen.

Der Zug war am Vorabend um zwanzig Uhr fünfundzwanzig in Genf abgefahren, hatte die schweizerisch-italienische Grenze kurz nach Mitternacht passiert und würde Rom um acht Uhr morgens erreichen. Eine lange Reise, wenn man überlegte, daß die beiden Städte nur zwei Flugstunden voneinander entfernt waren, aber Marsciano hatte allein sein wollen, um in Ruhe nachdenken zu können.

Obwohl er als Gottesmann normalerweise Priesterkleidung trug, reiste er diesmal in einem Geschäftsanzug, um kein unerwünschtes Aufsehen zu erregen. Aus demselben Grund hatte er sein Schlafwagenabteil in der ersten Klasse unter dem Namen N. Marsciano reservieren lassen. Ehrlich, aber trotzdem auf einfache

Weise anonym. Das Abteil war klein, aber es bot alles, was er brauchte: ein Bett, falls er überhaupt Schlaf finden würde, und die Gelegenheit, mit seinem Mobiltelefon einen Anruf zu empfangen, ohne fürchten zu müssen, er könnte irgendwie abgehört werden.

Während er allein im Dunkeln saß, versuchte er, nicht an Pater Daniel zu denken, an den Tatvorwurf der Polizei, das aufgefundene Beweismaterial, den Bombenanschlag auf den Reisebus. Er wagte nicht, sich mit diesen vergangenen Dingen zu beschäftigen, obwohl er wußte, das ihm das irgendwann nicht erspart bleiben würde. Sie hatten viel mit seiner Zukunft und mit der Zukunft der Kirche zu tun; sie würden sogar darüber entscheiden, ob beide überleben konnten.

Marsciano sah auf seine Digitaluhr, deren Ziffern in der Dunkelheit grünlich leuchteten.

Ein Uhr siebenundzwanzig.

Das Mobiltelefon auf dem Klapptischchen neben ihm blieb stumm. Marscianos Finger trommelten auf der Armlehne, dann fuhren sie durch sein silbergraues Haar. Schließlich beugte er sich nach vorn und goß den Rest der Flasche Sassicaia in sein Glas. Dieser sehr trockene, sehr gehaltvolle Rotwein war teuer und außerhalb Italiens kaum bekannt. Vor allem deshalb nicht, weil die Italiener ihn als ihr Geheimnis hüteten. Italien war voller Geheimnisse. Und je älter man wurde, desto zahlreicher und gefährlicher schienen sie zu werden. Vor allem für einen so mächtigen und einflußreichen Mann, wie Marsciano es mit sechzig Jahren war.

Ein Uhr dreiunddreißig.

Das Telefon blieb weiter stumm. Jetzt begann er zu fürchten, irgend etwas sei schiefgegangen. Aber das durfte er nicht einmal denken, solange er keine weiteren Informationen hatte.

Während Marsciano einen kleinen Schluck Wein trank, fiel sein Blick auf den Aktenkoffer, der neben dem Mobiltelefon auf dem Bett lag. Zwischen einigen Akten versteckt enthielt er in einem Briefumschlag einen Alptraum: eine Audiokassette, die ihm am Sonntag mittag in Genf beim Essen zugestellt worden war. Ein Bote hatte ihm ein kleines Päckchen überbracht, das die Aufschrift »Eilig«, aber keinen Absender oder dergleichen trug. Als er sich die

Aufnahme angehört hatte, hatte er jedoch sofort gewußt, wer sie ihm geschickt hatte. Und warum.

Als Verwaltungspräsident des Patrimoniums des Heiligen Stuhls war Kardinal Marsciano der Mann, in dessen Händen die Verantwortung für alle Entscheidungen lag, die Investitionen des Milliardenvermögens des Vatikans betrafen. Und in seiner Position gehörte er zu den wenigen Eingeweihten, die genau wußten, wie hoch dieses Vermögen und wo es investiert war. Diese höchst verantwortungsvolle Position setzte ihn einer Gefahr aus, die allen Männern in hohen Stellungen droht: der Korruption von Geist und Verstand. Männer, die solchen Versuchungen erlagen, waren meistens geldgierig oder arrogant oder beides. Marsciano war weder das eine noch das andere. Der Grund für sein Leiden war eine grausame Vermischung tiefer Loyalität gegenüber der Kirche mit grausam enttäuschtem Vertrauen und menschlicher Liebe. Noch schlimmer gemacht, falls das überhaupt möglich war, wurde das alles durch seine hohe Stellung im Vatikan.

Angesichts des Mordes an Kardinal Parma und des Zeitpunkts ihrer Übergabe stieß ihn die Tonbandaufnahme nur noch tiefer ins Dunkel. Sie bedrohte nicht nur seine persönliche Sicherheit, sondern warf allein durch ihre Existenz andere, weitreichendere Fragen auf: Was war sonst noch bekannt? Wem konnte er vertrauen?

Das einzige Geräusch war das Rattern der Räder auf den Gleisen, als der Zug weiter durch die Nacht in Richtung Rom fuhr. Wo blieb der Anruf? Was war passiert? Irgendwas mußte schiefgegangen sein. Das stand fest.

Plötzlich summte das Telefon.

Marsciano war im ersten Augenblick so verblüfft, daß er untätig blieb. Das Telefon summte erneut. Er gab sich einen Ruck und griff danach.

»*Pronto*«, sagte er mit gedämpfter, besorgter Stimme. Während er zuhörte, nickte er einmal fast unmerklich. »*Grazie*«, flüsterte er schließlich und legte das Telefon zurück.

8

Rom. Dienstag, 7. Juli, 7.45 Uhr

Jakow Farel war Schweizer. Außerdem war er Capo del Ufficio Centrale Vigilanza, Chef der Vatikanpolizei, die er seit über zwanzig Jahren leitete. Er hatte Harry Addison um fünf nach sieben angerufen, aus tiefem Schlaf geweckt und ihm erklärt, sie müßten miteinander reden.

Harry hatte zugestimmt, sich mit ihm zu treffen, und wurde jetzt, vierzig Minuten später, von einem von Farels Männern quer durch Rom gefahren. Sie überquerten den Tiber, folgten ihm einige hundert Meter weit und bogen dann in die von Kolonnaden gesäumte Via della Conciliazione ab, auf der in der Ferne die unverkennbare Kuppel des Petersdoms sichtbar war. Harry glaubte zu wissen, wohin sie unterwegs waren: zum Vatikan und zu Farels irgendwo tief in seinem Innern versteckten Büro. Aber der Fahrer bog plötzlich nach rechts durch einen Torbogen und fuhr durch verwinkelte Straßen mit alten Wohngebäuden. Schließlich hielt er vor einer kleinen Trattoria am Borgo Vittorio, stieg aus, um Harry die Tür zu öffnen, und begleitete ihn in das Lokal.

Als sie hereinkamen, stand an der Bar ein einzelner Mann in einem schwarzen Anzug. Er kehrte ihnen den Rücken zu, und seine rechte Hand ruhte neben einer Kaffeetasse auf der Theke. Er war etwa einen Meter fünfundsiebzig groß und ziemlich stammig, sein von Natur aus bereits fast kahler Schädel war glattrasiert, so daß er im Licht der Deckenlampen wie eine Billardkugel glänzte.

»Danke, daß Sie gekommen sind, Mr. Addison.« Jakow Farel sprach englisch mit französischem Akzent. Seine Stimme war heiser, als sei er viele Jahre lang Kettenraucher gewesen. Er nahm langsam seine rechte Hand von der Theke und drehte sich um. Harry hatte von hinten nicht gesehen, was fur ein Kraftpaket dieser Mann war, aber jetzt nahm er die Einzelheiten wahr: der rasierte Schädel, das breite Gesicht mit der platten Nase, der säulenförmig dicke Hals, der massive Brustkasten, der das weiße Hemd zu sprengen drohte. Farels breite, kräftige Hände sahen aus, als hätten sie den größten Teil seiner gut funfzig Lebensjahre damit verbracht, den

Stiel eines Vorschlaghammers zu umfassen. Das Eindrucksvollste an ihm waren jedoch seine tief in ihren Höhlen liegenden graugrünen Augen, die jetzt mit abruptem Aufblitzen zu dem Fahrer hinübersahen. Der Mann machte wortlos kehrt, verließ das Lokal und zog die Tür mit einem Klicken hinter sich ins Schloß. Nun wandte Farel sich Harry zu.

»Mr. Addison, mein Auftrag unterscheidet sich von dem der italienischen Polizei. Sie schützt eine Stadt. Der Vatikan ist ein eigener Staat, ein Land innerhalb Italiens. Deshalb bin ich für die Sicherheit einer Nation verantwortlich.«

Harry sah sich unwillkürlich um. Sie waren allein. Kein Ober, kein Barkeeper, keine Gäste. Nur Farel und er.

»Das Blut Kardinal Parmas hat mein Gesicht bespritzt, als er erschossen worden ist. Es hat auch die Gewänder des Papstes befleckt.«

»Ich bin hier, um zu helfen, soweit ich kann.«

Farel musterte ihn eingehend. »Ich weiß, daß Sie mit der Polizei gesprochen haben. Ich weiß, was Sie ihr erzählt haben. Ich habe das Protokoll gelesen. Ich habe auch den Bericht gelesen, den Ispettore Capo Pio nach dem privaten Gespräch mit Ihnen verfaßt hat. Mich interessiert, was Sie der Polizei nicht erzählt haben.«

»Was habe ich ihr nicht erzählt?«

»Oder was die Polizei nicht gefragt hat. Oder was Sie bei Ihrer Befragung ausgelassen haben – absichtlich, oder weil Sie sich nicht mehr daran erinnert haben, oder weil es Ihnen als unwichtig erschienen ist.«

Farels bedrohliche Präsenz schien den ganzen Raum zu füllen. Harry hatte plötzlich feuchte Hände und spürte, daß ihm Schweißtropfen auf der Stirn standen. Er sah sich erneut um. Noch immer niemand. Es war nach acht Uhr. Wann kam das Personal morgens zur Arbeit? Wann kamen die ersten Gäste von der Straße herein, um zu frühstücken oder einen Kaffee zu trinken? Oder war die Trattoria eigens für Farel geöffnet worden?

»Ihnen scheint unbehaglich zu sein, Mr. Addison.«

»Vielleicht liegt es daran, daß ich es satt habe, von der Polizei verhört zu werden, obwohl ich nichts getan habe, und mich von allen behandeln lassen zu müssen, als hätte ich etwas verbrochen. Trotzdem habe ich mich einverstanden erklärt, mich mit Ihnen zu treffen, weil ich von der Unschuld meines Bruders überzeugt bin. Um Ihnen zu zeigen, daß ich zu jeder nur möglichen Zusammenarbeit bereit bin.«

»Das ist nicht der einzige Grund, Mr. Addison.«

»Wie meinen Sie das?«

»Ihre Mandanten. Sie müssen sie schützen. Hätten Sie wie angedroht die amerikanische Botschaft angerufen oder sich einen italienischen Anwalt als Rechtsbeistand während Ihrer Befragung durch die Polizei genommen, hätten die Medien bestimmt davon erfahren. Dann wäre nicht nur publik geworden, welchen Verdacht wir gegen Ihren Bruder hegen, sondern die Medien hätten sich auch mit Ihnen beschäftigt. Wer Sie sind, was Sie beruflich machen und wer Ihre Mandanten sind. Alles Leute, die nicht einmal im entferntesten mit der Ermordung des Kardinalvikars von Rom in Verbindung gebracht werden möchten.«

»Welche Leute vertrete ich Ihrer Meinung nach, die nicht möchten, daß …«

Farel unterbrach ihn, indem er ein halbes Dutzend seiner wichtigsten Mandanten aufzählte.

»Soll ich weitere nennen, Mr. Addison?«

»Woher haben Sie diese Informationen?« Harry war schockiert und empört. Die Identität der Mandanten seiner Firma wurde streng geheimgehalten. Das bedeutete, daß Farel sich nicht nur für Harrys persönliche Verhältnisse interessierte, sondern auch Leute in Los Angeles hatte, die ihm alles beschaffen konnten, was er wollte. Soviel Reichweite und Macht waren allein schon erschreckend.

»Abgesehen davon, ob Ihr Bruder schuldig oder unschuldig ist, sind gewisse Dinge einfach zweckmäßig. Deshalb reden Sie jetzt unter vier Augen mit mir, Mr. Addison, und werden es weiterhin tun, bis ich mit Ihnen fertig bin. Das müssen Sie tun, um Ihren eigenen Erfolg nicht zu gefährden.« Farel rieb sich mit zwei Fingern der linken Hand eine Stelle über seinem linken Ohr. »Ein schöner Tag, gerade richtig für einen kleinen Spaziergang …«

Die Morgensonne beleuchtete die oberen Stockwerke der Häuser, als sie auf die Straße hinaustraten. Farel wandte sich nach links und folgte der Via Ombrellari, einer schmalen gepflasterten Straße ohne Gehsteige, in der zwischen Wohnhäusern ab und zu eine Bar, ein Restaurant, ein Lebensmittelgeschäft oder eine Apotheke lagen. Vor ihnen überquerte ein Geistlicher die Straße. Etwas weiter luden zwei Männer von einem Restaurant geräuschvoll leere Wein- und Mineralwasserflaschen in einen Lieferwagen.

»Mr. Byron Willis, der Seniorpartner Ihrer Anwaltsfirma, hat Sie über den Tod Ihres Bruders informiert.«

»Ja.«

Das wußte Farel also auch. Er tat jetzt nichts anderes, als Roscani und Pio gestern gemacht hatten: Er versuchte, Harry einzuschüchtern und ihn zu verunsichern, indem er ihn wissen ließ, er gelte weiter als verdächtig. Harrys Jurastudium hatte ihm nur allzu deutlich gezeigt, wie häufig Gefangene, Sträflinge oder sogar Gehenkte schuldlos gewesen waren. Das konnte einen nervös, wenn nicht sogar ängstlich machen. Und Harry wußte, daß man ihm das anmerkte, und ärgerte sich darüber. Farels Nachforschungen in seiner beruflichen Sphäre lenkten alles in eine bestimmte Richtung. Sie verliehen dem Chef der Vatikanpolizei zusätzliche Macht, weil sie Harrys gutgehütete Geheimnisse betrafen und ihm bewiesen, daß es für ihn kein Entrinnen gab.

Harrys Sorge wegen unerwünschter Publicity war einer der ersten Punkte gewesen, um die er sich gestern vom Hotel aus gekümmert hatte, indem er mit Byron Willis in dessen Haus in Bel Air telefoniert hatte. Gegen Ende ihres Gesprächs waren sie sich eben wegen der von Farel genannten Gründe einig gewesen, aus denen Harry sich möglichst unauffällig verhalten sollte. Gewiß, so tragisch das auch sein mochte, Danny war jetzt tot. Und solange die Rolle, die er bei Kardinal Parmas Tod gespielt haben mochte, nicht öffentlich diskutiert wurde, war es für alle besser stillzuhalten. Das Risiko, daß Harrys Mandanten bekannt wurden und seine besondere Lage ausgenutzt wurde, war etwas, das weder er noch die Firma brauchten.

»Hat dieser Mr. Willis gewußt, daß Pater Daniel Sie angerufen hatte?«

»Ja. Ich habe es ihm erzählt, als er mich angerufen hat, um mir die Todesnachricht zu übermitteln.«

»Sie haben ihm erzählt, was Ihr Bruder gesagt hatte?«

»Einen Teil davon. Was ich gesagt habe, steht im Protokoll meiner gestrigen Befragung durch die Polizei.« Harry wurde allmählich wütend. »Welchen Unterschied macht das schon?«

»Wie lange kennen Sie Mr. Willis schon?«

»Zehn, elf Jahre. Er hat mir geholfen, mich als Anwalt zu etablieren. Warum?«

»Sie stehen ihm also nahe?«

»Ja, das stimmt.«

»Vielleicht näher als jeder andere?«

»Vermutlich schon.«

»Sie würden ihm also Dinge anvertrauen, die Sie sonst niemandem erzählen würden?«

»Worauf wollen Sie hinaus?«

Farels graugrüne Augen fixierten Harry mit durchdringendem Blick. Dann sah er wieder weg, und sie gingen weiter. Langsam, scheinbar ziellos. Harry hatte keine Ahnung, wohin sie unterwegs waren. Er fragte sich, ob Farel ein bestimmtes Ziel hatte oder ob das lediglich zu seiner Verhörtaktik gehörte.

Hinter ihnen bog ein blauer Ford um die Ecke, fuhr langsam einige Häuser weiter und hielt dann, ohne daß jemand ausstieg. Harry sah zu Farel hinüber. Falls er das Fahrzeug wahrgenommen hatte, ließ er es sich nicht anmerken.

»Sie haben nie direkt mit Ihrem Bruder gesprochen?«

»Nein.«

Vor ihnen waren die beiden Männer, die die Flaschen einluden, mit der Arbeit fertig und fuhren davon. Jetzt war zu sehen, daß vor dem Lieferwagen ein mit zwei Männern besetzter dunkelgrauer Fiat stand. Harry sah sich rasch um. Der blaue Ford stand noch da. Der Abstand zwischen den beiden Querstraßen war gering. Falls in den Autos Farels Männer saßen, bedeutete das, daß sie dieses Straßenstück praktisch abgeriegelt hatten.

»Und die Nachricht, die er auf Ihrem Anrufbeantworter hinterlassen hatte, haben Sie gelöscht.«

»Ich hätte es nicht getan, wenn ich gewußt hätte, wie alles enden würde.«

Farel blieb plötzlich stehen. Sie hatten den grauen Fiat schon fast erreicht, und Harry sah, daß die beiden Männer auf den Vordersitzen sie beobachteten.

»Sie tun gerade so, als wüßten Sie nicht, wo wir sind, Mr. Addison«, sagte Farel grimmig lächelnd. Seine Handbewegung umfaßte ein schäbiges dreistöckiges Gebäude mit abblätterndem gelben Putz vor ihnen.

»Sollte ich das wissen?«

»Via Ombrellari hundertsiebenundzwanzig. Sagt Ihnen das nichts?«

Harry sah die Straße entlang. Der blaue Ford stand noch immer da. Er wandte sich wieder Farel zu.

»Nein.«

»Hier hat Ihr Bruder gewohnt.«

9

Dannys Apartment im Erdgeschoß war klein und äußerst spartanisch eingerichtet. Das quadratische Wohnzimmer führte auf einen winzigen Innenhof hinaus und war mit einem Lesesessel, einem Schreibtisch, einer Stehlampe und einem Bücherregal möbliert, die alle aussahen, als stammten sie vom Flohmarkt. Selbst die Bücher waren gebraucht, hauptsächlich alte Werke über historische Aspekte des Katholizismus mit Titeln wie *Die letzten Tage des päpstlichen Roms, 1850–1870, Plenarii Concilii Baltimorensis Tertii* und *Die Kirche im Heiligen Römischen Reich.*

Das Schlafzimmer war noch spartanischer eingerichtet. Es enthielt lediglich ein schmales Bett, eine kleine Kommode, die mit Lampe und Telefon zugleich als Nachttisch diente, und einen alten Kleiderschrank. Dannys Garderobe war mager: eine Soutane, ein schwarzer Anzug und ein schwarzes Hemd mit Priesterkragen auf einem einzigen Bügel, Jeans, ein kariertes Hemd, ein abgetragener grauer Jogginganzug, schwarze Halbschuhe und ausgelatschte Laufschuhe. In der Kommode lagen mehrere Priesterkragen, Unterwäsche, drei Paar Socken, ein zusammengelegter Pullover und zwei T-Shirts, eines davon mit dem Wappen des Providence Colleges.

»Alles ist genau so, wie er es bei der Abreise nach Assisi zurückgelassen hat«, sagte Farel ruhig.

»Wo hat die Munition gelegen?«

Farel führte Harry ins Bad und öffnete einen Wandschrank. Er enthielt mehrere abschließbare Schubfächer, die alle aufgebrochen waren, vermutlich von der Polizei.

»In der untersten Schublade. Ganz hinten hinter einigen Klopapierrollen.«

Harry starrte den Schrank einen Augenblick an, dann wandte er sich ab und ging durch das Schlafzimmer ins Wohnzimmer zurück. Im obersten Fach des Bücherregals stand eine Kochplatte, die er bisher übersehen hatte. Daneben standen eine einzelne Tasse mit einem Löffel und ein Glas Pulverkaffee. Das war es schon. Keine Küche, kein Herd, kein Kühlschrank. So hätte er als Erstsemester in Harvard leben können, als er fast kein Geld gehabt hatte und dort nur eingeschrieben gewesen war, weil er ein Stipendium erhalten hatte.

»Seine Stimme…«

Harry drehte sich um. Farel stand in der Schlafzimmertür und beobachtete ihn. Im Vergleich zu seinem Körper wirkte sein massiger, kahlrasierter Schädel plötzlich unverhältnismäßig groß.

»Die Stimme Ihres Bruders auf Ihrem Anrufbeantworter. Sie haben gesagt, sie habe ängstlich geklungen.«

»Ja.«

»Als ob er Angst um sein Leben habe?«

»Ja.«

»Hat er Namen erwähnt? Leute, die Sie gekannt hätten? Angehörige? Freunde?«

»Nein, keine Namen.«

»Denken Sie genau nach, Mr. Addison. Sie hatten jahrelang nichts mehr von Ihrem Bruder gehört. Er ist verzweifelt gewesen.« Farel trat näher an ihn heran und sprach eindringlich weiter. »Man neigt dazu, Dinge zu vergessen, wenn man an etwas anderes denkt.«

»Hätte er Namen genannt, hätte ich sie der italienischen Polizei gesagt.«

»Hat er erzählt, weshalb er nach Assisi wollte?«

»Er hat Assisi mit keinem Wort erwähnt.«

»Vielleicht eine andere Stadt?« Farel ließ nicht locker. »Einen Ort, an dem er gewesen war? In den er möglicherweise fahren würde?«

»Nein.«

»Ein bestimmtes Datum? Einen Tag, einen Zeitpunkt, der wichtig sein könnte?«

»Nein«, antwortete Harry. »Kein Datum, keine Zeit. Nichts dergleichen.«

Farel starrte ihn durchdringend an. »Wissen Sie das ganz bestimmt, Mr. Addison?«

»Ja, das weiß ich ganz bestimmt.«

Im nächsten Augenblick wurde energisch an die Wohnungstür geklopft. Dann kam der junge Fahrer – »Pilger« nannte Farel ihn – des grauen Fiats herein. Er war noch jünger, als Harry vermutet hatte: ein Junge mit Babygesicht, der sich wahrscheinlich noch nicht einmal rasieren mußte. Begleitet wurde er von einem Priester. Der hochgewachsene Geistliche war Ende Zwanzig und hatte schwarzes, gelocktes Haar. Hinter seiner schwarzen Hornbrille blitzten kluge dunkle Augen.

Farel sprach ihn auf italienisch an. Nach wenigen Sätzen wandte er sich an Harry.

»Das hier ist Pater Bardoni, Mr. Addison, ein Mitarbeiter Kardinal Marscianos. Er hat Ihren Bruder gekannt.«

»Ich spreche Englisch, wenigstens ein bißchen«, sagte Pater Bardoni mit sanfter Stimme und schwachem Lächeln. »Ich möchte Ihnen mein tiefempfundenes Beileid ausdrücken.«

»Vielen Dank.« Harry nickte dankbar. Dies war das erste Mal, daß jemand Danny außer im Zusammenhang mit dem Mordverdacht erwähnt hatte.

»Pater Bardoni kommt eben aus dem Bestattungsunternehmen, in dem die Leiche Ihres Bruders liegt«, erklärte Farel ihm. »Die notwendigen Formalitäten werden jetzt erledigt. Morgen können Sie die Schriftstücke unterschreiben. Pater Bardoni begleitet Sie zu dem Bestattungsunternehmen. Und am nächsten Morgen zum Flughafen. Wir haben Ihnen einen Sitz in der ersten Klasse reserviert. Pater Daniels sterbliche Überreste reisen im gleichen Flugzeug mit.«

»Vielen Dank«, wiederholte Harry, der im Augenblick nur einen Wunsch hatte: der übermächtigen Gegenwart der Polizei zu entfliehen und Danny zur Beerdigung heimzubringen.

»Mr. Addison«, fuhr Farel warnend fort, »die Ermittlungen sind noch nicht abgeschlossen. Das FBI wird sie für uns in den Vereinigten Staaten fortsetzen. Es wird Sie weiter vernehmen wollen. Es wird mit Mr. Willis reden wollen. Es wird die Namen und Adressen von Verwandten, Freunden, Kameraden aus dem Marinekorps und sonstigen Leuten wollen, die Ihren Bruder gekannt haben oder mit denen er zu tun gehabt haben könnte.«

»Es gibt keine lebenden Verwandten, Mr. Farel. Danny und ich sind die letzten unserer Familie. Und wer seine Freunde oder Bekannten gewesen sind, weiß ich nicht. Dafür weiß ich einfach nicht genug über sein Leben. Aber eines kann ich Ihnen sagen: Mir liegt die Aufklärung dieses Falls ebenso am Herzen wie Ihnen. Vielleicht sogar noch mehr. Und ich werde nicht ruhen, bis er aufgeklärt ist.«

Harry starrte Farel noch einen Herzschlag an. Dann nickte er Pater Bardoni zu, sah sich ein letztes Mal im Zimmer um, als wolle er sich einprägen, wo und wie Danny gelebt hatte, und ging zur Tür.

»Mr. Addison!«

Farels Stimme krächzte scharf hinter ihm her. Harry drehte sich um.

»Ich habe Ihnen schon gesagt, daß mich interessiert, was Sie nicht gesagt haben. Das interessiert mich noch immer. Als Anwalt sollten Sie wissen, daß die unbedeutendsten Teilchen oft erst das gesamte Puzzle ergeben. Dinge, die scheinbar so unwichtig sind, daß man sie weitergeben kann, ohne es zu merken.«

»Ich habe alles erzählt, was mein Bruder mir gesagt hat.«

»Das behaupten Sie, Mr. Addison.« Farel kniff die Augen zusammen und starrte Harry durchdringend an. »Ich bin mit dem Blut eines Kardinals bespritzt worden, Mr. Addison. Ich werde nicht in dem eines Papstes baden.«

10

Hotel Hassler. Dienstag, 7. Juli, 22 Uhr

»Großartig! Großartig! Das gefällt mir! … Hat er sich telefonisch gemeldet? … Nein, habe ich nicht erwartet … Er hält sich also versteckt?«

Harry stand in seinem Zimmer und lachte schallend. Mit dem Telefonhörer in der Hand, offenem Hemdkragen, aufgekrempelten Ärmeln und auf Socken lehnte er an dem antiken Schreibtisch am Fenster.

»He, er ist vierundzwanzig, er ist ein Star, laßt ihn machen, was er will.«

Noch immer grinsend legte Harry auf. Das Telefon stand auf dem Schreibtisch zwischen gelben Notizblöcken, Faxen, Bleistiften, einem halbgegessenen Sandwich und zerknüllten Notizen. Wann hatte er zum letztenmal gelacht, wann war ihm auch danach zumute gewesen? Aber eben hatte er gelacht und sich dabei wohl gefühlt.

Dog on the Moon war ein Kassenschlager. Achtundfünfzig Millionen Dollar an einem einzigen langen Wochenende, sechzehn Millionen mehr als die optimistischste Annahme von Warner Brothers. Die Finanzmenschen des Verleihs rechneten inzwischen mit US-Gesamteinnahmen von über zweihundertfünfzig Millionen. Und sein Drehbuchautor und Regisseur Jesus Arroyo, der vierundzwanzigjährige Barriojunge aus East L. A., den Harry vor sechs Jahren in einem Schriftstellerkurs für gefährdete Jugendliche aus den Inner Cities entdeckt und seither gefördert hatte, hatte rakettengleich Karriere gemacht. In kaum mehr als drei Tagen war er das neue *Enfant terrible*, der neue Spielberg geworden. Neue Filmverträge, die ihm Millionen einbringen würden, warteten auf ihn. Er sollte dringend in sämtlichen wichtigen Talk-Shows auftreten. Und wo war Jesus Superstar in all diesem Trubel? Gab er in Vail oder Aspen Partys, um seinen Erfolg zu feiern, oder war er an der Küste unterwegs, um Landsitze in Montecito zu besichtigen? Nein, er … hielt sich versteckt!

Harry mußte nochmals über diese Reaktion lachen. Obwohl

Jesus als Filmemacher intelligent, erwachsen und selbstsicher wirkte, war er im Grunde seines Herzens ein schüchterner kleiner Junge, den nach dem größten Wochenende seiner Karriere niemand finden konnte. Nicht die Medien, nicht seine Freunde, seine neueste Freundin oder sogar sein Agent, mit dem Harry gerade telefoniert hatte. Niemand.

Außer Harry.

Harry wußte, wo er steckte. Jesus Arroyo Manuel Rodriguez, wie sein voller Name lautete, war bei seinen Eltern in der Escuela Street in East L.A. Er war bei seiner Mom und seinem Dad, der Hausmeister in einem Krankenhaus war, und bei seinen Brüdern und Schwestern und Cousins und Cousinen und Onkeln und Tanten.

Ja, Harry wußte, wo er war, und hätte ihn anrufen können, aber das wollte er nicht. Er gönnte Jesus diese Zeit mit seiner Familie. Der Junge würde wissen, was auf ihn wartete, und sich irgendwann selbst melden. Er sollte ruhig feiern, denn alles andere, auch der Anruf mit Glückwünschen seines Anwalts, hatte Zeit bis später. Das Geschäft beherrschte sein Leben noch nicht so, wie es Harrys Leben und das fast aller Stars der Unterhaltungsbranche beherrschte.

Als Harry gestern ins Hotel Hassler gekommen war, hatten bereits achtzehn Anrufer auf einen Rückruf gewartet. Aber er hatte keinen einzigen zurückgerufen, weil es undenkbar gewesen wäre, wie gewöhnlich zu arbeiten. Er war ins Bett gefallen und hatte emotional und körperlich erschöpft fünfzehn Stunden lang geschlafen. Aber nach seiner Begegnung mit Farel war die Arbeit heute abend eine willkommene Abwechslung gewesen. Und alle seine Gesprächspartner hatten ihm zu dem großen Erfolg von *Dog on the Moon* und den glänzenden Karriereaussichten für Jesus Arroyo gratuliert, ihm freundlich ihr Mitgefühl für seine persönliche Tragödie ausgesprochen, sich dafür entschuldigt, daß sie unter diesen Umständen übers Geschäft sprachen, und dann doch übers Geschäft gesprochen.

Das war eine Zeitlang belebend und sogar tröstlich gewesen, weil es ihn von der Gegenwart ablenkte. Aber nach dem letzten Telefongespräch war Harry klargeworden, daß keiner seiner Gesprächspartner ahnte, daß er mit der Polizei zu tun hatte oder daß sein Bruder den Kardinalvikar von Rom ermordet haben sollte. Und er durfte ihnen nichts davon erzählen. Gewiß, alle diese Leute waren seine Freunde, aber sie waren Geschäftsfreunde, nicht mehr.

Harry wurde erstmals bewußt, wie einsam er in Wirklichkeit war. Abgesehen von Byron Willis, der verheiratet war, zwei kleine Kinder hatte und trotzdem nicht weniger arbeitete als er selbst, hatte er keinen richtigen Freund, keinen wahren Vertrauten. Sein Leben war zu hektisch, als daß tiefere Bindungen hätten entstehen können. Mit Frauen war es nicht anders. Er gehörte zur Elite Hollywoods, und schöne Frauen gab es überall. Er benutzte sie, und sie benutzten ihn, das gehörte alles zum großen Spiel. Eine private Filmvorführung, danach Dinner, Sex und wieder zurück ins Geschäft mit Besprechungen, Verhandlungen und Telefongesprächen, manchmal mit wochenlangen Pausen zwischen solchen Verabredungen. Seine längste Affäre, die er mit einer Filmschauspielerin gehabt hatte, hatte nur wenig mehr als ein halbes Jahr gedauert. Er war zu beschäftigt, zu abgelenkt gewesen. Bisher hatte ihn dieser Lebensstil nie gestört.

Harry verließ den Schreibtisch, trat ans Fenster und sah hinaus. Sein letzter Blick über Rom hatte ihm die Stadt im Licht der untergehenden Sonne gezeigt; jetzt war es Nacht, und Rom leuchtete. Unter ihm auf der Spanischen Treppe und der anschließenden Piazza di Spagna herrschte reges Treiben, eine Massenansammlung kommender, gehender und einfach nur herumstehender Menschen, zwischen denen hier und da uniformierte Polizeibeamte zu sehen waren.

Dahinter sah er ein Gewirr aus engen Straßen und Gassen, über denen die rötlichen und cremefarbenen Ziegeldächer von Wohnhäusern, Geschäften und kleinen Hotels sich entlang der uralten Straßenzüge ausfächerten, bis sie das schwarze Band des Tibers erreichten. Jenseits des Flusses ragte die angestrahlte Kuppel des Petersdoms in dem Stadtteil auf, in dem er heute gewesen war. Darunter erstreckte sich der Vatikan, Jakow Farels Revier. Die Residenz des Papstes. Das geistige und moralische Zentrum für fast eine Milliarde Katholiken in aller Welt. Und der Ort, an dem Danny die letzten Jahre seines Lebens verbracht hatte.

Wie konnte Harry erfahren, wie diese Jahre gewesen waren? Waren sie bereichernd oder nur eine geistlose Fron gewesen? Warum hatte Danny nach dem Ausscheiden aus dem Marinekorps ein Theologiestudium begonnen? Das hatte Harry nie verstanden. Kein Wunder, denn damals hatten sie kaum mehr miteinander gesprochen. Aber als er jetzt die angestrahlte Kuppel des Petersdoms betrachtete, mußte er sich fragen, ob es dort drüben im Vatikan etwas gab, das Danny dazu gebracht hatte, ihn anzurufen, und ihn anschließend in den Tod getrieben hatte.

Vor wem oder was hatte er sich so gefürchtet? Und woher war diese Angst gekommen? Im Augenblick schien der Schlüssel zu allem das Busattentat zu sein. Falls es der Polizei gelang, die Hintergründe aufzuklären, würde sie wissen, ob das Attentat Danny gegolten hatte. Hatte es ihm gegolten und wußte die Polizei, wer es verübt hatte, waren sie alle einer Erkenntnis, von der Harry innerlich noch immer überzeugt war, einen großen Schritt näher: nämlich daß Danny das schuldlose Opfer einer Verschwörung geworden war.

Er glaubte nochmals, die Angst in der Stimme seines Bruders zu hören.

Ich hab' Angst, Harry… Ich weiß nicht, was ich tun soll… oder was als nächstes passieren wird. Gott steh mir bei!

11

22.30 Uhr

Harry schlenderte die Via Condotti entlang bis zur Via Corso und darüber hinaus. Da er spürte, daß er keinen Schlaf finden würde, machte er einen Schaufensterbummel und ließ sich in der um diese Zeit noch zahlreich flanierenden Menge ziellos treiben. Bevor er das Hotel verlassen hatte, hatte er mit Byron Willis in L. A. telefoniert, ihm von seiner Begegnung mit Farel erzählt, ihn vor einem möglichen Besuch von FBI Agenten gewarnt und zuletzt eine sehr persönliche Frage mit ihm besprochen: wo Danny beigesetzt werden sollte.

Dieses Problem, über das Harry im allgemeinen Trubel bisher nicht nachgedacht hatte, war aufgetaucht, als Pater Bardoni, der junge Geistliche, den er in Dannys Wohnung kennengelernt hatte, angerufen und ihm mitgeteilt hatte, Pater Daniel habe offenbar kein Testament hinterlassen und der Direktor des hiesigen Bestattungsunternehmens müsse seinem Kollegen in der amerikanischen Stadt, in der Danny beigesetzt werden solle, mitteilen, wann und wo die Leiche abgeholt werden könne.

»Wo hätte er bestattet werden wollen?« hatte Byron Willis zurückhaltend gefragt. Und Harry hatte nur antworten können: »Das weiß ich nicht.«

»Habt ihr ein Familiengrab?« hatte Willis weitergefragt.

»Ja«, hatte Harry gesagt. In Bath, ihrer Heimatstadt in Maine. Auf dem kleinen Friedhof über dem Kennebec River.

»Hätte er dort liegen wollen?«

»Byron, das weiß ich nicht.«

»Harry, ich würde dir diese Sorge gern abnehmen, aber das kannst nur du entscheiden.«

Harry hatte zugestimmt, sich bei ihm bedankt und war anschließend ausgegangen. Verwirrt, nachdenklich, sorgenvoll, sogar in peinlicher Verlegenheit. Obwohl Byron Willis sein bester Freund war, hatte Harry ihm gegenüber seine Familie nie mehr als nur sehr flüchtig erwähnt. Byron wußte nur, daß Harry und Danny in einer kleinen Hafenstadt in Maine aufgewachsen waren, daß ihr Vater Werftarbeiter gewesen war und daß Harry sich mit siebzehn Jahren durch ausgezeichnete Noten ein Harvardstipendium verdient hatte.

Tatsächlich erzählte Harry keinem Menschen etwas von seiner Familie. Nicht Byron, nicht seinen Kommilitonen, nicht Frauen, niemandem. Niemand wußte von dem tragischen Unfalltod seiner Schwester Madeline. Oder daß sein Vater kaum ein Jahr später auf der Werft tödlich verunglückt war. Oder daß seine Mutter in ihrer Einsamkeit und Verwirrung keine zehn Monate danach wieder geheiratet hatte, worauf sie alle in ein düsteres viktorianisches Haus gezogen waren, das einem verwitweten Vertreter für Tiefkühlkost gehörte. Der hatte selbst fünf kleine Kinder, war nie zu Hause und hatte nur geheiratet, um eine Haushälterin und Babysitterin zu haben. Oder daß Danny später als Jugendlicher immer wieder mit der Polizei zu tun gehabt hatte.

Oder daß die beiden Brüder einen Pakt geschlossen hatten, sie würden einander helfen, das Haus ihres Stiefvaters so früh wie möglich zu verlassen, die Trübseligkeit dieser langen Jahre hinter sich zu lassen und fortzugehen, um nie zurückzukommen. Und wie sie das auf unterschiedlichen Wegen tatsächlich geschafft hatten.

Wie zum Teufel konnte Harry, der sich an das alles erinnerte, Byron Willis' Vorschlag aufgreifen und Danny im Familiengrab beisetzen? Wäre er nicht schon tot gewesen, hätte ihn das umgebracht! Was sollte Harry also morgen dem Direktor des Bestattungsunternehmens sagen, wohin die Leiche von New York aus überführt werden sollte? Bis morgen mußte er eine Antwort parat haben. Und im Augenblick hatte er noch keinen blassen Schimmer, was er sagen würde.

Eine halbe Stunde später war Harry von seinem nächtlichen Spaziergang erhitzt und noch immer ohne eine Lösung wieder im Hassler und trat an die Rezeption, um sich seinen Zimmerschlüssel geben zu lassen. Er wollte nur noch hinauffahren, ins Bett fallen und in einen traumlos tiefen Schlaf des Vergessens sinken.

»Eine Dame möchte Sie sprechen, Mr. Addison.«

Eine Dame? Die einzigen Leute, die Harry in Rom kannte, waren vier Männer. »Wissen Sie das bestimmt?«

Der Portier lächelte. »Ja, Sir. Sehr attraktiv, trägt ein grünes Abendkleid. Sie wartet an der Bar im Wintergarten.«

»Danke.« Harry ging hinüber. Irgend jemand im Büro mußte eine Filmschauspielerin als Mandantin haben, die zufällig in Rom war, und sie gebeten haben, bei Harry vorbeizuschauen, vielleicht um ihn auf andere Gedanken zu bringen. Das war das letzte, was er als Abschluß dieses Tages brauchen konnte. Ganz egal, wer sie war oder wie sie aussah.

Sie saß allein an der Theke. Im ersten Augenblick ließ er sich von ihrem langen kastanienbraunen Haar und dem smaragdgrünen Abendkleid täuschen. Aber er kannte dieses Gesicht, er hatte sie schon hundertmal in ihrer typischen Aufmachung mit Baseballmütze und Feldjacke im Fernsehen gesehen, wie sie unter Artilleriebeschuß aus Bosnien, über einen terroristischen Bombenanschlag in Paris oder aus Flüchtlingslagern in Afrika berichtete. Sie war keine Filmschauspielerin. Sie war Adrianna Hall, der Star aller Korrespondenten, die für das World News Network aus Europa berichteten.

Unter fast allen anderen Umständen hätte Harry sich sehr darum bemüht, Adrianna Hall kennenzulernen. Sie war in seinem Alter, vielleicht etwas jünger, mutig, abenteuerlustig und – wie der Portier gesagt hatte – sehr attraktiv. Aber sie war auch eine Medienvertreterin, und mit den Medien wollte er im Augenblick nichts zu tun haben. Wie sie ihn gefunden hatte, wußte er nicht, aber sie hatte ihn aufgespürt, und er mußte sich jetzt überlegen, was dagegen zu tun war. Oder vielleicht auch nicht. Er brauchte einfach nur kehrtzumachen und zu verschwinden. Was er auch tat.

Er war schon fast wieder in der Hotelhalle, als sie ihn einholte.

»Harry Addison?«

Er blieb stehen und drehte sich um. »Ja?«

»Ich bin Adrianna Hall, WNN.«

»Ich weiß.«

Sie lächelte. »Aber Sie wollen nicht mit mir reden?«

»Stimmt.«

Adrianna lächelte nochmals. Ihr Abendkleid war elegant, aber irgendwie zu förmlich. »Ich habe hier mit einem Freund zu Abend gegessen und wollte gerade gehen, als ich gesehen habe, daß Sie dem Portier Ihren Schlüssel gegeben haben. Er sagte mir, Sie hätten bemerkt, Sie wollten nur einen Spaziergang machen. Ich habe gehofft, daß Sie nicht allzu weit gehen würden.«

»Tut mir leid, Miss Hall, aber ich möchte wirklich nicht mit den Medien sprechen.«

»Sie trauen uns nicht?« Diesmal erreichte das Lächeln auch ihre Augen, in denen eine spöttische Herausforderung aufblitzte.

»Ich will mit niemandem reden. Und jetzt entschuldigen Sie mich bitte, es ist schon spät.«

Harry wollte sich abwenden, aber sie legte ihm eine Hand auf den Arm.

»Was könnte Sie dazu bewegen, mir zu trauen, zumindest mehr als jetzt?« Sie stand dicht vor ihm, und er nahm den herben Duft ihres Parfüms wahr. »Ich könnte Ihnen erzählen, daß ich von Ihrem Bruder weiß. Daß die Polizei Sie am Flughafen zur Vernehmung abgeholt hat. Daß Sie heute mit Jakow Farel zusammengekommen sind.«

Harry starrte sie an.

»Sie brauchen nicht so zu staunen. Solche Dinge zu wissen, ist mein Beruf. Aber ich habe noch mit keinem Menschen darüber gesprochen, und das tue ich auch nicht, bevor die Ermittlungen offiziell abgeschlossen sind.«

»Aber Sie wollten sich trotzdem einen persönlichen Eindruck von mir verschaffen.«

»Schon möglich.«

Harry zögerte, dann lächelte er. »Danke, aber es ist wie gesagt schon spät...«

»Was wäre, wenn ich sagen würde, daß ich Sie sehr attraktiv finde und tatsächlich aus diesem Grund auf Ihre Rückkehr gewartet habe?«

Harry versuchte, nicht zu grinsen. Diese Situation war er aus Hollywood gewöhnt. Eine direkte, selbstbewußte sexuelle Anmache, auf die man je nach Lust und Laune scherzhaft oder ernst reagieren konnte. Im Grunde genommen war sie ein blinkender Köder, der spielerisch ausgeworfen wurde, nur um zu sehen, was als nächstes passieren würde.

»Einerseits würde ich sagen, das sei schmeichelhaft. Andererseits würde ich sagen, das sei ein besonders schäbiger und politisch unkorrekter Trick, um an eine Story heranzukommen.« Harry schlug den Ball in ihr Feld zurück und behauptete seine Stellung.

»Das würden Sie?«

»Ja, das würde ich.«

Drei ältere Hotelgäste kamen aus der Bar und blieben in ihrer Nähe stehen, um sich zu unterhalten. Adrianna Hall sah kurz zu ihnen hinüber, wandte sich wieder Harry zu, neigte dann ihr Gesicht etwas näher zu seinem und senkte die Stimme.

»Mal sehen, ob eine etwas andere Masche bei Ihnen besser zieht, Mr. Harry Addison... Manchmal macht's mir einfach Spaß, mit

Unbekannten zu schlafen.« Sie blickte ihn unverwandt an, während sie das sagte.

Ihre Wohnung war klein, adrett und sinnlich. Ein reines Zufallsprodukt, dieser Sex aus dem Nichts. Jäh aufflammende Lust. Irgend jemand reißt ein Streichholz an, und plötzlich steht alles in Flammen.

Harry hatte gleich klargestellt, als er ihre Aussage mit den Worten »Mir auch!« beantwortet hatte, daß Themen wie Dannys Tod oder die Ermordung des Kardinalvikars in Rom nicht angesprochen werden durften, und Adrianna war einverstanden gewesen.

Sie hatten sich ein Taxi genommen, waren noch einen halben Block weit zu Fuß gegangen und hatten dabei über Amerika gesprochen. Hauptsächlich über Politik und Sport. Adrianna Hall war in Chicago aufgewachsen und mit dreizehn Jahren in die Schweiz übergesiedelt, wo ihr Vater, ein ehemaliger Verteidiger der Chicago Blackhawks, die Schweizer Eishockey-Nationalmannschaft trainiert hatte. Und dann waren sie auch schon bei Adriannas Wohnung angelangt.

Er hörte ein Klicken, als sie die Tür hinter sich schloß. Dann drehte sie sich um, kam im Halbdunkel auf ihn zu und küßte ihn fordernd. Seine Hände glitten sanft und erfahren über das Oberteil ihres Abendkleids und streichelten ihre Brüste, deren Spitzen sich unter seinen Fingern aufrichteten. Gleichzeitig öffneten ihre Hände geschickt seine Hose, zogen seine Boxershorts herunter, nahmen sein Geschlecht, streichelten es, rieben es an der dünnen Seide ihrer Unterwäsche, während sie ihn keuchend weiterküßte. Er nahm sie auf die Arme, trug sie durch das ordentlich aufgeräumte Wohnzimmer – ein Kichern im Dunkel, als sie ihm sagte, wohin er gehen mußte – und den kurzen Flur entlang in ihr Schlafzimmer. Dort wartete er voller Ungeduld, während sie ein Kondom aus der Nachttischschublade angelte und halblaut fluchend die Folie aufzureißen versuchte, bis sie es endlich schaffte, es herauszuziehen und über ihn abzurollen.

»Dreh dich um«, flüsterte er.

Ihr Lächeln verzauberte ihn, bevor sie sich ihm auf den Knien liegend darbot. Und er drang von hinten in sie ein, fühlte das Hineingleiten in ihre Wärme und begann das Stoßen, das langsame Hinein und Heraus, das er fast endlos lange durchhielt. Ihr Stöhnen blieb noch lange im Raum hängen.

Er erinnerte sich nur noch, daß sie nicht gewollt hatte, daß er dort einschlief. Sie hatte ihn ein letztes Mal geküßt und dann aufgefordert, in sein Hotel zurückzufahren, weil sie in zwei Stunden aufstehen und zur Arbeit gehen müsse.

12

Mittwoch, 8. Juli, 4.32 Uhr

Harrys Blick auf seinen Reisewecker: Die Zeit kroch dahin. Falls er überhaupt geschlafen hatte, wußte er nichts davon. Er glaubte, noch immer Adriannas herbes, fast männliches Parfüm mit einer kleinen Beimischung von Zitrusduft und Rauch zu riechen. In zwei Stunden müsse sie aufstehen und zur Arbeit gehen, hatte sie gesagt. Nicht einfach zur Arbeit wie die meisten Leute, sondern zum Flughafen fahren, um nach Zagreb zu fliegen, ins kroatische Hinterland weiterzufahren und von dort über Menschenrechtsverletzungen an kroatischen Serben zu berichten, die von Kroaten aus ihren Häusern vertrieben und abgeschlachtet worden waren. Das war ihr Beruf, das war ihre Arbeit.

Er erinnerte sich daran, daß er in einer der Pausen den eigenen Vorsatz, nicht über Danny zu reden, gebrochen und sie gefragt hatte, was sie über die Ermittlungen wegen des Bombenanschlags auf den Reisebus wisse.

Und sie hatte offen geantwortet, ohne ihm auch nur andeutungsweise vorzuwerfen, er versuche sie auszunutzen. »Die Polizei hat noch keinen bestimmten Verdacht.«

Er hatte sie im Halbdunkel angestarrt – ihre glänzenden Augen, die seinen Blick erwiderten, das sanfte Auf und Ab ihrer Brüste, während sie atmete – und zu erkennen versucht, ob sie die Wahrheit sagte. Und die Wahrheit war, daß er das nicht beurteilen konnte. Deshalb hatte er dieses Thema nicht weiter verfolgt. In zwei Tagen würde er Rom verlassen und sie nur sehen, wenn sie wieder einmal mit Baseballmütze und Feldjacke bekleidet im Fernsehen aus irgendeinem Krisengebiet berichtete. Während er sie beobachtet hatte und dann den Kopf senkte, um ihre Brust zu küssen und zu spüren, wie die Brustwarze unter seiner Zungenspitze steif wurde, wußte er nur, daß er sie noch einmal wollte. Und anschließend noch einmal. Und danach noch einmal, bis er an nichts anderes mehr denken konnte als an Adrianna. Egoistisch, gewiß. Aber trotzdem nicht völlig einseitig. Schließlich war alles ihre Idee gewesen.

Als er seine Hand langsam die Innenseite ihres Oberschenkels hatte hinaufgleiten lassen, hörte er sie leise stöhnen, als er die klebrige Feuchtigkeit an der Stelle erreichte, wo ihre Beine sich trafen. Er war wieder voll aufgerichtet und im Begriff, sich über sie zu legen, als sie zur Seite auswich, ihn rücklings aufs Bett drückte, sich auf ihn setzte und seine Erektion in sich aufnahm.

Sie glitt rückwärts, vergrub ihre Füße in der flauschigen Tagesdecke, beugte sich auf beide Hände gestützt nach vorn und beobachtete ihn mit weit geöffneten Augen. Dann begann sie, langsam über ihm auf und ab zu gleiten, mit vollem Körpereinsatz hinter jeder ihrer präzisen Bewegungen. Dann steigerte sie das Tempo wie ein Ruderer, der auf den Schlag seines Steuermanns hört. Ihre Bewegungen wurden schneller und schneller. Sie war eine Reiterin, die das Leistungsvermögen des Tieres unter sich auf die Probe stellte. Die es laut und energisch und unbarmherzig antrieb. Bis sie selbst das Vollblut wurde. So hatte sie sekundenschnell alles verändert. Was zuvor nicht mehr als lustvolles Begehren gewesen war, wurde jetzt zu einem gigantischen Wettstreit.

Und Harry enttäuschte sie nicht. Da er immer den Ehrgeiz hatte, sich als guter Liebhaber zu beweisen, verfolgte er jede ihrer Bewegungen und paßte sich ihrem Rhythmus an. Stoß für Stoß. Tier gegen Tier. Ein mit jagenden Herzen und letztem Einsatz gelaufenes Match-Race, bei dem keiner voraussagen konnte, wer zuerst explodieren würde.

Sie überquerten den Zielstrich gemeinsam. Schreiend, verschwitzt, in einem nur durch ein Zielfoto zu entscheidenden Finish, in einem orgastischen Feuerwerk, nach dem sie nebeneinander aufs Bett sanken: ausgepumpt, keuchend nach Atem ringend, ermattet und wie zerschlagen.

Harry wußte nicht, wie das kam, aber in diesem Augenblick fragte ein seltsam distanzierter Teil seines Ichs sich, ob Adrianna ihn nicht etwa mitgenommen hatte, weil sie in ihm eine der Hauptpersonen einer interessanten Story sah und frühzeitig eine persönliche Beziehung zu ihm aufbauen wollte. Oder auch, weil es ihr nicht nur einfach Spaß machte, mit Unbekannten ins Bett zu gehen, sondern aus einem ganz anderen Grund – weil sie Angst davor hatte, nach Zagreb zu fliegen. Weil sie insgeheim fürchtete, ihr Glückskonto überzogen zu haben und irgendwo im kroatischen Hinterland sterben zu müssen. Vielleicht wollte sie das Leben noch einmal in vollen Zügen genießen, bevor sie dorthin mußte. Und er war nur zufällig der Mann, den sie sich ausgesucht hatte, damit er ihr dazu verhalf.

4.36 Uhr

Tod. Selbst im Dunkel von Zimmer 403 im Hotel Hassler, hinter herabgelassenen Jalousien und zugezogenen Vorhängen, die den heraufdämmernden Tag aussperrten, fand Harry keinen Schlaf. Die Welt drehte sich, Gesichter zogen an ihm vorbei.

Adrianna.

Die Kriminalbeamten Pio und Roscani.

Jakow Farel.

Pater Bardoni, der junge Geistliche, der ihn und Dannys sterbliche Überreste zum Flughafen begleiten sollte.

Danny.

Tod.

Genug! Harry knipste das Licht an, warf die Bettdecke zurück, stand auf und trat an den kleinen Schreibtisch, auf dem das Telefon stand. Er griff nach seinen Notizen und ging nochmals die Vereinbarungen durch, die er am Vorabend unter Dach und Fach gebracht hatte. Ein Fernsehvertrag, der dem Star einer Serie im vierten Jahr ein Mehrhonorar von fünfzigtausend pro Folge sicherte. Eine Vereinbarung, daß ein erstklassiger Drehbuchautor einen Monat lang ein Drehbuch bearbeiten würde, das schon viermal umgeschrieben worden war. Autorenhonorar: fünfhunderttausend Dollar. Ein endlich abgeschlossener Deal, über den acht Wochen lang verhandelt worden war: Ein bekannter Regisseur würde einen Actionfilm auf Malta und in Bangkok drehen und dafür ein Pauschalhonorar von sechs Millionen Dollar oder wahlweise zehn Prozent der Bruttoeinnahmen des ersten Wochenendes erhalten, an dem der Film in den USA lief. Eine halbe Stunde später war diese Vereinbarung hinfällig gewesen, weil der Hauptdarsteller plötzlich aus unbekannten Gründen nicht mehr hatte mitmachen wollen. Zwei Stunden und ein halbes Dutzend Telefongespräche später machte der Star wieder mit, aber nun überlegte der Regisseur, ob er andere Angebote annehmen sollte. Ein Anruf bei dem Star, der in einem Restaurant in West L. A. beim Mittagessen saß, einer bei dem Produzenten, der irgendwo im San Fernando Valley mit dem Auto unterwegs war, und ein weiterer bei dem Agenten des Regisseurs endeten mit einem Konferenzgespräch, das die drei mit dem Regisseur in seiner Villa in Malibu führten. Vierzig Minuten später machte auch der Regisseur wieder mit und war bereit, am nächsten Morgen nach Malta abzufliegen.

Mit dieser Telefonkampagne hatte Harry Verträge im Wert von rund siebeneinhalb Millionen Dollar abgeschlossen. Fünf Prozent davon, rund dreihundertfünfundsiebzigtausend Dollar, bekam seine Anwaltsfirma Willis, Rosenfeld & Barry. Nicht allzu schlecht für jemanden, der durch andere Sorgen abgelenkt und mit sehr wenig Schlaf von einem Hotelzimmer auf einem anderen Kontinent aus arbeitete. Deshalb bezog er ein üppiges Gehalt und einen Bonus und eine Gewinnbeteiligung und… Harry Addison, der Junge aus der Kleinstadt, hatte es in der Welt wirklich weit gebracht. Plötzlich kam ihm das alles sehr schal und unwichtig vor.

Er knipste das Licht aus und schloß in der Dunkelheit die Augen. Sobald er das tat, kamen die Schattengestalten. Er bemühte sich, sie zu verdrängen und an etwas anderes zu denken. Aber sie kamen trotzdem. Schatten, die sich entlang einer fernen, schimmernden Mauer bewegten, bevor sie sich umdrehten und auf ihn zukamen. Gespenster. Eines, zwei, drei, dann vier.

Madeline.

Sein Vater.

Seine Mutter.

Und dann:

Danny.

13

Dienstag, 8. Juli, 10.20 Uhr

Auf dem Bodenbelag machten ihre Schritte kein Geräusch, als sie die Treppe hinuntergingen: Harry Addison, Pater Bardoni und Signore Gasparri, der Direktor des Bestattungsunternehmens. Unten wandte Gasparri sich nach links und führte die Besucher einen senfgelben Korridor entlang, dessen Wände mit kitschigen Landschaftsgemälden geschmückt waren.

Harry tastete unwillkürlich nach dem in seiner Jackentasche steckenden Umschlag, den Gasparri ihm übergeben hatte. Er enthielt Dannys kümmerliche Besitztümer, die am Ort des Bombenanschlags sichergestellt worden waren: einen verkohlten Dienstausweis aus dem Vatikan, seinen nur wenig beschädigten Reisepaß, seine Brille, deren linkes Glas gesprungen war, während das rechte ganz fehlte, und seine Armbanduhr. Von diesen vier Gegenständen erzählte die Uhr am deutlichsten von der Tragödie, die sich auf der Autostrada ereignet hatte. Ihr Armband war durchgebrannt, das Gehäuse aus rostfreiem Stahl verfärbt, das Mineralglas gesprungen und das Uhrwerk am 3. Juli um 10.51 Uhr stehengeblieben – in der Sekunde, in der die Sprengladung unter dem Bus hochgegangen war.

An diesem Morgen hatte Harry die Entscheidung getroffen, wo Danny beigesetzt werden sollte: auf einem kleinen Friedhof im Westen von Los Angeles. Schließlich wohnte Harry in L. A., hatte dort seinen Lebensmittelpunkt und sah trotz der emotionalen Achterbahnfahrt, auf der er sich gegenwärtig befand, keinen Grund, an einen Umzug zu denken. Außerdem fand er den Gedanken tröstlich, Danny in seiner Nähe zu haben. Er konnte von Zeit zu Zeit hinfahren, sich darum kümmern, ob das Grab gut gepflegt wurde, und vielleicht sogar mit Danny reden. So war keiner von ihnen allein und vergessen. Und auf seltsame Weise konnte diese räumliche Nähe vielleicht sogar dazu beitragen, die jahrelange Entfremdung zwischen ihnen abzubauen.

»Mr. Addison, ich bitte Sie«, Pater Bardonis Stimme klang sanft und mitleidvoll, »um Ihrer selbst willen. Lassen Sie die früheren Erinnerungen die bleibenden sein.«

»Ich wollte, das könnte ich, Pater, aber das ist mir unmöglich.«

Auf die Idee, den Sarg öffnen zu lassen, um Danny noch einmal zu sehen, war Harry erst in den letzten Minuten der kurzen Fahrt vom Hotel zu dem Bestattungsunternehmen gekommen. Obwohl ihm dieser Gedanke an sich widerstrebte, wußte er genau, daß er es sonst für den Rest seines Lebens bedauern würde, das nicht getan zu haben.

Vor ihnen blieb Gasparri stehen, öffnete eine Tür und begleitete sie in einen kleinen, indirekt beleuchteten Raum, in dem drei Reihen ungepolsterter Stühle vor einem schlichten hölzernen Altar standen. Gasparri sagte kurz etwas auf italienisch, dann ging er hinaus.

»Er hat uns gebeten, hier zu warten.« Aus Pater Bardonis Blick hinter der schwarzen Hornbrille sprach tiefes Mitgefühl, und Harry wußte, daß er ihn nochmals bitten würde, sich die Sache anders zu überlegen.

»Ich weiß, daß Sie es gut mit mir meinen, Pater. Aber bemühen Sie sich bitte nicht.« Harry schaute ihn sekundenlang an, damit der andere sah, daß er sich nicht umstimmen lassen würde, und wandte sich dann ab, um den Raum genauer zu betrachten.

Wie der Rest des Gebäudes war er alt und abgenutzt. Seine verputzten Wände waren immer wieder ausgebessert worden und in dem gleichen Senfgelb wie der Korridor draußen gestrichen. Unter dem dunklen Holz des Altars und der Stühle wirkte der in vielen Jahrzehnten ausgebleichte Terrakottaboden fast weiß. Wie viele Menschen waren wohl schon hergekommen, um hier zu sitzen, vor sich hinzustarren und wieder zu gehen, nur um durch andere ersetzt zu werden, die ebenfalls hergekommen waren, um Abschied von einem Toten zu nehmen?

Harry setzte sich auf einen der Stühle. Die grausige Arbeit, die Opfer des Busattentats zu identifizieren und auf Sprengstoffrückstände zu untersuchen, hatte auf Wunsch der noch über die Ermordung Kardinal Parmas entsetzten italienischen Regierung eine personell verstärkte Sonderkommission übernommen. Anschließend waren die Toten aus dem Leichenkeller des Gerichtsmedizinischen Instituts der Universität Rom zu verschiedenen umliegenden Bestattungsunternehmen gebracht worden, die den Auftrag hatten, sie in geschlossenen Särgen zur Bestattung in ihre Heimatorte zu überführen. Trotz der gegen ihn laufenden Ermittlungen war auch Danny nicht anders behandelt worden. Nun wartete der verstümmelte Leichnam von Pater Daniel irgendwo hier in Gasparris Gebäude darauf, wie die übrigen Leichen in einem verschlossenen Sarg nach Hause überführt und dort bestattet zu werden.

Harry hätte es dabei bewenden lassen können, vielleicht sogar sollen. Er hätte den Sarg ungeöffnet nach Kalifornien mitnehmen sollen, um Danny beisetzen zu lassen. Aber das konnte er nicht, nicht nach all dem, was passiert war. Wie Danny aussah, spielte keine Rolle. Er mußte ihn ein letztes Mal sehen, um jene letzte Bewegung zu machen, die besagte: Tut mir leid, daß ich nicht dagewesen bin, als du mich gebraucht hast. Tut mir leid, daß zwischen uns so viel Bitterkeit und Unverständnis geherrscht haben. Daß wir's nie geschafft haben, darüber zu reden und es zu ergründen, um darüber hinwegzukommen... Um einfach zu sagen: Good bye, ich liebe dich und habe dich immer geliebt, auch wenn es anders ausgesehen hat.

»Mr. Addison...« Pater Bardoni war nach vorn gekommen, stand jetzt neben ihm. »Ich bitte Sie um Ihrer selbst willen. Ich habe schon erlebt, wie starke und entschlossene Männer wie Sie angesichts des Unaussprechlichen zusammengebrochen sind. Finden Sie sich mit Gottes Willen ab. Sehen Sie ein, daß Ihr Bruder wollen würde, daß Sie ihn im Gedächtnis behalten, wie er früher gewesen ist.«

Dann wurde die Tür hinter ihnen geöffnet, und ein Mann mit silbergrauem kurzem Haar kam herein. Er war fast einen Meter achtzig groß, sah gut aus und hatte eine Aura um sich, die aristokratisch und zugleich gütig und menschenfreundlich wirkte. Zu einer schwarzen Soutane trug er die rote Schärpe eines Kurienkardinals, eine kleine purpurrote Schädelkappe und ein goldenes Brustkreuz an einer Halskette.

»Eminenz...« Pater Bardoni verbeugte sich leicht.

Der Neuankömmling nickte ihm zu, bevor er sich an Harry wandte. »Ich bin Kardinal Marsciano, Mr. Addison. Ich komme, um Ihnen mein tiefes Beileid auszusprechen.«

Marsciano sprach ausgezeichnetes und flüssiges Englisch. Alles an ihm, seine Erscheinung, sein Blick und seine Körpersprache, wirkte ruhig und beruhigend.

»Danke, Eminenz.« Obwohl Harry mit vielen Mächtigen und weltberühmten Stars befreundet war, hatte er noch nie mit einem Kardinal und erst recht nicht mit einem Mann von Marscianos Stellung innerhalb der Kirche zu tun gehabt. Da er katholisch erzogen worden war, auch wenn er diesen Glauben lange zuvor schon abgelegt hatte und nicht mehr in die Kirche ging, fühlte Harry sich in seiner Gegenwart klein und unbedeutend. Es war nichts anders, als erhielte man Besuch von einem Staatsoberhaupt.

»Pater Daniel ist seit vielen Jahren mein Privatsekretär gewesen.«

»Ja, ich weiß.«

»Sie warten jetzt hier, weil Sie den Wunsch haben, ihn noch einmal zu sehen.«

»Ganz recht.«

»Während Sie mit Signore Gasparri gesprochen haben, hat Pater Bardoni mich in der Hoffnung angerufen, mir könnte es eher gelingen, Sie von Ihrem Vorhaben abzubringen«, fuhr der Kardinal fort. Er schüttelte ernst den Kopf. »Ich habe ihn gesehen, Mr. Addison. Ich habe zu den Leuten gehört, die von der Polizei gebeten worden sind, die Toten zu identifizieren. Ich habe seinen schrecklich zugerichteten Leichnam gesehen. Ich habe gesehen, was stolze Erfindungen der Menschen anrichten können.«

»Das macht mir nichts aus.« Harry dachte nicht daran, sich von Marsciano einschüchtern oder umstimmen zu lassen. Was er vorhatte, ging nur Danny und ihn etwas an. »Das verstehen Sie hoffentlich.«

Der Kardinal antwortete nicht gleich. »Ja, das verstehe ich«, sagte er nach einer längeren Pause.

Pater Bardoni zögerte, dann verließ er den Raum.

»Sie sind Ihrem Bruder sehr ähnlich«, stellte Marsciano fest. »Das ist ein Kompliment, Mr. Addison.«

»Danke, Eminenz.«

Im nächsten Augenblick wurde eine Tür neben dem Altar geöffnet, und Pater Bardoni kam herein. Unmittelbar hinter ihm folgten Gasparri und ein stämmiger Mann in einer gestärkten weißen Leinenjacke, der ein fahrbares Gestell schob, auf dem ein kleiner

Holzsarg stand. Beim Anblick dieses Kindersargs mit Dannys sterblichen Überresten wurde Harry beklommen zumute. Er holte tief Luft. Wie bereitete man sich auf so etwas vor? Wie machte man sich darauf gefaßt? Schließlich sah er zu Pater Bardoni hinüber.

»Bitten Sie ihn, den Sarg zu öffnen.«

»Wollen Sie das wirklich?«

»Ja.«

Marsciano nickte knapp. Gasparri zögerte noch, bevor er sich über den Sarg beugte und den Deckel abnahm.

Harry tat einen Augenblick lang gar nichts. Dann machte er sich auf das Schlimmste gefaßt, trat vor und blickte in den Sarg. Er hörte sich erschrocken tief Luft holen. Der Tote lag auf dem Rücken. Seine rechte Rumpfhälfte fehlte weitgehend. Wo das Gesicht hätte sein sollen, war nur eine Masse aus zerschmetterten Knochen und blutverklebten Haaren zu sehen, in der anstelle des rechten Auges ein großes Loch gähnte. Die Arme fehlten, beide Beine waren unterhalb der Knie abgerissen. Noch obszöner wirkte das Ganze dadurch, daß jemand dem Torso eine Unterhose angezogen hatte, wie um dem Betrachter den Anblick der wohl ebenfalls verstümmelten Geschlechtsteile zu ersparen.

»O Gott!« flüsterte Harry. Abscheu, Entsetzen und Trauer brandeten über ihn hinweg. Er wurde kreidebleich und mußte sich mit einer Hand festhalten, um nicht das Gleichgewicht zu verlieren. Dann hörte er einen italienischen Wortschwall und merkte, daß Gasparri ihn offenbar ansprach.

»Signore Gasparri entschuldigt sich für den Anblick, den Ihr Bruder bietet«, sagte Pater Bardoni. »Er möchte den Sarg schließen und ihn wieder hinausbringen.«

Harry sah zu ihm hinüber und schüttelte den Kopf. »Nein, noch nicht…«

Den verstümmelten Torso erneut zu betrachten, erforderte Harrys gesamte Kraft. Aber er mußte sich zusammenreißen. Er mußte einen klaren Kopf behalten. Er mußte Danny stumm sagen, was er sich vorgenommen hatte. Dann sah er Kardinal Marscianos Handbewegung, auf die hin Gasparri mit dem Sargdeckel vortrat. Gleichzeitig wurde Harry auf etwas anderes aufmerkam.

»Nein!« sagte er scharf, und Gasparri erstarrte förmlich. Harry streckte eine Hand aus, berührte die kalte Brust und fuhr dann mit dem Zeigefinger über die Haut unter der linken Brustwarze. Im nächsten Augenblick spürte er, daß er weiche Knie bekam.

»Alles in Ordnung, Mr. Addison?« Pater Bardoni trat einen Schritt auf ihn zu.

Harry richtete sich ruckartig auf. »Das ist er nicht! Das ist nicht mein Bruder!«

14

Harry wußte nicht, was er denken oder empfinden sollte. Auf die Idee, in dem Sarg könnte jemand anders als Danny liegen, wäre er nie gekommen. Daß diese grausige Verwechslung nach eingehenden polizeilichen Ermittlungen, nach der Sicherstellung des persönlichen Eigentums, der Identifizierung des Toten durch Kardinal Marsciano und der Ausstellung des Leichenscheins noch hatte passieren können, war eigentlich unvorstellbar.

Kardinal Marsciano legte ihm eine Hand auf den Arm. »Sie sind müde und betrübt, Mr. Addison. Unter solchen Umständen lassen unsere Herzen und Gefühle uns nicht immer klar denken.«

»Eminenz!« sagte Harry scharf. Nun starrten ihn alle an: Marsciano, Pater Bardoni, Gasparri und der Mann in der gestärkten weißen Jacke. Ja, er war müde. Ja, er war betrübt. Aber er hatte noch nie klarer gedacht.

»Mein Bruder hat unter der linken Brustwarze einen großen Leberfleck gehabt, eine sogenannte dritte Brust. Ich habe ihn Hunderte von Malen gesehen. Als kleiner Junge hat Danny unsere Mutter damit geärgert, daß er ihn sogar wildfremden Leuten gezeigt hat. Dieser Tote hier weist keinen Leberfleck unter der linken Brustwarze auf. Folglich ist er nicht mein Bruder. So einfach ist das.«

Wenig später schloß Kardinal Marsciano die Tür von Gasparris Büro hinter ihnen und deutete auf die beiden vergoldeten Besucherstühle vor dem Schreibtisch.

»Danke, ich stehe lieber«, wehrte Harry ab.

Marsciano setzte sich an den Schreibtisch.

»Wie alt sind Sie, Mr. Addison?«

»Sechsunddreißig.«

»Und wann haben Sie Ihren Bruder zuletzt ohne Hemd oder auch mit Hemd gesehen? Pater Daniel ist nicht nur mein Privatsekretär, sondern auch mein Freund gewesen. Freunde reden miteinander, Mr. Addison... Sie hatten ihn seit vielen Jahren nicht mehr gesehen, nicht wahr?«

»Eminenz, dieser Unbekannte ist nicht mein Bruder.«

»Leberflecken können wegoperiert werden. Sogar bei Priestern. Das lassen viele Leute machen. Aber das wissen Sie wegen Ihres Berufs bestimmt viel besser als ich.«

»Danny hätte sich niemals operieren lassen, Eminenz, das weiß ich ganz sicher. Als kleiner Junge hat er sich eingebildet, sein Leberfleck sei eine Art geheimes Adelszeichen, der Beweis für seine Abstammung aus königlichem Geblüt. Und falls er sich seit damals nicht unvorstellbar tiefgreifend verändert hat, hätte er ihn nie wegoperieren lassen. Durch seinen Leberfleck, der ein Ehrenzeichen gewesen ist, hat er sich von allen übrigen Menschen unterschieden.«

»Menschen verändern sich aber, Mr. Addison«, stellte Kardinal Marsciano gelassen fest. »Und Pater Daniel hat sich in den Jahren, in denen ich ihn gekannt habe, deutlich wahrnehmbar verändert.«

Harry starrte sekundenlang schweigend vor sich hin. Als er weitersprach, klang seine Stimme ruhiger, aber nicht weniger nachdrücklich. »Kann es nicht eine Verwechslung im Leichenhaus gegeben haben? Kann nicht eine andere Familie Dannys Leichnam in einem geschlossenen Sarg erhalten haben, ohne etwas davon zu ahnen? Das ist immerhin vorstellbar, nicht wahr?«

»Mr. Addison, den Toten, den Sie gesehen haben, habe ich identifiziert.« Die Antwort des Kardinals klang bestimmt, sogar empört. »In Zusammenarbeit mit den italienischen Behörden.« Marsciano war plötzlich kein Tröster mehr, sondern sprach scharf und keinen Widerspruch duldend.

»Mit dem Bus sind vierundzwanzig Personen unterwegs gewesen, Mr. Addison. Acht Menschen haben den Anschlag überlebt, und fünfzehn Tote sind von ihren Angehörigen einwandfrei identifiziert worden. Folglich ist nur einer übrig gewesen...« Für einen

Augenblick änderte sich Marscianos Art und ließ wieder warme Menschlichkeit durchscheinen. »Auch ich habe anfangs gehofft, hier könnte ein Irrtum vorliegen. Daß dieser Tote jemand anders sei. Daß Pater Daniel vielleicht noch verreist sei, ohne mitbekommen zu haben, daß er als tot galt.

Aber mir sind Fakten und Beweise vorgelegt worden«, fuhr Marsciano in wieder schärferem Tonfall fort. »Ihr Bruder ist oft nach Assisi gefahren und dieses Mal beim Einsteigen von mehreren Leuten gesehen worden, die ihn kannten. Das Busunternehmen hat mit seinem Fahrer unterwegs in Funkverbindung gestanden. Er hat nur einmal an einer Mautstation gehalten, sonst nirgends. Nirgends, wo ein Fahrgast vor der Detonation hätte aussteigen können.

Dazu kommt sein aus den Trümmern geborgenes persönliches Eigentum. Seine Brille, die ich sehr gut kenne, weil er sie oft genug auf meinem Schreibtisch vergessen hat, und sein Dienstausweis aus dem Vatikan haben in einer Tasche der zerfetzten Jacke gesteckt, die dieser Tote getragen hat. Die Wahrheit ist nicht zu ändern, Mr. Addison, und auch wenn es Ihnen nicht gefällt, ist er wirklich tot. Sie haben vorhin seine sterblichen Überreste gesehen.«

Marsciano machte eine Pause, und Harry beobachtete, wie seine Stimmung sich nochmals veränderte und sein Blick sich verdüsterte.

»Sie haben mit der Polizei und Jakow Farel zu tun gehabt. Das haben wir alle … Hat Ihr Bruder sich mit anderen zusammengetan, um Kardinal Parma zu ermorden? Oder vielleicht sogar den Heiligen Vater? Hat er tatsächlich die Schüsse abgegeben? Ist er im Grunde seines Herzens ein Anarchist gewesen, der uns alle verachtet hat? Darauf weiß ich keine Antwort. Ich kann Ihnen nur sagen, daß er in all den Jahren unserer Zusammenarbeit immer freundlich, anständig und bei seiner Hauptaufgabe sehr erfolgreich gewesen ist, besänftigend auf mich einzuwirken.« Ein schwaches Lächeln flackerte auf, verschwand aber sofort wieder.

»Eminenz«, fragte Harry nachdrücklich, »wissen Sie, daß er nur wenige Stunden vor seiner Ermordung eine Nachricht auf meinem Anrufbeantworter hinterlassen hat?«

»Ja, davon habe ich gehört.«

»Er hatte Angst, hat sich davor gefürchtet, was als nächstes passieren würde… Haben Sie irgendeine Ahnung, weshalb?«

Marsciano antwortete nicht gleich. Dann sprach er Harry ruhig und direkt an. »Mr. Addison, nehmen Sie Ihren Bruder aus Italien mit. Bestatten Sie ihn in seiner Heimat, und behalten Sie ihn ihr ganzes Leben lang lieb. Sagen Sie sich, wie ich es tue, daß er fälschlich beschuldigt worden ist und daß seine Unschuld sich eines Tages erweisen wird.«

Pater Bardoni scherte mit seinem kleinen weißen Fiat hinter einem Reisebus ein und bog dann auf den Ponto Palatino ab, um Harry über den Tiber ins Hotel Hassler zurückzubringen. Das mittägliche Rom war laut, schmerzhaft hell und verkehrsreich. Aber Harry sah und hörte nur, was sich in seinem Kopf abspielte.

»Nehmen Sie Ihren Bruder aus Italien mit, und bestatten Sie ihn in seiner Heimat«, hatte Marsciano wiederholt, bevor er in seinem dunkelgrauen Mercedes mit einem von Farels Männern am Steuer davongefahren war.

Marsciano hatte die Polizei und Jakow Farel nicht ohne Hintergedanken erwähnt; auch daß er Harrys Frage nicht beantwortet hatte, war Absicht gewesen. Seine Barmherzigkeit hatte darin gelegen, daß er es Harry überlassen hatte, die Lücken auszufullen: ein Kardinal war ermordet worden, und der Priester, der als Hauptverdächtiger galt, war tot. Auch sein Komplize war tot. Auch fünfzehn weitere Menschen, die in dem Bus nach Assisi gesessen hatten, waren tot. Und ob Harry das paßte oder nicht, waren die sterblichen Überreste dieses Geistlichen, des mutmaßlichen Attentäters, offiziell und ohne jeden Zweifel mit denen seines Bruders identisch.

Um sicherzugehen, daß er verstanden worden war, hatte Kardinal Marsciano zuletzt noch etwas getan: Auf dem Weg zu seinem Wagen hinunter hatte er sich umgedreht und Harry einen strengen Blick zugeworfen, der mehr verriet, als er bisher gesagt oder angedeutet hatte. Hier gab es Gefahren und Türen, die lieber nicht geöffnet werden sollten. Und Harry konnte nichts Besseres tun, als mitzunehmen, was ihm angeboten worden war, und so schnell und unauffällig wie möglich zu verschwinden. Solange er noch konnte.

15

Ispettore Capo Gianni Pio
Questura die Roma
sezione omidici

Harry saß in seinem Hotelzimmer und spielte mit der Karte, die Pio ihm gegeben hatte. Pater Bardoni hatte ihn kurz nach Mittag im Hassler abgesetzt und wollte ihn morgen früh um sechs Uhr dreißig abholen und zum Flughafen fahren. Dannys Sarg würde schon dort und auch schon abgefertigt sein. Harry brauchte nur noch an Bord der Maschine zu gehen.

Das Dumme war nur, daß Harry das selbst nach Marscianos deutlicher Warnung nicht konnte. Er konnte keine Leiche nach Hause mitnehmen und als die Dannys beisetzen, von der er genau wußte, daß das nicht sein Bruder war. Und er konnte sie nicht mitnehmen und beisetzen, weil das der Polizei eine zu einfache Möglichkeit gegeben hätte, die Ermittlungen wegen des Mordes an dem Kardinalvikar von Rom einzustellen – eine Entscheidung, die Danny praktisch als Parmas Mörder gebrandmarkt hätte. Und nach seinem Gespräch mit Marsciano war Harry mehr denn je davon überzeugt, daß das nicht stimmte.

Die Frage war nur, was sich dagegen tun ließ, schnell tun ließ.

In Rom war es zwölf Uhr dreißig, in Los Angeles drei Uhr dreißig morgens. Wen konnte er jetzt dort um Hilfe bitten, der imstande war, tatkräftig zu helfen, statt ihm nur sein Beileid auszudrücken? Selbst wenn Byron Willis oder jemand aus dem Büro dafür sorgen konnte, daß Harry in Rom von einem prominenten italienischen Kollegen vertreten wurde, würde das nicht gleich innerhalb der nächsten Stunden passieren.

Und selbst wenn es dazu kam, was dann? Sie würden sich zu einem Gespräch treffen. Harry würde schildern, was sich ereignet hatte. Und damit würden sie wieder auf Feld eins stehen. Hier ging es nicht nur um einen falsch identifizierten Toten, sondern um Mordermittlungen auf höchster Ebene. Damit würden sie sofort ins Scheinwerferlicht der Medien geraten, und er, seine Firma und seine Klienten würden weltweit Schlagzeilen machen. Nein, er mußte irgendeine andere Möglichkeit finden. Am besten sicherte er sich die Hilfe eines schon in die Ermittlungen Eingeweihten.

Harry starrte wieder Pios Karte an. Warum sollte er sich nicht von einem italienischen Ermittler in Mordsachen helfen lassen? Zwischen ihnen war eine gewisse Beziehung entstanden, und Pio hatte ihn aufgefordert, sich jederzeit an ihn zu wenden. Er mußte irgend jemandem trauen und wollte glauben, Pio sei vertrauenswürdig.

Zwölf Uhr fünfunddreißig.

Jemand in Pios Büro, der Englisch sprach, erklärte Harry, der Ispettore Capo sei ausgegangen, und notierte sich Namen und Telefonnummer des Anrufers. Das war alles. Pio würde zurückrufen. Irgendwann.

Zwölf Uhr fünfundfünfzig.

Was sollte er tun, wenn Pio nicht zurückrief? Das wußte Harry nicht. Er konnte nur auf den Kriminalbeamten und sein Profitum setzen und hoffen, daß er irgendwann bis morgen früh um sechs Uhr dreißig zurückrufen würde.

Dreizehn Uhr zwanzig.

Harry war nach dem Duschen dabei, sich zu rasieren, als das Telefon klingelte. Er wischte sich hastig den Schaum ab und griff nach dem Hörer.

»Mr. Addison …«

Jakow Farel! Diese Stimme würde Harry nie vergessen.

»In der Sache mit Ihrem Bruder hat sich etwas Neues ergeben. Ich dachte, das würde Sie vielleicht interessieren.«

»Was denn?«

»Das sollten Sie lieber mit eigenen Augen sehen, Mr. Addison. Mein Fahrer holt Sie ab und bringt Sie an einen Ort in der Nähe der Stelle, an der sich das Busattentat ereignet hat. Ich erwarte Sie dort.«

»Wann kommt er?«

»In zehn Minuten.«

»Gut, in zehn Minuten.«

Der Fahrer hieß Lestingi oder Lestini. Harry bekam seinen Namen nicht ganz mit und fragte nicht danach, weil der Mann anscheinend kein Englisch sprach. In einem beigen Polohemd, Jeans und Laufschuhen und mit einer Pilotenbrille auf der Nase setzte Harry sich einfach hinten in den dunkelbraunen Opel, ließ sich zurücksinken, als der Wagen anfuhr, und beobachtete den chaotischen römischen Verkehr.

Der Gedanke an ein weiteres Zusammentreffen mit Farel war beunruhigend genug, aber die Vorstellung, was am Ort der Detonation entdeckt worden sein mochte, beunruhigte Harry noch mehr. Jedenfalls war es bestimmt nichts, was Danny entlasten konnte.

16

Nach zwanzigminütiger Fahrt auf der Autostrada aus Rom heraus nach Norden verließ Farels Fahrer die Autostrada, zahlte seine Maut und bog auf eine Landstraße ab, die an einer Tankstelle und einer großen Halle mit Landmaschinen vorbeiführte. Dann lagen nur noch die Straße und die Maisfelder auf beiden Seiten vor ihnen. Sie fuhren weiter: einen Kilometer, zwei, drei. Der Bus war auf der Autostrada in die Luft geflogen, aber sie entfernten sich rasch von ihr.

»Wohin fahren wir?« fragte Harry plötzlich.

Der Mann begegnete seinem Blick im Rückspiegel und schüttelte den Kopf. *»Non capisco inglese.«*

In den letzten Minuten waren sie keinen anderen Fahrzeugen mehr begegnet. Harry sah sich um, dann blickte er wieder nach vorn. Der Mais stand hoch, höher als ihr Wagen. Links und rechts zweigten unbefestigte Nebenstraßen ab, aber sie blieben auf der Asphaltstraße. Nun schon über fünf Kilometer weit. Harrys Unbehagen wuchs. Dann spürte er, daß der Opel langsamer wurde, und beobachtete, wie die Tachonadel zurückging: achtzig Stundenkilometer, sechzig, vierzig, zwanzig. Im nächsten Augenblick bog der Fahrer scharf rechts auf einen leicht abfallenden Feldweg mit tiefen Fahrspuren ab. Harry tastete instinktiv nach dem Türgriff, um zu sehen, ob der Fahrer ihn von vorn aus elektronisch verriegelt hatte.

Hinten gab es keinen Türgriff. Nur Löcher in den Türverkleidungen, wo er gesessen hatte. Dann wurde Harry klar, daß dies ein Polizeiwagen war: Die hinteren Türen solcher Fahrzeuge ließen sich immer nur von außen öffnen.

»Wohin fahren wir?« wiederholte Harry lauter als zuvor. Er fühlte sein Herz jagen und merkte, daß er feuchte Hände hatte.

»Non capisco inglese.«

Der Fahrer beobachtete ihn im Rückspiegel. Dann gab er plötzlich Gas. Der Wagen wurde schneller und holperte wild schlingernd über die unebene Fahrbahn. Der Mais auf beiden Seiten verschwamm zu einer grünen Wand, hinter ihnen stieg eine Staubwolke auf. Harry klammerte sich mit beiden Händen fest, um nicht umhergeschleudert zu werden. Sein Hemd war durchgeschwitzt. Zum erstenmal in seinem Leben hatte er wirklich Angst.

Plötzlich machte der Feldweg eine Kurve, dann erreichten sie eine Rasenfläche, auf der ein modernes, einstöckiges Haus stand. Im trockenen Gras parkte ein grauer Alfa Romeo neben einem kleinen, dreirädrigen landwirtschaftlichen Fahrzeug. Der Opel wurde langsamer und hielt. Der Fahrer stieg aus, ging nach hinten, öffnete die Tür und forderte Harry mit einer Handbewegung zum Aussteigen auf.

»Verdammt«, fluchte Harry halblaut. Er stieg langsam aus und behielt die Hände des Mannes im Auge, obwohl er nicht recht wußte, wie er auf einen Angriff reagieren sollte. Dann sah er, wie die Haustür sich öffnete. Zwei Männer traten ins Freie. Farel und… Pio, wie Harry zu seiner unendlichen Erleichterung feststellte. Ein Mann und zwei Jungen folgten ihnen. Harry sah an ihnen vorbei und atmete unwillkürlich auf. Hinter dem Haus, jenseits einer Pappelreihe, floß der Verkehr auf der Autostrada. Sie hatten nichts anderes getan, als einen weiten Bogen zu beschreiben, um von rückwärts an die Autostrada heranzukommen.

17

»Der Ispettore Capo zeigt sie Ihnen.« Farels Blick ruhte nur wenige Sekunden lang auf Harry. Dann wandte er sich ab und ging mit Pio zum Heck des Alfa. Erst als Pio den Kofferraumdeckel öffnete, fiel Harry auf, daß die beiden dünne Gummihandschuhe trugen und daß Pio etwas in einem Klarsichtbeutel in der Hand hielt.

Nachdem Pio diesen Beutel in den Kofferraum gelegt hatte, zog er die Handschuhe aus und nahm ein Schreibbrett aus dem Wagen. Er füllte einen Vordruck aus, unterschrieb ihn und hielt das Schreibbrett Farel hin, der seine Unterschrift auf den Vordruck kritzelte und das Original abriß, um es zusammenzufalten und in seine Jackentasche zu stecken.

Farel nickte dem Mann zu, der mit ihnen aus dem Bauernhaus gekommen war, sah noch einmal zu Harry hinüber und stieg dann in den Opel. Der Motor heulte auf, und die Räder drehten im Kies durch. Dann waren Farel und der Mann, der Harry aus Rom hergefahren hatte, verschwunden.

»Grazie«, sagte Pio zu dem Mann, der mit den beiden Jungen in ihrer Nähe stand. *»Prego«*, antwortete der Mann, bevor er sich abwandte und mit den Jungen im Haus verschwand.

Pio sah zu Harry hinüber. »Die Jungen sind seine Söhne. Sie haben sie gefunden.«

»Was gefunden?«

»Die Waffe.«

Pio winkte Harry zu sich heran und zeigte ihm, was er in den Kofferraum gelegt hatte: die Überreste einer Pistole in einem Asservatenbeutel. In dem Klarsichtbeutel sah Harry eine handliche kleine Pistole mit aufgeschraubtem Schalldämpfer. Ihr brüniertes Metall war verfärbt, ihre Griffschalen aus Kunststoff waren fast geschmolzen.

»Sie ist noch geladen, Mr. Addison«, erklärte Pio ihm. »Vermutlich ist sie herausgeschleudert worden, als der Bus umgekippt ist, sonst wäre die Munition detoniert und hätte die Waffe zerstört.«

»Vermuten Sie, daß sie meinem Bruder gehört hat?«

»Ich vermute gar nichts, Mr. Addison. Allerdings dürften nur wenige Pilger auf ihrer Reise nach Assisi eine Pistole mit Schalldämpfer mitführen. Die Waffe ist übrigens eine Llama fünfzehn. Eine kleinkalibrige Pistole.« Pio knallte den Kofferraumdeckel zu. »In Spanien hergestellt.«

Sie fuhren schweigend zurück.

»Wo ist Ihr Partner?« fragte Harry, um das Schweigen zu durchbrechen.

»Bei der Firmung seines Sohns. Er hat sich heute freigenommen.«

»Ich habe Sie angerufen.«

»Ich weiß. Weshalb?«

»Wegen der Sache, die bei dem Bestattungsunternehmen passiert ist.«

Pio gab keine Antwort. Er fuhr nur weiter, als warte er auf weitere Erläuterungen.

»Das wissen Sie nicht?« Harry war ehrlich überrascht. Er hatte angenommen, Farel, der darüber informiert sein mußte, hätte wenigstens Pio davon erzählt.

»Was soll ich wissen?«

»Ich bin bei dem Bestattungsunternehmen gewesen, um die Leiche meines Bruders zu sehen. Aber das ist nicht seine gewesen.«

Pio sah zu ihm hinüber. »Sind Sie ganz sicher?«

»Ja.«

»Das Bestattungsunternehmen hat einen Fehler gemacht ...« Pio zuckte leicht mit den Schultern. »So etwas kommt leider vor. Unter den gegenwärtigen Umständen ist das ...«

Harry fiel ihm ins Wort. »Ich habe den Toten gesehen, den Kardinal Marsciano im Leichenhaus identifiziert hat.«

»Woher wissen Sie das?«

»Er ist dagewesen, er hat es mir selbst gesagt.«

»Marsciano ist persönlich hingekommen?«

»Ja.«

Pio wirkte ehrlich überrascht, seine Reaktion war spontan und aufrichtig. Harry erzählte ihm rasch alles weitere. Er brauchte nur wenige Minuten, um von Dannys Leberfleck zu berichten, den sein Bruder sich nie hatte wegoperieren lassen. Um sein privates Gespräch mit Marsciano in Gasparris Büro wiederzugeben, bei dem der Kardinal darauf bestanden hatte, in dem Sarg liege der Leichnam seines Bruders und er solle diese Tatsache akzeptieren und mit ihm das Land verlassen, solange er noch könne.

Pio hielt an der Mautstation, zog eine Karte und fuhr auf die Autostrada in Richtung Rom hinaus.

»Sie können sich nicht getäuscht haben?«

»Ganz sicher nicht!« versicherte Harry ihm nachdrücklich.

»Sie wissen, daß sein persönliches Eigentum an dem Toten gefunden worden ist?«

»Ich habe es hier.« Harry berührte seine Jacke. Der Umschlag, den Gasparri ihm gegeben hatte, steckte noch in der Innentasche. »Reisepaß, Armbanduhr, Brille und Dienstausweis, alles Dinge, die ihm gehört haben können. Aber die Leiche ist nicht seine.«

»Und Sie glauben, daß Kardinal Marsciano das weiß?«

»Ja.«

»Sie wissen, daß er einer der mächtigsten und prominentesten Männer des Vatikans ist?«

»Zu denen hat Kardinal Parma auch gehört.«

Pio musterte Harry prüfend, dann sah er wieder in seinen Rückspiegel. Etwa einen halben Kilometer hinter ihnen fuhr ein dunkelgrüner Renault, der diesen Abstand seit einiger Zeit beibehielt.

Pio sah wieder nach vorn, überholte einen Langholzwagen und setzte sich vor ihn.

»Sie können sich vorstellen, was ich an Ihrer Stelle denken würde.« Pio konzentrierte sich auf die Fahrbahn vor ihm.

»Lebt mein Bruder noch? Und wo steckt er, falls er noch lebt?«

Harry sah zu Pio hinüber, dann blickte er aus dem Seitenfenster. Daß Danny vielleicht noch lebte, war ein Gedanke, der sich ihm aufgedrängt hatte, als er gemerkt hatte, daß dies nicht Dannys Leiche war. Aber darüber hatte er ganz bewußt nicht nachgedacht. Darüber hatte er nicht einmal nachdenken dürfen. Danny war in dem Bus gewesen. Von den Überlebenden fehlte keiner. Also war es unmöglich, daß Danny noch lebte. Wie es damals unmöglich gewesen war, daß Madeline unter dem Eis überlebt haben könnte. Trotzdem war Harry dageblieben: ein Elfjähriger, der in seinen klatschnassen Sachen zitternd fror, sich aber weigerte, nach Hause zu gehen und sich umzuziehen, solange die Feuerwehrtaucher im Einsatz waren. Gewiß, Madeline war dort unten in dem eisigen schwarzen Wasser und fror wie er, aber sie lebte noch, das wußte er. Aber sie war natürlich tot gewesen. Und Danny war ebenfalls tot. Etwas anderes zu denken wäre nicht nur unrealistisch, sondern auch viel zu schmerzlich und eine gewaltige Selbsttäuschung gewesen.

»Das hätte jeder gedacht, Mr. Addison. Ändern die Fakten sich, sind neue Hoffnungen ganz natürlich. Was wäre, wenn er noch am Leben wäre? Das wüßte ich auch gern. Wollen wir nicht versuchen, uns darüber Gewißheit zu verschaffen?« Pio lächelte nicht ganz selbstlos, dann sah er wieder in seinen Rückspiegel.

Sie hatten den tiefsten Punkt einer langen Gefällestrecke erreicht, wo der Langholzwagen fast eineinhalb Kilometer hinter ihnen war. Da sah Pio, wie ein Auto ihn überholte und vor ihm in die rechte Fahrbahn einscherte.

Der grüne Renault.

18

Kurz nach sechzehn Uhr verließen sie die Autostrada und fuhren in dichtem Verkehr auf der Via Salaria in Richtung Innenstadt. Pio hatte die ganze Zeit über den grünen Renault in seinem Rückspiegel beobachtet. Er hatte erwartet, daß der andere Wagen auch nach der Mautstation hinter ihnen bleiben würde, und sich vorgenommen, dann über Funk Verstärkung anzufordern. Aber der Renault war auf der Autostrada weitergefahren.

Trotzdem hatte ihn allein die Tatsache, daß der Renault so lange hinter ihnen geblieben war, so nervös gemacht, daß er die Straße hinter ihnen genau im Auge behielt, während er Harry in seine Überlegungen einweihte.

Seine Idee war, die am Ort des Busattentats gefundene Pistole als Vorwand dafür zu benutzen, Harry zu weiteren Vernehmungen in Rom zu behalten und die Überlebenden des Attentats erneut zu befragen. Die Überlebenden sollten gefragt werden, ob sie im Bus einen Mann mit einer Schußwaffe gesehen hatten. Danach war bisher nicht gefragt worden, weil niemand an diese Möglichkeit gedacht hatte und die meisten Überlebenden noch unter Einwirkung des erlittenen Schocks standen. Natürlich bestand die Möglichkeit, daß mit der Pistole ein Fahrgast erschossen worden war, wobei der Schalldämpfer verhindert hätte, daß die anderen etwas mitbekamen. Das hätte die kühne Tat eines Profikillers sein können. Richtig ausgeführt, hätte sie vermutlich Erfolg gehabt. Das scheinbar nur schlafende Opfer wäre erst nach der Ankunft des Busses entdeckt worden, wenn die übrigen Fahrgäste sich schon längst verlaufen hätten.

Diese Möglichkeit konnte als Rechtfertigung dafür dienen, alle nochmals sorgfältig unter die Lupe zu nehmen. Die Lebenden und die Toten. Sie würden mit den acht Überlebenden beginnen, von denen einige noch im Krankenhaus lagen, während andere schon nach Hause entlassen worden waren. War Pater Daniel nicht unter ihnen, wovon Pio überzeugt war, würden sie sich den Toten zuwenden, um sie auf Schußwunden zu untersuchen, die wegen des Zustands der Leichen und des kleinen Kalibers der Waffe leicht übersehen worden sein konnten. So würden alle Toten noch einmal genau untersucht werden, diesmal jedoch aus anderer Perspektive, weil sie bewußt auf Pater Daniel achten würden. Und falls seine Leiche auch dabei nicht gefunden wurde, lag der Schluß nahe, der mutmaßliche Mörder des Kardinalvikars von Rom befinde sich noch irgendwo unter den Lebenden.

Roscani würde den wahren Grund für die neuen Ermittlungen erfahren, aber nur er allein. Sonst würde niemand darüber informiert werden, nicht einmal Farel.

»Eines muß ich Ihnen allerdings ehrlich sagen, Mr. Addison.« Pio hielt an einer roten Ampel. »Irgendwann bekommt Farel heraus, was wir mit unseren Ermittlungen bezwecken. Unter Umständen stoppt er dann alles.«

»Weshalb?«

»Ich denke nur daran, was Kardinal Marsciano zu Ihnen gesagt hat. Sollten die Ereignisse irgend etwas mit vatikanischer Politik zu tun haben, läßt Farel die Ermittlungen sofort einstellen. Der Fall gilt dann als abgeschlossen, und wir haben kein Recht, ihn weiterzuverfolgen. Der Vatikan ist ein souveräner Staat, kein Teil Italiens.

Wir haben den Auftrag, mit dem Heiligen Stuhl zusammenzuarbeiten und ihn nach Kräften zu unterstützen. Aber wenn uns niemand einlädt, dürfen wir uns nicht aufdrängen.«

»Und dann?«

Die Ampel zeigte Grün, und Pio fuhr wieder an. »Und dann nichts. Es sei denn, Sie würden zu Farel gehen. Aber glauben Sie mir, von dem haben Sie keine Hilfe zu erwarten.«

Harry sah, wie Pio erneut in seinen Rückspiegel schaute. Das hatte er schon auf der Autostrada mehrmals getan, ohne daß Harry sich etwas dabei gedacht hatte. Aber jetzt waren sie in der Stadt, und dies war binnen weniger Minuten schon das dritte Mal.

»Irgendwas nicht in Ordnung?«

»Schwer zu sagen...«

Zwei Wagen hinter ihnen fuhr ein kleiner weißer Peugeot. Pio behielt ihn im Auge, seit sie die Via Salaria entlangfuhren. Jetzt bog er nach links auf die Via Chiana und dann rechts auf den Corso Trieste ab. Der Peugeot wechselte die Spur und blieb unbeirrbar hinter ihnen.

Vor ihnen verlief eine Querstraße, die an einer kleinen Grünanlage vorbeiführte. Pio schaltete rasch herunter und bog rechts ab, ohne seinen Blinker zu setzen. Der Alfa nahm die Kurve mit ziemlicher Schräglage und quietschenden Reifen. Pio wurde sofort langsamer und behielt den Rückspiegel im Auge. Der Peugeot kam in Sicht, bog aber nicht ab, sondern fuhr geradeaus weiter.

»Sorry.« Pio gab wieder Gas. Sie fuhren durch ein ruhiges Viertel, das sich an den Park anschloß. Alte Gebäude, dazwischen einige Neubauten. Große Bäume, üppig grüne Büsche und überall blühender Oleander. Pio bog um die nächste Ecke und sah wieder in den Rückspiegel.

Der Peugeot!

Er kam eben aus einer Seitenstraße und beschleunigte auf sie zu. Pio zog instinktiv seine 9-mm-Beretta aus der Halterung unter dem Instrumentenbrett und legte sie ins Ablagefach zwischen den Vordersitzen. Dann griff er nach dem Mikrofon seines Funkgeräts.

»Was ist los?« Angst durchzuckte Harry.

»Weiß ich nicht.« Pio sah in den Rückspiegel. Der Peugeot war dicht hinter ihnen. Seine Windschutzscheibe war dunkel getönt.

Pio konnte den Fahrer nicht sehen. Er schaltete blitzschnell herunter und trat das Gaspedal durch.

»Zentrale, hier Ispettore capo Pio …«, sagte er dabei ins Mikrofon.

»Vorsicht!« brüllte Harry.

Aus einer Querstraße schoß ein Lastwagen und blockierte die Straße vor ihnen. Reifen quietschten, dann gab es einen ohrenbetäubenden Knall, als der Alfa dem Lastwagen in die Flanke fuhr. Pio wurde nach vorn geworfen und schlug mit der Stirn auf das Lenkrad. Harry wäre mit dem Kopf voran durch die Scheibe geflogen, wenn der Sicherheitsgurt ihn nicht zurückgehalten hätte.

Im nächsten Augenblick wurde die Beifahrertür aufgerissen. Harry sah flüchtig ein Gesicht, dann traf etwas seinen Hinterkopf, und um ihn herum wurde alles schwarz.

Als Pio benommen aufsah, erkannte er seine eigene Pistole in der Hand eines Unbekannten. Er wollte sich zur Seite werfen, aber sein Sicherheitsgurt behinderte ihn. Dann sah er seine Pistole in der Hand des Unbekannten bocken und glaubte, einen donnernden Schußknall zu hören. Aber das war eine Täuschung. In Wirklichkeit hörte er nichts mehr.

19

Krankenhaus St. Cäcilia, Pescara.
Mittwoch, 8. Juli, 18.20 Uhr

Schwester Elena Voso ging an dem Mann an der Tür vorbei und betrat das Krankenzimmer. Ihr Patient lag wie meistens auf der Seite und schlief. Sie bezeichnete diesen Zustand als Schlaf, obwohl der Patient dabei gelegentlich die Augen öffnete und zustimmend blinzeln konnte, wenn sie einen Finger oder Zeh berührte und fragte, ob er das spüre. Dann fielen ihm die Augen wieder zu, und er lag wie jetzt da.

Es war fast halb sieben, und er mußte wieder umgedreht werden. Der Mann an der Tür würde ihr dabei helfen, wie es jeder Diensthabende alle zwei Stunden tat, um Muskelschwund zu verhindern, der nicht nur zu Wundliegen, sondern auch zu Nierenversagen führen konnte. Auf ihr Zeichen hin würde er die Schultern nehmen, während sie die Füße hielt und den Verletzten behutsam von der Seite auf den Rücken drehte, wobei sie besonders auf den Tropf, die blauen Kunststoffhülsen, in denen seine gebrochenen Beine steckten, und seine verbundenen Brandwunden achtete.

Michael Roark, vierunddreißig Jahre. Ein Ire aus Dublin, ledig, kinderlos, ohne Angehörige. Konfession: römisch-katholisch. Am Montag, dem 6. Juli, bei einem Verkehrsunfall in der Nähe dieser Stadt an der Adriaküste verletzt. Drei Tage nach dem schrecklichen Anschlag auf den Touristenbus nach Assisi.

Elena Voso gehörte der Kongregation der Franziskanerinnen vom heiligen Herzen an. Die siebenundzwanzigjährige Nonne arbeitete seit fünf Jahren als Krankenschwester in der Pflegeabteilung des Krankenhauses St. Bernhard in der toskanischen Stadt Siena. Sie war erst gestern in dieses kleine katholische Krankenhaus auf einem Hügel mit Blick auf die Adria gekommen, um im Rahmen eines neuen Projekts ihres Ordens diesen Patienten zu betreuen. Auf diese Weise sollten jüngere Schwestern mit Situationen außerhalb ihres Konvents vertraut gemacht und auf künftige Notfälle vorbereitet werden, die ihre Entsendung in ferne Weltgegenden erforderlich machen konnten. Und obwohl davon niemand gesprochen hatte, glaubte Elena, für diese Aufgabe ausgewählt worden zu sein, weil sie Englisch sprach und sich mit dem Patienten verständigen konnte, wenn seine Genesung Fortschritte machte. Falls sie einmal Fortschritte machte.

»Ich heiße Elena Voso. Ich bin eine Krankenschwester. Sie heißen Michael Roark. Sie sind in einem Krankenhaus in Italien. Sie sind mit dem Auto verunglückt.«

Diese wenigen Sätze hatte sie ständig wiederholt, um ihn ein wenig zu trösten. Und weil sie hoffte, daß er hören und verstehen würde, was sie sagte. Es war nicht viel, aber immerhin das, was sie in vergleichbarer Lage wahrscheinlich gern gehört hätte. Vor allem, da er keine Angehörigen hatte und deshalb auf kein vertrautes Gesicht hoffen konnte, das er wiedererkennen würde.

Der Mann draußen vor der Tür hieß Marco. Er hatte von fünfzehn Uhr bis Mitternacht Dienst und war ein bis zwei Jahre älter als Elena: ein muskulöser, gutaussehender, braungebrannter Mann. Er hatte ihr erzählt, er sei Fischer und arbeite in der flauen Zeit hier im Krankenhaus. Sie wußte, daß er früher ein Carabiniere, ein Beamter der staatlichen Polizei, gewesen war, weil er ihr auch das erzählt hatte. Als sie mittags zur Erholung einen kleinen Spaziergang auf der Uferpromenade gemacht hatte, hatte sie beobachtet, wie Marco sich mit anderen Carabinieri unterhielt. Sie hatte gesehen, daß seine weiße Leinenjacke unter der linken Achsel ausgebeult war, und wußte, daß er dort eine Pistole trug.

Als Michael Roark umgedreht war, kontrollierte Elena den Tropf, an dem er hing, lächelte Marco zu und bedankte sich für seine Hilfe. Dann ging sie nach nebenan in ihr Zimmer, in dem sie schlafen, lesen oder Briefe schreiben konnte, während sie ständig für ihren Patienten da war.

Wie Roark hatte sie ein Krankenzimmer mit eigener Dusche und Toilette, einem schmalen Kleiderschrank und einem Bett. Sie war vor allem für Dusche und Toilette dankbar, denn im Gegensatz zu den Gemeinschaftseinrichtungen im Kloster gaben sie ihr die Möglichkeit, ganz allein zu sein.

Als sie jetzt die Tür schloß und sich auf ihr Bett setzte, um einen Brief nach Hause zu schreiben, warf sie einen Blick auf die rote Kontrolleuchte des Audiomonitors auf dem Nachttisch. Die gleichmäßigen Atemzüge des Patienten waren deutlich zu hören; das hochwertige elektronische Gerät übertrug sie, als sei er hier bei ihr im Zimmer.

Elena lehnte sich ins Kissen zurück, schloß die Augen und horchte auf die Atemzüge. Sie waren gesund und kräftig, sogar vital, und sie stellte sich plötzlich vor, er sei hier neben ihr: so muskulös und gutaussehend, wie er vor seinem Unfall gewesen sein mußte.

Wann diese Gefühle, die eigentlich durch nichts provoziert worden waren, eingesetzt hatten, wußte sie nicht mehr genau. Sie hatten einfach angefangen, waren scheinbar aus dem Nichts gekommen. Und sie hatten Elena verblüfft. Sie waren tief und sinnlich und erotisch. Profunde körperliche und emotionale Begierden, die sie bisher nie gekannt hatte. Gefühle, über die sie mit keinem Menschen reden konnte. Bestimmt nicht mit ihrer konservativen, streng katholischen Familie, ganz bestimmt nicht mit den anderen Nonnen und erst recht nicht mit ihrer Mutter Oberin. Trotzdem kamen die Gefühle immer wieder und ließen sie mit dem fast unbezähmbaren Drang zurück, in den Armen eines Mannes zu liegen und sich ihm als Frau hinzugeben.

Marco sagte, er habe eine Ausbildung als Krankenpfleger, wie vermutlich die beiden anderen auch. Aber warum trug er eine Pistole, wenn er nur das war? Diese Frage brachte sie dazu, über die beiden anderen nachzudenken: den stämmigen Luca, der Marco um dreiundzwanzig Uhr ablöste, und Pietro, dessen Dienst morgens um sieben begann, wenn Luca ging. Sie fragte sich, ob die beiden ebenfalls bewaffnet waren. Und aus welchem Grund? Welche Gefahren konnten in dieser friedlichen kleinen Küstenstadt drohen?

20

Rom, 18.45 Uhr

Roscani ging um den Wagen herum. Außerhalb der von der Polizei errichteten Absperrungen drängten sich Gaffer, die ihn anstarrten und sich fragten, wer er war und ob er ein hohes Tier war.

In einem Gebüsch des kleinen Parks, keine zehn Meter hinter dem Alfa, war ein weiterer Toter aufgefunden worden. Mit zwei Schüssen ermordet. Einer ins Herz, einer über dem linken Auge in die Stirn. Ein älterer Mann ohne Ausweis.

Roscani überließ ihn Castelletti und Scala, den anderen Kriminalbeamten aus dem Morddezernat. Sein Hauptinteresse galt dem Alfa Romeo. Die Frontpartie des Fahrzeugs war bis zur zersplitterten Windschutzscheibe eingedrückt, weil es unter den Lastwagen gerast war, wobei es den Treibstofftank hinter der Fahrertür nur knapp verfehlt hatte.

Bei Roscanis Ankunft war Pios Leiche noch in dem Unfallwagen gewesen. Er hatte sie von allen Seiten betrachtet, ohne sie zu berühren, und sämtliche Details mit Fotos und Videoaufnahmen dokumentieren lassen, bevor sie abtransportiert wurde. Auch der

Tote in dem Gebüsch war vor dem Abtransport fotografiert und gefilmt worden.

Eigentlich hätte hier eine dritte Leiche liegen sollen: die des Amerikaners Harry Addison, der mit Pio von der Fundstelle der spanischen Llamapistole in die Stadt zurückgekommen war. Aber Harry Addison war verschwunden, und mit ihm die Pistole. Die Wagenschlüssel steckten noch im Schloß des Kofferraums, als habe jemand genau gewußt, wo die Pistole zu finden war.

In dem Alfa lag die mutmaßliche Tatwaffe, Pios eigene 9-mm-Beretta, hinter dem Fahrer auf dem Rücksitz, achtlos dort hingeworfen. An der Rückenlehne des Beifahrersitzes dicht unterhalb der Kopfstütze waren Blutflecken zu sehen. Auf der Fußmatte vor dem Sitz waren Schuhabdrücke zu erkennen, nicht besonders deutlich, aber trotzdem erkennbar. Und überall gab es Fingerabdrücke.

Die Spurensicherer waren bei der Arbeit, nahmen Proben, numerierten sie und steckten sie in Asservatenbeutel. Auch die beiden Polizeifotografen waren noch beschäftigt. Einer machte Fotos mit einer Leica, der andere Videoaufnahmen mit einer modifizierten Sony Hi-8.

Untersucht wurde auch der an dem Unfall beteiligte Lastwagen. Es war ein großer Mercedes-Kastenwagen, der erst nachmittags als gestohlen gemeldet worden war. Sein Fahrer war natürlich längst verschwunden.

Otello Roscani setzte sich ans Steuer seines blauen Fiat und fuhr langsam um die Absperrung herum und an den Gaffern vorbei. Von der Polizei aufgestellte Halogenscheinwerfer erhellten die Szene wie einen Drehort und lieferten zusätzliches Licht für die Medienkameras, die wie besessen fotografierten und filmten.

»Ispettore capo!«

»Ispettore capo!«

Stimmen schrien durcheinander. Wer ist der Täter gewesen? Hängt dieser Fall mit der Ermordung Kardinal Parmas zusammen? Wer ist ermordet worden? Wer wird verdächtigt? Und weshalb?

Roscani sah alles, hörte alles. Aber er achtete nicht darauf. In Gedanken war er bei Pio und den Ereignissen unmittelbar vor dessen Tod. Gianni Pio war kein leichtsinniger Mann, sondern im Gegenteil stets umsichtig gewesen. An diesem Spätnachmittag hatte er irgendeinen Fehler gemacht.

Vorerst, ohne Autopsie, ohne Laborberichte, hatte Roscani nur Fragen. Und er empfand tiefe Trauer. Gianni Pio war der Taufpate seiner Kinder und seit über zwanzig Jahren sein Freund und Partner gewesen. Und während er jetzt durch Rom nach Garbatella fuhr, wo Pio gewohnt hatte, um Giannis Frau und die Kinder zu besuchen, bei denen seine Frau längst sein würde, um sie zu trösten, bemühte Otello Roscani sich darum, seine persönlichen Gefühle zu unterdrücken. Das mußte er als Polizeibeamter und aus Respekt für seinen toten Freund. Denn sie hätten ihn nur bei dem behindert, was er jetzt für seine wichtigste Aufgabe hielt.

Er mußte Harry Addison aufspüren.

21

Mittwoch, 8. Juli, zur selben Zeit

Thomas Kind stand in der Dunkelheit und beobachtete den Mann auf dem Stuhl. In dem Raum waren außer ihm noch zwei weitere Männer, die Overalls trugen und irgendwo hinter ihm standen. Sie waren da, um ihm zu helfen, falls er Hilfe benötigte. Die würde er jedoch nicht brauchen. Die Männer sollten dann später den Rest erledigen, was einfach genug sein würde.

Thomas Kind war neununddreißig, einen Meter achtundsiebzig groß, sehr schlank, keine fünfundsechzig Kilo schwer und sportlich durchtrainiert. Sein kurzgeschnittenes Haar war rabenschwarz, und da auch Schuhe, Leinenhose und Pullover schwarz waren, war er im Dunkeln nur schwer zu erkennen. Die einzige Farbe in seinem blassen Gesicht war das dunkle Blau seiner Augen.

Der Mann auf dem Stuhl bewegte sich leicht, aber das war alles. Er war an Händen und Füßen gefesselt, und sein Mund war mit mehreren Streifen Heftpflaster zugeklebt.

Thomas Kind kam näher heran und beobachtete ihn einige Sekunden lang, bevor er hinter den Stuhl trat.

»Nur ruhig, Genosse«, sagte er halblaut. Geduld und Ruhe waren alles. So lebte er jeden Tag. Ausgeglichen, auf den befriedigenden Augenblick wartend. Das hätte Thomas José Alvarez-Rios Kind, ein geborener Ecuadorianer mit englischer Mutter, in seinem Lebenslauf schreiben können. Geduldig. Pedantisch. Gebildet. Mehrsprachig. Außerdem ein ehemaliger Schauspieler. Und einer der meistgesuchten Terroristen der Welt.

»Nur ruhig, Genosse.« Harry hörte diese Aufforderung zum zweitenmal. Dieselbe Männerstimme wie zuvor. Gelassen, gleichmütig. Sie sprach englisch mit leichtem Akzent. Und Harry glaubte zu spüren, daß jemand an ihm vorbeiging, aber er war sich nicht sicher. Seine tobenden Kopfschmerzen verhinderten genauere Wahrnehmungen. Er wußte nur, daß er auf einem Stuhl saß, an Händen und Füßen gefesselt war und den Mund zugeklebt hatte. Und daß er nichts sah, obwohl er keine Augenbinde oder Kopfhaube trug. Um ihn herum herrschte völlige Dunkelheit. Nirgends der geringste Lichtschein, nirgends ein heller Streifen unter einer Tür. Nur nachtschwarzes Dunkel.

Er blinzelte. Dann blinzelte er nochmals, während er den Kopf von einer Seite zur anderen drehte. Und plötzlich traf die Wahrheit ihn wie ein Keulenschlag: Was immer passiert war, wo er sich befinden mochte, welcher Tag dies auch war… er war blind!

»Nein! Nein! Nein!« brachte er mit Mühe unter dem Heftpflaster hervor, das seinen Mund bedeckte.

Thomas Kind trat näher an ihn heran.

»Genosse«, fragte er ruhig und gelassen wie zuvor, »wie geht es Ihrem Bruder? Wie ich gehört habe, ist er gesund und munter.«

Im nächsten Augenblick wurde Harry das Heftpflaster vom Mund gerissen. Und er schrie ebenso aus Überraschung wie aus Schmerz auf.

»Wo ist er?« Die Stimme war jetzt näher als zuvor.

»Ich… weiß… nicht, ob er… lebt.« Harrys Mund und Kehle waren ausgetrocknet. Er versuchte, genügend Feuchtigkeit anzusammeln, um schlucken zu können, aber das gelang ihm nicht.

»Ich habe nach Ihrem Bruder gefragt. Wo er ist.«

»Kann ich bitte etwas Wasser haben?«

Kind hielt eine kleine Fernbedienung in der Hand. Sein Daumen fand den Einschaltknopf und berührte ihn.

Im selben Augenblick sah Harry in der Ferne einen Lichtpunkt leuchten und fuhr zusammen. Sah er ihn wirklich, oder war das nur eine Illusion?

»Wo ist Ihr Bruder, Genosse?« Diesmal erklang die Stimme hinter seinem linken Ohr.

Der Lichtpunkt bewegte sich langsam auf ihn zu.

»Das«, Harry versuchte erneut zu schlucken, »weiß ich nicht.«

»Sehen Sie das Licht?«

»Ja.«

Der Lichtpunkt kam näher.

»Gut.«

Kinds Daumen berührte einen anderen Knopf.

Harry sah, wie der Lichtstrahl seine Richtung leicht veränderte. Er bewegte sich auf sein linkes Auge zu.

»Ich möchte, daß Sie mir sagen, wo Ihr Bruder ist.« Die Stimme war auf die andere Seite gewechselt und flüsterte nun in sein rechtes Ohr. »Es ist sehr wichtig, daß wir ihn finden.«

»Ich weiß nicht, wo er ist.«

Das Licht bewegte sich jetzt auf sein linkes Auge zu und wurde stetig heller. Harry hatte seine tobenden Kopfschmerzen vergessen, als er plötzlich gefürchtet hatte, erblindet zu sein. Aber das Licht verschlimmerte sie wieder. Ein langsam pulsierendes Dröhnen, das um so heftiger schmerzte, je heller das Licht wurde.

Harry fuhr zusammen, wollte seinen Kopf nach rechts wegdrehen. Etwas Hartes hinderte ihn jedoch daran. Auch nach links konnte er den Kopf nicht bewegen. Dann versuchte er, ihn in den Nacken zu legen, konnte dem Licht aber nicht entkommen.

»Bisher spüren Sie keinen Schmerz. Aber der kommt noch.«

»Bitte!« Harry drehte seinen Kopf so weit wie möglich zur Seite und kniff dabei die Augen zusammen.

»Das nützt nichts.« Das Timbre der Stimme klang plötzlich anders. Erst war sie eine Männerstimme gewesen, jetzt klang sie wie die einer Frau.

»Ich habe keine Ahnung, ob mein Bruder überhaupt lebt. Wie soll ich wissen, wo er ist?«

Der Lichtpunkt wurde noch kleiner und intensiver; er wanderte langsam über Harrys linkes Auge, bis er die Pupille gefunden hatte.

»Nein, bitte nicht!«

»Wo ist Ihr Bruder?«

»Tot!«

»Nein, Genosse. Er lebt, und Sie wissen, wo er ist.«

Der Lichtpunkt war nur noch eine Handbreit entfernt. Er wurde heller. Und noch heller. Sein Durchmesser verringerte sich nochmals. Das Dröhnen in Harrys Kopf wurde lauter. Das Licht kam noch näher, eine Nadel, die sich von außen in sein Gehirn bohrte.

»Aufhören!« kreischte Harry. »Aufhören, aufhören! Bitte!«

»Wo ist er?« Mann.

»Wo ist er?« Frau.

Thomas Kind wechselte von einer Stimme zur anderen, während er beide Rollen spielte.

»Sagen Sie es uns, dann geht das Licht aus.« Mann.

»Dann geht das Licht aus.« Frau.

Beide Stimmen ruhig, sogar beruhigend.

Das Dröhnen wurde donnernd laut. Lauter als jeder Lärm, den Harry in seinem Leben gehört hatte. Eine riesige Kesselpauke, die in seinem Kopf geschlagen wurde. Und das Licht bohrte sich tiefer in sein Gehirn, eine weißglühende Nadel, die auf das Dröhnen zustieß. Sich mit ihm zu vereinigen versuchte. Heller als alles, was er jemals gesehen hatte oder sich hätte vorstellen können. Heller als der Lichtbogen beim Elektroschweißen. Der glutflüssige Sonnenkern. Der Schmerz war so entsetzlich, daß er nicht einmal mit dem Tod enden würde. Harry würde diesen Horror in die Ewigkeit mitnehmen.

»Ich weiß es nicht! Ich weiß es nicht! Ich weiß es nicht! Aufhören! Aufhören! Bitte, bitte … Bitte …«

Das Licht erlosch.

22

Rom. Harry Addisons Zimmer im Hotel Hassler.
Donnerstag, 9. Juli, 6 Uhr

Hier war nichts verändert worden. Harrys Aktenkoffer und seine Notizen lagen auf dem Schreibtisch neben dem Telefon, wie er sie zurückgelassen hatte. Das galt auch für seine Sachen im Kleiderschrank und die Toilettenartikel im Bad. Der einzige Unterschied war, daß beide Telefone, das auf dem Schreibtisch und das neben dem Bett, jetzt eine Wanze enthielten, während in die Deckenleuchte eine winzige Überwachungskamera eingebaut war. Das gehörte zum Plan der Gruppo Cardinale, der nach der Ermordung des Kardinalvikars von Rom nach dringenden Forderungen von Abgeordneten, des Vatikans, der Carabinieri und der römischen Polizei durch eine Verordnung des italienischen Innenministeriums eingesetzten Sonderkommission.

Wegen der Ermordung Kardinal Parmas und des Busattentats wurde nicht mehr getrennt ermittelt, sondern beide Straftaten galten als Bestandteile desselben Verbrechens. Die Sonderermittler der Carabinieri, der Squadra Mobile der italienischen Polizei und der DIGOS, der für Ermittlungen wegen mutmaßlicher politischer Verbrechen zuständigen Einheit, unterstanden Marcello Taglia, dem nominellen Leiter der Gruppo Cardinale. Und obwohl der allgemein respektierte Taglia tatsächlich die Aktivitäten der einzelnen Dienststellen koordinierte, waren sämtliche Beteiligten sich darüber im klaren, wer der eigentliche Chef der Gruppo Cardinale war. Ispettore capo Otello Roscani.

8.30 Uhr

Roscanis Blick wurde starr, dann wandte der Polizist sich ab. Er wußte nur zu gut, wozu die Handkreissäge bei einer Autopsie diente. Sie trennte das Schädeldach ab, damit das Gehirn entnommen werden konnte. Und dann nacheinander alle übrigen Organe, bis Pio auf der Suche nach irgend etwas, das ihnen mehr verriet, als sie bereits wußten, praktisch ausgeweidet war. Was das sein könnte, war Roscani unklar, denn seiner Überzeugung nach besaß er schon genügend Informationen, um Pios Mörder zweifelsfrei identifizieren zu können.

An Pios 9-mm-Beretta, die als Tatwaffe bestätigt worden war, hatten sich mehrere deutliche Fingerabdrücke gefunden. Die meisten stammten von Pio, aber zwei waren nicht von ihm: der eine im oberen Drittel der linken Griffschale, der andere am rechten Rand des Abzugbügels.

Eine Anfrage beim FBI in Los Angeles war mit der Bitte an das California Department of Motor Vehicles in Sacramento weitergeleitet worden, den Daumenabdruck des Führerscheinbesitzers Harry Addison, wohnhaft 2175 Benedict Canyon Drive, Los Angeles, Kalifornien, nach Rom zu übermitteln. Keine halbe Stunde später hatte die Gruppo Centrale Addisons mit Computerunterstützung deutlicher dargestellten Daumenabdruck als Fax erhalten. Die Wirbel und die Abstände zwischen den Linien stimmten genau mit dem Abdruck auf der linken Griffschale der Waffe überein, mit der Gianni Pio erschossen worden war.

Roscani stieß zornig die Tür eines Nebenausgangs auf und trat in die Morgensonne hinaus. Nach der Kälte in den Kellerräumen hätte ihre Wärme willkommen sein müssen, aber er nahm sie nicht einmal wahr. Obwohl er sich auf dem langen Weg um das Gebäude herum bemühte, seine Emotionen abklingen zu lassen, gelang ihm das nicht. Trauer, Einsamkeit und Zorn erstickten ihn fast.

Er ließ seinen Wagen an der Straße stehen, trat vom Gehsteig, wartete eine Lücke im Autostrom ab, überquerte die Straße und ging weiter. Er brauchte, was er als *tranquillità assoluta* bezeichnete: eine Zeit der Stille, in der er allein war und in Ruhe über alles nachdenken konnte. Vor allem in diesem Augenblick mußte er versuchen, seine Emotionen durch Bewegung abzubauen, damit er anfangen konnte, über alles als Ermittler der Gruppo Cardinale nachzudenken, nicht als Gianni Pios zutiefst betroffener Partner.

Es war Zeit, zu schweigen und nachzudenken.

Zu gehen und zu gehen und zu gehen.

Thomas Kind zog den Vorhang einen Spalt weit auf und beobachtete, wie die Männer in den Overalls aus dem Gebäude traten und Harry Addison über den Hof führten. Kind hatte bekommen, was er von ihm brauchte, oder zumindest alles, was aus ihm herauszuholen war. Jetzt mußten die Männer in den Overalls ihn nur noch beseitigen.

Harry konnte nur mit dem rechten Auge sehen, und auch damit nur noch Schatten. Sein linkes Auge war gefühllos und blind. Seine übrigen Sinne sagten ihm, daß er sich im Freien befand und von zwei Männern über eine asphaltierte Fläche geführt wurde. Er hatte eine vage Erinnerung daran, auf einem Hocker zu sitzen, Anweisungen zu bekommen und Wörter nachzusprechen, die eine Stimme, die schon zuvor mit ihm gesprochen hatte, ihm in einem Ohrhörer vorsagte. Daran erinnerte Harry sich nur, weil jemand sich aufgeregt hatte, als es darum gegangen war, ihm das Gerät anzupassen. Die Diskussion war teils auf italienisch, teils auf englisch geführt worden. Das Ding hatte die falsche Größe. Das würde bestimmt nicht funktionieren. Es würde zu sehen sein.

Plötzlich sprach eine Stimme ihn scharf auf italienisch an. Sie gehörte dem Mann, glaubte er, der Bedenken geäußert hatte, während er ihm den Ohrhörer anzupassen versuchte. Dann stieß jemand ihn von hinten an, so daß er stolperte und fast hingefallen wäre. Aber er fing sich wieder und wußte nun wenigstens, daß seine Hände noch gefesselt, aber seine Füße frei waren. Er bewegte sich selbständig und glaubte, Verkehrsgeräusche zu hören. Seine Benommenheit ließ so weit nach, daß er sich sagte, wenn er gehen könne, könne er auch rennen. Aber er war praktisch blind und konnte seine Hände nicht gebrauchen.

Die fremde Hand stieß ihn nochmals an, kräftig. Er knallte lang hin und schrie auf, als er sich sein Gesicht am Asphalt aufschürfte. Er wollte sich zur Seite wälzen, aber ein schwerer Fuß auf seinem Rücken hinderte ihn daran. Irgendwo in der Nähe mühte ein Mann sich keuchend ab; dann klirrte etwas, und er hörte Metall auf Stein scharren. Im nächsten Augenblick wurde er an den Schultern hochgerissen und fühlte seinen Körper über eine Kante gleiten. Seine Füße berührten etwas Hartes, und er wurde gezwungen, eine Leiter hinunterzusteigen. Dabei verschwand das wenige Restlicht, und Fäkaliengestank überlagerte alles.

Eine zweite Männerstimme, die in gewissen Abständen fluchte, hallte laut wider. Fließendes Wasser gurgelte. Der Gestank war überwältigend. Und nun wußte Harry, wo er war: in einem Abwasserkanal.

Die Männer sprachen italienisch miteinander.

»Prepararsi?«

»Si.« Die Stimme des Mannes mit dem Ohrhörer.

Harry spürte, daß jemand an seinen gefesselten Handgelenken riß. Dann waren seine Hände plötzlich frei.

Klick. Das unverkennbare metallische Geräusch, mit dem der Hammer eines Revolvers zurückgezogen wurde.

»Sparagli.« Erschieß ihn.

Harry wich reflexartig einen Schritt zurück und schlug die Hände vors Gesicht.

»Sparagli!«

Unmittelbar danach donnerte ein lauter Schußknall. Etwas schmetterte gegen seine Hand und gegen seinen Kopf. Die Gewalt dieses Schlags warf ihn rückwärts ins Wasser.

Harry sah weder das Gesicht des Schützen, der jetzt über ihm stand, noch das des zweiten Mannes, der die Taschenlampe hielt. Er sah nicht, was die beiden sahen: einen Blutstrom, der über seine linke Gesichtshälfte floß, in seinem Haar versickerte und ins schmutzige Wasser tropfe.

»Morto«, flüsterte eine Stimme.

»Si.«

Der Schütze kniete nieder, wälzte Harry über eine Kante ins tiefere Wasser und beobachtete, wie die Strömung ihn davontrug.

»I topi faranno il resto.«

Die Mäuse erledigen den Rest.

24

Questura di Roma, Polizeipräsidium

Harry Addison saß auf einem Stuhl, hatte einen Verband über der linken Schläfe und trug das beige Polohemd, die Jeans und die Pilotenbrille, die er getragen hatte, als er gestern kurz nach dreizehn Uhr dreißig sein Hotel verlassen hatte. Vor fast dreißig Stunden.

Das Päckchen mit dem fünfzehn Sekunden langen Videofilm, der den flüchtigen Harry Addison zeigte, war nachmittags um fünfzehn Uhr fünfundvierzig bei der Sala Stampa della Santa Sede, der Pressestelle des Heiligen Stuhls, anonym für den Papst abgegeben worden. Es war in ein Regal gelegt und erst gegen sechzehn Uhr fünfzig geöffnet worden. Der Videofilm war dann sofort zu Farels Dienststelle geschickt, vom Wachhabenden angesehen und an Farel weitergeleitet worden. Jetzt, um achtzehn Uhr, saßen Farel, Marcello Taglia, Chef der Gruppo Cardinale, Roscani, die Kriminalbeamten Castelletti und Scala, die wegen des Mordes an Pio ermittelten, und ein halbes Dutzend weiterer Männer in einem Vorführraum und sahen sich den Film an.

»Danny, ich bitte dich, aus deinem Versteck zu kommen … dich zu stellen.« Harry sprach englisch, und ein Dolmetscher aus Roscanis Dienststelle übersetzte das Gesagte ins Italienische.

Soviel festzustellen war, saß Harry Addison in einem abgedunkelten Raum allein auf einem hohen Hocker. An der Wand hinter ihm war eine auffällig gemusterte Prägetapete zu sehen. Außer der Tapete und Harry mit Sonnenbrille und Kopfverband war nichts zu erkennen.

»Sie wissen alles … Bitte, tu's für mich … Stell dich bitte der Polizei … Bitte …« Darauf folgte eine Pause, nach der Harry den Kopf hob, als wolle er etwas hinzufügen, aber in diesem Augenblick endete der Videofilm.

»Warum hat mir keiner gesagt, daß der Priester vielleicht noch lebt?« Als es im Vorführraum wieder hell wurde, schaute Roscani erst Taglia, dann Farel aufgebracht an.

»Das habe ich auch erst erfahren, als der Videofilm auf meinem

Schreibtisch gelandet ist«, sagte Farel. »Der Vorfall hat sich gestern ereignet, als der Amerikaner darauf bestanden hat, daß der Sarg geöffnet wurde. Daraufhin hat er steif und fest behauptet, der darin liegende Tote sei nicht sein Bruder. Das kann die Wahrheit gewesen sein, es kann eine Lüge gewesen sein. Kardinal Marsciano ist dabeigewesen. Seiner Einschätzung nach war der Amerikaner emotional überreizt. Der Kardinal hat erst heute nachmittag, als er von den Umständen von Pios Tod erfahren hatte, Pater Bardoni mit dieser Mitteilung zu mir geschickt.«

Roscani stand ruckartig auf. Er war irritiert. Dies war eine Sache, von der er sofort hätte erfahren müssen. Außerdem mochten Farel und er sich nicht besonders.

»Und Sie und Ihre Leute haben keine Ahnung, wo dieser Videofilm herkommt?«

Farel erwiderte gelassen Roscanis Blick. »Glauben Sie nicht auch, Ispettore capo, daß wir längst etwas unternommen hätten, wenn wir das wüßten?«

Taglia, dessen schlanke, elegante Erscheinung in einem dunkelblauen Nadelstreifenanzug seine Herkunft aus guter Familie verriet, mischte sich jetzt erstmals ein.

»Warum hätte er das tun sollen?«

»Darauf bestehen, daß der Sarg geöffnet wird?« Farel sah zu Taglia hinüber.

»Ja.«

»Soviel ich gehört habe, ist er von Emotionen überwältigt gewesen. Er wollte seinen Bruder noch einmal sehen, um Abschied von ihm zu nehmen. Blut ist dicker als Wasser, auch bei Mördern. Als er dann gesehen hat, daß das nicht Pater Daniels Leiche war, hat er aus Überraschung unbedacht reagiert und und das verraten.«

»Nehmen wir mal an, Addison habe tatsächlich einen Fehler gemacht«, warf Roscani ein. »Warum nimmt er einen Tag später an, sein Bruder lebe noch, und bittet ihn inständig, sich zu stellen? Vor allem, obwohl er selbst als Mörder gesucht wird?«

»Das ist ein Trick«, meinte Taglia. »Die Hintermänner der Anschläge fürchten, daß Pater Daniel auspacken könnte, falls er gefaßt wird. Sie lassen ihn von seinem Bruder auffordern, sich zu stellen, damit sie ihn liquidieren können.«

»Dieser Mann, der von Rührung überwältigt gebeten hat, seinen toten Bruder noch einmal sehen zu dürfen, will ihn jetzt umbringen?«

»Vielleicht ist das der Grund dafür gewesen.« Farel lehnte sich in seinem Sessel zurück. »Vielleicht steckt dahinter mehr Berechnung, als es den Anschein hat. Vielleicht hat er geahnt, daß da irgend etwas nicht stimmte.«

»Aber warum hat er seinen Verdacht ausgesprochen? Pater Daniel hat offiziell als tot gegolten. Warum hat er es nicht dabei belassen? Nach einem Toten fahndet keine Polizei mehr. Hätte er den Verdacht gehabt, sein Bruder könnte noch leben, hätte er unauffällig versuchen können, ihn aufzuspüren.«

»Aber wo?« fragte Taglia. »Wäre es nicht einfacher, dafür die Polizei einzuspannen?«

Roscani zündete sich eine Zigarette an. »Aber warum ist der Videofilm nicht uns, sondern dem Papst geschickt worden? Die Medien haben oft genug über uns berichtet. Jeder weiß, daß wir die Ermittlungen führen.«

»Weil die Öffentlichkeit ihn sehen soll«, antwortete Farel. »Die Gruppo Cardinale könnte ihn freigeben, oder auch nicht. Sie haben den Film in der Hoffnung an den Heiligen Vater geschickt, daß er persönlich intervenieren würde. Daß er mich auffordern würde, auf seine Weitergabe an die Medien zu drängen. Ganz Italien weiß, wie schockiert und entsetzt der Papst über die Ermordung seines Kardinalvikars gewesen ist und wieviel es ihm bedeuten würde, wenn der Attentäter gefaßt und vor Gericht gestellt würde.«

»Und hat er Sie dazu aufgefordert?« fragte Roscani.

»Ja.«

Roscani starrte Farel einen Augenblick an, dann wandte er sich ab.

»Wir müssen annehmen, daß die Hintermänner sich die Risiken ausgerechnet haben. Sie wissen, daß wir uns um die große Chance bringen, Pater Daniel – falls er wirklich noch lebt – mit Hilfe der Öffentlichkeit aufzuspüren, wenn wir uns dafür entscheiden, den Film nicht an die Medien weiterzugeben. Tun wir das jedoch, und er sieht die Berichte im Fernsehen oder liest sie in der Zeitung und entschließt sich dazu, der Aufforderung seines Bruders zu folgen, kommen wir vielleicht an ihn heran, bevor seine Hintermänner ihn umlegen. Dann könnte er uns genau das verraten, was sie um jeden Preis geheimhalten wollen.«

»Das ist offenbar ein Risiko, das sie eingehen wollen«, stellte Taglia fest.

»Offenbar...« Roscani drückte seine Zigarette wieder aus und sah langsam von Taglia zu Farel und dann zu Castelletti, Scala und den anderen hinüber.

»Es gibt noch eine weitere Erwägung.« Farel stand auf und knöpfte sein Jackett zu. »Erhalten die Medien den Videofilm, müssen sie auch ein Foto des Geistlichen und vor allem Informationen bekommen, die bisher streng geheim gewesen sind. Ein Vatikanpriester, der einen römischen Kardinal ermordet hat. Ich habe darüber mit Kardinal Palestrina, unserem Sekretär des Auswärtigen, gesprochen, der mit mir der Ansicht ist, daß solche Enthüllungen, unabhängig von den persönlichen Gefühlen des Papstes, den Heiligen Stuhl in den größten Skandal seit Jahrzehnten hineinziehen würden. Und das ausgerechnet zu einem Zeitpunkt, an dem der Einfluß der Kirche höchst unpopulär ist.«

»Farel, wir sprechen von Morden!« Roscani starrte den Chef der Vatikanpolizei aufgebracht an.

»Versuchen Sie bitte, Ihre persönlichen Leidenschaften im Zaum zu halten, Ispettore capo. Sie werden sich daran erinnern, daß sie mit der Grund dafür gewesen sind, daß nicht Sie mit der Leitung der Ermittlungen betraut worden sind.« Farel erwiderte Roscanis Blick noch eine Sekunde, bevor er sich an Taglia wandte.

»Ich bin sicher, daß Sie die richtige Entscheidung treffen werden.«

Damit wandte er sich ab und verließ den Raum.

25

Roscani fiel es wieder einmal schwer, Farel zu ignorieren. Der Chef der Vatikanpolizei war barsch, kompromißlos direkt und unhöflich. Er stellte die Interessen des Heiligen Stuhls über alles andere, als stehe hier nur für den Vatikan etwas auf dem Spiel. Damit mußte jeder rechnen, der mit ihm zu tun hatte, besonders jedoch, wenn man einer nicht Farel unterstehenden Polizei angehörte und wie Roscani ein introvertierter, viel weniger politisch denkender Mensch war. Im Dienstalltag war Roscani bestrebt, unter allen Umständen seine Pflicht zu tun und möglichst gute Arbeit zu leisten. Diesen Charakterzug hatte er von seinem Vater geerbt. War man so veranlagt und sich dessen bewußt, ignorierte man Leute wie Farel am besten völlig und konzentrierte seine Energien auf Dinge, die positiv und für die eigene Arbeit nützlicher waren. Zum Beispiel auf Scalas verspätete Anmerkung zu dem Videofilm, als er nach Farels Abgang feststellte, Harry Addisons Kopfverband lasse darauf schließen, daß er bei dem Verkehrsunfall mit Pios Wagen verletzt worden sei. Falls er wegen der Kopfverletzung in ärztlicher Behandlung gewesen war, konnte der Arzt – sollten sie ihn finden können – ihnen einen Hinweis auf die Richtung geben, in die Addison geflüchtet war.

Und Castelletti, der sich nicht übertrumpfen lassen wollte, hatte sich den Hersteller und die verschlüsselte Seriennummer der Videokassette notiert. Wer konnte voraussagen, was Nachforschungen in dieser Richtung ergeben würden? Vom Hersteller zum Großhändler zur Ladenkette zur Filiale zu einem Verkäufer, der sich vielleicht daran erinnern würde, sie einem bestimmten Kunden verkauft zu haben.

Dann war die Besprechung zu Ende, und alle außer Taglia und Roscani verliefen sich. Taglia hatte eine Entscheidung zu treffen, und Roscani mußte sie sich anhören.

»Sie wollen den Videofilm den Medien überlassen«, sagte Taglia mit seiner sanften Stimme. »Und die Öffentlichkeit soll uns wie in der Fernsehserie *America's Most Wanted* helfen, die Brüder Addison zu finden.«

»Manchmal funktioniert das.«

»Und manchmal verkriechen die Flüchtigen sich dann noch tiefer. Aber es gibt noch weitere Überlegungen. Ich denke daran, was Farel angesprochen hat. Die Sache ist hochbrisant und könnte zu diplomatischen Verwicklungen zwischen Italien und dem Vatikan führen. Der Papst mag in diesem Fall persönliche Wünsche haben, aber Farel hat Kardinal Palestrina nicht umsonst erwähnt. Palestrina ist der eigentliche Bewahrer der vatikanischen Flamme und bestimmt darüber, wie die Welt den Heiligen Stuhl sieht.«

»Mit anderen Worten: Aus diplomatischer Sicht ist ein Skandal schlimmer als Morde. Und Sie werden den Videofilm nicht freigeben.«

»Nein, das tun wir nicht. Die Fahndung nach den Flüchtigen geht wie bisher unter strikter Geheimhaltung weiter. Alle einschlägigen Unterlagen bleiben unter Verschluß.« Taglia stand auf. »Tut mir leid, Otello ... *Buona sera.*«

»Buona sera.«

Dann schloß die Tür sich hinter Taglia, und Roscani blieb allein zurück, frustriert, machtlos. Vielleicht hatte seine Frau also doch recht. Trotz seines Pflichteifers war die Welt weder gerecht noch vollkommen. Und dagegen konnte er nicht viel tun. Aber er konnte wenigstens aufhören, sich immer wieder dagegen aufzulehnen, um sich selbst und seiner Familie das Leben ein wenig zu erleichtern. Natürlich hatte seine Frau recht. Sie wußte jedoch so gut wie er selbst, daß er sich sowenig ändern konnte, wie er die Welt zu ändern vermochte. Roscani war Polizeibeamter geworden, weil er nicht ins väterliche Geschäft hatte eintreten wollen, weil er als Jungverheirateter nach materieller Sicherheit für seine zukünftige Familie gestrebt hatte und weil ihm dieser Beruf als aufregend und edel zugleich erschienen war.

Aber dann war etwas anderes passiert: Die durch sinnlose Gewalt zerstörten Leben von Verbrechensopfern hatten angefangen, ihn Tag für Tag persönlich zu berühren. Seine Beförderung mit gleichzeitiger Versetzung ins Morddezernat hatte alles nur noch schlimmer gemacht. Aus irgendeinem Grund begann er, die Ermordeten unabhängig von ihrem Alter nicht so sehr als eigene Persönlichkeiten, sondern als jemandes Kinder zu sehen, die ein Recht darauf hatten, ihr Leben zu Ende zu leben, ohne es sich auf so schreckliche Weise gewalttätig nehmen lassen zu müssen.

Aus Roscanis Sicht machte das die Fahndung nach den Tätern um so dringlicher. Faßt sie, bevor sie erneut morden können! Aber wie oft hatte er sie geschnappt, nur um erleben zu müssen, daß die Gerichte sie aus diesen oder jenen Gründen wieder auf freien Fuß gesetzt hatten? Das hatte ihn dazu getrieben, gegen Ungerechtigkeit im Justizwesen und anderswo aufzubegehren. Er führte einen Kampf, den er nicht gewinnen konnte, aber er dachte nicht daran aufzugeben.

Roscani griff nach der Fernbedienung und richtete sie auf den Großbildfernseher. Das Gerät schaltete sich mit einem Klicken ein. Er spulte den Film zurück, drückte die Starttaste und sah sich den Film nochmals an. Er sah Harry Addison auf dem Hocker, sah ihn mit aufgesetzter Sonnenbrille reden.

»Danny, ich bitte dich, aus deinem Versteck zu kommen ... dich zu stellen ... Sie wissen alles ... Bitte, tu's für mich ... Stell dich bitte der Polizei ... Bitte ...«

Roscani sah, wie Harry zum Schluß eine Pause machte und dann offenbar noch etwas sagen wollte, als die Aufnahme plötzlich abbrach. Er ließ den Film erneut ablaufen. Und noch einmal. Und noch einmal. Je öfter er ihn sah, desto mehr fühlte er seinen Zorn wachsen. Er wünschte sich, die Tür ginge auf und Pio käme herein: unbekümmert lässig wie immer, von seiner Familie erzählend, nach Roscanis fragend. Statt dessen sah er Addison, Mr. Hollywood mit Sonnenbrille, auf einem Hocker sitzen und seinen Bruder bitten, er solle sich stellen – damit er liquidiert werden konnte.

Roscani schaltete den Fernseher aus. Im Halbdunkel kamen die Gedanken wieder zurück. Er wollte es nicht, aber sie kamen trotzdem: Wie er Harry Addison umbringen würde, wenn er ihn faßte. Und daß er ihn fassen würde, stand für ihn außer Zweifel.

Er schaltete den Fernseher wieder ein, zündete sich eine Zigarette an und blies das Streichholz danach energisch aus. Solche Gedanken durfte er sich nicht gestatten. Er fragte sich, wie sein Vater an seiner Stelle auf den Mord an Pio reagiert hätte.

Abstand, er brauchte Abstand. Den verschaffte er sich, indem er den Videofilm erneut abspielte. Und noch einmal. Er zwang sich dazu, ihn eiskalt analytisch zu betrachten, mit dem Blick eines erfahrenen Kriminalbeamten, der auf kleinste Hinweise achtete, die ihm weiterhelfen konnten.

Je öfter er den Film sah, desto mehr interessierten ihn zwei Dinge: die hinter Addison gerade noch erkennbare gemusterte Prägetapete und Addisons merkwürdiges Verhalten ganz zum Schluß, als er den Kopf hob und den Mund öffnete, um noch etwas zu sagen, das aber nicht mehr aufgenommen wurde. Roscani zog ein kleines Notizbuch aus seiner Jackentasche und notierte sich zwei Punkte.

Tapetenmuster mit Computerunterstützung vergrößern/verdeutlichen.

Englischsprachigen Lippenleser unhörbare Wörter analysieren lassen.

26

Rom, Via Po, Vatikanische Botschaft in Italien.
Zur selben Zeit

Bei ihrem ersten öffentlichen Auftreten seit der Ermordung des Kardinalvikars von Rom mischten die verbliebenen Vertrauten des Papstes, Kardinal Umberto Palestrina, Kardinal Joseph Matadi, Monsignore Fabio Capizzi und Kardinal Nicola Marsciano, sich unter die Mitglieder des Ministerrats der Europäischen Union, die in Rom über Wirtschaftsbeziehungen zu den Entwicklungsländern berieten und von Erzbischof Giovanni Bellini, dem Apostolischen Nuntius in Italien, zu einem zwanglosen Empfang eingeladen worden waren.

Von den vier Männern wirkte der vatikanische Sekretär des Auswärtigen, der zweiundsechzigjährige Palestrina, am unbekümmertsten. Der Kardinal, der im Gegensatz zu den anderen keine Soutane, sondern einen schlichten schwarzen Anzug mit Priesterkragen trug, ignorierte die Anwesenheit der Schweizergarde, die den Saal in Zivil überwachte, während er von einem Gast zum anderen ging und mit jedem liebenswürdig plauderte.

Schon Palestrinas hochgewachsene Gestalt erregte überall Aufmerksamkeit. Aber es war die unerwartete Intensität seiner Persönlichkeit, die einen überrumpelte, die Eleganz, mit der er sich bewegte, das breite Lächeln, die durchdringend grauen Augen unter dem schwer zu bändigenden schneeweißen Haarschopf und der eisenhart zupackende Händedruck, wenn er einen mit Namen und oft in der Muttersprache ansprach.

Während er den Saal abklapperte und offensichtlich Spaß daran hatte, alte Freundschaften zu erneuern und neue zu schließen, wirkte er mehr wie ein Politiker auf Stimmenfang als wie der zweitmächtigste Mann der katholischen Kirche. Trotzdem waren er und die anderen als Vertreter dieser Kirche und des Papstes hier, und ihre Anwesenheit auch im Schatten einer Tragödie sprach für sich und erinnerte alle daran, daß der Heilige Stuhl unermüdlich und vorbehaltlos die Ziele der Europäischen Union förderte.

Auf der anderen Seite des Saals wandte Kardinal Marsciano sich von seinem dänischen Gesprächspartner ab und warf einen Blick auf seine Armbanduhr.

19.50 Uhr

Als er wieder den Kopf hob, sah er den Schweizer Investmentbankier Pierre Weggen den Saal betreten. Seine Begleiter, die sofort alle Blicke auf sich zogen und schlagartig viele Gespräche verstummen ließen, waren Jiang Youmei, der chinesische Botschafter in Italien, Außenminister Zhou Yi und Yan Yeh, Präsident der Volksbank von China. Zwischen der Volksrepublik China und dem Vatikan existierten seit 1949, als die Kommunisten in China die Macht übernommen hatten, keine diplomatischen Beziehungen. Aber hier betraten zwei hohe Diplomaten und einer der einflußreichsten Wirtschaftsführer des neuen China gemeinsam mit dem Schweizer Weggen ganz öffentlich die Vatikanische Botschaft.

Palestrina durchquerte sofort den Saal, um die Chinesen zu begrüßen, indem er sich zunächst förmlich verbeugte und ihnen dann breit lächelnd die Hand schüttelte, bevor er einen Ober mit Getränken herbeiwinkte und mit den Gästen plauderte, als seien sie alte und liebe Freunde. Auf chinesisch plauderte, wie Marsciano recht gut wußte.

Chinas engere Beziehungen zum Westen sowie sein rascher Aufstieg zu einer Wirtschaftsmacht hatten sich auf die praktisch nicht existenten Beziehungen zwischen Rom und Peking wenig oder gar nicht ausgewirkt. Trotzdem bemühte der Vatikan sich unter Palestrinas geschickter Anleitung, die Tür wenigstens einen Spalt weit aufzustoßen. Palestrinas erklärtes Nahziel war ein päpstlicher Besuch in der Volksrepublik.

Dieses Ziel konnte große Auswirkungen haben, denn der Erfolg seines Annäherungsversuchs hätte signalisiert, daß Peking der Kirche nicht nur seine Tore öffnete, sondern bereit war, sie als Partnerin zu akzeptieren. Dazu war die Volksrepublik nach Palestrinas Einschätzung in absehbarer Zukunft nicht bereit, was sein Vorhaben um so ehrgeiziger erscheinen ließ. Andererseits führte das vatikanische Sekretariat für Auswärtiges kein Mauerblümchendasein. Und außerdem waren die Chinesen in aller Öffentlichkeit hier.

Das war hauptsächlich Pierre Weggen zu verdanken, mit dem sie seit vielen Jahren zusammenarbeiteten und der ihr volles Vertrauen genoß. Oder so viel Vertrauen, wie Asiaten irgendeinem westlichen Ausländer entgegenzubringen bereit waren. Der zweiundsiebzigjährige Weggen, eine hochgewachsene, distinguierte Erscheinung, war ein international bekannter Investmentbanker. Er genoß einen ausgezeichneten Ruf, wurde weltweit respektiert und fungierte hauptsächlich als Mittelsmann zwischen international tätigen Multis, die auf der Suche nach globalen Partnerschaften waren. Gleichzeitig beriet er wie früher alte Kunden und Freunde, die Menschen, Firmen und Organisationen, die im Lauf der Jahre dazu beigetragen hatten, ihm seinen Ruf zu verschaffen.

Die genaue Zusammensetzung seines Kundenstamms war schon immer ein Geheimnis gewesen. Der Vatikan gehörte dazu. Nicola Marsciano, der für die Investitionen des Vatikans Verantwortliche, hatte den ganzen Nachmittag mit Weggen und einer vielköpfigen Gruppe von Anwälten und Wirtschaftsprüfern, die der Schweizer aus Genf mitgebracht hatte, in einer Privatwohnung in der Via Pinciana verbracht.

Seit über einem Jahr hatten Marsciano und Weggen die Investitionen des Heiligen Stuhls gestrafft und auf Energieversorgung, Verkehr, Hüttenwerke, Werften und Schwermaschinenbau konzentriert. Auf international tätige Konzerne, Firmen und Spin-off-Firmen, die auf Infrastrukturmaßnahmen spezialisiert waren, auf den Bau und Ausbau von Fernstraßen, Wasserstraßen, Kraftwerken, Wasserwerken und dergleichen in Entwicklungsländern.

Die Investmentstrategie des Vatikans stand im Mittelpunkt von Palestrinas Bemühungen, die Zukunft des Heiligen Stuhls zu sichern. Deshalb waren die Chinesen eingeladen worden, sich hier unter die Gäste zu mischen. Und sie waren gern gekommen, um zu demonstrieren, daß die Volksrepublik ein moderner Staat war, der die wirtschaftlichen Nöte der Entwicklungsländer ebenso ernst nahm wie deren europäische Freunde. Diese Einladung war eine Goodwill-Geste, die den Chinesen die Möglichkeit verschaffte, diskret Kontakte zu knüpfen und zugleich von Palestrina hofiert zu werden.

Trotzdem galt Palestrinas Interesse nicht Entwicklungsländern allgemein, sondern nur einem Land: China selbst. Und außer einigen wenigen Männern, Pierre Weggen und den verbliebenen Vertrauten des Papstes, kannte niemand, nicht einmal der Heilige Vater, das eigentliche Ziel des Sekretärs für Auswärtiges, den Vatikan zu einem völlig anonymen, aber unverzichtbaren Partner der Volksrepublik China zu machen, der ihre politische und wirtschaftliche Zukunft entscheidend würde beeinflussen können.

Der erste Schritt war heute abend mit dem freundschaftlichen Empfang der Chinesen gemacht. Der zweite würde morgen folgen, wenn Marsciano einem aus vier Kardinälen bestehenden Ausschuß, der mit ihm die Investitionen der Kirche zu kontrollieren hatte, die neugefaßte »Investitionsstrategie in Entwicklungsländern« zur Beschlußfassung vorlegen würde.

Die Sitzung würde turbulent verlaufen, weil die Kardinäle konservativ und neuerungsfeindlich waren. Marscianos Aufgabe würde es sein, sie zu überzeugen, indem er ausführlich über die Regionen berichtete, die eingehend untersucht worden waren: Lateinamerika, Osteuropa und Rußland. Auch China würde natürlich erwähnt werden, aber nur unter dem Sammelbegriff Asien, der Japan, Singapur, Thailand, die Philippinen, China, Südkorea, Taiwan, Indien und so weiter umfaßte.

Die Schwierigkeit lag darin, daß das eine gezielte Irreführung war, unethisch und unmoralisch. Eine bewußte Lüge, damit Palestrina genau das bekam, was er wollte, ohne seine Absichten offenlegen zu müssen.

Außerdem hatte Palestrina noch viel weitreichendere Pläne. China, das wußte der Sekretär des Auswärtigen nur allzu gut, war trotz seiner scheinbaren Öffnung eigentlich noch immer eine geschlossene Gesellschaft, die von einer autoritären kommunistischen Führungsschicht straff gelenkt wurde. Zugleich verwandelte das Land sich jedoch rasch in einen modernen Staat, und ein modernes China mit einem Viertel der Weltbevölkerung und der damit verbundenen Wirtschaftsmacht würde zweifellos bald zur stärksten Großmacht der Welt aufsteigen. Die Schlußfolgerung daraus lag auf der Hand: Wer China beherrschte, beherrschte die Welt. Und genau das war das Herzstück von Palestrinas Plan: die Beherrschung Chinas im kommenden Jahrhundert, die Wiederetablierung der katholischen Kirche in allen Großstädten, Städten und Dörfern. Und innerhalb eines Jahrhunderts die Erschaffung eines neuen Heiligen Römischen Reichs. Würde das chinesische Volk nicht mehr von Peking, sondern von Rom aus gelenkt, würde der Heilige Stuhl die größte Supermacht der Welt sein.

Das war natürlich Wahnsinn und nach Marscianos Überzeugung ein klarer Beweis für Palestrinas zunehmende Geistesverwirrung. Gegen Palestrina waren sie jedoch alle machtlos. Der Heilige Vater, dessen Liebling Palestrina war, ahnte nichts von dessen Großmachtplänen. Und da Papst Leo XIV., der durch seinen schlechten Gesundheitszustand und anstrengende Verpflichtungen geschwächt war, Palestrina blindlings vertraute, hatte er die Leitung der Kirche praktisch seinem Sekretär des Auswärtigen übertragen. Sich an den Heiligen Vater zu wenden, wäre ebenso zwecklos wie eine Beschwerde bei Palestrina selbst gewesen, denn der Sekretär hätte natürlich alles geleugnet, und der Beschwerdeführer wäre umgehend in eine weit von Rom entfernte Diözese abgeschoben worden und dort verschollen.

Darin lag der eigentliche Schrecken. Denn mit Ausnahme von Pierre Weggen, der bedingungslos hinter Palestrina stand, hatten die anderen, Marsciano, Kardinal Matadi und Monsignore Capizzi, alle Angst vor Palestrina. Sie fürchteten seine körperliche Präsenz, seinen Ehrgeiz, seine untrügliche Fähigkeit, die Schwächen eines Mannes auszuforschen und für seine eigenen Zwecke zu nutzen. Und vor allem seine imponierende Charakterstärke, mit der jeder zu rechnen hatte, auf den Palestrina seine Aufmerksamkeit konzentrierte.

Sie fürchteten auch die Verrückten, die in seinen Diensten standen: Jakow Farel, der einerseits der öffentlich tätige, freimütig sprechende Chef der Vatikanpolizei und andererseits der im geheimen arbeitende skrupellose Scherge Palestrinas war. Und den Terroristen Thomas Kind, der Kardinal Parma, Palestrinas Erzfeind, ermordet hatte. In ihrer Gegenwart, in Gegenwart des Heiligen Vaters und in Gegenwart Palestrinas, der diesen Mord befohlen und seelenruhig neben Parma gestanden hatte, als der niedergeschossen worden war.

Marsciano wußte nicht, wie den anderen zumute war, aber für ihn stand fest, daß niemand seine eigene Schwäche und seine Angst mehr verabscheute als er selbst.

Er sah nochmals auf seine Armbanduhr.

20.10 Uhr

»Eminenz.« Pierre Weggen hatte Yan Yeh mitgebracht. Der Präsident der Volksbank von China war ziemlich klein und sehr schlank mit graumeliertem schwarzem Haar.

»Sie erinnern sich an Yan Yeh«, sagte Weggen.

»Natürlich.« Marsciano schüttelte dem chinesischen Bankier lächelnd die Hand. »Willkommen in Rom.«

Die beiden kannten sich aus Bangkok. Abgesehen von einer kurzzeitigen Verstimmung, als Palestrina den Bankier bewußt provozierend nach der Rolle der katholischen Kirche im neuen China gefragt und die kühl abweisende Antwort erhalten hatte, die Zeit sei noch längst nicht reif für eine Wiederannäherung zwischen Peking und Rom, hatte Marsciano Yan Yeh als liebenswürdigen, freimütigen, sogar geistreichen und anscheinend aufrichtig um das Wohl der Menschen in aller Welt besorgten Mann schätzengelernt.

»Ich glaube«, sagte Yan Yeh mit schalkhaftem Blitzen in den Augen, während er sein Rotweinglas hob, um mit Marsciano anzustoßen, »die Italiener sollten uns Chinesen Nachhilfe im Weinbau geben.«

In diesem Augenblick beobachtete Marsciano, wie der Apostolische Nuntius eintrat, zu Palestrina hinüberging, der mit dem chinesischen Botschafter und dem Außenminister sprach, und ihn beiseite nahm. Die beiden redeten kurz miteinander, und Palestrina sah zu ihm hinüber, bevor er den Saal verließ. Das war eine unbedeutende Geste, die wohl niemandem aufgefallen war. Aber für Marsciano war sie bedeutsam, weil sie bewies, daß Palestrinas Aufmerksamkeit jetzt ihm galt.

»Vielleicht«, antwortete Marsciano, indem er sich wieder an Yan Yeh wandte, »ließe sich das arrangieren.«

»Eminenz.« Der Nuntius berührte seinen Ärmel.

Marsciano drehte sich zu ihm um. »Ja, ich weiß ... Wohin soll ich nachkommen?«

27

Die durch das einzige Fenster des prunkvoll eingerichteten Besprechungszimmers scheinende Sonne teilte den Raum in zwei Hälften. Palestrina stand an der Hell-Dunkel-Grenze, teilweise im Schatten. Der Mann seitlich hinter ihm war nur als Silhouette zu erkennen, aber Marsciano wußte auch so, wer er war: Jakow Farel.

»Eminenz ... Jakow.« Marsciano schloß die Tür hinter sich.

»Nehmen Sie Platz, Nicola.« Palestrina deutete auf eine Gruppe hochlehniger Stühle vor einem antiken Marmorkamin. Marsciano durchquerte den Raum, um dieser Aufforderung nachzukommen.

Farel nahm ihm gegenüber Platz. Er schlug die Beine übereinander und knöpfte sein Jackett auf, bevor er den Kopf hob und Marsciano ausdruckslos anstarrte.

»Ich möchte Ihnen eine Frage stellen, Nicola, und verlange eine ehrliche Antwort.« Palestrina ließ seine Hand leicht über eine Stuhllehne gleiten, dann ergriff er sie, zog den Stuhl herum und setzte sich direkt vor Marsciano. »Lebt der Priester noch?«

Seit dem Augenblick, in dem Harry Addison behauptet hatte, dies seien nicht die sterblichen Überreste seines Bruders, hatte Marsciano gewußt, daß es nur eine Frage der Zeit war, bis Palestrina ihn ins Gebet nahm. Er war überrascht, daß das so lange gedauert hatte. Aber inzwischen hatte er sich so gut wie möglich vorbereiten können.

»Nein«, sagte er sofort.

»Die Polizei glaubt, daß er noch lebt.«

»Dann irrt sie sich.«

»Sein Bruder ist anderer Meinung gewesen«, stellte Farel fest.

»Er hat nur gesagt, das sei nicht die Leiche seines Bruders. Aber er hat sich getäuscht.« Marsciano bemühte sich, leidenschaftslos nüchtern zu wirken.

»Die Gruppo Cardinale hat einen Videofilm, in dem Harry Addison seinen Bruder auffordert, sich zu stellen. Klingt das nach jemandem, der sich getäuscht hat?«

Marsciano schwieg einen Augenblick. Als er weitersprach, wandte er sich im selben Tonfall wie zuvor an Palestrina. »Jakow ist mit mir im Leichenhaus gewesen, als das Beweismaterial vorgelegt und die Identifizierung vorgenommen worden ist.« Er sah zu Farel hinüber. »Stimmt das nicht, Jakow?«

Farel äußerte sich nicht dazu.

Palestrina betrachtete Marsciano forschend. Dann stand er auf und trat ans Fenster, wo sein riesiger Körper das Sonnenlicht verdunkelte. Als er sich umdrehte, waren nur noch seine massigen Umrisse zu erkennen.

»Der Deckel einer Schachtel wird abgenommen. Eine Motte fliegt heraus und flattert in der Brise davon. Wie hat sie dort drinnen überlebt? Wohin ist sie verschwunden, als sie weggeflogen ist?« Palestrina kam wieder vom Fenster zurück.

»Ich bin als *scugnizzo*, als gewöhnlicher neapolitanischer Straßenjunge aufgewachsen. Mein einziger Lehrer ist das Leben gewesen. Wenn man mit einer blutenden Kopfwunde im Rinnstein sitzt, weil man belogen worden ist, aber eine Lüge für die Wahrheit gehalten hat… Daraus hat man gelernt. Und man hat darauf geachtet, daß einem das nicht noch mal passiert.« Palestrina blieb neben Marsciano stehen und sah auf ihn herab.

»Ich wiederhole meine Frage, Nicola: Lebt der Priester noch?«

»Nein, Euer Eminenz. Er ist tot.«

»Dann sind wir hier fertig.« Palestrina sah zu Farel hinüber, dann verließ er wortlos den Raum.

Marsciano, der wie erstarrt dasaß, blickte ihm nach. Da er wußte, daß Palestrina seinen Polizeibeamten später ausfragen würde, wie Marsciano sich nach seinem Fortgang benommen habe, gab er sich einen Ruck und sah zu Farel hinüber. »Er ist tot, Jakow«, sagte er. »Tot.«

Einer von Farels Männern in Zivil hielt am Fuß der Treppe Wache, als Marsciano herunterkam. Der Kardinal ging an ihm vorbei, ohne ihn eines Blickes zu würdigen.

Marsciano hatte sein gesamtes bisheriges Leben Gott und der Kirche gewidmet. Er war einfach und stark wie das toskanische Bauerngeschlecht, aus dem er stammte. Männer wie Farel und Palestrina lebten in einer Welt außerhalb seines Vorstellungsvermögens.

»Zum Besten der Kirche«, hatte Palestrina gesagt, weil er wußte, daß die Kirche und ihr Wohlergehen Marscianos Schwäche waren. Daß er sie fast ebenso verehrte, wie er Gott verehrte, weil sie in seinen Augen identisch waren. Liefern Sie mir Pater Daniel aus, bedeutete Palestrina ihm, dann bleiben der Kirche das Schauspiel eines Gerichtsverfahrens und der Skandal erspart, der unvermeidlich ist, wenn er tatsächlich noch lebt und von der Polizei gefaßt wird. Und das stimmte. Denn Pater Daniel, der ohnehin bereits als tot galt, würde einfach verschwinden. Dafür würden Farel oder Thomas Kind sorgen. Der Tote würde innerhalb der Kirche als schuldig gelten, und der Fall Parma konnte endlich zu den Akten gelegt werden.

Aber Marsciano war nicht bereit, Pater Daniel auszuliefern, nur um ihn ermorden zu lassen. Vor der Nase Palestrinas, Farels, Capizzis und Matadis hatte er seine gesamten Möglichkeiten ausgeschöpft, um zu versuchen, das Unmögliche zu schaffen und Pater Daniel für tot erklären zu lassen, obwohl er wußte, daß das nicht stimmte. Und wäre Pater Daniels Bruder nicht gewesen, wäre er damit vielleicht sogar durchgekommen. Aber es hatte nicht geklappt. So blieb ihm nichts anderes übrig, als in der Hoffnung auf Zeitgewinn weiter den Ahnungslosen zu spielen. Aber er hatte nicht sehr glaubhaft gewirkt, das stand außer Zweifel.

Sein Versuch, Farel nach Palestrinas Verschwinden davon zu überzeugen, er habe die Wahrheit gesagt, war wenig wirkungsvoll gewesen und auf taube Ohren gestoßen. Sein Schicksal, das wußte er, war mit dem Blick besiegelt gewesen, den der Sekretär des Auswärtigen seinem Polizeibeamten beim Hinausgehen zugeworfen hatte. Damit hatte Palestrina ihn seiner Freiheit beraubt. Von diesem Augenblick an würde Marsciano überwacht werden. Wohin er ging, wen er besuchte und mit wem er sprach oder telefonierte. Es würde an Farel gemeldet werden, der wiederum Palestrina informieren würde. Das lief praktisch auf einen Hausarrest hinaus. Und Marsciano konnte sich nicht dagegen wehren.

Er sah nochmals auf seine Armbanduhr.

20.50 Uhr

Der Kardinal betete darum, daß es keine Pannen gegeben hatte und sie inzwischen wie geplant sicher von dort weggekommen waren.

28

Pescara. Donnerstag, 9. Juli, 22.35 Uhr

Schwester Elena Voso saß auf einem Klappsitz im rückwärtigen Teil eines neutralen beigen Kastenwagens. Im schwachen Licht der Innenbeleuchtung sah sie Michael Roarks Gestalt neben sich. Er lag auf einer fahrbaren Krankentrage auf dem Rücken und starrte den über ihm hängenden Tropf an, den das Schwanken des Fahrzeugs leicht pendeln ließ. Ihr gegenüber hockte der gutaussehende Marco, während der stämmige Luca am Steuer den Wagen geschickt durch die schmalen Straßen lenkte, als kenne er ihr Fahrtziel, obwohl es bisher mit keinem Wort erwähnt worden war.

Elena war überrascht gewesen, als vor etwas über einer Stunde die Mutter Oberin ihres Franziskanerinnenklosters in Siena angerufen und ihr mitgeteilt hatte, ihr Patient werde in dieser Nacht mit einem privaten Krankenwagen verlegt und sie solle ihn begleiten, um ihn weiterhin zu pflegen. Als sie gefragt hatte, wohin er verlegt werde, hatte sie nur zur Antwort bekommen. »In ein anderes Krankenhaus.« Wenig später war Luca mit dem Krankenwagen vorgefahren und hatte sie abgeholt. Sie hatten das St.-Cäcilien-Krankenhaus leise und schnell verlassen, ohne mehr als das Nötigste zu sprechen, eigentlich wie Flüchtlinge.

Nachdem Luca über den Pescara gefahren war, lenkte er den Wagen durch kleinere Straßen, bis sie auf die Viale della Riviera stießen, eine parallel zum Strand verlaufende Hauptverkehrsstraße. Die

Nacht war schwülheiß, und Hunderte von jungen Leuten schlenderten über die Gehsteige oder bevölkerten die Pizzerien am Strand. Elena fragte sich, ob sie vielleicht zu einem anderen Krankenhaus in Pescara unterwegs waren. Aber dann bog Luca vom Meer ab, fuhr kreuz und quer durch die Stadt, wobei sie auch an dem großen Bahnhof vorbeikamen, und verließ Pescara dann auf der nach Nordosten führenden Fernstraße.

Auf dieser Fahrt wanderte Michael Roarks Blick mehrmals zwischen dem Tropf, Elena Voso und den Männern im Wagen hin und her. Das ließ sie vermuten, er sei wieder bei Bewußtsein und versuche, sich zu erklären, was passiert war. Körperlich ging es ihm den Umständen entsprechend gut: Puls, Blutdruck und Atmung waren normal. Sie hatte das vor ihrer Ankunft aufgezeichnete EKG und sein EEG gesehen, die ihm ein gesundes Herz und ein funktionierendes Gehirn bescheinigten. Die Diagnose lautete, er habe ein akutes Trauma erlitten. Außer auf seine Verbrennungen und Beinbrüche sollte die Krankenpflegerin vor allem auf seine schwere Gehirnerschütterung achten. Davon konnte er sich ganz, teilweise oder gar nicht erholen. Ihre Aufgabe war es, seinen Körper funktionsfähig zu erhalten, während sein Gehirn sich selbst zu heilen versuchte.

Nachdem sie Michael Roarks Blick lächelnd erwidert hatte, sah sie auf und stellte fest, daß Marco sie ebenfalls beobachtete. Von zwei Männern gleichzeitig angestarrt zu werden, war ein nicht unangenehmes Gefühl, das sie erneut lächeln ließ. Dann sah sie rasch weg, weil ihr die eigene Reaktion peinlich war. Dabei fiel ihr erstmals auf, daß die Heckscheiben des Fahrzeugs unter dunklen Vorhängen verschwanden. Sie sah wieder zu Marco hinüber.

»Warum sind die Fenster verhängt?«

»Dieser Wagen ist gemietet. Die Vorhänge gehören zur Ausstattung.«

Elena zögerte. »Wohin fahren wir?«

»Das hat mir niemand gesagt.«

»Luca weiß es.«

»Dann fragen Sie ihn.«

Elena sah kurz nach vorn, bevor sie sich wieder an Marco wandte. »Sind wir in Gefahr?«

Marco grinste. »So viele Fragen.«

»Wir werden spätabends plötzlich angewiesen, das Krankenhaus zu verlassen. Wir fahren kreuz und quer durch Pescara, als wollten wir Verfolger abschütteln. Die Fenster des Wagens sind verhängt, und Sie… tragen eine Pistole.«

»Wirklich?«

»Ja.«

»Sie wissen ja, daß ich Carabiniere bin.«

»Nicht mehr.«

»Aber noch immer Reservist.« Marco sah plötzlich nach vorn. »Luca, Schwester Elena möchte wissen, wohin wir fahren.«

»Nach Norden.«

Marco verschränkte seine Arme, lehnte sich zurück und schloß die Augen. »Ich schlafe jetzt«, bemerkte er zu Elena. »Das sollten Sie auch tun. Wir haben eine lange Fahrt vor uns.«

Elena beobachtete ihn noch einen Augenblick, dann sah sie nach vorn, wo Lucas Gesichtszüge kurz von der Flamme seines Feuerzeugs erhellt wurden, als er sich eine Zigarette anzündete. Sie hatte die Ausbuchtung unter seiner Jacke gesehen, als er mitgeholfen hatte, ihren Patienten einzuladen, womit ihre Vermutung, er sei ebenfalls bewaffnet, sich bestätigt hatte. Und obwohl niemand diese Tatsache erwähnt hatte, wußte Elena, daß Pietro, der immer Frühdienst hatte, in seinem Wagen hinter ihnen herfuhr.

Neben ihr hatte Michael Roark die Augen geschlossen. Ob er träumte? Wie seine Träumen aussehen mochten? Und wohin sie ihn wohl entführten? Oder ob er ebenso ahnungslos wie Elena unterwegs war: auf nachtdunklen Straßen, ohne das Ziel der Fahrt zu kennen, in Gesellschaft bewaffneter Fremder.

Elena fragte sich wieder einmal, wer er war, daß er solche Männer brauchte. Sie fragte sich, wer er überhaupt war.

29

Rom. Zur selben Zeit

Plötzlich hatte er das Gefühl, Hunderte von winzigen Füßen liefen auf ihm herum. Leichte, rasche Füße. Klein. Wie die von Nagetieren. Mit scheinbar übermenschlicher Anstrengung öffnete Harry ein Auge und sah sie.

Keine Mäuse. Ratten.

Sie waren auf seiner Brust, auf seinem Bauch und beiden Beinen. Er schrie entsetzt auf, versuchte, sie abzuschütteln. Einige verschwanden, aber die meisten klammerten sich fest, stellten die Ohren hoch, beobachteten ihn mit ihren winzigen roten Augen.

Dann nahm er den Gestank wahr. Und er erinnerte sich an den Abwasserkanal.

Überall rauschte fließendes Wasser. Harry spürte die Nässe und merkte, daß er im Wasser lag. Er stemmte sich mühsam hoch, drehte den Kopf zur Seite und sah mit dem rechten Auge weitere Ratten. Hunderte. Sie saßen etwas höher auf dem Trockenen, beobachtend, wartend. Anscheinend fürchteten sie das Wasser. Nur die Tapfersten von ihnen hatten sich durch die seichte Flut bis zu ihm vorgewagt.

Über sich sah er ein gemauertes altes Gewölbe: das Dach des Abwasserkanals. Die gleichen, von brüchigem Mörtel zusammengehaltenen Steine bildeten die Wände und die Wasserrinne, in der er lag. In regelmäßigen Abständen an der Decke angebrachte schwache Glühbirnen lieferten das trübe Licht, in dem er seine Umgebung wahrnahm.

Er konnte sehen!

Zumindest schemenhaft.

Als er sich zurücksinken ließ und das rechte Auge schloß, verschwand plötzlich alles. Harry blieb sekundenlang unbeweglich liegen und sammelte sich, bevor er sein linkes Auge öffnete.

Schwärze. Nichts zu erkennen.

Er öffnete sofort wieder das rechte Auge, und die Welt kam zurück. Trübe Lampen. Steine. Mörtel. Wasser. Ratten.

Er sah die beiden Tiere, die seinem rechten Auge am nächsten waren, langsam vorrücken. Zuckende Nasen, gefletschte Zähne. Als ob sie wüßten, daß er blind war, wenn er dieses Auge verlor. Daß er dann ihnen gehörte.

»Haut ab!« brüllte er, während er sich aufzurichten versuchte. Er spürte, wie sie sich an ihm festklammerten, damit er sie nicht abschütteln konnte. Er warf sich von einer Seite zur anderen und hörte seine Worte von dem Gewölbe widerhallen. Dann rutschte er seitlich in tieferes Wasser. Er spürte, wie es über ihn hinwegflutete, ihn mitriß. Er war sich sicher, daß die Ratten von ihm abließen. War sich sicher, daß er ihr schrilles Quieken hörte, während sie versuchten, sich aus dem Wasser zu retten, um nicht zu ertrinken. War sich sicher, daß er Hunderte von anderen in einem schrecklichen Aufruhr kollektiver Angst quietschen hörte. Er öffnete den Mund, schrie gegen sie an und wollte tief Luft holen. Aber sein Mund füllte sich mit Wasser, und er würgte keuchend, während er abgetrieben wurde. Das einzige, was er deutlich wahrnahm, war der Geschmack des Wassers: faulig und nach seinem eigenen Blut schmeckend.

30

Freitag, 10. Juli, ein Uhr morgens

Eine Hand berührte Harrys Gesicht, und er stöhnte, während ein Schauder seinen Körper durchlief. Die Hand zog sich zurück und kam im nächsten Augenblick mit einem feuchten Lappen wieder, um sein Gesicht abzuwischen und die Umgebung der Wunde auf seiner Stirn zu säubern.

Dann bewegte sie sich etwas zur Seite, um vorsichtig das in seinem Haar getrocknete Blut wegzutupfen.

Irgendwo in der Ferne war ein unbestimmbares Rumpeln zu hören, und der Boden erzitterte. Dann hörten das Geräusch und die Bewegung plötzlich auf. Harry spürte eine Hand auf seiner Schulter und öffnete die Augen oder vielmehr sein rechtes Auge, mit dem er sehen konnte. Ein übergroßer Kopf mit im trüben Licht glitzernden Augen starrte auf ihn herab.

»Parla italiano?« Der neben Harry auf dem Boden sitzende Mann sprach mit quäkend hoher Stimme in seltsam akzentuiertem Singsang.

Harry drehte langsam den Kopf zur Seite, um ihn besser sehen zu können.

»Inglese?«

»Ja«, flüsterte Harry.

»Amerikaner?«

»Ja«, flüsterte Harry wieder.

»Ich auch, früher mal. Pittsburgh. Ich bin nach Rom gekommen, um in einem Fellini-Film mitzuspielen. Das hat nie geklappt. Aber ich bin hier hängengeblieben.«

Harry konnte das Geräusch seiner eigenen Atemzüge hören. »Wo bin ich?«

Der Mann lächelte. »Bei Herkules.«

Plötzlich erschien ein weiteres Gesicht, das ebenfalls auf ihn herabblickte. Es gehörte einer Frau. Dunkelhäutig, ungefähr vierzig, das schwarze Haar von einem grellbunten Schal zusammengehalten. Sie kniete nieder, betastete seinen Kopf, griff dann über Harry hinweg und hob seine dick verbundene linke Hand hoch. Sie sah zu dem Mann mit dem übergroßen Schädel hinüber und sagte etwas in einer Sprache, die Harry noch nie gehört hatte. Der Mann nickte. Die Frau musterte Harry erneut, stand plötzlich auf und verschwand. Wenig später war ein Geräusch zu hören, als werde eine schwere Tür geöffnet und wieder geschlossen.

»Sie können nur mit einem Auge sehen. Aber das andere funktioniert auch bald wieder. Sie hat's gesagt.« Herkules lächelte erneut. »Ich soll Ihre Wunden zweimal täglich auswaschen und morgen Ihren Handverband wechseln. Der Kopfverband kann eine Zeitlang dranbleiben. Das hat sie mir alles gesagt.«

Wieder das Rumpeln, das den Boden erzittern ließ.

»Ich lebe hier«, erklärte Herkules ihm. »In einem abgetrennten Teil der U-Bahn, einem alten Arbeitstunnel. Ich hause seit fünf Jahren hier, und keiner weiß davon, außer ein paar Leuten wie ihr. Nicht schlecht, was?« Er lachte, dann streckte er einen Arm aus und zog sich mit Hilfe einer Aluminiumkrücke hoch. »Meine Beine sind verkümmert, aber meine Schultern sind mächtig, und ich bin stark.«

Herkules war ein Zwerg, ein Meter zehn, höchstens einen Meter zwanzig groß. Sein Schädel war groß, fast eiförmig. Und seine Schultern waren ebenso mächtig entwickelt wie seine Arme. Aber sein restlicher Körper war verkümmert. Er hatte eine winzige Taille, und die spindeldürren Beine bestanden nur aus Haut und Knochen.

Herkules hinkte zu der dunklen Wand hinter ihm und nahm etwas herunter. Als er sich umdrehte, hatte er eine zweite Krücke in der Hand.

»Sie sind angeschossen worden.«

Harry starrte ihn verständnislos an. Er konnte sich an nichts erinnern.

»Sie haben verdammt Glück gehabt. Es war eine kleinkalibrige Waffe. Die Kugel hat Ihre Hand durchschlagen und ist von Ihrer Stirn abgeprallt. Sie haben im Abwasserkanal gelegen. Ich habe Sie rausgefischt.«

Harry starrte Herkules mit seinem rechten Auge an und begriff noch immer nichts, während sein Verstand sich anstrengte, die Wirklichkeit zu erfassen. Aus irgendeinem Grund mußte er an Madeline denken. Er sah sie mit verdrehten Armen und Beinen und aufgelöstem Haar im schwarzen Wasser unter dem Eis treiben und fragte sich, ob es für sie auch so ähnlich gewesen war, der Übergang von einer erschreckenden Realität in einen traumähnlichen Zustand mit ständigem Wechsel zwischen diesen beiden Stadien, bis sie endlich in ihren letzten tiefen Schlaf gesunken war.

»Sie haben keine Schmerzen?«

»Nein.«

Herkules grinste. »Das kommt von ihrer Medizin. Sie ist eine Zigeunerin, die sich aufs Heilen versteht. Ich bin kein Zigeuner, aber ich komme ganz gut mit ihnen aus. Sie geben mir Sachen, ich gebe ihnen Sachen. Wir erweisen uns Gefälligkeiten. So respektieren wir einander und bestehlen uns nicht.« Ein Kichern brach aus ihm heraus, und er ließ ihm freie Bahn, bevor er wieder ernst wurde. »Und ich Sie auch nicht, Pater.«

»Pater?« Harry starrte ihn verständnislos an.

»Ihre Papiere haben in Ihrer Jacke gesteckt, Pater Addison.« Herkules lehnte sich auf seine Krücken und machte eine weit ausholende Handbewegung.

In Harrys Nähe hingen seine Sachen auf einem behelfsmäßigen Regal. Davor lag der Umschlag, den Gasparri ihm gegeben hatte, auf dem Boden, um ebenfalls zu trocknen. Um ihn herum war Dannys persönlicher Besitz ausgebreitet: seine Armbanduhr mit Brandspuren, die beschädigte Brille, der angesengte Dienstausweis und sein Reisepaß.

Wie ein Akrobat ließ Herkules sich plötzlich an seinen Krücken zu Boden gleiten, so daß er Harry wieder gegenübersaß, als ob er sich blitzschnell einen Stuhl herangezogen hätte.

»Wir haben ein Problem, Pater. Sie möchten natürlich, daß jemand von Ihrem Zustand erfährt. Am besten die Polizei. Aber Sie können nicht selbst gehen, und ich darf niemandem sagen, daß Sie hier sind, weil ich damit meine Unterkunft verraten würde. Kapiert?«

»Ja.«

»Am besten ruhen Sie sich erst mal aus. Mit etwas Glück sind Sie schon morgen wieder auf den Beinen und können gehen, wohin Sie wollen.«

Herkules kehrte plötzlich seine vorige Bewegung um und stemmte sich wieder auf den Krücken hoch.

»Ich lasse Sie jetzt eine Zeitlang allein. Sie können unbesorgt schlafen. Hier sind Sie sicher.«

Damit schwang er sich davon und verschwand in der Dunkelheit, in der das Klicken seiner Krücken widerhallte, bis das knarrende Geräusch zu hören war, das schon den Weggang der Zigeunerin begleitet hatte.

31

Beverly Hills. Donnerstag, 9. Juli, spätabends

Byron Willis atmete langsam tief aus und legte sein Autotelefon auf. Er bog vom Sunset Boulevard auf die Stone Canyon Road ab, schaltete die Scheinwerfer des Lexus ein und sah sie die mit Efeu bewachsenen Parkmauern der eleganten Landsitze beleuchten, an denen sich die Straße vorbeischlängelte. Was passiert sein sollte, war einfach undenkbar! Harry Addison, sein Harry Addison, den er in die Firma geholt hatte und wie einen Bruder liebte, war plötzlich in Italien auf der Flucht, wurde wegen Mordes an einem römischen Kriminalbeamten gesucht. Und Harrys Bruder sollte das Attentat auf den Kardinalvikar von Rom verübt haben. Die Medien belagerten bereits die Kanzlei und versuchten, ein Statement von ihm oder den anderen Partnern zu bekommen.

»Verdammter Mist!« knurrte er aufgebracht.

Unabhängig davon, was wirklich passiert war, würde Harry jede Menge Hilfe brauchen. Und die Firma auch. Byron würde diese Nacht damit verbringen, die Medien abzuwehren und sicherzustellen, daß seine Mandanten über die Ereignisse informiert waren und den Mund hielten, wenn sie von Reportern bedrängt wurden. Gleichzeitig mußte er versuchen, Harry aufzuspüren und ihm den besten Strafverteidiger Italiens zur Seite zu stellen.

Byron Willis fuhr langsamer, als er die Übertragungswagen und die Reportermeute vor dem elektronisch gesicherten Tor seines Anwesens 1500 Stone Canyon Road sah. Er betätigte die Fernbedienung, um das Tor zu öffnen, wartete, bis die Leute ihm Platz machten, fuhr höflich winkend durch ihre Reihen und bemühte sich nach Kräften, sie zu ignorieren. Drinnen hielt er kurz an, um sich davon zu überzeugen, daß niemand im letzten Augenblick hereinschlüpfte, bevor das Tor sich wieder schloß. Dann fuhr er weiter. Seine Scheinwerfer zerschnitten die Dunkelheit und beleuchteten die vertraute Zufahrt zu seiner Villa hinauf.

»Verdammt!«

Die Welt seines Freundes war schlagartig auf den Kopf gestellt worden. Das führte ihm seine eigene Lebenssituation nur um so deutlicher vor Augen. Wieder eine Besprechung bis in die Nacht hinein, wieder eine Heimkehr nach Einbruch der Dunkelheit. Seine Frau und seine beiden kleinen Söhne waren im Ferienhaus der Familie in Sun Valley.

Ein weiterer Druck auf die Fernbedienung ließ sein Garagentor nach oben schwingen. Eigentlich hätte dabei die Innenbeleuchtung angehen müssen, aber diesmal blieb die Garage wegen irgendeines Defekts dunkel. Er öffnete die Fahrertür und stieg aus.

»Byron ...«, sagte eine Männerstimme im Dunkeln.

Byron Willis zuckte zusammen, fuhr herum und sah die vagen Umrisse einer Gestalt auf sich zukommen.

»Wer sind Sie?«

»Ein Freund von Harry Addison.«

Harry? Was zum Teufel hatte das zu bedeuten? Plötzlich durchzuckte ihn Angst. »Wie sind Sie hier reingekommen? Was wollen Sie?«

»Nicht viel.«

Eine kleine Flamme blitzte auf, und Willis hörte ein Geräusch, als habe jemand gespuckt. Er spürte einen kräftigen Schlag gegen seine Brust, blickte instinktiv an sich herab und fragte sich, was das gewesen sein mochte. Dann fühlte er, wie seine Knie nachgaben. Das Geräusch wiederholte sich zweimal. Der Mann stand jetzt dicht vor ihm.

Byron Willis sah auf. »Ich verstehe nicht, was …«

Dann sackte er zusammen.

32

Rom. Freitag, 10. Juli, sieben Uhr morgens

Thomas Kind war auf dem Fußweg über dem Tiber unterwegs und wartete ungeduldig auf ein Klingeln seines Mobiltelefons. Er trug einen beigen Leinenanzug mit einem blaugestreiften Hemd, dessen Kragenknopf er geöffnet hatte. Sein tief in die Stirn gezogener weißer Panamahut schützte ihn nicht nur vor der Morgensonne, sondern auch vor neugierigen Blicken, die dazu führen konnten, daß jemand ihn erkannte und die Polizei alarmierte.

Kind ging unter den Bäumen weiter, bis er eine Stelle erreichte, die er von weitem ausgemacht hatte, wo der Tiber zwischen Granitmauern direkt unter ihm vorbeiströmte. Nachdem er sich kurz umgesehen und außer dem Morgenverkehr auf der Straße jenseits der Bäume nichts Auffälliges beobachtet hatte, knöpfte er sein Jackett auf und zog einen in ein weißes Taschentuch gewickelten Gegenstand aus dem Hosenbund. Dann stand er mit lässig aufgestützten Ellbogen an der Mauerbrüstung über dem Wasser, ein Tourist, der den Blick über den Fluß genoß, und ließ den Gegenstand aus seinem Taschentuch gleiten. Im nächsten Augenblick hörte er ihn ins Wasser klatschen, richtete sich auf und fuhr sich geistesabwesend mit dem Taschentuch über den Nacken. Als er weiterging, wurden die verkohlten Überreste der spanischen Llamapistole von der Strömung mitgerissen und an eine andere Stelle des Flußbetts getragen.

Zehn Minuten später betrat er eine kleine Bar unweit der Piazza Farnese, bestellte einen Eiskaffee und setzte sich an einen der Tische, um ungeduldig auf den Anruf und die Informationen zu warten, die noch immer nicht gekommen waren. Er nahm sein Telefon aus der Jackentasche, tippte eine Nummer ein, ließ es zweimal klingeln, gab einen dreistelligen Zahlencode ein und beendete den Anruf. Dann lehnte er sich zurück, griff nach seinem Kaffee und wartete auf den Rückruf.

Thomas José Alvarez-Rios Kind war 1984 berühmt geworden, als er bei einem verpatzten Festnahmeversuch in einem Pariser Vorort vier Beamte einer Spezialtruppe zur Terrorismusbekämpfung erschossen hatte. Seit damals war er ein Liebling der Medien und des terroristischen Untergrunds. Journalisten schilderten ihn gern als Nachfolger des Schakals Carlos, als einen terroristischen Glücksritter, der seine Dienste dem Meistbietenden zur Verfügung stellte.

In den späten achtziger und frühen neunziger Jahren hatte Kind tatsächlich allen gedient. Den italienischen Roten Brigaden ebenso wie der französischen Action Directe, Muammer al-Gaddafi ebenso wie Abu Nidal und dem irakischen Geheimdienst bei Einsätzen in Belgien, Frankreich, England und Italien. Danach hatte er in Miami und New York für die großen *traficantes*, die Bosse des Medelliner Drogenkartells, als bezahlter Killer gearbeitet. Später war er nach Italien zurückgekehrt, um als Söldner der Cosa Nostra, die eigentlich keine Hilfe von außen brauchte, Staatsanwälte in Kalabrien und Sizilien zu ermorden.

Das alles gestattete ihm, öffentlich die Worte zu wiederholen, die Bonnot, der Anführer einer 1912 in Paris operierenden Mörderbande, und nach ihm auch Carlos gebraucht hatte: »Ich bin ein berühmter Mann.« Und das war er wirklich. Im Lauf der Jahre war sein Bild nicht nur auf den Titelseiten aller großen Zeitungen, son dern auch auf den Umschlägen von *Time*, *Newsweek* und *Vanity Fair* erschienen. *60 Minutes* hatte ihn zweimal porträtiert. Deswegen spielte er in einer ganz anderen Liga als die vielen anderen Killer, die bereitwillig für ihn gearbeitet hatten.

Sein Problem war jedoch die immer deutlichere Erkenntnis, daß er geisteskrank war. Er hatte als wahrhafter Revolutionär angefangen, als er 1976 als idealistischer Teenager aus Ecuador nach Chile gegangen war und auf den Straßen von Valera gekämpft hatte, um die Ermordung marxistischer Studententen durch Soldaten des faschistischen Generals Augusto Pinochet zu rächen. Danach hatte er in England bei der Familie seiner Mutter gelebt und in Oxford Geschichte und politische Wissenschaften studiert. Unmittelbar darauf war es zu einem Geheimtreffen mit dem KGB-Residenten in London gekommen, der ihm zugeredet hatte, sich in Moskau zu einem sowjetischen Agenten ausbilden zu lassen. Seine Moskaureise hatte ihn über Frankreich geführt, wo es zu dem Zwischenfall mit der Pariser Polizei gekommen war. Dadurch war er mit einem Schlag berühmt geworden.

Aber in den letzten Monaten hatte er zu spüren begonnen, daß seine Motive keineswegs ideologisch oder revolutionär waren, sondern daß es ihm um den Terror selbst ging. Genau gesagt um den Akt des Tötens. Er bereitete ihm nicht nur Vergnügen, sondern es war sexuell erregend. Und das in einem Ausmaß, daß es den Geschlechtsakt allmählich völlig ersetzt hatte.

Das plötzliche leise Klingeln des Mobiltelefons auf dem Tisch holte ihn abrupt in die Gegenwart zurück. Er griff sofort danach.

»*Oui?*« fragte er auf französisch. Er hörte zu und nickte dabei mehrmals. Dies war die erwartete Nachricht, die aus zwei Teilen bestand: Der erste war die Bestätigung, daß ein potentielles Problem in den USA beseitigt worden war. Falls Harry Addison bewußt oder unabsichtlich schädliche Informationen an Byron Willis weitergegeben hatte, spielte das keine Rolle mehr. Die Zielperson war liquidiert worden.

Der zweite war schwieriger gewesen, weil er umfangreiche telefonische Recherchen erfordert hatte. Trotzdem hatte das Ergebnis viel länger als seiner Meinung nach nötig auf sich warten lassen.

»Ja«, bestätigte er schließlich. »Pescara. Ich fahre sofort hin.«

33

7.50 Uhr

»Warmer Tee«, sagte Herkules. »Können Sie schlucken?«

»Ja«, Harry nickte.

»Hier, nehmen Sie den Becher.«

Herkules hielt ihm den Becher hin und half Harry, ihn trotz seiner verbundenen Hand zu erfassen.

Harry trank einen Schluck und mußte würgen.

»Scheußlich, was? Zigeunertee, stark und bitter. Trinken Sie ihn trotzdem. Er heilt Ihre Verletzungen und läßt Sie bald wieder sehen.«

Harry zögerte, dann trank er die Brühe mit großen Schlucken, indem er sich bemühte, sie nicht zu schmecken. Herkules beobachtete ihn aufmerksam, wobei er wie ein Künstler, der ein Modell studiert, mehrmals den Standort wechselte. Sowie Harry fertig war, riß er ihm den Becher weg.

»Sie sind nicht Sie.«

»Was?«

»Sie sind nicht Pater Daniel, sondern sein Bruder.«

Harry stützte sich auf einen Ellbogen. »Woher wissen Sie das?«

»Erstens sieht das Bild im Paß Ihnen nicht sehr ähnlich. Zweitens fahndet die Polizei nach Ihnen.«

Harry fuhr zusammen. »Die Polizei?«

»Ich habe es im Radio gehört. Sie werden wegen Mordes gesucht, nicht wegen des Anschlags, den Ihr Bruder verübt hat. Der Kardinalvikar, das ist der große Knüller. Aber Ihrer ist groß genug.«

»Wovon reden Sie überhaupt?«

»Von dem Polizeibeamten, Mr. Harry Addison. Von dem Kriminalbeamten namens Pio.«

»Pio ist tot?«

»Sie haben gute Arbeit geleistet.«

»Ich soll gute ...?«

Im nächsten Augenblick sah er wieder alles vor sich. Pio, der in den Rückspiegel des Alfa Romeo sah. Der seine Pistole bereitlegte, während Harry den Lastwagen vor ihnen quer über die Straße fahren sah. Während Harry laut aufschrie, um Pio zu warnen.

Und dann fiel ihm noch etwas ein, an das er sich bis zu diesem Augenblick nicht hatte erinnern können. Er hatte einen Knall gehört. Erschreckend laut, einen Donnerknall, der sich rasch wiederholt hatte. Ein, zwei Schüsse.

Als nächstes erinnerte er sich an ein Gesicht, das aufgetaucht und dann verschwunden war, als sei es eine Tausendstelsekunde lang von einer Blitzleuchte erhellt worden. Es war blaß und grausam gewesen, mit einem halben Lächeln auf den Lippen. Und aus irgendeinem nicht recht erklärlichen Grund erinnerte er sich an die blauesten Augen, die er je gesehen hatte.

»Nein«, flüsterte Harry mit kaum hörbarer Stimme. Er starrte Herkules benommen an. »Ich bin's nicht gewesen.«

»Ob Sie es gewesen sind oder nicht, Mr. Harry, macht keinen Unterschied. Entscheidend ist, daß die Polizei Sie für seinen Mörder hält. In Italien gibt es keine Todesstrafe, aber die Polizei wird trotzdem eine Möglichkeit finden, Sie umzulegen.«

Herkules stemmte sich plötzlich wieder hoch. Er sah auf seine Krücken gestützt auf Harry hinab. »Wie man hört, sind Sie Anwalt. Aus Kalifornien. Sie verdienen eine Menge Geld mit Filmstars und sind stinkreich.«

Harry sank zurück. Das war es also! Um zu Geld zu kommen, wollte Herkules ihn erpressen, indem er ihm mit der Polizei drohte. Warum auch nicht? Herkules war ein gewöhnlicher Krimineller, der im Dreck unter der U-Bahn hauste, und Harry war ihm in den Schoß gefallen. Unabhängig davon, weshalb er ihm ursprünglich das Leben gerettet hatte, merkte Herkules jetzt plötzlich, daß er eine Gans gerettet hatte, die goldene Eier legen konnte.

»Ich habe etwas Geld, ja. Aber ich kann nichts abheben, ohne daß die Polizei erfährt, wo ich bin. Ich kann Ihnen also keines geben, selbst wenn ich möchte.«

»Das spielt keine Rolle.« Herkules beugte sich grinsend weiter nach vorn. »Jeder weiß, was Sie wert sind.«

»Wert?«

»Die Polizei hat eine Belohnung für Hinweise ausgesetzt, die zu Ihrer Ergreifung führen. Hundert Millionen Lire. Fast sechzigtausend Dollar. Das ist eine Menge Geld, Mr. Harry. Vor allem für Leute, die keins haben.«

Herkules fand seine zweite Krücke, wandte sich ruckartig ab und verschwand wie am Vortag mit großen Schwüngen in der Dunkelheit.

»Ich bin es nicht gewesen!« rief Harry ihm nach.

»Die Polizei erschießt Sie trotzdem!« Herkules' Stimme hallte von den Wänden wider, bis sie im fernen Rumpeln einer U-Bahn unterging, die am Ende seines privaten Tunnels vorbeifuhr. Dann folgte das Knarren der großen Tür, die geöffnet wurde und krachend ins Schloß fiel.

34

Cortona, Toskana

Das Haus, in das Michael Roark gebracht wurde, war keine Klinik, sondern die Casa Alberti, ein restaurierter, dreigeschossiger Landsitz, der den Namen einer alten Florentiner Familie trug. Schwester Elena sah die Villa, als sie im Morgennebel das schmiedeeiserne Tor passierten und die kiesbestreute Zufahrt entlangrollten.

Marco hatte das Tor aufgesperrt und war vor dem Krankenwagen hergegangen, als Luca zum Haus weiterfuhr. Pietro, der mit seinem Auto hinter ihnen hergefahren war, hatte das Tor hinter ihnen abgesperrt und war dann als erster ins Haus gegangen, um es sorgfältig zu durchsuchen, bevor er Licht machte und sie einließ.

Elena hatte schweigend zugesehen, während Marco und Luca die Krankentrage über die Treppe ins Haus und in die Suite im ersten Stock trugen, das jetzt Michael Roarks Krankenzimmer war. Als sie die Fensterläden aufgestoßen hatte, war die Sonne gerade als blutrote Kugel über den Hügeln im Osten aufgegangen.

Unter ihr kam Pietro aus dem Haus und parkte sein Auto so vor dem Krankenwagen, daß die Zufahrt blockiert war. Dann sah sie Pietro aus dem Kofferraum eine Schrotflinte herausholen. Er gähnte ungeniert, setzte sich wieder in seinen Wagen, dessen Fahrertür er geöffnet ließ, verschränkte die Arme und schlief ein.

»Brauchen Sie irgendwas?«

Marco stand in der Tür hinter ihr.

»Nein, danke«, antwortete sie lächelnd.

»Luca schläft oben im zweiten Stock. Ich bin unten in der Küche, falls Sie mich brauchen.«

»Danke.«

Marco nickte ihr zu, dann ging er hinaus und schloß die Tür hinter sich. Elena spürte, wie übermüdet sie war. Sie hatte unterwegs immer wieder ein wenig gedöst, aber ihre Sinne und ihre Gedanken hatten sie nicht zur Ruhe kommen lassen. Aber nachdem sie jetzt am Ziel waren, erschien ihr der Gedanke an Schlaf plötzlich überwältigend verführerisch.

Rechts von ihr befand sich ein großes Bad mit Wanne und separater Dusche. Auf der linken Seite gab es eine kleine Nische mit Bett und Kleiderschrank, die sich durch einen Vorhang abtrennen ließ.

Vor ihr lag Michael Roark in tiefem Schlaf. Er war nach der langen Fahrt erschöpft, das wußte sie, denn er hatte unterwegs kaum geschlafen. Sein Blick war ständig zwischen ihr und den beiden Männern hin und her gewandert, als versuche er zu verstehen, wo er war und was mit ihm geschah. Daß er nie ängstlich gewirkt hatte, mochte daran liegen, daß sie ständig beruhigend auf ihn eingeredet, ihren und seinen Namen genannt und ihm erklärt hatte, wie die Männer hießen, die Freunde waren und ihn an einen Ort brachten, an dem er genesen und sich erholen konnte. Erst ungefähr eine Stunde vor ihrer Ankunft in der Casa Alberti gegen acht Uhr morgens war er in den Tiefschlaf gefallen, in dem er jetzt lag.

35

Rom. Zur selben Zeit

Kardinal Marsciano verfolgte die Sendung auf einem kleinen Fernseher in seiner Bibliothek. Sie war live, improvisiert und voller Zorn. Marcello Taglia, Chef der Gruppo Cardinale, war angehalten worden, als sein Wagen auf den Hof des Polizeipräsidiums fuhr, und ausgestiegen, um sich der Reportermeute zu stellen und ihre Fragen kurz und knapp zu beantworten.

Woher der Videofilm mit dem amerikanischen Rechtsanwalt Harry Addison gekommen sei, wisse er nicht, sagte Taglia. Er habe auch keine Ahnung, wer ihn den Medien zugespielt habe. Er wisse auch nicht, wer das Foto von Addisons Bruder verbreitet und die Vermutung ausgestreut habe, Pater Daniel Addison, der nach dem Mord an dem Kardinalvikar von Rom angeblich bei dem Busattentat umgekommene Hauptverdächtige, lebe noch und halte sich irgendwo in Italien versteckt. Es sei richtig, daß eine Belohnung von hundert Millionen Lire für Hinweise, die zur Ergreifung eines der beiden Brüder Addison führten, ausgesetzt worden sei.

Die Kameras schwenkten abrupt von Taglia weg ins Studio, wo eine attraktive Moderatorin hinter einem Glastisch den Videofilm mit Harry Addison ankündigte. Nachdem er gelaufen war, wurden Fotos der Brüder gezeigt und die Telefonnummer eingeblendet, die jeder anrufen konnte, der einen der beiden Männer sah.

Marsciano schaltete das Gerät aus und starrte den leeren Bildschirm an. Seine Welt war plötzlich dunkler geworden. Es war eine Welt, die in den folgenden Stunden noch schwieriger, wenn nicht sogar unerträglich werden würde.

In einer knappen halben Stunde würde er vor den vier Kardinälen sitzen, aus denen die Kommission zur Überwachung der Investitionen des Heiligen Stuhls bestand, und ihnen den bewußt irreführenden neuen Investitionsplan zur Billigung vorlegen.

Sobald sie ihre Besprechung um dreizehn Uhr dreißig zur Mittagspause unterbrachen, würde Marsciano den zehnminütigen Spaziergang vom Vatikan zum Amari machen – einer kleinen, von einer Familie geführten Trattoria am Viale Angelico. Dort würde er in dem privaten Speisezimmer im ersten Stock mit Palestrina zusammentreffen, um ihm Bericht über das Ergebnis zu erstatten. Von diesem Ergebnis hing nicht nur Palestrinas »chinesisches Protokoll«, sondern auch Marscianos eigenes Leben und damit auch Pater Daniels Leben ab.

Er versuchte bewußt, diesen Gedanken zu verdrängen, weil er fürchtete, er werde ihn schwächen und seine Verzweiflung sichtbar werden lassen, wenn er vor die Kardinäle trat. Aber während der

Minutenzeiger tickend vorrückte, stiegen trotz aller Anstrengung schlimme Erinnerungen in ihm auf, die ihn erschreckten, fast als habe Palestrina sie ihm geschickt.

Plötzlich stand ihm wieder alles klar vor Augen. Er sah sich am Abend des Tages, an dem der Bus nach Assisi explodiert war, in Pierre Weggens Genfer Büro. Das Telefon klingelte, der Anruf war für ihn. Am Apparat war Palestrina, der ihm mitteilte, Pater Daniel habe in dem Bus gesessen und sei vermutlich tot, und ausdruckslos hinzufügte: »Die Polizei hat genügend Beweismaterial zusammengetragen, um Pater Daniel des Mordes an Kardinal Parma zu überführen.«

Marsciano erinnerte sich an seinen empörten Widerspruch, Weggens schwaches Grinsen, als kenne der Bankier den eigentlichen Zweck dieses Anrufs bereits, und Palestrinas nüchternen Tonfall, als er dann weitersprach:

»Sollte Ihre Präsentation vor dem Ausschuß so fehlschlagen, Eminenz, daß der Investitionsplan durchfällt, wird die Polizei bald entdecken, daß die von Parmas Ermordung ausgehende Spur sich nicht zu Pater Daniel, sondern direkt zu Ihnen zurückverfolgen läßt. Und ich nehme sicher an, daß die Ermittler Sie als erstes fragen werden, ob der Kardinalvikar Ihr Liebhaber gewesen ist. Leugnen wäre natürlich zwecklos, weil es genügend Beweise geben würde: Notizen und eindeutige Briefe sehr persönlicher Art, die in Ihren und seinen Computerdateien gefunden würden ... Stellen Sie sich also vor, Eminenz, wie es wäre, Ihr und sein Gesicht in jeder Zeitung, auf der Titelseite aller Nachrichtenmagazine und weltweit auf allen Fernsehschirmen zu sehen. Stellen Sie sich die Auswirkungen auf den Heiligen Stuhl und die Schande vor, in die Sie unsere heilige Kirche stürzen würden.«

Vor Entsetzen am ganzen Leib bebend und ohne den geringsten Zweifel daran, wer das Busattentat in Auftrag gegeben hatte, hatte Marsciano einfach aufgelegt. Palestrina war überall. Er zog die Daumenschrauben an, verstärkte seinen Zugriff. Effizient, beherrscht, skrupellos. Mächtiger, erschreckender und abscheulicher, als Marsciano es sich je hätte vorstellen können.

Marsciano drehte sich im Sessel nach links und sah aus dem Fenster. Auf der anderen Straßenseite wartete der graue Mercedes, der ihn aus seiner Residenz in den Vatikan bringen sollte. Sein Fahrer war ein neur Mann, von dem Farel große Stücke zu halten schien: Anton Pilger, der vatikanische Kriminalbeamte mit dem Babygesicht. Auch seine Haushälterin, Schwester Maria-Louisa, war ebenso neu wie seine Sekretärinnen und sein Bürovorsteher. Von seinen ursprünglichen Mitarbeitern war einzig noch Pater Bardoni da, aber auch nur, weil er als Computerfachmann für den Datentransfer von und zu Weggens Genfer Büro unentbehrlich war. Sobald der neue Investitionsplan gebilligt war, würde auch Pater Bardoni verschwinden, davon war der Kardinal überzeugt. Er war der letzte der wahrhaft Getreuen, und wenn er ging, würde Marsciano hilflos in Palestrinas Schlangengrube zurückbleiben.

36

Harry bewegte sich unsicher durch die Dunkelheit. Sein Kopf schmerzte noch immer, sein Rücken scharrte die rauhe Tunnelwand entlang, und seine unverletzte rechte Hand war ausgestreckt, um Herkules' schwere Tür zu ertasten. Er mußte hier raus, bevor der Zwerg zurückkam. Wer wußte, wen Herkules dann mitbringen würde? Freunde? Die Polizei? Was mußten sechzigtausend Dollar für eine Kreatur wie ihn bedeuten?

Es hatte ihn den größten Teil seiner Kraft gekostet, sich nur anzuziehen, Dannys Sachen einzusammeln und Herkules' Unterschlupf zu verlassen. Was er tun würde, wenn er hier herauskam, wußte er nicht, aber alles war besser, als dazubleiben und untätig abzuwarten, was Herkules vorhatte.

Vor und hinter ihm war alles schwarz. Dann sah er etwas: einen winzigen Lichtpunkt in der Ferne. Das Ende des Tunnels. Er spürte einen Schauder der Erleichterung, als er sich mit dem Rücken zur Wand darauf zuschob. Das Licht wurde heller. Er bewegte sich rascher. Sein Fuß berührte etwas Hartes. Er blieb stehen, um es mit der Schuhspitze abzutasten: Stahl, ein Gleis. Er sah wieder auf. Das Licht schien näher gekommen zu sein. Es erinnerte ihn an das Foltergerät, das seine unbekannten Entführer verwendet hatten. Aber das konnte nicht sein. Wo war er? Befand er sich noch immer in der Gewalt dieser Leute?

Dann fühlte er den Boden unter sich erzittern. Das Licht kam auf ihn zugerast. Im nächsten Augenblick wußte er, wo er war: in einem U-Bahn-Tunnel. Das heranrasende Licht waren die Scheinwerfer eines U-Bahn-Zuges. Er machte kehrt und stolperte den Weg zurück, den er gekommen war. Das Licht wurde heller und heller. Sein linker Fuß rutschte auf dem Gleis aus, und er wäre beinahe hingefallen. Er hörte das schrille Pfeifen eines Warnsignals, dann kreischte Stahl auf Stahl, als der U-Bahn-Fahrer eine Notbremsung einleitete.

Plötzlich ergriffen ihn muskulöse Hände und drückten ihn gegen die Tunnelwand. Er sah die beleuchteten Wagen, als die U-Bahn nur wenige Handbreit von ihm entfernt vorbeirollte. Dann war der Zug vorbei und kam fünfzig Meter weiter mit kreischenden Bremsen zum Stehen.

»Sind Sie übergeschnappt?«

Harry sah Herkules, dessen Hände seine Oberarme mit eisernem Griff umfaßten, über sich gebeugt.

Von der stehenden U-Bahn her waren Rufe des Zugpersonals zu hören. Männer kletterten auf die Gleise herab und kamen mit Taschenlampen auf sie zu.

»Los, mitkommen!«

Herkules riß ihn hoch, drehte ihn um und stieß ihn in einen schmalen Seitengang. Im nächsten Augenblick schob er ihn eine Arbeitsleiter hinauf und folgte ihm dann selbst, indem er sich seine Krücken über einen Arm hängte und sich wie ein Zirkusartist nach oben hangelte.

Hinter sich hörten sie die Rufe des Zugpersonals. Herkules schob Harry in einen weiteren Gang, in dem isolierte Kabel und Lüftungsrohre verliefen.

Diesem Gang folgten sie einige hundert Meter weit, bis sie endlich unter einem Lüftungsschacht haltmachten.

Herkules sagte lange nichts, sondern horchte angestrengt nach hinten. Erst als er sicher war, daß sie nicht verfolgt wurden, wandte er sich an Harry.

»Das melden die der Polizei. Die kommt her und sucht den Tunnel ab. Findet sie meine Unterkunft, weiß sie, daß Sie dort gewesen sind. Und ich bin dann obdachlos.«

»Tut mir leid…«

»Immerhin wissen wir jetzt zwei Dinge: Sie haben sich soweit erholt, daß Sie wieder gehen, sogar rennen können. Und Sie sind nicht mehr auf einem Auge blind.«

Tatsächlich konnte Harry wieder sehen. Er hatte nicht mal Zeit gehabt, darüber nachzudenken. Er war durch die Dunkelheit gestolpert, hatte dann das Licht der U-Bahn und die Fahrgäste in den Wagen gesehen. Nicht mit einem Auge, sondern mit beiden.

»Schön«, sagte Herkules, »Sie sind frei.« Mit diesen Worten nahm er ein kleines Paket von seiner Schulter und hielt es Harry hin.

»Machen Sie es auf.«

Harry blickte das Paket an, öffnete es dann, wie der Zwerg es verlangte. Das Paket enthielt zusammengerollte Kleidungsstücke: schwarze Hose, schwarze Jacke, schwarzes Hemd und weißer Priesterkragen, alles getragen, aber noch brauchbar.

»Sie verwandeln sich jetzt in Ihren Bruder, okay?«

Harry lächelte ungläubig.

»Also gut, vielleicht nicht in Ihren Bruder, aber in einen Priester. Warum nicht? Sie haben schon einen Bart, der Ihr Aussehen verändert. Wie könnten Sie sich in einer Stadt voller Priester besser verstecken als in dieser anonymen Kleidung? In der Hosentasche stecken einige hunderttausend Lire. Das ist nicht viel, aber damit müßten Sie zurechtkommen, während Sie sich überlegen, was Sie als nächstes tun wollen.«

»Warum?« fragte Harry. »Sie hätten mich der Polizei übergeben und die Belohnung kassieren können.«

»Lebt Ihr Bruder noch?«

»Das weiß ich nicht.«

»Hat er den Kardinalvikar ermordet?«

»Das weiß ich nicht.«

»Da haben Sie's! Hätte ich Sie der Polizei ausgeliefert, hätten Sie diese Fragen nie beantworten können. Wie wollen Sie das wissen, wenn Sie's nicht selbst rauskriegen? Abgesehen davon, daß Sie selbst wegen der Ermordung eines Polizeibeamten zur Fahndung ausgeschrieben sind. Das macht die Sache doppelt interessant, was?«

»Von diesem Geld hätten Sie lange leben können.«

»Aber die Polizei hätte es mir übergeben müssen. Und ich kann nicht zur Polizei gehen, Mr. Harry, weil ich selbst ein Mörder bin. Und hätte ich andere hingeschickt, damit sie die Belohnung in meinem Auftrag kassieren, wären sie vielleicht damit durchgebrannt. Sie selbst säßen im Gefängnis, und ich wäre nicht besser dran als jetzt. Wem wäre damit geholfen?«

»Warum also?«

»Warum ich Ihnen helfe?«

»Ja.«

»Um Sie freizulassen, Mr. Harry, und zu sehen, was Sie tun können. Wie weit Sie mit Mut und Verstand kommen. Ob Sie gut genug sind, um zu überleben. Um Antworten auf Ihre Fragen zu finden. Um Ihre Unschuld zu beweisen.«

Harry musterte ihn prüfend. »Das ist nicht der einzige Grund.«

Herkules wich auf seinen Krücken etwas zurück, und Harry sah zum erstenmal einen traurigen Ausdruck auf seinem Gesicht. »Der Mann, den ich umgebracht habe, ist reich und betrunken gewesen. Er hat versucht, mir den Schädel mit einem Ziegelstein einzuschlagen, weil ich ein Zwerg und ein Krüppel bin. Ich mußte mich wehren, und ich hab's getan.

Sie sind ein gutaussehender, intelligenter Mann. Machen Sie Gebrauch von Ihren Gaben. Sie haben eine Chance, ich habe keine. Ich bin ein häßlicher Zwerg, ein Mörder, der dazu verdammt ist, in der Unterwelt zu hausen. Gewinnen Sie Ihr Spiel, Mr. Harry, vielleicht erinnern Sie sich an mich und kommen zurück. Vielleicht setzen Sie dann Ihr Geld und Ihr Wissen ein, um mir zu helfen. Wenn ich noch lebe, weiß jeder Zigeuner, wo ich zu finden bin.«

Harry empfand eine aufrichtige Zuneigung und hatte das Gefühl, vor einem außergewöhnlichen Menschen zu stehen. Er mußte unwillkürlich über seine gegenwärtige Situation lächeln. Vor einer Woche war er als einer der jüngsten und erfolgreichsten Anwälte der Unterhaltungsbranche geschäftlich in New York gewesen. Ein Glückskind, dessen weiterer Aufstieg vorprogrammiert war. Sieben Tage später stand er nach geradezu unvorstellbaren Schicksalsschlägen schmutzig und verletzt in einem engen Luftschacht über der römischen U-Bahn, ein Verbrecher, nach dem wegen der Ermordung eines italienischen Polizeibeamten gefahndet wurde.

Das Ganze war ein Alptraum, der zwar unglaublich, aber nur allzu real war. Und mitten darin stand ein Mensch, dem das Leben übel mitgespielt hatte, der kaum hoffen durfte, jemals seine Freiheit wiederzuerlangen, ein verkrüppelter Zwerg, der ihn gerettet und mitgeholfen hatte, ihn gesundzupflegen. Er bat ihn um seine Hilfe. Irgendwann in der Zukunft, falls er's nicht vergaß.

Mit dieser schlichten Bitte hatte Herkules ihm einen Vertrauensvorschuß gewährt, den Harry kaum für möglich gehalten hätte. Er hatte seine Überzeugung geäußert, ein Mensch, der das wolle, könne seine im Leben erworbenen Kenntnisse dafür einsetzen, einem Mitmenschen etwas Gutes zu tun. Das war offen, ehrlich und ohne die Erwartung gesagt worden, daß dieser Fall jemals eintreten werde.

»Ich tue mein Bestes«, sagte Harry. »Das verspreche ich Ihnen.«

37

Eine Cafeteria in der Stazione Termini,
Roms Hauptbahnhof. 9.30 Uhr

Roscani sah ihm nach, als er zu den Bahnsteigen hinausging und in der Menge untertauchte. Er würde seinen Kaffee austrinken und erst nach einiger Zeit gehen, damit niemand auf den Gedanken kommen konnte, sie hätten sich gekannt, oder sie miteinander weggehen sah.

Enrico Cirelli war nur irgend jemand gewesen, der hier rasch eine Tasse Kaffee getrunken hatte. Er hatte an der Kasse gezahlt und war an den Tisch gekommen, an dem Roscani bei einem Kaffee die Morgenzeitung las. Die beiden hatten nicht mehr als ein Dutzend Wörter miteinander gesprochen, aber Roscani hatte dabei alles erfahren, was er wissen wollte.

Der Elektromonteur Cirelli war außerhalb der Stadt beschäftigt gewesen und erst gestern zurückgekommen. Aber für Roscani hatte sich das Warten gelohnt. Als führendes Mitglied der demokratischen Partei der Linken, wie die Kommunistische Partei Italiens sich inzwischen nannte, wußte Cirelli über alles Bescheid, was bei der äußersten Linken in Rom passierte. Und die äußerste Linke, das versicherte er Roscani glaubhaft, hatte nicht das geringste mit dem Anschlag auf Kardinal Parma, dem Busattentat oder dem Mord an Gianni Pio zu schaffen gehabt. Falls dahinter irgendeine Splittergruppe stand, wußte er nichts davon. Aber falls es eine gab, würde er es herausbekommen.

»*Grazie*«, hatte Roscani gesagt, und Cirelli hatte nur genickt und war gegangen. Roscani würde sich irgendwann später revanchieren, wenn seine Hilfe einmal gebraucht wurde.

Schließlich stand auch Roscani auf und verließ die Cafeteria. In diesen Minuten hatten sämtliche italienischen Fernsehsender den Videofilm mit Harry Addison gezeigt. Neunzig Prozent der italienischen Bevölkerung würden sein Foto und das seines Bruders gesehen haben.

Roscani hatte sich absichtlich von der Questura und dem Rampenlicht ferngehalten. Diese Entscheidung war getroffen worden, als er Taglia um drei Uhr morgens zu Hause angerufen und ihm berichtet hatte, dem Fernsehen seien der Videofilm, ein Foto von Pater Daniel und Einzelheiten der polizeilichen Ermittlungen zugespielt worden. Taglia hatte Roscani damit beauftragt, den Informanten aufzuspüren. Das war nötig, um die Integrität der Gruppo Cardinale zu wahren, aber beide Männer waren sich darüber einig, daß dies schwierig sein und vermutlich nicht einmal zum Erfolg führen würde. Schon deshalb, weil beide wußten, daß Roscani dem Fernsehen das Material zugespielt hatte.

Als er jetzt die große Bahnhofshalle mit ihren endlosen Menschenströmen durchquerte, um wieder auf die Straße zu gelangen, bemerkte Roscani die zahlreichen uniformierten Polizisten, die das Gedränge im Auge behielten. Und er wußte, daß auf sämtlichen Flughäfen, Bahnhöfen, Busbahnhöfen und Fährhäfen von Rom bis nach Sizilien und im Norden bis zu den Grenzen mit Frankreich, der Schweiz und Österreich ähnlich streng kontrolliert wurde. Daß die Bevölkerung wegen der Berichterstattung in den Medien ebenfalls nach den Brüdern Ausschau halten würde.

Als er durch die Glastüren in den hellen Sonnenschein hinaustrat und zu seinem Wagen ging, wurde ihm erstmals klar, welchen gewaltigen Umfang die Menschenjagd der Gruppo Cardinale angenommen hatte. Er spürte, wie seine Augen sich verengten, und merkte, daß auch er die Gesichter der Entgegenkommenden musterte. Das zeigte, daß er sich von seinen Emotionen, die er beiseite schieben und durch Distanziertheit und kühles Profitum hatte überdecken wollen, keineswegs hatte befreien können.

Darüber, ob Pater Daniel noch lebte oder tot war, ließen sich bestenfalls Vermutungen anstellen. Aber Harry Addison war irgendwo dort draußen. Es war nur eine Frage der Zeit, bis ihn irgend jemand erkannte.

38

Freitag, 10. Juli, 9.50 Uhr

Harry Addison trat aus dem U-Bahnhof Manzoni in die blendendhelle Julisonne hinaus. Er trug die Kleidungsstücke, die Herkules ihm besorgt hatte, und sah darin vermutlich wie ein Geistlicher aus, der eine schlimme Nacht hinter sich hatte. Mit Stoppelbart, Kopfverband über der linken Schläfe und einem weiteren Verband, der Daumen, Zeigefinger und Mittelfinger der linken Hand zusammenhielt.

Was ihn abrupt in die rauhe Wirklichkeit zurückholte, war sein Foto neben dem Dannys auf der Titelseite der Zeitungen *Il Messagero* und *La Repubblica*, die an einem Zeitungskiosk vor dem U-Bahnhof ausgehängt waren. Harry wandte sich ab und eilte in die entgegengesetzte Richtung davon.

Als erstes mußte er etwas tun, um nicht durch sein Aussehen allzusehr aufzufallen. An der nächsten Straßenecke sah er ein kleines Café. Er betrat es, weil er hoffte, hier eine Toilette zu finden, in der er sich Gesicht und Hände waschen und sein Haar mit Wasser glätten konnte, um wenigstens präsentabel auszusehen.

Von den zehn bis zwölf Gästen sah keiner auf, als er das Café betrat. Der Mann hinter der Theke stand an der Espressomaschine und kehrte dem Raum dabei den Rücken zu. Harry ging rasch an ihm vorbei, weil er annahm, die Toilette müsse irgendwo hinten sein. Er hatte richtig vermutet.

Sein Spiegelbild erschreckte ihn. Sein Gesicht war hager, die Haut blaß und sein Bart stärker, als er gedacht hatte. Bei der Abreise aus L. A. war er gut in Form gewesen, fünfundachtzig Kilo bei fast einem Meter neunzig Größe. Er mußte beträchtlich an Gewicht verloren haben. Wieviel, ließ sich schwer abschätzen, aber unter der schwarzen Priesterkleidung wirkte er sehr schlank. Durch diesen Gewichtsverlust und den Bart hatte sein Aussehen sich erheblich verändert.

Nachdem er sich Gesicht und Hände gewaschen hatte, soweit das mit den Verbänden möglich war, machte er sein Haar naß und strich es mit den Handflächen zurück. Hinter sich hörte er ein Geräusch, als die Türklinke heruntergedrückt wurde.

»Momento«, sagte er instinktiv und fragte sich dann, ob er das richtige Wort benutzt hatte.

Draußen wurde ungeduldig an die Tür geklopft, dann rüttelte jemand aufgebracht an der Klinke. Harry zog den Riegel zurück und öffnete die Tür. Eine zornige Frau starrte ihn an. Daß er ein Priester zu sein schien, machte keinerlei Eindruck auf sie. Offenbar hatte sie es einfach nur eilig, auf die Toilette zu kommen. Er nickte ihr höflich zu, ging an ihr vorbei, durchquerte das Café und trat auf die Straße hinaus.

Menschen hatten ihn aus nächster Nähe gesehen, ohne sich zu seinem Aussehen zu äußern. Aber er war an einem bestimmten Ort gesehen worden, und irgendwann später, ob Stunden oder Augenblicke, konnten sie sein Foto in der Zeitung sehen und sich an ihn erinnern. Und dann die Polizei anrufen. Er mußte zusehen, daß er möglichst schnell von diesem Café wegkam.

39

Roscani eilte mit Scala und Castelletti hinter sich die Gleise entlang. Tragbare Scheinwerfer tauchten den Tunnel in gleißend helles Licht. Überall waren uniformierte Polizisten mit schußsicheren

Westen und Maschinenpistolen zu sehen. In ihrer Mitte standen mehrere Beamte der Verkehrsbetriebe und der Fahrer des U-Bahn-Zuges, der den Flüchtigen beinahe überrollt hätte.

»Sie sind zu zweit gewesen. Der Amerikaner und ein kleiner Mann auf Krücken. Vielleicht ein Liliputaner.«

Roscani hatte die Meldung über Funk erhalten. Sie war spät gekommen, fast eine Stunde nach dem Zwischenfall mit den beiden Männern. »Hauptverkehrszeit«, sagte der Fahrer entschuldigend. Da er fürchtete, die Männer überfahren zu haben, hatte er gehalten und war zu Fuß zurückgegangen, ohne jedoch eine Spur von ihnen zu entdecken. Er hatte den Vorfall gemeldet und war weitergefahren. Erst als er in einer Pause Harry Addisons Foto in der Zeitung gesehen hatte, hatte er die Verbindung zu dem Mann im Tunnel hergestellt.

»Wissen Sie bestimmt, daß er es gewesen ist?« fragte Roscani drängend.

»Ich habe ihn nur kurz im Scheinwerferlicht gesehen. Aber ich bin mir ziemlich sicher. Er hat einen Kopfverband getragen.«

»Wohin können sie verschwunden sein?« fragte Roscani einen großen, schnurrbärtigen Beamten der Verkehrsbetriebe.

»Schwer zu sagen. Speziell in diesem Bereich gibt es mehrere alte Tunnels, die aus verschiedenen Gründen stillgelegt sind.«

Roscani zögerte. Die beiden angrenzenden U-Bahnhöfe waren geschlossen und alle Fahrgäste unter den wachsamen Blicken eines vielköpfigen Polizeiaufgebots zu bereitgestellten Bussen gebracht worden. Falls diese Sperrung jedoch nicht bald aufgehoben wurde, mußte der gesamte U-Bahn-Verkehr darunter leiden.

»Gibt es Karten von diesen Tunnels?«

»Ja.«

»Die brauchen wir.« Er wandte sich an Scala. »Du fährst ins Hotel Hassler und holst aus Addisons Zimmer irgendein getragenes Kleidungsstück. Damit kommst du so schnell wie möglich zurück.«

Scala nickte verständnisvoll. »Du willst Spürhunde einsetzen.«

»Ja.«

Harry ging rasch den Gehsteig entlang und schwitzte bereits in der Julihitze. Seit er das Café verlassen hatte, starrte sein Bild ihn von

Zeitungen an jedem Zeitungsstand an, an dem er vorbeikam. Das war nicht nur erschreckend, sondern geradezu bizarr, als sei er auf einen anderen Planeten versetzt worden, dessen Bewohner alle nach ihm Ausschau hielten. Dann blieb er plötzlich wie angenagelt stehen, weil er seine eigene Stimme hörte. Im Schaufenster eines Elektrogeschäfts war ein Dutzend Fernseher unterschiedlicher Größen aufgebaut. Und er war auf allen Bildschirmen zu sehen: mit Sonnenbrille und in dem Sportsakko, das er bei Herkules zurückgelassen hatte, auf einem Hocker sitzend. Seine Stimme kam aus einem Lautsprecher über der Ladentür:

»Danny, ich bitte dich, aus deinem Versteck zu kommen... dich zu stellen. Sie wissen alles... Bitte, tu's für mich... Stell dich bitte der Polizei... Bitte...«

Dann war wieder ein italienischer Nachrichtensprecher im Studio zu sehen. Harry hörte seinen Namen und Dannys. Als nächstes wurden Filmaufnahmen des Attentats auf den Kardinalvikar von Rom gezeigt. Überall Polizei, Krankenwagen, eine kurze Szene mit Farel und ein flüchtiger Blick auf den Mercedes, der den Heiligen Vater eiligst vom Tatort weg in Sicherheit brachte.

Harry merkte plötzlich, daß auch andere Passanten auf dem Gehsteig standen und die Sendung verfolgten. Er ging mit abgewandtem Gesicht weiter. Er war wie vor den Kopf geschlagen. Wo kam dieser Videofilm her? Er erinnerte sich vage an die Sache mit dem Ohrhörer, durch den jemand ihm etwas vorgesagt hatte. Er wußte noch, daß er die Worte wiederholt hatte, daß sie ihm falsch vorgekommen waren und er versucht hatte, etwas dagegen zu tun. Dann war er niedergeschlagen worden und hatte das Bewußtsein verloren. Doch plötzlich war ihm klar, was passiert war: Diese Leute hatten ihn gefoltert, damit er Dannys Aufenthaltsort verriet, und als sie gemerkt hatten, daß er ihn nicht kannte, hatten sie ihn zu diesem Videofilm gezwungen und ihn danach fortgeschafft, um ihn zu erledigen.

Harry trat auf die Straße, wartete eine Lücke im Verkehr ab und wechselte auf die andere Straßenseite. Die Fotos in den Zeitungen waren schlimm genug gewesen, aber jetzt war sein Gesicht auf allen Fernsehschirmen Italiens zu sehen. Vielleicht sogar weltweit. Zum Glück hatte er seine Sonnenbrille getragen. Sie mußte ihn etwas getarnt haben. Zumindest ein bißchen.

Mit hämmerndem Herzen ging er schneller, während weitere Menschen an ihm vorbeieilten. Auf der anderen Straßenseite sah er eine große Grünanlage und dahinter eine riesige, anscheinend sehr alte Kirche.

Er überquerte rasch die Straße und die Piazza in Richtung der Kirche. Dabei sah er zwei Streifenwagen mit Blinklicht und Sirene dicht hintereinander vorbeirasen. Er ging weiter.

Vor ihm ragte die Kirche auf, riesig, uralt, verlockend, ein Zufluchtsort, an dem er vor dem Getümmel auf der Straße unsichtbar sein würde. Etwa zwanzig Menschen, offenbar Touristen, standen auf der zum Portal hinaufführenden Treppe. Einige hatten sich umgedreht und blickten in die Richtung, aus der Harry kam. Andere konzentrierten sich auf die Kirche. Aber was konnte er in einer Großstadt anderes erwarten? Leute gab es überall. Er konnte nur hoffen, daß es ihm zumindest für einige Zeit gelingen würde, unerkannt in der Menge unterzutauchen.

Harry überquerte den gepflasterten Vorplatz, ging die Stufen hinauf und bahnte sich seinen Weg durch die Menschen. Die Touristen achteten kaum auf ihn, als er zwischen ihnen hindurchging und die Kirche durch ein riesiges offenes Bronzeportal betrat.

Drinnen herrschte trotz der vielen Besucher fast völlige Stille. Harry blieb wie andere Eintretende erst einmal stehen, ein Geistlicher, der bei seinem Rombesuch eine der berühmten Kirchen bestaunte. Das Mittelschiff vor ihm war ungefähr zwanzig Meter breit und fünf- bis sechsmal so lang. Über Harry wölbte sich die reich geschnitzte und vergoldete Decke etwa dreißig Meter über dem prächtig gearbeiteten, polierten Marmorboden. Hohe Fenster dicht unterhalb des Gewölbes ließen dramatische Lichtstrahlen ins Kircheninnere fallen. An den Wänden rahmten Statuetten und Freskos zwölf riesige Apostelstatuen ein. Harrys Zufluchtsort war offenbar keine schlichte Kirche, sondern eine Kathedrale.

Links neben ihm arbeitete eine australische Reisegruppe sich an der Wand entlang zu dem großen Hauptaltar vor. Er schloß sich ihr unauffällig an, ging langsam weiter, bewunderte die Kunstwerke und spielte weiter den Touristen. Bisher war er nur einmal prüfend angesehen worden, von einer älteren Frau, die sich anscheinend mehr für seinen Kopfverband als sein Gesicht interessiert hatte.

Schließlich hatten sie den Altar erreicht. Mehrere Australier lösten sich aus der Gruppe, bekreuzigten sich, knieten in den vorderen Bankreihen nieder und senkten den Kopf zum Gebet.

Harry folgte ihrem Beispiel. Plötzlich überwältigten ihn seine Emotionen. In seinen Augen standen Tränen, und er hatte Mühe, ein Schluchzen zu unterdrücken. So einsam und durcheinander wie in diesem Augenblick hatte er sich noch nie gefühlt. Er hatte keine Ahnung, wohin er gehen, was er als nächstes tun sollte. Irrationalerweise wünschte er sich, er wäre bei Herkules geblieben.

Noch immer kniend sah Harry sich um. Seine australische Reisegruppe verließ die Kirche, aber dafür kamen neue Besucher herein. Mit ihnen tauchten zwei Wachmänner auf. Sie beobachteten die Kirchenbesucher, ließen sie ihre Anwesenheit spüren. Beide trugen zu schwarzen Hosen weiße Hemden mit Schulterstücken. Aus der Entfernung war es schwer zu erkennen, aber sie schienen Handfunkgeräte am Gürtel zu tragen.

Harry blickte wieder nach vorn. Bleib, wo du bist, sagte er sich. Sie sprechen dich nicht an, solange du ihnen keinen Grund dafür lieferst. Laß dir Zeit. Überleg dir, wohin du gehen, was du tun willst. Denk nach.

40

Mittag

Die Hunde zerrten schnüffelnd an ihren Leinen und zogen ihre Hundeführer, denen Roscani, Scala und Castelletti auf den Fersen blieben, durch schmutzige, kaum beleuchtete Tunnels bis zu einem Luftschacht über dem U-Bahnhof Manzoni.

Castelletti zog seine Jacke aus und kroch in den Schacht. Am anderen Ende war die Schachtabdeckung gelockert. Er schob sie beiseite, steckte den Kopf ins Freie und sah, daß der Ausstieg sich in einem toten Winkel neben einem der Bahnhofsausgänge befand.

»Er ist dort raus!« Castellettis Stimme hallte durch den Schacht, während er auf allen vieren zurückkroch.

»Kann er auch wieder reingekommen sein?« fragte Roscani laut.

»Nur mit einer Leiter.«

Roscani nickte dem Chef der Hundestaffel zu. »Mal sehen, ob wir feststellen können, wo er reingekommen ist.«

Zehn Minuten später waren sie wieder im Haupttunnel und liefen den Weg entlang, den Harry genommen hatte, als er Herkules' Unterkunft verlassen wollte. Die Hunde folgten der Witterung, die sie von einem aus dem Hotel Hassler geholten Pullover Harrys aufgenommen hatten.

»Er ist erst seit vier Tagen in Rom. Wie zum Teufel kann er sich hier unten auskennen?« Scalas Stimme hallte von den Tunnelwänden wider, und seine Stabtaschenlampe beleuchtete die Gleise hinter den Hundeführern, deren Handscheinwerfer vor den Hunden herleuchteten.

Plötzlich blieb der vorderste Hund stehen und reckte witternd seine Schnauze in die Luft. Roscani hastete nach vorn.

»Was gibt's?«

»Sie haben die Witterung verloren.«

»Wie kommt das? Wir sind mitten im Tunnel! Wie können sie auf einmal …«

Der Chef der Hundestaffel ging an seinem Spürhund vorbei und sog selbst prüfend die Luft ein.

»Was gibt's?« wiederholte Roscani, der ihm gefolgt war.

»Riechen Sie mal.«

Roscani schnüffelte, schnüffelte erneut.

»Tee. Bitterer Tee.«

Er trat vor und ließ den Strahl seiner Stabtaschenlampe über den Tunnelboden gleiten. Vor ihnen war das Gleisbett etwa zwanzig Meter weit mit Teeblättern bedeckt. Mit Tausenden, Zehntausenden von Teeblättern. Als ob sie absichtlich mit vollen Händen ausgestreut worden wären, um die Hunde von der Fährte abzubringen.

Roscani hob ein paar Teeblätter vom Boden auf und hielt sie an seine Nase. Dann ließ er sie angewidert fallen.

»Zigeuner.«

41

Im Vatikan. Zur selben Zeit

Marsciano hörte geduldig zu, während Jean Tremblay, Kardinal von Montreal, aus dem vor ihm liegenden umfangreichen Dossier vorlas.

»Energieversorgung, Stahl, Schiffbau, Hoch- und Tiefbau, Energieversorgung, Baumaschinen, Bergbau, Schwermaschinenbau, Transportwesen, Baukräne und Bagger, Planierraupen.« Tremblay blätterte langsam um. Er verzichtete darauf, die Namen der jeweiligen Firmen zu nennen, sondern las nur die Branchen vor, in denen sie tätig waren. »Schwermaschinenbau, Hoch- und Tiefbau, Hoch- und Tiefbau, Hoch- und Tiefbau.« Er klappte den Ordner zu und sah auf. »Der Heilige Stuhl ist jetzt in der Baubranche tätig.«

»In gewisser Beziehung schon«, räumte Marsciano ein. Er sprach Kardinal Tremblay direkt an, kämpfte gegen die Trockenheit in seinem Mund an und versuchte, das Echo der eigenen Stimme in seinem Kopf zu überhören. Denn er wußte, daß er verlieren würde, wenn er sich Schwäche anmerken ließe. Und wenn er verlor, war auch Pater Daniel verloren.

Mit ihrem kanadischen Kollegen saßen Kardinal Manzetti aus Italien, Kardinal Rosales aus Argentinien und Kardinal Boothe aus Australien wie Richter eines Obersten Gerichts da, hatten ihre Hände auf den jetzt zugeklappten Dossiers gefaltet und musterten den vor ihnen sitzenden Marsciano kritisch.

Manzetti: »Weshalb sollen wir unseren breit gestreuten Aktienbesitz umschichten und zu solchen Investitionen übergehen?«

Boothe: »Eine Konzentration auf nur eine Branche ist unausgewogen und potentiell höchst gefährlich. Bei einer weltweiten Rezession säßen wir und jedes dieser Unternehmen buchstäblich im Dreck. Stillstehende Fabriken, totes Kapital in Form langer Reihen auf dem Fabrikgelände abgestellter tonnenschwerer Maschinen, die dort verrosten, weil sich kein Abnehmer mehr für sie findet.«

Marsciano: »Richtig.«

Kardinal Rosales lächelte und stützte seine Ellbogen auf, um sein Kinn in beide Hände zu legen. »Wirtschaftsförderung in Schwellenländern und Politik.«

Marsciano griff nach seinem Glas, nahm einen Schluck Wasser und stellte es wieder ab. »Genau«, sagte er.

Rosales: »Und die leitende Hand Palestrinas.«

Marsciano: »Seine Heiligkeit findet, die Kirche solle weniger begünstigte Länder moralisch und tatsächlich unterstützen. Ihnen helfen, ihren Platz auf dem weltweiten Markt einzunehmen.«

Rosales: »Seine Heiligkeit oder Palestrina?«

Marsciano: »Beide.«

Tremblay: »Wir sollen die führenden Industrieländer dazu ermutigen, den Entwicklungsländern den Weg ins neue Jahrtausend zu bahnen, während wir gleichzeitig davon profitieren.«

Marsciano: »Eine andere Betrachtungsweise wäre, Eminenz, daß wir unserem Glauben treu bleiben und dabei versuchen, den Wohlstand dieser Länder zu mehren.«

Ihre Besprechung dauerte schon zu lange. Es war fast dreizehn Uhr dreißig, Zeit für die Mittagspause. Marsciano wollte Palestrina nicht melden müssen, es habe noch keine Abstimmung gegeben. Außerdem wußte er, daß die anderen beim Mittagessen ausschließlich über die vorgeschlagene Umschichtung des vatikanischen Portefeuilles reden würden, wenn er sie jetzt gehen ließ, ohne daß sie zugestimmt hatten. Und je mehr sie darüber redeten, desto weniger würde ihnen der neue Investitionsplan gefallen, das wußte er. Sie würden vielleicht spüren, daß irgend etwas daran faul war, und unter Umständen sogar den Verdacht hegen, etwas billigen zu sollen, das einen ganz anderen als den angegebenen Zweck hatte.

Palestrina hatte sich bewußt herausgehalten, weil niemand seinen Einfluß auf eine Sache wahrnehmen sollte, die ihn offiziell nichts anging. Und auch wenn Marsciano ihn verabscheute, wußte er recht gut, wie machtvoll allein Palestrinas Name wirkte, wieviel Respekt und Angst er auslösen konnte.

Marsciano schob seinen Sessel zurück und stand vom Tisch auf.

»Zeit für unsere Mittagspause. Fairerweise will ich Ihnen mitteilen, daß ich mich mit Kardinal Palestrina zum Mittagessen treffe. Er wird mich nach Ihrer Reaktion auf die heute vormittag hier besprochenen Themen fragen. Ich möchte ihm erzählen können, daß Ihre Reaktion im allgemeinen positiv gewesen ist. Daß Ihnen unser Vorschlag gefällt und Sie ihn mit einigen unwesentlichen Abänderungen heute nachmittag billigen werden.«

Die Kardinäle sahen sich schweigend an. Marsciano hatte sie überrumpelt, das wußte er. Im Grunde genommen hatte er gesagt: »Gebt mir sofort, was ich verlange, sonst riskiert ihr, euch mit Palestrina auseinandersetzen zu müssen.«

»Nun?«

Kardinal Boothe hob seine Hände wie zum Gebet und starrte die Tischplatte an.

»Ja«, murmelte er.

Kardinal Tremblay: »Ja.«
Kardinal Mazetti: »Ja.«

Rosales war der letzte. Er hob schließlich den Kopf und sah zu Marsciano hinüber. »Ja«, sagte er scharf, dann stand er auf und verließ den Raum.

Marsciano nickte den anderen zu. »Danke«, sagte er. »Ich danke Ihnen.«

42

Freitag, 10. Juli, 16.15 Uhr

Adrianna Hall saß in der römischen WNN-Dependance in ihrem winzigen Büro, sah sich den kurzen Videofilm mit Harry Addison zum zehntenmal an und versuchte, daraus schlau zu werden.

Obwohl sie keine drei Stunden mit ihm verbracht hatte – zugegebenermaßen drei sehr leidenschaftliche und provokante Stunden –, wußte sie eines ganz bestimmt: Harry Addison war kein Mann, der einen Polizeibeamten umgebracht hätte. Aber die Polizei hielt ihn für einen Mörder und hatte seine Fingerabdrücke auf der Tatwaffe sichergestellt. Adrianna wußte auch, daß aus Pios Wagen eine am Tatort des Busattentats sichergestellte spanische Llamapistole verschwunden war und die Polizei glaubte, Harry habe sie nach der Ermordung Pios mitgenommen.

Entschieden legte sie beide Hände flach auf ihren Schreibtisch und schob den Stuhl zurück. Sie wußte nicht, was sie davon halten sollte. Dann klingelte ihr Telefon, und sie ließ es mehrmals läuten, bevor sie den Hörer abnahm.

»Mr. Vasko«, sagte ihre Sekretärin. Er rief zum drittenmal binnen zwei Stunden an. Da er unterwegs war, hatte er keine Nummer angegeben, unter der sie zurückrufen konnte, sondern nur gesagt, er werde erneut anrufen.

Elmer Vasko war ein ehemaliger Eishockeyspieler, der mit Adriannas Vater bei den Chicago Blackhawks gespielt hatte und später sein Assistent gewesen war, als Hall die Schweizer Nationalmannschaft betreut hatte. In seiner großen Zeit auf dem Eis hatte er den Spitznamen »Rentier« gehabt. Inzwischen war er nur noch ein sanfter Riese, eine Art entfernter Onkel, den sie seit vielen Jahren nicht mehr gesehen hatte. Und jetzt war er in Rom und rief zu einem denkbar ungünstigen Zeitpunkt an, während sie sich um eine eben aufgeflammte sensationelle Story kümmern mußte.

Adrianna war erst an diesem Morgen auf eigenen Wunsch aus Kroatien zurückgekommen, als der Fall Harry Addison publik geworden war. Sie war sofort zur Questura gefahren und hatte dort den Schluß von Marcello Taglias improvisiertem Interview mitbekommen. Als es ihr nicht gelungen war, Taglia aufzuhalten, damit er ihr einige Zusatzfragen beantwortete, hatte sie sich auf die Suche nach Roscani gemacht, leider ebenfalls erfolglos.

Dann war sie nach Hause gefahren, um zu duschen und sich umzuziehen, als die Sache im U Bahn Tunnel passiert war. Sie war mit ihrem Kameramann auf seinem Motorroller hingefahren. Aber die Medien, alle Medien, wurden aus den Tunnels ferngehalten und konnten nur von der Straße aus berichten. Nach einer Stunde war sie ins Studio zurückgefahren, um ihre Story zusammenzustellen und sich erstmals den Videofilm mit Harry Addison anzusehen. Zwischendurch war sie kurz weg gewesen, und bei ihrer Rückkehr hatte Elmer Vasko schon zweimal angerufen. Jetzt war er also wieder am Apparat. Ihr blieb nichts anderes übrig, als das Gespräch anzunehmen.

»Elmer, Mr. Vasko. Wie geht's?« Sie versuchte, sich nicht anmerken zu lassen, wie ungelegen ihr sein Anruf kam. »Mr. Vasko?«

Am anderen Ende herrschte Schweigen, und sie wollte schon auflegen, als sie eine Stimme hörte.

»Du mußt mir helfen.«

»Oh, verflucht!« Adrianna verschlug es den Atem.

Der Anrufer war Harry Addison.

Harry stand in einer offenen Telefonzelle in der Nähe eines Cafés an der Piazza della Rotonda gegenüber dem alten Rundbau des Pantheons. Inzwischen trug er eine Baskenmütze, die er in einem winzigen Laden für Mützen aller Art billig gekauft und so aufgesetzt hatte, daß sie seinen Kopfverband weitgehend verdeckte. Seine ebenfalls verbundene linke Hand behielt er in der Jackentasche.

»Wo steckst du?« Adriannas Stimme klang jetzt nicht mehr überrascht.

»Ich…«

Obwohl Harry nicht gewußt hatte, ob sie aus Kroatien zurück war, hatte er Adrianna angerufen, weil er über seine Situation nachgedacht und erkannt hatte, daß Adrianna die einzige war, die er anrufen konnte. Die einzige, die über alles informiert war und der er trauen konnte. Aber als er sie nun am Apparat hatte, wußte er plötzlich nicht, ob er überhaupt jemandem trauen durfte. Ihren guten Beziehungen zur Polizei verdankte sie Informationen, die nicht jeder bekam. Würde sie deshalb ein Treffen mit ihm vereinbaren und dazu die Polizei mitbringen?

»Harry, wo bist du?« Ihre Stimme klang energischer als zuvor.

Er zögerte noch immer, unsicher, zweifelnd. Ein dumpfer Kopfschmerz erinnerte ihn daran, daß er nicht so wach war, wie er hätte sein sollen.

»Ich kann dir nicht helfen, wenn du nicht mit mir reden willst.«

Neben der Telefonzelle ging kichernd und lachend eine Gruppe von Schülerinnen vorbei. Die Mädchen waren so laut, daß Harry sich abwandte, um besser hören zu können. Dabei sah er zwei berittene Carabinieri langsam quer über die Piazza auf sich zukommen. Die beiden Uniformierten hatten es nicht eilig; sie ritten nur Streife. Andererseits fahndeten sämtliche Polizisten Italiens nach ihm, und er mußte ihnen möglichst aus dem Weg gehen. In diesem Fall konnte er vermutlich nichts Besseres tun, als am Telefon zu bleiben, bis sie vorbei waren. Er wandte sich unauffällig von den Berittenen ab und sprach in den Apparat.

»Ich habe Pio nicht erschossen.«

»Sag mir einfach, wo du bist.«

»Ich habe begründete Angst, daß die italienische Polizei mich umlegen will.«

»Harry, wo bist du?«

Schweigen.

»Harry, du selbst hast mich angerufen. Weil du mir vertraust, nehme ich an. Du kennst dich in Rom nicht aus, du sprichst kein Italienisch, und wenn ich dir einen Treffpunkt vorschlagen wollte, müßtest du jemanden nach dem Weg fragen, was dich in Schwierigkeiten bringen könnte. Weiß ich, wo du bist, können wir uns dort treffen. Logisch?«

Die Carabinieri waren näher gekommen. Beide jung, beide auf großen Schimmeln, beide bewaffnet. Und sie ritten nicht nur Streife, sondern beobachteten alle Vorbeikommenden aufmerksam.

»Zwei berittene Polizisten kommen auf mich zu.«

»Verdammt noch mal, Harry, wo bist du?«

»Ich… weiß nicht…« Er drehte sich um, bemühte sich, die Carabinieri zu ignorieren, und hielt nach einem Straßenschild, dem Namen eines Gebäudes, einem Café oder irgend etwas Ausschau, das ihm helfen konnte, seinen Standort zu bestimmen. Dann sah er keine zehn Meter von sich entfernt ein Schild an einer Hauswand.

»Irgendwas mit Rotunde.«

»Am Pantheon?«

»Schon möglich.«

»Ein großer runder Säulenbau?«

»Ja.«

Die Carabinieri hatten Harry schon fast erreicht. Während sie ihre Pferde langsam im Schritt gehen ließen, suchten ihre Augen die

Gesichter der Menschen auf der Piazza und in den umliegenden Straßencafés ab. Dann zog einer der Uniformierten die Zügel an, und die beiden brachten ihre Pferde ganz in seiner Nähe zum Stehen.

»Verflucht«, flüsterte Harry erschrocken.

»Was ist passiert?«

»Sie sind neben mir. Ich könnte eines der Pferde berühren.«

»Sehen sie dich an?«

»Nein.«

»Du darfst sie gar nicht beachten. Sie reiten gleich weiter. Sobald sie weg sind, überquerst du den Platz und läßt das Pantheon links liegen. Du folgst der nächsten Seitenstraße zwei Blocks weit zur Piazza Navona. Vor dem Brunnen in der Mitte dieser belebten Piazza stehen Bänke. Du suchst dir einen Platz auf einer der Bänke, und ich finde dich dort.«

»Wann?«

»In zwanzig Minuten.«

Harry sah auf seine Armbanduhr.

16.32 Uhr

»Harry?«

»Ja?«

»Verlaß dich auf mich.«

Adrianna legte auf. Harry blieb mit dem Telefonhörer in der Hand stehen. Die Carabinieri waren noch immer neben ihm. Hängte er den Hörer ein und wurde dabei beobachtet, würde er gehen müssen. Hängte er ihn nicht ein, obwohl am anderen Ende aufgelegt worden war, riskierte er, daß die Telefongesellschaft den plötzlich defekten Apparat der Polizei meldete, die in erhöhter Alarmbereitschaft vielleicht auch solchen Hinweisen nachgehen würde. Dann sah er wieder auf die Piazza hinaus und fühlte sein Herz sinken.

Zwei weitere berittene Carabinieri kamen herangeritten und begannen ein Gespräch mit ihren Kollegen. Vier Polizisten, nur wenige Meter entfernt. Er hängte langsam den Hörer ein. Hier konnte er nicht bleiben, ohne ein weiteres Gespräch zu führen, und er wußte nicht, wen er hätte anrufen sollen. Er mußte etwas unternehmen, bevor einer der vier Beamten merkte, daß er einfach nur untätig dastand. Und er unternahm etwas. Er trat aus der offenen Zelle und ging an ihnen vorbei über den Platz auf das Pantheon zu.

Einer der Carabinieri sah Harry vorbeigehen und beobachtete ihn sogar einen Augenblick lang. Dann wurde sein Pferd unruhig, und er mußte es zügeln. Als er wieder aufsah, war Harry in der Menge verschwunden.

43

Roscani drückte geistesabwesend seine Zigarette in dem vor ihm stehenden Aschenbecher aus, während er ein Fax an Taglias Dienststelle in italienischer Übersetzung las. Special Agent David Harris vom FBI in Los Angeles meldete darin, Byron Willis, der Seniorpartner von Harry Addisons Anwaltsfirma in Beverly Hills, sei gestern abend von einem oder mehreren Unbekannten vor seinem Haus erschossen worden. Da Geldbörse, Ehering und Rolexarmbanduhr fehlten, lag offenbar ein Raubmord vor. Der Fall wurde von Kriminalbeamten der Mordkommission bearbeitet. Eine Autopsie war angeordnet worden. Weitere Informationen würden folgen.

Roscani rieb sich die Augen. Was zum Teufel hatte das zu bedeuten? Solange weitere Informationen fehlten, mußte er den Mord für Zufall halten. Aber das konnte er nicht. Der Zusammenhang war unverkennbar. Doch weshalb war Harry Addisons Partner ermordet worden? Weil er etwas über Harry gewußt hatte? Oder über Pater Daniel?

Roscani schrieb auf dem PC eine Antwort und schickte sie seiner Sekretärin, um sie übersetzen und an Harris/FBI/Los Angeles übermitteln zu lassen. Er bedankte sich für die Mitteilung, bat darum, weiter auf dem laufenden gehalten zu werden, und schlug vor – obwohl das FBI das bestimmt längst tat –, alle Freunde und Geschäftspartner Harry Addisons zu befragen, um festzustellen, ob es irgend etwas gab, das jeder von ihnen wußte, und sie zu warnen, daß ihr Leben in Gefahr sein könnte.

Roscanis Telefon klingelte. Die Anruferin war Valentina Gori, eine Sprachtherapeutin und Lippenleserin, die er auf den Videofilm mit Harry Addison angesetzt hatte. Sie hatte sich den Film mehrmals angesehen, war jetzt unten und wollte mit ihm darüber sprechen.

Harrys Gesicht war auf dem großen Bildschirm erstarrt, als Roscani hereinkam, Valentina die Hand gab und sie auf beide Wangen küßte.

»Du hast recht, glaube ich. Er scheint etwas sagen zu wollen oder hat versucht, etwas zu sagen, kurz bevor der Film endet. Aber vielleicht hat er auch einfach nur den Kopf gehoben.«

Sie richtete die Fernbedienung auf den Bildschirm und ließ den Film in Zeitlupe weiterlaufen. Harrys Mund begann sich zu öffnen, und Roscani hörte seine durch die Zeitlupe dumpf verzerrte Stimme, seine letzten Worte. Harry schien sich zu entspannen, aber im nächsten Augenblick hob er mit geöffnetem Mund abrupt den Kopf. An dieser Stelle endete der Videofilm.

»Das klingt fast wie ein I...«

Aus den Lautsprechern drang ein langsames Zischen, als atme ein angetrunkener Riese aus.

»Gut, aber was kommt danach?« fragte Roscani ungeduldig, während er Harrys Gesicht auf dem Bildschirm anstarrte.

»Ich weiß nicht, ob er nicht einfach nur fertig und müde war und lediglich ausatmen wollte.«

»Nein, er hat etwas sagen wollen. Noch mal!« verlangte Roscani, und Valentina ließ den Film erneut in Zeitlupe ablaufen. Auch diesmal war das zischende Geräusch zu hören, kurz bevor der Bildschirm dunkel wurde.

Roscani runzelte die Stirn. »Was fällt dir dazu ein? Wie viele tausend Filme hast du schon gesehen? Du mußt eine Vorstellung davon haben, was hinter dieser Szene steckt?«

Valentina lächelte. »Tausend Ideen, Otello. Hundert mögliche Szenarien. Aber ich muß mich darauf beschränken, was ich sehe. Und was ich höre. Danach haben wir einen übermüdeten Mann mit einer Beule am Kopf vor uns, der getan hat, was jemand von ihm verlangt hat, und sich ausruhen möchte. Vielleicht sogar schlafen.«

Roscani drehte sich ruckartig um und schaute sie an. »Wie kommst du darauf, daß jemand das von ihm verlangt hat?«

»Beweisen kann ich es nicht. Ich habe nur so ein Gefühl.« Valentina blinzelte ihm zu. »Manchmal tun wir etwas, das jemand von uns verlangt, selbst wenn wir mit dem Herzen nicht recht dabei sind.«

»Wir reden hier nicht von Sex, Valentina«, sagte Roscani ausdruckslos.

»Nein.« Sie wurde ebenfalls wieder ernst. »Otello, ich bin keine Psychologin, sondern nur eine Frau mit etwas Lebenserfahrung. Hier auf dem Bildschirm sehe ich einen Mann, der scheinbar freimütig spricht, aber Stimme und Körperhaltung verraten, daß er das nicht freiwillig tut. Wie ein Kind, das widerstrebend das Geschirr abräumt, damit es hinausgehen und spielen darf.«

»Du glaubst also, daß er unter Zwang gesprochen hat?«

»Für solche Schlußfolgerungen fehlen mir die Informationen.« Valentina legte ihm lächelnd eine Hand auf den Arm. »Außerdem ist das nicht meine Aufgabe, Otello. Dafür bist du zuständig.«

44

Harry beobachtete, wie sie herankam, wie sie über die Piazza Navona auf den Brunnen zukam und dabei mit einem Strohhalm aus einem Plastikbecher trank: hellblauer Rock, weiße Bluse, das Haar zu einem Nackenknoten zusammengefaßt, Sonnenbrille, gemächlich schlendernd. Sie hätte eine Sekretärin oder Touristin sein können, die sich vielleicht überlegte, ob sie ein versprochenes Rendezvous wirklich einhalten sollte. Jedenfalls alles andere als eine Journalistin, die sich mit dem meistgesuchten Mann Italiens treffen wollte. Falls sie die Polizei mitgebracht hatte, sah er sie nirgends.

Er beobachtete, wie sie einen langsamen Rundgang um den Brunnen machte, ohne sich dabei auffällig umzusehen. Nach einem Blick auf ihre Armbanduhr setzte sie sich einige Meter entfernt von einem Mann, der ein Aquarell malte, auf eine Steinbank. Harry wartete noch immer unschlüssig. Schließlich stand er auf, gab vor, sich für das Aquarell zu interessieren, ging dann hinter ihr vorbei und nahm auf der Bank gegenüber Platz. Zu seiner Verblüffung glitt ihr Blick über ihn hinweg, während sie sich unauffällig umsah. Sein Bart und seine Verkleidung tarnten ihn offenbar besser, als er bisher angenommen hatte. Trotz seiner schwierigen Lage machte die Vorstellung, sie habe ihn nicht erkannt, soviel Spaß, daß er sich lächelnd nach vorn beugte, um sie halblaut anzusprechen.

»Hätte die Dame vielleicht Lust, mit einem Priester zu bumsen?«

Sie fuhr zusammen und starrte ihn so aufgebracht an, daß er schon fürchtete, sie werde ihn ohrfeigen. Aber dann antwortete sie mit ebenso leiser Stimme:

»Ein Priester, der einer Dame einen unsittlichen Antrag machen will, sollte das wenigstens unter vier Augen tun.«

Das Apartment zwölf läge im obersten Stock des vierstöckigen Wohngebäudes Via di Montoro 23, zehn Gehminuten von der Piazza Navona in Richtung Tiber entfernt. Es gehöre einem Freund, der verreist sei, aber Verständnis haben würde, erklärte Adrianna Harry. Dann stand sie plötzlich auf, ging davon und ließ den Plastikbecher zurück. Der Schlüssel lag darin.

Harry betrat die Eingangshalle, fuhr mit dem kleinen Aufzug nach oben und fand die Nummer zwölf am Ende des Korridors.

Drinnen schloß er die Tür hinter sich ab und sah sich um. Die kleine, aber behaglich eingerichtete Wohnung bestand aus zwei Zimmern, Küche und Bad. Im Kleiderschrank des Schlafzimmers hingen Männersachen: mehrere Hosen, Sportsakkos und zwei Anzüge. Im Wohnzimmer standen ein Telefon und ein kleiner Fernseher, und in der Nische am Fenster war ein Computerarbeitsplatz eingerichtet.

Harry blieb seitlich am Fenster stehen und blickte auf die Straße hinunter. Dort unten war nichts Verdächtiges zu sehen: Autos, Motorroller, einige Fußgänger.

Er zog sein schwarzes Jackett aus, hängte es über eine Stuhllehne und ging in die Küche. Dort nahm er ein Glas aus dem Hängeschrank über dem Ausguß und wollte es mit Wasser füllen, aber plötzlich mußte er es abstellen. Die Küche schien sich vor seinen Augen zu drehen, und er rang nach Atem. Seine emotionale und körperliche Erschöpfung hatte ihn eingeholt. Daß er überhaupt noch lebte, war ein Wunder. Daß er nicht mehr auf den Straßen umherirren mußte, war ein Geschenk der Götter.

Schließlich beruhigte er sich soweit, daß er sich das Gesicht mit kaltem Wasser waschen und wieder gleichmäßig atmen konnte. Wie lange war es her, daß er sich von Herkules verabschiedet hatte und auf eigene Faust losgezogen war? Drei Stunden, vier? Er wußte es nicht. Jegliches Zeitgefühl war ihm abhanden gekommen. Er warf einen Blick auf seine Armbanduhr. Siebzehn Uhr zehn am Freitag, dem 10. Juli – acht Uhr zehn in Los Angeles. Er sah unwillkürlich zum Telefon hinüber.

Nein. Unmöglich. Nicht einmal daran denken. Inzwischen würde das FBI die Telefone aller seiner Freunde und Kollegen abhören. Falls er sie anzurufen versuchte, würde man seinen Aufenthaltsort sekundenschnell ermitteln. Und wie hätte jemand ihm von Amerika aus helfen können, selbst wenn es ihm gelang, dort anzurufen, ohne geschnappt zu werden? Was konnte überhaupt jemand für ihn tun, sogar Adrianna? Er war in einem gräßlichen Alptraum gefangen, der jedoch kein Traum, sondern nackte, brutale Wirklichkeit war.

Außerhalb dieser kleinen Wohnung gab es nirgends einen Ort, den er aufsuchen konnte, ohne zu riskieren, erkannt und der Polizei übergeben zu werden. Aber wie lange war er selbst hier sicher? Er konnte nicht unbegrenzt hier oben bleiben.

Plötzlich hörte er nebenan ein Geräusch. Ein Schlüssel war in die Wohnungstür gesteckt worden. Sein Herz jagte, als er sich an die Küchenwand drückte. Dann hörte er, wie die Tür geöffnet wurde.

»Mr. Addison?« rief eine Männerstimme fordernd.

Harry konnte seine schwarze Jacke sehen, die er im Wohnzimmer über die Stuhllehne gehängt hatte. Der Mann, der eben hereingekommen war, mußte sie ebenfalls sehen. Harry sah sich rasch um. Die winzige Küche hatte keinen zweiten Ausgang. Er konnte sie nur durch die Tür verlassen, durch die er sie betreten hatte.

»Mr. Addison?« fragte die Stimme wieder.

Verdammt! Adrianna hatte ihn in eine von der Polizei gestellte Falle gelockt, und er war gutgläubig hineingetappt. Neben sich sah er einen Holzblock mit Tranchiermessern. Aber die nutzten ihm nichts. Die Polizei würde sofort schießen, wenn er mit einem Messer in der Hand herauskam.

»Mr. Addison, sind Sie hier?« fragte die Stimme, die akzentfreies Englisch sprach.

Was tun? Harry wußte keine Antwort, denn es gab keine. Am besten kam er einfach heraus und stellte sich. Er konnte nur hoffen, daß Adrianna oder sonst jemand von den Medien anwesend war, damit er nicht auf der Stelle erschossen wurde.

»Ich bin hier!« sagte er laut. »Ich komme heraus. Ich bin unbewaffnet. Nicht schießen!« Dann holte er tief Luft und trat mit erhobenen Händen aus der Küchentür.

Nebenan wartete jedoch nicht die Polizei, sondern nur ein einzelner Mann, der die Wohnungstür hinter sich geschlossen hatte.

»Mein Name ist James Eaton, Mr. Addison«, sagte der Mann. »Ich bin mit Adrianna Hall befreundet. Sie hat mir erzählt, daß Sie eine Bleibe brauchen ...«

Eaton war Ende Vierzig oder Anfang Fünfzig, mittelgroß, ziemlich schlank. Grauer Anzug mit gestreiftem Hemd und dunkelblauer Krawatte. Abgesehen davon, daß er allein war, war das Auffälligste an ihm seine Unauffälligkeit. Er sah wie jemand aus, der in einer Bank das Ende seiner persönlichen Karriereleiter erreicht hat, mit seiner Familie noch immer Disneyland besucht und jeden Samstag seinen Rasen mäht.

»Ich wollte Sie nicht erschrecken.«

»Das ist also Ihre Wohnung ...« Harry ließ ungläubig erstaunt die Hände sinken.

»Gewissermaßen ...«

»Was meinen Sie mit ›gewissermaßen‹?«

»Ich habe sie unter falschem Namen gemietet. Meine Frau weiß nichts davon.«

Das war eine Überraschung. »Sie und Adrianna?«

»Jetzt nicht mehr.«

Eaton zögerte, während er Harry prüfend musterte, dann ging er durch das Zimmer und öffnete die Tür des Wandschranks über dem Fernseher. »Möchten Sie einen Drink?«

Harry sah zur Wohnungstür hinüber. Wer war dieser Kerl? Ein FBI-Agent? Hatte er den Auftrag, sich davon zu überzeugen, daß der Gesuchte allein und unbewaffnet war?

»Hätte ich der Polizei gemeldet, wo Sie sich aufhalten, stünde ich jetzt nicht hier, um Ihnen einen Drink anzubieten. Wodka oder Scotch?«

»Wo ist Adrianna?«

Eaton nahm eine Flasche Wodka heraus und schenkte ihnen beiden zwei Fingerbreit ein.

»Ich arbeite in der US-Botschaft. Erster Sekretär des Beraters für politische Angelegenheiten … Sorry, kein Eis.« Er gab Harry ein Glas und setzte sich mit seinem Wodka auf die Couch. »Sie befinden sich in einer sehr schwierigen Lage, Mr. Addison. Adrianna glaubt, daß es nützlich wäre, wenn wir darüber reden.«

Harry spielte mit seinem Glas. Er war überreizt und mit seinen Nerven am Ende. Aber er mußte durchhalten, mußte zu seinem eigenen Schutz hellwach bleiben. Vielleicht war Eaton wirklich, wer er zu sein behauptete, und versuchte tatsächlich, ihm zu helfen. Vielleicht aber auch nicht. Er konnte in diplomatischer Mission hier sein, um dafür zu sorgen, daß es keine Verstimmung zwischen Amerika und Italien gab, wenn Harry der Polizei überstellt wurde.

»Ich habe den Kriminalbeamten nicht erschossen.«

»Wirklich nicht?«

»Nein.«

»Was ist mit dem Videofilm?«

»Ich bin gefoltert und dann von den Leuten dazu gezwungen worden, diesen Text zu sprechen. Anschließend haben sie mich weggebracht. Dann haben sie auf mich geschossen und mich als tot liegengelassen.« Harry berührte seinen Kopf mit der verbundenen Hand. »Aber ich bin nicht gestorben.«

Eaton lehnte sich zurück. »Wer sind diese Leute gewesen?«

»Keine Ahnung. Ich habe sie nie gesehen.«

»Haben sie englisch gesprochen?«

»Teilweise. Meistens italienisch.«

»Sie haben einen Polizeibeamten erschossen und Sie entführt und gefoltert?«

»Ja.«

Eaton trank einen Schluck aus seinem Glas. »Warum? Was haben sie von Ihnen gewollt?«

»Informationen über meinen Bruder.«

»Den Priester?«

Harry nickte.

»Was wollten sie über ihn wissen?«

»Wo er ist.«

»Und was haben Sie ihnen erzählt?«

»Ich habe gesagt, daß ich das nicht weiß. Daß ich nicht einmal weiß, ob er noch lebt.«

»Ist das wahr?«

»Ja.«

Harry hob das Glas und trank die Hälfte seines Wodkas mit einem einzigen Schluck. Dann leerte er sein Glas ganz und stellte es auf dem Couchtisch ab.

»Mr. Eaton, ich bin unschuldig. Ich glaube, daß auch mein Bruder unschuldig ist. Und ich habe schreckliche Angst vor der italienischen Polizei. Was kann unsere Botschaft tun, um mir zu helfen? Sie muß doch irgend etwas tun können.«

Eaton betrachtete Harry sekundenlang nachdenklich. Dann stand er auf, ergriff ihre Gläser, trat an den Barschrank und schenkte ihnen beiden nach.

»Von Rechts wegen, Mr. Addison, hätte ich unseren Generalkonsul verständigen müssen, sobald Adrianna mich angerufen hatte. Aber dann wäre er verpflichtet gewesen, die italienischen Behörden einzuschalten. Ich hätte einen Vertrauensbruch begangen, und Sie hätten im besten Fall hinter Gittern gesessen. Und das hätte keinem von uns beiden viel genutzt.«

Harry starrte ihn verwirrt an. »Was soll das heißen?«

»Wir sind in der Informationsbranche tätig, Mr. Addison, nicht als Strafverfolger. Berater für politische Angelegenheiten müssen das politische Klima des Landes kennen, in dem sie eingesetzt sind. In unserem Fall betrifft das nicht nur Italien, sondern auch den Vatikan. Die Ermordung des Kardinalvikars von Rom und der Bombenanschlag auf den Reisebus, die nach Ansicht der hiesigen Polizei irgendwie zusammenhängen, betreffen beide Staaten.

Als Privatsekretär Kardinal Marscianos hat Ihr Bruder innerhalb der kirchlichen Hierarchie eine Vorzugsstellung bekleidet. Falls er den Kardinalvikar ermordet hat, dürfte er kaum auf eigene Faust gehandelt, sondern Hintermänner gehabt haben. Dann wäre dieser Mord vermutlich nicht isoliert zu betrachten, sondern Bestandteil einer größeren Intrige auf höchster Ebene des Heiligen Stuhls.« Eaton kam zurück und gab Harry sein Glas. »Und dort liegen unsere Interessen, Mr. Addison. Im Vatikan selbst.«

»Aber wenn mein Bruder unschuldig ist? Wenn er überhaupt nichts mit dem Mord zu tun hat?«

»Ich muß glauben, was die Polizei vermutet: daß der Anschlag auf den Bus verübt worden ist, um Ihren Bruder zu beseitigen. Die Täter haben ihn für tot gehalten, aber jetzt sind sie sich ihrer Sache nicht mehr sicher und haben eine Heidenangst davor, was er weiß und aussagen könnte. Deshalb werden sie nichts unversucht lassen, um ihn aufzuspüren und zum Schweigen zu bringen.«

»Was er weiß? Was er aussagen könnte?« Harry verstand plötzlich. »Sie selbst wollen ihn also auch aufspüren.«

»Richtig«, bestätigte Eaton gelassen.

»Nein, ich meine Sie persönlich, nicht die Botschaft. Deswegen sind Sie hier.«

»Ich bin einundfünfzig und noch immer Sekretär, Mr. Addison. Ich bin schon öfter bei Beförderungen übergangen worden, als ich eingestehen möchte. Aber ich will nicht als Sekretär pensioniert werden. Deshalb brauche ich etwas, das es meinen Vorgesetzten unmöglich macht, mich nicht zu befördern. Die Aufdeckung irgendwelcher dunklen Machenschaften im Vatikan würde diesen Zweck sehr gut erfüllen.«

»Und ich soll Ihnen dabei helfen?« Harry wollte seinen Ohren nicht trauen.

»Nicht nur mir, Mr. Addison. Damit helfen Sie auch sich selbst. Was Ihr Bruder weiß ... er ist der einzige, der Ihnen aus der Patsche helfen kann. Das wissen Sie so gut wie ich.«

Harry starrte Eaton nur schweigend an.

»Falls er noch lebt und um sein Leben fürchtet. Woher soll er wissen, daß der Videofilm eine unter Zwang entstandene Fälschung ist? Er weiß nur, daß Sie ihn aufgefordert haben, sich zu stellen. Und wenn er nicht weiter weiß, muß er jemandem vertrauen – am besten seinem Bruder.«

»Schon möglich. Aber das nützt nichts, denn er weiß nicht, wo ich bin. Und ich weiß nicht, wo er ist. Das weiß kein Mensch.«

»Glauben Sie nicht auch, daß die Polizei alle Fahrgäste des Busses unter die Lupe nimmt, die Überlebenden und die Toten, um herauszubekommen, was passiert ist? Um herauszubekommen, wo der Wechsel stattgefunden hat, der Ihrem Bruder die Flucht ermöglicht hat?«

»Was nützt mir das?«

»Adrianna…«

»Adrianna?«

»Sie ist ein Vollprofi. Sie hat gleich bei Ihrer Ankunft in Rom von Ihnen gewußt.«

Harry starrte ins Leere. Deshalb hatte sie sich im Hotel an ihn herangemacht. Er hatte ihr das sogar vorgeworfen und versucht, sie abzuwimmeln. Aber sie hatte nicht lockergelassen, weil sie unbedingt an eine Story herankommen wollte, die sie bereits witterte. Ja, sie war ein Vollprofi. Genau wie er selbst. Und das hätte er merken müssen, denn sie gingen beide in dem Beruf auf, der ihr Lebensinhalt war.

»Warum hat sie mich Ihrer Meinung nach angerufen, nachdem sie mit Ihnen telefoniert hatte? Sie hat genau gewußt, was sie wollte, was ich brauchte und was ich für Sie tun könnte. Sie hat gewußt, daß sie es in der Hand hatte, eine Lösung zu finden, von der letztlich alle profitieren würden.«

Harry rieb sich den schmerzenden Nacken und trat ans Fenster, um auf die Straße hinabzusehen. Dann drehte er sich wieder um.

»Sie haben sich alles genau überlegt. Aber Sie haben etwas vergessen: Selbst wenn wir wüßten, wo er ist, könnte er nicht zu mir kommen, und ich könnte nicht zu ihm.«

Eaton nahm einen kleinen Schluck Wodka. »Mit einer neuen Identität könnten Sie das. Neuer Name, Reisepaß, Führerschein. Bei entsprechender Vorsicht könnten Sie sich überall frei bewegen.«

»Das alles könnten Sie mir beschaffen?«

»Ja.«

Harry schaute ihn an. Zornig, manipuliert, verblüfft.

»An Ihrer Stelle wäre ich hoch erfreut, Mr. Addison. Nach allem, was Sie durchgemacht haben, sind zwei Menschen bereit, Ihnen zu helfen. Und sie können Ihnen helfen.«

Harry starrte ihn weiter an. »Eaton, Sie sind ein gottverdammter Hundesohn.«

»Nein, Mr. Addison, ich bin ein gottverdammter kleiner Beamter.«

45

22.45 Uhr

Eaton war fortgegangen, um Harry etwas zu essen zu holen, und hatte vorgeschlagen, Harry solle inzwischen duschen und seine abheilenden Wunden so gut wie möglich säubern. Nur rasieren solle er sich nicht. Sein neuer Bart schütze ihn im Augenblick noch, weil er sein Aussehen stark verändere.

Harry sollte sich überlegen, wer er werden wollte, welche Person er überzeugend darstellen konnte, falls er von der Polizei befragt wurde. Vielleicht einen Juraprofessor? Oder einen Journalisten, der über die Unterhaltungsbranche schrieb. Oder einen Roman- oder Drehbuchautor, der zu Recherchen nach Italien gekommen war.

»Ich bleibe ein Priester wie bisher«, sagte Harry, als Eaton mit einer Pizza, einer Flasche Rotwein und etwas Brot, Butter, Marmelade und Kaffee fürs Frühstück zurückkam.

»Nach einem amerikanischen Priester wird gefahndet.«

»Priester gibt es hier wie Sand am Meer. Und ich vermute, daß auch ein paar Amerikaner darunter sind.«

Eaton zögerte kurz, aber dann nickte er wortlos, ging ins Schlafzimmer und kam mit zwei seiner Hemden und einem Rollkragenpullover zurück. Als nächstes holte er eine Kleinbildkamera aus einem Schrankfach, legte einen Film ein und ließ Harry sich vor eine leere Wand stellen. Er machte achtzehn Aufnahmen von ihm. Sechs in dem einen Hemd, sechs in dem anderen, sechs in dem Pullover.

Dann ging er, nachdem er Harry noch aufgefordert hatte, die Wohnung nicht zu verlassen. Adrianna oder er würden bis spätestens morgen mittag herkommen.

Weshalb hatte er sich dafür entschieden, ein Priester zu bleiben?

Als Geistlicher konnte er sich jederzeit in einen Zivilisten verwandeln, indem er sich einfach umzog. Und wie er ganz richtig festgestellt hatte, mußte es hierzulande viele amerikanische Priester geben. Herkules hatte ihm geraten, diese Rolle zu spielen, und das hatte bisher funktioniert.

Andererseits hatte auch Eaton recht: Die Polizei fahndete nach Danny, und Danny war ein amerikanischer Priester. Jeder Geistliche, der Englisch mit amerikanischem Akzent sprach, war automatisch verdächtig. Die Leute würden ihn genauer betrachten und sich fragen, ob ihnen dieses Gesicht trotz des Barts nicht bekannt vorkam. Außerdem war für alle Hinweise eine Belohnung ausgesetzt, hundert Millionen Lire, rund sechzigtausend Dollar. Wer würde sich dafür nicht die kleine Mühe machen, die Polizei anzurufen, selbst wenn sich dann herausstellen sollte, daß er den Falschen verdächtigt hatte?

Was verstand er außerdem vom Priesterberuf? Was sollte er tun, wenn ein Geistlicher ihn in ein Gespräch verwickelte? Wenn jemand ihn um seelsorgerischen Zuspruch bat? Trotzdem war die Entscheidung gefallen, waren die Fotos gemacht, und Eaton hatte versprochen, ihn nicht nur mit neuen Papieren, sondern auch mit einer »Legende« auszustatten.

Ein Priester.

Draußen waren die Geräusche von Rom bei Nacht zu hören. In der Via di Montoro, einer Seitenstraße, war es viel ruhiger als in der lärmenden Umgebung seines Hotels über der Spanischen Treppe. Trotzdem war es laut. Autoverkehr, das unablässige Tuckern von Motorrollern, die lauten Stimmen von Passanten.

Nach und nach verschwamm dieser Lärm zu einem Hintergrundgeräusch, dessen genaue Zusammensetzung nicht mehr auszumachen war. Die Dusche, das saubere Bett und die überstandenen Anstrengungen ließen Harry allmählich einschlafen. Vielleicht hatte er sich dafür entschieden, ein Priester zu bleiben, weil das am einfachsten war. Und weil er damit Erfolg gehabt hatte. Und nicht etwa aus einem anderen Grund ... weil er auf seltsame Weise das Bedürfnis hatte, Danny wirklich zu verstehen. Um zu tun, was Herkules so beiläufig vorgeschlagen hatte. Um wenigstens für gewisse Zeit sein Bruder zu werden.

Marsciano saß allein in seiner Bibliothek und hatte seinen PC ausgeschaltet. Die Bücher in den wandhohen Regalen, die ihn umgaben, erschienen ihm in seiner jetzigen Stimmung lediglich dekorativ. Die einzige Lichtquelle war eine Halogenlampe auf seinem Schreibtisch. Vor ihm auf der Schreibtischplatte lag der Umschlag, der ihm in Genf in dem Päckchen mit dem Vermerk »Eilig« zugestellt worden war. Er enthielt eine Tonbandkassette, die Marsciano sich einmal angehört und dann nie wieder abgespielt hatte. Weshalb er sie sich jetzt anhören würde, wußte er nicht. Aber er fühlte sich unwiderstehlich von ihr angezogen.

Er öffnete eine Schublade, stellte einen Walkman auf den Schreibtisch, zog die Kassette aus dem Umschlag und legte sie ein. Nach kurzem Zögern drückte er auf die Starttaste. Ein leises Surren zeigte, daß das Band anlief, dann hörte er eine Stimme – gedämpft, aber klar verständlich.

»Im Namen des Vaters, des Sohnes und des Heiligen Geistes. Möge Gott, der alle Herzen erleuchtet, dir helfen, deine Sünden zu erkennen und auf seine Gnade zu vertrauen.«

Dann eine andere Stimme: »Amen.«

»Segne mich, Pater, denn ich habe gesündigt«, fuhr die zweite Stimme fort. »Meine letzte Beichte liegt schon viele Tage zurück. Dies sind meine Sünden…«

Marscianos Zeigefinger drückte plötzlich die Stopptaste, er saß wie gelähmt da, weil er es nicht ertragen konnte, mehr zu hören.

Diese Beichte war ohne Wissen des Beichtenden oder des Priesters aufgenommen worden. Der Beichtende, der Bußfertige, war er selbst. Der Geistliche war Pater Daniel.

Voller Abscheu und Entsetzen, von Palestrina an die dunkelsten Ränder seiner Seele getrieben, hatte er auf einzig mögliche Weise Rat und Hilfe gesucht. Pater Daniel war nicht nur sein geschätzter Mitarbeiter und guter Freund, sondern auch ein Priester, und was er ihm anvertraute, würde unter den Schutz des Beichtgeheimnisses fallen und niemals aus dem Beichtstuhl hinausgelangen.

Aber es war hinausgelangt. Weil Palestrina seine Beichte hatte aufzeichnen lassen. Und er zweifelte nicht daran, daß Farel in Palestrinas Auftrag auch an anderen Orten Abhörmikrofone hatte anbringen lassen. Überall dort, wo Marsciano und die anderen Kardinäle sich aufhalten konnten.

Der zunehmend paranoide Sekretär des Auswärtigen sicherte sich an allen Fronten ab und spielte den großen Feldherrn, als den er sich Marsciano gegenüber schon vor vielen Jahren ausgegeben hatte. Damals war Palestrina angeheitert gewesen, aber er hatte ihm allen Ernstes und stolz erklärt, seiner Überzeugung nach sei er der wiedergeborene Alexander der Große, der Eroberer des persischen Weltreichs. Und so hatte er seit damals gelebt. Dadurch war er in seine jetzige Position aufgestiegen. Ob das auch andere glaubten, spielte dabei keine Rolle, weil er selbst davon überzeugt war. Und Marsciano hatte beobachten können, wie Palestrina immer mehr in eine Feldherrenrolle hineinwuchs.

Wie rasch und brutal er gehandelt hatte, nachdem er diese Aufnahme gehört hatte! Marsciano hatte am späten Donnerstag abend gebeichtet, und am Freitag morgen war Pater Daniel nach Assisi gefahren, bestimmt ebenso entsetzt wie Marsciano und auf der Suche nach innerem Frieden. Für den Kardinal stand fest, *wer* versucht hatte, Danny zu beseitigen, indem er den Bus in die Luft gejagt und dabei auch viele Unschuldige umgebracht hatte. Daraus sprach dieselbe Unmenschlichkeit wie aus seinen Plänen für China, derselbe Verfolgungswahn, der Palestrina dazu brachte, nicht nur allen Menschen in seiner Umgebung zu mißtrauen, sondern auch das Beichtgeheimnis und damit das Kirchenrecht zu mißachten.

Marscianos Blick kehrte wieder in seine schwach beleuchtete Bibliothek und zu dem Gerät auf seinem Schreibtisch zurück. Im Beichtstuhl hatte er Pater Daniel die Wahrheit über die Ermordung Kardinal Parmas und seine eigene Beteiligung an Palestrinas Geheimplan zur Stärkung des Einflusses der Kirche in China gebeichtet. Es war ein Geheimplan, der nicht nur die gezielte Verlagerung von Investitionen des Vatikans vorsah, sondern auch den Tod unzähliger Chinesen in Kauf nahm.

Mit seiner Beichte hatte er unwissentlich Pater Daniels Todesurteil gesprochen. Beim ersten Anschlag hatte Gott oder vielleicht das Schicksal interveniert. Aber sobald feststand, daß Pater Daniel noch lebte, würde Thomas Kind auf ihn angesetzt werden. Und einem Berufskiller wie ihm konnte niemand entkommen. Palestrina würde keinen zweiten Fehlschlag tolerieren.

46

Pescara, Via Arapietra. Samstag, den 11. Juli, 7.10 Uhr

Thomas Kind saß am Steuer seines gemieteten weißen Lancias und wartete darauf, daß jemand die Eingangstür des privaten Krankentransportdienstes auf der gegenüberliegenden Straßenseite aufschloß.

Er warf einen Blick in den Rückspiegel, strich sein Haar glatt und sah wieder zu dem Gebäude hinüber. Das Büro war ab sieben Uhr dreißig besetzt. Wie konnte er erwarten, daß es heute, ausgerechnet an einem Samstag, früher geöffnet sein würde, nur weil er vorzeitig da war? Also mußte er warten. Geduld war alles.

Kind lehnte sich in den Ledersitz zurück und ging noch einmal durch, was er bisher wußte: daß ein beiger Iveco-Krankenwagen neuester Bauart mit dem Kennzeichen PE 343552 das hiesige St.-Cäcilien-Krankenhaus am Donnerstag abend um zweiundzwanzig Uhr achtzehn verlassen hatte. Befördert hatte er einen Patienten, eine Nonne, die offenbar zugleich Krankenschwester war, und zwei Männer, die Krankenpfleger zu sein schienen.

Nach Informationen, die er von Farel angefordert hatte, gehörte das St.-Cäcilien-Krankenhaus zu den nur acht italienischen Krankenhäusern, die letzte Woche einen anonymen Patienten aufgenommen hatten. Darüber hinaus war es das einzige Krankenhaus, dessen Patient Anfang bis Mitte Dreißig gewesen war. Und dieser Patient war am Donnerstag abend kurz nach zweiundzwanzig Uhr entlassen worden.

Thomas Kind war gestern mittag in Pescara angekommen und gleich zum St.-Cäcilien-Krankenhaus gefahren. Ein Rundgang hatte ihm gezeigt, was er vermutet hatte: Das Krankenhaus war durch Überwachungskameras gesichert, die nicht nur die Flure und

Wartezimmer, sondern auch alle Ein- und Ausgänge im Blick behielten.

In der Krankenhausverwaltung legte er eine Geschäftskarte vor, die ihn als Vertreter einer Mailänder Firma für Überwachungssysteme auswies, und verlangte den Chef des Sicherheitsdiensts zu sprechen.

Der Chef des Sicherheitsdiensts sei unterwegs, wurde ihm erklärt, und werde nicht vor zwanzig Uhr zurückerwartet. Thomas Kind nickte nur und sagte, er werde dann wiederkommen.

Um zwanzig Uhr fünfzehn unterhielten die beiden Männer sich freundschaftlich im Büro des Chefs des Sicherheitsdiensts. Um auf das Geschäft zu sprechen zu kommen, fragte Thomas Kind, ob das Krankenhaus angesichts der Ermordung des Kardinalvikars von Rom und des Busattentats, die nach Befürchtungen der Regierung die Vorboten einer neuen Terrorismuswelle sein konnten, seine Sicherheitsmaßnahmen verstärkt habe.

Das sei gar nicht nötig, versicherte ihm der selbstbewußte und überraschend junge Chef des Sicherheitsdiensts. Wenig später betraten die beiden die Überwachungszentrale des St.-Cäcilien-Krankenhauses und setzten sich vor die sechzehn Monitore, die mit jeweils einer Kamera verbunden waren. Vor allem der Bildschirm, dessen Kamera die Krankenwagenzufahrt überwachte, erregte Thomas Kinds Aufmerksamkeit.

»Ihre Kameras sind Tag und Nacht in Betrieb?« erkundigte er sich.

»Ja.«

»Zeichnen Sie alles auf Band auf?«

»Dort drinnen.« Der Chef des Sicherheitsdiensts zeigte in einen kleinen Nebenraum, in dem die roten Kontrolleuchten eingeschalteter Videorecorder in der Dunkelheit blinkten.

»Alle Bänder werden sechs Monate lang aufbewahrt, bevor sie gelöscht und wiederverwendet werden. Ich habe dieses System selbst entwickelt.«

Thomas Kind sah, wie stolz der andere auf seine Leistung war. Da konnte man einhaken, indem man sie lobte und gleich weiterfragte. Und das tat Kind. Er äußerte sich anerkennend über dieses System, rückte begeistert seinen Stuhl näher heran und bat um eine Demonstration, wie gespeicherte Videobilder vorgeführt werden konnten. War es möglich, beliebige Videoaufnahmen aufzurufen, die zeigten, wie jemand an einem bestimmten Tag mit einem Krankenwagen eingeliefert oder abgeholt wurde? Zum Beispiel vorgestern gegen zweiundzwanzig Uhr?

Der Chef des Sicherheitsdiensts grinste geschmeichelt und gab über seine Tastatur einige Zahlen ein. Der Bildschirm vor ihnen leuchtete auf und zeigte die Krankenwagenzufahrt mit Datum und Uhrzeit in der rechten oberen Ecke. Mit dem schnellen Vorlauf suchte der Chef des Sicherheitsdiensts eine Stelle, wo ein Krankenwagen ankam. Das Fahrzeug hielt, Sanitäter stiegen aus, und eine Patientin wurde auf einer Krankentrage in die Notaufnahme gerollt. Die Gesichter der Sanitäter und ihrer Patientin waren deutlich zu erkennen. Wenig später kamen die Männer zurück, und der Krankenwagen fuhr davon.

»Sie können das Bild bestimmt auch anhalten?« fragte Thomas Kind. »Nehmen wir mal an, es gäbe Probleme, und die Polizei bräuchte das Kennzeichen...«

»Augenblick«, sagte der Chef des Sicherheitsdiensts. Er spulte den Videofilm zurück, bis der Krankenwagen wieder zu sehen war, ließ den Film weiterlaufen und hielt ihn bei einem Bild mit dem deutlich ablesbaren Kennzeichen an.

»Ausgezeichnet!« Thomas Kind lächelte. »Könnte ich noch etwas mehr sehen?«

Der Videofilm lief weiter, und Thomas Kind, der die eingeblendete Uhrzeit im Auge behielt, verwickelte den Chef des Sicherheitsdiensts in ein Gespräch, während mehrere Krankenwagen vorfuhren und wieder wegfuhren, bis um einundzwanzig Uhr neunundfünfzig ein beiger Iveco-Kastenwagen eintraf.

»Was ist das, ein Lieferwagen?« fragte Kind, während er beobachtete, wie ein stämmiger Mann ausstieg und den Kamerabereich verließ, als er im Krankenhaus verschwand.

»Ein privater Krankenwagen.«

»Wo ist der Patient?«

»Er holt jemanden ab. Augenblick.« Nach schnellem Vorlauf setzte der Film wieder ein, als der Stämmige zurückkam, jetzt in Begleitung einer Nonne, eines weiteren Mannes, den Kind für einen Krankenpfleger hielt, und eines am ganzen Körper verbundenen Patienten auf einer fahrbaren Krankentrage, über der ein Tropf baumelte. Der Stämmige öffnete die Hecktür, der Patient wurde hineingeschoben, die Nonne und der Krankenpfleger stiegen hinten bei ihm ein, der Stämmige schloß die Tür, setzte sich ans Steuer und fuhr davon.

»Das Kennzeichen dieses Wagens könnten Sie bestimmt auch herholen, nicht wahr?« fragte Kind erwartungsvoll.

»Klar.« Der Chef des Sicherheitsdiensts hielt den Videofilm an, ließ ihn zurücklaufen, schaltete auf Vorlauf um und drückte auf die Stopptaste. Das Kennzeichen war deutlich zu sehen: PE 343552. Rechts oben waren Datum und Uhrzeit eingeblendet: 09/07/22.18.

Thomas Kind lächelte. »PE bedeutet Pescara. Also ist das ein hiesiges Krankentransportunternehmen.«

»Servizio Ambulanza Pescara.« Der Chef des Sicherheitsdiensts lehnte sich befriedigt zurück. »Sie sehen, wir haben alles unter Kontrolle.«

Kind lobte sein effizientes System nochmals und entlockte dem Chef des Sicherheitsdiensts dann den Namen des zunächst anonym eingelieferten Patienten: Michael Roark.

Die Anzeige im Branchenverzeichnis lieferte Thomas Kind alle weiteren Informationen, die er brauchte. Das Büro des Servizio Ambulanza Pescara befand sich in der Via Arapietra 1217, einem Gebäude auf der anderen Straßenseite. Ebenfalls angegeben waren der Name des Besitzers Ettore Caputo, der sogar mit Bild in der Anzeige erschien, und die Geschäftszeiten: Montag bis Samstag, sieben Uhr dreißig bis neunzehn Uhr dreißig.

Kind sah auf seine Armbanduhr.

7.25 Uhr

Plötzlich sah er auf. Vor ihm war ein Mann um die Ecke gebogen und kam jetzt auf ihn zu. Thomas Kind beobachtete ihn aufmerksam, dann lächelte er. Ettore Caputo kam viereinhalb Minuten zu früh.

Das Foto in dem vor Harry liegenden Reisepaß zeigte ihn mit dem Bart, den er jetzt trug. Der Paß selbst war abgegriffen, seine früher steifen Deckel waren weich und biegsam, als habe sein Inhaber ihn jahrelang mit sich herumgetragen. Ausgestellt war er von der U.S. Passport Agency in New York. Auf den Innenseiten befanden sich englische, französische und amerikanische Einreisestempel.

Neben dem Foto stand sein neuer Name: JONATHAN ARTHUR ROE, geboren am 18/SEP/65, New York, USA.

Auf dem Tisch neben dem Reisepaß lagen ein im District of Columbia ausgestellter Führerschein und ein Dozentenausweis der Georgetown University. Im Führerschein war seine Adresse angegeben: Mulledy Building, Georgetown University, Washington, D.C. Auch diese beiden Ausweise waren mit seinem Foto versehen.

Tatsächlich waren alle drei Fotos unterschiedlich, weil Harry auf ihnen zwei verschiedene Hemden und den Rollkragenpullover Eatons trug. Keines ließ erkennen, daß sie alle am selben Ort und zur selben Zeit gemacht worden waren.

»Hier, das gehört noch dazu.« Adrianna Hall legte einen Briefumschlag auf den Tisch. »Du findest darin auch Geld. Zwei Millionen Lire, ungefähr zwölfhundert Dollar. Du kannst jederzeit mehr haben, aber Eaton hat gesagt, ich soll dich warnen. Priester sind nicht reich, deshalb mußt du dich mit dem Geldausgeben zurückhalten.«

Harry nickte, dann öffnete er den Briefumschlag und nahm den Inhalt heraus: zwei Millionen Lire in Fünfzigtausendern und ein engbeschriebenes Blatt Papier mit drei einzeilig getippten Absätzen.

»Auf dem Blatt steht, wer du bist, wo du arbeitest, was du tust und so weiter«, erklärte Adrianna ihm. »Jedenfalls genug, damit du Fragen nach deinen persönlichen Lebensumständen beantworten kannst. Du sollst dir die Angaben einprägen und das Blatt dann vernichten.«

Harry Addison war jetzt Pater Jonathan Arthur Roe, SJ, als außerordentlicher Professor Mitglied der juristischen Fakultät der

Georgetown University. Er wohnte in einem den Jesuiten gehörenden Gebäude auf dem Universitätsgelände und lehrte dort seit 1994. Aufgewachsen war er als Einzelkind in Ithaca, New York. Seine Eltern waren beide schon gestorben. Der letzte Absatz enthielt Hintergrundinformationen: welche Schulen und Universitäten er besucht hatte und Angaben über die Georgetown University und den Stadtteil Georgetown bis hin zu dem Detail, daß er von seinem Fenster aus den Potomac River sehen konnte – aber nur im Herbst und Winter, wenn die Bäume kein Laub trugen.

Dann kam Harry zu dem letzten Punkt und sah zu Adrianna auf. »Als Jesuit scheine ich ein Armutsgelübde abgelegt zu haben.«

»Vermutlich hat Eaton dir deshalb keine Kreditkarte gegeben...«

»Vermutlich.«

Harry wandte sich ab und trat ans Fenster. Eaton hatte ihm wie versprochen alles geliefert, was er für seine neue Rolle brauchte. Nun brauchte Harry nur noch den Rest zu erledigen.

»Das erinnert an Theateraufführungen in der Schule, nicht wahr?« Er drehte sich um. »Man schlüpft in eine völlig neue Rolle.«

»Viel anderes bleibt dir nicht übrig.«

Harry betrachtete sie forschend. Er hatte eine Frau vor sich, die er kaum kannte, obwohl er mit ihr geschlafen hatte. Und abgesehen von einem Augenblick, in dem er gespürt hatte, daß ein Teil ihres Ichs sich vor der eigenen Sterblichkeit fürchtete, kannte er die Fernsehjournalistin Adrianna Hall, das merkte er jetzt, fast besser als diese Frau, die hier mit ihm im Zimmer war.

»Wie alt bist du, Adrianna? Vierunddreißig?«

»Ich bin siebenunddreißig.«

»Also, siebenunddreißig. Wenn du jemand anders sein könntest«, fragte er ernsthaft, »wen würdest du dir aussuchen?«

»Darüber habe ich mir nie Gedanken gemacht.«

»Los, versuch's einfach! Wer möchtest du sein?«

Sie verschränkte plötzlich die Arme. »Ich möchte niemand anders sein. Mir gefällt, wer ich bin und was ich tue. Und ich habe verdammt hart gearbeitet, um das zu erreichen.«

»Ehefrau? Mutter?«

»Soll das ein Witz sein?« Ihr halblautes Lachen war spöttisch und zugleich defensiv, als habe er einen empfindlichen Nerv getroffen.

Er ließ nicht locker. Das war vielleicht unfair, aber aus irgendeinem Grund wollte er mehr über sie erfahren.

»Viele Frauen haben beides, Beruf und Familie.«

»Diese Frau nicht.« Adrianna ließ sich nicht beirren, wurde eher noch ernster. »Ich habe dir ja gesagt, daß es mir Spaß macht, mit Unbekannten ins Bett zu gehen. Weißt du, warum? Das ist nicht nur aufregend, sondern bedeutet totale Unabhängigkeit. Und für mich ist das die wichtigste Sache im Leben, denn nur so kann ich erstklassige Reportagen abliefern und alles tun, was notwendig ist, um meinen Storys auf den Grund zu gehen. Glaubst du, daß ich als Mutter unter Artilleriebeschuß auf irgendeinem beschissenen Feld stehen und über irgend jemandes Bürgerkrieg berichten möchte? Oder ein näherliegendes Beispiel: Daß ich eine langjährige Haftstrafe in italienischen Gefängnissen riskieren würde, weil ich dem meistgesuchten Verbrecher des Landes falsche Papiere besorgt habe? Nein, Harry Addison, das täte ich nicht, weil ich das Kindern niemals antun würde. Ich bin eine Einzelgängerin, der ihr Leben gefällt. Ich verdiene gut, schlafe, mit wem ich will, mache Reisen, von denen selbst du nur träumen kannst, und habe Zugang zu Leuten, an die sogar die Mächtigen der Welt nur schwer herankommen. Ist das egoistisch? Ich weiß überhaupt nicht, was dieses Wort bedeutet. Aber ich spiele nicht Theater, ich bin einfach ich selbst. Und falls mir einmal etwas zustößt, habe nur ich darunter zu leiden.«

»Wie läuft das alles, wenn du siebzig bist?«

»Frag mich dann.«

Harry musterte sie prüfend. Deshalb hatte er vorhin das Gefühl gehabt, sie im Fernsehen besser zu kennen als hier in diesem Zimmer. Ihr ganzes Leben und ihre Intimität spielten sich auf dem Bildschirm ab. Dort war sie alles, was sie war, was sie sein wollte. Und sie machte ihre Sache sehr gut. Vor einer Woche hätte er sich über sich selbst noch ähnlich geäußert. Freiheit war alles. Sie verschaffte einem unglaubliche Chancen, weil man kein Risiko zu scheuen brauchte. Man vertraute auf sein Geschick und seine Fähigkeiten und nahm die Herausforderungen an, wie sie kamen. Und wenn man verlor, verlor man eben. Aber jetzt war er sich seiner Sache nicht mehr so sicher. Das mochte daran liegen, daß er seine Freiheit eingebüßt hatte. Vielleicht hatte sie ihren Preis, den er nur nie erkannt hatte. Vielleicht war die Sache so einfach, aber vielleicht auch nicht. Und es gab noch andere Dinge, die er würde erkennen und verstehen müssen. Vielleicht war dies eine Reise, die ihm dazu verhelfen konnte.

»Wohin fahre ich von hier aus? Und mit wem?« Harry machte eine Pause. »Bei wem melde ich mich?« fragte er dann. »Bei dir oder bei Eaton?«

»Bei mir.« Adrianna nahm ein kleines Mobiltelefon aus ihrer Umhängetasche und gab es ihm. »Ich weiß, was die Polizei tut, und führe jeden Tag hundert Telefongespräche. Da fällt eines mehr nicht auf.«

»Was ist mit Eaton?«

»Den informiere ich rechtzeitig.« Adrianna zögerte, dann drehte sie den Kopf leicht nach links, wie sie es vor der Kamera tat, wenn sie dabei war, einen schwierigen Sachverhalt zu erklären.

»Du hast nie was von James Eaton gehört, und er weiß von Harry Addison nur, was er in der Zeitung gelesen, im Fernsehen gesehen oder als Klatsch in der Botschaft gehört hat. Mich kennst du ebenfalls nur von unserer kurzen Begegnung im Hotel, wo ich versucht habe, ein Statement von dir zu bekommen.«

»Und was ist mit dem hier?« Harry beugte sich leicht nach vorn und breitete Reisepaß, Führerschein und Universitätsausweis vor sich auf dem Couchtisch aus.

»Was ist, wenn ich statt nach rechts nach links gehe und der Gruppo Cardinale in die Arme laufe? Was soll ich Roscani erzählen – daß ich immer einen zweiten Satz Ausweispapiere in der Tasche habe? Er wird wissen wollen, von wem ich das alles bekommen habe.«

»Harry.« Adrianna schenkte ihm ein warmes Lächeln. »Du bist schon ein sehr großer Junge. In deinem Alter solltest du rechts und links unterscheiden können. Kannst du's nicht, mußt du es üben, okay?« Sie beugte sich nach vorn und küßte ihn leicht auf die Lippen. »Verlauf dich nicht«, flüsterte sie, dann stand sie auf und ging. An der Tür blieb sie kurz stehen, um ihn aufzufordern, die Wohnung vorläufig nicht zu verlassen. Sobald sie etwas Neues erfuhr, würde sie ihn anrufen.

Er stand da und beobachtete, wie die Tür hinter ihr zufiel, hörte das Sicherheitsschloß einschnappen. Sein Blick wanderte langsam zu dem Tisch hinüber, auf dem seine neuen Papiere ausgebreitet lagen. Er wünschte, er hätte Schauspielunterricht genommen.

48

Cortona. Samstag, 11. Juli, 9.30 Uhr

Schwester Elena Voso hatte ihre Einkäufe gemacht und kam mit einer großen Gemüsetüte aus dem Lebensmittelgeschäft an der Piazza Signorelli. Sie hatte das frische Gemüse sorgfältig ausgewählt, weil sie eine möglichst schmackhafte und nahrhafte Suppe kochen wollte. Nicht nur für die drei Bewacher, sondern auch für Michael Roark. Es wurde Zeit, daß sie versuchte, ihm wenigstens etwas Suppe einzuflößen. Sie hatte ihm schon mehrmals die Lippen angefeuchtet, und er hatte reflexartig geschluckt. Aber als sie versucht hatte, ihm einen Schluck Wasser einzuflößen, hatte er sie nur stumm angeblickt, als sei die Anstrengung zu groß für ihn. Doch wenn sie ihm eine gute Gemüsesuppe anbot, war der Duft vielleicht so verlockend, daß er wenigstens versuchte, etwas davon zu essen. Auch nur ein Löffel wäre besser als nichts, wäre ein Anfang gewesen, denn je früher er wieder zu essen begann, desto schneller kam er vom Tropf weg und wieder zu Kräften.

Marco beobachtete, wie sie aus dem Laden kam und der gepflasterten Gasse folgte, an deren Ende ihr Wagen geparkt war. Normalerweise wäre er neben ihr hergegangen und hätte ihre Einkäufe getragen. Aber nicht heute, nicht in Cortona bei hellem Sonnenschein. Auch wenn sie miteinander wegfahren würden, mußten sie vermeiden, gemeinsam einzukaufen oder zu zweit durch die Straßen zu gehen. Daran konnte jemand sich später erinnern. Gewiß, sie waren Italiener, aber in Cortona trotzdem fremd – eine Nonne und ein Mann, die offenbar zusammengehörten, die gemeinsam einkauften und ihre Einkäufe zum Auto trugen. Wieso?

Was hatten die beiden miteinander zu tun? Das genügte, damit später jemand sagen konnte: »Ja, sie sind hiergewesen. Ich habe sie gesehen.«

Marco, der Elena mit einigem Abstand folgte, sah sie stehenbleiben, sich kurz umsehen und dann einen kleinen Laden betreten. Er blieb ebenfalls stehen und fragte sich, was sie dort kaufen wollte. Über die links von ihm steil abfallende enge Straße konnte er auf die weite Ebene mit den Straßen hinausblicken, die zu der alten, von Mauern umgebenen umbrischen und etruskischen Stadt hinaufführten, in der er jetzt stand. Früher war Cortona eine Festung gewesen. Marco konnte nur hoffen, daß er es nicht wieder in eine würde verwandeln müssen.

Als er wieder zu dem Laden hinübersah, kam Elena heraus, blickte kurz in seine Richtung und ging dann zu ihrem Auto weiter. Kurz danach erreichte sie den kleinen silbergrauen Fiat, den Pietro gefahren hatte, als er ihnen von Pescara aus nach Norden gefolgt war. Marco ließ noch einige Passanten vorbeigehen, bevor er Elena die Beifahrertür aufsperrte und ihre Einkäufe auf dem Rücksitz verstaute.

»Wozu sind Sie in dem anderen Laden gewesen?« fragte er, als sie wegfuhren.

»Ist das etwa verboten?«

»Natürlich nicht. Ich bin nur nicht darauf vorbereitet gewesen.«

»Ich auch nicht, deshalb bin ich hineingegangen.« Sie zog eine Schachtel aus der Plastiktüte auf ihrem Schoß: Slipeinlagen.

Um elf Uhr kochten die Suppe und ein Gemüsebrei in der Küche auf kleiner Flamme, und Elena war bei Michael Roark in seinem Zimmer im ersten Stock. Er saß durch zwei Kissen unter den Armen gestützt erstmals aufrecht in einem Sessel. Marco hatte ihr geholfen, ihn aus dem Bett in den Sessel zu heben, und war dann hinausgegangen, um im Freien eine Zigarette zu rauchen. Über ihnen schlief Luca in einem der Zimmer im zweiten Stock. Wie im Krankenhaus in Pescara tat er hier Nachtdienst, saß von dreiundzwanzig bis sieben Uhr draußen im Krankenwagen und kam alle zwei Stunden herauf, um Elena zu helfen, ihren Patienten umzudrehen. Dann ging er wieder hinunter, um Wache zu halten.

Weshalb? Wogegen? fragte sie sich wieder. Wie sie sich von Anfang an über das teilweise unerklärliche Verhalten der Männer gewundert hatte.

Vom Fenster aus konnte sie Marco sehen, der auf der Umfassungsmauer, die das Grundstück nach Süden abschloß, rauchend auf und ab ging. Hinter der Mauer verlief die Straße, die zum Tor und der Zufahrt zum Haus führte. Jenseits dieser Straße lagen die Felder eines großen Guts, so weit das Auge im Sommerdunst reichte. Ein Traktor, der einen Streifen Land hinter der Casa Alberti pflügte, zog eine Staubwolke hinter sich her.

Plötzlich tauchte Pietro unter den Zypressen im Park der Villa auf und ging auf Marco zu. Er hatte sein Hemd wegen der Hitze aufgeknöpft und trug keine Jacke, so daß die Pistole in seinem Hosenbund deutlich sichtbar war. Jetzt blieb er bei Marco stehen, und die beiden redeten miteinander. Im nächsten Augenblick sah Marco zur Rückseite des Hauses hinüber, als wisse er, daß sie beobachtet wurden.

Elena drehte sich nach Michael Roark um. »Sitzen Sie bequem?« fragte sie.

Er nickte kaum merklich. Aber das war immerhin eine deutliche Reaktion, viel dynamischer als das Blinzeln, mit dem er bisher geantwortet hatte, wenn sie seine Daumen oder Zehen berührt hatte, um sich davon zu überzeugen, daß seine Nerven funktionierten und diese Reize weiterleiteten.

»Ich habe Ihnen eine Suppe gekocht. Wollen Sie versuchen, ein paar Löffel davon zu essen?«

Diesmal kam keine Reaktion. Er saß nur da und erwiderte stumm ihren Blick, bevor er zum Fenster hinübersah. Elena beobachtete ihn aufmerksam. Vor dem hellen Fensterrechteck war sein Kopf trotz des Verbands in einem Profil zu sehen, das sie noch nicht kannte. Sie zögerte, musterte ihn erneut und verschwand dann in der abgetrennten Nische, in der ihr Bett stand.

Gewiß, sie war in den Laden gegangen, um Slipeinlagen zu kaufen. Aber das war nur eine Ausrede gewesen. In Wirklichkeit war ihr etwas anderes aufgefallen: ein Zeitungsständer und die heutige Ausgabe der *La Repubblica* mit der Schlagzeile »Kardinal Parmas Attentäter weiter auf der Flucht« und darunter in kleinerer Schrift »Polizei überprüft Opfer des Busattentats«.

Beide Meldungen kannte sie, ohne über nähere Einzelheiten Bescheid zu wissen. Über die Ermordung des Kardinals war natürlich auch im Kloster gesprochen worden, und dann hatte sich der Anschlag auf den Reisebus nach Assisi ereignet. Unmittelbar darauf war sie jedoch nach Pescara geschickt worden und hatte die Berichterstattung in Presse und Fernsehen nicht weiter verfolgen können. Aber beim Anblick der Schlagzeilen hatte sie sofort reagiert und instinktiv eine Verbindung zu Marco und den drei bewaffneten Männern, von denen ihr Patient und sie Tag und Nacht bewacht wurden, hergestellt. Die offenbar sehr viel mehr über die Hintergründe ihres Aufenthalts in der Casa Alberti wußten als sie selbst.

In dem Laden hatte sie in der Zeitung die Fotos der Männer gesehen, nach denen die Polizei fahndete. Ihr Verstand hatte auf Hochtouren gearbeitet. Der Anschlag auf den Bus hatte sich am Freitag ereignet. Michael Roark war am Montag bei Pescara mit dem Auto verunglückt. Am Dienstag morgen war sie nach Pescara entsandt worden. War es nicht denkbar, daß ein Überlebender des Busattentats mit schweren Brandwunden im Koma lag? Daß er sich auch beide Beine gebrochen hatte? Daß er zunächst unter strikter Geheimhaltung in einer Klinik oder in einem Privathaus gelegen hatte, bis er in Pescara eingeliefert werden konnte?

Sie hatte rasch die Zeitung gekauft. Und um sie vor Marco zu tarnen und eine unwiderlegbare Ausrede für ihr Verschwinden in dem Laden zu haben, hatte sie auch die Slipeinlagen gekauft und sich dafür eine Plastiktüte geben lassen.

In der Casa Alberti war sie gleich nach oben gegangen und hatte die Slipeinlagen gut sichtbar auf die Ablage über dem Waschbecken gestellt. Die Zeitung hatte sie sorgfältig zusammengefaltet unter ihre Sachen in ihren bisher nicht ausgepackten Koffer gelegt.

»Großer Gott«, hatte sie immer wieder gedacht. »Was ist, wenn Michael Roark mit Pater Daniel Addison identisch ist?«

Sie hatte sich die Hände gewaschen und den Koffer geöffnet, um die Zeitung herauszunehmen und neben das Gesicht ihres Patienten zu halten, um festzustellen, ob das Zeitungsfoto ihm irgendwie ähnlich sah. Aber dann hatte Marco sie von der Treppe aus gerufen. Sie hatte den Kofferdeckel wieder zugeklappt und war hinausgegangen, um zu fragen, was er wollte.

Jetzt standen Marco und Pietro draußen, und Luca schlief. Jetzt war der richtige Zeitpunkt.

Michael Roark, der ihr den Rücken zukehrte, starrte weiter aus dem Fenster, als sie ihre Nische verließ. Sie trat etwas näher an ihn heran, faltete die Zeitung auseinander und hielt sie hoch, damit das Foto von Pater Daniel Addison sich auf gleicher Höhe mit dem Gesicht ihres Patienten befand. Seine Verbände machten den Vergleich schwierig; außerdem war Michael Roark inzwischen ein Bart gewachsen, während das Zeitungsfoto einen bartlosen Mann zeigte, aber… die Stirn, die Backenknochen, die Nase und…

Plötzlich drehte Michael Roark den Kopf zur Seite und sah sie direkt an. Elena fuhr zusammen, wich einen Schritt zurück und verbarg die Zeitung dabei hinter ihrem Rücken. Er schien sie sekundenlang anzufunkeln, als wisse er genau, was sie getan hatte. Dann öffnete er langsam den Mund.

»Wa-wa-sss-er!« krächzte er kaum vernehmbar heiser. »Wa-wa-sss-er.«

49

Rom. Zur selben Zeit

Warum hatte Roscani ausgerechnet jetzt beschlossen, das Rauchen aufzugeben? Aber heute morgen um sieben Uhr hatte er einfach damit aufgehört, eine erst halbgerauchte Zigarette im Aschenbecher ausgedrückt und sich selbst erklärt, er sei ab sofort Nichtraucher. Seit diesem Augenblick hatte ihm alles mögliche als Tabakersatz gedient: Kaffee, Kaugummi, Gebäck. Wieder Kaffee und noch ein Kaugummi. Jetzt aß er ein Schokoladeneis, das in der Julihitze von der Waffel auf seine Hand tropfte, während er im Mittagstrubel zu Fuß auf dem Rückweg in die Questura war. Aber weder schmelzendes Speiseeis noch sein Nikotinhunger konnten ihn von dem Gegenstand ablenken, der ihn beschäftigte: die verschwundene Llamapistole mit aufgesetztem Schalldämpfer.

Der Gedanke war ihm mitten in der Nacht gekommen und hatte ihn nicht mehr einschlafen lassen. Morgens im Dienst hatte er als erstes die Übergabebescheinigung kontrolliert, die Jakow Farel und Pio auf dem Bauernhof unterschrieben hatten, als Farel die am Tatort des Busattentats gefundene Waffe übergeben hatte. Alles war korrekt und vorschriftsmäßig. Die Bescheinigung bewies, daß Pio die Waffe gehabt hatte, die nach seinem Tod mit Harry Addison verschwunden war. Aber das war nicht die Überlegung, die Roscani den Schlaf geraubt hatte und ihn noch jetzt beschäftigte. Bisher hatte er immer geglaubt, die spanische Llama habe Pater Daniel gehört und sei das Bindeglied zwischen ihm und dem spanischen Kommunisten Miguel Valera, dem er das Attentat auf den Kardinalvikar von Rom hatte anhängen wollen.

Aber was war, wenn die Waffe gar nicht Pater Daniel, sondern einem anderen Mitreisenden gehört hatte? Einem auf ihn angesetzten Killer? Dann hatten sie es womöglich nicht mit einem, sondern mit zwei Verbrechen zu tun: mit der versuchten Ermordung des Priesters und dem Sprengstoffanschlag auf den Reisebus.

23.30 Uhr

Es war schwülheiß. Die Hitzewelle war noch nicht abgeklungen, und selbst kurz vor Mitternacht betrug die Temperatur noch achtundzwanzig Grad.

Um sich etwas Erleichterung zu verschaffen, hatte Kardinal Marsciano seine Soutane aus Schurwolle gegen Khakihose und kurzärmeliges Hemd vertauscht und war in den kleinen Innenhof seiner Residenz getreten, wo hoffentlich eine Brise die unerträglich schwüle Hitze lindern würde.

Diese Hitze!

Er versuchte, nicht an sie zu denken, aber das gelang ihm nicht, weil er wußte, daß sie Palestrina dazu bewegt hatte, nun sein Vorhaben in China anlaufen zu lassen. Marsciano las täglich Zeitung, verfolgte die Wetterberichte im Fernsehen und suchte im Internet nach Wettermeldungen aus Asien, genau wie Palestrina. Nur verfügte der Sekretär des Auswärtigen über weit bessere Informationsmöglichkeiten als er.

Jetzt wartete er auf eine längere Periode mit schwülheißem Wetter im Osten Chinas. Dann würden bei Sonnenschein wuchernde

Algen und ihre biologischen Giftstoffe rasch alle Seeflächen bedecken und die Wasserversorgung der Städte an ihren Ufern gefährden. Und sobald die Voraussetzungen ideal und die Algenteppiche dicht genug waren, würde Palestrina anordnen, sein »Protokoll« in die Tat umzusetzen. Die Seen sollten auf nicht feststellbare Weise so vergiftet werden, daß diese Vergiftung auf den Algenbefall und die unzulänglichen Filteranlagen der veralteten städtischen Wasserwerke zurückgeführt werden würde.

Das vergiftete Wasser würde zahlreiche Todesopfer fordern und die Wogen der Empörung hochgehen lassen. Die chinesische Führung hätte folglich insgeheim zu befürchten, die Provinzen könnten sich in panischer Angst von der Zentralregierung lossagen, weil Peking nicht einmal imstande war, die Wasserversorgung zu garantieren, und China dadurch in Gefahr bringen, wie die ehemalige Sowjetunion auseinanderzubrechen. Und die Führung würde prompt auf den streng vertraulichen, dringenden Vorschlag eines altbewährten Geschäftspartners eingehen, unverzüglich ein Konsortium aus internationalen und zum Teil schon im Lande tätigen Baufirmen zu bilden, um sofort die verfallenden, völlig veralteten Wasseranlagen Chinas erneuern zu lassen: Kanäle, Stauseen, Wasserwerke, Kläranlagen, Staudämme und Wasserkraftwerke.

Dieser altbewährte Geschäftspartner würde Pierre Weggen sein. Und die Firmen und Konzerne, die diese Aufträge übernahmen, würden dem Vatikan gehören. Das war das Herzstück von Palestrinas Plan: Herrsche über Chinas Wasservorräte, dann beherrschst du China.

Um damit beginnen zu können, brauchte er heißes Wetter, und so heiß, wie es heute in Italien war, so heiß war es auch im Osten Chinas. Marsciano wußte, daß es, falls das Wetter nicht umschlug, was unwahrscheinlich war, nur noch wenige Tage dauern konnte, bis Palestrina den Befehl gab, der den Alptraum auslösen würde.

Zurück in seiner Bibliothek, ließ Marsciano sich müde am Schreibtisch nieder, um die endgültige Fassung des Protokolls der Besprechung vom Vortag durchzugehen, bei der die zuständigen Kardinale den neuen Investitionsplan gebilligt hatten. Am Montag morgen sollte er Palestrina zur Unterschrift vorgelegt und damit in Kraft gesetzt werden.

Während Marsciano arbeitete, stiegen in ihm wieder die mühsam verdrängten Fragen auf, die ihn in jedem ruhigen Augenblick quälten: Wieso hatten sie zugelassen, daß Palestrina sich zu diesem Ungeheuer in Menschengestalt entwickelte, und woher kam vor allem seine zutiefst verabscheute Unfähigkeit, selbst etwas dagegen zu unternehmen? Weshalb hatte er den Heiligen Vater nicht um eine Privataudienz gebeten oder dem Kardinalskollegium heimlich eine Denkschrift geschickt, in der er gestand, was sich ereignet hatte, ankündigte, was noch passieren würde, und die Kardinäle anflehte, gemeinsam mit ihm diese Entwicklung aufzuhalten?

Das Tragische war, daß alle Antworten ihm nur allzu vertraut waren, weil er sich schon hundertmal mit ihnen herumgeschlagen hatte: Der Heilige Vater war schon alt und so von seinem Sekretär des Auswärtigen eingenommen, daß er alle Anschuldigungen gegen ihn zurückgewiesen hätte. Und wer hatte mehr Einfluß im Kardinalskollegium als Palestrina selbst? Er genoß allgemeine Wertschätzung, hatte überall Verbündete. Schwere Vorwürfe dieser Art wären entweder als lächerlich abgetan oder empört zurückgewiesen worden, als sei ihr Urheber geistig verwirrt.

Vollends unmöglich gemacht wurde ein Enthüllungsversuch durch Palestrinas Drohung, ihn als den Mann bloßzustellen, der Kardinal Parma wegen einer homosexuellen Liebesaffäre hatte umbringen lassen. Wie hätte Marsciano sich vor dem Papst oder den Kardinälen gegen diese Lüge verteidigen sollen? Das wäre unmöglich gewesen, weil Palestrina alle Trümpfe in der Hand hielt und sie nach Belieben ausspielen konnte.

Noch komplizierter wurde der Fall durch die Tatsache, daß der Anstoß zu allem aus dem innersten Beraterkreis des Papstes gekommen war, als Antwort auf seine Aufforderung, Zukunftsperspektiven für die Kirche im einundzwanzigsten Jahrhundert zu entwickeln. Nachdem schon mehrere Untersuchungen und Projekte vorgelegt worden waren, hatte Palestrina seinen sorgfältig ausgearbeiteten Vorschlag präsentiert. Und als er das getan hatte, hatte Marsciano wie die anderen gelacht, weil er ihn als Scherz aufgefaßt hatte. Aber der Sekretär des Auswärtigen meinte seinen Vorschlag völlig ernst.

Zu Marscianos Entsetzen hatte nur Kardinal Parma widersprochen. Die anderen, Monsignore Capizzi und Kardinal Matadi, hatten geschwiegen. Nachträglich wußte Marsciano, daß das nicht überraschend war. Palestrina hatte ihre Persönlichkeiten offenbar sorgfältig analysiert. Parma, ein streng konservativer und kompromißloser Kirchenmann der alten Schule, hätte niemals mitgemacht. Aber Capizzi, der Oxford- und Yaleabsolvent und Generaldirektor der Vatikanbank, und Matadi, der Präfekt der Bischofskongregation, der aus einer der besten Familien Zaires stammte, waren völlig anders. Beide waren höchst ehrgeizige Politiker, die ihre hohen Stellungen nicht zufällig erreicht hatten. Und da sie recht gut wußten, daß Palestrina dieses Amt nicht selbst anstrebte, hatten beide den Papstthron im Visier, stets in dem Bewußtsein, daß es in Palestrinas Macht lag, einen von ihnen auf diesen Thron zu setzen.

Marsciano war jedoch ein ganz anderer Fall: ein Mann, der sein hohes Amt erreicht hatte, weil er nicht nur intelligent und entschieden unpolitisch, sondern in seinem Herzen ein einfacher Priester geblieben war, der an Gott und seine Kirche glaubte. Er war wahrhaftig ein Mann Gottes, ein Ahnungsloser, der nicht glauben konnte, daß es in der Kirche einen Mann wie Palestrina geben könnte, was es um so leichter machte, ihn mit Hilfe seines Glaubens zu manipulieren.

Plötzlich schlug Marsciano mit der Faust auf den Schreibtisch und verfluchte sich wegen seiner Schwäche und Naivität, sogar wegen seiner Frömmigkeit, die ihn sein Priesterleben lang begleitet hatte. Wären dieser Zorn und diese Selbsterkenntnis früher gekommen, hätte er vielleicht noch etwas unternehmen können, aber dafür war es jetzt viel zu spät. Der Heilige Vater war Wachs in Palestrinas Händen, und Kardinal Parma, der ihm als einziger widersprochen hatte, war zum Schweigen gebracht worden. Capizzi und Matadi hatten sich dem Willen Palestrinas gebeugt und folgten ihm wie Marsciano selbst, der hilflos im Geflecht seiner Charaktereigenschaften gefangen war. So hatte Palestrina die Zügel ergriffen und eine schreckliche Entwicklung in Gang gesetzt, die sich nicht mehr aufhalten ließ, weil er sie nicht aufhalten wollte. Sie alle konnten nur noch auf die Gluthitze des chinesischen Sommers warten.

50

Peking, Hotel Gloria Plaza.
Sonntag, 12. Juli, 10.30 Uhr

Der sechsundvierzigjährige Li Wen trat im achten Stock aus dem Aufzug, ging den Korridor entlang und suchte Zimmer achthundertsechsundachtzig, in dem er sich mit James Hawley, einem Hydrobiologen und Ingenieur aus Walnut Creek, Kalifornien, treffen wollte. Draußen hatte der Regen inzwischen aufgehört, und die Sonne schien durch Wolkenlücken. Der Rest des Tages würde wie vorhergesagt schwülheiß sein, und dieses Wetter sollte noch mindestens eine Woche anhalten.

Zimmer achthundertsechsundachtzig lag etwa in der Mitte des Korridors, und seine Tür stand einen Spalt weit offen, als Li Wen sie erreichte.

»Mr. Hawley?« fragte er, ohne jedoch eine Antwort zu bekommen.

Li Wen erhob seine Stimme. »Mr. Hawley?« Wieder war nichts zu hören. Er stieß die Tür auf und trat ein.

Im Zimmer lief eine Nachrichtensendung im Fernsehen, und auf dem Bett lag ein hellgrauer Geschäftsanzug für einen sehr großen, sehr schlanken Mann bereit. Daneben lagen ein kurzärmeliges weißes Hemd, eine gestreifte Krawatte, Boxershorts und Socken. Links von Li Wen stand die Tür zum Bad halb offen, und er hörte die Dusche laufen.

»Mr. Hawley?«

»Hallo, Mr. Li.« James Hawleys Stimme übertönte das Rauschen des Wassers. »Sie müssen entschuldigen, aber ich bin zu einer dringenden Besprechung ins Landwirtschafts- und Fischereiministerium geladen worden. Ich weiß nicht mal, worum es dabei geht. Aber das spielt keine Rolle, denn alles, was Sie brauchen, liegt in einem Umschlag in der obersten Kommodenschublade. Ich weiß, daß Sie es eilig haben, zu Ihrem Zug zu kommen. Wir setzen uns nächstes Mal bei einem Tee oder einem Drink zusammen.«

Li Wen zögerte, dann trat er an die Kommode und zog die oberste Schublade auf. Darin sah er einen Hotelbriefumschlag mit den handgeschriebenen Buchstaben L. W. liegen. Er griff danach, warf einen raschen Blick in den Umschlag, steckte ihn ein und schloß die Schublade wieder.

»Danke, Mr. Hawley«, sagte er zu der aus dem Bad quellenden Dampfwolke, bevor er rasch das Zimmer verließ und die Tür hinter sich zuzog. Der Briefumschlag enthielt genau das, was ihm versprochen worden war, so daß Li Wen sich hier nicht länger aufzuhalten brauchte. Er hatte nur etwas über sieben Minuten Zeit, um das Hotel zu verlassen, sich durch den Verkehr auf der Jianguomennan-Avenue zu schlängeln und seinen Zug zu erreichen.

Hätte Li Wen etwas vergessen und wäre deshalb zurückgekommen, hätte er gesehen, wie ein kleiner, stämmiger Chinese vollständig angekleidet das Bad von James Hawleys Hotelzimmer verließ. Er trat ans Fenster und beobachtete, wie Li Wen das Hotel verließ und rasch in Richtung Bahnhof davonging.

Dann wandte er sich vom Fenster ab, zog einen Koffer unter dem Bett hervor, packte James Hawleys sorgfältig auf dem Bett drapierten Kleidungsstücke hinein und verließ das Zimmer, dessen Schlüssel er an der Rezeption abgab.

Fünf Minuten später saß er am Steuer seines silbergrauen Opel, bog auf die Chongwenmendongstraße ab und griff dabei nach seinem Mobiltelefon. Chen Yin grinste zufrieden. Offiziell war er ein erfolgreicher Blumenhändler, aber auf einer ganz anderen Ebene beherrschte er als ausgezeichneter Linguist eine ganze Reihe von Sprachen und Dialekten. Besonders gern sprach er amerikanisches Englisch, wie es James Hawley, ein höflicher, aber geschäftlich überlasteter Hydrobiologe und Ingenieur aus Walnut Creek, Kalifornien, vermutlich gesprochen hätte, wenn er tatsächlich existiert hätte.

51

Cortona. Sonntag, den 12. Juli, 4.50 Uhr,
10.50 Uhr in Peking

»Danke, mein Freund«, sagte Thomas Kind auf englisch. Dann schaltete er sein Mobiltelefon aus und legte es auf den Beifahrersitz. Chen Yin hatte innerhalb des vorgesehenen Zeitraums angerufen und das erwartete Ergebnis gemeldet. Li Wen hatte die Unterlagen und befand sich auf der Heimfahrt, ohne den angeblichen Amerikaner gesehen zu haben. Chen Yin war gut, zuverlässig. Und er hatte Li Wen gefunden, was nicht leicht gewesen war. Er hatte den idealen, nur allzu bereitwilligen Helfershelfer aufgespürt, der willens und imstande war, ihren Auftrag auszuführen, aber notfalls jederzeit fallengelassen oder einfach liquidiert werden konnte.

Chen Yin, der die Hälfte seines Honorars als Vertrauensbeweis im voraus erhalten hatte, würde die andere Hälfte bekommen, sobald Li Wen seine Arbeit getan hatte. Dann würden beide verschwinden: Li Wen, weil seine Nützlichkeit beendet war und sie nicht riskieren durften, daß eine Spur von ihm zu ihnen zurückführte; Chen Yin, weil er das Land zweckmäßigerweise für einige Zeit verlassen mußte und sein Geld ohnehin nicht in China, sondern auf einem Konto bei der Filiale der Wells Fargo Bank am Union Square in San Francisco liegen hatte.

Irgendwo krähte ein Hahn, und dieser Laut holte Thomas Kind sofort wieder in die Gegenwart und zu seiner Aufgabe zurück. Vor ihm war in der Morgendämmerung eben die Casa Alberti zu erkennen. Sie stand etwas abseits der Straße auf einem großen Grundstück, das von einer Parkmauer umgeben war. Über den frisch gepflügten Feldern hinter der Villa hingen leichte Nebelschwaden.

Kind hätte gleich nach seiner Ankunft wenige Minuten nach Mitternacht dort eindringen können. Er hätte die Stromversorgung unterbrechen können, und sein Nachtsichtgerät hätte ihm einen entscheidenden Vorteil verschafft. Doch er hätte im Dunkeln operieren müssen, und das gegen drei Männer in einem ihm unbekannten Haus.

Also hatte er lieber gewartet und seinen gemieteten Mercedes ungefähr eineinhalb Kilometer von der Casa Alberti entfernt an einer abgelegenen Stelle geparkt. Dort hatte er seine Waffen, zwei 9-mm-Maschinenpistolen Walther MPK mit je dreißig Schuß im Magazin, nochmals überprüft, ohne dabei Licht zu machen, und sich dann ausgeruht. Kurz vor dem Einschlafen hatte er sich wieder an die unglückliche Szene in Pescara erinnert, als Ettore Caputo, Besitzer des Servizio Ambulanza Pescara, und seine Frau sich geweigert hatten, mit ihm über den Iveco-Krankenwagen zu sprechen, der das St.-Cäcilien-Krankenhaus am Donnerstag abend kurz nach zweiundzwanzig Uhr mit unbekanntem Ziel verlassen hatte.

Sturheit war eine Eigenschaft, die alle drei reichlich mitbekommen hatten. Die beiden Eheleute wollten nicht reden, und Thomas Kind war entschlossen, nicht zu gehen, bevor er die gewünschten Auskünfte erhalten hatte. Seine Fragen waren einfach: Wer waren die Leute in dem Krankenwagen? Wohin waren sie gefahren?

Erst als Kind einen zweischüssigen Derringer Kaliber .44 Magnum zog und Signora Caputo an die Stirn drückte, wurde Ettore plötzlich gesprächig. Wer der Patient und seine Betreuer gewesen waren, wußte er nicht. Der Fahrer war ein gewisser Luca Fanari, ein ehemaliger Carabiniere und geprüfter Krankenwagenfahrer, der gelegentlich bei ihm aushalf. Luca hatte den Krankenwagen am Donnerstag für unbestimmte Zeit bei ihm gemietet. Wohin er damit gefahren war, wußte Caputo nicht.

Kind drückte den Derringer etwas fester gegen Signora Caputos Stirn und wiederholte seine Frage.

»Um Himmels willen, ruf Fanaris Frau an!« forderte sie ihren Mann auf.

Neunzig Sekunden später legte Caputo den Hörer auf. Luca Fanaris Frau hatte ihm eine Telefonnummer und die Adresse genannt, unter der ihr Mann erreichbar war, und ihn zugleich gewarnt, er dürfe beides unter keinen Umständen weitergeben.

Luca Fanari, berichtete Caputo, hatte den Patienten nach Norden gebracht. Auf einen Landsitz außerhalb von Cortona.

Im Osten färbte sich der Himmel rosig, als Thomas Kind über die Parkmauer kletterte und auf die Rückseite des Hauses zuschlich. Er trug enge Lederhandschuhe, schwarze Jeans, einen dunklen Pullover und schwarze Laufschuhe. Eine Walther MPK hielt er in den Händen, die andere hatte er an einem Lederriemen umgehängt. Beide Maschinenpistolen waren mit Schalldämpfer ausgerüstet.

Vor sich sah er den beigen Iveco-Krankenwagen am Seitenausgang der Villa stehen. Fünf Minuten später hatte er das gesamte Haus durchsucht. Es war leer.

52

Rom. 7.00 Uhr

Harry hatte den Bericht vor einer Stunde in einem englischsprachigen Programm gesehen: ein Foto von Byron Willis aus dem Fachblatt *Variety*, Außenaufnahmen ihres Bürogebäudes in Beverly Hills und von Byrons Villa in Bel Air. Sein Freund, Boß und Mentor war erschossen worden, als er am Donnerstag abend nach Hause gekommen war. Wegen seiner Zusammenarbeit mit Harry Addison und der gegenwärtigen Ereignisse in Italien hatte die Polizei die Todesnachricht im Interesse weiterer Ermittlungen zurückgehalten. Jetzt war das FBI eingeschaltet, und Ermittler der Gruppo Cardinale wurden im Lauf dieses Sonntags in Los Angeles erwartet.

Betroffen und entsetzt hatte Harry es riskiert, Adriannas Büro anzurufen, um ihr ausrichten zu lassen, sie möchte sofort Elmer Vasko anrufen. Das hatte sie eine Dreiviertelstunde später aus Athen getan. Sie war gerade aus Zypern zurückgekommen, von wo aus sie über neue Auseinandersetzungen zwischen Inselgriechen und -türken berichtet hatte. Auch sie hatte den Bericht über Willis erst vorhin gesehen und versucht, mehr in Erfahrung zu bringen, bevor sie Harry zurückrief.

»Hängt das mit mir, mit dem ganzen Zeug hier in Italien zusammen?« Harry war zornig und erbittert und hatte Mühe, seine Tränen zurückzuhalten.

»Das weiß noch niemand. Aber…«

»Aber was, verdammt noch mal?«

»Soviel ich gehört habe, sieht die Sache nach einem Auftragsmord aus.«

»Mein Gott, warum?« flüsterte Harry. »Er hat doch nichts gewußt.«

Dann riß er sich zusammen, verdrängte die Emotionen, deren dunkle Wirbel ihn zu verschlingen drohten, und fragte Adrianna nach dem Stand der Fahndung nach seinem Bruder. Sie erklärte ihm, die Polizei habe noch immer keine heiße Spur. Deshalb habe sie bisher auch nicht angerufen.

Harrys Welt fiel um ihn herum in Trümmer. Er hätte Barbara Willis, Byrons Witwe, anrufen wollen, um mit ihr zu reden, um ihr sein Beileid auszusprechen, um zu versuchen, sie irgendwie zu trösten und an ihrem Schmerz teilzuhaben. Er hätte Bill Rosenfeld und Penn Barry, Willis' Seniorpartner, anrufen wollen, um zu erfahren, was wirklich passiert war. Aber das konnte er nicht. Er durfte sich weder telefonisch noch per Fax, nicht einmal per E-Mail melden, weil das seinen Aufenthaltsort verraten konnte. Aber er durfte auch nicht weiter hier herumsitzen. Falls Danny noch lebte, war es nur eine Frage der Zeit, bis er wie Byron Willis liquidiert wurde.

Harry mußte wieder an Kardinal Marsciano und dessen Auftritt in dem Bestattungsunternehmen denken, als der Kardinal ihm geraten hatte, die verkohlte Leiche beizusetzen, als sei sie die seines Bruders, und ihn eindringlich vor weiteren Nachforschungen gewarnt hatte. Marsciano wußte offenbar weit mehr, als er zugegeben hatte. Wenn irgend jemand wußte, wo Danny jetzt steckte, war es dieser Mann.

»Adrianna«, sagte er nachdrücklich, »ich brauche Kardinal Marscianos Privatnummer. Nicht die offizielle, sondern die für Privatgespräche, die er hoffentlich immer selbst entgegennimmt.«

»Ich weiß nicht, ob ich die rauskriegen kann.«

»Versuch es!«

53

Sonntag, 12. Juli

Die Via Carissimi war eine Straße mit luxuriösen Apartmentgebäuden und Stadthäusern zwischen den weitläufigen Gärten der Villa Borghese am einen Ende und der eleganten, baumbestandenen Via Pinciana am anderen.

Harry beobachtete die mit Efeu bewachsene Nummer sechsundvierzig seit halb zehn Uhr fast durchgehend. Zweimal hatte er Kardinal Marscianos Privatnummer gewählt. Zweimal hatte sich ein Anrufbeantworter gemeldet. Marsciano war nicht zu Hause oder wollte unerwünschte Anrufe herausfiltern. Beides kam Harry ungelegen. Er durfte keine Nachricht hinterlassen oder Marsciano Gelegenheit geben, ihn hinzuhalten, während jemand zu ermitteln versuchte, woher der Anruf kam. Am besten übte er sich in Geduld, zumindest vorläufig. Irgendwann würde der Kardinal hoffentlich selbst abheben.

Mittags rief Harry wieder an, wieder mit dem gleichen Ergebnis. Danach machte er frustriert einen Spaziergang durch die Gärten der Villa Borghese. Um dreizehn Uhr ließ er sich auf einer Parkbank nieder, von der aus er die Residenz des Kardinals deutlich sehen konnte.

Um vierzehn Uhr zehn hielt endlich ein dunkelgrauer Mercedes vor dem Eingang. Der Fahrer stieg aus und hielt die hintere Tür auf. Im nächsten Augenblick tauchte Marsciano auf, gefolgt von Pater Bardoni. Die beiden Männer verschwanden in dem Gebäude. Der Chauffeur setzte sich sofort wieder ans Steuer und fuhr davon.

Nach einem Blick auf seine Uhr zog Harry das Mobiltelefon aus der Tasche, wartete noch, bis ein junges Paar vorbeigegangen war, drückte die Wiederwahltaste und wartete.

»*Pronto.*« Das war unverkennbar Kardinal Marscianos kräftige Stimme.

»Hier ist Pater Roe, Eminenz. Ich bin von der Georgetown University in …«

»Woher haben Sie diese Nummer?«

»Ich möchte mit Ihnen über ein medizinisches Problem reden.«

»Welches?«

»Eine dritte Brustwarze.«

Danach entstand eine Pause, bis sich eine andere Stimme meldete.

»Hier ist Pater Bardoni. Ich bin ein Mitarbeiter des Kardinals. Was kann ich für Sie tun?«

»Monsignore Grayson von der Georgetown School of Law ist so freundlich gewesen, mir die Nummer des Kardinals mitzugeben. Er hat mir versichert, falls ich jemals Hilfe bräuchte, werde Seine Eminenz sie mir bereitwilligst gewähren.«

Harry blieb auf der Parkbank sitzen, bis er Pater Bardoni aus dem Haus treten und die Straße entlang auf sich zukommen sah. Dann stand er auf und schlenderte zu dem großen Springbrunnen hinüber, in dessen Umgebung an diesem schwülheißen Sonntagnachmittag viele Menschen vergeblich etwas Erfrischung zu finden hofften. Auch Harry, ein junger, bärtiger Geistlicher, tat nichts anderes.

Als er sich umsah, konnte er beobachten, wie der hochgewachsene junge Pater mit dem schwarzen Lockenkopf den Park betrat. Er schlenderte lässig dahin, als mache er nur einen Spaziergang, aber Harry merkte, daß Bardoni die Menge in der Umgebung des Springbrunnens nach ihm absuchte. Sein Verhalten war das eines Mannes, der keine Aufmerksamkeit auf sich lenken will, während er etwas tut, bei dem ihm entschieden unbehaglich zumute ist. Aber er kam, und das bewies Harry, daß er recht gehabt hatte. Danny lebte noch. Und Marsciano wußte, wo er war.

54

Harry stand hinter den im Brunnen planschenden Kindern halb verborgen da und wartete ab, bis Pater Bardoni ihn in der Menge entdeckte.

»Sie sehen anders aus…« Pater Bardoni gesellte sich zu Harry, sah aber nicht ihn an, sondern beobachtete die Kinder, die kreischend im Becken spielten. Tatsächlich hatte Harry an Gewicht verloren, und sein Bart, die Priesterkleidung und seine in die Stirn gezogene Baskenmütze tarnten ihn ebenfalls.

»Ich möchte Seine Eminenz sprechen.«

Die beiden Männer sprachen ruhig miteinander, beobachteten die Kinder, lächelten zwischendurch manchmal und freuten sich über deren Planschen.

»Das ist leider nicht möglich.«

»Warum nicht?«

»Es geht eben nicht... Sein Terminkalender ist voll...«

Harry starrte ihn an. »Unfug!«

Pater Bardoni ließ seinen Blick über Harry hinweggleiten. »Auf dem Hügel hinter Ihnen, Mr. Addison, sehe ich mehrere berittene Carabinieri. Etwas näher und rechts hinter Ihnen sind zwei weitere auf Motorrädern.« Er sah wieder Harry an. »Sie sind einer der meistgesuchten Männer Italiens. Ich bräuchte nur auf die Polizisten zuzulaufen und die Arme zu schwenken – Sie verstehen doch?«

»Mein Bruder lebt, Pater. Und Seine Eminenz weiß, wo er ist. Er kann mich entweder selbst zu ihm bringen, oder wir können die Polizeibeamten dort drüben rufen, damit sie ihn dazu überreden, das gleiche zu tun.«

Pater Bardoni musterte Harry nachdenklich, dann fiel sein Blick auf einen Mann in einem blauen Hemd, der sie von der anderen Seite des Brunnens aus beobachtete.

»Vielleicht sollten wir einen Spaziergang machen.«

Als sie sich in Bewegung setzten, sah Harry, wie der Mann sich aus der Menge löste und ihnen in einiger Entfernung folgte, während sie über eine Rasenfläche gingen, um einen der gepflasterten Parkwege zu erreichen.

»Wer ist der Kerl?« fragte Harry drängend. »Der Mann in dem blauen Hemd?«

Pater Bardoni nahm seine Brille ab, polierte sie an seinem Jakkenärmel und setzte sie wieder auf. Ohne Brille wirkte er kräftiger, regelrecht bullig, so daß Harry sich fragte, ob er sie womöglich gar nicht brauchte, sondern nur als Requisit benutzte, um harmloser zu wirken. Vielleicht war er mehr der Leibwächter des Kardinals als sein Sekretär. Jedenfalls schien er weit tiefer in diesen Fall verstrickt zu sein, als Harry bisher angenommen hatte.

»Mr. Addison.« Pater Bardoni sah sich um. Der Mann in dem blauen Hemd folgte ihnen noch immer. Bardoni blieb abrupt stehen und ließ ihn herankommen. »Einer von Farels Leuten«, sagte er halblaut.

Der Mann erreichte sie und nickte ihnen im Vorbeigehen zu. *»Buon giorno.«*

»Buon giorno«, antwortete Pater Bardoni.

Pater Bardoni sah ihm nach, dann wandte er sich wieder an Harry. »Sie haben keine Ahnung, was hier gespielt wird oder worauf Sie sich einlassen.«

»Warum erzählen Sie es mir nicht einfach?«

Pater Bardoni sah dem Mann im blauen Hemd nach, der sich weiter von ihnen entfernte. Er nahm wieder seine Brille ab und wandte sich erneut an Harry.

»Ich rede mit dem Kardinal, Mr. Addison«, gestand er ihm vorläufig zu. »Ich richte ihm aus, daß Sie ihn zu sprechen wünschen.«

»Das ist mehr als ein Wunsch, Pater.«

Pater Bardoni zögerte, als wäge er Harrys Entschlossenheit ab, dann setzte er seine Brille wieder auf. »Wo wohnen Sie?« fragte er. »Wie kann ich Sie erreichen?«

»Schwer zu sagen, Pater. Am besten melde ich mich wieder bei Ihnen.«

Am Ende des Weges blieb der Mann in dem blauen Hemd stehen und sah sich um. Er beobachtete, wie die beiden Geistlichen sich zum Abschied die Hand schüttelten; dann machte Pater Bardoni kehrt und ging auf demselben Weg zurück. Der andere Priester, der mit der schwarzen Baskenmütze, sah ihm einen Augenblick nach, bevor er einen anderen Weg einschlug und sich rasch entfernte.

55

Castelletti nahm eine Zigarette aus der auf dem Schreibtisch liegenden Packung und wollte sie sich anzünden. Dann sah er, daß Roscani ihn anstarrte.

»Soll ich rausgehen?«

»Nein.«

Roscani biß energisch ein Stück von seiner Karotte ab. »Bitte weiter«, forderte er Castelletti auf. Er sah kurz zu Scala hinüber und konzentrierte sich dann auf das Schwarze Brett an der Wand neben den Fenstern.

Sie saßen in Roscanis Büro, hatten die Jacken ausgezogen und die Ärmel hochgekrempelt und sprachen laut, um das Rattern des asthmatischen Klimageräts zu übertönen. Die beiden Kriminalbeamten informierten Roscani über den Stand ihrer jeweiligen Ermittlungen.

Mit Hilfe der eingeprägten Seriennummer hatte Castelletti festgestellt, daß die Videokassette mit der kurzen Szene mit Harry Addison in einem Geschäft in der Via Frattina gekauft worden war, zu Fuß kaum fünf Minuten vom Hotel Hassler entfernt, in dem der Amerikaner gewohnt hatte.

Scala, der den Auftrag gehabt hatte, die Herkunft von Addisons Kopfverband in dem Videofilm zu ermitteln, hatte in einem Kilometer Umkreis von der Stelle, an der Pio erschossen worden war, sämtliche Straßen abgesucht. In diesem Bereich gab es siebenundzwanzig Ärzte und drei Kliniken. Nirgends war am Nachmittag oder Abend des Tattags ein Mann behandelt worden, auf den Harry Addisons Personenbeschreibung zutraf. Außerdem hatte Roscanis Idee, die Videobilder mit Computerunterstützung zu bearbeiten, um das Tapetenmuster hinter Addison deutlicher sichtbar zu machen, sich als Fehlschlag erwiesen. Die Details ließen sich nicht so deutlich herausarbeiten, daß die Suche nach dem Hersteller Aussicht auf Erfolg gehabt hätte.

Roscani knabberte seine Karotte, bemühte sich, den verlockenden Duft von Castellettis Zigarette zu ignorieren, und hörte sich alles an. Sie hatten ihre Arbeit getan und nichts Verwertbares entdeckt. Damit mußte man bei solchen Ermittlungen rechnen. Viel interessanter war das Schwarze Brett mit den Karteikarten, auf denen die Namen von dreiundzwanzig der vierundzwanzig Opfer des Busattentats standen. Daneben waren Fotos aufgeklebt: teils neuere Aufnahmen, teils alte Bilder aus Familienalben, mehrere vor der Autopsie gemachte Fotos von Leichen.

Wie Scala und Castelletti hatte Roscani diese Aufnahmen schon hundertmal studiert. Er sah sie beim Einschlafen, beim Rasieren, beim Autofahren vor sich. An wessen Stelle war Pater Daniel Addison getreten, falls er noch lebte? Welchen der dreiundzwanzig anderen hatte er ersetzt?

Die acht Überlebenden und sechzehn Toten waren bis auf einen, der ursprünglich für Pater Daniel gehalten worden war, identifiziert worden. Selbst die fünf bis zur Unkenntlichkeit verbrannten Leichen hatten mit Hilfe ihres Zahnschemas und anderer ärztlicher Unterlagen eindeutig identifiziert werden können.

Die fehlende Nummer vierundzwanzig ohne Karte, Namen oder Foto war die verkohlte Leiche in dem Sarg, die sie ursprünglich für Pater Daniel Addison gehalten hatten. Ihre Identität blieb vorerst ungeklärt. Genaue Untersuchungen hatten ergeben, daß sie keine unveränderlichen Kennzeichen aufwies. Inzwischen gab es auch ein bruchstückhaftes Zahnschema, aber nichts, mit dem es hätte verglichen werden können. Und der Abgleich mit der Liste aller als vermißt gemeldeten Personen war ergebnislos geblieben. Trotzdem mußte irgendwo jemand verschwunden sein. Ein Mann Ende Dreißig bis Anfang Vierzig, Größe ungefähr ein Meter achtzig, Gewicht etwa…

Roscani starrte plötzlich seine Kriminalbeamten an.

»Was wäre, wenn in dem Bus fünfundzwanzig Menschen statt vierundzwanzig gesessen hätten? Wer hat in dem allgemeinen Durcheinander nach dem Anschlag wissen können, wie viele Opfer es gegeben hat? Die Toten und Verletzten werden in zwei verschiedene Krankenhäuser gebracht. Zusätzliche Ärzte und Krankenschwestern werden angefordert. Notarzt- und Krankenwagen kommen mit Sirenengeheul herangerast. Die Verletzten haben Brandwunden, manchen fehlt ein Arm oder ein Bein. In der jeweiligen Notaufnahme herrscht blankes Chaos. Leute rennen durcheinander, schreien, versuchen Ordnung zu schaffen, damit die Verletzten schnellstens versorgt werden können. Wer sitzt da und zählt mit? Es gibt ohnehin nicht genug Helfer.

Und wie ist es danach weitergegangen? Es hat fast einen Tag gedauert, Augenzeugen und Rettungsmannschaften zu befragen, die Krankenhausakten einzusehen und von dem Busunternehmen zu erfahren, wie viele Fahrkarten nach Assisi verkauft worden waren. Und den nächsten Tag haben wir für die Identifizierung der Attentatsopfer gebraucht. Und zuletzt haben alle, auch wir, einfach die Zahl vierundzwanzig als richtig akzeptiert.

Es ist durchaus vorstellbar, daß in diesem Chaos irgend jemand übersehen worden ist. Jemand, der niemals offiziell in eines der Krankenhäuser eingeliefert worden ist. Jemand, der vielleicht noch selbst gehen konnte und sich einfach zu Fuß vom Tatort entfernt hat. Oder der sich vielleicht sogar hat helfen lassen, um schnellstens zu verschwinden.

Verdammt!« Roscani schlug mit der Faust auf den Schreibtisch. Sie hatten sich die ganze Zeit mit dem beschäftigt, was sie hatten, anstatt nach dem zu fahnden, was sie nicht hatten. Jetzt mußten sie sich noch einmal die Krankenhäuser vornehmen, sämtliche Unterlagen über die an diesem Tag eingelieferten Patienten überprüfen, alle befragen, die Dienst gehabt hatten, um herauszubekommen, was aus diesem einen Attentatsopfer geworden war. Wohin der Mann aus eigener Kraft oder mit fremder Hilfe verschwunden war.

Vierzig Minuten später war Roscani auf der Autostrada nach Norden in Richtung Fiano Romano unterwegs, um ins dortige Krankenhaus zu fahren. Er fühlte sich wie ein Jongleur mit allzu vielen Bällen in der Luft, ein Puzzlespieler, den die Unmenge von Teilen verwirrte. Sein überlasteter Verstand wurde nicht mehr mit ihnen fertig. Da war es besser, eine Zeitlang an gar nichts zu denken und nur sein Unterbewußtsein arbeiten zu lassen. Das gleichmäßige Surren der Autoreifen auf dem Asphalt konnte als Hintergrund für die absolute Ruhe dienen, die er dazu brauchte.

Wie er nach einer Zigarette lechzte! Im Handschuhfach lag noch eine Packung. Er streckte die Hand danach aus, beherrschte sich dann aber doch und griff statt dessen in die auf dem Beifahrersitz liegende Tüte mit Keksen. Als er gerade in einen beißen wollte, kam ihm die Erleuchtung.

Er hatte den anderen nichts von seiner Theorie erzählt, die am Ort des Busattentats aufgefundene spanische Llamapistole habe vielleicht nicht Pater Daniel, sondern einem auf ihn angesetzten und im Bus mitfahrenden Killer gehört. Weshalb nicht? Weil es dafür keine Beweise gab, und ohne Beweise vergeudete man mit solchen Ideen nur Zeit und Energie. Kombinierte man seine Theorie jedoch mit der Idee von einem fünfundzwanzigsten Mann, hatte man den nicht registrierten zusätzlichen Fahrgast, der seine Fahrkarte vielleicht erst in letzter Minute beim Einsteigen gekauft hatte, so daß der Busfahrer sie nicht mehr hatte aufaddieren können, bevor der Bus in die Luft geflogen war. Falls diese Vermutung stimmte und der Killer jetzt in Pater Daniels Sarg lag, wäre das auch die Erklärung dafür, daß niemand sich gemeldet hatte, um ihn zu identifizieren.

Natürlich waren das alles nur Vermutungen. Andererseits wurde sein Gefühl, das auf langjähriger Erfahrung basierte, immer stärker. Es sagte Roscani, daß ein fünfundzwanzigster Fahrgast an Bord gewesen war, um Pater Daniel zu ermorden. Und falls der Amerikaner das Attentat auf den Kardinalvikar verübt hatte, wer hatte dann den Bus in die Luft gejagt? Und warum?

56

Xi'an, China. Montag, den 13. Juli, 2.30 Uhr

Li Wen zündete sich eine Zigarette an, lehnte sich zurück und rückte möglichst weit von dem schnarchenden Dicken ab, der den Sitz neben ihm reichlich ausfüllte. In einer Viertelstunde würde der Zug in Xi'an halten. Dort wollte er aussteigen, und dann konnte der Dicke von ihm aus beide Sitze für sich allein haben. Im Mai und dann wieder im Juni hatte Li Wen diese Reise schon einmal gemacht, aber damals hatte er nicht gespart, sondern war mit dem luxuriösen Marco-Polo-Expreß gefahren, dem cremeweiß-grünen Schnellzug, der entlang der alten Seidenstraße verkehrte: über dreitausend Kilometer von Peking nach Ürümqui, der Hauptstadt der Provinz Xinjiang Uygur. Mit dem Zug, von dem die Chinesen hofften, er werde dieselben Reichen anlocken, die den berühmten Orientexpreß Paris–Istanbul frequentierten.

Aber diesmal fuhr Li in der Holzklasse eines überfüllten Zugs, der schon fast vier Stunden Verspätung hatte. Er haßte diese überfüllten Züge, haßte die laute Musik, die Wetterberichte und die Nachrichten ohne Nachrichtenwert, die unaufhörlich aus den Deckenlautsprechern quollen. Neben ihm verlagerte der Dicke sein Gewicht und rammte Li seinen Ellbogen in die Rippen. Gleichzeitig räusperte die ihm gegenübersitzende alte Frau sich laut und spuckte auf den Boden, genau zwischen den Schuh des Mannes, der im Gang neben ihr stand, und dem des jungen Mannes, der sich auf der anderen Seite neben Li auf die Sitzbank geklemmt hatte.

Li drückte den Ellbogen des Dicken von sich weg und nahm einen tiefen Zug von seiner Zigarette. In Xi'an würde er umsteigen, hoffentlich in einen weniger überfüllten Zug, und dann nach Hefei und ins Overseas Chinese Hotel weiterfahren, wo er vielleicht ein paar Stunden Schlaf finden konnte. Wie er es schon im Mai und dann wieder im Juni getan hatte und im August wieder tun würde. Das waren die Monate, in denen die Sommerhitze in den Seen und Flüssen, aus denen die Bevölkerung weiter Gebiete Zentralchinas ihr Trinkwasser bezog, die Algen wuchern ließ.

Li Wen, der früher als außerordentlicher Professor am Hydrobiologischen Institut in Wuhan geforscht hatte, war ein Beamter im mittleren Dienst, ein Wasserkontrolleur der Zentralregierung. Seine Aufgabe war die Überwachung des Bakteriengehalts des Wassers, das in diesem Gebiet nach seiner Reinigung in großen Filteranlagen ins Leitungsnetz eingespeist wurde. Auch dieser Arbeitstag würde wie immer ablaufen. Ankunft gegen fünf Uhr morgens. Tagsüber und vielleicht auch noch morgen die Anlage inspizieren, das Wasser untersuchen, seinen Untersuchungsbericht mit Empfehlungen ans Zentralkomitee schreiben und zur nächsten Anlage weiterreisen. Ein eintöniges Leben: grau, langweilig und weitgehend ereignislos. So war es zumindest bisher gewesen.

57

Comer See. Samstag, 12. Juli, 20.40 Uhr

Das Motorengeräusch wurde von einem Pfeifen zu einem tiefen Brummen, und Schwester Elena Voso spürte, wie das Tragflügelboot langsamer wurde, als sein Rumpf ins Wasser eintauchte. Vor ihnen am Seeufer sah sie eine große graue Steinvilla, auf die das Boot zuhielt. In der Abenddämmerung konnte sie einen Mann erkennen, der mit einem Tau in der Hand auf dem Anlegesteg stand und ihnen entgegensah.

Marco kam aus dem Ruderhaus und ging an Deck nach vorn, während das Boot in langsamer Fahrt an den Steg herantrieb. Hinter ihm standen Luca und Pietro auf, um die Haltegurte zu lösen, mit denen die fahrbare Krankentrage auf der zwanzigminütigen Überfahrt gesichert gewesen war. Elena schätzte, daß das große Tragflügelboot im Verkehr zwischen den Uferorten des fünfzig Kilometer langen Sees etwa sechzig Personen befördern konnte. Aber auf dieser Fahrt waren sie die einzigen Reisenden gewesen: sie, Marco, Luca und Pietro. Und Michael Roark.

Sie hatten die Villa in Cortona gestern kurz nach Mittag in größter Eile verlassen. Zuvor war ein Anruf für Luca gekommen, den Elena entgegengenommen hatte. Luca schlafe, hatte sie gesagt, aber der Anrufer hatte sie aufgefordert, ihn dringend zu wecken, und Luca hatte von der Nebenstelle oben im zweiten Stock aus telefoniert.

»Ihr müßt sofort verschwinden!« hatte Elena die Stimme sagen gehört, als sie in die Küche zurückgegangen war, um den Hörer aufzulegen. Sie hatte weiterhorchen wollen, aber Luca wußte, daß sie in der Leitung war, und hatte Elena angewiesen, den Hörer aufzulegen. Und das hatte sie getan.

Anschließend war Pietro mit seinem Fiat weggefahren und nach vierzig Minuten mit einem neutralen Kastenwagen zurückgekommen. Keine Viertelstunde später waren sie zu fünft mit diesem neuen Wagen davongefahren und hatten den beigen Krankenwagen zurückgelassen.

Sie hatten die Autostrada A 1 nach Norden nach Florenz genommen und waren nach Mailand weitergefahren, wo sie in einer Privatwohnung in einem Vorort die Nacht und den größten Teil des heutigen Tages verbracht hatten. Dort hatte Michael Roark zum erstenmal feste Nahrung zu sich genommen: einen Reispudding, den Marco aus einem kleinen Laden in der Nachbarschaft geholt hatte. Roark hatte ihn sehr langsam gegessen und zwischendurch immer wieder Wasser getrunken, aber er hatte sich wenigstens nicht übergeben müssen. Trotzdem genügte das natürlich nicht, deshalb hatte sie ihn am Tropf gelassen.

Die in Cortona gekaufte Zeitung mit dem Foto von Pater Daniel Addison hatte sie bei ihrer eiligen Abreise zurückgelassen. Ob Roark bemerkt hatte, wie sie die Zeitung hinter sich versteckt hatte, als er sich plötzlich umgesehen hatte, wußte sie nicht. Elena wußte nur, daß der Vergleich keinen schlüssigen Beweis erbracht hatte. Er konnte der amerikanische Priester sein, oder auch nicht.

Das Motorengeräusch schwoll plötzlich an, als die Schrauben umgesteuert wurden, bevor das Tragflügelboot mit kaum wahrnehmbarem Stoß anlegte. Elena sah, wie Marco dem Mann auf dem Steg die Festmachleine zuwarf, und beobachtete dann, wie Luca und Pietro sich mit der Krankentrage in Bewegung setzten. Dabei hob Michael Roark den Kopf und sah zu Elena hinüber, als wolle er sich besorgt versichern, daß sie ebenfalls mitkam. Obwohl sein Zustand sich schon erheblich gebessert hatte, konnte er nur heiser ein paar Worte krächzen und war weiter sehr schwach.

Elena Voso war sich darüber im klaren, daß sie nicht nur seine Krankenpflegerin, sondern auch sein emotionaler Anker war. Es war eine zarte Abhängigkeit, die sie trotz ihrer jahrelangen Pflegeerfahrung auf eine bisher nie erlebte Art und Weise berührte. Sie fragte sich, was das bedeutete, ob sie sich selbst irgendwie verändert hatte. Und es machte sie nachdenklich, so daß sie sich auch fragte, ob sie sich anders verhalten würde, wenn er tatsächlich dieser flüchtige Priester wäre.

Kurze Zeit später hatten Luca und Pietro ihn an Land gebracht, wobei Marco über den Steg voranging. Und dann war auch Elena am Ufer, hörte das Motorengeräusch des Tragflügelboots anschwellen, drehte sich um und sah, wie das Boot mit eingeschalteten Positionslichtern und über dem Ruderhaus wehender italienischer Flagge bei herabsinkender Dunkelheit ablegte. Dann nahm es Fahrt auf, und der Rumpf stieg aus dem Wasser, so daß das Boot auf seinen Stelzen an eine riesige Spinne erinnerte. Wenig später war es verschwunden, und das schwarze Wasser verschluckte die Schaumspur seines Kielwassers, als ob es nie existiert hätte.

»Schwester Elena!« rief Marco, und sie wandte sich ab und folgte den Männern die Steintreppe zu der beleuchteten riesigen Villa hinauf.

58

Rom. Zur selben Zeit

Harry stand in Eatons winziger Küche und starrte das auf der Arbeitsplatte liegende Mobiltelefon an. Daneben lagen ein angeschnittener Laib Brot und ein Rest Schnittkäse, den er in einem der wenigen am Sonntag geöffneten Läden gekauft hatte. Inzwischen mußte Marsciano wissen, was Harry im Park mit Pater Bardoni besprochen hatte. Und der Kardinal würde sich überlegt haben, wie er reagieren sollte, wenn Harry anrief.

Falls er anrief.

»Sie haben keine Ahnung, was hier gespielt wird oder worauf Sie sich einlassen.« Pater Bardonis Warnung wirkte noch immer nach.

Der Mann in dem blauen Hemd war einer von Farels Leuten gewesen, und er hatte Pater Bardoni, nicht Harry beschattet. Eaton hatte die Überzeugung geäußert, im Vatikan gebe es auf höchster Ebene finstere Intrigen. Vielleicht hatte Pater Bardonis Warnung sich darauf bezogen. Vielleicht hatte er Harry warnen wollen, seine Einmischung sei nicht nur höchst unwillkommen, sondern auch sehr gefährlich. Vielleicht hatte er ihn vor etwas bewahren wollen, das so hohe Wellen schlagen konnte, daß sie alle darin ertranken.

Harry sah von dem Telefon weg. Er wußte nicht, was er tun sollte. Indem er Marsciano bedrängte, konnte er alles noch viel schlimmer machen, als es bereits war. Aber für wen? Für Marsciano. Für Farels Vatikanpolizei. Für alle sonstigen Beteiligten. Wer waren diese Leute?

59

St.-Johannes-Krankenhaus,
Via dell' Amba Aradam. 21.50 Uhr

Harry war in der kleinen Kapelle allein. Er saß in der dritten Bankreihe, hatte seine schwarze Baskenmütze in die Innentasche seiner Jacke gesteckt und hielt den Kopf wie im Gebet gesenkt. Er war schon eine Viertelstunde hier, als ein Mann in beigen Jeans und kurzärmeligem Hemd hereinkam und sich schräg hinter ihn setzte.

Harry warf einen Blick auf seine Uhr und sah wieder zum Eingang hinüber. Marsciano hatte sich vor zwanzig Minuten mit ihm treffen wollen. Erst als er beschloß, dem Kardinal noch weitere fünf Minuten zu geben, bevor er ging, sah er nochmals zu dem Mann hinüber, der eben hereingekommen war, und stellte verblüfft fest, daß das Marsciano war.

Der Kardinal saß lange schweigend und mit gesenktem Kopf. Schließlich sah er auf, erwiderte Harrys Blick und nickte leicht zu einer Tür in der linken Seitenwand der Kapelle hinüber. Dann stand er auf, bekreuzigte sich vor dem Altar und verschwand durch diese Tür. Im selben Augenblick kam ein junges Paar herein, beugte das Knie vor dem Altar und setzte sich in die erste Bankreihe.

Harry zählte langsam bis zwanzig. Dann stand er auf, bekreuzigte sich und verließ die Kapelle durch dieselbe Tür wie Marsciano.

Dahinter lag ein schmaler Flur, in dem der Kardinal auf ihn wartete.

»Kommen Sie bitte mit«, forderte Marsciano ihn auf.

Ihre Schritte hallten von den abgetretenen schwarzweißen Bodenfliesen wider, als der Kardinal Harry den Korridor entlang in einen älteren Teil des Gebäudes führte. Marsciano bog auf einen anderen Flur ab und öffnete dort eine Tür, die in eine weitere Kapelle führte. Diese hier war kleiner, intimer beleuchtet und wies nur drei

Reihen Bänke vor einem schlichten Bronzekreuz auf. Links und rechts neben diesem Kreuz ragten bis zur Decke hohe Fenster, die vor dem Nachthimmel schwarz wirkten.

»Sie wollten mich sprechen. Hier bin ich, Mr. Addison.« Marsciano schloß die Tür und drehte sich so um, daß Stirn und Augen im Schatten blieben. Dieser vielleicht gar nicht beabsichtigte Effekt unterstrich seine Autorität und erinnerte Harry daran, daß Marsciano, unabhängig davon, was auch immer er sonst sein mochte, noch immer ein Kirchenfürst, ein mächtiger Mann innerhalb der vatikanischen Hierarchie war. Kraftvoll und fast überlebensgroß.

Trotzdem durfte Harry sich nicht von ihm einschüchtern lassen. »Mein Bruder lebt, Eminenz, und Sie wissen, wo er ist.«

Marsciano äußerte sich nicht dazu.

»Vor wem beschützen Sie ihn? Vor der Polizei? Vor Farel?«

Harry wußte, daß Marsciano ihn beobachtete, daß Marscianos Augen, die er nicht sehen konnte, ihn prüfend musterten.

»Lieben Sie Ihren Bruder, Mr. Addison?«

»Ja.«

»Lieben Sie Ihren Bruder?« wiederholte der Kardinal, diesmal nachdrücklicher, fordernd, unnachgiebig. »Sie sind ihm entfremdet. Sie haben jahrelang nicht mehr mit ihm gesprochen.«

»Er ist mein Bruder.«

»Viele Menschen haben Brüder.«

»Ich verstehe nicht, was Sie damit sagen wollen.«

»Sie haben seit Jahren keine Verbindung mehr zu ihm gehabt. Warum ist er Ihnen auf einmal so wichtig?«

»Er ist mir eben wichtig.«

»Warum gefährden Sie dann sein Leben?«

Harry fühlte Wut und Angst in sich aufsteigen. »Sagen Sie mir einfach, wo er ist.«

»Haben Sie sich schon überlegt, was Sie dann tun wollen?« Marsciano wartete seine Antwort nicht ab, sondern sprach sofort weiter. »Bei ihm in seinem Versteck bleiben? Sich für immer mit ihm verborgen halten? Früher oder später werden Sie erkennen, daß Ihnen nichts anderes übrigbleibt, als sich der Polizei zu stellen. Und wenn Sie das tun, Mr. Addison, wenn Ihr Bruder und Sie aus Ihrem Versteck kommen, werden Sie beide liquidiert. Ihr Bruder, weil er zuviel weiß, und Sie, weil man vermuten wird, er habe es Ihnen erzählt.«

»Was weiß er eigentlich?«

Marsciano schwieg lange, dann trat er aus dem Schatten, der bisher über sein Gesicht gefallen war, so daß Harry ihn erstmals genauer betrachten konnte. Vor ihm stand kein Kirchenfürst mehr, sondern ein einsamer, innerlich zerrissener, von Angst erfüllter Mann. Aus seinem Blick sprach größere Angst, als Harry je für möglich gehalten hätte. Dieser unerwartete Anblick verwirrte ihn.

»Sie haben schon einmal versucht, ihn zu ermorden. Sie versuchen es weiter. Ein Berufskiller hat den Auftrag, ihn aufzuspüren und zu beseitigen.« Marscianos Blick ließ Harry nicht mehr los.

»Via di Montoro Nummer siebenundvierzig. Glauben Sie ja nicht, Sie seien heute nachmittag unbeobachtet in Ihre Wohnung zurückgekehrt. Glauben Sie ja nicht, daß die Priesterkleidung Sie weiterhin tarnt. Ich warne Sie mit allem Nachdruck davor, weiter nach ihm zu forschen! Denn beharren Sie weiter darauf...«

»Wo ist er? Was weiß er?«

»...beharren Sie weiter darauf, sage ich Ihnen selbst, wo er ist. Und wenn ich das tue, bekommen wir ihn beide nie wieder zu sehen.« Marscianos Stimme sank zu einem Flüstern herab. »So vieles steht auf dem Spiel.«

»Die Kirche?« Harry spürte unwillkürlich einen Schauder, während er das sagte.

Der Kardinal starrte ihn noch einen Augenblick an, wandte sich dann ruckartig ab, zog die Tür auf und verschwand nach draußen, wo seine Schritte auf dem Gang verhallten.

60

Montag, 13. Juli, 1.20 Uhr

Roscani nahm den Anruf nackt entgegen, weil er in heißen Sommernächten immer unbekleidet schlief. Mit einem raschen Blick zu seiner Frau hinüber forderte er den Anrufer auf, kurz zu warten, und schlüpfte in seinen Bademantel. Wenig später nahm er den

Telefonhörer in seinem Arbeitszimmer ab und knipste dabei die Schreibtischlampe an.

In Pescara waren ein Mann in mittleren Jahren und seine Frau in einem Abfallcontainer hinter dem Bürogebäude ihres Krankentransportdiensts aufgefunden worden. Die beiden waren seit fast sechsunddreißig Stunden tot gewesen, als besorgte Angehörige sie entdeckt hatten. Die Ermittler waren zunächst von Mord und Selbstmord ausgegangen, aber die Befragung von Freunden und Verwandten hatte gezeigt, daß diese Annahme wenig wahrscheinlich war. Und weil ein Zusammenhang mit der Fahndung nach den Brüdern Addison immerhin denkbar war, hatten sie den Fall der Gruppo Cardinale in Rom gemeldet.

Pescara, 4.30 Uhr

Roscani schritt den Tatort ab, die halbleere Fahrzeughalle hinter dem Servizio Ambulanza Pescara. Ettore Caputo und seine Frau hatten sechs Kinder und waren zweiunddreißig Jahre lang verheiratet gewesen. Nach Auskunft der hiesigen Polizei hatten sie einen permanenten Ehekrieg gegeneinander geführt. Ihre häufigen Auseinandersetzungen waren laut und leidenschaftlich, aber sie hatten einander nie auch nur ein Haar gekrümmt. Und Ettore Caputo hatte niemals eine Schußwaffe besessen.

Signora Caputo war als erste erschossen worden, mit einem aufgesetzten Schuß. Danach schien ihr Mann die Waffe gegen sich selbst gerichtet zu haben, weil seine Fingerabdrücke am Schaft gefunden worden waren. Die Tatwaffe war ein zweischüssiger Derringer Kaliber .44 Magnum. Winzig, aber tödlich. Eine seltene Waffe, von deren Existenz eigentlich nur Waffennarren wußten.

Roscani schüttelte den Kopf. Weshalb ein Derringer? Bei nur zwei Schuß mußte jeder sitzen. Der einzige Vorteil dieser Waffe war, daß sie sich leicht verbergen ließ. Roscani trat zwei Schritte zurück und nickte einer Spurensicherin zu, die daraufhin die Waffe aufhob und in einen Klarsichtbeutel steckte. Er verließ die Halle und ging über den Vorplatz zum SAP-Bürogebäude. Auf der Straße sah er Neugierige, die sich im Morgengrauen an der von der Polizei errichteten Absperrung versammelt hatten.

Roscani dachte an den gestrigen Abend und daran, was seine Leute und er bei ihren Nachforschungen in Krankenhäusern außerhalb Roms in Erfahrung gebracht hatten. Dabei hatte sich nur herausgestellt, daß seine Vermutung zutreffen konnte. In dem Bus nach Assisi konnte ein fünfundzwanzigster Fahrgast gesessen haben, der nirgends registriert worden war. Jemand, der sich in der allgemeinen Verwirrung zu Fuß entfernt haben konnte, falls er dazu imstande gewesen war, wenn er nicht mit einem Auto oder – Roscanis Blick fiel auf einen SAP-Werbekalender an der Wand, als er das Büro betrat – einem Krankenwagen abtransportiert worden war.

Scala und Castelletti warteten auf ihn, als er hereinkam. Beide rauchten, drückten aber sofort ihre Zigaretten aus.

»Wieder Fingerabdrücke«, sagte Roscani und wedelte den noch in der Luft hängenden Rauch weg.

»Die Fingerabdrücke des Spaniers an dem Scharfschützengewehr. Harry Addisons Abdrücke an der Pistole, mit der Pio erschossen worden ist. Diesmal die deutlichen Abdrücke eines Mannes, der nie eine Schußwaffe besessen haben soll, aber angeblich einen Mord mit anschließendem Selbstmord verübt hat. Jedesmal dieser eindeutige Hinweis auf die Person des Täters. Aber wir wissen, daß er im Fall des Attentats auf den Kardinalvikar irreführend gewesen ist. Was ist also mit den anderen? Was wäre, wenn der Täter eine dritte Person gewesen wäre, die dafür gesorgt hat, daß die richtigen Fingerabdrücke zu finden sind? Jedesmal dieselbe dritte Person? Die den Kardinalvikar erschossen, Pio ermordet und auch hier zugeschlagen hat.«

»Der Priester?« fragte Castelletti.

»Oder eine weitere Person, ein bisher Unbekannter.« Roscani wickelte geistesabwesend einen Streifen Kaugummi aus und steckte ihn in den Mund. »Nehmen wir mal an, der bei dem Busattentat verletzte Priester wäre aus einem der Krankenhäuser außerhalb Roms mit einem Krankenwagen hierher nach Pescara gebracht worden…«

»Und diese dritte Person hätte das erfahren und wäre auf der Suche nach ihm hergekommen«, ergänzte Scala ruhig.

Roscani schaute ihn an, dann faltete er das Silberpapier sorgfältig zusammen und steckte es ein. »Warum nicht?«

»Verfolgt man diesen Gedanken weiter, ist Harry Addison vielleicht nicht Pios Mörder.«

Roscani wandte sich langsam ab. Er betrachtete erst den Fußboden, dann starrte er die Decke an. Durchs Fenster sah er die Sonne blutrot aus der Adria aufsteigen. Schließlich drehte er sich wieder um.

»Vielleicht ist er es wirklich nicht.«

»Ispettore capo ...«

Die Kriminalbeamten sahen auf, als einer ihrer Kollegen aus Pescara hereinkam.

»Wir haben vielleicht noch etwas. Der Gerichtsmediziner hat eben die Leiche einer Frau untersucht, die letzte Nacht bei einem Wohnungsbrand umgekommen ist.«

Roscani wußte bereits, was kommen würde. »Aber sie ist nicht in den Flammen umgekommen.«

»Nein, sie ist ermordet worden.«

61

Rom. 6.30 Uhr

Harry ging mit gesenktem Kopf und ohne auf den morgendlichen Verkehr zu achten, der neben ihm über die Via dei Fori Imperiali brauste, in Richtung Kolosseum. Im Augenblick war Bewegung alles, das einzige Mittel, um nicht den Verstand zu verlieren. Autos, Busse, Motorroller röhrten und tuckerten an ihm vorbei. Die gesamte Einwohnerschaft der Stadt schien unterwegs zu sein und konzentrierte ihre Gedanken und Gefühle ganz und unschuldig auf den vor ihr liegenden Tag, wie er selbst es bisher jeden Morgen getan hatte, bevor er nach Rom gekommen war. Das war so routinemäßig und bequem gewesen wie ein Paar gut eingelaufener Schuhe.

Aufstehen um sechs, eine Stunde Training im Gymnastikraum neben seinem Schlafzimmer, dann duschen, Frühstück mit Mandanten oder potentiellen Mandanten und Fahrt ins Büro. Sein Mobiltelefon nie außer Reichweite, nicht einmal unter der Dusche. Genau wie jetzt, wo er ein Mobiltelefon in der Tasche hatte. Aber er durfte nicht wagen, es zu benutzen. Die Telefonüberwachung hätte sofort festgestellt, in welchem Sendebereich er sich aufhielt, und die nähere Umgebung wäre von der Polizei blitzschnell abgeriegelt worden.

Plötzlich kam er aus hellem Sonnenschein in tiefen Schatten. Als er den Kopf hob, sah er, daß er sich im Schatten des Kolosseums befand. Dann nahm er im Halbdunkel vor sich eine Bewegung wahr und blieb stehen. Unter einem der alten Bogen stand eine in Lumpen gehüllte Frau, die ihn beobachtete. Im nächsten Augenblick tauchte eine weitere ähnliche Gestalt neben ihr auf. Und eine dritte, die einen Säugling auf dem Arm trug. Zigeunerinnen.

Als Harry sich umdrehte, war er von mindestens acht bis zehn Frauen umgeben. Sie kreisten ihn langsam ein, einzeln oder paarweise. Die meisten hatten kleine Kinder bei sich. Harry sah zur Straße hinüber. Dort war niemand. Kein Aufseher, keine Touristen, niemand.

Plötzlich spürte er, daß jemand an seiner Hose zupfte, und sah nach unten. Eine alte Frau hob sein Hosenbein hoch, um seine Schuhe besser begutachten zu können. Er riß sich los, wich vor ihr zurück. Aber das nutzte nichts, denn nun lief er einer anderen Frau in die Hände. Sie war jünger. Und ihr Grinsen ließ sehen, daß ihr ein Vorderzahn fehlte. Während sie die eine Hand bettelnd ausstreckte, prüfte sie mit der anderen die Qualität seines Hosenstoffs. Daß er ein Priester zu sein schien, störte niemanden. Dann fühlte er, wie eine Hand seinen Rücken streifte, um ihm die Geldbörse aus der Tasche zu ziehen.

Harry warf sich blitzschnell herum. Seine Hand schoß nach vorn, bekam mehrere Lagen Stoff zu fassen, riß sie hoch und zerrte eine wild kreischende junge Frau zu sich heran. Die anderen wichen ängstlich zurück, weil sie nicht wußten, was sie tun sollten. Inzwischen strampelte, heulte und kreischte die junge Frau in seinem Griff, als werde sie ermordet. Er zog sie ruckartig zu sich heran, bis ihr Gesicht nur noch eine Handbreit von seinem entfernt war.

»Herkules«, sagte er halblaut. »Ich suche Herkules.«

Der Zwerg hatte eine Hand in die Hüfte gestemmt, stützte das Kinn in die andere und starrte Harry durchdringend an. Es war kurz nach Mittag, und die beiden saßen in dem römischen Stadtteil Gianicolo jenseits des Tibers auf einem kleinen, staubigen Platz. Am Rand brauste der Mittagsverkehr auf einem Boulevard vorbei, aber abgesehen von zwei alten Männern auf einer anderen Bank waren sie hier allein. Harry wußte allerdings, daß die Zigeuner irgendwo unsichtbar im Hintergrund waren und sie beobachteten.

»Ihretwegen hat die Polizei meinen Tunnel entdeckt. Ihretwegen muß ich jetzt unter freiem Himmel kampieren. Vielen Dank auch!« Herkules war aufgebracht und empört.

»Tut mir leid…«

»Und trotzdem sind Sie wieder da. Weil Sie um Hilfe bitten wollen, denke ich, statt welche zu bringen.«

»Ja.«

Herkules sah bewußt weg. »Was wollen Sie?«

»Sie sollen jemanden beschatten. Sogar zwei Leute. Sie und die Zigeuner.«

Herkules sah ihn wieder an. »Wen?«

»Einen Kardinal und einen Pater. Leute, die den Aufenthaltsort meines Bruders kennen. Die mich zu ihm führen werden.«

»Einen Kardinal?«

»Richtig.«

Herkules zog plötzlich eine seiner Krücken zu sich heran und stand auf. »Nein.«

»Ich zahle gut.«

»Womit?«

»Geld.«

»Woher wollen Sie welches kriegen?«

»Ich habe welches.« Harry zögerte, dann zog er Eatons Geld aus der Tasche. »Wieviel wollen Sie? Für sich und die Zigeuner?«

Herkules betrachtete erst die Scheine, dann Harry. »Das ist mehr, als ich Ihnen gegeben habe. Woher haben Sie dieses Geld?«

»Ich hab's eben. Wieviel wollen Sie?«

»Mehr als das.«

»Wieviel mehr?«

»Sie können das beschaffen?« Herkules war sichtlich überrascht

»Ich denke schon.«

»Wenn Sie soviel Geld kriegen können, warum lassen Sie Ihre Geldgeber nicht den Kardinal überwachen?«

»So einfach ist die Sache nicht.«

»Warum? Trauen Sie ihnen nicht?«

»Herkules, ich bitte Sie um Ihre Hilfe. Ich bin bereit, dafür zu bezahlen. Und ich weiß, daß Sie Geld brauchen.«

Herkules schwieg.

»Sie haben mir erklärt, daß Sie die auf mich ausgesetzte Belohnung nicht kassieren können, weil Sie dazu zur Polizei gehen müßten. Das Geld kann Ihnen helfen, von der Straße runterzukommen.«

»Ehrlich gesagt möchte ich lieber nicht mit Ihnen gesehen werden, Mr. Harry. Die Polizei sucht Sie. Die Polizei sucht mich. Wir sind schlechte Gesellschaft. Doppelt so schlecht, wenn wir zusammen sind. Ich brauche Sie als Anwalt, nicht als Bankier. Kommen Sie wieder, wenn's damit klappt. Bis dahin … *arrivederci.*«

Der Zwerg wollte aufgebracht nach seiner zweiten Krücke greifen, aber Harry war schneller und riß sie an sich.

Herkules funkelte ihn zornig an. »Das ist keine sehr gute Idee.«

Harry gab ihm die Krücke trotzdem nicht zurück. »Zum Abschied haben Sie gesagt, Sie wollten sehen, wie weit ich ohne Hilfe komme. Wie weit mein Mut und Verstand mich bringen würden. Bis hierher, Herkules, in einem großen Kreis zu Ihnen zurück. Ich hab' es versucht, aber es hat nicht geklappt.« Harrys Stimme klang bittend, und er sah Herkules sekundenlang an, bevor er ihm ganz langsam seine Krücke zurückgab.

»Ich schaffe es nicht allein, Herkules. Ich brauche Ihre Hilfe.«

Im nächsten Augenblick klingelte das Mobiltelefon in seiner Jackentasche. Das unerwartet schrille Geräusch ließ sie beide zusammenfahren.

»Ja…«, meldete Harry sich zögernd, während sein Blick den Platz absuchte, als befürchte er, dies könnte ein Trick der Polizei sein.

»Adrianna!« Harry wandte sich rasch ab und hielt sich das andere Ohr zu, um den Verkehrslärm auszusperren.

Herkules wartete in seinen Krücken hängend und beobachtete ihn gespannt.

»Wo?« Harry nickte einmal, zweimal. »Ich verstehe... Welche Farbe?... Gut, ich finde ihn.«

Er beendete das Gespräch, steckte das Mobiltelefon wieder ein und wandte sich an Herkules.

»Wie komme ich zum Hauptbahnhof?«

»Ihr Bruder...«

»Er ist gesehen worden.«

»Wo?« Herkules spürte Harrys Aufregung.

»Im Norden. In einer Stadt am Comer See.«

»Die Zugfahrt über Mailand dauert fünf Stunden. Das ist viel zu lang. Sie würden riskieren...«

»Ich fahre nicht mit dem Zug. Jemand hat mir ein Auto an den Hauptbahnhof gestellt.«

»Ein Auto?«

»Ja.«

Herkules funkelte ihn an. »Sie haben also plötzlich andere Freunde und brauchen mich nicht mehr.«

»Ich brauche Sie, damit Sie mir den Weg zum Hauptbahnhof erklären.«

»Suchen Sie ihn sich doch selbst!«

Harry starrte den Zwerg ungläubig an. »Erst wollen Sie nichts mit mir zu schaffen haben, und jetzt sind Sie wütend auf mich, weil ich Sie nicht mehr brauche.«

Herkules äußerte sich nicht dazu.

»Ich finde ihn selbst.« Harry machte auf dem Absatz kehrt und marschierte davon.

»Falsche Richtung, Mr. Harry!«

Harry blieb stehen und sah sich um.

»Sie sehen, Sie brauchen mich doch.«

Ein Windstoß zerzauste Harrys Haar, wirbelte eine Staubwolke vor seinen Füßen auf. »Also gut, ich brauche Sie!«

»Bis hinauf zum Comer See?«

Harry nickte widerstrebend. »Abgemacht!«

Herkules setzte sich sofort in Bewegung und kam auf seinen Krücken auf ihn zu. Dann war er an ihm vorbei und rief ihm über die Schulter hinweg zu:

»Hierher, Mr. Harry! Hierher!«

62

Comer See. Montag, den 13. Juli, 16.30 Uhr

Roscani drehte sich nach Scala und Castelletti auf dem Rücksitz um, sah dann kurz zu dem Hubschrauberpiloten hinüber, bevor er wieder nach vorn starrte. Sie waren seit fast drei Stunden unterwegs, entlang der adriatischen Küste nach Norden, über die Städte Ancona, Rimini und Ravenna hinweg, dann landeinwärts in Richtung Mailand und schließlich erneut nach Norden, um hinter den steilen Uferbergen tieferzugehen und über den Comer See nach Bellagio zu fliegen.

Unter sich sah er das weiße Kielwasser vieler Motorboote, die das Dunkelblau der Seefläche zerschnitten. Links von ihm war das Seeufer mit einem Dutzend opulenter Villen übersät, deren Parks sich bis zum Wasser hinunterzogen; auf der anderen Seite fielen die Uferberge steil zum See hin ab.

Sie waren in Pescara in der ausgebrannten Wohnung gewesen, als Taglia angerufen hatte. Ein Mann, auf den Pater Daniel Addisons Personenbeschreibung paßte, war gestern abend von einem gemieteten Tragflügelboot zu einer Villa am Comer See gebracht worden. Der Bootsführer, der ihre Fahndungsaufrufe im Fernsehen gesehen hatte, war sich ziemlich sicher, wen er befördert hatte. Aber er hatte gezögert, sich an die Polizei zu wenden, weil die Villa sehr exklusiv war und er fürchtete, seine Stellung zu verlieren, wenn er einen Prominenten in falschen Verdacht brachte. Heute morgen hatte seine Frau ihn schließlich dazu überredet, seine Beobachtungen zu melden und die Behörden über ihr weiteres Vorgehen selbst entscheiden zu lassen.

Irgendein Prominenter, dachte Roscani, als ihr Pilot nach links einkurvte und steil tiefer ging. Wen zum Teufel kümmerte ein Prominenter, wenn sie auf der richtigen Fährte waren? Jetzt kam es mehr denn je auf jede Minute an.

Die in der ausgebrannten Wohnung aufgefundene Tote war Giulia Fanari gewesen, die Frau eines Luca Fanari, der in der Vorwoche bei den später ermordeten Besitzern des Krankentransportunternehmens in Pescara einen Krankenwagen gemietet hatte, wie aus den Unterlagen der Firma hervorging. Signora Fanari war tot gewesen, bevor der Brand ausgebrochen war. Jemand hatte ihr einen spitzen Gegenstand, vermutlich einen Eispicker, unter dem Hinterkopf ins Gehirn gestoßen. Kaltblütig war nicht das richtige Wort dafür. Falls der Psychopath, der sie ermordet hatte, ihre imaginäre dritte Person gewesen war, konnte Roscani die Möglichkeit, daß dahinter mehrere Täter oder eine Täterin steckte, eliminieren, weil die Tatausführung, zu der viel Kraft gehört hatte, auf einen einzelnen Mann schließen ließ. Und falls der auf der Fährte von Pater Daniel in Pescara gewesen war und dort von seinen Opfern erfahren hatte, wohin der Verletzte gebracht worden war, konnte das nur bedeuten, daß er erheblich näher dran war, Pater Daniel aufzuspüren, als sie selbst.

Während Roscani den Erdboden beobachtete, der ihnen rasch entgegenzukommen schien, bevor er plötzlich in einer Staubwolke verschwand und der Hubschrauber am Rand eines Wäldchens am See aufsetzte, betete er deshalb, der Verletzte in der Villa möge wirklich der Priester sein, den sie hoffentlich als erste erreichen würden. Vor dem Mann mit dem Eispicker.

63

Das Zielfernrohr war ein Zeiss Diavari C 1,5–4,5x, durch das Thomas Kind jetzt den dunkelblauen Alfa Romeo verfolgte, der nach Bellagio hinabfuhr. Das Fadenkreuz lag genau über Castellettis Stirnmitte, und ein kleiner Schwenk nach links genügte, um Roscani auf gleiche Weise zu erfassen. Nachdem er noch auf den Carabiniere am Steuer gezielt hatte, war der Wagen vorbei, und Kind trat einen Schritt zurück. Er überlegte, ob er sich wieder *S* nennen sollte, weil bisher nicht feststand, ob seine Planung oder eine günstige Entwicklung ihn an die Zielperson herankommen lassen würde.

S wie *Scharfschütze*. Diese Bezeichnung legte er sich jedesmal selbst bei, wenn er sich physisch und psychisch darauf vorbereitete, aus größerer Entfernung zu töten. Angefangen hatte er damit, indem er sich nach seinem ersten Mord selbst in dieses Elitekorps befördert hatte. Nachdem er 1976 in Santiago von einem Bürofenster aus einen faschistischen Soldaten erschossen hatte, als die Truppe das Feuer auf demonstrierende marxistische Studenten eröffnete.

Ein kurzer Schwenk des Zielfernrohrs nach rechts unten zeigte ihm den Befehlsstand der Carabinieri unmittelbar am Tor zu der langen Einfahrt, die zu der palastartigen Villa Lorenzi direkt am See führte. Eine weitere leichte Bewegung nach rechts ließ ihn die drei Polizeiboote erkennen, die in geringem Abstand etwa hundert Meter vom Ufer entfernt vor der Villa lagen.

Von Farel wußte Kind, daß die Villa Lorenzi dem berühmten italienischen Schriftsteller Eros Barbu gehörte. Der befand sich jedoch auf einer Kanadareise und war seit Silvester, als er einen seiner in ganz Europa berühmten Silvesterbälle gegeben hatte, nicht mehr in der Villa gewesen. In Barbus Abwesenheit wurde die Villa Lorenzi von dem schwarzen südafrikanischen Dichter Eward Mooi verwaltet, der dort kostenlos lebte, sich um die Gebäude kümmerte und die zwanzig festangestellten Gärtner und Hausangestellten beaufsichtigte. Mooi hatte der Polizei auf Eros Barbus Anweisung die Erlaubnis erteilt, die Villa und das Grundstück zu durchsuchen.

Eine formelle Erklärung von Barbus Anwälten besagte, weder Barbu noch Edward Mooi sei Pater Daniel Addison persönlich oder auch nur dem Namen nach bekannt, und weder sie noch das Hauspersonal wüßten von jemandem, der mit einem Boot zu der Villa gekommen sei. Und erst recht nicht von jemandem in Begleitung von vier Krankenpflegern.

Thomas Kind rutschte auf seinem Aussichtspunkt auf einem bewaldeten Hügel oberhalb der Villa etwas nach hinten, sah wieder durch das Zielfernrohr und beobachtete, wie Roscanis Alfa Romeo vor dem Befehlsstand hielt, als Edward Mooi gerade mit einem klapprigen Dreiradfahrzeug die lange Zufahrt vom Haupthaus heraufkam.

Thomas Kind lächelte. Der Dichter trug ein Khakihemd, ausgeblichene Jeans und Ledersandalen. Mit seinem an den Schläfen ergrauten Haar, das zu einem schulterlangen Pferdeschwanz zusammengefaßt war, sah er wie ein distinguierter Hippie oder ein alternder Biker aus.

Nachdem Mooi sich kurz mit Roscani unterhalten hatte, bestieg der Dichter wieder sein Fahrzeug und führte Roscanis Alfa Romeo und zwei Mannschaftswagen mit bewaffneten Carabinieri die Zufahrt zur Villa Lorenzi hinunter. Kind war davon überzeugt, daß die Polizei keine Spur des Gesuchten finden würde. Aber er war sich ebenso sicher, daß seine Zielperson irgendwo hier oder in unmittelbarer Nähe war. Folglich würde er abwarten und die weitere Entwicklung beobachten, bevor er zuschlug. Geduld war alles.

Hefei, China, Overseas Chinese Hotel.
Dienstag, den 14. Juli

Li Wen wälzte sich unruhig im Bett. In seinem Zimmer war es heiß und stickig, und er fand keinen Schlaf. Er drehte sich erneut um und sah auf den Radiowecker. Null Uhr zweiunddreißig. In drei Stunden würde er aufstehen, in vier Stunden wie gewohnt zu arbeiten beginnen. Er ließ sich wieder zurücksinken. In dieser Nacht brauchte er seinen Schlaf dringender als sonst, aber er konnte nicht einschlafen.

Er bemühte sich, an nichts zu denken, nicht daran, was er vorhatte, auch nicht daran, wie es in Hefei in vierundzwanzig Stunden aussehen würde, nachdem er das todbringende Produkt, dessen Formel von dem amerikanischen Hydrobiologen James Hawley stammte, in die Trinkwasserspeicher der Aufbereitungsanlage gekippt hatte. Polyzyklischer ungesättigter Alkohol gehörte nicht zu den Stoffen, auf die Wasserproben untersucht wurden. Er ließ sich auch nicht durch Färbung, Geschmack oder Geruch des Trinkwassers feststellen. Sobald diese Substanz, die bereits gereinigtem Wasser in Schneeballform zugesetzt wurde, geschmolzen war, verursachte sie schwere Darmkrämpfe, denen ruhrartiger Durchfall folgte, worauf Darmblutungen eintraten, die in sechs bis vierundzwanzig Stunden zum Tod führten. Die zugeführte Menge, zehn Wirkstoffanteile auf eine Million Lösungsstoffanteile pro Glas Wasser, würde ausreichen, um hunderttausend Menschen zu vergiften.

Zehn Teile pro Million.

Hunderttausend Tote.

Li Wen versuchte, nicht darüber nachzudenken, aber das gelang ihm nicht. Dann hörte er ein Donnergrollen. Fast im selben Augenblick spürte er einen Luftzug und sah, wie die Vorhänge vor dem offenen Fenster sich leicht blähten. Eine Front zog heran, die Wind und warmen Regen brachte. Bis er aufstand, würde sie durchgezogen sein, und der kommende Tag würde noch heißer werden. Ein Blitz zuckte herab und erhellte für einen Augenblick sein Hotelzimmer. Acht Sekunden später folgte der Donnerschlag.

Li Wen richtete sich auf einen Ellbogen gestützt auf und ließ seinen Blick durch das Zimmer wandern. In der Ecke neben seinem Koffer stand ein kleiner Kühlschrank. In China, vor allem in Mittelzentren wie Hefei, hatten nur wenige Hotels Kühlschränke in den Zimmern, aber im hiesigen Overseas Chinese Hotel gab es welche. Deshalb hatte er dieses Hotel gewählt und dieses Zimmer verlangt. Hier stand nicht nur ein Kühlschrank, sondern das Gerät hatte sogar ein Tiefkühlfach, was noch wichtiger war, weil er die polyzyklischen »Schneebälle« nach der Herstellung darin eingefroren hatte. Und dort würden sie gelagert bleiben, bis er in gut drei Stunden das Hotel verließ, um zur Aufbereitungsanlage zu fahren.

Draußen blitzte es wieder. Die Leuchtreklame des Hotels vor seinem Fenster erlosch sekundenlang, um dann erneut aufzuflammen. Li Wen war plötzlich hellwach. Er beobachtete den von draußen hereinfallenden Lichtschein wie gebannt. Jetzt nur keinen Stromausfall!

64

Como. Montag, den 13. Juli, 19 Uhr

Roscani bahnte sich erschöpft und sorgenvoll einen Weg durch den beengten, hastig eingerichteten Nachrichtenraum in der Carabinierizentrale in Como. Ein Dutzend uniformierter Beamter bediente die Telefone auf einer Reihe Schreibtische in der Raummitte, während ebenso viele Kollegen auf PC-Tastaturen herumhackten, die überall standen, wo sich in dem überfüllten Raum noch Platz gefunden hatte. Weitere Männer, besorgt, nervös rauchend, kaffeetrinkend, gingen zwischen den Arbeitsplätzen auf und ab. Der Lageraum war binnen weniger Stunden eingerichtet worden, um eine Großfahndung zu koordinieren, nachdem bei der Durchsuchung der Villa Lorenzi keine Spur des flüchtigen Priesters entdeckt worden war.

Roscani war zu einer riesigen Landkarte des Gebiets um den Comer See unterwegs, die eine ganze Wand bedeckte. Auf dieser Karte bezeichneten kleine italienische Flaggen die Straßensperren, an denen schwerbewaffnete Polizisten alle Fahrzeuge anhielten und durchsuchten. Wegen des bergigen Geländes und der vielen Straßen, die zu kontrollieren waren, war es ein sehr aufwendiges Vorhaben.

Bellagio lag an der Spitze der großen Landzunge, die nach Norden in den See hineinragte. Der See selbst erstreckte sich nach Norden hinauf, während seine Ausläufer zugleich auf beiden Seite dieser Landzunge wie lange Finger nach Lecco im Südosten und Como im Südwesten ausgriffen, während Chiasso und die Schweizer Grenze etwas weiter landeinwärts nordwestlich des Sees lagen.

Chiasso bot sich wegen seiner Lage als Fluchtweg an und wurde besonders scharf kontrolliert, aber es gab auch andere, noch in Italien liegende Orte, an denen die Gesuchten sich versteckt haben konnten, um das Ende der Großfahndung abzuwarten. Zum Beispiel in den Kleinstädten Menaggio, Tremezzo und Lenno auf dem westlichen Seeufer und Bellano, Gittana und Varenna auf dem östlichen. Dazu kamen Vassena und Maisano, die ebenfalls auf der Landzunge lagen, und weitere Orte westlich davon.

Die Fahndung war ein massiver Großeinsatz, der fast jeden Haushalt, jede Firma im Gebiet um den Comer See in irgendeiner Form behinderte. Es war ein Zustand, der durch die Masseninvasion der Medien noch verschlimmert wurde. Sie setzten darauf, die Festnahme des mutmaßlichen Mörders des Kardinalvikars von Rom stehe unmittelbar bevor, und berichteten weltweit live darüber.

Für Roscani war dies nicht die erste Großfahndung, die er leitete, und die improvisierte Atmosphäre gehörte einfach dazu. Aber unabhängig davon, wie gut alles organisiert war, machte allein der Umfang das Unternehmen schwerfällig. Die Ereignisse überstürzten sich; Entscheidungen mußten sofort und von allen möglichen Leuten getroffen werden. Fehler waren unvermeidlich. Unter Druck hatte man selten die Ruhe, logisch und vernünftig nachzudenken, um dann die Maßnahmen zu treffen, die den Unterschied zwischen Erfolg und Mißerfolg ausmachen konnten.

Plötzlicher Lärm im Hintergrund veranlaßte Roscani dazu, sich umzudrehen. Auf dem Korridor sah er einige Augenblicke lang die Reportermeute, die Scala und Castelletti Fragen zurief, als die beiden Kriminalbeamten mit dem Bootsführer und zwei Matrosen des Tragflügelboots hereinkamen. Es waren die Leute, die Pater Daniel und sein vierköpfiges Pflegepersonal nach Bellagio und zur Villa Lorenzi gebracht haben sollten.

Roscani folgte ihnen durch den Raum in eine Sitznische, deren Vorhang von einem Carabiniere geschlossen wurde, damit sie halbwegs ungestört waren.

»Ich bin Ispettore capo Roscani. Ich muß Sie bitten, das hier herrschende Durcheinander zu entschuldigen.«

Der Bootsführer nickte verständnisvoll lächelnd.

»Möchten Sie einen Kaffee?« fragte Roscani, dem ihre offensichtliche Nervosität auffiel. »Eine Zi...?« Er schüttelte grinsend den Kopf. »Ich wollte Ihnen eine Zigarette anbieten, aber ich habe das Rauchen gerade aufgegeben. Lasse ich Sie in diesem Tollhaus rauchen, werde ich vielleicht schwach und rauche mit.«

Roscani lächelte erneut und sah, wie die Nervosität der Männer sich legte. Es war eine kalkulierte Geste mit genau diesem Zweck der Beruhigung gewesen, aber vielleicht hatte er damit sogar die Wahrheit gesagt. Jedenfalls hatte sein Eingeständnis die bestehende Spannung abgebaut, und in den folgenden zwanzig Minuten erfuhr er alle Einzelheiten der Sonderfahrt von Como nach Bellagio und erhielt detaillierte Personenbeschreibungen der drei Männer und der Frau, die den Patienten auf der Krankentrage begleitet hatten.

Darüber hinaus erhielt er eine weitere wertvolle Information: Das Tragflügelboot war einen Tag vor der Sonderfahrt gechartert worden. Ein gewisser Giovanni Scarso, der sich als Vertreter einer Familie ausgab, die einen bei einem Verkehrsunfall verletzten Angehörigen nach Bellagio bringen lassen wollte, hatte es über ein Mailänder Reisebüro gechartert. Scarso hatte den Charterpreis bar bezahlt. Erst als das Tragflügelboot auf Bellagio zugelaufen war, hatte einer der Begleiter des Patienten es von der Anlegestelle weg und weiter nach Süden zum Steg der Villa Lorenzi dirigiert.

Nach dieser Befragung hatte Roscani keinen Zweifel mehr daran, daß der Patient, den das Tragflügelboot zur Villa Lorenzi gebracht hatte, tatsächlich Pater Daniel Addison gewesen war.

Nachdem er Castelletti damit beauftragt hatte, die Einzelheiten nochmals festzuhalten, dankte Roscani den Männern für ihr Kommen, öffnete den Vorhang, verließ die Nische und trat in den Trubel des Lageraums hinaus. Aber er flüchtete sofort aus diesem Raum.

Roscani ging den Korridor entlang und betrat eine Toilette. Und weil er wußte, daß man in solcher Anspannung nicht ohne Zigarette nachdenken konnte, drückte er zwei Finger gegen seine Lippen und inhalierte tief zwischen ihnen hindurch. Er atmete den Phantomrauch ein, spürte die imaginäre Wirkung des Nikotins, lehnte sich gegen eine WC-Kabine und konnte in dieser ruhigen Umgebung endlich ungestört nachdenken.

Heute nachmittag hatte er mit Scala, Castelletti und zwei Dutzend Carabinieri die Villa Lorenzi gründlich durchsucht, aber sie hatten nichts gefunden. Keine Spur von Pater Daniel oder seinen Begleitern. Daß irgendwo auf dem Grundstück ein Krankenwagen bereitgestanden hatte, mit dem die vier ihren Patienten abtransportiert hatten, war unmöglich, weil es nur zwei Zufahrten zur Villa Lorenzi gab: die Haupteinfahrt und eine Zufahrt für Lieferanten. Jede wurde durch ein Tor gesichert, das nur von der Villa aus geöffnet werden konnte. Also konnte kein Fahrzeug ein- oder ausfahren, ohne daß jemand eines der elektrisch betätigten Tore öffnete. Und nach Moois Aussage hatte das niemand getan.

Natürlich konnte Mooi trotz seiner demonstrativen Bereitschaft, mit der Polizei zusammenzuarbeiten, gelogen haben. Außerdem war es möglich, daß jemand Pater Daniel ohne Moois Wissen zur Flucht verholfen hatte. Und schließlich gab es die Möglichkeit, daß der Priester noch immer dort und so gut versteckt war, daß sie ihn nicht gefunden hatten.

Roscani sog nochmals Phantomrauch durch seine Finger und inhalierte ihn tief. Bei Tagesanbruch würden Scala, Castelletti und er mit einem kleinen Trupp Carabinieri unangekündigt in der Villa Lorenzi auftauchen und sie erneut durchsuchen. Diesmal würden sie Hunde mitbringen und gründliche Arbeit leisten, selbst wenn sie dazu die Villa Stein für Stein abtragen mußten.

65

»Chiasso...«, sagte Herkules, als sie in dichtem Urlaubsverkehr von Mailand aus auf der Autostrada A 9 nach Norden fuhren. Harry saß am Steuer des grauen Fiat, den Adrianna gegenüber der Stazione Termini in Rom für ihn bereitgestellt hatte. Die Wagenschlüssel hatten wie vereinbart hinter dem linken Vorderrad gelegen.

Harry gab keine Antwort. Sein Blick war auf die Fahrbahn gerichtet, seine Gedanken waren darauf konzentriert, Como zu erreichen, wo er sich mit Adrianna treffen sollte. Dann würden sie irgendwie über den See nach Bellagio weiterfahren, wo Danny angeblich war.

»Chiasso«, hörte er Herkules wieder sagen. Als er daraufhin nach rechts sah, starrte der Zwerg ihn an.

»Was soll das heißen?«

»Habe ich Sie bisher nicht zuverlässig gelotst, Mr. Harry? Aus Rom hinaus. Auf der Autostrada. Damit Sie wirklich nach Norden statt nach Süden fahren. Ohne Herkules wären Sie jetzt kurz vor Sizilien, nicht vor Como.«

»Sie sind wundervoll gewesen. Ich verdanke Ihnen alles, was ich heute bin. Aber ich weiß trotzdem nicht, wovon zum Teufel Sie reden.«

Harry wechselte plötzlich nach links und hängte sich an einen schnellen Mercedes an. Diese Fahrt dauerte schon viel zu lange.

»Chiasso liegt an der Schweizer Grenze. Ich möchte, daß Sie mich dort absetzen. Deswegen bin ich mitgekommen.«

»Damit ich Sie in die Schweiz fahre?« fragte Harry ungläubig.

»Ich werde wegen Mordes gesucht, Mr. Harry.«

»Ich auch.«

»Aber ich kann nicht Priesterkleidung tragen und mich für jemand anders ausgeben. Kein Zwerg kann mit Bus oder Bahn reisen, ohne aufzufallen.«

»Aber mit einem Privatwagen!«

Herkules lächelte mit Verschwörermiene. »Bisher hat leider keiner zur Verfügung gestanden...«

Harry funkelte ihn an. »Herkules, dies ist kein Vergnügungsausflug. Ich bin nicht auf Urlaub hier.«

»Nein, Sie versuchen, zu Ihrem Bruder zu kommen. Und das tut die Polizei auch. Andererseits ist Chiasso kaum weiter als Como. Ich steige dort aus, Sie wenden und fahren zurück. Nichts dabei.«

»Was ist, wenn ich nein sage?«

Herkules setzte sich indigniert auf. »Dann wären Sie ein Mann, auf dessen Wort kein Verlaß ist. Als ich Ihnen diese Sachen zum Anziehen gebracht habe, habe ich Sie gebeten, mir zu helfen. Sie haben gesagt: ›Ich tue mein Bestes. Das verspreche ich Ihnen.‹«

»Ja, aber in Rom und vor Gericht.«

»Unter den gegenwärtigen Umständen halte ich es für besser, Ihre Hilfe jetzt in Anspruch zu nehmen, Mr. Harry. Das kostet Sie nur zwanzig Minuten Ihres Lebens.«

»Zwanzig Minuten …«

»Dann sind wir quitt.«

»Gut, dann sind wir quitt.«

Wenig später fuhren sie an der Ausfahrt Como vorbei, aber ihre Vereinbarung erfüllten sie trotzdem nicht. Fünf Kilometer südlich von Chiasso wurde der Verkehr auf der nur noch zweispurigen Straße langsamer und kam dann ganz zum Stehen. Vor Harry und Herkules leuchtete eine endlose Schlange aus Bremslichtern. Dann sahen sie in der Ferne Männer herankommen: mit Maschinenpistolen bewaffnete Polizisten in schußsicheren Westen, die langsam die Autoschlange entlanggingen und in jeden Wagen sahen.

»Wenden, Mr. Harry! Schnell!«

Harry stieß sofort einen Meter zurück, schlug die Räder des Fiat scharf ein, gab im ersten Gang Gas, wendete mit quietschenden Reifen und raste in die Richtung davon, aus der sie gekommen waren.

»Verdammt, was war das?« Harry sah in den Rückspiegel.

Herkules gab keine Antwort, sondern beschäftigte sich mit dem Autoradio und fand einen Sender mit italienischen Nachrichten. Die Grenze bei Chiasso war von einem massiven Polizeiaufgebot abgeriegelt, übersetzte Herkules. Im Zuge der Großfahndung nach dem flüchtigen Priester, Pater Daniel Addison, der der Polizei in Bellagio irgendwie entkommen war und möglicherweise versuchen würde, über die Grenze in die Schweiz zu flüchten, wurden sämtliche Fahrzeuge genauestens kontrolliert.

»Entkommen?« wiederholte Harry fragend. »Heißt das, daß jemand ihn wirklich gesehen hat?«

»Das haben sie nicht gesagt, Mr. Harry.«

66

Como. 19.40 Uhr

Der graue Fiat parkte kurz nach der Autostrada am Rand der nach Como hineinführenden Straße. Herkules hatte Harry gebeten, an dieser Straße zu halten, und Harry hatte eine geeignete Stelle gefunden. Jetzt saßen sie hier zum letztenmal beieinander, während das sanfte Gelb des Abendhimmels, das den Wagen pastellfarben ausleuchtete, einen seltsamen Gegensatz zu den Autoscheinwerfern bildete, die draußen in zwei endlosen Schlangen an ihnen vorbeizogen.

»Ob die Polizei hier kontrolliert oder nicht, Chiasso ist zu nahe, als daß ich es nicht versuchen müßte. Das verstehen Sie doch, Mr. Harry?«

»Ich verstehe es, Herkules. Tut mir leid, daß ich nicht mehr für Sie tun konnte.«

»Na, dann alles Gute, Mr. Harry.« Herkules grinste und streckte ihm plötzlich die Hand hin, die Harry ergriff.

»Ihnen auch!«

Im nächsten Augenblick war Herkules ausgestiegen und stand vor dem Wagen. Harry beobachtete, wie er geschickt eine Lücke im Verkehr ausnutzte, um die Straße zu überqueren. Auf der anderen Straßenseite sah er sich noch einmal um, grinste und schwang sich dann auf seinen Krücken in die Abenddämmerung hinein davon. Zu Fuß, falls das der richtige Ausdruck war, in die Schweiz unterwegs.

Zehn Minuten später parkte Harry den Fiat in Bahnhofsnähe in einer Seitenstraße und benutzte sein Taschentuch, um seine Fingerabdrücke von Lenkrad, Schaltknüppel und Türgriff abzuwischen. Dann stieg er aus, sperrte den Wagen ab und folgte den Wegweisern, die ihn über Via Borsieri und Viale Varese zum See und der Piazza Cavour geleiteten. Um nicht aufzufallen, paßte er sich dem Tempo der übrigen Passanten an und bemühte sich, nur ein Priester zu sein, der wie sie den warmen Sommerabend genoß.

Gelegentlich nickte ihm jemand zu oder lächelte ihn im Vorbeigehen an. Harry reagierte ebenso freundlich, sah sich dann aber unauffällig um, weil er sich vergewissern wollte, daß niemand ihn erkannt hatte, mit anderen Leuten über ihn sprach oder ihm folgte, um ihn nochmals aus der Nähe zu betrachten.

Während er einen Platz überquerte und dabei weiter auf die Wegweiser achtete, fiel ihm eine Menschentraube auf, die einen Zeitungskiosk umlagerte. Als er näher kam, sah er Dannys Gesicht auf den Titelseiten der Abendausgaben. Alle Zeitungen brachten fast dieselbe Schlagzeile: »*Sacerdote Fuggitivo a Bellagio?*« – Der flüchtige Priester in Bellagio? Harry wandte sich rasch ab und ging weiter.

Hundertfünfzig Meter weiter erreichte er den Boulevard. Rechts stand das Hotel Palace, ein riesiger Sandsteinkasten mit einem vorgelagerten, übervollen Straßencafé. Aus Lautsprechern drang Schlagermusik, Gäste aßen und tranken, Ober mit weißen Schürzen schlängelten sich zwischen den Tischen hindurch. Lauter normale, alltägliche Leute, die alltägliche Dinge taten, ohne auch nur zu ahnen, was für ein aufregendes Erlebnis ihnen bevorgestanden hatte, wenn einer von ihnen den vorbeigehenden bärtigen Priester mit der schwarzen Baskenmütze erkannt und Alarm geschlagen hätte.

Aber niemand erkannte ihn. Und dann war Harry wie irgendein anderer Passant an dem Café vorbei. Im nächsten Augenblick bog er um eine Ecke und war auf der Piazza Cavour. Direkt vor ihm stand das Hotel Barchetta Excelsior.

67

Harry klopfte an die Tür von Zimmer fünfhundertfünfundzwanzig und wartete mit der Baskenmütze in der Hand und in Schweiß gebadet. Das kam von seinen zerrütteten Nerven, aber auch von der Julihitze. Noch bei Sonnenuntergang herrschten draußen mindestens sechsundzwanzig Grad.

Er wollte erneut anklopfen, als die Zimmertür plötzlich geöffnet wurde. Vor ihm stand Adrianna mit vom Duschen nassem Haar, in einem weißen Hotelbademantel und mit ihrem Mobiltelefon am Ohr. Harry trat rasch ein, schloß die Tür hinter sich und sperrte ab.

»Er ist jetzt hier.« Adrianna war am Fenster und zog die Vorhänge zu, während sie weitertelefonierte. Der Fernseher in einer Zimmerecke war eingeschaltet, aber die Nachrichten liefen ohne Ton. Auf dem Bildschirm stand eine Reporterin vor dem Weißen Haus. Im nächsten Augenblick wurden die Parlamentsgebäude in London gezeigt.

Adrianna ging durch das Zimmer, trat an den Toilettentisch und beugte sich vor dem Spiegel nach vorn, um etwas auf einen Notizblock zu kritzeln.

»Heute abend, okay ... Ja, das habe ich ...«

»Das ist Eaton gewesen?«

»Ja.« Adrianna drehte sich nach ihm um.

»Wo ist Danny?«

»Das weiß kein Mensch.« Ihr Blick streifte den Fernseher – immer auf dem Sprung, falls etwas Interessantes gemeldet wurde, eine alte Gewohnheit, das Leiden aller Medienberufe –, bevor sie sich wieder auf Harry konzentrierte. »Roscani und seine Leute haben die Villa in Bellagio, in der er angeblich sein sollte, vor ein paar Stunden gründlich durchsucht. Ergebnislos.«

»Die Polizei weiß, daß das Danny und nicht jemand anders gewesen ist?«

»Sie ist davon überzeugt, daß er es gewesen ist. Roscani ist noch hier in Como. Das sagt eigentlich schon alles.« Adrianna strich sich eine noch feuchte Haarsträhne hinter das Ohr zurück. »Du siehst aus, als könntest du jeden Augenblick vor Hitze zerfließen. An deiner Stelle würde ich wenigstens die Jacke ausziehen. Möchtest du einen Drink?«

»Nein.«

»Ich schon.«

Adrianna trat an die Minibar, öffnete die Tür und nahm eine

kleine Flasche Cognac heraus. Sie goß den Inhalt in ein Glas und drehte sich damit zu Harry um.

Er starrte sie an. »Was tue ich als nächstes? Wie komme ich nach Bellagio?«

»Du bist wütend auf mich, stimmt's? Wegen allem, was in Rom passiert ist. Weil ich Eaton eingeschaltet habe.«

»Nein, da irrst du dich. Ich bin dir dankbar. Ohne deine oder Eatons Hilfe wäre ich jetzt nicht hier. Ihr habt beide viel für mich riskiert, bestimmt nicht uneigennützig, aber jedenfalls habt ihr mir geholfen. Daß du mit mir ins Bett gegangen bist, hat dem Ganzen einen Anflug von menschlicher Wärme gegeben.«

»Das habe ich getan, weil ich es wollte. Und weil du es wolltest. Und weil es uns beiden Spaß gemacht hat. Erzähl mir nicht, das sei dir noch nie passiert. Das gehört zu deinem Lebensstil, sonst hättest du längst Frau und Kinder.«

»Warum sagst du mir nicht einfach, was ich jetzt tun soll?«

»Also gut.« Adrianna beobachtete ihn einen Augenblick, dann lehnte sie sich mit ihrem Glas in der Hand an den Toilettentisch.

»Du fährst mit dem letzten Tragflügelboot nach Bellagio. Dort gehst du ins Hôtel du Lac gegenüber der Anlegestelle, in dem ein Zimmer für Pater Jonathan Roe von der Georgetown University reserviert ist. Du bekommst die Telefonnummer des Mannes mit, der die Villa Lorenzi verwaltet. Er heißt Edward Mooi.«

»Ich soll ihn anrufen?«

»Ja.«

»Wieso glaubst du, daß er weiß, wo Danny ist?«

»Weil die Polizei das glaubt.«

»Dann hört sie sein Telefon ab.«

»Und was bekommt sie dabei zu hören?« Adrianna nahm einen Schluck aus ihrem Glas. »Ein amerikanischer Prieter bietet seine Hilfe an, weil er von dem Fall gehört hat und irgendwie helfen möchte.«

»An seiner Stelle würde ich glauben, dieser Anruf sei ein Trick. Eine von der Polizei gestellte Falle.«

»Richtig. Aber bevor du ihn anrufst, bekommt er ein Fax von einer theologischen Buchhandlung in Mailand. Er wird den Sinn nicht gleich verstehen, ebensowenig wie die Polizei, falls sie das Fax abfängt, weil es nach Verkaufswerbung aussieht. Aber als gebildeter Mann wird Edward Mooi nach deinem Anruf das Fax noch einmal heraussuchen, selbst wenn er es aus dem Müll herauswühlen muß. Und dann wird er es verstehen.«

»Welches Fax?«

Adrianna stellte ihr Glas ab, zog ein Blatt Papier aus ihrer achtlos auf das Bett geworfenen Umhängetasche und gab es ihm. Dann stützte sie eine Hand in die Hüfte und lehnte sich wieder an den Toilettentisch. Dabei öffnete ihr Bademantel sich etwas. Nicht viel, aber doch so weit, daß Harry den Ansatz einer Brust und ein Bein bis zu dem dunklen Vlies zwischen ihren Schenkeln sehen konnte.

»Lies den Text …«

Harry zögerte, dann warf er einen Blick auf die wenigen Zeilen:

Leset!
»1. Buch Mose 4,9«
Ein neues Buch von
Pater Jonathan Roe

Das war alles. Ordentlich getippt, sonst nichts.

»Du bist doch bibelfest, Harry? Erstes Buch Mose vier, neun …«

»›Soll ich meines Bruders Hüter sein?‹« Er ließ das Blatt Papier auf das Bett fallen.

»Mooi ist ein gebildeter Mann. Er wird verstehen, was das bedeutet.«

»Was passiert dann?«

»Wir warten. Ich bin auch in Bellagio, Harry. Vielleicht schon vor dir.« Adriannas Stimme wurde verführerisch sanft. Ihr Blick ließ Harry nicht mehr los. »Und ich weiß, wie ich dich erreichen kann. Über das Mobiltelefon in deiner Tasche, weißt du.« Sie machte eine Pause. »Wie wir's … in Rom gemacht haben …«

Harry schwieg sekundenlang, stand einfach nur da und sah sie an. Zuletzt ließ er seinen Blick über ihren Körper wandern.

»Dein Bademantel steht offen …«

»Ich weiß …«

Er nahm sie von hinten, wie sie es am liebsten mochte, wie er es in ihrem Apartment in Rom gemacht hatte. Aber diesmal brannte helles Licht, und sie standen in dem luxuriösen Bad. Adrianna mit leicht nach vorn gebeugtem Oberkörper vor dem Marmorwaschbecken, auf dessen Rand sie sich mit den Händen stützte, beide vor dem großen Spiegel, in dem sie sich beobachten konnten.

Er sah ihre Lust aufflammen, als er in sie eindrang. Sah sie mit jedem seiner langsamen Stöße intensiver werden. Er konnte sich selbst hinter ihr sehen. Sein Kinn energisch vorgereckt. Entschlossen. Dann noch mehr, als seine Stöße schneller und kräftiger wurden.

»Ja«, flüsterte sie. »Ja...«

68

Hefei, Provinz Anhui, Wasseraufbereitungsanlage »A«.
Dienstag, 14. Juli, 4.30 Uhr

Li Wen betrat die Anlage wie bei jedem seiner Kontrollbesuche: Er kam mit einer schweren Aktentasche in der rechten Hand und seinem Dienstausweis am Aufschlag seines Jacketts durch den Haupteingang herein und nickte dem halb schlafenden Sicherheitsoffizier, der an seinem Tisch saß, flüchtig zu. Dann öffnete er eine weitere Tür, ging einen Flur entlang und betrat die Zentrale, in der eine Technikerin vor einer Wand mit Meßgeräten für Druck, Schwebstoffgehalt, Durchflußgeschwindigkeit und Mittelwerte chemischer Inhaltsstoffe saß, die sie einigermaßen im Auge zu behalten versuchte, während sie eine Zeitschrift las.

»Guten Morgen«, sagte Li Wen mit Autorität in der Stimme. Die Zeitschrift verschwand augenblicklich.

»Alles in Ordnung?«

»Jawohl, Genosse.«

Li Wen blickte sie noch einen Augenblick länger an, um sie wissen zu lassen, daß er die Sache mit der Zeitschrift mißbilligte. Dann wandte er sich mit einem knappen Nicken ab, stieß eine Tür auf und ging die Treppe in den Filterraum hinunter, in den langgestreckten Stahlbetonbau, in dem das aufbereitete Wasser abschließend filtriert wurde, bevor es ins Klärbecken gepumpt wurde, um ins städtische Wassernetz eingespeist zu werden. In diesem unterirdischen Raum war es im Gegensatz zu der im Freien und selbst oben in der Zentrale herrschenden schwülen Hitze immer angenehm kühl.

Obwohl diese Aufbereitungsanlage vor drei Jahren fast ein halbes Jahr lang stillgelegt gewesen war, um modernisiert zu werden, gab es in der Zentrale noch immer keine Klimaanlage. Die war für eine neue Anlage vorgesehen, die nach der Jahrhundertwende gebaut werden sollte. So sah es fast überall in den Aufbereitungs- und Filteranlagen des Landes aus: Alle waren alt, die meisten überholungsbedürftig. Einige wie diese hier waren modernisiert worden, als Peking endlich die Bedeutung der Wasserversorgung erkannt und das Zentralkomitee Geldmittel dafür bereitgestellt hatte. Geringe Mittel, denen größere Zuweisungen folgen sollten.

Gewiß, an manchen Orten hatte die Zukunft bereits begonnen, und neue Gemeinschaftsunternehmen mit westlichen Baukonzernen wie das in chinesisch-französischer Zusammenarbeit entstehende hundertsiebzig Millionen teure Wasserwerk der Stadt Guangzhou oder der gigantische Dreischluchtendamm am Jangtse, der sechsunddreißig Milliarden Dollar kosten würde, waren im Bau. Im allgemeinen waren die Wasseraufbereitungsanlagen Chinas jedoch alt, zum Teil sogar so veraltet, daß sie noch ausgehöhlte Baumstämme als Wasserrohre benutzten.

Zu bestimmten Jahreszeiten, wie jetzt im Hochsommer, wenn lange Sonnentage die biologische Giftstoffe erzeugenden Algen wuchern ließen, waren ihre Filteranlagen praktisch wirkungslos, so daß aus den Wasserhähnen chinesischer Haushalte nur eine trübe Brühe aus Flüssen oder Seen floß.

Deshalb war Li Wen hier – um die Qualität des Wassers aus dem Chaosee, dem Trinkwasserspeicher der Millionenstadt Hefei, zu kontrollieren. Auf diesem Gebiet war er seit fast achtzehn Jahren tagein, tagaus tätig, ohne je geahnt zu haben, daß sich damit Geld verdienen ließ. So viel Geld, daß er damit ins Ausland flüchten und zugleich einen schweren Schlag gegen die von ihm gehaßte Regierung führen konnte, die seinen Vater 1975 als »Konterrevolutionär« gebrandmarkt hatte, weil er Korruption und Amtsmißbrauch innerhalb der KP angeprangert hatte.

Durch einen Freund hatte Li Wen den jovialen Blumenhändler Chen Yin kennengelernt, der ihm sofort sympathisch gewesen war. Chen Yins gute Beziehungen zu Regierungskreisen hatten ihm viele Auslandsreisen ermöglicht: ein Hydrobiologe, der zu seiner Fortbildung Wasseraufbereitungsanlagen in Europa und Nordamerika besichtigte.

Li Wen stellte seine schwere Aktentasche auf eine Holzbank und sah sich nach der Tür um, durch die er hereingekommen war. Als feststand, daß er nicht beobachtet wurde, trat er an eine der vier offenen Luken, die den Blick auf das vorbeifließende, aufbereitete Wasser freigaben, das ins Leitungsnetz der Großstadt eingespeist wurde. Es rauschte gurgelnd vorbei, aber statt wie in den Wintermonaten klar zu sein, war es wegen der Algen im Chaosee trüb und übelriechend. Dagegen hatte die Regierung nie etwas unternommen, und darauf zählte Li Wen jetzt.

Er wandte sich ab, öffnete rasch seine Aktentasche, streifte dünne Latexhandschuhe über und öffnete damit das isolierte große Mittelfach. In einem Styroporbehälter, der an einen Eierkarton erinnerte, lagen sechs weißlichgraue »Schneebälle«, deren Außenseite bereits zu schmelzen begann, so daß sie ihm Licht der Deckenbeleuchtung feucht glänzten.

Nach einem erneuten Blick zur Tür hinüber hob Li Wen den Eierkarton heraus und trug ihn zu der Luke über dem Wasser. Er griff nach dem ersten »Schneeball«, ließ ihn ins Wasser fallen und fühlte dabei ein triumphierendes Flattern seines Herzens. Dann ließ er rasch die restlichen fünf folgen und beobachtete, wie sie von der schnellen Strömung mitgerissen wurden und in den trüben Wasserwirbeln verschwanden.

Li Wen wandte sich rasch ab, verstaute Styroporbehälter und Latexhandschuhe wieder in seiner Aktentasche und ließ die Schlösser zuschnappen. Danach trat er wieder an eine der Luken, holte aus einem Stahlschränkchen an der Wand ein Reagenzglas, entnahm eine Wasserprobe und machte sich ohne Hast daran, ihren

Reinheitsgrad zu ermitteln, der vermutlich innerhalb der staatlich festgelegten Grenzwerte liegen würde.

69

Bellagio am Comer See.
Montag, den 13. Juli, 22.40 Uhr

Harry griff nach der Reisetasche, die Adrianna ihm mitgegeben hatte, als er das Hotel in Como verließ. Er ging mit den wenigen übrigen Fahrgästen des Tragflügelboots von Bord, über den Steg und zur Straße hinauf. Vor ihm unter dem dichten Laubdach der Uferbäume stand der noch beleuchtete, aber um diese Zeit unbesetzte Fahrkartenkiosk der *Navigazione Lago di Como*. Dahinter sah er die Uferpromenade und das Hôtel du Lac. In einer, höchstens zwei Minuten war er dort drüben in Sicherheit.

Die Fahrt von Como nach Bellagio mit Zwischenstopps in den Kleinstädten Argegno, Lezzeno, Lenno und Tremezzo war nervenaufreibend gewesen. Bei jedem Anlegen hatte Harry erwartet, daß bewaffnete Polizeibeamte an Bord kommen und die Identität aller Fahrgäste überprüfen würden. Aber kein Polizist hatte sich blicken lassen. Erst als das Tragflügelboot in Tremezzo zur letzten Teilstrecke nach Bellagio ablegte, hatte Harry sich wie die übrigen Mitreisenden entspannt zurückgelehnt. Seit langer Zeit fühlte er sich zum erstenmal ungefährdet, fühlte sich nicht als Gejagter. Er hatte nur das Motorengeräusch und das Rauschen des Wassers unter dem Bootsrumpf im Ohr.

Auch jetzt fühlte er sich nicht anders, als er wie die anderen Leute über den Steg ging wie ein Tourist, wie ein gewöhnlicher Fahrgast, der von Bord kam und in eine laue Sommernacht hinaufging. Er war müde, das spürte er, geistig und körperlich erschöpft. Am liebsten hätte er sich irgendwo verkrochen, die Welt um sich herum vergessen und eine Woche lang geschlafen. Aber dies war kaum der rechte Ort dafür. Er war in Bellagio, auf das sich die Großfahndung der Gruppo Cardinale konzentrierte. Und sie fahndete nicht nur nach Danny. Er mußte wachsamer und hellwacher sein als je zuvor.

»Mi scusi, padre.«

Aus der Dunkelheit unter den Bäumen traten plötzlich zwei uniformierte Polizisten. Beide jung, beide mit umgehängter Maschinenpistole.

Der erste Polizeibeamte vertrat ihm den Weg. Harry blieb stehen, und die übrigen Fahrgäste drängten sich an ihm vorbei, so daß er allein mit der Polizei zurückblieb.

»Come si chiama?« Wie heißen Sie? fragte der junge Uniformierte.

Harry sah von einem zum anderen. Dies war der entscheidende Augenblick. Jetzt mußte sich zeigen, ob er die ihm von Eaton zugedachte Rolle beherrschte oder nicht.

»Come si chiama?«

Er war noch immer hager, schlanker als der Harry Addison in dem Videofilm. Und er trug noch immer einen Bart wie auf seinem Paßfoto. Vielleicht genügte das.

»Entschuldigung«, sagte er lächelnd. »Ich spreche leider nicht italienisch.«

»Americano?«

»Ja.« Er lächelte erneut.

»Kommen Sie bitte mit«, forderte der zweite Beamte ihn auf englisch auf. Harry folgte ihnen über den Weg ins Licht des Fahrkartenkiosks.

»Sie haben Ihren Paß bei sich?«

»Ja, natürlich.«

Harry griff in seine Jacke, ertastete den Reisepaß, den Eaton ihm gegeben hatte. Er zögerte.

»Passaporto!« verlangte der erste Beamte scharf.

Harry zog langsam seinen Paß heraus und gab ihn dem Uniformierten, der englisch sprach. Dann beobachtete er, wie erst der eine, dann der andere ihn studierte. Auf der anderen Straßenseite, praktisch in Reichweite, stand das Hotel, in dessen Straßencafé noch reger Betrieb herrschte.

»Sacco.«

Der erste Polizeibeamte deutete auf die Reisetasche, die Harry ihm bereitwillig überließ. In diesem Augenblick hielt drüben vor dem Hôtel du Lac ein Streifenwagen, dessen Fahrer zu ihnen hinübersah.

»Pater Jonathan Roe.« Der zweite Beamte klappte Harrys Paß zu, gab ihn aber nicht zurück.

»Richtig.«

»Wie lange sind Sie schon in Italien?«

Harry zögerte kaum merklich. Gab er an, in Rom, Mailand, Florenz oder sonstwo in Italien gewesen zu sein, würden sie fragen, wo er dort gewohnt hatte. Jedes Hotel, das ihm vielleicht einfiel, ließ sich sehr leicht überprüfen.

»Ich bin heute nachmittag mit dem Zug aus der Schweiz gekommen.«

Die Polizeibeamten beobachteten ihn aufmerksam, ohne sich dazu zu äußern. Er konnte nur hoffen, daß sie keine Fahrkarte verlangen oder fragen würden, wo er in der Schweiz gewesen war.

Dann sprach der zweite Polizist weiter. »Was führt Sie nach Bellagio?«

»Ich bin als Tourist hier. Ich wollte schon immer mal an den Comer See...« Harry lächelte. »Jetzt hat es endlich geklappt.«

»Wo bleiben Sie hier?«

»Im Hôtel du Lac.«

»Es ist schon spät. Haben Sie eine Reservierung?«

»Ja. Ich hoffe jedenfalls, daß damit alles geklappt hat.«

Die Polizeibeamten musterten ihn weiter. Hinter ihnen konnte er den Fahrer des Streifenwagens sehen, der ihn ebenfalls nicht aus den Augen ließ. Dieser Augenblick war qualvoll, aber Harry konnte nichts anderes tun, als geduldig zu warten, bis sie wieder die Initiative ergriffen.

Plötzlich gab ihm der zweite Beamte den Paß zurück.

»Entschuldigen Sie, daß wir Sie belästigt haben, Pater.«

Sein Kollege reichte Harry die Reisetasche, dann traten sie beiseite und forderten ihn mit einer Handbewegung zum Weitergehen auf.

»Danke«, sagte Harry. Er steckte seinen Paß ein, hängte sich die Reisetasche um, ging an den beiden vorbei und erreichte die Straße. Nachdem er einen Motorrollerfahrer abgewartet hatte, ging er zum Hotel hinüber und war sich dabei bewußt, daß die Polizisten und der Fahrer des Streifenwagens ihn weiter beobachteten.

Als der Nachtportier an die Rezeption kam, um seine Anmeldung entgegenzunehmen, riskierte Harry rasch einen kurzen Blick über die Schulter. Draußen fuhr gerade der Streifenwagen an.

70

Ein gutaussehender Mann mit klaren, tiefblauen Augen saß an einem der rückwärtigen Tische im Straßencafé des Hôtel du Lac. Er war Ende Dreißig und trug Designerjeans und ein leichtes Jeanshemd. Fast den ganzen Abend saß er schon dort, wirkte entspannt, trank gelegentlich einen Schluck Bier und beobachtete die Passanten.

Ein Ober blieb an seinem Tisch stehen und deutete fragend auf sein fast leeres Glas.

»Ja, bitte«, sagte Thomas José Alvarez-Rios Kind, und der Ober nickte und ging.

Thomas Kind war im Aussehen gänzlich verändert. Sein Haar, aber auch seine Augenbrauen waren hellblond gefärbt. So hätte er ein Skandinavier oder ein nicht mehr ganz junger, aber noch sehr sportlicher kalifornischer Surfer sein können. Sein Paß wies ihn jedoch als Niederländer aus. Im Hotel Firenze hatte er sich an diesem Nachmittag als Frederick Voor, Softwareverkäufer, wohnhaft in Amsterdam, Bloemstraat 95, eingetragen.

Obwohl die Gruppo Cardinale vor drei Stunden bekanntgegeben hatte, nach dem flüchtigen amerikanischen Priester Pater Daniel Addison werde nicht mehr in Bellagio gefahndet, weil er anscheinend nie dort gewesen sei, wurden alle Zufahrtsstraßen weiter scharf kontrolliert. Das bedeutete, daß die Polizei noch nicht völlig aufgegeben hatte. Und Thomas Kind erst recht nicht. Er hatte diesen Beobachtungspunkt aus Erfahrung gewählt, um die Leute beobachten zu können, die zu den Tragflügelbooten gingen oder mit ihnen ankamen. Das hatte er in seiner Zeit als junger Revolutionär und Killer in Südamerika gelernt. Man mußte wissen, nach wem man Ausschau hielt. Man suchte einen Ort auf, an dem derjenige höchstwahrscheinlich vorbeikommen würde. Also ging man mit Geduld und Beobachtungsgabe gewappnet hin und wartete. Und heute abend war er mit dieser Methode wieder einmal erfolgreich gewesen.

Die bei weitem interessanteste Erscheinung von allen Leuten, die in diesen Stunden an ihm vorbeigekommen waren, war der bärtige Priester mit der schwarzen Baskenmütze, der mit dem letzten Boot angekommen war.

Der glatzköpfige alte Nachtportier schloß die Tür von Zimmer 327 auf, knipste eine Nachttischlampe an, stellte die Reisetasche auf den Kofferständer und gab Harry den Zimmerschlüssel.

»Danke.« Harry griff in die Tasche, um ihm ein Trinkgeld zu geben.

»No, padre, grazie«, wehrte der Mann lächelnd ab. Er ging hinaus und zog dabei die Tür hinter sich zu. Nachdem Harry sie abgesperrt hatte, wie es jetzt seine Gewohnheit war, atmete er tief durch und sah sich in seinem Zimmer um. Es war klein, aber die Fenster führten auf den See hinaus. Die Einrichtung war alt, ohne schäbig zu sein, und bestand aus Doppelbett, Sessel, Kleiderschrank, Spiegelkommode und Schreibtisch mit Telefon und Fernseher.

Harry zog seine Jacke aus und trat ins Bad. Er ließ das Wasser laufen, bis es kalt war, befeuchtete dann seine Hand und kühlte sich damit den Nacken. Als er den Kopf hob, sah er sein Gesicht im Spiegel. Sein Blick war ängstlich, einsam, aber irgendwie stärker und entschlossener.

Er wandte sich ruckartig vom Spiegel ab, ging ins Zimmer zurück und sah dabei auf seine Uhr.

23.10 Uhr

Harry trat an den Kofferständer und zog den Reißverschluß der Reisetasche auf, die Adrianna ihm mitgegeben hatte. Sie enthielt etwas, das der Polizeibeamte bei seiner flüchtigen Durchsuchung des Gepäckstücks übersehen hatte: ein von einem Notizblock des Hotels Barchetta Excelsior in Como abgerissenes Blatt mit Edward Moois Telefonnummer.

Harry nahm den Hörer des Telefons auf dem Schreibtisch ab, zögerte kurz und tippte dann die Nummer ein. Am anderen Ende klingelte es. Einmal, zweimal. Nach dem dritten Klingeln hob jemand ab.

»Pronto«, meldete sich eine Männerstimme.

»Edward Mooi, bitte. Tut mir leid, daß ich noch so spät anrufe.«

Am anderen Ende herrschte kurzes Schweigen, dann sagte der Mann: »Hier ist Edward Mooi.«

»Ich bin Pater Jonathan Roe von der Georgetown University. Ich bin Amerikaner und gerade in Bellagio angekommen.«

»Was wünschen Sie?« Die Stimme klang mißtrauisch.

»Es geht um die Fahndung nach Pater Daniel Addison... Ich habe die Fernsehreportagen gesehen...«

»Ich weiß überhaupt nicht, wovon Sie reden.«

»Ich dachte, als amerikanischer Priester könnte ich vielleicht helfen, wo andere machtlos sind.«

»Tut mir leid, Pater, aber davon weiß ich nichts. Das ist alles ein Mißverständnis gewesen. Wenn Sie mich jetzt bitte entschuldigen...«

»Ich bin im Hôtel du Lac. Zimmer drei-zwo-sieben.«

»Gute Nacht, Pater.«

Klick.

Harry ließ langsam den Hörer sinken.

Kurz bevor Edward Mooi aufgelegt hatte, hatte Harry ein ganz leises Knacken in der Leitung gehört. Es bestätigte, was er vermutet hatte: Die Polizei hatte mitgehört.

71

Bellagio. Dienstag, den 14. Juli, 4.15 Uhr

Schwester Elena Voso stand im Haupttunnel der Grotte, horchte auf den Wellenschlag an den Granitwänden und hoffte, daß Luca und die anderen bald zurückkommen würden.

Über ihr war die Grotte sechs bis sieben Meter hoch, an einigen Stellen sogar höher. Der breite Höhlengang darunter erstreckte sich hundert Meter weit bis zum Kanal und der Anlegestelle am anderen Ende. Aus den Felswänden waren teilweise zersprungene und im Lauf der Zeit abgenutzte rudimentäre Bänke herausgehauen worden, die mindestens zweihundert Menschen Platz boten.

Welchen Zweck mochte dieser mit Bänken ausgestattete unterirdische Zufluchtsort gehabt haben? Und von wem und wann war er angelegt worden? Von den Römern? Von anderen Völkern vor oder nach ihnen? Jetzt war die Höhle oder vielmehr das Höhlensystem, weil hier eine Höhle in die andere überging, jedenfalls hochmodern eingerichtet: mit Elektrizität, Belüftung, fließendem Wasser, Telefonen, einer kleinen Küche und einem großen zentralen Wohnraum, an den sich mindestens drei private Luxussuiten mit opulenten Bädern, Massageräumen und Schlafzimmern anschlossen. Außerdem sollte hier unten einer der größten Weinkeller Europas liegen, den sie allerdings nicht zu sehen bekommen hatte.

Am Sonntag abend hatte der verbindliche, gebildete Edward Mooi sie unmittelbar nach ihrer Ankunft in der Villa Lorenzi hierhergebracht. Mooi hatte das elegante Motorboot mit geringem Tiefgang selbst gesteuert und war mit ihnen durch die Nacht nach Süden gefahren. Er war dem Seeufer gut zehn Minuten lang gefolgt, bevor er schließlich eine schmale Einfahrt in einer scheinbar geschlossenen Felswand angesteuert hatte und zwischen Felsen und überhängenden Bäumen hindurch zum Grotteneingang weitergefahren war.

In der Grotte hatte er den starken Suchscheinwerfer des Motorboots eingeschaltet und war mit ihnen durch ein Kanallabyrinth gefahren, bis sie die Anlegestelle erreichten: eine zehn mal zehn Meter große Steinplattform am Ende des Tunnels, in dem sie jetzt stand. Dann waren ihre Vorräte ausgeladen und Michael Roark und Elena Voso in die Suite gebracht worden, in der sie sich jetzt befand. Zur Suite gehörten zwei Räume, ein großes Schlafzimmer, das Elena bezogen hatte, und ein Wohnzimmer, in dem jetzt Michael Roark untergebracht war. Dazwischen lag ein in den Fels hineingehauenes Luxusbad mit Marmorwanne und vergoldeten Armaturen.

Diese Höhle oder Grotte, das hatte Mooi berichtet, lag auf den zur Villa Lorenzi gehörenden Ländereien und war vor vielen Jahren von Eros Barbu, ihrem berühmten Besitzer, entdeckt worden. Zunächst hatte er sie in einen riesigen Weinkeller verwandelt; später waren die Suiten eingerichtet worden, wobei Barbu, der eine Villa im Süden Mexikos besaß, alle Handwerker von dort geholt und nach beendeter Arbeit zurückgeschickt hatte. Nur so ließ sich die Existenz des Höhlensystems selbst vor den Einheimischen geheimhalten. Der vierundsechzigjährige Eros Barbu war nicht nur ein weltbekannter Bestsellerautor, sondern auch als ein Mann berühmt, dessen Legende sich bereits in seinem Namen widerspiegelte. Seine Grotte war zu einem romantischen, höchst verschwiegenen Treffpunkt für Schäferstündchen mit einigen der schönsten und prominentesten Frauen der Welt geworden.

So romantisch die neuere Geschichte der Grotte auch sein mochte, für Elena war sie nur ein Ort des Schreckens und der Einsamkeit. Sie sah noch immer Luca Fanari mit seinem vor Wut und Entsetzen verzerrten Gesicht vor sich, als er den Anruf entgegengenommen hatte. Seine Frau war tot, grausam ermordet, ihr Leichnam in der Wohnung verbrannt, in der sie seit ihrer Hochzeit gelebt hatten. Kurz nach diesem Telefongespräch war Luca verschwunden, um zu ihrer Beerdigung nach Pescara zu fahren und bei ihren drei Kindern zu sein. Marco und Pietro hatten ihn begleitet.

»Gott beschütze euch«, hatte Elena ihnen nachgerufen, als sie mit ihrem einzigen Transportmittel, einem kleinen Kunststoffboot mit Außenbordmotor, weggefahren waren, um in Bellagio das erste Tragflügelboot nach Como zu erreichen.

Und nun war sie mit Michael Roark allein, der in dem Raum hinter ihr schlief, und betete darum, Gott möge sie bald das Geräusch des Außenbordmotors eines zurückkommenden Boots hören lassen. Aber sie hörte nur den sanften Wellenschlag an den Felswänden.

Als sie eben hineingehen wollte, weil sie zu dem Schluß gekommen war, ihr bleibe nichts anderes übrig, als ihre Mutter Oberin in Siena anzurufen, ihr zu berichten, was geschehen war, und sie um Anweisungen zu bitten, hörte sie das von den Wänden der Grotte widerhallende ferne Brummen eines Motorboots. Dann sah sie den hellen Strahl des Suchscheinwerfers, hörte, wie die Motoren gedrosselt wurden, und sah das elegante Motorboot herangleiten. Gesteuert wurde es von Edward Mooi.

Als das Boot vertäut war, stiegen drei Personen aus: Edward Mooi sowie ein Mann und eine Frau, die Elena nicht kannte.

»Die Männer sind fort«, sagte sie rasch.

»Ich weiß.« Mooi wirkte ernst, während er ihr die beiden Leute vorstellte, die er mitgebracht hatte. Sie waren langjährige, absolut vertrauenswürdige Angestellte Barbus, die bei Michael Roark bleiben sollten, während Elena nach Bellagio fuhr.

»Bellagio?« fragte sie überrascht.

»Ich möchte, daß Sie jemanden aufsuchen – einen amerikanischen Priester – und hierherbringen.«

»Hierher in die Grotte?«

»Ja.«

Elena betrachtete den Mann und die Frau, dann sah sie wieder zu Edward Mooi hinüber. »Warum gerade ich? Warum nicht Sie selbst oder einer Ihrer Leute?«

»Weil man uns in Bellagio kennt und Sie nicht.«

Elena musterte die beiden erneut. Salvatore und Marta, so hatte Edward Mooi sie vorgestellt. Sie schwiegen, erwiderten aber ihren Blick. Beide schienen Anfang Fünfzig zu sein. Salvatore war braungebrannt, Marta nicht, was darauf schließen ließ, daß er im Freien und sie in der Villa arbeitete. Beide trugen einen Ehering, aber Elena konnte nicht beurteilen, ob sie miteinander verheiratet waren. Das machte keinen Unterschied, denn ihr Blick sagte alles. Sie waren ängstlich und besorgt, aber zugleich wachsam und entschlossen. Und sie würden alles tun, was Edward Mooi von ihnen verlangte.

»Wer ist dieser Priester?« fragte Elena.

»Ein Verwandter Michael Roarks«, sagte Edward Mooi.

»Nein, das stimmt nicht!« widersprach sie nachdrücklich. Sie empfand keine Angst, sondern war nur zornig darüber, daß Luca, Marco, Pietro oder ihre eigene Mutter Oberin ihr das nicht schon früher gesagt hatte.

»Es gibt keinen Michael Roark, oder falls es doch einen gibt, ist er nicht der Mann dort drinnen.« Sie deutete auf die Tür des Raums, in dem ihr Patient schlief. »Er ist Pater Daniel Addison, nach dem die Polizei fahndet, weil er Kardinal Parma ermordet haben soll.«

»Er ist in Gefahr, Schwester Elena, deshalb ist er hier«, sagte Edward Mooi gelassen. »Deshalb hat er eine neue Identität erhalten und ist mehrmals verlegt worden.«

Elena starrte ihn an. »Warum beschützen Sie ihn?«

»Wir sind damit beauftragt worden.«

»Von wem?«

»Eros Barbu.«

»Der weltberühmte Autor schützt einen Mörder?«

Edward Mooi gab keine Antwort.

»Luca und die anderen haben das gewußt? Auch meine Mutter Oberin?« Elena starrte ihn ungläubig an.

»Das weiß ich nicht.« Edward Moois Augen verengten sich. »Aber ich weiß, daß die Polizei uns auf Schritt und Tritt beobachtet. Deshalb bitte ich Sie, nach Bellagio zu fahren. Würde einer von uns sich mit dem Priester treffen, würde die Polizei uns alle sofort verhaften oder uns von diesem Augenblick an beschatten.«

»Dieser Priester«, sagte Schwester Elena, »ist Pater Addisons Bruder, nicht wahr?«

»Das nehme ich an.«

»Und ich soll ihn herbringen?«

Edward Mooi nickte. »Es gibt einen Weg über Land. Den zeige ich Ihnen.«

»Was wäre, wenn ich statt dessen zur Polizei ginge?«

»Sie wissen nicht bestimmt, daß Pater Daniel ein Mörder ist. Und ich habe beobachtet, wie Sie ihn umsorgen. Er ist Ihr Schutzbefohlener, deshalb gehen Sie nicht zur Polizei.«

73

Villa Lorenzi, 5.30 Uhr

Edward Mooi stand ungekämmt, barfuß und im Bademantel an der Tür des Verwalterhauses, zuckte lediglich mit den Schultern und ließ Roscani und seine Armee aus Kriminalbeamten der Gruppo Cardinale, schwerbewaffneten Carabinieri und einem Spürhundetrupp des italienischen Heeres – fünf belgische Malinois mit ihren Hundeführern – zum zweitenmal die Villa Lorenzi durchsuchen.

Erneut durchsucht wurden das palastartige Haupthaus, der Gästeflügel mit seinen sechzehn Zimmern, der zweite Flügel, in dem Eros Barbu wohnte, und sämtliche Räume beider Kellergeschosse. Die Spürhunde, für die Kleidungsstücke aus Pater Daniels Wohnung in der Villa Ombrellari in Rom und Harry Addisons Zimmer im Hotel Hassler eingeflogen worden waren, liefen ihnen überallhin voraus.

Anschließend durchkämmten sie den riesigen Kuppelbau hinter dem Haupthaus, der unten einen Swimmingpool und Tennisplätze und im ersten Stock einen prachtvollen Ballsaal mit Stuckdecke enthielt. Danach kamen die Garage für acht Fahrzeuge, die Unterkünfte des Hauspersonals, die Stallungen und Remisen und schließlich das dreitausend Quadratmeter große Gewächshaus an die Reihe.

Roscani war überall dabei. Er ging von einem Raum zum anderen, von einem Gebäude zum nächsten, leitete die Durchsuchung, achtete auf das Verhalten der Hunde, machte Einbauschränke auf, suchte Geheimtüren, klopfte Wände und Böden ab und kümmerte sich persönlich um alle Details. Gleichzeitig dachte er immer wieder an die Morde in Pescara und den Mann mit dem Eispicker: Wer er war oder sein konnte, in dieser Sache hatte er eine dringende Anfrage an die Interpolzentrale in Lyon gerichtet, um sich eine Liste der in Europa vermuteten Terroristen und Berufskiller schicken zu lassen, möglichst mit genauer Personenbeschreibung und Persönlichkeitsprofil.

»Haben Sie genug gesehen, Ispettore capo?« Edward Mooi trug noch immer seinen Bademantel.

Erst als Roscani aufsah, wurde ihm klar, wo sie waren: an der Treppe im Bootshaus der Villa Lorenzi. Draußen malte die Morgensonne einen glänzenden, rotgoldenen Streifen über den stillen See, während im Halbdunkel unter ihnen zwei Spürhunde leise winselnd und blaffend das am Steg vertäute große Motorboot beschnüffelten. Ihre Führer ließen die Hunde gewähren, und vier bewaffnete Carabinieri sahen interessiert zu. Roscani drehte sich wie

Edward Mooi nach den Hunden um, behielt den Südafrikaner dabei aber im Auge.

Schließlich gaben die Hunde nacheinander auf, liefen nur noch über den Steg und schnüffelten ziellos herum. Einer der Hundeführer sah zu Roscani auf und schüttelte den Kopf.

»Grazie, signore«, sagte Roscani zu Mooi.

»Prego.« Edward Mooi nickte knapp, verließ das Bootshaus und ging in Richtung Haupthaus davon.

»Schluß für heute!« rief Roscani den Hundeführern zu und beobachtete, wie sie mit ihren Hunden und den vier Carabinieri die Treppe heraufkamen und in Richtung Haupthaus davongingen, vor dem die Polizeifahrzeuge geparkt standen.

Roscani folgte ihnen langsam. Sie waren seit über zwei Stunden hier und hatten nichts entdeckt. Er hatte zwei Stunden vergeudet und mußte sich eingestehen, daß er sich getäuscht hatte, und anderswo weitermachen. Trotzdem …

Er blieb stehen und sah sich um. Vor ihm lag das Bootshaus, dahinter der See. Rechts von ihm hatten die Hundeführer und die Carabinieri die Villa schon fast erreicht. Edward Mooi war längst verschwunden.

Was hatte er übersehen?

Links von der Villa, zwischen ihr und dem Bootshaus, lag die Anlegestelle mit der reichverzierten Steinbalustrade, wo der Bootsführer des Tragflügelboots den flüchtigen Priester und seine Begleiter abgesetzt haben wollte.

Roscani starrte wieder das Bootshaus an. Seine Finger berührten wie von selbst seine Lippen, und er nahm einen Zug von seiner Phantomzigarette. Dann ließ er die imaginäre Zigarette fallen, trat sie aus, ohne das Bootshaus aus den Augen zu lassen, ging zurück und trat ein.

Von der Treppe aus war nichts als das unten am Steg vertäute Motorboot mit dem für seinen Betrieb nötigen Zubehör zu sehen. Vorn war das Bootshaus zum See hin offen.

Schließlich ging er die Treppe hinunter und schritt das Boot in ganzer Länge auf dem Steg ab. Vom Bug zum Heck. Vom Heck zum Bug. Immer auf der Suche nach etwas, das er vielleicht übersehen hatte. Dann ging er an Bord. Begutachtete das Bootsinnere, die Sitze, den Steuerstand. Die Hunde hatten angeschlagen, aber nichts gefunden. Zu sehen war auch nichts. Ein Boot war ein Boot, und er vergeudete hier seine Zeit. Als er schon wieder auf den Steg zurückklettern wollte, fiel ihm noch etwas auf. Er trat ans Heck und betrachtete die beiden Yamaha-Außenbordmotoren. Dann kniete er nieder, griff mit einer Hand über Bord, tastete die Motorgehäuse ab und berührte dabei vorsichtig ihre Unterseiten oberhalb der Antriebswelle.

Beide waren warm.

74

Bellagio. 8.00 Uhr

Elena Voso überquerte den Platz und ging die lange Treppe zur Uferstraße hinunter. Kleine Läden, die hauptsächlich an Touristen verkauften, säumten den Weg zum See hinab. Die meisten hatten bereits geöffnet. Das Verkaufspersonal und die ersten Kunden waren fröhlich, lächelten und schienen sich auf einen schönen Tag zu freuen.

Vor ihr lag der See, auf dem Segelboote kreuzten. Jenseits der Uferstraße lag die Anlegestelle der Tragflügelboote. Wann das erste Boot gefahren sein mochte und ob Luca, Marco und Pietro schon in Como waren, vielleicht auf dem Bahnhof, wo sie auf den Zug nach Mailand warteten? Unten am Fuß der Treppe stand das Hôtel du Lac.

Nachdem Edward Mooi die Grotte mit dem Motorboot verlassen hatte, war Elena mit Salvatore und Marta zu Pater Daniel hineingegangen, wie sie ihn jetzt wohl nennen mußte. Er war wach, stützte sich auf einen Ellbogen und beobachtete sie, als sie hereinkamen. Elena stellte ihm die beiden als Freunde vor, die ihn für kurze Zeit versorgen würden, während sie unterwegs sein mußte. Obwohl seine Stimmbänder wieder soweit funktionierten, daß er in kurzen Sätzen reden konnte, äußerte Pater Daniel sich nicht dazu. Statt dessen starrte er sie forschend an, als ahne er, daß sie herausbekommen hatte, wer er in Wirklichkeit war.

»So sind Sie gut versorgt«, sagte Elena schließlich und überließ ihn Marta, die angeboten hatte, seine Verbände zu wechseln, was darauf schließen ließ, daß sie eine ausgebildete Krankenpflegerin war.

Dann führte Salvatore Elena in einen ihr unbekannten Teil des Höhlensystems. Der schmale Fußweg schlängelte sich durch mehrere große und kleine Höhlen und endete schließlich vor einem Lastenaufzug, der mit ihnen etwa hundert Meter weit durch einen natürlichen Felseinschnitt nach oben ratterte.

Oben stiegen sie in dichtem Unterholz aus und folgten einem Waldweg zu einer Forststraße hinunter, auf der Salvatore einen klapprigen Lastwagen stehen hatte. Er half Elena einsteigen und erklärte ihr auf der Fahrt zum Ortsrand von Bellagio, wohin sie gehen und was sie dort tun sollte.

Nun, jetzt war sie da, stand am Fuß der Treppe gegenüber dem Hôtel du Lac und sah nichts als Polizei. Der Menschenauflauf befand sich genau vor ihr: ein Krankenwagen, drei Streifenwagen und viele Neugierige befanden sich auf der anderen Straßenseite in der Nähe der Anlegestelle am See. Links vor Elena lag der kleine Park mit der Telefonzelle, aus der sie Pater Daniels Bruder im Hotel anrufen sollte.

»Da ist jemand ertrunken«, hörte Elena eine Frau sagen, während andere Leute die Treppe herunterkamen, sich an ihr vorbeidrängten und über die Straße liefen, um zu sehen, was passiert war.

Elena beobachtete sie noch einen Augenblick, dann sah sie zum Telefon hinüber. Pater Daniel war ihr Schutzbefohlener, hatte Edward Mooi gesagt. Das mochte stimmen, aber ihre Vernunft riet ihr, bei erster Gelegenheit zur Polizei zu gehen. Ob ihre Mutter Oberin wußte, was gespielt wurde, machte keinen Unterschied. Es ging sie auch nichts an, was Pater Daniel getan oder nicht getan hatte. Darüber mußten die Gerichte entscheiden. Er wurde wegen Mordes gesucht, und sein Bruder ebenfalls. Dort drüben war die Polizei. Sie brauchte nur hinüberzugehen.

Das tat sie auch, indem sie sich von der Telefonzelle abwandte und die Straße überquerte. Als Elena den anderen Gehsteig erreichte, hörte sie laute Rufe aus der am Ufer versammelten Menge.

Weitere Neugierige hasteten an ihr vorbei, um mitzubekommen, was dort passierte.

»Da ist sie!« rief jemand in ihrer Nähe, und Elena sah, wie Polizeitaucher eine Leiche in der Nähe der Anlegestelle an die Wasseroberfläche brachten. Polizisten zogen sie auf den Steg und legten sie auf die Planken. Ein weiterer Uniformierter bedeckte sie hastig mit einer Wolldecke.

In diesem Augenblick jähen Entsetzens, in dem die neugierige Menge sich plötzlich mit dem Tod konfrontiert sah und schlagartig verstummte, erstarrte auch Elena Voso. Die Leiche aus dem See war die eines Mannes. Es war Luca Fanari.

75

Harry beobachtete die Polizei und die Menschenmenge auf der anderen Straßenseite noch einen Augenblick, bevor er sich wieder auf den Fernseher in seinem Hotelzimmer konzentrierte. Adrianna, wie immer in Feldjacke und Baseballmütze, stand in strömendem Regen vor dem Sitz der Weltgesundheitsorganisation WHO in Genf. Nach bisher unbestätigten Berichten aus Hefei in Ostchina hatte es bei der dortigen Wasserversorgung eine schwere Betriebsstörung gegeben. Tausende von Menschen sollten vergiftet und bereits über sechstausend gestorben sein. Aber Xinhua, die Nachrichtenagentur Neues China und das staatliche Fernsehen bezeichneten diese Berichte als frei erfunden.

Als Harry den Ton abstellte, verstummte Adrianna plötzlich. Was hatte sie aus Genf über eine »frei erfundene« Story zu berichten?

Er sah unruhig nochmals aus dem Fenster, dann wieder auf den Radiowecker.

8.20 Uhr

Keine Anrufe, nichts. Was war mit Edward Mooi? Hatte er das Fax nicht noch mal gelesen? Und jetzt war Adrianna in Genf, statt hier in Bellagio. Harry fühlte sich im Stich gelassen, in einem kleinen

Hotelzimmer gestrandet, während draußen der Lauf der Welt weiterging.

Er sah wieder aus dem Fenster. Direkt gegenüber auf der anderen Straßenseite hielt ein Polizeifahrzeug. Die Türen öffneten sich, und drei Männer in Zivil stiegen aus und gingen zur Anlegestelle. Harry hatte das Gefühl, sein Herz setze einen Schlag aus. Der vordere Mann, der die beiden anderen anführte, war Otello Roscani.

Instinktiv wich er vom Fenster zurück. Im nächsten Augenblick wurde an seine Zimmertür geklopft. Harry erstarrte förmlich. Dann wurde nochmals angeklopft.

Er trat rasch ans Bett und holte den Notizzettel mit Edward Moois Telefonnummer aus seiner Reisetasche, zerriß ihn in kleine Schnitzel, lief damit ins Bad und spülte sie im WC hinunter.

Das Klopfen wiederholte sich, diesmal etwas leiser. Weit weniger energisch, als die Polizei angeklopft hätte. Das war natürlich Eaton... Harry atmete auf, ging zur Tür und öffnete sie.

Draußen stand eine junge Nonne.

»Pater Roe?«

Harry zögerte.

»Ich bin Schwester Elena Voso.« Sie sprach akzentgefärbtes, aber gut verständliches Englisch.

Er schaute sie unsicher an.

»Darf ich eintreten?«

Harry blickte an ihr vorbei den Flur entlang. Sie schien allein zu sein.

»Ja, natürlich.«

Harry trat zurück und beobachtete, wie sie sich umdrehte und die Tür hinter sich schloß.

»Sie haben Edward Mooi angerufen«, begann Elena vorsichtig.

Harry nickte.

»Ich bin gekommen, um Sie zu Ihrem Bruder zu bringen.«

Er blickte sie an. »Tut mir leid, aber das verstehe ich nicht.«

»Sie können ganz unbesorgt sein.« Elena spürte sein Mißtrauen, sah seine Unsicherheit. »Ich bin nicht bei der Polizei.«

»Tut mir leid, ich weiß nicht, wovon Sie reden.«

»Wenn Sie das nicht wissen, brauchen Sie mir nur zu folgen...

Ich warte an der Treppe, die ins Dorf hinaufführt. Ihr Bruder ist krank. Bitte, Mr. Addison.«

76

Harry ging mit Elena die Treppe hinunter und öffnete im Erdgeschoß die Tür, die vom Treppenhaus in einen schwach beleuchteten Korridor führte: *USCITA* – Ausgang. Ein Schild mit einem Richtungspfeil. Harry zögerte, weil er einen Hinter- oder Nebenausgang suchte, um nicht durch die Hotelhalle auf die Straße hinausgehen zu müssen, wo Roscani war. Aber dies war das einzige Hinweisschild, deshalb ging er mit der jungen Nonne in Pfeilrichtung weiter. Hinter der nächsten Tür lag schon die Hotelhalle, die sie nur durch den Hauptausgang verlassen konnten.

»Verdammt!« flüsterte Harry. An der Rezeption standen Gäste, die ihre Zimmer bezahlen wollten. In der Nähe des Ausgangs unterhielt sich ein rundlicher Mann angeregt mit dem Portier. Harry sah sich um. Falls es irgendwo einen weiteren Ausgang gab, wußte er nicht, wo der zu finden war. In diesem Augenblick öffnete sich die Lifttür, und zwei Paare und ein Hoteldiener mit Gepäckkarre traten aus der Kabine und gingen an ihnen vorbei. Wenn sie das Hotel verlassen wollten, mußten sie diese Gelegenheit nutzen.

Harry nickte Elena zu, setzte sich in Bewegung und folgte dem Hoteldiener. Als sie den Ausgang erreichten, ließ er dem Mann mit einer Handbewegung den Vortritt. Der Hoteldiener schob seine Gepäckkarre ins Freie, Harry und Elena traten unmittelbar hinter ihm auf die Straße. Dort bog Harry abrupt links ab, um im Fußgängerstrom mitzuschwimmen.

»Buon giorno.« Ein Mann zog grüßend den Hut. Ein junges Paar lächelte sie an. Die beiden gingen weiter.

»Gleich links die Treppe hinauf«, sagte Elena ruhig.

Dann sah Harry, wie Roscani von der Anlegestelle heraufkam, genau wie er selbst am Abend zuvor. Er ging so rasch, daß die beiden anderen Kriminalbeamten Mühe hatten, ihm zu folgen. Harry blieb unwillkürlich etwas dichter bei Elena, um sie zwischen sich und den Polizeibeamten zu haben.

Sie hatten die Straßenecke schon fast erreicht, und Harry sah die Treppe, von der Elena gesprochen hatte, als Roscani plötzlich den Kopf hob. Sein Blick war genau auf Harry gerichtet. Im selben Augenblick begann Elena auf italienisch zu reden. Er hatte keine Ahnung, was sie sagte, aber sie gestikulierte lebhaft, zeigte nach vorn und tat so, als führten sie ein angeregtes Gespräch. An der Treppe bog sie nach links ab und verstummte ebenso abrupt, wie sie zu reden begonnen hatte.

Dann waren sie zwischen anderen Fußgängern auf der Treppe. Sie schlängelten sich zwischen ihnen hindurch, kamen an Geschäften und Restaurants vorbei. Erst als sie oben waren, riskierte Harry einen Blick hinter sich. Nichts: keine Polizei, kein Roscani, nur Touristen und ein paar Einheimische.

»Die Männer, die vom Steg heraufgekommen sind, waren Polizisten«, sagte Elena.

»Ja, ich weiß.« Als sie weitergingen, musterte Harry sie von der Seite und fragte sich besorgt, wer sie war und in wessen Auftrag sie handelte.

77

9.10 Uhr

Harry schaltete krachend, lenkte um eine Kurve, biß die Zähne zusammen, schaltete nochmals und beschleunigte eine enge Straße hinunter. Der kleine Lastwagen, den Salvatore für sie abgestellt hatte, war alt und klapprig; die Kupplung rupfte, und die ganze Schaltung war ausgeschlagen. Harry legte rumpelnd den nächsten Gang ein. Sie bogen an einem Park ab und ließen Bellagio hinter sich.

»Erzählen Sie mir von meinem Bruder.« Er achtete einen Augenblick lang nicht auf die Straße, sondern beobachtete Elena, um festzustellen, ob sie wirklich etwas über Danny wußte.

»Er hat sich beide Beine gebrochen und Brandverletzungen an Kopf und Oberkörper. Außerdem hat er eine schwere Gehirnerschütterung erlitten. Aber sein Zustand hat sich schon gebessert: Er fängt an, feste Nahrung zu sich zu nehmen, und kann langsam wieder reden. Sein Gedächtnis ist lückenhaft, aber das ist in solchen Fällen normal. Er ist noch schwach, aber seine Genesung macht Fortschritte. Ich glaube, daß er wieder ganz gesund wird.«

Danny lebte! Das verschlug Harry den Atem. Alle möglichen Gefühle stürmten auf ihn ein, als seine Hoffnungen plötzlich Realität wurden. Aber gleich darauf wurde er unsanft in die Gegenwart zurückgeholt. Auf der Straße vor ihnen fuhren die Autos langsamer, kamen zum Stehen.

»Carabinieri«, sagte Elena.

Harry griff nach dem Schalthebel, wieder krachte das Getriebe, als er herunterschaltete und dicht hinter dem weißen Lancia zum Stehen kam, der das Schlußlicht einer kleinen Autoschlange bildete, die an der von der Polizei errichteten Straßensperre hielt.

Zwei mit Uzis bewaffnete Carabinieri kontrollierten die Insassen der an der Sperre haltenden Wagen. Zwei weitere Polizisten standen am Straßenrand und beobachteten den Ablauf der Kontrolle.

Jetzt wurde der Lancia vor ihnen durchgewinkt, und Harry legte den ersten Gang ein. Der kleine Lastwagen ruckelte vorwärts und kam erst zum Stehen, als einer der Carabinieri zur Seite gesprungen war und Harry zugebrüllt hatte, er solle anhalten.

»Jesus!«

Die Carabinieri traten von beiden Seiten an den Wagen.

Harry sah zu Elena hinüber. »Reden Sie mit ihnen. Sagen Sie irgendwas.«

»Buon giorno.« Der Carabiniere starrte Harry sichtlich aufgebracht an.

»Buon giorno.« Harry lächelte, und Elena legte wie ein Maschinengewehr los. Sie deutete abwechselnd auf sich und Harry und ihren Lastwagen und sprach mit beiden Carabinieri gleichzeitig. Fünfzehn Sekunden später war alles vorbei. Die Uniformierten traten zurück, grüßten zackig und winkten sie durch. Mit krachendem Getriebe und einer lauten Fehlzündung fuhr Harry an, während die vier Polizeibeamten sich wegen der blauen Qualmwolke abwandten.

Harry beobachtete sie im Rückspiegel, dann wandte er sich an Elena.

»Was haben Sie ihnen erzählt?«

»Daß wir uns den Wagen geliehen haben, weil wir zu einer Beerdigung wollen, und schon spät dran sind … Hoffentlich stimmt das nicht wirklich.«

»Das hoffe ich auch.«

Harry konzentrierte sich wieder auf die Straße, die vor ihnen anzusteigen begann, und warf instinktiv noch einen Blick in den Rückspiegel. Aber er sah nichts außer der Straßensperre, an der ein Auto nach dem anderen kontrolliert und durchgewinkt wurde.

Dann ein rascher Blick zu Elena hinüber. Sie sah schweigend nach vorn und wirkte nachdenklich. Plötzlich erwiderte sie seinen Blick, als sei sie Gedankenleserin und wisse genau, was er fragen wollte.

»Die Pflege Ihres Bruders ist mir von meinem Konvent aufgetragen worden.«

»Heißt das, daß Sie gewußt haben, wer er war?«

»Nein.«

»Hat Ihr Konvent es gewußt?«

»Das weiß ich nicht.«

»Sie wissen es nicht?«

»Nein.«

Harry schaute wieder nach vorn. Inzwischen wußte sie jedenfalls, wer Danny war. Und obwohl sie auch wußte, wer er war, hatte sie alle möglichen Strafen riskiert, um sie durch die Straßensperre der Polizei zu schleusen.

»Darf ich Ihnen eine Frage stellen, die Ihnen vielleicht dumm vorkommen wird? Warum tun Sie das alles?«

»Das habe ich mich auch schon gefragt, Mr. Addison.« Sie sah die Straße entlang und dann wieder zu ihm hinüber. Der Blick ihrer braunen Augen war plötzlich intensiv durchdringend.

»Sie sollten wissen, daß ich in Bellagio eigentlich zur Polizei gehen wollte, um ihr von Ihnen und Ihrem Bruder zu erzählen. Und ich hätte es auch getan, wenn nicht … Der Tote, den Polizeitaucher vor Ihrem Hotel aus dem See geholt haben, hat mitgeholfen, Ihren Bruder in sein jetziges Versteck zu bringen. Er hatte erst vor wenigen Stunden erfahren, daß seine Frau ermordet worden war, und wollte sofort nach Hause.« Elena schwieg, als sei die Erinnerung an das Geschehen zu grausig. Dann atmete sie tief durch und sprach weiter.

»Es hat geheißen, er sei ertrunken. Ob das stimmt, weiß ich nicht. In seiner Begleitung sind zwei weitere Männer gewesen. Ich weiß nicht, wo sie sind oder was ihnen zugestoßen ist. Darum habe ich den Entschluß gefaßt...«

»Welchen?«

Elena zögerte kurz. »In bezug auf meine eigene Zukunft, Mr. Addison. Gott hat mir aufgetragen, Ihren Bruder gesund zu pflegen. Das ist meine Aufgabe, bis er mich wieder davon entbindet. Deshalb ist mir die Entscheidung leichtgefallen.« Sie sah wieder geradeaus. »Hinter den Bäumen dort vorn zweigt eine Forststraße nach rechts ab. Die nehmen Sie bitte.«

78

10.15 Uhr

Edward Mooi stand mit seinem Badetuch in der Hand nach einem Bad tropfnaß da.

»Wer sind Sie, was wollen Sie?«

Er hatte nicht gehört, wie die Tür geöffnet wurde, und wußte nicht, wie der blonde Mann in Jeans und einer leichten Jacke ins Verwalterhaus gekommen war. Oder wie er an den Beamten der Gruppo Cardinale vorbeigekommen war, die noch immer auf dem Gelände herumschnüffelten. Oder wie er überhaupt in den Park der Villa Lorenzi gekommen war.

»Ich möchte, daß Sie mich zu dem Priester bringen«, antwortete der junge Mann ruhig.

»Verschwinden Sie! Sofort! Sonst rufe ich unseren Sicherheitsdienst!« Edward Mooi wickelte sich aufgebracht das Badetuch um die Hüften.

»Das glaube ich nicht.« Der Blonde zog etwas aus der Jackentasche und legte es auf den Waschbeckenrand.

»Was soll ich damit?« Mooi starrte das Päckchen an. Was es enthielt war unklar, aber es schien in eine dunkelgrüne Papierserviette aus einem Restaurant gewickelt zu sein.

»Machen Sie es auf.«

Edward Mooi zögerte noch, dann griff er langsam danach und schlug die Serviette auseinander.

»Gott im Himmel!«

Gräßlich blau verfärbt, blutig, unförmig geschwollen und mit anhaftenden grünen Papierfasern – eine sauber herausgeschnittene menschliche Zunge. Mooi würgte keuchend, ließ das Päckchen ins Waschbecken fallen und wich entsetzt davor zurück.

»Wer sind Sie?«

»Der Krankenwagenfahrer wollte nicht über den Priester reden, sondern lieber kämpfen.« Der Blonde musterte ihn mit durchdringendem Blick. »Sie sind kein Kämpfer. Im Fernsehen heißt es, Sie seien ein Dichter. Folglich sind Sie ein intelligenter Mann. Deshalb weiß ich, daß Sie jetzt tun, was ich verlange, und mich zu dem Priester bringen.«

Edward Mooi schaute ihn an. Genau davor hatten sie Pater Daniel zu schützen versucht.

»Draußen ist zuviel Polizei. An der kommen wir niemals unbemerkt vorbei.«

»Mal sehen, ob wir's schaffen, Edward Mooi.«

Roscani starrte die aus dem Wasser gezogene fast unkenntliche Masse aus Blut, Fleisch und Kleidungsfetzen an, die der ältliche Besitzer der Villa, auf dessen manikürtem Rasen sie jetzt standen, im See entdeckt hatte. Die Spurensicherer fotografierten, machten sich Notizen und befragten den Mann, der die Toten entdeckt hatte.

Wer konnte sagen, wer sie waren oder gewesen waren? Aber Roscani wußte es so gut wie Scala und Castelletti. Vor ihnen lagen die sterblichen Überreste der beiden anderen Männer, die an Bord des Tragflügelboots gewesen waren, das Pater Daniel Addison zur Villa Lorenzi gebracht hatte.

Roscani zog einen Schokoriegel aus der Jackentasche, packte ihn aus, biß ein Stück ab und ging davon. Er hatte keine Ahnung, wie diese Männer abgeschlachtet worden waren, aber das war der richtige Ausdruck: abgeschlachtet. Und er wußte, daß dies das Werk des Mannes mit dem Eispicker gewesen war.

Roscani trat an das Seeufer und starrte über das Wasser hinaus. Irgend etwas hatte er übersehen. Irgendein Ereignis hätte ihm etwas sagen sollen.

»Heilige Muttergottes!« Roscani machte auf dem Absatz kehrt und trabte über den Rasen davon. »Los, mitkommen! Wir haben's eilig!«

Scala und Castelletti ließen die Spurensicherer stehen, um ihrem Chef zu folgen.

Roscani erreichte ihren Dienstwagen als erster Er ließ sich auf den Beifahrersitz fallen und riß das Mikrofon des Funkgeräts aus der Halterung. »Zentrale, hier Roscani. Ich will, daß Edward Mooi sofort zu seinem eigenen Schutz verhaftet wird! Wir fahren sofort hin.«

Im nächsten Augenblick fuhr Scala mit durchdrehenden Rädern an, die Kies auf den frisch gemähten Rasen schleuderten. Roscani saß neben ihm, Castelletti hinten. Keiner der drei sagte ein Wort.

79

10.50 Uhr

Harry beobachtete und horchte, als Sonnenlicht zu Schatten und dann Dunkelheit wurde, während der aus Holz und Eisen bestehende Käfig des Lastenaufzugs zwischen Felswänden in die Tiefe sank. Irgendwo dort unten war Danny. Über ihnen befand sich die Forststraße, die sie heraufgekommen und auf der sie Salvatores kleinen Lastwagen an der vereinbarten Stelle zurückgelassen hatten.

Eine Minute verging, dann zwei. Dann drei. Die einzigen Geräusche waren das leise Rattern des Aufzugs und das entfernte Summen eines Elektromotors, während sie auf ihrer Abwärtsfahrt an den in regelmäßigen Abständen angebrachten Sicherheitslampen vorbeikamen. In diesem periodischen Lichtschein konnte Harry Elenas stolze Kopfhaltung, ihre feingeschnittenen Züge und einen ganz neuen Glanz in ihren Augen sehen. Aber plötzlich lenkte ihn etwas von Elena ab: ein vertrauter Geruch nach feuchtem Moos, den er seit vielen Jahren nicht mehr wahrgenommen hatte.

Der Geruch erinnerte ihn sofort wieder an den Nachmittag seines dreizehnten Geburtstags. Er streifte nach der Schule allein durch den Wald, in dem genau dieser feuchte Moosgeruch herrschte. In weniger als zwei Jahren hatten Danny und er ihre Schwester und ihren Vater durch tragische Unfälle verloren und erleben müssen, wie ihre Mutter wieder heiratete und mit ihnen in einen chaotischen Haushalt mit einem distanzierten Ehemann und fünf anderen Kindern zog. Wie viele andere persönliche Aspekte auch, gingen Geburtstage in einem Durcheinander aus Ungewißheit und Anpassungsschwierigkeiten unter.

Obwohl Harry tapfer versuchte, sich nichts anmerken zu lassen, hing er völlig in der Luft. Als ältester Sohn und älterer Bruder hätte er der Haushaltsvorstand sein sollen. Aber welchen Haushalts, wenn es in seiner neuen Familie schon zwei ältere Söhne gab, die das Heft fest in der Hand hielten?

Das alles ließ ihn zaudern, weil er aus Angst, die Verhältnisse könnten sich noch mehr verschlimmern, keine Bewegung mehr wagte. So zog er sich stillschweigend zurück. Da er in seiner neuen Schule nur wenige Freunde hatte, blieb er am liebsten allein, las viel, sah fern, wenn sonst niemand vor dem Fernseher saß, oder streifte wie heute durch den Wald. Dieser Tag war besonders schwierig: sein dreizehnter Geburtstag, an dem er nicht länger ein Kind, sondern ein Teenager war. Er wußte, daß es zu Hause keine Geburtstagsfeier geben würde; bestenfalls konnte er mit einem Geschenk rechnen, das seine Mutter ihm kurz vor dem Schlafengehen heimlich in ihrem Zimmer zusteckte. Es lag daran, daß sie selbst unsicher war und ihre eigenen Söhne in diesem viel größeren Haushalt und vor einem Ehemann, dem sie sich verpflichtet fühlte, nicht sichtbar bevorzugen wollte. Trotzdem machte das die Feier seiner Geburt zu einer verbotenen Heimlichkeit, als sei er das nicht wert, oder, noch schlimmer, als existiere er nur dem Namen nach. Deshalb war es besser, nachmittags allein durch den Wald zu streifen und zu versuchen, nicht daran zu denken.

Bis er den Felsen sah.

Der etwas abseits des Weges und halb im Unterholz verborgene Felsen erregte seine Aufmerksamkeit, weil auf ihm etwas geschrieben stand. Harry kletterte neugierig über einen umgestürzten Baumstamm, drückte das Buschwerk beiseite und arbeitete sich zu ihm vor. Als er vor dem Felsen stand, konnte er die fünf Wörter lesen, in großen, deutlichen, frisch mit Kreide geschriebenen Buchstaben: WER ICH BIN IST ICH.

Er sah sich instinktiv um, ob der Schreiber in der Nähe war und ihn beobachtete. Als er niemanden sah, drehte er sich wieder um und studierte die Wörter nochmals. Und je länger er sie betrachtete, desto mehr festigte sich seine Überzeugung, sie seien allein für ihn dort hingeschrieben worden. Für den Rest des Tages und bis in die Nacht hinein dachte er über sie nach. Kurz vor dem Zubettgehen schrieb er sie in ein Notizheft, das er in der Schule benutzte. Und während er das tat, wurden sie sein Eigentum, seine Unabhängigkeitserklärung. In diesem bedeutsamen Augenblick erkannte er, daß er frei war. WER ICH BIN IST ICH. Wer er war und was er wurde, lag allein in seiner Hand, nicht in der anderer. Und er war entschlossen, diesen Zustand beizubehalten, um niemals mehr von anderen abhängig zu sein. Meistens hatte das auch geklappt.

Plötzlich fiel helles Neonlicht auf Harrys Gesicht und riß ihn aus seinen Erinnerungen. Im nächsten Augenblick setzte der Aufzug nachdrücklich auf dem Boden des Schachts auf.

Als er den Kopf hob, sah er, daß Elena ihn mit sorgenvollem Blick betrachtete.

»Was gibt es?«

»Sie sollten wissen, daß Ihr Bruder schrecklich abgemagert ist. Erschrecken Sie nicht, wenn Sie ihn sehen.«

»Danke für die Warnung.« Harry nickte ihr zu, streckte eine Hand aus und öffnete die Aufzugtür.

Er folgte Elena rasch durch ein Labyrinth aus schmalen Gängen, an deren Wänden reichverzierte Bronzeleuchter brannten und in deren Boden eine Führungslinie aus grünem athenischen Marmor eingelegt war. Über ihnen veränderten sich die Deckenhöhen ohne

Vorwarnung, und an einigen Stellen mußte Harry den Kopf einziehen, um überhaupt durchzukommen.

Schließlich gelangten sie nach mehreren scharfen Biegungen in eine Art langen, breiten Zentralkorridor, in dessen Seitenwände uralte Bänke eingehauen waren. Dort bog Elena links ab, ging noch etwa zehn Meter weiter und blieb vor einer Tür stehen. Sie klopfte leicht an, sagte etwas auf italienisch und öffnete die Tür.

Salvatore und Marta standen sofort auf, als die beiden hereinkamen. Und dann sah Harry ihn auf der anderen Seite dieses unterirdischen Raums. Er schlief ihm zugekehrt in seinem Bett. Ein Tropf hing an dem Gestell über ihm, Kopf und Oberkörper waren teilweise mit Mullverbänden bedeckt. Er war noch bärtiger als Harry. Und schrecklich abgemagert, wie Elena es gesagt hatte.

Danny.

80

Harry trat langsam an das Bett und blickte auf seinen Bruder herab. Er hatte nicht den geringsten Zweifel daran, wer dort lag, denn er erkannte Danny trotz allem sofort wieder. Daß sie sich jahrelang nicht mehr gesehen hatten, daß Danny sich äußerlich stark verändert hatte, machte keinen Unterschied. Bei seinem Anblick stellte sich eine altgewohnte Vertrautheit ein, die bis in ihre Kindheit zurückreichte. Harry ergriff die Hand seines Bruders. Sie war warm, aber Danny reagierte nicht auf diese Berührung.

»Signore.« Marta sprach Harry an, sah dabei aber zu Elena hinüber. »Wir haben ihm ein Beruhigungsmittel geben müssen.«

Elena wirkte augenblicklich besorgt.

»Als Sie weggegangen sind, ist er ängstlich geworden«, berichtete Salvatore auf italienisch. »Er hat es irgendwie geschafft, aus dem Bett zu kommen, und ist Richtung Wasser gekrochen, als wir ihn entdeckt haben. Als ich ihn zurücktragen wollte, hat er sich dagegen gewehrt. Ich hatte Angst, daß er sich verletzen würde, wenn wir ihn nicht zurückholen, oder ertrinken, wenn er ins Wasser fiele. Sie haben Medikamente in Ihrer Bereitschaftstasche, meine Frau hat gewußt, welches das richtige war.«

»In Ordnung«, sagte Elena rasch, dann berichtete sie Harry, was geschehen war.

Harry mußte unwillkürlich grinsen, als er wieder auf seinen Bruder herabblickte. »Der gleiche zähe kleine Kerl wie früher, was?« Er sah zu Elena hinüber. »Wie lange ist er außer Gefecht?«

»Welche Dosis haben Sie ihm gegeben?« fragte sie Marta auf italienisch. Nachdem Marta geantwortet hatte, wandte Elena sich erneut an Harry. »Noch mindestens eine Stunde, wahrscheinlich länger.«

»Wir müssen ihn von hier wegbringen.«

»Aber wohin?« Elena erklärte Salvatore und Marta: »Einer der Männer, die Pater Daniel hergebracht haben, ist ertrunken aus dem See geborgen worden.«

Die beiden reagierten erschrocken. Elena sah wieder zu Harry hinüber.

»Ich glaube nicht, daß Luca bei einem Unfall ertrunken ist. Ich fürchte, daß der Mörder von Lucas Frau auf der Suche nach Ihrem Bruder ist. Deshalb bleiben wir am besten hier. Ich weiß keinen Ort, der sicherer wäre.«

Edward Mooi steuerte das Motorboot zwischen den Felsen hindurch in die Grotte. Sowie sie die Einfahrt passiert hatten, schaltete er den Suchscheinwerfer ein.

»Ausmachen!« In dem hellen Lichtschein glitzerten Thomas Kinds Augen grausam.

Edward Mooi betätigte sofort den Schalter. Der Scheinwerfer erlosch. Im selben Augenblick spürte er einen scharfen Schmerz am Ohr. Er schrie auf, wich zurück und tastete vorsichtig nach seinem Ohr. An seinen Fingern klebte Blut.

»Ein Rasiermesser, Edward Mooi. Dasselbe Messer, mit dem ich die Zunge in Ihrer Hemdtasche rausgeschnitten habe.«

Mooi spürte seine Hand am Steuer und ahnte die vertrauten Felsen, die auf beiden Seiten vorbeiglitten. Er würde auf jeden Fall sterben. Warum hatte er diesen Verrückten hergebracht? Er hätte nach der Polizei rufen, wegrennen und sein Heil in der Flucht suchen sollen. Aber das hatte er nicht getan. Er hatte sich aus nackter Angst den Anordnungen dieses Kerls gefügt.

Mooi war sein Leben lang ein Mann des Worts, ein friedliebender Poet gewesen. Eros Barbu, der zufällig auf seine Gedichte aufmerksam geworden war, hatte ihn vor dem stumpfsinnigen Leben eines kleinen südafrikanischen Beamten gerettet und ihm die Möglichkeit gegeben, frei von Geldsorgen zu arbeiten. Seine Gegenleistung hatte nur daraus bestanden, die Villa so gut wie möglich zu verwalten. Das hatte Mooi getan, und sein Ruf als Dichter war allmählich gewachsen.

Und dann, fast am Ende seines siebten Jahres in der Villa Lorenzi, hatte Barbu ihn um einen Gefallen gebeten. Er sollte einen Mann beschützen, der mit einem Tragflügelboot ankommen würde. Das hätte er ablehnen können, aber er hatte es nicht getan. Und weil er es nicht getan hatte, würden dieser Mann und er jetzt ihr Leben verlieren.

Edward Mooi steuerte das Motorboot im Dunkeln um einige über dem Wasser ragende Felsen. Noch hundert Meter. Nach der übernächsten Biegung würden sie die Lichter und dann die Anlegestelle sehen. Das Wasser war hier tief und still. Der Daumen des Dichters tastete sich langsam nach oben und betätigte den Notschalter. Die beiden Yamaha-Außenbordmotoren verstummten schlagartig.

Die letzten Handlungen in Edward Moois Leben dauerten nur wenige Sekunden. Seine linke Hand betätigte die Warnsirene des Motorboots, mit seiner rechten Hand stemmte er sich hoch und über die Bordwand. Den scharfen Stahl des Rasiermessers, das ihm die Kehle durchschnitt, während er fiel, spürte er kaum. Das spielte keine Rolle mehr. Sein letztes Gebet war längst gesprochen.

81

Salvatore hatte Pater Daniels Krankenzimmer beim ersten Ton der Bootssirene verlassen und war durch den Zentralkorridor zur Anlegestelle gelaufen. Als er dort nur den dunklen Kanal sah und nichts mehr hörte, kam er eilig zurück.

»Wir müssen sofort weg!« sagte er auf italienisch. Außer Eros Barbu verstand nur Edward Mooi sich darauf, ein Motorboot durch die Kanäle zu steuern, und das Boot war nicht gekommen. Das Sirenengeheul war ein Warnsignal gewesen.

Hätte Mooi sie vor der Polizei warnen wollen, wäre die längst hiergewesen: Roscani, die halbe Gruppo Cardinale, bewaffnete Carabinieri als Verstärkung und eine Reportermeute dicht hinter ihnen. Aber seit die Bootssirene verstummt war, herrschte Totenstille. Also hatte Mooi sie vor jemand anderem warnen wollen.

»Salvatore hat recht«, sagte Harry zu Elena. »Wir müssen weg von hier. Sofort!«

»Aber wie? Wir können Ihren Bruder nicht mit dem Aufzug nach oben transportieren. Selbst wenn wir es schaffen würden, ihn dort hinzubringen, wäre der Aufzug zu klein.«

»Fragen Sie Salvatore, ob es hier noch ein Boot gibt.«

»Das brauche ich ihn nicht zu fragen. Es gibt keines. Luca und die anderen sind mit dem einzigen weggefahren.«

»Fragen Sie ihn trotzdem!« drängte Harry. »Ein Floß. Ein Prahm. Irgendwas, mit dem wir Danny auf dem Wasser abtransportieren können.«

Elena sah zu Salvatore hinüber und wiederholte Harrys Frage auf italienisch.

»Forse«, antwortete Salvatore. *»Forse.«*

Vielleicht.

82

Das Fahrzeug war kein richtiges Boot, sondern eine flache Schute aus Aluminiumblech, etwas über dreieinhalb Meter lang und eineinhalb breit, die von dem Motorboot geschleppt werden konnte, um Vorräte zu bringen oder Müll wegzuschaffen. Salvatore hatte sie gut hundert Meter entfernt in der Nähe einer tiefer in der Grotte liegenden kleineren Anlegestelle gesehen. Dort lag die Schute aus dem Kanal gezogen neben der massiven Tür, die in Barbus legendären Weinkeller führte. Harry und Salvatore schoben sie ans Wasser, setzten sie ein und vertäuten sie an der Anlegestelle.

Dann stieg Harry ins Boot, um es zu testen.

Es schwamm, war nicht leck und sank unter seinem Gewicht

kaum tiefer. Harry bückte sich, richtete die Dollen aus und legte die Riemen ein. »Jetzt kann er an Bord.«

Salvatore schob die fahrbare Krankentrage zur Anlegestelle und hob sie gemeinsam mit Harry ins Heck der Schute. Als nächstes reichte er Elenas Bereitschaftstasche herein. Harry half Elena einsteigen und sah erwartungsvoll zu Salvatore hinüber, aber der Italiener und seine Frau traten vom Kanal zurück.

Das Boot biete nicht Platz genug für fünf Menschen, übersetzte Elena. An den Wänden seien hoch über der Wasserlinie Markierungen angebracht, um die kürzeste Route aus dem Tunnelsystem zu kennzeichnen. Solange sie diesen Markierungen folgten, konnte ihnen nichts passieren.

»Was wird aus euch?« Harry schaute Salvatore besorgt an.

Marta und Salvatore wollten mit dem Lastenaufzug hinauffahren. Elena übersetzte wieder. Die beiden würden sie mit dem Lastwagen aus einer kleinen Bucht südlich von hier abholen. Salvatore erklärte Elena genau, wie die Bucht zu finden war. Zuletzt sah er nochmals zu Harry hinüber.

»Arrivederci«, sagte er fast entschuldigend, als ließen sie die drei im Stich. Danach ergriff er hastig Martas Hand, und die beiden verschwanden in Richtung Zentralkorridor.

83

Wie Salvatore gesagt hatte, waren die Markierungen hoch über der Wasserlinie an den Tunnelwänden angebracht. Elena stand im Bug und ließ den Lichtstrahl einer Taschenlampe über sie hinweggleiten, während Harry das Boot langsam den Kanal entlangruderte.

Harry saß mit dem Rücken zu Elena in der Bootsmitte und konzentrierte sich auf die Riemen, die er möglichst lautlos einzusetzen versuchte.

»Hören Sie mal.« Elena schaltete die Taschenlampe aus.

Harry ließ das Boot mit aus dem Wasser gehobenen Riemen weitertreiben. Aber er hörte nur den leichten Wellenschlag an den Felswänden, an denen ihr Boot vorbeiglitt.

»Was haben Sie gehört?« fragte er flüsternd.

»Ich … Da!«

Diesmal hörte er das Geräusch auch. Es war ein fernes Brummen, das von den Tunnelwänden widerhallte. Aber es verstummte sofort wieder.

»Was war das?«

»Außenbordmotoren. Sie sind ein paar Sekunden gelaufen und wieder abgestellt worden.«

»Wer?«

»Die Leute, vor denen Edward Mooi uns warnen wollte. Sie sind hier in der Grotte und versuchen, uns zu finden.«

Hefei, Provinz Anhui, Wasseraufbereitungsanlage »A«.
Dienstag, den 14. Juli, 18.30 Uhr

Li Wen hielt sich im Hintergrund und beobachtete gelassen, wie die anderen sich in der Zentrale vor der Wand mit den Meßgeräten für Druck, Schwebstoffgehalt, Durchflußgeschwindigkeit und Mittelwerte chemischer Inhaltsstoffe drängten. Wieso sie noch dort standen, war ihm unerklärlich. Die Meßgeräte zeigten nichts mehr an, die Anlage war vollständig stillgelegt. Hier bewegte sich nichts mehr.

Der Provinzgouverneur Zhu Yubing war ebenso verstummt wie Mou Qiyan, der stellvertretende Direktor des Wasserversorgungs- und Wasserkraftkombinats der Provinz Anhui. Die zornigen Worte, die gegenseitigen Anschuldigungen waren ausgetauscht worden, bevor das amtliche Untersuchungsergebnis feststand: Der Chaosee war nicht versehentlich oder vorsätzlich von Terroristen oder sonst jemandem vergiftet worden; die Katastrophe war nicht durch ungereinigte Abwässer landwirtschaftlicher Großbetriebe oder Fabriken, sondern durch die biologischen Giftstoffe der in der Sommerhitze wuchernden Algen ausgelöst worden.

Beide Männer hatten seit Jahren gefordert, diese Zeitbombe müsse entschärft, dieses drohende Problem dringend gelöst werden. Aber die dafür notwendigen Geldmittel waren nie bewilligt worden. Jetzt standen sie angesichts der unvorstellbaren Katastrophe wie vor den Kopf geschlagen da. Aus den Wasserhähnen der Stadt war wie eine Plage verseuchtes, todbringendes Wasser geflossen, bis die Versorgung endlich gesperrt worden war. Allein die nackten Zahlen waren unglaublich.

Der Chaosee war das Trinkwasserreservoir für fast eine Million Menschen. Von denen waren in den vergangenen zehn Stunden siebenundzwanzigtausendfünfhundertacht an dem vergifteten Wasser gestorben. Weitere sechzigtausend Menschen waren schwer krank. Von Hunderttausenden, die das Wasser vermutlich ebenfalls getrunken hatten, lagen noch keine zuverlässigen Meldungen vor. Die Zahl der Kranken und Toten stieg mit jeder Minute. Und selbst die eilig von der Volksbefreiungsarmee entsandten Katastrophenteams konnten nicht mehr tun, als die Leichen abzutransportieren. Und abzuwarten und zu zählen. Genau wie die Männer, die Li Wen jetzt beobachtete.

Die einzigen Geräusche waren der Wellenschlag an den Felsen und Dannys regelmäßige Atemzüge. Elena stand wie erstarrt im Bug, während Harry ihr Boot mit der Strömung treiben ließ und es nur mit den Händen von der Tunnelwand fernhielt, damit es kein Geräusch machte.

Die Dunkelheit war absolut. Harry wußte, daß Elena das gleiche dachte wie er. Schließlich flüsterte er ihr zu: »Bedecken Sie die Taschenlampe mit Ihrer Hand. Lassen Sie nur ganz wenig Licht durch. Richten Sie den Strahl nach oben auf die Wand. Und machen Sie die Lampe sofort aus, wenn Sie irgendwas hören.«

Harry wartete, bis ein dünner Lichtstrahl über die Tunnelwand glitt. Er bewegte sich langsam über den Granit und suchte die Markierungen, ohne jedoch eine zu finden.

»Mr. Addison!« flüsterte Elena, und er hörte erstmals Angst in ihrer Stimme.

»Weitersuchen!«

Er stieß sich von der Tunnelwand ab, setzte die Riemen ein und zog sie langsam zurück. Das Boot bewegte sich gegen die kaum wahrnehmbare Strömung vorwärts.

Elena spürte, wie sie feuchte Handflächen bekam, während der dünne Lichtstrahl vergeblich die Granitwände absuchte.

Auch Harry beobachtete diesen Lichtstrahl und versuchte, nicht daran zu denken, daß sie in der Dunkelheit womöglich zu weit abgetrieben waren und sich jetzt tiefer in das Labyrinth hineinbewegten. Plötzlich glitt das Licht über eine der vertrauten Markierungen hinweg, und er spürte, wie Elena einen Aufschrei unterdrückte.

»Wir sind noch richtig unterwegs«, flüsterte er.

Zehn Meter weiter, dann fünfzehn. Dort war die nächste Markierung angebracht. »Leuchten Sie kurz den Kanal entlang.«

Elena nahm die Hand von ihrer Taschenlampe. So weit der Lichtstrahl reichte, verlief der Tunnel schnurgerade.

»Ausmachen!«

Sofort schaltete Elena die Taschenlampe aus, starrte wieder in die Dunkelheit vor ihnen und betete darum, endlich den Lichtpunkt zu sehen, der das Ende des Kanals und die Ausfahrt zum See bezeichnen würde. Aber sie sah nur nachtschwarzes Dunkel, fühlte nur feuchtkalte Luft, hörte nur das Knarren der Dollen und das leise Plätschern, mit dem Harry die Riemen einsetzte.

»Schwester Elena!« Salvatores Stimme kam plötzlich irgendwoher aus der Dunkelheit.

Elena fuhr zusammen. Harry erstarrte und hielt die Riemen erhoben, so daß ihr Boot nur noch durch seine Eigenbewegung vorwärtstrieb.

»Salvatore«, flüsterte Elena.

»Schwester Elena!« wiederholte Salvatore. »Sie brauchen keine Angst zu haben«, rief er auf italienisch. »Ich habe das Boot. Wer damit hergekommen ist, muß längst abgehauen sein.«

In der Ferne war ein Surren zu hören, dann brummten die Motoren wieder. Elena drehte sich um und übersetzte Harry, was Salvatore gerufen hatte.

»Schwester Elena, wo sind Sie?«

Harry zog rasch die Riemen ein, tastete nach der Tunnelwand und bremste ihr Boot ab, bis es stillag. Das Brummen der Außenbordmotoren wurde stetig lauter. Das Motorboot kam den Kanal entlang auf sie zu.

84

Thomas Kind hielt die Schneide seines Rasiermessers an Salvatores Kehle gedrückt, während das Motorboot mit kleiner Fahrt weiterlief und das Brummen der Außenbordmotoren von den Felswänden widerhallte. Hinter ihnen lag Marta zwischen dem Steuerstand und den Motoren auf dem Bootsboden. Aus dem kleinen Einschußloch mitten in ihrer Stirn sickerte noch immer Blut.

Salvatore drehte seinen Kopf etwas zur Seite, um Thomas Kind aus dem Augenwinkel heraus sehen zu können. Die rechte Gesichtshälfte des Blonden war blutig zerkratzt, weil Marta sich verzweifelt zur Wehr gesetzt hatte, als er sie dicht vor dem Lastenaufzug eingeholt hatte. Der ungleiche Kampf war rasch zu Ende gewesen. Aber sie hatte den Blonden verletzt, und allein diese Tatsache machte Salvatore Belsito sehr stolz.

Doch Salvatore war nicht wie seine Frau. Er besaß weder ihre Tapferkeit noch ihren Löwenmut. Für ihn war es schwierig genug gewesen, die Polizei zu belügen, als sie zweimal in der Villa Lorenzi aufgekreuzt war. Und schwierig genug, sich in der Grotte um den flüchtigen Priester zu kümmern, während die Nonne sich auf die Suche nach dessen Bruder machte. Salvatore Belsito war der Obergärtner der Villa Lorenzi, ein sanfter Mann, der seine Frau und seine Pflanzen liebte. Bei Eros Barbu hatten sie beide Arbeit und Unterkunft, so lange sie das wollten. Dafür schuldete Salvatore ihm viel. Aber nicht sein Leben.

»Noch mal!« verlangte Thomas Kind.

Salvatore zögerte, dann rief er wieder Elenas Namen.

Der scharfe Klang von Salvatores Stimme hallte wie in einer Echokammer von den Granitwänden wider. Diesmal war er viel lauter, viel näher als zuvor. Im nächsten Augenblick wurde er von einem dumpfen Röhren der Außenbordmotoren übertönt, als eine unsichtbare Hand die Gashebel nach vorn schob.

»Hier rechts«, sagte Elena vom Bug aus. Der dünne Lichtstrahl ihrer Taschenlampe folgte den Markierungen, als sie eine Stelle erreichten, wo der Kanal in einem scharfen Knick fast U-förmig abbog.

Harry nahm die Kurve zu eng. Sein rechter Riemen verhakte sich an der Felswand und wurde ihm beinahe aus der Hand gerissen. Er bekam ihn leise fluchend wieder frei, setzte den linken Riemen ein und kam glücklich um die Biegung.

Auf dem vor ihnen liegenden geraden Kanalstück verausgabte Harry sich völlig. Seine Hände schmerzten, als seien sie bereits voller Blasen, und der Schweiß lief ihm in Strömen über die Stirn und in die Augen. Er wünschte, einen Augenblick Pause machen zu können, um sich den Priesterkragen abzureißen, damit er frei atmen konnte.

»Schwester Elena!«

Das langgezogene Echo von Salvatores Ruf folgte ihnen wie eine nach ihnen greifende Woge den Kanal entlang.

Plötzlich erhellte blendendweißes Licht den Tunnel hinter der Biegung taghell. Harry sah den Schatten des Felsens, den sie eben umrundet hatten, und schätzte, daß ihnen höchstens zwanzig Sekunden blieben, bevor auch das Motorboot die Biegung erreichte und in den Kanal einfuhr, in dem sie sich befanden.

Ein hastiger Blick nach vorn zeigte ihm, daß der Tunnel nahezu zwanzig Meter geradeaus weiterführte, bevor er scharf nach links abbog. Der Versuch, um die Biegung zu verschwinden, bevor das Motorboot sie mit seinem Scheinwerfer erfaßte, war nahezu aussichtslos. Und obwohl hier einige Felsen ins Fahrwasser ragten, war keiner so groß, daß sie sich hinter ihm hätten verstecken können.

»Mr. Addison! Dort vorn!« flüsterte Elena. Sie deutete aufgeregt nach links.

Harry wußte sofort, was sie meinte. Ungefähr zwei Bootslängen vor ihnen war in der linken Tunnelwand ein dunkler Schatten zu sehen, vielleicht die Einfahrt in eine Höhle oder einen Seitenkanal. Sie war bestenfalls eineinviertel Meter hoch und nicht viel breiter. Mit Glück eben breit genug für ihr Aluminiumboot.

Hinter ihnen wurde das Röhren der Außenbordmotoren lauter. Harry sah sich um. Das Scheinwerferlicht war heller geworden, das Motorboot machte jetzt offensichtlich mehr Fahrt. Harry setzte die Riemen ein und hielt auf den Schatten zu.

»Wir fahren dort rein«, sagte er über die Schulter hinweg zu Elena. »Steigen Sie über mich weg nach hinten. Passen Sie auf, daß er sich nicht den Kopf anschlägt.«

Harry hörte für einen Augenblick zu rudern auf und spürte den Stoff von Elenas Schwesterntracht an seinem Gesicht, als sie über ihn hinwegstieg. Dann ruderte er kraftvoll weiter. Dabei verdrehte sich der rechte Riemen in seiner Hand und kam aus dem Wasser. Das Boot drehte sofort seitlich ab, streifte die Felswand mit metallischem Knirschen, prallte in den Kanal zurück und war dann wieder auf Kurs. Harry ruderte hastig weiter.

Elena hob erschrocken den Kopf, als der scharfe Bug des Motorboots hinter dem Felsvorsprung auftauchte und in den Kanal eindrehte. Gleichzeitig huschte der helle Lichtstrahl seines Suchscheinwerfers über die Felswände und drehte unbarmherzig auf sie zu, während das Boot um die Biegung kam.

Harry drehte sich rasch um. Sie befanden sich direkt vor der Höhleneinfahrt.

»Runter mit Ihnen!« befahl er.

Er selbst duckte sich ebenfalls und zog die Riemen ein. Ihr Boot glitt in die Einfahrt, in der auf beiden Seiten kaum eine Handbreit Platz blieb. Dabei sah er, wie Elena eine Hand schützend auf Dannys Kopf legte, während das Bootsheck durch die Einfahrt glitt. Dann waren sie in der Höhle.

Harry ließ sich sofort nach hinten fallen. Er stemmte sich an der niedrigen Höhlendecke ab und zog das Boot Hand für Hand weiter, tiefer in die Höhle hinein. Einen Herzschlag später huschte draußen der Strahl des Suchscheinwerfers vorbei.

Im nächsten Augenblick wurden die Außenbordmotoren gedrosselt. Harry hielt den Atem an. Nach kurzer Zeit sah er das Motorboot vorbeigleiten. Ein blonder Mann mit markantem Profil hob sich silhouettenhaft von der gegenüberliegenden Felswand ab. Er steuerte mit einer Hand und hatte die andere von hinten unter Salvatores Kinn gelegt. Dann war das Motorboot vorbei, und das Licht nahm rasch ab, während das Kielwasser in die Höhle schwappte.

Harry streckte instinktiv beide Hände aus, um zu verhindern, daß ihr Boot an die Höhlenwände prallte. Sein Herz jagte, als er sich aufsetzte und nach draußen horchte. Eine Sekunde, dann zwei. In der dritten hörte er, wie die Außenbordmotoren abgestellt wurden. Im nächsten Augenblick ließ der Wellenschlag nach, und um sie herum herrschte atemlose Stille.

85

Thomas Kind ließ den Bug des Motorboots einen langsamen Bogen beschreiben, bis er wieder in die Richtung zeigte, aus der sie gekommen waren. Seine Augen suchten den Kanal ab, die feuchtglänzenden Wände mit ihren bizarr geformten Felsvorsprüngen und das tiefe, grünschwarze Wasser, von dem das Licht des Suchscheinwerfers in tausend Richtungen zurückgeworfen wurde.

»Setz dich!« Kind nahm sein Rasiermesser von Salvatores Kehle und nickte zu der parallel zur Bordwand verlaufenden Sitzbank hinüber. Sein Blick genügte, und der Italiener gehorchte wortlos. Er verschränkte die Arme, richtete seinen Blick auf die unregelmäßig gestaltete Höhlendecke und betrachtete sie scheinbar konzentriert, um nicht die Leiche seiner Frau ansehen zu müssen, die vor seinen Füßen lag. Kind hatte ihn gezwungen, sie vom Lastenaufzug, wo er sie erschossen hatte, zum Motorboot zu tragen.

Thomas Kind sah sich nach Salvatore um, bevor er einen flachen schwarzen Nylonbeutel aus seiner Jackentasche zog. Er entnahm ihm einen leichten Kopfhörer, setzte ihn auf, befestigte ein kleines Mikrofon an seinem Jackenkragen und stöpselte die Kabel in das Gerät an seinem Gürtel ein. Nach einem leisen Klicken flammte unter seinen Fingern eine winzige rote Kontrolleuchte auf. Sobald sein Daumen den Lautstärkeregler verschoben hatte, wurden alle Umgebungsgeräusche verstärkt. Die Echos im Tunnel, der Wellenschlag an den Felswänden. Er horchte angestrengt, während er seinen Oberkörper so drehte, daß das Mikrofon über die Kanalbreite schwenkte, von der linken zur rechten Wand hinüber.

Nichts zu hören.

Er schwenkte das Mikrofon langsam zurück. Von der rechten zur linken Wand hinüber.

Noch immer nichts.

Er beugte sich nach vorn und schaltete den Suchscheinwerfer aus, so daß es im Kanal dunkel wurde. Dann wartete er. Zwanzig Sekunden. Dreißig Sekunden. Eine Minute.

Nun schwenkte er das Mikrofon nochmals. Von links nach rechts. Und wieder zurück. Und erneut zurück.

»... warten ...«

Kind erstarrte, als das hochempfindliche Mikrofon Harry Addisons Flüstern auffing, und wartete auf mehr.

Nichts.

Er schwenkte das Mikrofon langsam zurück.

»... und ohne Tropf ...«, flüsterte Schwester Elena Voso ebenso leise wie der Amerikaner.

Sie waren dort. Irgendwo in der Dunkelheit vor ihm.

Villa Lorenzi. Zur selben Zeit

In dem hellen Sonnenschein in Edward Moois Schlafzimmer kniff Roscani die Augen zusammen. Die Spurensicherer waren noch im Bad beschäftigt. Im Waschbecken waren Blutspuren, auf dem Boden die vagen Umrisse eines nackten Fußes entdeckt worden.

Niemand hatte den Dichter mehr gesehen, seit er nach Roscanis überfallartiger Durchsuchungsaktion am frühen Morgen ins Verwalterhaus zurückgekehrt war. Keiner der Gärtner, niemand vom Hauspersonal, keiner der zehn Carabinieri, die hier Wache hielten. Genau wie Barbus Motorboot schien Mooi sich in Luft aufgelöst zu haben.

Vom Fenster aus sah Roscani zwei ihrer Polizeiboote auf dem See. An Bord des einen befand sich Castelletti, der die auf dem Wasser weitergehende Suche koordinierte. Scala, der bei den Alpinis gedient hatte, war mit einem halben Dutzend bergerfahrener Carabinieri von der Villa Lorenzi aus am Seeufer entlang nach Süden unterwegs. Nach Norden hatte Mooi sich vermutlich nicht gewandt, weil er dort nach Bellagio gekommen wäre, wo er überall bekannt war. Deshalb hatte Scala die südliche Route gewählt, auf der man ein Motorboot in den fast zugewachsenen kleinen Buchten so verstecken konnte, daß es weder vom Wasser noch aus der Luft zu sehen war.

Roscani wandte sich vom Fenster ab, verließ den Raum und trat eben in den Flur hinaus, als ein Carabiniere zu ihm kam. Er grüßte und übergab ihm einen dicken Umschlag. Roscani riß ihn auf und blätterte den Inhalt durch. Das Deckblatt trug den Absender *International Criminal Police Organization* mit dem vertrauten Interpol-Wappen darunter, während die einzelnen Seiten mit *Urgentissimo* gestempelt waren.

Dieser Stapel Papier war das Ergebnis seiner Anfrage in Lyon mit der Bitte um Informationen über den vermutlichen Aufenthaltsort bekannter Terroristen sowie die Persönlichkeitsprofile von Berufskillern, die sich zur Zeit in Europa aufhielten.

Mit diesen Blättern in der Hand warf Roscani einen Blick in das Zimmer, das er eben verlassen hatte. Während er Edward Moois achtlos auf das Bett geworfenen Bademantel betrachtete und die im Bad arbeitenden Spurensicherer beobachtete, hatte er plötzlich das Gefühl, sie seien zu spät dran. Der Mann mit dem Eispicker war ihnen zuvorgekommen.

86

Harry hörte den Bootsrumpf in der Dunkelheit die Felswände entlangschrammen und wußte, daß der Blonde das Motorboot mit den Händen den Kanal entlang auf sie zuschob. Woher wußte er, daß sie hier waren? Wie konnte er in diesem kilometerlangen Labyrinth so nahe sein? Der kurze Blick auf das vorbeifahrende Boot hatte Harry gezeigt, daß Salvatore sich anscheinend in der Gewalt dieses Mannes befand. Aber selbst, wenn das nicht der Fall gewesen und er freiwillig mitgekommen wäre, hätte der Blonde unmöglich wissen können, wo sie sich genau befanden. Und trotzdem war er jetzt nur noch wenige Meter vom Eingang ihres Verstecks entfernt.

Ihr einziger Vorteil – falls sie überhaupt einen Vorteil hatten – war die Tatsache, daß die in den Kanal hinausragenden Felsen den Höhleneingang weitgehend tarnten. Elena hatte ihn im Streulicht des Suchscheinwerfers nur zufällig entdeckt. Ohne dieses Licht wäre er nur als Schatten eines Felsvorsprungs, als dunkler Fleck dicht über dem Wasserspiegel erschienen.

Wieder das Geräusch, näher als zuvor. Ein Holz- oder GFK-Rumpf schrammte die Felsen entlang. Dann noch näher. Als danach eine Pause entstand, war Harry sich sicher, daß das Motorboot vor der Höhleneinfahrt lag. So nahe, daß Elena es vom Heck ihres Boots aus in der nachtschwarzen Finsternis mit der ausgestreckten Hand hätte berühren können.

Harry hielt den Atem an. Seine Sinne waren aufs äußerste angespannt, jeder Nerv kribbelte wie elektrisiert, und sein Herz dröhnte bei jedem Schlag. Bestimmt erging es Elena nicht anders, während sie hilflos wartete und darum betete, daß das Boot mit den Männern weiterfahren würde.

Thomas Kind stand schweigend da, hielt mit einer Hand das Motorboot von den Felsen weg und drückte mit der anderen den Kopfhörer gegen sein Ohr. Er drehte seinen Oberkörper langsam von links nach rechts und wieder zurück und horchte angestrengt, ohne etwas zu hören.

Vielleicht waren sie gar nicht hier. Vielleicht war es falsch gewesen, in diesem Kanal zu bleiben. Das Richtmikrofon war extrem empfindlich. Die zerklüfteten Felswände und der Wasserspiegel waren gut reflektierende Flächen, die den Schall mehrfach gebrochen zurückwarfen. Die Stimmen konnten aus einem ganz anderen Teil des Labyrinths gekommen sein. Aus dem Kanal, den er gerade verlassen hatte, oder aus dem vor ihm liegenden, in dem er noch nicht gewesen war.

In der Dunkelheit war ein leises Knarren zu hören, dann spürte Elena einen vom Kanal hereinkommenden Luftzug. Das Motorboot bewegte sich vom Höhleneingang weg. Der blonde Mann fuhr davon. Sie bekreuzigte sich erleichtert und wartete noch eine Zeitlang, bevor sie zu flüstern wagte.

»Er ist fort!«

»Lassen Sie ihm ein paar Mi…«

Plötzlich ertönte nur wenige Handbreit vor ihr ein lauter, spitzer Schrei.

Elena fuhr zusammen und bedeckte ihren Mund erschrocken mit einer Hand.

Der Schrei wiederholte sich, länger und lauter als zuvor.

»Jesus!« flüsterte Harry.

Danny wachte auf.

87

Ein schrilles Surren hallte über das Wasser, als Thomas Kind auf den Anlaßknopf drückte. Die beiden Zweihundertfünfzig-PS-Außenbordmotoren röhrten los, dann flammte der Suchscheinwerfer auf und beschrieb einen weiten Bogen über den Kanal, während Kind das Boot auf Gegenkurs brachte und auf die Stelle zuhielt, an der er vorhin gelegen hatte. Sekunden später stellte er die Motoren wieder ab, ließ das Boot treiben und suchte die Felswände mit dem Scheinwerfer ab.

Harry stemmte sich mit beiden Händen an der niedrigen Felsendecke ab, um ihr Boot tiefer in die Höhle hineinzuziehen. Hinter dem Bootsheck sah er den Suchscheinwerfer sich dem Höhleneingang nähern. Dazwischen kauerte Elena über ihren Patienten gebeugt, dessen tiefgestellte Krankentrage sich knapp unterhalb der Bordwand befand. Danny war wieder verstummt. Er war still und atmete ruhig und gleichmäßig wie zuvor.

Der Scheinwerfer glitt über den Höhleneingang hinweg. In diesen wenigen Sekunden konnte Harry mehr von der Höhle sehen. Sie verlief noch drei bis fünf Meter geradeaus weiter, bevor sie noch niedriger wurde und sich gleichzeitig verengte. Was dahinter lag, war nicht zu erkennen. Aber sie mußten es riskieren, dort hineinzufahren. Falls ihr Boot nicht schon nach den ersten Metern steckenblieb.

Thomas Kind ließ den Scheinwerferstrahl über die Felsvorsprünge zurückgleiten, ohne mehr als einander überdeckende Schatten zu sehen. Aber er hatte die beiden Schreie deutlich gehört. Und diesmal gab es keinen Zweifel daran, woher sie gekommen waren: irgendwo aus diesem Bereich, aus einem Einschnitt in der Felswand in diesem Teil der Grotte.

Jetzt schwenkte er den Scheinwerfer zurück. Sein Blick war konzentriert, und auf seinem Gesicht glänzten die tiefen Kratzer, die Marta ihm beigebracht hatte, im zurückgeworfenen Licht blutrot.

Hinter ihm hockte Salvatore fasziniert und entsetzt zugleich und beobachtete ihn wie ein Zuschauer eines grausamen Spiels. Das war alles, was er war, was er jemals sein konnte.

Da!

Auf einmal erkannte Thomas Kind die Einfahrt ganz deutlich: ein niedriges Felsband mit einer dunklen Öffnung darunter. Auf seinem Gesicht stand ein befriedigtes, grausames Lächeln, während er darauf zuhielt.

Einem lauten Scharren folgte ein dumpfer Aufprall, als die Schute plötzlich festlag.

»Die Taschenlampe, schnell!« flüsterte Harry.

Das Röhren der Außenbordmotoren klang lauter, und das von draußen einfallende Licht wurde merklich heller, während es über die Granitwände glitt und stetig näher kam.

»Hier!« Elena beugte sich mit der Taschenlampe zu Harry hinüber. Ihre Blicke begegneten sich kurz, dann nahm er die Lampe entgegen, drehte sich um und richtete den Lichtstrahl in die Höhle vor ihnen.

Ihr Boot hatte sich leicht schräg gestellt und verkeilt. Harry traute sich zu, es wieder flottzumachen und tiefer in die Höhle hineinzusteuern, aber was dann? Der Blonde wußte, wo sie steckten, und würde die Einfahrt überwachen, bis sie herauskamen. Und wenn sie weiter in die Grotte eindrangen, um vielleicht eine Ausfahrt zu finden … Falls es eine gab, wunderbar. Aber falls nicht, was dann?

Plötzlich war der Scheinwerfer voll auf sie gerichtet.

»Los, ins Wasser! Sofort!«

Harry warf sich vorwärts und rollte sich gleichzeitig zur Seite, bekam mit einer Hand die Schwesterntracht zu fassen und riß Elena im Geschoßhagel einer Maschinenpistole mit sich über die Bordwand.

Nachdem er Elena in den rückwärtigen Höhlenteil geschoben hatte, sah er ihr Boot in einem von Schüssen aufgewühlten Wasser liegen, das im Scheinwerferlicht gelbgrün leuchtete. Kugeln prallten von den Felswänden und dem Bootsheck ab und surrten schrill heulend als Querschläger durch die Höhle. Es konnte nur noch Augenblicke dauern, bis sie das dicke Aluminium zerfetzten und Danny trafen.

Harry tauchte, stemmte sich unter Wasser gegen das Boot und

versuchte, es weiterzuzerren, um Danny aus dem mörderischen Kugelhagel zu holen.

Seine Lunge schien zu brennen, während er sich im Wasser von der Felswand abstemmte, das Boot mühsam hochwuchtete und es tiefer in die Höhle schleppte. Plötzlich blieb es irgendwo hängen, so daß seine Hände abrutschten und er zurückgeworfen wurde. Aber er schwamm sofort zurück und stemmte sich gegen die Höhlenwand, um das Boot wieder freizubekommen.

Unmöglich! Seine Brust stand in Flammen, er brauchte unbedingt Luft. Harry stieß sich ab und kam hoch. Er tauchte in vollem Scheinwerferlicht auf. Einen Augenblick lang sah er das Mündungsfeuer, bildete sich sogar ein, das Gesicht des Mannes dahinter zu sehen. Gelassen, ungerührt, in kurzen Stößen feuernd.

Der nächste Feuerstoß ging dicht über ihn hinweg und zerfetzte den Bug des Aluminiumboots. Ein halber Atemzug, nicht mehr, Harry tauchte erneut.

Er stemmte sich wieder von der Felswand ab und versuchte diesmal, das Boot mit der Schulter zu schieben. Aber es saß fest. Harry rammte seine Schulter noch einmal dagegen. Und noch einmal. Dann mußte er wieder auftauchen, um Luft zu holen. Beim nächsten Versuch spürte er ein leichtes Nachgeben. Er biß die Zähne zusammen und warf sich erneut gegen das Boot. Jetzt kam es frei und schoß vorwärts. Harry schwamm hinterher, um es in Bewegung zu halten. Dann mußte er wieder auftauchen.

Er durchbrach die Wasseroberfläche, holte keuchend Luft. Praktisch im selben Augenblick hörten die Schüsse auf, und der Scheinwerfer wurde weggeschwenkt. In ihrer Höhle war es plötzlich stockfinster.

»Elena…«, krächzte Harrys Stimme im Dunkeln.

»Elena!« Diesmal klang sein Ruf lauter, dringender. Harry stellte sich vor, wie sie von Schüssen getroffen und ertrunken auf dem Boden der Grotte lag.

»Ich halte mich am Boot fest. Mir fehlt nichts.« Ihre Stimme kam ganz aus der Nähe, und er hörte Elena keuchend nach Luft schnappen.

»Was ist mit Danny?«

»Wir bewegen uns!« Elenas plötzlicher Ausruf klang angstvoll.

Harry fühlte das Wasser kälter werden, während das Boot sich von ihm wegbewegte. Irgendwie waren sie in eine unterirdische Strömung geraten, von der sie mitgerissen wurden.

Er nahm in der Dunkelheit die Verfolgung der Schute auf, indem er teils schwamm und sich teils von den Felswänden abstieß. Sekunden später hatte er sie eingeholt und hielt sich daran fest, während das Boot in der Strömung immer schneller wurde. Zwischen Bootsrumpf und Granitwänden eingesperrt und immer wieder groben Stößen ausgesetzt, zog er sich Hand für Hand die Bordwand entlang bis zum Heck.

»Elena!« brüllte Harry laut, um das Rauschen des Wassers und das Scheppern des Aluminiumboots gegen die Felswände zu übertönen. Aber das war unmöglich. War Elena noch da?

88

Thomas Kinds Finger krallten nach seinem Hals. Salvatore war viel stärker, als er aussah. Er hielt den Seidenschal, mit dem seine Frau ihr Haar zusammengefaßt hatte, um seine Hände geschlungen. Von hinten hatte er ihn wie eine Garotte um den Hals des blonden Mannes gelegt. Jetzt zog der Italiener die Schlinge noch fester zu und stemmte Thomas Kind sein Knie ins Kreuz.

»*Bastardo*«, knurrte er dabei. »*Bastardo!*«

Damit hatte Kind nicht gerechnet. Das hätte er einem so unbedeutenden und kleinmütigen Mann wie Salvatore Belsito niemals zugetraut. Aber er würde nicht sterben. Er ließ seinen Körper plötzlich schlaff werden und sackte nach vorn, worauf der Italiener nicht gefaßt war. Die beiden Männer krachten zusammen aufs Deck. Thomas Kind riß sich sofort los, wälzte sich zur Seite und kam hinter Salvatore auf die Beine. In einer Hand blitzte sein Rasiermesser, als er mit der anderen die Haare des Italieners packte und ihm den Kopf zurückriß, so daß seine Kehle freilag.

»Diese Höhle, in die sie sich geflüchtet haben …« Thomas Kind holte tief Luft und spürte, wie sein Puls langsamer, wieder normal wurde. »Wohin führt sie?«

Der Italiener sah zu dem über ihn gebeugten blonden Mann

auf. Seltsamerweise empfand er keine Angst mehr. »Nirgendwohin.«

Im nächsten Augenblick trennte das Rasiermesser ihm die Nasenspitze ab. Salvatore schrie auf, während ein Blutstrom ihm über die Oberlippe in den Mund lief.

»Wohin führt sie?«

Der Italiener versuchte würgend, sein eigenes Blut auszuspucken. »Zu einem ... unterirdischen Fluß ... und ... dann ... in den See ... zurück.«

»Wo? Nördlich von hier? Südlich? Wo?«

Auf Salvatore Belsitos Gesicht breitete sich langsam ein Lächeln aus, ein tapferes Lächeln, das ein wahrhafter Spiegel seiner Seele war. »Das ... sage ich ... nicht ...«

89

Harry versuchte, Elena zwischen sich und dem Boot zu halten, während es mit dem Heck voraus durch eine Rinne schoß, in der das reißende Wasser immer schneller wurde. Seine Hände waren aufgerissen und blutig, weil er sich immer wieder bemühte, ihre Geschwindigkeit an den unsichtbaren Granitwänden abzubremsen. Er spürte, wie Elena an ihn gepreßt darum kämpfte, ihren Kopf über Wasser zu halten, genau wie er. Ob Danny noch im Boot war, wußte er nicht.

Plötzlich war nichts mehr unter ihnen, nur Luft. Er hörte Elena aufschreien und fühlte das Gewicht des Boots, das ihn zu erdrücken schien. Dann schlugen sie auf. Das Wasser war tief. Die Wucht des Falls ließ Harry weit eintauchen. Sein Körper drehte sich, überschlug sich in den Wasserwirbeln. Im nächsten Augenblick spürte er festen Boden unter sich, stieß sich ab und versuchte, nach oben zu schwimmen.

Dann brach er durch die Wasseroberfläche, keuchend, spuckend, nach Atem ringend. Irgendwo vor ihm war ein heller Lichtstreifen zu erkennen.

»Elena!« hörte er sich rufen. »Elena!«

»Hier bin ich!«

Ihre Stimme erklang hinter ihm. Harry erschrak fast und drehte sich hastig um. Im Halbdunkel sah er sie auf sich zuschwimmen.

Sekunden später spürte er etwas Festes unter den Füßen und stolperte seitwärts, um dann restlos ausgepumpt und vor Erschöpfung keuchend auf ein Felsband zu sinken. Vor sich sah er Bäume, dichtes Unterholz und ein Stück des in der Sonne schimmernden Sees. Elena klammerte sich in seiner Nähe ebenfalls an das Felsband, aber sie blickte an ihm vorbei zum Kanal hinunter, aus dem sie eben gekommen waren. Er folgte ihrem Blick. Als er merkte, wohin sie starrte, fühlte er einen kalten Schauder über seinen Rücken laufen.

Danny glich einem Gespenst. Leichenblaß, fast durchsichtig, zum Skelett abgemagert, bärtig und fast nackt, mit abgerissenen und zerfetzten Verbänden. So lag er dort und sah zu Harry auf.

»Harry«, krächzte er. »Bist du's wirklich?«

Der Ton von Dannys Stimme schien sekundenlang in der stillen Luft der Wasserhöhle zu hängen, während die Brüder sich anschauten, halb freudig erleichtert, halb darüber staunend, daß sie nicht nur noch lebten, sondern auch wieder zusammen waren.

Endlich raffte Harry sich auf und kletterte über die Felsen zu Danny hinunter. Er hielt sich mit einer Hand fest und streckte die andere seinem Bruder hin.

»Nimm meine Hand«, forderte er ihn auf.

Danny griff langsam danach. Harry umklammerte die schmale Hand und zog Danny auf das Felsband, wobei er sich halb ins Wasser rutschen ließ, um vorsichtig Dannys gebrochene Beine hochzuheben, die wie durch ein Wunder noch in ihren blauen Kunststoffverbänden steckten.

»Geht's wieder?« fragte Harry, nachdem er zu ihm hinaufgekrochen war.

»Ja.« Danny nickte schwach und versuchte zu lächeln, aber Harry merkte deutlich, wie erschöpft er war. Im nächsten Augenblick war hinter ihnen ein lautes, hemmungsloses Schluchzen zu hören. Die beiden Männer sahen sofort auf.

Elena hockte auf dem Felsband, hielt die Augen geschlossen und hatte ihre Arme um den Oberkörper geschlungen, während ihr erleichtertes Schluchzen ihren ganzen Körper erzittern ließ. Sosehr sie sich auch bemühte, sie konnte dieses Schluchzen nicht unterdrücken.

Harry stand so rasch auf, daß er auf dem nassen Fels ausrutschte, und stieg zu ihr hinauf.

»Schon gut, schon gut«, sagte er beruhigend, während er sich vor ihr hinkniete. Dann schloß er sie in die Arme und hielt sie sanft an sich gedrückt.

»Ich ... Tut mir leid, daß ich ...«, schluchzte sie und ließ den Kopf an seine Schulter sinken.

»Schon gut«, wiederholte er. »Wir haben's geschafft, wir haben's alle geschafft.«

Als Harry sich umdrehte, konnte er Danny sehen, der unten am Wasser kauerte und sie beobachtete. Ja, sie hatten es geschafft. Aber für wie lange? Und wie sollte es jetzt weitergehen?

90

Rom, Ambascita della Repubblica Popolare Cinese in Italia – Botschaft der Volksrepublik China.
Dienstag, 14. Juli, 14.30 Uhr

Der schwarze Cadillac bog auf die Via Bruxelles ab und fuhr eine im 19. Jahrhundert erbaute Mauer entlang, die den ehemaligen Park der Villa Grazioli umgab, in dem jetzt Apartmentgebäude und große Privathäuser standen.

Die Limousine fuhr langsamer, als sie sich einem rückwärts auf dem Gehsteig eingeparkten Panzerwagen der Carabinieri näherte. In einiger Entfernung stand ein weiterer. Zwischen ihnen befand sich das Haus Nummer sechsundfünfzig. Der Cadillac bog ein und hielt vor einem hohen grünen Tor. Nach wenigen Sekunden glitt das Tor zur Seite, und die Limousine fuhr hindurch, worauf das Tor sich hinter ihr schloß.

Wenig später stieg Leighton Merriweather Fox, der US-Botschafter in Italien, die Treppe zu dem dreistöckigen, beigen Ziegel- und Marmorbau der Chinesischen Botschaft hinauf. Begleitet wurde er von Nicholas Reid, seinem Stellvertreter, Harmon Alley, seinem Berater für politische Angelegenheiten, und James Eaton, Alleys erstem Sekretär.

Drinnen herrschte eine gedrückte Stimmung. Eaton sah, wie Fox sich verbeugte und Jiang Youmei, dem chinesischen Botschafter in Italien, die Hand schüttelte. Nicholas Reid begrüßte Außenminister Zhou Yi, während Harmon Alley darauf wartete, dem stellvertretenden Außenminister Dai Rui vorgestellt zu werden.

Das Gesprächsthema, um das alle Diskussionen in dem großen, hellgrün-goldenen Empfangssaal kreisten, war die Katastrophe in der chinesischen Großstadt Hefei, wo die Zahl der Toten durch verseuchtes Trinkwasser den traurigen Stand von über zweiundsechzigtausend Opfern erreicht hatte und noch immer weiterstieg. Selbst die Gesundheitsbehörden konnten nicht abschätzen, wie viele Opfer die Epidemie vermutlich fordern würde. Siebzigtausend? Achtzigtausend? Niemand wußte es. Die Wasseraufbereitungsanlagen waren stillgelegt worden, Trinkwasser wurde mit Flugzeugen, Kesselwagenzügen und Lastwagen herangebracht. Aber die Katastrophe war längst eingetreten. Die Volksbefreiungsarmee war im Einsatz, mußte aber vor der riesigen Aufgabe, mit soviel Tod und Leid fertig zu werden, fast kapitulieren. Und obwohl Peking versuchte, die Medien unter Kontrolle zu behalten, wußte die ganze Welt, was dort geschah.

Leighton Merriweather Fox und Nicholas Reid waren gekommen, um ihr Beileid auszusprechen und Hilfe anzubieten. Harmon Alley und James Eaton sollten die politischen Auswirkungen der Krise abschätzen. So war es in aller Welt: Hohe Diplomaten suchten ihre chinesischen Amtskollegen auf, um ihnen einerseits Hilfe anzubieten und andererseits die politischen Konsequenzen auszuloten. Dabei ging es um die Frage, ob die Zentralregierung imstande war, die chinesische Bevölkerung zusammenzuhalten, oder ob die Angst, jeder Schluck Wasser könnte für einen selbst, die gesamte Familie und Tausende von Nachbarn tödlich sein, einzelne Provinzen dazu bringen würde, sich enttäuscht von Peking loszusagen, um auf die eigenen Fähigkeiten zu setzen.

Die ausländischen Regierungen wußten, daß Peking nur noch einen Schritt vom Abgrund entfernt war. Hefei konnte die Zentralregierung vielleicht noch überstehen, aber falls sich morgen, nächsten Monat oder auch nächstes Jahr eine vergleichbare Katastrophe ereignete, würde sie der Donnerschlag sein, der den Zusammenbruch der Volksrepublik einleitete. Dieser Alptraum, das wußte man im Ausland, verkörperte die geheimsten Ängste der chinesischen Führungsspitze. Wasser war plötzlich Chinas größte Schwäche geworden.

Deshalb waren die Diplomaten hier in der Via Bruxelles und in anderen chinesischen Botschaften in aller Welt versammelt.

Eaton war mit einer Tasse Tee durch den überfüllten Saal unterwegs, verbeugte sich ab und zu höflich und blieb manchmal stehen, um einem Bekannten die Hand zu schütteln. Als erster Sekretär des Beraters für politische Angelegenheiten war er eigentlich nicht hier, um den Chinesen sein Beileid auszudrücken, sondern um festzustellen, wer sonst zu diesem Zweck hergekommen war. Als er jetzt mit dem Berater für politische Angelegenheiten aus der Französischen Botschaft plauderte, entstand am Saaleingang eine Bewegung, nach der beide Männer sich umdrehten.

Was Eaton dort sah, kam nicht unerwartet: Das Erscheinen des vatikanischen Sekretärs des Auswärtigen, Kardinal Umberto Palestrina, der wie so häufig einen schlichten schwarzen Anzug mit Priesterkragen trug. Begleitet wurde er von drei weiteren einflußreichen Würdenträgern aus dem Vatikan in ihrer Amtstracht, Kardinal Joseph Matadi, Monsignore Fabio Capizzi und Kardinal Nicola Marsciano.

Der bisherige Geräuschpegel im Saal sank merklich ab, und die Diplomaten traten beiseite, als Palestrina auf den chinesischen Botschafter zuging. Er begrüßte ihn mit einer leichten Verbeugung und ergriff vertraulich seine Hand, als seien sie die ältesten und besten Freunde. Daß praktisch keine Beziehungen zwischen Peking und dem Vatikan existierten, machte keinen großen Unterschied. Man befand sich in Rom, und Rom herrschte über fast eine Milliarde Katholiken in aller Welt. Diese Milliarde repräsentierten Palestrina und die anderen im Auftrag des Heiligen Vaters. Jetzt waren sie hier, um dem chinesischen Volk ihr Beileid auszusprechen.

Eaton entschuldigte sich bei dem französischen Diplomaten, durchquerte langsam den Saal und behielt Palestrina und die anderen Kirchenfürsten im Auge, während sie mit den Chinesen sprachen. Sein Interesse wurde noch stärker, als sie zusammen den Saal verließen.

Dies war die zweite öffentliche Begegnung zwischen vatikanischen Würdenträgern und hohen chinesischen Diplomaten seit der Ermordung Kardinal Parmas. Eaton wünschte sich mehr denn je, Pater Daniel Addison wäre hier, um ihm zu erklären, was das alles bedeutete.

91

Marsciano, der im stillen Gott anflehte, ihm einen Weg zu zeigen, wie sich dieser Schrecken aufhalten ließ, betrat den kleinen Salon und nahm mit den anderen Platz, mit Palestrina, Kardinal Matadi, Monsignore Capizzi, Botschafter Jiang Youmei, Zhou Yi und Dai Rui.

Palestrina thronte ihm gegenüber in einem Brokatsessel und sprach Mandarin mit den Chinesen. Seine ganze Erscheinung, von der Stellung seiner Füße auf dem kostbaren Teppich bis hin zu seinem Blick und seinen ausdrucksvollen Gesten, drückte tiefempfundenes Beileid und innige Sorge wegen der tragischen Ereignisse auf der anderen Seite der Welt aus. Er kleidete seine Gefühle in persönliche Worte, mit denen er sagen zu wollen schien, wenn ihm das irgendwie möglich gewesen wäre, hätte er sich selbst nach Hefei begeben, um sich der Kranken und Sterbenden anzunehmen.

Diese Haltung und Großzügigkeit akzeptierten die Chinesen höflich und anerkennend. Aber Marsciano, und Palestrina natürlich erst recht, wußten, daß das nur Lippenbekenntnisse waren. Selbst wenn die Gedanken und Sorgen ihrer Gesprächspartner den Einwohnern Hefeis galten, waren sie doch in erster Linie Politiker, deren größte Sorge ihre Regierung und deren Überleben war. Peking und alles, was es jetzt tat, wurde von der ganzen Welt genau beobachtet.

Aber wie hätten sie vermuten oder auch nur ahnen können, daß der eigentliche Verursacher der Katastrophe weder die Natur noch eine veraltete Wasseraufbereitungsanlage, sondern dieser weißhaarige Riese war, der hier vor ihnen saß und ihnen in ihrer eigenen Sprache Trost spendete? Oder daß zwei der drei hohen kirchlichen Würdenträger, von denen er begleitet wurde, in den letzten Stunden zu überzeugten Anhängern dieses Verbrechers geworden waren?

Falls Marsciano insgeheim noch gehofft hatte, Monsignore Capizzi oder Kardinal Matadi würden durch diesen Schock wieder zur Vernunft kommen und Palestrina die Gefolgschaft versagen, war diese Hoffnung durch ein Schreiben zerstört worden, das beide Männer Palestrina heute morgen übergeben hatten. In diesem Schreiben, das Marsciano sich zu unterzeichnen geweigert hatte, machten sie sich die Argumentation des Sekretärs des Auswärtigen zu eigen und versicherten ihn ihrer rückhaltlosen Unterstützung. Palestrinas Argument lautete, Rom habe seit vielen Jahren eine Annäherung an Peking versucht, sei von der dortigen Zentralregierung stets abgewiesen worden und werde weiterhin abgewiesen werden, solange diese Kräfte an der Macht seien.

Für Palestrina bedeutete diese Haltung, daß es in China keine Religionsfreiheit gab und nie geben würde. Seine Antwort darauf war einfach: Er selbst würde sie dem Land schenken. Die Zahl der Opfer war irrelevant; wer sein Leben dafür lassen mußte, starb als Märtyrer.

Capizzi und Matadi unterstützten sein Vorhaben aus offenkundigen Gründen vorbehaltlos. Da beide den Ehrgeiz hatten, Leo XIV. als Papst nachzufolgen, wäre es ausgesprochen töricht gewesen, den Mann gegen sich aufzubringen, der sie auf den Papstthron setzen konnte. Um ihrem Ziel näher zu kommen, opferten diese beiden bedenkenlos Zehntausende von Menschenleben. Und was jetzt schon grauenhaft war, würde noch weit schlimmer werden, weil der Plan vorsah, zwei weitere Seen zu vergiften.

»Wenn Sie mich bitte entschuldigen wollen …« Marsciano stand plötzlich auf, weil er wußte, was kommen würde, und die schreckliche, geradezu obszöne Heuchelei Palestrinas nicht länger ertragen konnte. Er wollte sich nicht durch sein Schweigen mitschuldig machen.

Palestrina blickte ihn überrascht an. »Ist Ihnen unwohl, Eminenz?«

Palestrinas erstaunte Reaktion zeigte Marsciano, wie weit die Geistesverwirrung des Sekretärs des Auswärtigen schon fortgeschritten war. Palestrina spielte seine Rolle so gut, daß er tatsächlich selbst glaubte, was er sagte. In diesem Augenblick existierte jene andere Seite seiner Persönlichkeit gar nicht. Das Ganze war ein geradezu klassischer Fall von Selbsttäuschung.

»Ist Ihnen unwohl, Eminenz?« wiederholte Palestrina.

»Ja«, antwortete Marsciano ruhig. Als er Palestrinas Blick für Bruchteile einer Sekunde erwiderte, machte er aus seiner tiefen Verachtung kein Hehl, ohne daß sonst jemand etwas davon merkte. Im nächsten Augenblick wandte er sich bereits an die Chinesen.

»Ganz Rom betet für Ihre Landsleute«, versicherte er ihnen. Dann durchquerte er den Salon und ging mit der Gewißheit zur Tür hinaus, daß Palestrina jeden seiner Schritte beobachtete.

92

Kardinal Marsciano hatte den Salon allein verlassen, aber damit endete seine Freiheit bereits. Aus protokollarischer Höflichkeit mußte er auf die anderen drei warten, und als sie jetzt wieder in der Limousine saßen, herrschte eisiges Schweigen zwischen ihnen.

Marsciano sah bewußt aus dem Fenster, während das grüne Tor sich hinter ihnen schloß, als sie auf die Via Bruxelles hinausfuhren. Da alle Investitionen bereits getätigt waren, war sein Schicksal durch sein Verhalten im Salon der Chinesischen Botschaft so gut wie besiegelt.

Er dachte wieder an die drei Seen, von denen Palestrina gesprochen hatte. Welche beiden zu welchem Zeitpunkt an die Reihe kommen würden, wußte nur Palestrina selbst. Das Ausmaß seiner Erkrankung und seiner Grausamkeit war unbegreiflich, seine Selbsttäuschung unglaublich. Wann und wodurch hatte dieser hochangesehene, intelligente Mann sich so verändert? Oder hatte das Ungeheuer in ihm schon immer unter der Oberfläche gelauert?

Ihr Chauffeur bog jetzt auf die Via Salaria ab, in der sie bei dichtem Nachmittagsverkehr nur im Kriechtempo vorankamen. Marsciano spürte Palestrinas Gegenwart neben sich und merkte, daß

Capizzi und Matadi, die ihnen gegenübersaßen, ihn nicht aus den Augen ließen. Aber er reagierte nicht auf diese Überwachung. Stattdessen dachte er an Yan Yeh, den Präsidenten der Volksbank von China, der nicht nur ein gerissener Geschäftsmann und zugleich ein prominentes Mitglied der KP Chinas und einer der wichtigsten Berater des Parteivorsitzenden, sondern auch ein guter Freund und Humanist war. Ein Mann, der geläufig politische Platitüden äußern konnte, um im nächsten Augenblick über Gesundheitsvorsorge, Bildung und materielles Wohlergehen für Arme in aller Welt zu sprechen, denen seine besondere Sorge galt, bevor er im übernächsten Augenblick scherzhaft lächelnd vorschlug, italienische Winzer nach China zu entsenden, damit sie seine Landsleute in der Kunst der Weinherstellung unterwiesen.

»Telefonieren Sie oft nach Nordamerika?« fragte Palestrina ihn plötzlich scharf.

Marsciano wandte sich vom Fenster ab.

»Ich verstehe nicht, was diese Frage soll.«

»Vor allem nach Kanada.« Er starrte Marsciano weiter unverwandt an. »Nach der Provinz Alberta.«

»Ich verstehe noch immer nicht, was Sie meinen…«

»Eins-null-eins-vier vier-null-drei fünf-fünf-fünf zwo-zwo-eins-eins«, sagte Palestrina auswendig auf. »Sie erkennen diese Nummer nicht?«

»Sollte ich denn?«

Marsciano spürte, wie die Limousine sich leicht zur Seite neigte, als sie auf die Via Pinciana abbogen. Draußen leuchtete das vertraute Grün der Villa Borghese. Der Mercedes beschleunigte in Richtung Tiber. Bald würden sie ihn überqueren und auf die Lungotevere Mellini abbiegen, um zum Vatikan weiterzufahren. Nicht weit von hier entfernt lag Marscianos Residenz in der Via Carissimi, aber er wußte, daß er sie zum letztenmal gesehen hatte.

»Das ist die Nummer des Hotels Banff Springs. Am Samstag, dem elften Juli, sind vormittags von Ihrem Büro aus zwei Gespräche mit dieser Nummer geführt worden. Ein weiteres ist am Samstag nachmittag von einem Mobiltelefon aus geführt worden, das Pater Bardoni gehört, Ihrem Privatsekretär. Dem Mann, der den Priester ersetzt hat.«

Marsciano zuckte mit den Schultern. »Aus meinem Büro werden viele Gespräche geführt, manchmal auch samstags. Wie ich selbst kennt Pater Bardoni keine Fünftagewoche. Ich kontrolliere nicht jedes Telefongespräch.«

»Sie haben mir in Jakow Farels Gegenwart versichert, der Priester sei tot.«

»Das stimmt auch.« Marsciano hob den Kopf und erwiderte Palestrinas Blick.

»Wer ist dann vorgestern in die Villa Lorenzi bei Bellagio gebracht worden? Am Abend des zwölften Juli?«

Marsciano lächelte. »Sie haben die Berichterstattung im Fernsehen verfolgt.«

»Die Telefongespräche nach Banff sind am Samstag geführt worden, und der Priester ist am Sonntag in die Villa Lorenzi gebracht worden.« Palestrinas Sakko spannte sich über seinem Rücken, als er sich zu Marsciano beugte, um ihn durchdringend anzustarren. »Die Villa Lorenzi gehört dem Schriftsteller Eros Barbu, der gegenwärtig im Hotel Banff Springs Urlaub macht.«

»Falls Sie wissen möchten, ob ich Eros Barbu kenne, Eminenz, kann ich Ihre Frage bejahen. Wir sind alte Freunde aus der Toskana.«

Palestrina schaute ihn noch einen Augenblick länger an, bevor er sich in die Polster zurücksinken ließ. »Dann wird Sie die Nachricht betrüben, daß er Selbstmord begangen hat.«

93

Comer See. 17.30 Uhr

Rumpelnd und schwankend, oft auch abrutschend, lenkte Harry den klapprigen Kleinlaster die tief ausgefahrene, fast zugewachsene Forststraße zu der Bucht hinunter, in der Elena und Danny hoffentlich sein würden. Seit er vom See in die Hügel hinaufgestiegen war, um den Lastwagen zu holen, waren zwei Stunden vergangen. Im Abendlicht mit seinen langen Schatten sah das Gelände jetzt ganz anders aus.

Die Fahrerei war nicht nur langsam und schwierig, sondern auch gefährlich. Der alte Lastwagen hatte schlechte Bremsen und abgefahrene Reifen, die ihn schwer lenkbar machten, während Harry diese Straße, die eigentlich keine war, abwärts ratterte. Fast jede Kurve war eine Haarnadelkurve, und in jeder mußte Harry darauf gefaßt sein, über den Straßenrand zu rutschen und auf der einen Seite durch dichtes Unterholz in eine Schlucht oder auf der anderen in freiem Fall hundert Meter tief in den Comer See zu stürzen.

Von einer hoch gelegenen Kurve aus sah er die Flottille im Norden: dreißig bis vierzig Boote, die vor Anker lagen oder langsam kreuzten, während drei größere Fahrzeuge, die Polizeiboote sein mußten, sie vom Ufer fernhielten. Da wußte er, daß die Polizei die Grotte entdeckt hatte. Und als er weiterfuhr, sah er plötzlich einen Hubschrauber aufsteigen und über dem Hügel kreisen, auf dem er noch vor weniger als zwanzig Minuten gewesen war.

Harry kämpfte noch fünf Minuten mit der Straße und seinem störrischen Vehikel, dann war er unten am See, wo die Straße noch etwa fünfzig Meter weiterführte, bevor sie im Unterholz unter hohen Bäumen am Seeufer endete.

Nachdem Harry sein Fahrzeug so abgestellt hatte, daß es vom Wasser aus nicht zu sehen war, stieg er aus und arbeitete sich durch das Unterholz vor, bis er eine Stelle erreichte, von der aus der jetzt längst im Schatten liegende Höhleneingang zu erahnen war. In der Ferne konnte er den Hubschrauber kreisen hören und betete darum, er möge dort bleiben.

94

In der Grotte. Zur selben Zeit

Roscani stand an der Anlegestelle und blickte in das Motorboot hinunter. In dem Boot lagen ein Mann und eine Frau, beide tot, beide ermordet. Die Frau hatte Glück gehabt, daß der Täter bei ihr nicht sein Rasiermesser verwendet hatte wie bei dem Mann neben ihr, wie auch bei Edward Mooi, den sie im Innern der Grotte mit fast abgetrenntem Kopf aus dem Wasser geborgen hatten.

Edward Mooi.

»Verdammt!« sagte Roscani laut. »Gottverdammt!« Er hätte wissen sollen, daß Mooi den Priester versteckt hatte. Hätte gleich zurückkehren und ihn unter Druck setzen sollen, als er festgestellt hatte, daß die Außenbordmotoren noch warm waren. Aber er hatte es nicht getan, weil die Meldung über die im See aufgefundenen Toten gekommen war, so daß er dorthin fahren mußte.

Roscani verließ die Anlegestelle, damit die Spurensicherer mit ihrer Arbeit beginnen konnten, und ging den Zentralkorridor mit den alten, in den Fels gehauenen Bänken entlang zu dem Raum, in dem der Priester versteckt gewesen war. Dort waren Scala und Castelletti; dorthin war ein sterbender Carabiniere durch das Labyrinth aus unterirdischen Gängen gebracht worden, ein weiteres Opfer des Eispickers, von dem sie jetzt wußten, daß er blond war und Kratzer im Gesicht hatte.

»Biondo«, hatte der Carabiniere mit schon trüben Augen geflüstert, während seine Linke Scalas Hand umklammerte und seine Rechte eine Bewegung machte, als wolle er sich das Gesicht zerkratzen.

»Graffiato«, hatte er keuchend hervorgebracht, während er weiter schwache Kratzbewegungen machte. *»Graffiato.«*

Biondo. Graffiato.

Blond. Und stark. Und gewandt. Und offenbar mit Kratzern im Gesicht, die ihm vermutlich die Ermordete beigebracht hatte, unter deren Fingernägeln Hautfetzen entdeckt worden waren. Hautfetzen, die ins Labor eingeschickt werden konnten, um eine DNA-Analyse vornehmen zu lassen. Ein raffiniertes Verfahren, dachte Roscani, aber nur nützlich, wenn man einen Verdächtigen hatte, dem man für eine Vergleichsuntersuchung eine Blutprobe entnehmen konnte.

Roscani betrat den Raum, nickte Scala und Castelletti zu und ging nach nebenan, wo das wenige Gepäck der Nonne aufgefunden worden war.

Schwester Elena Voso, siebenundzwanzig Jahre, Franziskanerin aus Siena, Krankenschwester im dortigen St.-Bernhard-Krankenhaus.

Roscani ging langsam durch den Zentralkorridor ins Freie hinaus, fuhr sich mit einer Hand durch das Haar und versuchte, die Atmosphäre dieses exklusiven Zufluchtsorts in sich aufzunehmen. Eros Barbus immenser Reichtum war überall zu erkennen, aber die Leute, die sich hier versteckt hatten – eine Nonne, ein Priester und die zu ihrem Schutz mitgekommenen Männer –, waren nicht reich gewesen. Weshalb hatte Barbu ihnen gestattet, sich hier zu verstecken?

Diese Frage konnte Barbu selbst nicht mehr beantworten. Die Royal Canadian Mounted Police ermittelte wegen seines angeblichen Selbstmords auf einem Bergpfad über dem Louise-See in Banff. Er sollte sich dort in den Mund geschossen haben. Aber Roscani wußte, daß das kein Selbstmord, sondern ein Mord gewesen war. Ein Komplize des blonden Eispickers hatte ihn verübt. Er hatte gewußt, wo Eros Barbu zu finden war, und ihn umgebracht, weil er Pater Daniel zur Flucht verholfen hatte, oder auch bei dem Versuch, den Aufenthaltsort des Flüchtigen aus ihm herauszubekommen. Vielleicht sogar derselbe Komplize, der Harry Addisons Boß in Kalifornien ermordet hatte. In diesem Fall war die Verschwörung viel umfassender und weitreichender, als es zunächst den Anschein gehabt hatte.

In der Ferne konnte Roscani das Bellen der Spürhunde hören, mit denen Carabinieri-Teams das Labyrinth aus Höhlen und Gängen nach Elena Voso und dem flüchtigen Priester absuchten. Und nach Harry Addison. Darauf gab es keinen Hinweis, das war lediglich seine Vermutung. Aber Roscani war sich sicher, daß der Amerikaner hiergewesen war und seinem Bruder zur Flucht verholfen hatte.

Jetzt zog Roscani einen bereits angebissenen Schokoriegel aus der Tasche, wickelte ihn aus, biß erneut hinein und sah dabei zum Abendhimmel auf.

Hoch über ihm koordinierte ein Hubschrauber die Suchmannschaften, die jetzt das felsige Gelände oberhalb der Grotte durchkämmten. In der Nähe des Lastenaufzugs waren zwei deutliche Fußabdrücke entdeckt worden. Und Reifenspuren ließen erkennen, daß ein Kleinlaster hergefahren, abgestellt und wieder weggefahren worden war. Ob irgendeine dieser Spuren sie zu dem blonden Mann oder den Flüchtigen führen würde, blieb abzuwarten.

Unabhängig davon, was bisher geschehen war oder noch geschehen würde, stand eine beunruhigende Tatsache fest: Roscani hatte es nicht mehr nur mit einem flüchtigen amerikanischen Priester und seinem Bruder, sondern mit Leuten zu tun, die internationale Verbindungen hatten, sehr geschickt operierten und vor keinem Mord zurückschreckten. Und jeder, der auch nur verdächtigt wurde, den Aufenthaltsort des Priesters zu kennen oder sein Mitwisser zu sein, gehörte plötzlich zu den Zielpersonen, die an keinem Ort der Welt mehr sicher waren.

95

Danny war allein, als Harry in die Höhle kam, saß in der Nähe des Eingangs und hatte seine gebrochenen Beine in den blauen GFK-Verbänden unbeholfen vor sich ausgestreckt. Er trug Harrys schwarze Jacke über dem dünnen Krankenhaushemd, das er angehabt hatte, als sie ihn ins Boot gebracht hatten.

Harry sah sich sofort um. Wo war Elena? Als er sich wieder nach Danny umdrehte, starrte sein Bruder ihn an, als wisse er nicht recht, wen er vor sich hatte. Und Harry wußte, daß Dannys körperliche Erschöpfung als Folge ihrer wilden Fahrt auf dem unterirdischen Wasserlauf jetzt ihren Tribut forderte. Danny hatte einen Rückfall erlitten, der um so erschreckender war, als Harry nicht wußte, wie weit er zurückgefallen war und ob er jemals die Kraft besitzen würde, sich davon zu erholen.

»Danny, weißt du, wer ich bin?«

Danny gab keine Antwort, sondern starrte ihn nur weiter an. Unsicher, zweifelnd.

»Ich bin dein Bruder Harry.«

Endlich nickte Danny zögernd.

»Wir sind in einer Höhle am Comer See.«

Danny nickte erneut. Aber seine Reaktion blieb vage, als verstehe er zwar die Wörter, aber nicht ihre Bedeutung.

»Weißt du, wo die Schwester ist, die Nonne, die sich um dich kümmert? Wo ist sie?«

Einige Sekunden lang kam überhaupt keine Reaktion. Dann nickte Danny langsam, kaum wahrnehmbar nach links.

In der angedeuteten Richtung sah Harry eine noch von der Sonne beschienene kleine Lichtung in Ufernähe. Er ließ Danny sitzen, ging durch das Unterholz darauf zu, wollte sie betreten und blieb dann plötzlich stehen. Elena war nur halb bekleidet; sie hatte ihre Schwesterntracht herabgestreift, so daß sie bis zu den Hüften nackt war. Jetzt bedeckte sie sich erschrocken.

»Entschuldigung«, sagte Harry verlegen. Er machte kehrt und ging in die Höhle zurück.

Kurze Zeit später kam Elena wieder vollständig bekleidet nach. Sie genierte sich sehr, während sie ihr Verhalten zu erklären versuchte:

»Ich muß mich bei Ihnen entschuldigen, Mr. Addison. Meine Sachen sind noch naß gewesen, wissen Sie. Ich habe sie wie Ihre Jacke und die Krankenhauskleidung Ihres Bruders auf den Felsen getrocknet. Er hat geschlafen, als ich... unbekleidet... gewesen bin.«

»Ja, ich verstehe.« Harry rang sich ein Lächeln ab, das sie sichtlich erleichtert aufnahm.

»Sie sind mit dem Lastwagen gekommen?«

»Ja.«

»Harry...?« Danny legte den Kopf schief, als die beiden näher herankamen.

Ja, das war Harry, kein Zweifel. Elena war bei ihm, und das war gut, weil sie schon lange bei ihm gewesen war. In ihrer Gegenwart hatte er das Gefühl, wieder in die Realität verankert zu sein. Trotzdem war er sehr schwach. Sogar das Nachdenken darüber, wo sie waren und wieso Harry jetzt hier war, strengte ihn an. Aber das Bild, wie Harry seine Hand ergriffen und ihn aus dem Wasser gezogen hatte, stand ihm deutlich vor Augen. Und er wußte noch gut, wie sie sich angesehen und begriffen hatten, daß sie nach endlos langer Zeit wieder zusammen waren.

»Ich...« Er berührte seinen Kopf. »Kann nicht... richtig... nicht klar denken.«

»Schon gut, Danny«, sagte Harry beruhigend. »Das wird alles wieder.«

»Das kommt nicht unerwartet, Mr. Addison«, sagte Elena, die Danny aufmerksam beobachtete. »Und wir können darüber ruhig vor dem Pater sprechen, weil er das wissen sollte. Er ist schwer verletzt gewesen. Seine Genesung hat Fortschritte gemacht, aber diese Flucht hat ihn zurückgeworfen. Körperlich erholt er sich bald, glaube ich, aber seine Fähigkeit, klar zu denken und zu sprechen oder beides, könnte beeinträchtigt sein. Wie schnell er sich in dieser Beziehung erholt, bleibt abzuwarten.« Sie sah jetzt zu Harry hinüber.

»Wie weit ist der Lastwagen entfernt, Mr. Addison?« Sie machte sich plötzlich Sorgen wegen der fortgeschrittenen Tageszeit, wegen der länger gewordenen Schatten außerhalb der Höhle. »Wie weit müssen wir gehen, um ihn zu erreichen?«

Harry zögerte, dann sah er zu Danny hinüber. Weil er ihn nicht unnötig aufregen oder ängstigen wollte, nahm er Elena am Arm und führte sie zum Ausgang der Höhle, indem er behauptete, er wolle ihr von dort aus den Weg zeigen.

Zwischen den Felsen, die den Höhleneingang vom See aus tarnten, blieb Harry stehen und wandte sich an Elena.

»Die Polizei hat die Grotte entdeckt. Sie hat einen Hubschrauber über dem Hügel kreisen lassen, auf den der Lastenaufzug hinaufführt. Wer weiß, vielleicht ist der Blonde auf diesem Weg geflüchtet? Aber die Polizei wird feststellen, daß Danny dort unten versteckt gewesen ist.« Harry zögerte. »Sie haben Ihre Sachen zurückgelassen, Elena. Die Polizei wird bald wissen, wer Sie sind, und vermutlich auch, daß ich bei Danny gewesen bin, weil ich nicht darauf geachtet habe, keine Fingerabdrücke zu hinterlassen.

Sie wird alle Gänge und Kanäle absuchen, und wenn sie uns nicht findet, wird sie im gesamten Seegebiet eine Großfahndung nach uns einleiten.

Die von hier nach oben führende Straße ist fast unbefahrbar, aber wenn wir hier rauskommen, bevor die Polizei diese Höhle findet und vor Einbruch der Dunkelheit, damit ich ohne Scheinwerfer fahren kann, schaffen wir es vielleicht. Wenigstens bis zur Hauptstraße, auf der andere Fahrzeuge unterwegs sind. Bei Dunkelheit können wir dann vielleicht wie heute morgen durch ihre Straßensperren schlüpfen.«

»Um wohin zu fahren, Mr. Addison?«

»Mit viel Glück zur Autostrada bei Como und von dort aus nach Norden zur Schweizer Grenze in Chiasso.«

Elena zog kurz die Augenbrauen hoch. »Und von dort aus, Mr. Addison?«

»Das weiß ich noch nicht.« Plötzlich merkte Harry, daß Danny sie aus der Höhle aufmerksam beobachtete. Er sah ihn erstmals aus der Ferne, sah die Veränderungen, die mit Danny vorgegangen waren. Abgemagert, körperlich sehr schwach, aber noch immer der Kämpfer, als den Harry ihn in Erinnerung hatte. Manchmal stur, aber nie unterzukriegen. Trotzdem war er im Augenblick praktisch hilflos.

Harry wandte sich wieder an Elena. Es gab bestimmte Dinge, über die sie sich im klaren sein mußte, bevor sie von hier wegfuhren.

»Sie wissen, daß ich wegen Mordes an einem italienischen Kriminalbeamten gesucht werde. Und daß die Polizei Danny für den Attentäter hält, der den Kardinalvikar von Rom ermordet hat.«

»Ja.«

Harry blickte Elena eindringlich an. »Es ist wichtig, daß Sie wissen, daß ich diesen Kriminalbeamten nicht ermordet habe. Was mein Bruder getan oder nicht getan hat, werde ich erst erfahren, wenn er sich soweit erholt hat, daß ich ihn danach fragen kann. Und selbst dann weiß ich nicht, wieviel er mir darüber erzählen wird. Jedenfalls will ihn jemand umbringen, weil er etwas weiß, weil er etwas verraten könnte. Deshalb hat es der blonde Mann, vielleicht sogar die Polizei, auf ihn abgesehen. Nachdem jetzt feststeht, daß er noch lebt, werden sie ihm nicht nur nachstellen, sondern auch annehmen, daß er sein Wissen den Leuten anvertraut hat, die mit ihm zusammen sind.«

»Ihnen und mir, Mr. Addison.«

»Ja.«

»Und ob er uns etwas anvertraut hat oder nicht...«

»Danach werden sie nicht erst fragen«, ergänzte Harry an ihrer Stelle.

Plötzlich war ohne Vorwarnung ganz in der Nähe das Knattern der Rotorblätter eines Hubschraubers zu hören. Harry zog Elena am Arm unter den Überhang des Höhlendachs, bevor der Hubschrauber im nächsten Augenblick über den Grat hinter ihnen kam. Er flog auf den See hinaus, beschrieb eine weite Kurve, kam wieder zurück und verschwand hinter den Bäumen. Das Knattern verschwand mit ihm.

Elena wandte sich wieder an Harry.

»Ich verstehe unsere Lage, Mr. Addison, und bin auf alles gefaßt.«

Harry musterte sie nur einen Augenblick lang prüfend.

»Okay«, sagte er nur, dann ging er in die Höhle zurück, um Danny zu holen.

96

Roscani sah zuerst den See und dann die Baumwipfel, als der Hubschrauber mit ihm über die felsigen Hügel flog, damit er sich das Gelände selbst genau ansehen konnte. Aber er sah nichts als Felsen und Bäume und auf der linken Seite die Wasserfläche des Sees.

»Verdammt!« fluchte er halblaut. Irgendwo dort unten waren sie: Pater Daniel, die Nonne, der blonde Mann mit dem Eispicker/Rasiermesser und Harry Addison. Roscanis ursprüngliche Vermutung hatte sich bewahrheitet: Auch der Amerikaner war in der Grotte gewesen. Das bewiesen seine Fingerabdrücke, die in Pater Daniels Krankenzimmer entdeckt worden waren.

Roscani mochte sich nicht einmal vorstellen, wie es dem Amerikaner gelungen war, durch ihr Fahndungsnetz zu schlüpfen und die Grotte vor ihnen zu finden, oder wie er und die anderen es geschafft hatten, dem blonden Killer zu entkommen, was ihnen anscheinend geglückt war. Das einzig Positive daran war, daß die anfängliche Großfahndung in ganz Italien sich jetzt auf ein Gebiet von wenigen Quadratkilometern Fläche konzentrierte. Nachteilig war jedoch, daß sie es nun mit unterschiedlichen Flüchtigen zu tun hatten: mit der Gruppe um Addison und mit dem blonden Killer. Sie alle hatten sich ihrer Festnahme bisher mit außergewöhnlichem Geschick, Hilfe durch Dritte oder einfach viel Glück entzogen. Roscanis Aufgabe war es, diese Sache zu Ende zu bringen, ihnen jeden denkbaren Fluchtweg abzuschneiden und alle Beteiligten möglichst schnell zu verhaften.

Während der Pilot in der Abenddämmerung nach Norden flog, konnte Roscani vor ihnen den Aufmarsch starker Kräfte der Gruppo Cardinale beobachten, die er zusammenzog, um dieses Ziel zu erreichen: Hunderte von Soldaten, Carabinieri und Polizisten aus den Uferstädten, die sich im Bereitstellungsraum auf dem Hügel über der Grotte versammelten.

Plötzlich wies Roscani den Piloten an, ihn zur Villa Lorenzi zurückzubringen, in der sich seit mehreren Stunden ihre Einsatzzentrale befand. Die Gruppo Cardinale jagte jetzt verschiedene Flüchtige. Die Amerikaner und die Nonne kannte er, aber er hatte keine Ahnung, wer dieser aggressive blonde Killer war. Es wurde höchste Zeit, daß er das herausbekam.

97

Das Lenkrad in Harrys Händen vibrierte unbarmherzig. Der ganze Lastwagen zitterte, und unter den Reifen spritzte Schotter weg, während das Fahrzeug sich den Steilabschnitt der Forststraße hinaufquälte und dabei seitlich abrutschte, so daß sie dem Straßenrand in über hundert Meter Höhe über dem See gefährlich nahe kamen. Dann lag die Schotterstrecke hinter ihnen, die Reifen fanden auf festem Boden besseren Halt, und Harry lenkte den Wagen in die Straßenmitte zurück.

»So weit, so gut.« Er lächelte zu Elena hinüber, die an die Beifahrertür gepreßt saß und sich bemühte, sich ihre Angst nicht anmerken zu lassen. Danny, der völlig erschöpft zwischen ihnen hockte, starrte blicklos nach vorn, als habe er ihre gefährliche Situation gar nicht wahrgenommen. Harry warf einen Blick auf das primitive Instrumentenbrett des Lastwagens. Der Tank war nur noch zu gut einem Viertel gefüllt, und er wußte nicht, wie weit sie damit kommen würden.

»Mr. Addison, Ihr Bruder braucht so schnell wie irgend möglich was zu trinken und eine leichte Mahlzeit.«

Inzwischen war es fast dunkel, und sie konnten in einiger Entfernung die Autoscheinwerfer auf der Straße nach Bellagio sehen. Diese nach Süden führende Straße würde sie um den See herum nach Como bringen, das Harrys Ziel war. Wie weit es dorthin war und wie viele Kleinstädte entlang der Strecke lagen, wußte er so wenig wie Elena.

»Gewährt die katholische Kirche noch immer Kirchenasyl?« fragte Harry plötzlich, weil er sich daran erinnerte, daß Kirchen für Flüchtlinge und Verfolgte jahrhundertelang ein sicherer Zufluchtsort gewesen waren.

»Das weiß ich nicht, Mr. Addison.«

»Würde uns eine wenigstens für diese Nacht Unterschlupf gewähren?«

»In Bellagio steht oben in der Nähe der Treppe die Kirche Santa Chiara. Ich kenne sie, weil sie eine Franziskanerkirche ist. Wenn irgendwo Hilfe zu finden wäre, dann am ehesten dort.«

»Bellagio.« Das gefiel Harry nicht. Es war zu gefährlich. Da war es besser, den See entlang nach Süden zu fahren, wo die Polizei vielleicht noch nicht war.

»Mr. Addison«, sagte Elena mit einem besorgten Blick zu Danny hinüber, als habe sie Harrys Gedanken erraten, »wir dürfen keine Zeit verlieren.«

Harry betrachtete Danny. Sein Kinn war auf die Brust herabgesunken, und er war vor Erschöpfung eingeschlafen. Elena hatte recht, sie durften keine Zeit verlieren.

98

Der Hubschrauber setzte mit eingeschalteten Landescheinwerfern in einer großen Staubwolke auf der Zufahrt zur Villa Lorenzi auf.

Roscani lief gebückt unter den sich noch drehenden Rotorblättern weg, durchquerte den gepflegten Park und betrat das rauchige Chaos der Einsatzzentrale, die die Gruppo Cardinale im Ballsaal des verstorbenen Schriftstellers eingerichtet hatte. Der prächtige Saal mit Stuckdecke, Vergoldungen und Kronleuchtern war ein Raum, den eine Invasionsarmee für ihre Zwecke hätte nutzen können, und genau das waren sie eigentlich auch.

Roscani bahnte sich einen Weg durch das Getümmel, beantwortete unterwegs zahlreiche Fragen, sah zu der riesigen Wandkarte mit den durch kleine italienische Fahnen markierten Straßensperren auf und überlegte sich wie schon zuvor besorgt, ob alles, was sie taten, trotz seiner unbestreitbaren Notwendigkeit nicht zu groß, zu laut und zu schwerfällig war. Sie waren eine Armee, die zwangsläufig wie eine Armee dachte und handelte und den Beschränkungen eines großen Truppenkörpers unterworfen war. Während die Flüchtigen, wie sich schon gezeigt hatte, im Grunde genommen Guerillas mit der Möglichkeit kühner Improvisation waren.

Bellagio, Hotel Firenze. 20.40 Uhr

Thomas Kind saß in seinem Hotelzimmer am Toilettentisch und betrachtete sich im Spiegel. Ein Adstringens hatte die tiefen Kratzer, die Martas Fingernägel auf seinem Gesicht zurückgelassen hatten, gesäubert und soweit zusammengezogen, daß er sie jetzt mit Make-up abdecken konnte.

Er war kurz nach siebzehn Uhr ins Hotel zurückgekommen, nachdem er auf der Straße zwei englische Studenten auf Ferienreise angehalten hatte, die ihn nach Bellagio mitgenommen hatten. Ihnen hatte er erzählt, er habe sich mit seiner Freundin gestritten: Sie habe ihm das Gesicht zerkratzt. Er sei daraufhin weggegangen und fahre noch in dieser Nacht nach Holland zurück; sie könne sich seinetwegen zum Teufel scheren. Ungefähr einen Kilometer vor der Straßensperre hatte er sie gebeten, ihn aussteigen zu lassen, weil er noch wütend sei und sich durch einen Fußmarsch abreagieren wolle. Sobald die Studenten weitergefahren waren, hatte er die Straße verlassen und die Straßensperre im Schutz eines Wäldchens weiträumig umgangen. Keine zwanzig Minuten später hatte er Bellagio erreicht.

Im Hotel war er über die Hintertreppe in sein Zimmer gelangt und hatte die Rezeption angerufen, um mitzuteilen, er müsse morgen sehr früh abreisen, und zu veranlassen, daß etwa noch ausstehende Beträge von seiner bereits vorgelegten Kreditkarte abgebucht wurden und er die Rechnung nach Amsterdam nachgeschickt bekam. Dann hatte er sich im Spiegel betrachtet und beschlossen, erst zu duschen und sich danach umzuziehen. Dadurch hatte er sein Aussehen völlig verändert.

Er beugte sich nach vorn, trug Wimperntusche auf und legte etwas mehr Lidschatten auf. Dann stand er auf, um sich zufrieden in dem großen Spiegel der Kleiderschranktür zu betrachten. Er trug hochhackige Pumps, eine leichte beige Hose und eine schlichte weiße Bluse unter einem blauen Leinenblazer. Kleine goldene Ohrringe und eine einreihige Perlenkette machten die Verwandlung komplett. Er klappte seinen Koffer zu, sah nochmals in den Spiegel, setzte einen breitkrempigen Strohhut auf, warf den Zimmerschlüssel aufs Bett und verließ das Hotelzimmer.

Thomas José Alvarez Rios Kind aus Quito, Ecuador, alias Frederick Voor aus Amsterdam war jetzt Julia Louise Phelps, eine Immobilienmaklerin aus San Francisco, Kalifornien.

99

Harry beobachtete mit angehaltenem Atem, wie die beiden mit Maschinenpistolen bewaffneten Carabinieri den weißen Fiat in Richtung Bellagio weiterfahren ließen und dann den nächsten Wagen heranwinkten, der im Licht der an hohen Ständern brennenden Halogenscheinwerfer halten mußte. Auf der anderen Straßenseite kontrollierten zwei Carabinieri den Verkehr in die Gegenrichtung. Vier weitere Uniformierte standen im Schatten eines am Straßenrand abgestellten Panzerwagens und beobachteten die Abfertigung.

Harry hatte die Scheinwerfer gesehen und sofort gewußt, daß dort kontrolliert wurde, noch bevor die Autos vor ihnen zu bremsen begannen. Er wußte, daß sie beim erstenmal verdammt viel Glück gehabt hatten, als nur Elena und er in die Gegenrichtung unterwegs gewesen waren. Jetzt waren sie zu dritt, und er hielt den Atem an, weil er das Schlimmste befürchtete.

»Mr. Addison ...« Elena nickte nach vorn.

Harry sah das Auto vor ihnen weiterfahren und bemerkte, daß sie die Straßensperre fast erreicht hatten. Ein Carabiniere bedeutete ihm ungeduldig, er solle vorfahren. Harry fühlte sein Herz jagen, und seine Hände, die das Lenkrad umklammerten, waren plötzlich schweißnaß. Der Carabiniere wiederholte seine Handbewegung.

Harry holte tief Luft und ließ langsam die Kupplung kommen. Der alte Lastwagen rollte vorwärts, bis der Polizeibeamte ihm das Zeichen zum Anhalten gab. Harry bremste. Dann traten zwei Carabinieri von rechts und links an das Fahrerhaus heran. Beide hielten große Stabtaschenlampen in ihrer linken Hand.

»Nur das nicht!« flüsterte Harry erschrocken.

»Was gibt's?« fragte Elena rasch.

»Der Kerl von heute morgen.«

Der Uniformierte erkannte Harry ebenfalls. Wie hätte er ihn vergessen können? Der Priester mit dem klapprigen Lastwagen, der ihn heute morgen fast überfahren hatte.

»Buona sera«, sagte der Polizeibeamte zurückhaltend.

»Buona sera«, murmelte Harry.

Der Carabiniere hob die Taschenlampe und ließ den Lichtstrahl durchs Fahrerhaus gleiten. Danny, der noch immer Harrys schwarzes Priesterjackett trug, schlief gegen Elena gelehnt weiter.

Der zweite Carabiniere stand vor Elenas Fenster. Er forderte sie mit einer Handbewegung auf, es herunterzukurbeln.

Elena ignorierte ihn und sah statt dessen zu dem neben Harry stehenden Beamten hinüber.

»Wir sind zu einer Beerdigung gefahren«, sagte sie auf italienisch. »Wissen Sie das noch?«

»Ja.«

»Jetzt fahren wir zurück. Pater Dolgetta«, sie zeigte auf Danny und sprach dann leiser, als wolle sie ihn nicht aufwecken, »ist aus Mailand gekommen, um die Messe zu lesen. Sie sehen, wie dünn er ist. Er ist sehr krank gewesen. Er hätte niemals kommen dürfen, aber er hat darauf bestanden. Und er hat prompt einen Rückfall erlitten. Sehen Sie ihn sich bloß an. Wir versuchen jetzt, ihn möglichst schnell ins Bett zu bringen, bevor Schlimmeres passiert.«

Der Carabiniere stand schweigend da, starrte ins Fahrerhaus und beleuchtete mit seiner Taschenlampe erst Harry und dann wieder Danny.

»Was sollen wir tun? Aussteigen und herumgehen? Ihn aufwecken? Ihn auch herumgehen lassen?« Elenas Augen blitzten zornig. »Wie lange brauchen Sie noch, um Leute, die Sie bereits kennen, passieren zu lassen?«

Hinter ihnen wurde gehupt. Die wartenden Autofahrer wurden ungeduldig, weil sie sich die Verzögerung nicht erklären konnten. Endlich schaltete der Carabiniere seine Taschenlampe aus, nickte seinem Partner zu, trat von der Fahrertür zurück und winkte sie durch.

100

Roscani brach ein Stück Schokolade ab, steckte es in den Mund und klappte die Interpolakte zu.

Teil eins enthielt auf neunundfünfzig Seiten detaillierte Angaben über siebenundzwanzig Männer und neun Frauen, die in Europa als Terroristen aktiv gewesen waren. Teil zwei bestand aus achtundzwanzig Seiten mit Angaben über besonders gefährliche Mörder, die bisher nicht gefaßt waren und sich vermutlich in Europa aufhielten: insgesamt vierzehn Gewaltverbrecher, ausschließlich Männer.

Jeder von ihnen konnte den Reisebus in die Luft gejagt haben. Jeder der Männer konnte der verkohlte Leichnam sein, der irrtümlich für Pater Daniel gehalten worden war – der Unbekannte mit der spanischen Llamapistole. Aber nach Roscanis Einschätzung besaß keiner von ihnen die phantasievolle, fast erotische und rein sadistische Ausstrahlung des blonden Mannes mit dem zerkratzten Gesicht, der mit Eispicker und Rasiermesser mordete.

Frustriert und über sich selbst wütend, weil er ausgerechnet jetzt das Rauchen aufgegeben hatte, stand er auf, öffnete die Tür seines winzigen Refugiums und trat wieder in den Ballsaal der Villa Lorenzi hinaus.

Dies war kein Spiel, das er allein hätte spielen wollen, indem er mit der Einstellung seines Vaters die Fahndung allein übernahm, als sei nur er imstande, diesen Fall zu lösen. Hier brauchte man Hunderte von Beamten, die hellwach und mit offenen Augen jeden Quadratmeter der Umgebung absuchten. Nur so war garantiert, daß die Falle zuschnappte, bevor die Flüchtigen ein weiteres Schlupfloch finden konnten.

Harry saß mit Danny in dem unbeleuchteten Lastwagen und wartete auf Elena. Sie war seit über einer halben Stunde fort, und er fühlte, wie sein Unbehagen wuchs.

Auf der gegenüberliegenden Straßenseite zogen lachend und lärmend einige Jugendliche vorbei, von denen einer auf seiner Gitarre klimperte. Erst vor kurzem war dort ein älterer Mann gegangen, der eine Melodie vor sich hingesummt hatte, während er seine beiden kleinen Hunde spazierengeführt hatte. Jetzt verhallte der Lärm der Jugendlichen, und die erneut herrschende Stille verstärkte bei Harry das Gefühl der Einsamkeit, seine Besorgnis und die Angst, gefaßt zu werden.

Er drehte den Kopf leicht zur Seite und betrachtete Danny, der auf dem Beifahrersitz schlief und seine Beine in den blauen Verbänden in fetaler Position unter seinem Körper angezogen hatte. Unschuldig und ahnungslos, wie ein Kind geschlafen hätte. Bei diesem Anblick hatte er das Bedürfnis, eine Hand auszustrecken, Danny zu berühren und ihm zu versichern, alles werde gut werden.

Harry wandte sich ab und sah wieder zu der Kirche hinauf, weil er hoffte, Elena den Hügel herabkommen zu sehen. Aber er sah nur die leere Straße mit zwei Reihen geparkter Autos. Im nächsten Augenblick brandete eine Woge bisher uneingestandener Emotionen über ihn hinweg. Sie schien aus seinem Innersten zu kommen. Er wußte plötzlich, warum er hier war: Weil er eine alte Schuld zu begleichen, ein Versprechen einzulösen hatte.

Hier löste er ein, was er Danny vor vielen Jahren zugesichert hatte, bevor er selbst weggegangen war, um in Harvard zu studieren. Damals war Danny rebellisch gewesen und hatte zu Hause, mit der Polizei und in der Schule ständig Schwierigkeiten gehabt. Unmittelbar vor seiner Abreise hatte Harry mit gepacktem Koffer in der Diele gestanden und Danny gesucht, um sich von ihm zu verabschieden, als sein jüngerer Bruder von draußen hereingekommen war. Sein Gesicht war schmutzig, sein Haar zerzaust, seine rechte Hand von einer Prügelei aufgeschürft.

Danny musterte erst den Koffer und danach seinen Bruder, bevor er sich wortlos an ihm vorbeidrängen wollte. Harry wußte noch gut, wie er rasch zugepackt, ihn am Arm festgehalten und zu sich herumgedreht hatte. Und er glaubte, wieder seine eigene Stimme zu hören: »Sieh zu, daß du die High-School abschließt, ja?« hatte er Danny nachdrücklich aufgefordert. »Sobald du fertig bist, komm' ich und hol' dich hier raus. Ich lasse dich nicht hier sitzen. Das verspreche ich dir.«

Das war mehr als ein Versprechen. Es war die Erneuerung des Bundes, den sie vor Jahren nach dem Tod ihrer Schwester und ihres Vaters, nach der überhasteten neuen Ehe ihrer Mutter geschlossen hatten. Daß sie einander helfen würden, aus diesem Leben, dieser Familie und dieser Stadt herauszukommen, um niemals mehr zurückzukehren. Das war ein Pakt gewesen, ein unverbrüchlicher Bruderbund.

Aber aus allen möglichen Gründen war es nicht dazu gekommen. Und obwohl sie nie darüber gesprochen hatten und auch, weil die Umstände sich geändert hatten, weil Danny nach der Schule zum Marinekorps gegangen war, wußte Harry recht gut, daß die Tatsache, daß er nicht zurückgekommen war, der Grund für ihre Entfremdung war. Danny war enttäuscht gewesen, weil Harry sein Versprechen nicht gehalten hatte. Jetzt löste er es ein. Er war endlich zurückgekommen, um seinen Bruder herauszuholen.

22.25 Uhr

Ein weiterer Blick zur Kirche hinauf.

Die Straße war weiter leer und dunkel. Auf den Gehsteigen bewegte sich nichts, Elena war nirgends zu sehen.

Plötzlich zerriß das gedämpfte Klingeln eines Telefons die Stille. Harry fuhr zusammen, sah sich um und überlegte, wo das Klingeln herkommen mochte. Dann merkte er, daß es sein Mobiltelefon war, das er ins Handschuhfach gelegt hatte, bevor er mit Elena in die Grotte hinuntergefahren war, um Danny zu finden.

Das Klingeln verstummte. Im nächsten Augenblick setzte es wieder ein. Harry beugte sich nach rechts, öffnete das Handschuhfach, nahm das Telefon heraus und schaltete es ein.

»Ja?« fragte er vorsichtig, obwohl er wußte, daß nur ein Mensch die Nummer dieses Telefons kannte.

»Harry?«

»Adrianna!«

»Harry, wo bist du?«

Ihre Stimme klang forschend. Aus ihrem Tonfall sprach weder Besorgnis noch Wärme, noch Freundschaft. Er war rein geschäftlich. Adrianna hatte sich auf den ursprünglichen Deal zurückgezogen, den sie für sich und Eaton vereinbart hatte: Die beiden durften als erste mit Danny reden, vor allen anderen.

»Harry?«

»Ich bin noch da.«

»Ist dein Bruder bei dir?«

»Ja.«

»Sag mir, wo ihr seid.«

22.30 Uhr

Ein rascher Blick die Straße entlang.

Elena war noch immer nicht zu sehen.

»Wo bist du, Adrianna?«

»Im Hôtel du Lac in Bellagio. In demselben Hotel, in dem du noch ein Zimmer hast.«

»Ist Eaton bei dir?«

»Nein. Aber er ist aus Rom hierher unterwegs.«

Plötzlich kam ein Scheinwerferpaar um die Straßenecke bei der Kirche: zwei Polizisten auf Motorrädern. Ihre Sturzhelme reflektierten das Licht der Straßenlaternen, als die beiden langsam die Straße herunterfuhren und in die geparkten Wagen sahen. Auf der Suche nach ihm und Danny.

»Harry, bist du noch da?«

Er sah, daß Danny sich neben ihm bewegte. Danny, nicht jetzt! Nicht wieder wie in der Grotte!

»Sag mir, wo du bist. Dann komme ich zu dir.«

Danny bewegte sich erneut. Die Polizeibeamten hatten sie schon fast erreicht.

»Verdammt noch mal, Harry! Red mit mir. Sag endlich, wo du…«

Klick.

Harry schaltete das Telefon aus, legte sich im Dunkel unterhalb der Windschutzscheibe über Danny und konnte nur hoffen, daß Danny diesmal den Mund halten würde. Irgendwo unter ihm klingelte das Telefon erneut.

Adrianna rief zurück.

Das Klingeln war laut, schrill. Es klang fast, als komme es aus einem Lautsprecher. Harry bemühte sich verzweifelt, es in der Dunkelheit unter seinem Körper zu finden. Aber es hatte sich irgendwo zwischen seinem Hemd und Danny und dem Autositz verhakt. Er zog die Arme an und bemühte sich, das Geräusch mit seinem Körper zu dämpfen. Hoffentlich konnten die Polizisten es mit aufgesetzten Sturzhelmen und wegen des Lärms ihrer Motorräder nicht horen.

Eine Ewigkeit verstrich, bevor das Klingeln aufhörte. Danach herrschte Stille. Harry hätte gern den Kopf gehoben, um zu sehen, ob die Polizisten weitergefahren waren, aber das wagte er nicht. Er konnte das Pochen seines Herzens hören, das Hämmern seines Pulsschlags.

Plötzlich wurde energisch ans Seitenfenster geklopft. Ihm lief ein kalter Schauder über den Rücken. Er fühlte sich wie gelähmt. Das Klopfen wiederholte sich. Lauter

Schließlich hob Harry angstvoll resigniert den Kopf.

Draußen stand Elena. Sie wurde von einem Priester begleitet, der einen Rollstuhl mitgebracht hatte.

101

Eine attraktive Frau, die einen blauen Leinenblazer und einen breitkrempigen Strohhut trug, saß in der Bar des Hotels Firenze allein an einem Tisch in der Nähe des auf die Straße hinausführenden großen Fensters. Von dort aus konnte sie die Uferpromenade und die Anlegestelle der Tragflügelboote überblicken. Und sie sah die Kriminalbeamten der Gruppo Cardinale, die am Fahrkartenschalter und an der Anlegestelle alle auf das nächste Boot wartenden Fahrgäste beobachteten.

Sie wandte sich leicht von den übrigen Gästen ab, holte ein Mobiltelefon aus ihrer Handtasche und wählte eine Nummer in Mailand, von wo aus der Anruf zu einer anderen Nummer in der Küstenstadt Civitavecchia und schließlich zu einer nicht im Telefonbuch stehenden Nummer in Rom weitergeleitet wurde.

»*Si*«, meldete sich eine Männerstimme.

»Hier ist *S*«, sagt Thomas Kind.

»*Uno momento.*«

Eine kurze Pause.

»Ja?« Das war eine andere Männerstimme, elektronisch verzerrt, um nicht identifizierbar zu sein. Das restliche Gespräch wurde auf französisch geführt.

S: Die Zielperson lebt. Möglicherweise ist sie verwundet. Und sie ist leider entkommen.

Männerstimme: Ja, ich weiß.

S: Was soll ich jetzt tun? Wenn Sie wollen, gebe ich den Auftrag zurück.

Männerstimme: Nein. Ich weiß Ihre Erfahrung und Zielstrebigkeit zu schätzen. Die Polizei weiß, daß Sie dort sind, und fahndet nach Ihnen, aber sie hat bisher keine Ahnung, wer Sie sind.

S: Davon bin ich ausgegangen.

Männerstimme: Können Sie von dort weg?

S: Mit etwas Glück.

Männerstimme: Dann möchte ich, daß Sie herkommen.

S: Ich könnte die Zielperson trotz der Polizei weiter von hier aus verfolgen.

Männerstimme: Gewiß, aber wozu, wenn die Motte aus ihrem Schlaf erwacht ist und in die Flamme gelockt werden kann?

Kardinal Palestrina drückte auf einen Knopf des Kästchens neben seinem Telefon und übergab den Hörer Farel, der ihn auflegte. Dann saß der Sekretär des Auswärtigen für lange Augenblicke schweigend in seinem spärlich beleuchteten Arbeitszimmer mit der reichen Marmorausstattung und betrachtete die Gemälde, Skulpturen und Regale mit kostbaren alten Büchern, diese Zeugen vergangener Jahrhunderte, die ihn in seiner Residenz in dem von Papst Sixtus V. erbauten Palast ein Stockwerk unter den päpstlichen

Gemächern umgaben. Der Heilige Vater schlief jetzt nach einem anstrengenden Tag, geistig und körperlich erschöpft und darauf vertrauend, daß seine Berater die Geschäfte des Vatikans weiter in seinem Sinne führten.

»Wenn Sie gestatten, Eminenz«, räusperte sich Farel.

Palestrina sah zu ihm hinüber. »Sagen Sie schon, was Sie auf dem Herzen haben, Jakow.«

»Der Priester macht mir Sorgen. Thomas Kind kann ihn anscheinend so wenig stoppen wie Roscani mit seiner ganzen Armee. Er gleicht einer Katze, die ihre Leben noch nicht aufgebraucht hat. Wir können ihn zwar in eine Falle locken, aber was ist, wenn er vorher auspackt?«

»Sie befürchten, ein einziger Mann könnte uns ganz China kosten?«

»Ja. Und dagegen könnten wir nicht das geringste machen. Außer alles abzustreiten. Aber China wäre trotzdem verloren, und der Verdacht würde sich jahrhundertelang halten.«

Palestrina drehte sich langsam mit seinem Sessel nach der Renaissancetruhe um, auf der eine Marmorbüste Alexanders des Großen aus dem fünften Jahrhundert stand.

»Ich bin als Sohn des Königs von Mazedonien auf die Welt gekommen.« Er sprach mit Farel, aber sein Blick blieb auf die Büste gerichtet. »Aristoteles ist mein Lehrer gewesen. Als ich zwanzig war, ist mein Vater einem Attentat zum Opfer gefallen, und ich bin ihm auf den Thron nachgefolgt, auf allen Seiten von den Feinden meines Vaters umgeben. Aber ich habe sie binnen kurzem aufgespürt und alle hinrichten lassen, bevor ich mich mit meinen Getreuen aufgemacht habe, um die angezettelte Rebellion niederzuschlagen. Zwei Jahre später war ich Herrscher über ganz Griechenland, hatte den Hellespont mit einem Heer aus fünfunddreißigtausend Griechen und Mazedoniern überschritten und war ins Perserreich eingedrungen.«

Als Palestrina sich jetzt langsam Farel zuwandte, ließen seine Sitzhaltung und der Lichtschein der Lampe neben der Büste sein Haupt fast mit dem Alexanders verschmelzen. Nun suchte er Farels Blick, bevor er weitersprach, und Farel spürte, wie ihm ein kalter Schauder über den Rücken lief. Mit jedem Wort wurden Palestrinas Augen dunkler und entrückter, während er sich immer mehr mit der Gestalt identifizierte, die er seiner Überzeugung nach war.

»Bei Troja habe ich ein vierzigtausend Mann starkes Heer geschlagen und dabei nur hundertzehn meiner Soldaten verloren. Von dort aus bin ich weiter nach Süden vorgestoßen, wo Darius sich mir mit der persischen Hauptarmee von fünfhunderttausend Mann entgegengestellt hat.

Der besiegte Großkönig ist so überstürzt geflüchtet, daß er seine Mutter, seine Frau und seine Kinder zurückgelassen hat. Danach habe ich Tyros und Gaza erobert, bin in Ägypten einmarschiert und habe damit die gesamte Ostküste des Mittelmeers kontrolliert. Danach waren Babylon und der Rest des Perserreichs jenseits der Südküste des Kaspischen Meeres bis nach Afghanistan an der Reihe, bevor ich ins heutige Turkestan und nach Zentralasien vorgestoßen bin. Das war«, Palestrina sah zu Alexander dem Großen hinüber, »im Jahr 327 vor Christus, und ich hatte den größten Teil meiner Siege in nur drei Jahren erkämpft.«

Palestrina kehrte mit einem Ruck in die Gegenwart zurück und wandte sich wieder an Farel.

»Ich bin in Persien siegreich gewesen, Jakow. Ich werde auch in China siegreich sein.« Er senkte seine Stimme und schien Farel mit seinem Blick durchbohren zu wollen. »Schaffen Sie Pater Bardoni her. Sofort!«

102

Bellagio. 22.50 Uhr

Elena lag im Dunkeln und blickte zu dem Lichtschein auf, der durch das hoch über ihr in die Wand eingelassene kleine Fenster in den Raum fiel.

Sie waren im alten Klostertrakt hinter der Kirche, in dem jetzt die Geistlichen wohnten. Im Augenblick war Pater Renato, der stämmige, freundliche Priester, der sie zum Lastwagen begleitet hatte, hier jedoch allein, weil seine Amtsbrüder zu einer Priesterfreizeit gefahren waren. Diesem Umstand verdankte Elena ihre winzige Zelle, während Pater Daniel nebenan und Harry in der Zelle gegenüber schliefen.

Sie bedauerte noch immer, daß sie erst spät zurückgekommen und Harry solche Sorgen bereitet hatte, aber sie hatte keine andere Wahl gehabt. Pater Renato war schwer zu überzeugen gewesen. Erst als Elena ihre Mutter Oberin in Siena telefonisch erreicht und er selbst mit ihr gesprochen hatte, hatte er eingelenkt und war bereit gewesen, Elena zu begleiten. Dabei hatten sie mit dem Rollstuhl im Schatten der Kirche warten müssen, bis die beiden Polizisten auf Motorradstreife vorbeigefahren waren.

Danach hatten sie Pater Daniel hergebracht, ihm Tee und Reispudding gegeben und ihn ins Bett gelegt. Anschließend hatte Pater Renato sie in die winzige Küche mitgenommen und ihnen Pasta mit einem Rest Hühnerragout aufgetischt. Er hatte ihnen die Zellen gezeigt, in denen sie schlafen konnten, jedoch nur für eine Nacht, weil sie weiterziehen mußten, bevor seine Amtsbrüder morgen zurückkamen.

Weiterziehen, dachte Elena, während sie zu dem schwachen Lichtschein aufsah. Aber wohin?

Dieser Gedanke brachte sie auf etwas anderes: auf ihre persönliche Freiheit oder vielmehr deren Fehlen. Der Wendepunkt war der Augenblick gewesen, in dem sie in der Höhle am See emotional zusammengebrochen war und Harry seinen Bruder verlassen hatte, um sie zu umarmen und zu trösten, obwohl er so erschöpft und ratlos gewesen sein mußte wie sie selbst. Der zweite Augenblick war gewesen, als er mit dem Lastwagen zurückgekommen war und sie außerhalb der Höhle halb nackt überrascht hatte. In ihrer Erinnerung war diese Szene – wie er sich rasch entschuldigt und gleich abgewandt hatte, um in die Höhle zurückzugehen – nicht mehr peinlich, sondern erotisch. Elena fragte sich, ob Harry sie trotz des Ernstes und der Gefährlichkeit ihrer Lage vielleicht etwas länger angesehen hätte, wenn sie keine Nonne gewesen wäre. Schließlich war sie noch jung und hatte auch keine schlechte Figur.

Vielleicht war Harry in ihr Leben getreten, um ihr zu helfen, eine Entscheidung zu treffen. Seine Gegenwart und sein Auftreten berührten sie auf bisher nie gekannte Weise. Dieses neue Gefühl war so zärtlich, aufbauend und stärkend, daß es alles Schuldbewußtsein, das solche Regungen bisher stets ausgelöst hatten, verschwinden ließ. Es kam ihr vor, als hätte sie eine Tür aufgestoßen und festgestellt, daß das Leben dahinter schön war, daß es in Ordnung war, mit denselben Gefühlen und Leidenschaften wie andere Menschen zu leben. Daß es völlig in Ordnung war, als Elena Voso zu leben.

Harry hörte ein leises Klopfen, dann sah er, wie seine Zellentür geöffnet wurde.

»Mr. Addison?« flüsterte Elena.

»Was gibt's?« Er setzte sich sofort hellwach auf.

»Alles in Ordnung, Mr. Addison. Darf ich einen Augenblick hereinkommen?«

Harry zögerte verwirrt. »Ja, natürlich.«

Die Tür wurde etwas weiter geöffnet. Ein schwacher Lichtschein vom Korridor her ließ ihn die Umrisse ihrer Gestalt erkennen, bevor die Tür sich wieder hinter ihr schloß.

»Entschuldigung, daß ich Sie geweckt habe.«

»Schon gut.«

In der kleinen Zelle war es eben hell genug, daß Harry Elena erkennen konnte. Sie trug ihre Schwesterntracht, war aber barfuß und wirkte aufgeregt und zugleich nervös.

»Wollen Sie sich nicht setzen?« fragte er und zeigte auf die Bettkante.

Elena betrachtete kurz das Bett und schüttelte dann den Kopf.

»Danke, ich bleibe lieber stehen, Mr. Addison.«

»Harry«, sagte er.

»Harry …« Elena lächelte nervös.

»Was gibt's denn?«

»Ich … ich habe einen Entschluß gefaßt, von dem ich Ihnen erzählen möchte.«

Harry nickte, obwohl er noch immer nicht wußte, worauf sie hinauswollte.

»Als wir uns kennengelernt haben, habe ich Ihnen erzählt, daß Gott mir aufgetragen hat, für Ihren Bruder zu sorgen.«

»Ganz recht.«

»Nun, sobald er wieder gesund ist, werde ich …« Elena machte eine Pause, und Harry sah, daß sie ihren ganzen Mut zusammennehmen mußte, um weitersprechen zu können. »Ich werde unsere Generaloberin bitten, mich aus meinem Gelöbnis zu entlassen, damit ich das Kloster verlassen kann.«

Harry antwortete nicht gleich. »Wollen Sie meine Meinung dazu hören?« fragte er dann.

»Nein, ich stelle eine Tatsache fest.«

»Elena«, wandte Harry behutsam ein, »vielleicht sollten Sie vor einer endgültigen Entscheidung bedenken, daß keiner von uns nach allem, was wir durchgemacht haben, gegenwärtig nüchtern denken kann.«

»Darüber bin ich mir im klaren. Aber ich weiß auch, daß alles, was wir durchgemacht haben, dazu beigetragen hat, Gedanken und Gefühle zu klären, die ich seit einiger Zeit gehabt habe.«

Harry musterte sie prüfend. Selbst in dem schwachen Licht sah er ihren entschlossenen Blick. »Das ist eine sehr persönliche Sache.«

Elena äußerte sich nicht dazu. Harry lächelte flüchtig. »Vielleicht verstehe ich nur nicht, warum Sie das ausgerechnet mir erzählen.«

»Weil ich nicht weiß, was morgen passieren wird, und das alles einem Menschen erzählt haben möchte, der Verständnis dafür hat. Und weil ich es gerade Ihnen erzählen wollte, Harry.« Elenas Blick ruhte unverwandt auf ihm.

»Gute Nacht, und Gott segne Sie«, flüsterte sie dann und huschte wieder hinaus.

Harry beobachtete, wie sie den kleinen Raum durchquerte, und nahm flüchtig ihre Gestalt wahr, als sie die Tür öffnete und nach draußen verschwand. Weshalb sie ihn aufgesucht hatte, um ihn an einer zutiefst persönlichen Entscheidung teilhaben zu lassen, war ihm noch immer nicht ganz klar. Er wußte nur, daß er noch nie eine Frau wie Elena gekannt hatte, und war sich zugleich bewußt, daß dies nicht der richtige Zeitpunkt war, sich zu ihr hingezogen zu fühlen. Eine Ablenkung dieser Art war das letzte, was sie jetzt brauchen konnten. Sie war viel zu verwirrend und deshalb viel zu gefährlich.

Die elegante, attraktive Frau mit dem großen Strohhut stand mit den übrigen Fahrgästen Schlange, als das Tragflügelboot aus der Dunkelheit über dem See auf die Anlegestelle zulief.

An der Treppe hielten vier mit Uzis bewaffnete Polizisten in schußsicheren Westen Wache. Vier weitere Beamte patrouillierten an der Anlegestelle selbst, musterten die Gesichter der wartenden Fahrgäste und hielten Ausschau nach den Flüchtigen. Stichprobenartige Kontrollen bestätigten, daß fast alle Wartenden ausländische Touristen waren. Engländer, Deutsche, Brasilianer, Australier, Amerikaner.

»Grazie«, sagte der junge Polizeibeamte lächelnd und legte eine Hand an den Mützenschirm, als er Julia Louise Phelps ihren Paß zurückgab. Dies war kein blonder Killer mit zerkratztem Gesicht, keine italienische Nonne und kein flüchtiger Priester oder sein Bruder. Dies war eine hochgewachsene, attraktive Frau, eine Amerikanerin, wie er richtig vermutet hatte, mit einem großen Strohhut und einem bezaubernden Lächeln. Deshalb hatte er sie überhaupt angesprochen und um ihren Ausweis gebeten – nicht weil sie ihm verdächtig erschien, sondern weil er mit ihr flirten wollte. Und sie hatte sich darauf eingelassen.

Als das Tragflügelboot jetzt anlegte und ein Teil seiner Fahrgäste von Bord ging, steckte die Amerikanerin ihren Reisepaß wieder in ihre Umhängetasche, lächelte dem jungen Polizeibeamten nochmals zu und ging mit den übrigen Wartenden an Bord. Wenig später wurde die Gangway eingezogen, und das Tragflügelboot legte mit aufheulenden Motoren ab.

Die Polizeibeamten auf der Anlegestelle und oben an der Treppe beobachteten, wie das Boot Fahrt aufnahm, und sahen seinen Rumpf aus dem Wasser steigen, als es auf den nächtlichen schwarzen See hinauslief, um erst nach Tremezzo und Lenno hinüberzufahren und dann über Lezzeno und Argegno nach Como zurückzukehren. Das Tragflügelboot *Freccia delle Betulle* war das letzte Schiff dieses Tages. Und die Spannung, unter der die Polizeibeamten gestanden hatten, löste sich bei seiner Abfahrt. Sie wußten, daß sie gute Arbeit geleistet hatten. In ihrer Schicht war garantiert keiner der Gesuchten durchs Fahndungsnetz geschlüpft.

Vatikan. Mittwoch, den 15. Juli, 0.20 Uhr

Farel öffnete die Tür von Palestrinas Arbeitszimmer, und Pater Bardoni trat ein: gefaßt, weder von der späten Stunde noch von der Tatsache beeindruckt, daß er herbeizitiert worden war.

Palestrina, der an seinem Schreibtisch saß, bedeutete Pater Bardoni mit einer Handbewegung, in einem der Besuchersessel Platz zu nehmen.

»Ich habe Sie rufen lassen, um Ihnen persönlich mitzuteilen, daß Kardinal Marsciano erkrankt ist«, sagte er, als der Priester vor ihm saß.

»Erkrankt?« Pater Bardoni richtete sich auf.

»Er ist heute am frühen Abend hier in meinem Arbeitszimmer zusammengebrochen, nachdem wir in der Chinesischen Botschaft gewesen waren. Die Ärzte nehmen an, daß er nur erschöpft und überanstrengt ist, sind sich aber nicht ganz sicher. Deshalb muß er vorläufig unter Beobachtung bleiben.«

»Wo ist er jetzt?«

»Hier im Vatikan«, sagte Palestrina. »In einer Gästewohnung im Johannes-Turm.«

»Warum ist er nicht in einem Krankenhaus?« Aus dem Augenwinkel bemerkte Pater Bardoni, wie Farel vortrat und sich neben ihn stellte.

»Weil ich es für ratsam gehalten habe, ihn hier unterzubringen. Weil ich glaube, den Grund für seine ›Erschöpfung‹ zu kennen.«

»Und der wäre?«

»Das anhaltende Dilemma um Pater Daniel.« Palestrina beobachtete den Priester genau. Bisher ließ er keine Gefühlsregung erkennen, nicht einmal jetzt, als Pater Daniel erwähnt worden war.

»Das verstehe ich nicht.«

»Kardinal Marsciano hat geschworen, Pater Daniel sei tot. Und vielleicht glaubt er noch immer nicht, was die Polizei längst tut; daß Pater Daniel das nicht ist. Außerdem gibt es neue Hinweise darauf, daß Pater Daniel nicht nur lebt, sondern auch in der Lage ist, sich seiner Ergreifung nachhaltig zu entziehen. Das alles bedeutet, daß er vermutlich auch imstande ist, mit alten Weggefährten in Verbindung zu treten.«

Palestrina machte eine Pause und sah dem Priester in die Augen, damit seine nun folgenden Worte keinesfalls mißverstanden werden konnten.

»Kardinal Marsciano wäre bestimmt überglücklich, Pater Daniel lebend wiederzusehen. Aber da er sich in ärztlicher Obhut befindet und nicht reisefähig ist, sollte Pater Daniel herkommen oder notfalls hergebracht werden, um ihn im Johannes-Turm zu besuchen.«

An dieser Stelle machte Pater Bardoni den Fehler, rasch und verstohlen zu Farel hinüberzusehen. Es war eine hastige, impulsive Reaktion, als wolle er feststellen, ob Farel wirklich ganz auf Palestrinas Seite stand und die Inhaftierung Marscianos billigte. Farels kalter, leidenschaftsloser Blick ließ keinen Zweifel daran, daß er das tat. Dann hatte Bardoni sich wieder in der Hand und wandte sich empört an Palestrina.

»Wollen Sie damit etwa andeuten, ich wüßte, wo er ist? Und ich könnte ihm diese Nachricht übermitteln? Ich könnte irgendwie dafür sorgen, daß er in den Vatikan kommt?«

»Eine Schachtel wird geöffnet«, sagte Palestrina leichthin. »Eine Motte fliegt heraus. Wohin flattert sie? Das fragen sich viele Leute, die Jagd auf sie machen. Aber sie wird nie gefunden, weil sie im letzten Augenblick davonfliegt, nochmals wegflattert und zum drittenmal weiterfliegt. Sehr schwierig, wenn sie doch krank oder verletzt ist. Außer sie findet Helfer. Irgendwelche Sympathisanten, vielleicht ein berühmter Schriftsteller oder jemand aus dem Klerus. Sie wird von sachkundiger, zarter Hand gepflegt. Vielleicht von einer Nonne, einer Krankenschwester oder einer Kombination aus beiden. Zum Beispiel von Schwester Elena Voso aus Siena.«

Pater Bardoni ließ keine Reaktion erkennen. Er blickte Palestrina nur ausdruckslos an, als habe er keine Ahnung, wovon der rede. Das war ein bewußter Täuschungsversuch, um seinen vorhin gemachten Fehler zu tarnen, aber er wußte genau, daß es dafür längst zu spät war.

Der Kardinal beugte sich nach vorn. »Pater Daniel soll heimlich kommen. Er darf mit niemandem reden. Sollte er unterwegs geschnappt werden, behauptet er einfach der Polizei, den Medien und sogar Taglia oder Roscani gegenüber, sich an nichts erinnern zu können.«

Pater Bardoni wollte protestieren, aber der Sekretär des Auswärtigen hob eine Hand, um ihm Schweigen zu gebieten, und sprach mit gerade noch hörbarer Stimme weiter:

»Sie verstehen hoffentlich, daß Kardinal Marscianos Geisteszustand sich mit jedem Tag verschlechtern wird, an dem Pater Daniel nicht kommt. Und sein Gesundheitszustand wird sich parallel dazu verschlechtern. Bis ein Punkt erreicht ist, an dem«, er zuckte mit den Schultern, »kaum noch an Rettung zu denken ist.«

»Eminenz«, antwortete Pater Bardoni knapp, »Sie sprechen mit dem falschen Mann. Ich weiß nicht besser, wo Pater Daniel ist oder wie er zu erreichen wäre, als Sie selbst.«

Palestrina starrte ihn einen Augenblick an, dann machte er das Kreuzeszeichen. *»Che Dio ti protegga«*, sagte er dabei. Gott behüte dich.

Farel ging sofort zur Tür und hielt sie auf. Pater Bardoni zögerte kurz, dann stand er auf und ging an Farel vorbei hinaus.

Der Kardinal beobachtete, wie die Tür geschlossen wurde. Der falsche Mann? Nein, das war Pater Bardoni nicht. Er war Marscianos Kurier, hatte schon immer seine Aufträge ausgeführt. Er hatte Pater Daniel nach dem Busattentat aus einem der umliegenden Krankenhäuser geholt, ihn nach Pescara bringen lassen und seither seine schützende Hand über ihn gehalten. Ja, sie hatten ihn verdächtigt, ihn beschattet, sein Telefon abgehört und ihn sogar in Verdacht, in Mailand das Tragflügelboot gechartert zu haben. Bisher hatten sie ihm nichts nachweisen können, aber vorhin hatte er sich durch seinen Blick zu Farel verraten.

Palestrina wußte, daß Marsciano es verstand, bei seinen Mitarbeitern starke Loyalität zu wecken. Und wenn Marsciano soviel Vertrauen zu Pater Daniel gehabt hatte, daß er bei ihm gebeichtet hatte, würde er auch darauf vertraut haben, daß Pater Bardoni ihm helfen würde, den Amerikaner zu retten. Und Pater Bardoni würde ihn nicht enttäuscht haben.

Deshalb war er nicht der falsche Mann, sondern genau der richtige. Deshalb war Palestrina sich sicher, daß seine Nachricht ankommen würde.

3.00 Uhr

Palestrina saß an dem kleinen Schreibtisch in seinem Schlafzimmer. Er trug Sandalen und einen Schlafrock aus scharlachroter Seide, in dem er mit seinem riesigen Körper und seiner weißen Mähne wie ein römischer Imperator aussah. Vor ihm lagen die Frühausgaben der weltweit größten Tageszeitungen, die alle über die tragischen Ereignisse in China berichteten. Rechts von ihm lief in einem kleinen Fernseher eine Liveübertragung des World News Networks aus Hefei, in der gezeigt wurde, wie Soldaten der Volksbefreiungsarmee in die Stadt einrückten. Sie sollten beim Abtransport der Opfer mithelfen, deren Zahl noch immer stieg.

Palestrinas Blick streifte die Telefone neben seinem Ellbogen. Er wußte, daß Pierre Weggen in diesem Augenblick in Peking ein Gespräch unter Freunden mit Yan Yeh führte. Ohne sich im geringsten anmerken zu lassen, daß diese Idee nicht von ihm stammte, würde Weggen dabei Palestrinas Plan zur Erneuerung aller Wasserversorgungssysteme Chinas erläutern. Palestrina vertraute darauf, daß der Ruf des Schweizer Investmentbankers und seine langjährige Geschäftsfreundschaft mit dem Präsidenten der Volksbank von China bewirken würden, daß der chinesische Bankier diesen Vorschlag aufgriff und ihn direkt mit dem Vorsitzenden der KP besprach.

Sobald diese Besprechung mit den üblichen Höflichkeitsfloskeln zu Ende gegangen war, würde Weggen ihn anrufen, um ihm das Ergebnis mitzuteilen. Palestrina sah zu seinem Bett hinüber. Eigentlich hätte er schlafen sollen, aber er wußte, daß das unmöglich war. So stand er auf, ging ins Ankleidezimmer und zog den schwarzen Anzug mit Priesterkragen an. Kurze Zeit später verließ er seine Privatgemächer.

Er benutzte einen Lastenaufzug und fuhr damit ungesehen ins Erdgeschoß, wo er durch einen Nebenausgang in die dunklen vatikanischen Gärten hinaustrat.

Dort wanderte er etwa eine Stunde, tief in Gedanken versunken, umher. Über die Viale del Giardino Quadreto zur Viale Centrale del Bosco, und wieder zurück, wobei er einige Zeit vor dem von Giovanni Vasanzio geschaffenen Adlerbrunnen stehenblieb. Der den Brunnen beherrschende mächtige Adler, das Wappentier der Borghese, der Familie Papst Pauls V., bedeutete für Palestrina etwas völlig anderes: ein zutiefst persönliches Symbol, das ihn an das alte Persien und sein früheres Leben erinnerte und mehr berührte als irgend etwas anderes auf der Welt. Aus ihm bezog er Kraft, und diese Kraft verlieh ihm Energie und Gewißheit und die Überzeugung, richtig zu handeln. Der Adler fesselte ihn einige Zeit und entließ ihn dann wieder.

Schließlich ließ ihn ein bestimmter Gedanke umkehren. Im ersten Tageslicht erreichte Palestrina den Eingang des gelben Klinkergebäudes von Radio Vatikan. Er öffnete die Tür, stieg die Innentreppe des Turms hinauf und trat auf den kreisrunden Umgang hinaus.

Seine mächtigen Pranken lagen auf der Balustrade, während er beobachtete, wie jenseits der römischen Hügel der Tag anbrach. Von hier aus konnte er die Stadt, den Vatikanpalast, den Petersdom und einen großen Teil der vatikanischen Gärten überblicken. Dies war sein Lieblingsplatz, der ihm auch körperliche Sicherheit garantieren konnte, falls er sie jemals brauchen sollte. Das Gebäude stand etwas abseits des Vatikans auf einem Hügel und ließ sich deshalb leicht verteidigen. Der äußere Umgang, auf dem Palestrina jetzt stand, führte um das gesamte Gebäude, ließ ihn jeden sehen, der sich näherte, und stellte eine Art Feldherrnhügel dar, von dem aus er die Verteidigung leiten konnte.

Das mochte ein Phantasiegebilde sein, das ihn jedoch zunehmend beschäftigte. Vor allem wegen des Gedankens, der ihn hergeführt hatte: Farels Feststellung, Pater Daniel gleiche einer Katze, die ihre Leben noch nicht aufgebraucht habe, und ein einziger Mann könne ihn ganz China kosten. Zuvor war ihm Pater Daniel als unliebsame Panne erschienen, als eine schwärende Wunde, die ausgebrannt werden mußte. Daß es ihm gelungen war und weiterhin gelang, Thomas Kind und Roscanis ganzer Armee zu entkommen, ängstigte Palestrina, der insgeheim an eine dunkle, heidnische Unterwelt voller böser Geister glaubte. Seiner Überzeugung nach waren diese Geister dafür verantwortlich, daß er in seinem früheren Leben als Alexander mit nur dreiunddreißig Jahren an einem plötzlichen Fieber gestorben war. Wenn sie jetzt Pater Daniel anleiteten...

»Nein!« sagte Palestrina laut, wandte sich ruckartig ab, stieg die Treppe hinunter und trat wieder in die Gärten hinaus. Er würde nie mehr an böse Geister denken, jetzt nicht und auch in Zukunft nicht. Sie waren nicht real, sondern Ausgeburten seiner eigenen Phantasie, und er würde nicht zulassen, daß seine eigene Phantasie ihn vernichtete.

104

Hefei. Mittwoch, den 15. Juli, 11.40 Uhr

Bürokratie, Durcheinander und seine eigene Stellung als Wasserkontrolleur hatten Li Wen zunächst daran gehindert, die Wasseraufbereitungsanlage zu verlassen. Schließlich war es ihm jedoch gelungen, indem er sich von den aufgebracht diskutierenden Politikern und Wissenschaftlern einfach abgewandt hatte und davongegangen war. Während seine Linke in dem vergeblichen Bemühen, den Verwesungsgeruch fernzuhalten, ein Taschentuch gegen seine Nase gedrückt hielt, war er mit seiner schweren Aktentasche in der Rechten die Changjiang Lu entlang unterwegs. Er mußte abwechselnd die Fahrbahn und den Gehsteig benutzen, um sich zwischen überquellenden Krankenwagen und Horden ängstlicher, verwirrter Menschen hindurchzuschlängeln, die in verzweifelter Hast die Stadt verlassen wollten, auf der Suche nach Angehörigen waren oder angstvoll auf Schüttelfrost und Übelkeit warteten, die anzeigten, daß ihr angeblich einwandfreies Trinkwasser auch sie vergiftet hatte. Die meisten Menschen taten alle drei Dinge gleichzeitig.

Li Wen schleppte in Schweiß gebadet seine schwere Aktentasche, zwängte sich zwischen den Soldaten hindurch und wich Militärpolizisten aus. Jeder Schritt war mühseliger als der vorige, weil sein entschieden untrainierter sechsundvierzigjähriger Körper unter dem Streß der vergangenen Tage, der schwülen Hitze und dem schrecklichen Verwesungsgestank litt, der inzwischen allgegenwärtig war. Schließlich erreichte er die Gepäckaufbewahrung und holte den verkratzten Koffer ab, den er am Montag bei seiner Ankunft aufgegeben hatte. Dieser Koffer enthielt die Chemikalien, die er brauchen würde, um weitere »Schneebälle« herzustellen.

105

Bellagio, Einsatzzentrale der Gruppo Cardinale in der Villa Lorenzi. Mittwoch, den 15. Juli, 6.50 Uhr

Roscani blickte in den großen Ballsaal hinaus. Dort arbeitete nur noch eine Kernmannschaft, weil er seine wichtigsten Leute gegen Mitternacht in den ersten Stock hinaufgeschickt hatte, wo das Militär für sie Feldbetten aufgestellt hatte. Castelletti war seit Tagesanbruch mit dem Hubschrauber unterwegs, während Scala mit zwei Hundeführern und ihren Spürhunden in die Grotte zurückgekehrt war, die sie noch immer nicht ganz durchsucht hatten.

Um ein Uhr morgens hatte Roscani weitere achthundert Soldaten angefordert und sich dann selbst hingelegt. Aber um drei Uhr fünfzehn war er schon wieder auf den Beinen, hatte geduscht und trug dieselben Kleidungsstücke wie seit zwei Tagen. Gegen vier Uhr hatte er einen Entschluß gefaßt, der sie hoffentlich weiterbringen würde.

Um sechs Uhr wurde seine Ankündigung von lokalen Radio- und Fernsehstationen verbreitet und in den Frühmessen von den Kanzeln verlesen. In genau zwei Stunden, um Punkt acht Uhr, würde das Militär im gesamten Einsatzgebiet eine Durchsuchungsaktion von Haus zu Haus beginnen. Seine Ankündigung war einfach und direkt formuliert: Die Gesuchten hielten sich irgendwo in der Nähe auf; sie würden aufgespürt werden, und wer sie versteckt hatte, würde als ihr Komplize verhaftet und angeklagt werden.

Diese Ankündigung war mehr als nur eine Drohung. Sie war ein Trick, denn die Flüchtigen sollten glauben, sie hätten eine Chance, wenn sie vor dem festgesetzten Zeitpunkt unterwegs waren. Deshalb hatten die Polizisten und Soldaten schon um fünf Uhr dreißig unauffällig ihre Posten bezogen, warteten und beobachteten ihre

Umgebung in der Hoffnung, einer oder alle der Gesuchten würden aus ihrem Versteck kommen und zu flüchten versuchen.

6.57 Uhr

Roscani warf einen Blick auf Eros Barbus prächtig vergoldete Rokokouhr an der Wand über dem verwaisten Orchesterpodium und sah dann zu den Männern und Frauen an den Computern und Telefonen hinüber, die eingehende Meldungen verarbeiteten und die Fahndungsarbeit der Gruppo Cardinale koordinierten. Schließlich trank er einen Schluck von seinem Kaffee, der zu süß und schon kalt war, und verließ nach einem letzten Blick in die Runde den prunkvollen Ballsaal.

Draußen lag der Comer See spiegelglatt in der stillen Morgenluft. Roscani drehte sich um und betrachtete die imposante Villa. Wie jemand es sich leisten konnte, in solchem Luxus zu leben, war fast unvorstellbar. Trotzdem fragte Roscani sich, wie es gewesen wäre, hierher eingeladen zu werden, zur Musik eines bekannten Orchesters zu tanzen und vielleicht, er mußte unwillkürlich lächeln, ein bißchen dekadent zu sein.

Dieser Gedanke verschwand jedoch, als er dem Kiesweg am See folgte und dabei wieder an das Interpoldossier dachte, das keinerlei Informationen über den blonden Mörder mit dem Eispicker/Rasiermesser enthalten hatte. Praktisch im selben Augenblick nahm er den starken Duft wildwachsender Blumen wahr. Dieser eher aufdringliche als angenehme Geruch versetzte ihn sofort in die Zeit vor vier Jahren, als er vorübergehend zu einer Spezialeinheit des Innenministeriums abkommandiert gewesen war, die eine Serie von Mafiamorden in Sizilien aufklären sollte.

Er stand mit mehreren seiner Kollegen auf einem Feld außerhalb von Palermo und untersuchte einen Toten, den ein Bauer auf dem Gesicht liegend im Straßengraben gefunden hatte. Der frühe Morgen war ganz ähnlich wie dieser gewesen: die Luft kühl und still, der Duft wilder Blumen so aufdringlich wie hier. Als sie den Toten umdrehten und sahen, daß seine Kehle von einem Ohr zum anderen durchschnitten war, riefen alle Ermittler wie aus einem Mund denselben Namen.

»Thomas Kind!« sagte Roscani laut, während ihm ein kalter Schauder über den Rücken lief.

Thomas Kind. An ihn hatte er nicht einmal im entferntesten gedacht. Kind war seit über drei Jahren, vielleicht noch länger, aus dem Bewußtsein der Öffentlichkeit verschwunden. Er war angeblich ermordet worden; nach anderen Quellen sollte er in den Ruhestand getreten sein und Zuflucht im Sudan gefunden haben.

Roscani machte auf dem Absatz kehrt und trabte zur Villa Lorenzi zurück. Es war sieben Uhr vierzig. In genau zwanzig Minuten sollte die Häuserdurchsuchung beginnen.

106

Bellagio, Anlegestelle der Autofähre. Zur selben Zeit

Harry beobachtete, wie die schwerbewaffneten Carabinieri das Paar in dem dunkelblauen BMW vor ihnen kontrollierten. Einer der Uniformierten ließ den Fahrer aussteigen und ging mit ihm nach hinten, um einen Blick in den Kofferraum zu werfen. Als er darin nichts Verdächtiges fand, durften die beiden weiterfahren. Der BMW rollte über die Rampe auf die Autofähre, und die Polizisten wandten sich ihnen zu.

Sie saßen zu fünft in einem weißen Kleinbus, dessen Türen das Wappen der Kirche Santa Chiara trugen. Pater Renato saß am Steuer und hatte Elena auf dem Beifahrersitz neben sich, Harry, Danny und Pater Natalini, ein junger Geistlicher mit fast kindlichem Gesicht, saßen hinten. Elena trug ein Kostüm, hatte ihr Haar zu einem Nackenknoten zusammengefaßt und eine Hornbrille aufgesetzt. Die Geistlichen trugen ihre gewohnten schwarzen Anzüge mit Priesterkragen. Danny, der ebenfalls eine Brille trug, war wie Harry noch immer bärtig und ganz in Schwarz gekleidet. Beide hatten lange, bis zum Hals zugeknöpfte Mäntel und schwarze Schädelkäppchen angelegt. Damit sahen sie hoffentlich überzeugend wie Rabbiner aus.

»Die beiden kenne ich«, sagte Pater Renato leise auf italienisch, als die Carabinieri rechts und links an den Wagen traten.

»Buon giorno, Alfonso, Massimo.«

»Padre Renato! Buon giorno.« Alfonso, der erste Carabiniere, war ein Hüne, dessen bloße Erscheinung bereits bedrohlich gewirkt hätte, wenn er nicht breit gegrinst hätte, weil er den Bus und die beiden Patres erkannte.

»Buon giorno«, sagte Pater Natalini vom Rücksitz aus lächelnd.

Die folgenden neunzig Sekunden kamen Harry wie eine Ewigkeit vor, während Pater Renato auf italienisch mit den Polizeibeamten schwatzte. Ab und zu verstand er einzelne Wörter: *»Rabbino... Israele... Conferenza Cristiano-giudea...«*

Auf die Idee, sie könnten sich als Rabbiner verkleiden, war Harry gekommen. Während er mit angehaltenem Atem und vor Angst verkrampft dasaß und darauf wartete, daß sie wie der BMW-Fahrer alle aussteigen mußten, fragte er sich, was er sich dabei gedacht hatte. Trotzdem hatten sie rasch etwas unternehmen müssen, nachdem Elena kurz vor Tagesanbruch mit Pater Renato in seine Zelle gekommen war und ihm erklärt hatte, durch Vermittlung ihrer Mutter Oberin könnten sie gleich jenseits der Grenze in der Schweiz unterkommen.

Mit dem Einverständnis seiner Oberen war Pater Renato bereit, sie dorthin zu bringen, aber er wußte nicht, wie er das bewerkstelligen sollte. Dann war Harry auf diese Idee gekommen, als er beim Anziehen geistesabwesend in den Spiegel geblickt hatte. Es war ein verrückter Einfall, der jedoch Erfolg haben konnte, weil es ihnen schon zweimal gelungen war, Polizeikontrollen mit einem Bluff zu passieren. Mithelfen würde die Tatsache, daß die beiden Patres nicht nur Respektspersonen waren, sondern als Einheimische jedermann kannten, auch die hiesigen Polizeibeamten.

Außerdem kamen Harry in diesem Fall seine Erfahrungen aus L.A. zugute. Er selbst war katholisch, aber wer in der amerikanischen Unterhaltungsindustrie Karriere machte, hatte auch jüdische Freunde und Mandanten. Harry wurde seit vielen Jahren zu Pessach-Sedern eingeladen, hatte schon unzählige Male in Nate & Al's Deli in Beverly Hills, einer Oase jüdischer Autoren und Komiker, mit Freunden gefrühstückt und war häufig mit Mandanten unterwegs gewesen, die Verwandte in den jüdischen Vierteln von Fairfax und Beverly, Pico und Robertson besuchen wollten. Und nun hatten Danny und er sich auf Gedeih und Verderb in israelische Rabbiner verwandelt, die Italien zur Förderung des Dialogs zwischen Christen und Juden bereisten. Elena spielte eine italienische Reiseführerin und Dolmetscherin aus Rom, die die Rabbiner auf ihrer Reise begleitete. Aber Gott bewahre, daß jemand sie oder die beiden Brüder aufforderte, hebräisch zu sprechen!

»*...fuggitivo*«, sagte einer der Carabinieri scharf. Dieses Wort holte Harry ruckartig in die Gegenwart zurück.

»*Fuggitivo*«, wiederholte Pater Renato nickend und fügte auf italienisch eine kurze, eindeutige Verwünschung hinzu. Die Carabinieri schienen mit seiner Antwort zufrieden zu sein, denn sie traten von den Türen zurück, salutierten und winkten den Kleinbus durch.

Harry sah zu Elena hinüber, während Pater Renato den ersten Gang einlegte. Er spürte, wie das Fahrzeug sich in Bewegung setzte und langsam über die Rampe in den Bauch der Fähre rollte. Als er sich umsah, kontrollierten die Carabinieri bereits das nächste Auto. Dessen Insassen mußten aussteigen und sich ausweisen, während das Fahrzeug gründlichst durchsucht wurde.

Keiner von ihnen wagte es, die anderen anzusehen. Sie warteten schweigend quälende zehn Minuten lang, bis endlich der letzte Wagen an Bord gerollt war, die Rampe hochgezogen wurde und die Fähre ablegte.

Harry war unter seinem langen schwarzen Mantel in Schweiß gebadet. Wie viele Polizeikontrollen konnten sie noch überstehen? Wie lange würde ihr Glück, falls es das war, noch vorhalten?

Die Autofähre nach Menaggio war der erste Schritt gewesen. Das Schiff legte um sieben Uhr sechsundfünfzig ab, genau vier Minuten vor Beginn des Großeinsatzes, bei dem Polizei und Militär die gesamte Halbinsel durchkämmen sollten, und eine Viertelstunde nach der Entdeckung von Salvatore Belsitos Kleinlaster in einer Seitenstraße einen Kilometer von der St.-Chiara-Kirche entfernt. Pater Natalini hatte ihn dort kurz vor sechs Uhr abgestellt, sorgfältig seine Fingerabdrücke von Lenkrad, Schaltknüppel und Türgriff abgewischt und war rasch zur Kirche zurückgekehrt.

Der zweite Schritt, der Grenzübertritt aus Italien in die Schweiz, wäre noch schwieriger, wenn nicht ganz unmöglich gewesen, weil keiner der beiden Patres auch nur einen einzigen an der Grenze diensttuenden Polizeibeamten kannte. Ihre Rettung war die Tatsache, daß Pater Natalini aus Porlezza, einer Kleinstadt zwischen Mennagio und der Grenze, stammte und die kleinen Nebenstraßen, die sich von dort aus über die Hügel in die Alpen hinaufschlängelten, so gut kannte, wie sie nur ein Einheimischer kennen konnte. Auf diesen Straßen umgingen sie die Kontrollstellen der Gruppo Cardinale in Oria und erreichten um zehn Uhr zweiundzwanzig unbehelligt Schweizer Boden.

107

Vatikan, St.-Johannes-Turm. 11.00 Uhr

Marsciano stand an der Glastür, der einzigen Öffnung, durch die Tageslicht in den Raum fiel, und dem außer der stets abgeschlossenen und bewachten Korridortür einzigen weiteren Ausgang. Hinter ihm flimmerte der Fernsehschirm, dessen Anblick er nicht länger ertragen konnte, wie ein alles sehendes Auge.

Er hätte den Fernseher natürlich ausschalten können, aber das hatte er bisher nicht getan und würde es auch nicht tun. Diesen Charakterzug Marscianos kannte Palestrina nur allzugut. Deshalb hatte er angeordnet, den Apparat mit dem Großbildschirm in dem auf seine Anweisung ausgeräumten ehemaligen Luxusapartment zu belassen, dessen Einrichtung nur noch aus Bett, Schreibtisch und Stuhl bestand, und das Apartment gegen den Rest des Gebäudes abzuschotten.

»Nach amtlichen Angaben liegt die Zahl der Todesopfer in Hefei jetzt bei über sechzigtausend, mit steigender Tendenz. Wie hoch sie noch werden könnte, läßt sich gegenwärtig nicht abschätzen …«

Die Stimme des Reporters hinter ihm klang leidenschaftslos energisch. Marsciano brauchte den Bildschirm nicht zu sehen. Auf ihm erschien stündlich dieselbe Farbgraphik, um die Zahl der Toten hochzurechnen, als gehe es darum, ein Wahlergebnis durch die Befragung von Wählern vorherzusagen.

Marsciano öffnete die Tür und trat auf den winzigen Balkon hinaus. Dort umgab ihn frische Luft, und die Stimme aus dem Fernseher war kaum noch zu hören.

Er umklammerte das eiserne Balkongeländer mit beiden Händen und schloß die Augen, als ob das Entsetzliche sich dadurch aussperren ließe. Aber vor seinem inneren Auge stand ein anderes Bild: der kalte Verschwörerblick, mit dem Kardinal Matadi und Monsignore Capizzi ihn auf der Rückfahrt von der Chinesischen Botschaft in den Vatikan beobachtet hatten. Dann sah er, wie Palestrina nach dem Autotelefon griff, Farel verlangte und Marsciano unverwandt anstarrte, während er darauf wartete, mit dem Chef der Vatikanpolizei verbunden zu werden. Und er hörte, wie der Sekretär des Auswärtigen halblaut ins Telefon sprach:

»Kardinal Marsciano ist auf der Fahrt in meinem Wagen erkrankt. Lassen Sie im St.-Johannes-Turm ein Zimmer für ihn herrichten.«

Diese schreckliche Erinnerung veranlaßte Marsciano dazu, die Augen zu öffnen, um seine Umgebung wahrzunehmen. Unter ihm blickte ein Vatikangärtner zu ihm auf. Der Mann starrte ihn einen Augenblick an, bevor er sich wieder seiner Arbeit zuwandte.

Marsciano überlegte sich, wie viele hundert Male er schon in diesem Turm gewesen war, um auswärtige Würdenträger zu besuchen, die in einem der luxuriösen Gästeapartments wohnten. Wie viele Male hatte er schon wie eben dieser Mann von den vatikanischen Gärten aus zu dieser merkwürdigen kleinen Plattform aufgesehen, auf der er jetzt stand, ohne sich Gedanken über ihren seltsamen Charakter zu machen?

Sie ragte in zwölf Meter Höhe wie eine Taucherplattform als einziger Vorsprung aus dem zylindrischen Turm hervor, ein ins Nichts führender Ausgang. Dieser mit einem zierlichen Eisengeländer umgebene Balkon war kaum breiter als die auf ihn hinausführende Tür und nur etwa einen halben Meter tief. Über Marsciano ragte die Turmwand weitere zehn Meter auf, bis sie durch die hervortretenden Fenster eines weiteren Apartments unterbrochen wurde. Diese Fenster versperrten den Blick nach oben, aber er wußte, daß darüber nur noch ein runder Umgang und die zinnengekrönte Turmspitze waren.

Es gab keine nach oben oder unten führende Außentreppe, so daß die kleine Plattform eigentlich sinnlos war. Man konnte nur auf ihr stehen, um frische Luft zu atmen und das Grün der vatikanischen Gärten zu bewundern. Darüber hinaus erfüllte sie keinen Zweck. Der Rest dieser abgelegenen Ecke des Vatikans war von einer hohen, befestigten Mauer umgeben, die im neunten Jahrhundert errichtet worden war, um die Barbaren fernzuhalten, und später, wie auch jetzt, dazu gedient hatte, Menschen an der Flucht aus dem Vatikan zu hindern.

Marsciano nahm langsam seine Hände vom Balkongeländer und ging in das Zimmer und zu dem Fernseher zurück, der den Raum beherrschte. Auf dem Bildschirm sah er, was die ganze Welt sah: die chinesische Großstadt Hefei, den Chaosee in einer Luftaufnahme und deprimierende Aufnahmen der vielen Riesenzelte, die in Stadtparks, auf Fabrikgeländen und auf freien Flächen außerhalb des Stadtgebiets errichtet worden waren. Eine Reporterstimme erläuterte ihren Verwendungszweck: provisorische Leichenhallen für die Toten.

Der Kardinal griff plötzlich nach der Fernbedienung und stellte den Ton ab. Er würde sich die Bilder ansehen, aber er konnte nicht mehr zuhören; die laufende Berichterstattung war unerträglich geworden. Sie glich einer Punktliste, auf der seine persönlichen Verbrechen minutiös aufgelistet wurden. Verbrechen, die er nur verübt hatte, weil Palestrina ihn wegen seiner Liebe zu Gott und der Kirche als Geisel genommen hatte.

Trotzdem war er schuldig, ebenso wie Matadi und Capizzi. Sie hatten Palestrina freie Hand gelassen. Und fast noch schlimmer als die Bilder aus Hefei war die Tatsache, daß Pierre Weggen jetzt dabei sein würde, Yan Yeh zu bearbeiten. Der chinesische Bankier, den Marsciano als empfindsam und um das Wohl seiner Mitmenschen besorgt kannte, würde sich wahrhaft entsetzt darüber zeigen, daß die Natur offenbar durch menschliche Schuld Amok gelaufen war. Er würde die Führung der KP unter Druck setzen, damit sie sich mit seinem Vorschlag befaßte, die gesamte Wasseraufbereitung und -versorgung Chinas zu erneuern. Aber selbst wenn die Politiker einem Treffen mit Weggen zustimmten, würde bis zu ihrer Entscheidung einige Zeit vergehen. Kostbare Zeit, in der Palestrina seine Saboteure bereits auf den zweiten See ansetzen würde.

108

Lugano. Mittwoch, den 15. Juli, mittags

Elena hatte Harry kaum richtig angesehen, seit sie ihm geholfen hatte, Danny anzuziehen und in den Kleinbus zu schaffen. Harry vermutete, daß es ihr peinlich war, zu ihm gekommen zu sein und ihm ihre geheimsten Gedanken anvertraut zu haben, und daß sie jetzt nicht wußte, wie sie sich ihm gegenüber verhalten sollte. Am meisten überraschte ihn jedoch, wie sehr ihn ihr Gespräch bewegt hatte und weiterhin bewegte. Elena war eine intelligente, schöne, mutige und sensible Frau, die sich plötzlich selbst gefunden hatte und die Freiheit wollte, sich selbst auszudrücken. Und daß sie nachts barfuß in seine Zelle gekommen war und ihm ihr Geheimnis anvertraut hatte, ließ seiner Ansicht nach nur den Schluß zu, daß sie den Wunsch hatte, er solle ihr dazu verhelfen.

Das Problem war nur, daß Harry sich sofort gesagt hatte, dies sei nicht der rechte Zeitpunkt für etwas, das ihn derart emotional berührte. Während sie jetzt nach Lugano hineinfuhren, der Viale Castagnola folgten, den Cassarate überquerten und dann die Via Serafino Balestra hinauffuhren, um zu dem einstöckigen Privathaus in der Via Monte Ceneri siebenundachtzig zu gelangen, konzentrierte er sich deshalb bewußt auf das, was als nächstes getan werden mußte.

Eine Tatsache stand fest: Sie konnten nicht weiter als steckbrieflich gesuchte Verbrecher von einem Ort zum anderen reisen und darauf hoffen, daß irgend jemand ihnen irgendwie helfen würde. Danny brauchte einen sicheren Zufluchtsort, an dem er sich ausruhen und sich soweit erholen konnte, daß er mit Harry vernünftig und zusammenhängend über die Ermordung des Kardinalvikars von Rom sprechen konnte. Außerdem, und das war fast ebenso wichtig, brauchten sie einen erstklassigen Rechtsanwalt. Und nur damit durfte Harry sich im Augenblick beschaftigen.

»Sind wir da?« fragte Danny mit schwacher Stimme, als Pater Renato die Handbremse anzog und den Motor abstellte.

»Ja, Pater Daniel.« Pater Renato lächelte schwach. »Gott sei Dank!«

Als Elena ausstieg, stellte sie fest, daß Harry kurz zu ihr hinüberblickte, bevor er die Schiebetür des Fahrzeugs öffnete und sich dann Pater Natalini zuwandte, der den Rollstuhl aus dem Laderaum geholt hatte. Pater Daniel hatte unterwegs kaum ein Wort gesagt, sondern nur aus dem Fenster auf die draußen vorbeiziehende Landschaft gestarrt. Elena wußte, daß er von den Ereignissen der vergangenen achtundvierzig Stunden noch immer völlig erschöpft war. Er mußte etwas essen und sich dann gründlich ausschlafen.

Sie trat zur Seite und beobachtete, wie Harry und Pater Natalini Danny in den Rollstuhl hoben und die Treppe hinauf in den ersten Stock des Hauses in der Via Monte Ceneri trugen. Was letzte Nacht passiert war, machte sie verlegen, ohne ihr wirklich peinlich zu sein. In ihrem emotionalen Überschwang, der sie zu Harry geführt hatte, hatte sie mehr von sich und ihren Gefühlen offenbart, als sie vorgehabt hatte. Zumindest weit mehr, als gut war, solange sie noch an ihr Keuschheitsgelübde gebunden war. Aber sie hatte es trotzdem getan und konnte nichts davon zurücknehmen. Die Frage war nur, wie sie sich jetzt verhalten sollte. Deshalb hatte sie Harry den ganzen Vormittag kaum ansehen und nur die notwendigsten Worte mit ihm wechseln können. Sie wußte einfach nicht, wie es weitergehen sollte.

Vor ihnen wurde die Wohnungstür im ersten Stock geöffnet, und ihre Gastgeberin erschien auf der Schwelle.

»Schnell herein mit euch!« sagte Veronique Vaccaro und trat beiseite, um ihnen Platz zu machen.

Sobald ihre Gäste eingetreten waren, schloß sie die Tür hinter ihnen und betrachtete einen nach dem anderen prüfend. Veronique, eine zierliche, temperamentvolle Mittfünfzigerin, war eine Malerin und Bildhauerin, die ihre Sätze in einer verwirrenden Mischung aus Französisch, Englisch und Italienisch heraussprudelte. Sie wandte sich an Pater Renato.

»*Merci.* Aber jetzt müssen Sie gehen. *Capisce?*«

Kein Angebot, sich auszuruhen, die Toilette zu benutzen oder auch nur ein Glas Wasser zu trinken. Nein, Pater Natalini und er mußten schnellstens verschwinden.

»Das Fahrzeug einer Kirche in Bellagio, das in Lugano vor einem

Privathaus parkt? Da können Sie gleich die Polizei anrufen und ihr sagen, wo die anderen sind.«

Pater Renato nickte lächelnd. Sie hatte recht. Als er mit Pater Natalini gehen wollte, überraschte Danny alle, indem er sich aufsetzte und seinen Rollstuhl ein Stück vorwärtstrieb, um ihre Hände zu ergreifen.

»*Grazie. Mille grazie*«, sagte er dankbar, als sei er sich darüber im klaren, was die beiden riskiert hatten, um ihn herzubringen.

Dann waren die Patres fort. Veronique, die ihnen einen Imbiß zubereiten wollte, ging an einer der sechs großen abstrakten Skulpturen vorbei, die in dem sonnigen Raum verteilt standen, und verschwand durch eine Tür in der Rückwand.

»Pater Daniel muß sich ausruhen«, sagte Elena im nächsten Augenblick. »Ich frage Veronique, wo er sich hinlegen kann.«

Harry beobachtete, wie sie den Raum durchquerte. Dann drehte er sich nach Danny um.

Bisher hatte Harry sich zurückgehalten und versucht, seinem Bruder soviel Zeit zu lassen, wie er für seine physische und psychische Heilung brauchte. Aber Dannys überraschend wache Art, mit der er den beiden Geistlichen gedankt hatte, ließ Harry vermuten, Dannys Verstand funktioniere weit besser, als er sich bisher hatte anmerken lassen. Und als er jetzt mit ihm allein war, fühlte er plötzlich Zorn in sich aufsteigen. Er hatte es nicht verdient, daß Danny ihn aus unerfindlichen privaten Gründen im ungewissen ließ. Schließlich hatte er schon mehr als genug für ihn riskiert. Jetzt mußte er endlich die Wahrheit erfahren.

»Du hast mich angerufen, Danny. Du hast auf meinem Anrufbeantworter eine Nachricht hinterlassen. Weißt du das noch?« Harry nahm plötzlich sein schwarzes Schädelkäppchen ab und stopfte es in die Manteltasche.

»Ja.«

»Du hast vor irgend etwas eine Heidenangst gehabt. Das ist eine ziemlich merkwürdige Art gewesen, nach so vielen Jahren wieder mal ›hallo‹ zu sagen. Noch dazu auf einem Anrufbeantworter. Wovor hast du Angst gehabt?«

Dannys Blick wanderte langsam über Harrys Gesicht. »Ich möchte, daß du mir einen Gefallen tust.«

»Welchen?«

»Du mußt sofort von hier verschwinden.«

»Verschwinden?«

»Ja.«

»Nur ich? Ganz allein?«

»Tust du es nicht, Harry, bringen sie dich um.«

Harry starrte seinen Bruder an. »Wer sind ›sie‹?«

»Geh einfach. Bitte.«

Harry ließ seinen Blick durch den Raum wandern. Dann sah er wieder Danny an. »Vielleicht sollte ich dir etwas erzählen, das du vergessen oder nie gewußt hast. Wir werden beide wegen Mordes gesucht, Danny. Du wegen...«

»Ich wegen der Ermordung des Kardinalvikars von Rom, und du, weil du einen italienischen Kriminalbeamten erschossen haben sollst«, warf Danny ein. »Ich habe eine Zeitung gesehen, die ich nicht hätte sehen sollen.«

Harry zögerte, weil er nicht wußte, wie er seine nächste Frage formulieren sollte. Dann fragte er einfach: »Hast du den Kardinal ermordet, Danny?«

»Hast du den Cop ermordet?«

»Nein.«

»Gleiche Antwort«, sagte Danny offen und ohne im geringsten zu zögern.

»Die Polizei hat reichlich Belastungsmaterial, Danny. Farel hat mich in deine Wohnung mitgenommen und mir...«

»Farel?« unterbrach Danny ihn. »Daher stammen also deine Beweise?«

»Wie meinst du das?«

Danny schwieg sekundenlang, dann wandte er seinen Blick ab. Das war ein deutliches Signal. Er hatte bereits zuviel gesagt und war nicht bereit, länger über dieses Thema zu sprechen.

Harry steckte seine Hände in die Taschen und betrachtete mürrisch Veroniques Skulpturen. Schließlich drehte er sich wieder um.

»Du hast in dem Bus gesessen, auf den ein Bombenanschlag verübt worden ist, Danny. Alle haben geglaubt, du seist tot. Wie bist du aus dem Bus rausgekommen?«

Danny zuckte mit den Schultern. »Weiß ich nicht.«

»Du bist nicht nur rausgekommen«, fuhr Harry fort, »sondern hast es geschafft, deinen Dienstausweis, deinen Paß und deine Brille einem anderen in die Tasche zu stecken.«

Danny äußerte sich nicht dazu.

»Der Bus ist nach Assisi gefahren. Weißt du das noch?«

»Ich… fahre oft dorthin.« Dannys Augen blitzten irritiert.

»Tatsächlich?«

»Ja! Harry, tu mir den Gefallen und verschwinde. Sofort! Solange du noch kannst.«

»Hör zu, Danny, wir haben jahrelang nicht mehr miteinander geredet. Schick mich nicht gleich wieder fort.« Harry zog sich einen Stuhl heran, drehte ihn mit der Lehne nach vorn zu Danny und setzte sich darauf. »Vor wem hast du Angst gehabt, als du mich angerufen hast?«

»Das weiß ich nicht mehr.«

»Farel?«

»Ich hab' doch gesagt, daß ich's nicht mehr weiß!«

»Doch, du weißt es, Danny«, widersprach Harry gelassen. »Deshalb haben sie versucht, dich im Bus umzubringen. Und deshalb hat der blonde Mann dich nach Bellagio und dann bis in die Grotte verfolgt.«

Danny sah zu Boden und schüttelte den Kopf.

»Irgend jemand hat dich aus dem Krankenhaus geholt und nach Pescara gebracht. Mit tatkräftiger Unterstützung von Elenas Mutter Oberin. Sie hat zugelassen, daß Elena in diese Sache verwickelt wird, und jetzt ist Elenas Leben so gefährdet wie deines.«

Dannys Temperament ging plötzlich mit ihm durch. »Dann nimm sie doch mit!«

»Wer hat dir geholfen, Danny?«

Sein Bruder gab keine Antwort.

Harry ließ nicht locker. »Kardinal Marsciano?«

Danny hob ruckartig den Kopf und blickte Harry durchdringend an.

»Was weißt du von Kardinal Marsciano?«

»Ich habe mit ihm gesprochen, Danny. Mehr als einmal. Er hat mich aufgefordert, die Finger von dieser Sache zu lassen. Ich sollte dich auf keinen Fall suchen. Und zuvor hat er mir sogar einzureden versucht, du seist tot.« Harry machte eine Pause, dann faßte er nach. »Dahinter steckt Marsciano, stimmt's? Er hat alles arrangiert.«

Danny starrte seinen Bruder an. »Ich kann mich an nichts mehr erinnern, Harry. Daß ich dich angerufen habe, warum ich nach Assisi gefahren bin, wer mir geholfen hat. An überhaupt nichts. Futsch. Alles weg. Totaler Gedächtnisverlust. Ist das klar?«

Harry zögerte, ließ aber doch nicht locker. »Was geht im Vatikan vor?«

»Harry …« Dannys Stimme wurde zu einem eindringlichen Flüstern. »Sieh zu, daß du verschwindest, bevor du umgelegt wirst.«

109

Roscani nahm das gedämpfte Heulen des Triebwerks nicht wahr, als der Hubschrauber über dem grauen Häusermeer Mailands scharf wegkurvte und nach Südosten in Richtung Siena davonflog; er konzentrierte sich ganz auf das soeben eingegangene Interpol-Fax auf seinen Knien. Den größten Teil der darin enthaltenen Informationen kannte er bereits.

Thomas José Alvarez-Rios Kind

Interpol-Profil: Einer der berüchtigtsten Terroristen der Welt. Mörder von Beamten einer französischen Anti-Terroreinheit. Gewalttätiger Verbrecher. Wegen zahlreicher Morde steckbrieflich gesucht. Stets bewaffnet und äußerst gefährlich.

Straftaten: Morde, Entführungen, Bombenanschläge, Geiselnahmen, Flugzeugentführungen

Nationalität: Ecuadorianer

Eigenschaften: Verwandlungs- und Verkleidungskünstler. Mehrsprachig, bes. Italienisch, Französisch, Spanisch, Arabisch, Farsi, Englisch, amerikanisches Englisch. Ausgesprochener Einzelgänger, arbeitet immer allein. Verfügt trotzdem über ausgezeichnete Verbindungen zu Terroristen in aller Welt.

Sonstiges: Selbsternannter Revolutionär

Letzter bekannter Wohnort: Khartum, Sudan.

Charakterisierung: Hemmungsloser Soziopath. Berufskiller. Arbeitet für den jeweils höchsten Bieter.

Das war Kinds offizielles Persönlichkeitsprofil. Darunter hatte jemand handschriftlich ein paar Zeilen angefügt:

> Ob Kind den Sudan inzwischen verlassen hat, ist nicht bekannt. Wie von Ihnen gewünscht, stellt der französische Geheimdienst entsprechende Ermittlungen an. Über das Ergebnis werden Sie sofort unterrichtet.

»Eines weiß ich schon jetzt«, murmelte Roscani, als er das Fax zusammenfaltete und auf den Sitz neben sich legte, »Kind ist nicht im Sudan, sondern hier in Italien.«

Er griff in seine Jackentasche, holte einen Schokoriegel heraus, wickelte ihn halb aus und biß mit derselben geistesabwesenden Entschlossenheit hinein, mit der er sich sonst eine Zigarette angezündet hätte. In Gedanken befand er sich wieder in dem Mailänder Leichenhaus, wo er vor einer halben Stunde gewesen war.

In einer Raststätte an der Autostrada A9 Como – Mailand war der sechsundzwanzigjährige Modedesigner Aldo Cianetti in der Besenkammer der Damentoilette ermordet aufgefunden worden. Jemand hatte ihm die Kehle durchgeschnitten und Papierhandtücher in die Wunde gestopft. Vier Stunden später war Cianettis dunkelgrüner BMW in der Nähe des Mailänder Hotels Palace aufgefunden worden.

»Thomas Kind«, hatte Roscani sofort gesagt. Die Ermittlungen der Mailänder Kollegen konnten zu einem anderen Täter führen, aber Roscani war davon überzeugt, den Rasiermessermörder zu kennen. Kind hatte es irgendwie geschafft, durch das Fahndungsnetz der Gruppo Cardinale zu schlüpfen. Er war von Bellagio nach Mailand gelangt, indem er sich von Cianetti hatte mitnehmen lassen, den er unterwegs ermordet hatte. Wohin hatte er sich von Mailand aus gewandt? Oder hielt er sich noch dort versteckt?

Wichtiger war jedoch eine andere Frage: Warum war er weiter in Italien unterwegs, wo bereits nach ihm gefahndet wurde, wenn er sich ebenso leicht in die verhältnismäßig sichere Schweiz hätte absetzen können, um von dort aus in den Sudan zurückzukehren? Weshalb? Was war in Italien so wichtig, daß er dieses hohe Risiko einging?

Lugano. 14.00 Uhr

Harry zog einen Stuhl heran, und Elena nahm darauf Platz. »Danke«, murmelte sie, ohne ihn dabei anzusehen. Der Tisch war mit frischer Melone, Prosciutto und einer kleinen Karaffe Rotwein für zwei Personen gedeckt. Nachdem sie Danny im ersten Stock zu Bett gebracht hatten, sobald er eine Kleinigkeit gegessen hatte, wurden sie von Veronique auf ihre von Bougainvilleen umrankte Terrasse geführt. Veronique hatte ihre Gäste aufgefordert, mit der Vorspeise anzufangen, und war rasch wieder ins Haus gegangen, so daß die beiden erstmals wieder miteinander allein waren.

»Was ist zwischen Ihnen und Ihrem Bruder passiert?« fragte Elena, als Harry ihr gegenüber Platz nahm. »Es hat Streit gegeben. Das habe ich Ihnen beiden angesehen, als ich wieder hereingekommen bin.«

»Ach, nichts Besonderes. Brüder geraten sich eben manchmal in die Haare. Wir hatten lange nicht mehr miteinander geredet.«

»An Ihrer Stelle hätte ich über die Polizei geredet. Und ich hätte über die Ermordung des Kardinalvikars von…«

»Aber Sie sind nicht an meiner Stelle, stimmt's?« unterbrach Harry sie energisch. Er hatte keine Lust, ihr zu erzählen, worüber er mit seinem Bruder gesprochen hatte. Zumindest nicht jetzt.

Elena musterte ihn schweigend, dann griff sie nach Messer und Gabel und begann zu essen.

»Entschuldigung«, sagte Harry verlegen. »Ich wollte Sie nicht so anschnauzen. Aber es gibt Dinge, die…«

»Sie sollten etwas essen, Mr. Addison.« Elenas Blick blieb auf ihren Teller gerichtet. Sie zerteilte ihre Melone, schnitt ein kleines Stück Schinken ab, legte dann sehr langsam Messer und Gabel weg und sah auf.

»Ich möchte… mich dafür entschuldigen, daß ich letzte Nacht etwas überschwenglich gewesen bin.«

»Sie haben nur gesagt, was Sie empfunden haben«, sagte Harry.

»Ich hätte Sie nicht damit belästigen dürfen, und das tut mir leid.«

»Hören Sie, Elena.« Harry machte eine Pause, stand auf und trat an den Rand der Terrasse, um über die orangeroten und gelblichen Ziegeldächer hinauszublicken, die zur Stadt und zum Luganer See hinunter abfielen.

»Auf etwas, das Sie empfinden, oder«, er drehte sich wieder zu ihr um, »das ich vielleicht meinerseits empfinde, dürfen wir uns nicht einlassen. Das habe ich mir schon selbst zu sagen versucht, und jetzt sage ich es Ihnen.« Sein Tonfall wurde sanfter. »Deshalb habe ich Sie vorhin so angefahren. Wir sitzen tief in der Patsche und müssen sehen, wie wir da rauskommen. Veronique scheint eine außergewöhnliche Frau zu sein, aber hier sind wir nicht sicher. Roscani weiß inzwischen, daß wir ihm durch die Lappen gegangen sind. Lugano liegt zu nahe an der italienischen Grenze, es wird nicht lange dauern, bis es hier überall von Schweizer Polizei wimmelt. Wenn Danny gehen könnte, wären wir besser dran, aber ...« Harry verstummte plötzlich.

»Woran denken Sie?«

»Mir ist nur eben etwas eingefallen.« Sein Blick ging ins Leere. »Heute ist Mittwoch. Am Montag ist ein Freund von mir in Como aus meinem Auto gestiegen, um zu Fuß hierher nach Lugano zu gehen. Keine allzu weite Strecke, aber für ihn nicht einfach, weil er ebenfalls von der Polizei gesucht wird, körperbehindert ist und sich an Krücken vorwärts bewegt.« Harry sah wieder Elena an. »Aber er ist trotzdem losgezogen, mit einem Lächeln, weil er der Überzeugung war, es schaffen zu können. Und weil er frei sein wollte. Er heißt Herkules und ist ein Zwerg. Hoffentlich hat er es geschafft!«

Elena lächelte. »Das hoffe ich auch.«

Harry schaute sie lange an, dann wandte er sich ruckartig ab und blickte wieder über die Stadt. Er kehrte Elena bewußt den Rücken zu, weil sie nicht merken sollte, daß eine plötzliche Gefühlsaufwallung ihn fast überwältigte. Aus irgendeinem Grund erfüllte ihn die Kombination aller Ereignisse der letzten Tage – daß er Danny lebend angetroffen hatte, sein Zusammensein mit Elena und die Erinnerung daran, wie Herkules in Como in der Abenddämmerung mutig zu seinem Marsch aufgebrochen war – mit gewaltigem Lebenswillen und dem Wunsch nach einem erfüllten Leben.

In diesem Augenblick erkannte er erstmals, was für außergewöhnliche Menschen er kennengelernt hatte, und er erkannte auch, warum er sich zu Elena hingezogen fühlte. Sie erschien ihm reiner, anziehender und realer als jeder andere Mensch. Elena war vielleicht der erste reale Mensch, den er seit seiner Kindheit getroffen hatte. Und wenn er sich nicht gewaltig zusammenriß, waren alle seine Einwände vergebens, weil er sich hoffnungslos in sie verlieben würde. Falls er das tat, konnte seine Verliebtheit sie alle das Leben kosten.

Die im Hausflur schrillende Türklingel riß Harry abrupt aus seinem Wachtraum. Er drehte sich um. Auch Elena wirkte besorgt. In ihr Schweigen hinein schrillte die Klingel erneut.

Sie hörten rasche Schritte, als Veronique zur Türsprechanlage lief. Sie drückte auf die Sprechtaste, stellte eine kurze Frage, hörte zu und betätigte dann den Türöffner, um den Besucher einzulassen.

»Wer ist das?« Harry trat hinter ihr in die Diele. Elena folgte ihm.

Veronique sah auf.

»Besuch für Ihren Bruder«, sagte sie ruhig, bevor sie ihre Wohnungstür öffnete.

»Wer weiß überhaupt, daß er hier ist?«

Harry hörte Schritte die Treppe heraufkommen. Es mußte ein Mann sein; für eine Frau waren sie zu schwer. Wer war das? Der blonde Mann? Hatten die Patres aus Bellagio einen Deal mit der Schweizer Polizei abgeschlossen, die jetzt einen Kriminalbeamten herschickte, der sich Veroniques Gäste ansehen sollte? Warum auch nicht? Die Patres waren arm, und für Hinweise, die zur Ergreifung der Flüchtigen führten, war eine hohe Belohnung ausgesetzt. Die Patres durften das Geld vielleicht nicht nehmen, aber Veronique konnte es natürlich kassieren und sie heimlich daran beteiligen.

Harry sah sich nach Elena um und nickte wortlos in Richtung Treppe. Sie verstand sofort, was er meinte, und huschte an ihm vorbei nach oben, wo Danny schlief.

Die Schritte wurden lauter. Der Unbekannte war schon fast im ersten Stock angelangt. Harry wollte sich an Veronique vorbeidrängen, um die Wohnungstür zu schließen.

»Nein, das ist schon in Ordnung«, hielt Veronique ihn zurück.

Auf der Treppe tauchte der Unbekannte auf, ein einzelner Mann, der im Schatten nur undeutlich zu sehen war. Nicht der Blonde, sondern ein größerer Mann in Jeans und einem leichten Pullover. Dann kam er auf die Wohnungstür zu, und Harry sah seine schwarzen Locken und die vertrauten dunklen Augen hinter einer schwarzen Hornbrille.

Pater Bardoni.

110

Mutter Oberin Carmela Fenti war eine zierliche kleine Frau von dreiundsechzig Jahren. Ihre Augen blitzten humorvoll, aber aus ihrem Blick sprach zugleich tiefe Besorgnis. Roscani gegenüber, der bei ihr in ihrem beengten, nüchtern eingerichteten Büro im ersten Stock des St.-Bernhard-Krankenhauses in Siena saß, äußerte sie diese Sorge ebenso offen wie schon gegenüber der hiesigen Polizei. Sie berichtete, am Montag, dem 6. Juli, habe am frühen Abend Schwester Maria Cupini, die Pflegedienstleiterin des Franziskanerinnen-Krankenhauses St. Cäcilia in Pescara, angerufen und ihr von einem Iren erzählt, der bei einem Verkehrsunfall schwer verletzt worden sei. Der Ärmste habe Knochenbrüche, Verbrennungen und eine Gehirnerschütterung erlitten. Schwester Cupini hatte im Augenblick nicht genug Pflegepersonal – ob die Mutter Oberin ihr vielleicht aushelfen konne?

Ja, sie konnte. Und damit war die Sache für Mutter Fenti erledigt gewesen, bis dann die Polizei zu ihr gekommen war. Es war nicht ihre Gewohnheit, die Arbeit ihrer in andere Krankenhäuser entsandten Schwestern zu kontrollieren.

Roscani: Kennen Sie Schwester Cupini persönlich?

Mutter Fenti: Nein.

Roscani: Mutter Oberin, Schwester Cupini hat der Polizei in Pescara erklärt, sie habe dieses Telefongespräch niemals geführt. Weiterhin hat sie ausgesagt – was übrigens durch die Krankenhausakten bestätigt wird –, das St.-Cäcilien-Krankenhaus habe niemals einen Patienten dieser Art aufgenommen. Eingestanden hat sie jedoch, daß ein unbekannter Patient ohne ihr Wissen aufgenommen und ungefähr zweiundsiebzig Stunden lang von eigenem Pflegepersonal betreut worden ist. Allerdings scheint niemand zu wissen, wer ihn aufgenommen hat oder wie die Aufnahme bewerkstelligt worden ist.

Mutter Fenti: Ispettore capo, ich weiß nichts über den Betrieb und die Verwaltung des St.-Cäcilien-Krankenhauses. Ich weiß nur, was man mir am Telefon erzählt hat.

Roscani: Lassen Sie mich noch hinzufügen, daß der Polizei in Pescara keine Meldung über einen schweren Verkehrsunfall im fraglichen Zeitraum vorliegt.

Mutter Fenti: Ich weiß auch nur, was mir die angebliche Franziskanerin am Telefon erzählt hat.

Die Mutter Oberin zog eine Schreibtischschublade auf, holte ein abgegriffenes Buch heraus, blätterte darin und schob das aufgeschlagene Buch zu Roscani hinüber.

Mutter Fenti: Das sind meine eigenen handschriftlichen Gesprächsnotizen. Wie Sie sehen, ist der Anruf am 6. Juli um neunzehn Uhr zehn eingegangen, und das Gespräch hat bis neunzehn Uhr sechzehn gedauert. Name und Stellung der Anrufenden sind rechts vermerkt: Schwester Maria Cupini, Pflegedienstleiterin des St.-Cäcilien-Krankenhauses in Pescara. Ich mache die Einträge mit Tinte, und Sie sehen selbst, daß nichts daran verändert worden ist.

Roscani nickte. Er hatte bereits die Unterlagen der Telefongesellschaft eingesehen, in denen das Gespräch ebenfalls dokumentiert war.

Mutter Fenti: Warum hat die Anruferin, die offenbar nicht Schwester Cupini gewesen ist, sich als sie ausgegeben?

Roscani: Weil jemand, der mit den üblichen Abläufen vertraut war, versucht hat, eine Privatpflegerin für den steckbrieflich gesuchten Pater Daniel Addison zu finden. Diese Pflegerin ist dann Ihre Schwester Elena Voso geworden.

Mutter Fenti: Wo ist sie dann, Ispettore capo, falls das stimmt? Was ist aus ihr geworden?
Roscani: Keine Ahnung. Ich habe gehofft, Sie würden es wissen.
Mutter Fenti: Das weiß ich sowenig wie Sie.

Roscani schaute sie schweigend einen Augenblick an, bevor er aufstand und zur Tür ging.
Roscani: Wenn Sie nichts dagegen haben, Ehrwürdige Mutter, ist hier noch jemand, der hören muß, was ich zu sagen habe.

Roscani öffnete die Tür und nickte jemandem zu, der draußen wartete. Nur Sekunden später erschien ein Carabiniere. In seiner Begleitung befand sich ein kräftiger, grauhaariger Mann etwa im Alter der Mutter Oberin. Zu seinem braunen Anzug trug er ein blütenweißes Hemd mit Krawatte. Und obwohl er sich große Mühe gab, stark und unerschütterlich zu wirken, war offensichtlich, daß er sehr besorgt, wenn nicht sogar ängstlich war.

Roscani: Ehrwürdige Mutter, dies ist Domenico Voso, Schwester Elenas Vater.
Mutter Fenti: Wir kennen uns, Ispettore capo. *Buon pomeriggio*, Signore.
Roscani: Ehrwürdige Mutter, wir haben Signore Voso erklärt, was unserer Meinung nach mit seiner Tochter passiert ist. Daß sie Pater Daniel jetzt an einem unbekannten Ort pflegt, aber nach unserer Ansicht eher sein Opfer als seine Komplizin ist. Trotzdem möchte ich, daß Sie beide wissen, daß ihre Lage sehr gefährlich ist. Jemand versucht, Pater Daniel zu ermorden, und bringt vermutlich auch jeden um, den er bei ihm antrifft. Dieser Killer ist nicht nur gewalttätig, sondern ausgesprochen grausam.

Roscani sah zu Domenico Voso hinüber. Dabei veränderten seine gesamte Art und seine Körpersprache sich völlig: Er verwandelte sich in den Vater, der er tatsächlich war, denn er wußte nur allzugut, was er empfunden hätte, wenn eines seiner eigenen Kinder in Gefahr gewesen wäre, Thomas Kind zum Opfer zu fallen.

Roscani: Wir wissen nicht, wo Ihre Tochter ist, Signore Voso, aber der Killer weiß es vielleicht. Ich bitte Sie jetzt, mir zu sagen, wo sie ist, falls Sie das wissen. Zu ihrem eigenen Besten.
Domenico Voso: Ich weiß nicht, wo Elena ist. Unsere gesamte Familie wünscht sich nichts sehnlicher, als das zu erfahren.
Mutter Fenti: Ich weiß es auch nicht, Domenico. Das habe ich dem Ispettore capo schon erklärt. Sollte ich von ihr hören, sollte einer von uns von Elena hören, werden Sie sofort benachrichtigt.

Mutter Fenti wußte, wo Elena Voso war, Domenico Voso wußte es nicht. Das war Roscanis Eindruck, als er zwanzig Minuten später in dem kleinen Büro saß, das man ihm im Polizeipräsidium von Siena zur Verfügung gestellt hatte. Sie wußte es. Und sie leugnete es, obwohl sie gesehen hatte, wie Vosos Vaterherz blutete.

Trotz ihrer liebenswürdigen und humorvollen Art war sie im Grunde ihres Wesens zäh und gerissen und stark genug, um Elena Voso zu opfern, wenn sie ihren Auftraggeber damit schützte. Sie führte einen Auftrag aus, denn trotz ihrer prominenten Stellung war sie keineswegs mächtig genug, um in dieser Sache auf eigene Faust zu handeln. Eine Mutter Oberin in Siena konnte es nicht wagen, allein gegen die katholische Kirche und den italienischen Staat aufzutreten.

Und obwohl der in Pescara eingelieferte namenlose Patient seiner Überzeugung nach Pater Daniel gewesen sein mußte, war Roscani sich darüber im klaren, daß Schwester Cupini weiter behaupten würde, nichts von ihm zu wissen, weil das die Geschichte war, die Mutter Fenti für sie erfunden hatte. Hier hielt die Mutter Oberin alle Fäden in der Hand, das war klar. Und sie dachte nicht daran, ihr Wissen preiszugeben. Also mußte er schnellstens eine Möglichkeit finden, sie zu umgehen.

III

EuroCity Mailand-Rom. 16.20 Uhr

Julia Louise Phelps schenkte dem Mann, der ihr in der ersten Klasse gegenübersaß, ein schwaches Lächeln, bevor sie wieder aus dem Fenster sah und beobachtete, wie das Bauernland in die Stadtlandschaft überging. Schon wenige Kilometer weiter waren die Felder unter Wohnblocks, Lagerhallen und Fabriken verschwunden. In einer Viertelstunde würde Julia Phelps oder vielmehr Thomas Kind in Rom ankommen, dann mit einem Taxi vom Hauptbahnhof zum Hotel Majestic in der Via Veneto und von dort nach ein paar Minuten mit einem anderen weiterfahren. Über den Tiber in die Via Germanico zum Amalia, das klein, behaglich und diskret war. Und das praktischerweise in der Nähe des Vatikans lag.

Nur ein Teil der Reise von Bellagio nach Rom war problematisch gewesen: die Ermordung des jungen Modedesigners, den Kind auf dem Tragflügelboot kennengelernt und dazu überredet hatte, ihn nach Mailand mitzunehmen, nachdem sich herausgestellt hatte, daß der Mann seinen Wagen in Como stehen hatte und nach Mailand unterwegs war. Was eine unkomplizierte, kurze Autofahrt hätte sein sollen, war plötzlich schwierig geworden, als der junge Mann angefangen hatte, über die scheinbare Unfähigkeit der Polizei auf der Jagd nach den Flüchtigen zu lästern. Er hatte Thomas Kind zu genau betrachtet, seinen großen Strohhut, seine Kleidung, sein starkes Make-up, das die Kratzer auf seiner Wange verdeckte, und halb scherzhaft geäußert, einer der gesuchten Mörder könne in dieser Aufmachung als Frau verkleidet unbemerkt durch das Fahndungsnetz der Polizei schlüpfen.

In früheren Zeiten wäre das vermutlich etwas gewesen, das Thomas Kind ignoriert hätte, aber nicht in seinem jetzigen Geisteszustand. Die Tatsache, daß der Modedesigner ein gefährlicher Zeuge sein konnte, war fast irrelevant gewesen; geradezu übermächtig war dagegen die Mordlust gewesen, die angesichts der drohenden Gefahr in ihm aufgestiegen war. Und die starke sinnliche Befriedigung, die er bei jeder Tatausführung empfand.

112

Lugano. Zur selben Zeit

Harry klopfte an die Schlafzimmertür, dann drückte er die Klinke herab und trat mit Elena ein. Danny war wieder allein. Er saß im Bett und hatte nur Augen für den kleinen Fernseher, der in seiner Nähe auf einem Louis-XVI.-Tischchen stand.

»Wo ist Pater Bardoni?« fragte Harry. Seit der Priester nach oben gegangen war, um mit Danny zu reden, waren über zwei Stunden verstrichen. Schließlich war Harry die Warterei zu lang gewesen, er wollte jetzt selbst mit Pater Bardoni reden.

»Fort«, sagte Danny, der noch immer auf den Bildschirm starrte.

»Wohin?«

»Zurück nach Rom.«

»Er ist aus Rom gekommen und gleich wieder gegangen? Einfach so?«

Danny gab keine Antwort. Er sah nur weiter auf den Bildschirm, der Live-Aufnahmen aus China zeigte. In Hefei war es jetzt Nacht, eine unheimlich stille Nacht. Die Reporter sagten nichts, sahen nur zu. Dasselbe Schweigen bei den Soldaten, die dafür sorgten, daß niemand die Absperrungen durchbrach. In der Ferne war vor dem schwarzen Himmel an zwei Stellen ein orangeroter Feuerschein zu sehen. Worte waren bei diesem Anblick überflüssig, herangezoomte Nahaufnahmen undenkbar. Da die Rettungsmannschaften am Ende ihrer Kräfte waren, fanden als Infektionsschutz Massenverbrennungen der Leichen statt. In der rechten unteren Bildschirmecke zeigten Säulen die Zahl der Toten, Erkrankten und noch Gesunden an.

Todesopfer nach amtlichen Angaben: Siebenundsiebzigtausendsechshundertsechs.

»Mein Gott!« ächzte Danny, der erst jetzt mitbekam, was sich in China ereignet hatte. Er war nur zufällig auf diese Reportage gestoßen, als er nach Pater Bardonis Weggang den Fernseher eingeschaltet hatte, um zu sehen, ob es Neuigkeiten über die Fahndung nach Harry und ihm selbst gab.

»Danny?« Harry stand hinter seinem Bruder und stieß ihn an.

Plötzlich nahm Danny die Fernbedienung von der Bettkante und richtete sie auf das Gerät. Der Bildschirm wurde dunkel.

Danny sah erst zu Harry, dann zu Elena hinüber. »Lassen Sie uns bitte einen Augenblick allein, Schwester?« forderte er sie auf italienisch auf.

»Natürlich, Pater.« Nach einem kurzen Blick zu Harry hinüber verließ Elena den Raum.

Sobald das Türschloß eingeschnappt war, wandte Danny sich an seinen Bruder.

»Kardinal Marsciano ist krank. Ich muß dringend nach Rom zurück. Ich brauche deine Hilfe.«

»Nach Rom?« fragte Harry ungläubig.

»Ja.«

»Warum?«

»Das habe ich dir eben gesagt.«

»Nein, du hast nur erwähnt, daß Kardinal Marsciano krank ist, aber das sagt mir nichts.« Harry funkelte seinen Bruder an. Sie waren plötzlich wieder mitten in dem Gespräch, das sie abgebrochen hatten.

»Ich habe dir schon mal erklärt, daß ich darüber nicht reden kann.«

»Okay, dann nicht. Versuchen wir es mit etwas anderem: Woher hat Pater Bardoni gewußt, daß du hier bist?«

»Schwester Elenas Mutter Oberin …«

»Ja? Bitte weiter.«

»Nichts weiter«, sagte Danny ausdruckslos. »Ich muß nach Rom, das ist alles. Ich kann nicht gehen, komme nicht mal ohne Hilfe aufs Klo.«

»Warum bist du nicht mit Pater Bardoni gefahren?«

»Weil er es sehr eilig hat. Er fliegt von Mailand aus zurück. Ich darf mich auf keinem Flughafen blicken lassen, stimmt's, Harry?«

Harry fuhr sich mit dem Handrücken über seinen Mund. Danny war nicht nur bei klarem Verstand, sondern offenbar fest entschlossen, irgendwie nach Rom zu gelangen.

»Danny, die Leute kennen uns aus dem Fernsehen, aus jeder Zeitung. Wie weit würden wir deiner Meinung nach in Italien kommen?«

»Wir haben es nach Lugano geschafft, wir können es nach Rom schaffen.«

Harry studierte seinen Bruder, um so vielleicht die Antwort zu bekommen, die der ihm verweigerte. »Erst vor kurzem hast du mich aufgefordert, von hier zu verschwinden, wenn mir mein Leben lieb ist. Jetzt verlangst du von mir, daß ich wieder in den Feuerofen springe. Woher kommt dieser Sinneswandel?«

»Vor kurzem habe ich die Lage noch nicht gekannt.«

»Was ist denn die Lage?«

Danny gab keine Antwort.

Harry ließ nicht locker. »Im Vatikan, meine ich. Was zum Teufel geht dort vor?«

Danny schwieg weiter hartnäckig.

»Marsciano hat mir und allen anderen einreden wollen, du seist tot«, stellte Harry fest. »Er hat versucht, dich zu schützen. ›Sie werden beide liquidiert‹, hat er mir erklärt. ›Ihr Bruder, weil er zuviel weiß, und Sie, weil man vermuten wird, er habe es Ihnen erzählt.‹ Das gilt jetzt natürlich auch für Elena. Wenn du willst, daß ich mein Leben und deines und ihres aufs Spiel setze, will ich wenigstens alles erfahren, verdammt noch mal!«

»Ich darf nicht.« Dannys Stimme war kaum mehr als ein Flüstern.

»Sag mir den Grund dafür«, verlangte Harry energisch.

»Ich...« Danny zögerte noch immer.

»Ich will den Grund dafür wissen!«

Einige Augenblicke lang herrschte Schweigen, bis Danny antwortete: »In deiner Branche gibt es das Anwaltsgeheimnis, Harry. In meiner gilt das Beichtgeheimnis. Verstehst du jetzt?«

»Marsciano hat bei dir gebeichtet?« Harry war verblüfft. An diese Möglichkeit hatte er nie gedacht.

»Ich habe nicht gesagt, wer mir was gebeichtet hat, Harry. Ich habe dir nur erklärt, warum ich nicht darüber reden darf.«

Harry wandte sich ab und starrte aus dem Fenster über Lugano. Zum erstenmal in ihrem Erwachsenenleben hatte er den Wunsch, Danny solle genügend Vertrauen zu ihm haben, um ihm die Wahrheit zu sagen. Aber jetzt war klar, daß er das nicht konnte.

»Harry«, sagte Danny ruhig. »Kardinal Marsciano wird im

Vatikan gefangengehalten. Wenn ich nicht komme, bringen sie ihn um.«

Harry drehte sich nach ihm um. »Wer ist ›sie‹? Farel?«

»Der vatikanische Sekretär des Auswärtigen. Kardinal Palestrina.«

»Warum?« wiederholte Harry leise.

Sein Bruder schüttelte kaum wahrnehmbar den Kopf. »Darf ich nicht sagen.«

Harry baute sich vor Danny auf. »Sie wollen dich im Tausch gegen Marsciano, das ist der Deal, stimmt's?«

»Ja. Aber da täuschen sie sich«, sagte Danny. »Pater Bardoni und ich holen den Kardinal da raus. Deshalb ist er allein zurückgereist – um die nötigen Vorbereitungen zu treffen und weil wir nicht riskieren durften, gemeinsam zu reisen und gemeinsam geschnappt zu werden.«

»Ihr beide wollt Marsciano aus dem Vatikan rausholen?« Harry starrte seinen Bruder ungläubig an. »Zwei Männer, einer davon im Rollstuhl, gegen Farel und den Staatssekretär des Auswärtigen? Danny, da kämpft ihr nicht nur gegen zwei mächtige Männer, sondern gegen ein ganzes Land!«

Danny nickte. »Ja, ich weiß.«

»Du bist verrückt.«

»Nein, ich gehe methodisch vor. Ich plane alles ganz genau. Das ist zu schaffen. Vergiß nicht, daß ich bei der Marineinfanterie gewesen bin. Beim Militär habe ich ein paar Tricks gelernt...«

»Nein«, sagte Harry bestimmt.

»Nein, was?« fragte Danny besorgt.

»Nein, punktum!« antwortete Harry nachdrücklich. »Ich habe dich damals nicht wie versprochen aus Maine rausgeholt, aber das mache ich jetzt wieder gut – von New York nach Rom nach Como nach Bellagio und nach Lugano. Nun, jetzt bin ich hier. Und ich werde dafür sorgen, daß du hier rauskommst. Aber nicht nach Rom, sondern nach Genf. Ich sehe zu, daß wir dort hinkommen, damit wir uns dem Internationalen Roten Kreuz stellen konnen. Und ich kann nur hoffen, daß möglichst großes Aufsehen uns ein vernünftiges Maß an persönlicher Sicherheit garantiert.«

Harry wandte sich ab und ging zur Tür. Seine Hand lag auf der Klinke, als er sich zu Danny umwandte. »Der ganze Rest ist mir völlig egal, Bruderherz, solange ich nur dich nicht verliere. Nicht für Marsciano oder den Heiligen Stuhl, nicht für Farel oder Palestrina oder sonst jemand.« Seine Stimme sank zu einem Flüstern herab. »Ich habe nicht vor, dich an sie zu verlieren, wie ich damals Madeline ans Eis verloren habe.«

Harry schaute Danny sekundenlang an, um sich zu vergewissern, daß er verstanden worden war. Dann öffnete er die Tür und wollte den Raum verlassen.

»Wer ich bin ist ich!« Die laute Stimme hinter ihm traf Harry wie ein Messerstich zwischen die Schultern. Er blieb wie angenagelt stehen. Als er sich langsam umdrehte, sah er Dannys Blick auf sich gerichtet.

»Erinnerst du dich an deinen dreizehnten Geburtstag? Da hast du diese mit Kreide geschriebenen Worte auf einem Felsen gesehen, als du auf dem Heimweg von der Schule den langen Umweg gemacht hast, den du immer gegangen bist, wenn du nicht heimkommen wolltest. Und an diesem Tag hast du es mit dem Heimkommen erst recht nicht eilig gehabt.«

Harry merkte, daß er weiche Knie bekam. »Das hast du geschrieben?«

»Das ist mein Geschenk gewesen, Harry. Das einzige, das ich für dich hatte. Du solltest Selbstvertrauen gewinnen, weil nur das uns weiterhelfen konnte. Und du hast es gewonnen. Du bist damit aufgewachsen. Du hast dein Leben darauf aufgebaut. Und du bist damit verdammt erfolgreich gewesen.« Nach kurzer Pause sprach Danny eindringlich weiter. »Ich muß unbedingt nach Rom zurück, Harry. Diesmal brauche ich ein Geschenk, und du bist der einzige, der mir helfen kann.«

Harry stand fast eine Minute lang unbeweglich da. Danny hatte seinen Trumpf ausgespielt, den einzigen, den er besaß. Zuletzt kam Harry in den Raum zurück und schloß die Tür hinter sich.

»Wie zum Teufel sollen wir nach Rom kommen?«

»Damit.«

Danny nahm einen langen braunen Umschlag vom Nachttisch und ließ etwas herausgleiten: zwei weiße Autokennzeichen mit der schwarzen Beschriftung SCV 13.

»Autokennzeichen aus Vatikanstadt, Harry. Diplomatenkennzeichen mit sehr niedriger Nummer. Ein Wagen mit dieser Nummer wird nirgends angehalten oder kontrolliert.«

Harry sah langsam auf.

»Welcher Wagen?« fragte er.

113

17.25 Uhr

Der Rabbiner-Look war out, statt dessen war Harry wieder Pater Jonathan Arthur Roe von der Georgetown University, der im nachmittäglichen Berufsverkehr durch Lugano unterwegs war und nach dem grauen Mercedes Ausschau hielt, den Pater Bardoni für sie gemietet und in der hinter dem Bahnhof ansteigenden Via Tomaso abgestellt hatte.

Veroniques Wegbeschreibung folgend, fuhr er mit der Seilbahn zur Piazza della Stazione hinauf, überquerte den Platz und betrat das Bahnhofsgebäude. Er hielt seinen Kopf gesenkt und bemühte sich, möglichst niemanden anzusehen, während er sich auf der Suche nach der zur Via Tomaso hinaufführenden Treppe durch die wartenden Reisenden schlängelte.

Seine Gedanken waren mit der Frage beschäftigt, wie sie nach Rom gelangen sollten, ohne geschnappt zu werden. Und was mit Elena geschehen sollte. In seinem Gefühlsaufruhr traf ihn völlig unerwartet, was er plötzlich vor sich hatte, als er um eine Ecke bog.

Uniformierte Polizisten, gleich ein halbes Dutzend, tauchten vor ihm aus der Menge auf und marschierten zielbewußt zu einem gerade einfahrenden Zug. Den wahren Schock lösten jedoch nicht die Polizisten, sondern die von ihnen eskortierten Männer aus: drei Häftlinge in Handschellen. Der mittlere Mann, der jetzt an Harry vorbeikam, war Herkules. Mit Handschellen konnte er sich praktisch nicht an seinen Krücken fortbewegen, aber er schaffte es irgendwie doch. Dann sah er Harry, und ihre Blicke begegneten sich. Herkules sah jedoch gleich wieder weg, um Harry davor zu schützen, daß ein Polizeibeamter sich fragte, woher dieser Priester einen ihrer Häftlinge zu kennen schien. Und dann wurde Herkules schon gemeinsam mit den beiden anderen die Stufen hinauf und in den wartenden Zug verfrachtet.

Im nächsten Augenblick sah Harry ihn wieder, als einer der Polizeibeamten ihm die Krücken abnahm und ihm half, am Fenster Platz zu nehmen. Harry setzte sich sofort in Bewegung und lief den Zug entlang auf das Abteilfenster zu. Herkules sah ihn kommen und schüttelte rasch den Kopf, bevor er wieder wegsah.

In diesem Augenblick ertönte ein Gong, der Zug setzte sich in Bewegung und fuhr mit Schweizer Präzision auf die Minute pünktlich ab nach Süden in Richtung Italien.

Harry wandte sich wie betäubt ab und sah sich geistesabwesend nach der Treppe zur Via Tomaso um. Der ganze Vorfall hatte nicht länger als sechzig Sekunden gedauert. Herkules hatte blaß und resigniert gewirkt, bis er Harry gesehen hatte. In diesem Moment hatte sein Verhalten sich schlagartig verändert, als er sich bemüht hatte, Harry zu schützen. In dem Bewußtsein, eine wichtige Aufgabe zu haben, war er zumindest für diese eine Minute wieder aktiv und lebendig gewesen.

Siena, Polizeipräsidium. 18.40 Uhr

Soweit war es nun also gekommen: Roscani hielt eine unangezündete Zigarette zwischen den Fingern, hatte sie manchmal sogar eine halbe Minute lang im Mundwinkel hängen. Aber dabei würde es bleiben, das hatte er sich fest vorgenommen.

Nach einem Augenblick heftigen Bedauerns konzentrierte Roscani sich rasch wieder auf die Computerausdrucke der Telefongesellschaft, die seinen Schreibtisch bedeckten. Die Listen verzeichneten mit Datum, Uhrzeit und Telefonnummer alle Anrufe, die in den Tagen seit dem Busattentat in Mutter Fentis Büro und unter ihrer Privatnummer eingegangen waren sowie alle von dort aus geführten Gespräche. Insgesamt hatte Roscani also dreizehn Tage durchzuarbeiten.

Die beiden zu Roscanis Unterstützung abgestellten Kriminalbeamten, die im Büro nebenan saßen, sahen ihn nach dem Telefonhörer greifen und eine Nummer eingeben. Er wartete einen Augenblick, sagte dann etwas und legte wieder auf. Unmittelbar danach stand er auf und marschierte mit einer nicht angezündeten Zigarette im Mundwinkel zwischen Tür und Fenster auf und ab, bis sein Telefon klingelte. Roscani nahm sofort den Hörer ab und meldete sich. Dann nickte er, notierte sich etwas, das er mehrmals unterstrich, sagte ein paar Worte und legte den Hörer auf. Keine Sekunde später ließ er die Zigarette in den Papierkorb fallen, nahm den Notizzettel und kam rasch nach nebenan.

»Einer von euch muß mich zum Hubschrauberlandeplatz fahren«, sagte er zu den Kriminalbeamten.

»Wohin fliegen Sie?« Der erste Beamte war bereits aufgestanden und begleitete Roscani auf den Gang hinaus.

»Nach Lugano!«

114

Lugano. Zur selben Zeit

Der dunkelgraue Mercedes mit vatikanischen Kennzeichen und den beiden Priestern auf den Vordersitzen verließ Lugano am frühen Abend, den einsetzender leichter Regen schon in Nacht verwandelt hatte. Sie rollten an den Seehotels vorbei, bogen auf die Via Giuseppe Cattori ab und fuhren nach Westen zur Autobahn N2, auf der sie über Chiasso nach Italien gelangen würden.

Vom Rücksitz aus beobachtete Elena, wie Danny mit aufgeschlagenem Autoatlas seinen Bruder lotste. Die Spannung zwischen den beiden war deutlich zu spüren. Worum es dabei ging, wußte sie nicht, denn Harry hatte ihr nichts erklärt, sondern ihr nur angeboten, in Lugano zu bleiben, was sie abgelehnt hatte. Sie hatte Harry erklärt, sie sei entschlossen, die Brüder zu begleiten. Schließlich war Pater Daniel weiterhin ihr Patient, für den sie verantwortlich war. Außerdem sei sie Italienerin, was sich schon mehrmals als segensreich erwiesen hatte und entscheidend sein konnte, wenn sie nach Italien zurückwollten. Als Harry ihren Mut und ihre Entschlossenheit mit leichtem Lächeln quittiert hatte, war klar gewesen, daß sie mitfahren würde.

Sobald sie auf der Autobahn waren, lehnte Danny sich auf

dem Beifahrersitz zurück. Jetzt war für Elena nur noch Harry sichtbar.

Im schwachen Licht der Instrumentenbeleuchtung richtete ihre gesamte Aufmerksamkeit sich auf seine Gestalt. Harrys Unbehagen war fast körperlich wahrnehmbar. Sie beobachtete, wie seine Hände das Lenkrad fester als notwendig umfaßten, wie er sich ganz auf die Fahrbahn vor ihnen konzentrierte. Wie er ständig seine Sitzhaltung veränderte, was jedoch sicher nicht mit dem Mercedes, sondern mit dem Ziel dieser Fahrt zusammenhing. Rom, das war offensichtlich, war nicht seine Idee gewesen.

»Alles in Ordnung?« fragte Harry halblaut.

Elena merkte, daß er sie im Rückspiegel beobachtete.

»Ja.« Sie erwiderte seinen Blick.

»Harry!« Dannys warnende Stimme übertönte das gleichmäßige, leise Klicken der Scheibenwischer.

Harry sah sofort wieder nach vorn. Der Verkehr vor ihnen wurde langsamer, der charakteristische bläuliche Lichtschein von Halogenscheinwerfern erhellte den regennassen Abendhimmel.

»Die italienische Grenze.« Danny setzte sich hellwach auf.

Elena sah Harrys Hände das Lenkrad umklammern. Der Mercedes wurde langsamer, als Harry aufs Bremspedal trat. Dann sah er nochmals in den Rückspiegel und erwiderte eine Zehntelsekunde lang ihren Blick, bevor er sich erneut auf die Fahrbahn konzentrierte.

115

Peking. Donnerstag, 16. Juli

Pierre Weggens schwarze Limousine mit Chauffeur fuhr kurz nach ein Uhr morgens in die streng bewachte Villenkolonie Zhongnanhai ein, in der die chinesische Politprominenz residierte. Fünf Minuten später wurde der Schweizer Investmentbanker von Yan Yeh, dem ernst dreinblickenden Präsidenten der Volksbank von China, im Haus des Generalsekretärs der KP, Wu Hian, in einen geräumigen Salon geleitet.

Der Generalsekretär erhob sich zu Weggens Empfang, schüttelte ihm freundschaftlich die Hand und machte ihn mit einem halben Dutzend führender Mitglieder des Politbüros bekannt, die nähere Einzelheiten seines Vorschlags hören wollten. Zu diesen Interessenten gehörten der Innenminister, der Bauminister und der Minister für Kommunikation. Sie alle wollten wissen, welchen Umfang die geplanten Arbeiten hatten, in welchem Zeitraum sie durchgeführt werden konnten und was sie kosten würden.

»Ich danke Ihnen für Ihre Gastfreundschaft, meine Herrn«, begann Weggen auf chinesisch. Und nachdem er nicht nur den Anwesenden, sondern ganz China und insbesondere der Einwohnerschaft von Hefei sein tiefempfundenes Beileid ausgesprochen hatte, trug er seine Empfehlungen für ein Crash-Programm zur schnellstmöglichen Überholung der chinesischen Wasserversorgungssysteme vor.

Yan Yeh, der etwas abseits in einem Sessel saß, zündete sich eine Zigarette an. Durch die Katastrophe in Hefei zutiefst erschüttert und von den Ereignissen dieses Tages erschöpft, konnte er nur hoffen, daß die zu dieser frühen Morgenstunde versammelten Männer erkennen würden, wie entscheidend wichtig der ihnen von Weggen präsentierte Plan für die innere Sicherheit und die nationalen Interessen Chinas war. Und er hoffte, daß sie ihren falschen Stolz, ihre politischen Rivalitäten und ihr Mißtrauen gegenüber dem Westen begraben und sich dazu durchringen würden, dieses Projekt zu billigen und möglichst schnell in Angriff zu nehmen. Bevor irgendwo ein zweites Hefei passierte.

Das Ganze hatte zudem noch einen persönlichen Aspekt. Wer in China von dem Vorfall in Hefei wußte, fürchtete sich insgeheim davor, Wasser zu trinken, das aus einem der Seen kam. Selbst einem so prominenten und mächtigen Mann wie Yan Yeh erging es nicht anders. Erst vor drei Tagen waren seine Frau und sein zehnjähriger Sohn zu einem Verwandtenbesuch in die Seenstadt Wuxi gefahren. Gestern abend hatte er sie angerufen, um ihr zu versichern, wie der Öffentlichkeit versichert wurde, die Tragödie in Hefei sei ein absoluter Einzelfall gewesen, der sich niemals wiederholen könne, weil die Trinkwasserqualität in ganz China streng überwacht werde und die Regierung auf seine Empfehlung hin dabei sei, ein Sofortprogramm zur Überholung des Wasserversorgungssystems in Angriff zu nehmen. Im stillen hoffte er, Hefei werde tatsächlich ein Einzelfall bleiben.

Irgendein Gefühl sagte ihm jedoch, dabei werde es nicht bleiben.

Vatikan. Mittwoch, 15. Juli, 18.40 Uhr

Palestrina stand am Fenster seines Arbeitszimmers und blickte auf die Menge herab, die den Petersplatz bevölkerte, sein Ambiente und die Abendstimmung dieses Tages genoß.

Er wandte sich vom Fenster ab und sah wieder in den Raum. Auf der Renaissancetruhe hinter seinem Schreibtisch starrte die Marmorbüste Alexanders des Großen blicklos in die Ewigkeit. Palestrina betrachtete sie fast wehmütig.

In einem jähen Stimmungsumschwung trat er an seinen Schreibtisch, nahm Platz und griff nach dem Telefonhörer. Er machte eine Amtsleitung frei, tippte eine lange Nummer ein und wartete dann, während sein Anruf über drei Zwischenstationen in Venedig, Mailand und Hongkong nach Peking weitergeleitet wurde.

Das Zirpen von Chen Yins Mobiltelefon riß ihn aus tiefstem Schlaf.

»Ja?« fragte er auf chinesisch.

»Ich habe einen Auftrag für eine Frühlieferung ins Land von Fisch und Reis«, antwortete eine elektronisch veränderte Stimme auf chinesisch.

»Verstanden«, sagte Chen Yin und klappte sein Telefon zu.

Palestrina ließ den Telefonhörer in seine Mulde zurückgleiten und drehte langsam den Sessel zur Seite, um erneut die Marmorbüste Alexanders zu betrachten. Er hatte Pierre Weggens Freundschaft mit Yan Yeh ausgenutzt, scheinbar harmlose Erkundigungen nach dem Alltag des chinesischen Bankiers und seiner Freunde und Verwandten angestellt, um den zweiten See auszuwählen. Dieser mit Wasserreichtum, mildem Klima und blühender Industrie gesegnete Landstrich, auch als »Land von Fisch und Reis« bekannt, lag südlich von Nanking, für den Vergifter Li Wen nur wenige Stunden Bahnfahrt entfernt. Der See hieß Taihu, die Stadt an seinem Ufer Wuxi.

Harry blickte in den Rückspiegel, während er dankbar die Beschleunigung des Mercedes spürte, als sie den Kontrollpunkt verließen. Hinter sich sah er den Lichtschein der Halogenscheinwerfer, die aufleuchtenden Bremslichter nach Norden fahrender Wagen und das Massenaufgebot an Panzerfahrzeugen des italienischen Heeres und der Carabinieri. Dies war eine große Straßensperre zwei Stunden südlich von Mailand gewesen. Im Gegensatz zum Grenzübergang Chiasso, wo sie sofort durchgewinkt worden waren, hatten sie hier anhalten müssen, um von schwerbewaffneten Soldaten kontrolliert zu werden. Erst im letzten Augenblick hatte ein Offizier ihr Autokennzeichen bemerkt, einen Blick auf die beiden Priester auf den Vordersitzen geworfen und Harry mit einer Handbewegung zum Weiterfahren aufgefordert.

»Klugscheißer«, sagte Danny grinsend, als der Kontrollpunkt hinter ihnen zurückblieb.

»Bloß weil ich dem Kerl dankend zugewinkt habe?«

»Genau!« Danny sah sich kurz nach Elena um, dann grinste er nochmals. »Was wäre gewesen, wenn ihm das nicht gepaßt hätte und er beschlossen hätte, wenigstens unsere Ausweise zu kontrollieren? Was dann?«

Harry sah zu ihm hinüber. »Dann hättest du ihm erklären können, was hier gespielt wird und warum du unbedingt nach Rom mußt. Vielleicht hätte er uns sogar einen Zug Soldaten mitgegeben...«

»Das Militär würde den Vatikan nicht stürmen, Harry... Nicht die italienische Armee, auch keine andere...«

»Nein, nur du und Pater Bardoni...« Harrys Stimme klang hörbar gereizt.

Danny nickte gelassen. »Nur ich und Pater Bardoni.«

Rom-Trastevere, St.-Crisogno-Kirche.
Donnerstag, 16. Juli, 5.30 Uhr

Palestrina stieg aus dem schwarzen Mercedes aus und blieb einen Augenblick im Frühmorgendunst stehen. Einer von Farels Männern in Schwarz musterte die menschenleere Straße, bevor er den Gehsteig überquerte, um die ins Hauptportal der Kirche aus dem achtzehnten Jahrhundert eingelassene Tür zu öffnen. Dann trat er beiseite, und der vatikanische Sekretär des Auswärtigen betrat die Kirche allein.

Palestrinas Schritte hallten im Kirchenschiff, als er sich dem Altar näherte, sich bekreuzigte und in der ersten Bank neben der einzigen weiteren um diese Zeit anwesenden Person niederkniete, einer Frau in Schwarz mit einem Rosenkranz in der Hand.

»Meine letzte Beichte liegt schon lange zurück, Pater«, sagte sie, ohne ihn anzusehen. »Könnte ich bei Ihnen beichten?«

»Natürlich.« Palestrina bekreuzigte sich erneut und stand auf. Und dann gingen Thomas Kind und er auf die dunkle Abgeschiedenheit des Beichtstuhls zu.

117

Lugano, Via Monte Ceneri. Zur selben Zeit

Roscani kam die Treppe herunter und trat auf die Straße hinaus. Sein Anzug war reichlich zerknittert, und er hatte einen Stoppelbart und war übermüdet. Fast zu müde, um noch so klar denken zu können, wie er denken mußte. Außerdem war er wütend und hatte es satt, belogen zu werden. Vor allem von Frauen, die zumindest auf den ersten Blick ehrbar wirkten. Zum Beispiel von Mutter Fenti in Siena und hier in Lugano von der Malerin und Bildhauerin Veronique Vaccaro, einer ältlichen Bilderstürmerin, die Stein und Bein schwor, die Flüchtigen nie gesehen zu haben.

Roscani war auf dem Hubschrauberlandeplatz der hiesigen Polizei von dem Kriminalbeamten abgeholt worden, der Veronique Vaccaro als erster befragt hatte. Er hatte die Ermittlungsakten studiert, bevor sie zur Hausdurchsuchung losgefahren waren. Sie hatten keinen Hinweis darauf entdeckt, daß jemand während Signora Vaccaros kurzer Abwesenheit ihr Haus bewohnt hatte. Ein Nachbar hatte jedoch ausgesagt, gestern mittag habe für kurze Zeit ein weißer Kleinbus mit beschrifteten Türen vor dem Haus geparkt.

Und zwei Jungen, die nach dem Abendessen ihren Hund im Regen spazierengeführt hatten, wollten dort einen großen, dunkelgrauen Mercedes parken gesehen haben, der bei ihrer Rückkehr jedoch nicht mehr dagestanden hatte. Signora Vaccaros praktisch unwiderlegbares Alibi war, sie sei erst unmittelbar vor dem Eintreffen der Polizei von einem Camping- und Malausflug in den Bergen zurückgekommen.

Ebenso erfolglos waren Scala und Castelletti gewesen, die ihre Ermittlungen in Bellagio mit der Einvernahme von Monsignore Jean-Bernard Dalbouse, dem aus Frankreich stammenden Pfarrherrn der St.-Chiara-Kirche, und seiner Mitarbeiter abgeschlossen hatten. Das Endergebnis dieser ausführlichen Befragung war, daß alle leugneten, am Vortag um vier Uhr zwanzig über ein Mobiltelefon aus Siena angerufen worden zu sein. Über ein Mobiltelefon, das Mutter Fenti gehörte.

Lügner. Lauter Lügner.

Weshalb?

Das verstand Roscani nicht. Jeder von ihnen riskierte eine lange Haftstrafe. Trotzdem hielten alle eisern dicht. Wen oder was versuchten sie zu schützen?

Roscani ging die stille Straße entlang weiter. Auch der in der Ferne sichtbare Luganer See lag so still da, daß seine Oberfläche einem Spiegel glich. Was tust du hier? fragte Roscani sich. Suchst du Hinweise, die alle anderen übersehen haben? Spielst du wieder mal die Bulldogge, wie du es von deinem Vater geerbt hast? Bewegst du dich in der Hoffnung, eine Antwort zu finden, nur endlos im Kreis? Oder wird dein Instinkt, der dich hergeführt hat, sich letztlich doch als richtig erweisen? Er holte eine zerdrückte Zigarettenpackung aus der Tasche, steckte sich eine unangezündete Zigarette in den Mundwinkel und machte kehrt, um zum Haus zurückzugehen.

Nach fünf Schritten sah er etwas. Es lag am Straßenrand unter einem überhängenden Zierstrauch, der verhindert hatte, daß der nächtliche Regen es ganz durchweichte. Es war ein auffällig langer brauner Umschlag mit einem Reifenabdruck.

Roscani warf seine Zigarette weg und bückte sich, um den Umschlag aufzuheben. Er war stärker mitgenommen, als auf den ersten Blick zu erkennen gewesen war, als sei ein nasser Reifen über ihn hinweggerollt und habe ihn erst nach mehreren Umdrehungen seitlich weggeschleudert. Auf seiner Vorderseite zeichnete sich ein langes, schmales Rechteck ab, als habe er einen steifen, harten Gegenstand enthalten.

Roscani kehrte sofort zum Haus zurück. Veronique Vaccaro, die wegen ihrer Vernehmung und der weiteren Anwesenheit der Polizei in ihrem Haus aufgebracht war, saß im Bademantel in ihrer Küche, hielt in einer Hand einen Becher Kaffee und trommelte mit den Fingern der anderen auf den Küchentisch, als lasse sich so der Abzug der ungebetenen Gäste beschleunigen. Roscani bat sie höflich um einen Haartrockner.

»Der Fön ist im Badezimmer«, antwortete sie unfreundlich. »Hätten Sie nicht Lust, auch ein Bad zu nehmen und ein Nickerchen in meinem Bett zu machen?«

Roscani lächelte Castelletti im Vorbeigehen schwach zu, ging ins Bad, nahm den Fön vom Wandhaken und trocknete den Umschlag damit.

Castelletti erschien an der Tür und beobachtete, wie Roscani den Umschlag auf der Kante des Waschbeckens glattstrich und dann mit der Mine seines Drehbleistifts darüberfuhr, als wolle er eine Frottage herstellen. Dabei zeichnete sich auf dem braunen Papier allmählich ab, was der Umschlag enthalten hatte.

»Jesus!« Roscani hörte plötzlich zu arbeiten auf.

Auf dem Umschlag vor ihnen erschienen die Buchstaben und Ziffern eines Diplomatenkennzeichens.

SCV 13.

»Vatikanstadt«, sagte Castelletti.

»Genau.« Roscani sah zu ihm auf. »Vatikanstadt.«

118

Rom. Donnerstag, 16. Juli, 5.30 Uhr

In der Morgendämmerung kurz vor halb sechs ließ Danny seinen Bruder in der baumbestandenen Via Nicolò V. vor einem älteren, aber sehr gepflegten zweistöckigen Apartmentgebäude halten.

Harry und Elena brachten Danny im Rollstuhl mit dem kleinen Lift ins Obergeschoß hinauf, wo er einen Schlüsselbund hervorzog, den Pater Bardoni ihm in Lugano übergeben hatte. Danny wählte einen der Schlüssel aus und sperrte damit die Tür der nach hinten hinausführenden geräumigen Vierzimmerwohnung Piano 3a auf.

Sobald sie in der Wohnung waren, mußte Danny sich, von der langen Autofahrt sichtlich erschöpft, hinlegen. Nachdem Harry sich kurz in dem Apartment umgesehen hatte, warnte er Elena, niemanden außer ihm einzulassen, und ging wieder.

Harry parkte den Mercedes nach Dannys Anweisungen einige Straßen weiter, schraubte die vatikanischen Kennzeichen ab und ersetzte sie durch die originalen Nummernschilder. Dann sperrte er die Schlüssel im Wagen ein und ging mit den ausgetauschten Kennzeichen unter seiner Jacke davon. Eine Viertelstunde später war er wieder in der Via Nicolò V. und fuhr mit dem Aufzug ins Obergeschoß des Apartmentgebäudes. Inzwischen war es nach sechs Uhr. In knapp zwanzig Minuten würde Pater Bardoni kommen.

Das alles gefiel Harry nicht. Die Idee, Danny könnte es in seinem geschwächten Zustand gemeinsam mit Pater Bardoni schaffen, Marsciano aus dem Vatikan zu befreien, erschien ihm verrückt. Aber Danny war fest entschlossen, es zu versuchen, und Pater Bardoni offenbar auch. Nach Harrys Überzeugung konnte die ganze Sache nur damit enden, daß Danny bei diesem verrückten Befreiungsunternehmen umkam. Genau das schien Palestrinas Plan zu sein.

Dazu kam eine weitere Überlegung: Hatte Farel im Auftrag Palestrinas versucht, Danny die Ermordung des Kardinalvikars anzuhängen, mußte Palestrina persönlich hinter diesem Attentat stecken. Und Marsciano wußte davon, sonst wäre er jetzt nicht Palestrinas Gefangener gewesen. Das alles wies darauf hin, daß Marsciano bei Danny gebeichtet haben mußte. Gelang es Palestrina also, Danny beseitigen zu lassen, hatte er die einzige zu ihm führende Spur verwischt.

Wem konnte Harry darüber berichten: Roscani? Adrianna? Eaton? Aber was hätte er ihnen sagen können? Seine Schlußfolgerungen basierten nur auf Vermutungen. Selbst wenn er Beweise gehabt hätte, war der Vatikan ein souveräner Staat außerhalb der Zuständigkeit der italienischen Justiz. Das bedeutete, daß kein Außenstehender das Recht hatte, dort einzugreifen. Doch wenn sie untätig blieben, und darunter litt Danny, würde Marsciano umgebracht werden. Genau das wollte Danny unter Einsatz des eigenen Lebens um jeden Preis verhindern.

»Verdammt«, murmelte Harry vor sich hin, als er das Apartment betrat und die Wohnungstür hinter sich absperrte. Er steckte ebenso in der Patsche wie Danny. Nicht nur, weil er dessen Bruder war, sondern weil er Danny versprochen hatte, er werde alles in seiner Macht Stehende tun, um ihn nicht wie damals Madeline zu verlieren. Wieso hatte er das getan? Warum zum Teufel hatte er seinem Bruder ein derartiges Versprechen geben müssen?

»Ich bin noch nicht oft in Rom gewesen, deshalb habe ich nicht gleich erkannt, wo wir hier sind …«

Harrys trübselige Überlegungen wurden unterbrochen, als Elena lebhaft auf ihn zukam.

»Wie meinen Sie das?«

»Kommen Sie, ich zeige es Ihnen.«

Elena führte ihn im Wohnzimmer an das große Fenster, dessen Vorhänge sie aufgezogen hatte. Jetzt war zu erkennen, daß sich direkt gegenüber auf der anderen Straßenseite eine hohe gelbe Ziegelmauer erhob, die nach beiden Seiten so weit reichte, wie Harry sehen konnte. Rechts dahinter standen einige wenig bemerkenswerte Gebäude, während links Baumwipfel aufragten, als umschließe die Mauer einen großen Park.

»Ich verstehe nicht recht …«, sagte Harry, der Elenas Interesse nicht deuten konnte.

»Das ist der Vatikan, Mr. Addison. Zumindest ein Stück davon.«

»Wissen Sie das bestimmt?«

»Ja. Ich habe die Gärten jenseits der Mauer schon selbst besichtigt.«

Harry sah wieder auf die andere Straßenseite hinüber und versuchte, irgendein bekanntes Gebäude zu finden, um beurteilen zu können, wo sie sich in bezug auf die Vorderfront und den Petersplatz befanden. Das gelang ihm jedoch nicht. Als er Elena weiter befragen wollte, sah er zufällig auf: Was er für den Himmel gehalten hatte, war in Wirklichkeit ein noch im Schatten liegendes riesiges Gebäude, dessen Kuppel bereits von der Sonne beschienen wurde. Er hatte den Petersdom genau vor sich.

»Elena!« flüsterte er. Sie hatten nicht nur Rom erreicht, ohne aufgehalten zu werden, sondern befanden sich hier in einem Apartment, das kaum einen Steinwurf von Marscianos Gefängnis entfernt war.

Harry legte für eine Sekunde seine Stirn an die Fensterscheibe und schloß die Augen.

»Sie sind müde, Harry...« Elenas leise Stimme klang beruhigend, als spreche eine Mutter mit ihrem Kind.

»Ja«, murmelte er. Dann hob er wieder den Kopf und sah sie an. Sie trug noch immer das Kostüm, das die Patres in Bellagio für sie aufgetrieben hatten, ihr Haar war noch immer zu einem strengen Nackenknoten zusammengefaßt. Harry hatte das Gefühl, sie erstmals nicht als Nonne, sondern als Frau zu sehen.

»Ich habe unterwegs geschlafen, Sie nicht«, stellte Elena fest. »Sie sollten sich etwas hinlegen, wenigstens bis Pater Bardoni kommt.«

»Ja, das...«, begann Harry. Aber dann wurde ihm schlagartig bewußt, daß sie ein großes Problem hatten: Elena. Der Ernst dessen, was Danny und Pater Bardoni vorhatten, stand ihm plötzlich gefährlich real vor Augen, und er konnte auf keinen Fall zulassen, daß Elena hierblieb und dadurch in Gefahr geriet.

»Leben Ihre Eltern noch?« begann er unvermittelt.

»Was hat das damit zu tun, daß Sie Schlaf brauchen?« Sie legte den Kopf leicht zur Seite und beobachtete ihn mit einem gewissen Mißtrauen.

»Wo wohnen sie?«

»In der Toskana.«

»Wie lange fährt man dorthin?«

»Warum?«

»Das ist wichtig.«

»Mit dem Auto ungefähr zwei Stunden. Auf der Fahrt hierher sind wir durch die Toskana gekommen.«

»Und Ihr Vater hat ein Auto? Er fährt selbst?«

»Warum?«

»Hat er ein Auto?« wiederholte Harry drängender. »Fährt er selbst?«

»Natürlich.«

»Ich möchte, daß Sie ihn anrufen und bitten, nach Rom zu kommen.«

Plötzlich wußte Elena, worauf er hinauswollte. Sie lehnte sich an die Wand und verschränkte trotzig die Arme.

»Das kann ich nicht tun.«

»Wenn er jetzt gleich abfährt, Elena«, sagte Harry, indem er ihren Namen betonte, als wolle er dadurch jeglichen Widerstand im Keim ersticken, »kann er kurz nach acht Uhr hier sein. Spätestens um halb neun. Sagen Sie ihm, daß er unten vor dem Haus parken und im Wagen bleiben soll. Sobald Sie ihn sehen, kommen Sie herunter, und er soll sofort mit Ihnen wegfahren. Dann weiß kein Mensch, daß Sie jemals hiergewesen sind.«

Elena fühlte ihre Empörung wachsen. Wie konnte er sich anmaßen, ihr Vorschriften zu machen? Sie dachte nicht daran, ausgerechnet ihren Vater anzurufen, um sich von ihm wie irgendein Schulmädchen, das sich am Morgen danach in der Großstadt ausgesetzt wiederfindet, abholen zu lassen.

»Tut mir leid, Mr. Addison«, antwortete sie spitz, »aber ich bin für Pater Daniel verantwortlich. Und ich bleibe bei ihm, bis ich offiziell von meinem Auftrag entbunden werde.«

»Das ist ganz einfach, Schwester Elena.« Harry funkelte sie an. »Sie sind hiermit offiziell...«

»Von meiner Mutter Oberin!« sagte Elena, indem sie jedes einzelne Wort betonte.

Danach herrschte zunächst Schweigen. Die beiden starrten sich an. Keiner von ihnen merkte, daß dies ihr erster Krach unter Liebenden war und daß einer von ihnen eben einen tiefen Strich im Sand gezogen hatte, den der andere nicht ungestraft überschreiten durfte. Aber wie diese Kraftprobe ausgegangen wäre, sollte offenbleiben.

Die Schlafzimmertür flog mit einem Krachen auf und knallte an die Wand.

»Harry!«

Danny kam ins Wohnzimmer geschossen. Er hatte angstvoll geweitete Augen, trieb seinen Rollstuhl mit beiden Händen vorwärts und hatte ein Mobiltelefon in seinem Schoß liegen.

»Ich kann Pater Bardoni nicht erreichen! Ich habe drei Nummern, die er mir gegeben hat. Auch die seines Mobiltelefons, das er ständig bei sich hat. Ich habe es mit allen versucht. Aber er meldet sich nicht!«

»Nicht aufregen, Danny.«

»Harry, er hätte vor einer Viertelstunde kommen sollen! Wäre er hierher unterwegs, würde er sich wenigstens über sein Mobiltelefon melden!«

119

Harry bog auf die Via del Parione ab und folgte ihr. Auf seiner Armbanduhr war es jetzt sieben Uhr fünfundzwanzig, fast eine Stunde nach dem Zeitpunkt, zu dem Pater Bardoni sich in der Wohnung mit ihnen hätte treffen sollen. Im Weitergehen versuchte er nochmals, Bardoni mit dem Mobiltelefon zu erreichen, das Adrianna ihm gegeben hatte.

Wieder nichts.

Sein gesunder Menschenverstand sagte ihm, daß Pater Bardoni aus irgendwelchen Gründen aufgehalten worden war. Mehr durfte man in seine Verspätung nicht hineinlegen.

Vor ihm tauchte das Haus Nummer siebzehn auf, in dem Pater Bardoni wohnte. Der Hintereingang, hatte Danny ihm erklärt, war durch eine enge Gasse zu erreichen, die zu einem alten Holztor führte, hinter dem ein Innenhof lag. Unter einem der Geranientöpfe auf dem Fensterbrett links neben der Tür würde er den Schlüssel finden.

Harry bog in die Gasse ab, ging zwanzig Meter weiter und stand vor dem alten Holztor. Er öffnete es und durchquerte den kleinen Innenhof. Die Geranientöpfe standen am angegebenen Platz. Unter dem zweiten fand er den Schlüssel.

Pater Bardonis Wohnung lag im Obergeschoß, aber da es hier keinen Aufzug gab, hastete Harry die Treppe hinauf. Er redete sich weiter ein, hier sei nichts Ungewöhnliches passiert und es gebe einen harmlosen Grund für Pater Bardonis Verspätung. Doch er empfand das gleiche wie Danny, als der plötzlich ins Wohnzimmer gekommen war: Angst, schreckliche Angst.

Dann war Harry im Obergeschoß angelangt, folgte einem engen Flur und stand schließlich vor Pater Bardonis Tür. Er holte tief Luft, steckte den Schlüssel ins Schloß und wollte aufsperren, aber das war nicht nötig. Die Wohnungstür war nicht abgeschlossen und ging von selbst auf.

»Pater?«

Keine Antwort.

»Pater Bardoni!« Harry trat in die halbdunkle Diele. Vor ihm lag ein kleines Wohnzimmer, spärlich möbliert wie das in Dannys Apartment.

»Pater?«

Wieder nichts.

Rechts neben sich sah er zwei Türen, die beide geschlossen waren. Harry atmete tief durch, legte eine Hand auf die erste Türklinke und drückte sie herunter.

»Pater Bardoni?«

Die Tür ließ sich leicht aufstoßen, dahinter lag ein Schlafzimmer. Es war klein und beengt und wies nur ein einziges schmales Fenster in der Rückwand auf. Das Bett war gemacht, auf dem Nachttisch stand ein altmodisches Telefon. Das war alles.

Harry wollte sich schon abwenden, als er halb unter dem Bett ein Mobiltelefon auf dem Fußboden liegen sah. Etwa das Telefon, das Pater Bardoni »ständig bei sich« hatte?

Irgend etwas war hier ganz und gar nicht in Ordnung. Harry verließ das Schlafzimmer und wandte sich langsam der anderen Tür zu. Was verbarg sich dahinter? Eine innere Stimme forderte ihn auf, sofort wieder zu gehen, einfach abzuhauen, alles andere zu tun, als diese Tür zu öffnen.

Aber er durfte nicht weglaufen.

»Pater Bardoni?« sagte er nochmals.

Stille.

Er legte seinen Ellbogen auf die Türklinke.

»Pater Bardoni!« wiederholte er so laut, daß seine Stimme auf der anderen Seite der Tür zu hören sein mußte.

Keine Antwort.

Harry merkte, daß er Schweißperlen auf der Oberlippe hatte. Sein Herz jagte, als er langsam die Klinke herabdrückte. Die Tür öffnete sich. Er sah die abgetretenen weißen Fliesen eines Badezimmers, das Waschbecken und eine Ecke der Wanne. Dann stieß er die Tür mit dem Ellbogen ganz auf.

Pater Bardoni saß halb liegend in der Badewanne. Er war nackt. Seine Augen starrten blicklos zur Decke auf.

»Pater?«

Harry trat über die Schwelle. Seine Schuhspitze stieß gegen etwas: Vor ihm auf den Fliesen lag die schwarze Hornbrille des Priesters. Harry hob den Kopf und sah wieder zur Badewanne hinüber.

Sie enthielt kein Wasser.

»Pater?« fragte er mit angehaltenem Atem, als hoffe er auf irgendeine Reaktion.

Noch ein Schritt vorwärts.

»O GOTT!«

Harry schlug die Hand vor den Mund und wich schreckensbleich von der Wanne zurück. Jemand hatte Pater Bardoni die linke Hand am Handgelenk abgetrennt. Die Wunde hatte kaum geblutet.

120

Mailand. Zur selben Zeit

Roscani sah die Start- und Landebahnen des Flughafens Linate unter ihnen und spürte im nächsten Augenblick, daß ihr Hubschrauber zu sinken begann. Schon beim Anflug aus Lugano waren laufend Informationen eingegangen, jetzt folgten weitere. Auf dem Rücksitz hinter ihm sprachen Scala und Castelletti abwechselnd über Funk und machten sich hastig Notizen.

In seiner linken Hand hielt Roscani ein Blatt Papier, auf das er lange gewartet hatte, ein kurzes, aber vielsagendes Fax aus der Lyoner Interpol-Zentrale. Es lautete:

Nach Feststellungen des französischen Geheimdienstes hält Thomas Alvarez-Rios Kind sich nicht wie bisher angenommen in der sudanesischen Hauptstadt Khartum auf. Sein gegenwärtiger Aufenthaltsort ist unbekannt.

Roscani hatte sofort veranlaßt, daß die Gruppo Cardinale allen Ländern Europas einen Haftbefehl übermittelte. Außerdem hatten die großen Nachrichtenagenturen Thomas Kinds letztes Foto und die Mitteilung erhalten, er werde im Zusammenhang mit der Ermordung des Kardinalvikars von Rom und dem Busattentat gesucht. Auf den Bus war Roscani gekommen, sobald sein Verdacht auf Kind gefallen war. Diese Methode hatte Kind immer wieder benutzt, wenn er bezahlte Mörder hatte einsetzen können, um sie einen Mordauftrag durchführen zu lassen: Das Spiel hieß »Killt den Killer« – er ließ den Mann oder die Frau den Auftrag ausführen und liquidierte ihn oder sie danach schnellstens, so daß keine Spur zu ihm oder seinen Auftraggebern zurückführte.

Daher stammte die in der Nähe des Busses gefundene spanische Llamapistole. Kind hatte einen bezahlten Mörder mitgeschickt, um Pater Daniel erledigen zu lassen, und dann den Bus in die Luft gejagt, um seinen eigenen Killer zu erledigen. Der Mordversuch an Pater Daniel war fehlgeschlagen, aber die Pistole und das Busattentat deuteten unverkennbar auf Thomas Kind hin.

Auch die Informationen, die Scala und Castelletti jetzt aus Mailand erhielten, zeigten in diese Richtung. Aldo Cianetti, der in einer Raststätte an der Autostrada Como – Mailand ermordet aufgefundene Modedesigner, war auf dem Tragflügelboot von Bellagio nach Como im Gespräch mit einer Frau gesehen worden, die einen großen Strohhut trug. Mit einer Frau, die nach Aussage eines jungen Polizeibeamten in Bellagio einen amerikanischen Paß gehabt und mit amerikanischem Akzent gesprochen hatte. In Como war sie gemeinsam mit dem Modedesigner von Bord gegangen.

In Mailand hatten die Ermittler inzwischen von der Seitenstraße in der Nähe des Hotels Palace aus, in der Cianettis dunkelgrüner BMW aufgefunden worden war, konzentrische Suchkreise gezogen. Nicht allzuweit von dieser Stelle entfernt lag der Mailänder Hauptbahnhof. Als Todeszeitpunkt Cianettis war der Zeitraum zwischen Mitternacht und ein Uhr morgens festgestellt worden. Als die Kriminalbeamten das Nachtdienstpersonal an den Fahrkartenschaltern befragten, stießen sie auf eine resolute Mittfünfzigerin, die sich genau daran erinnern konnte, kurz vor zwei Uhr morgens einer Frau, die einen großen Strohhut trug, eine Fahrkarte nach Rom verkauft zu haben.

Frau? Das war keine Frau, es war Thomas Kind gewesen.

Die Triebwerke heulten noch einmal, dann setzte der Hubschrauber mit leichtem Landungsstoß auf. Die Türen wurden geöffnet, und die drei Kriminalbeamten liefen mit eingezogenen Köpfen aus dem Bereich der Rotorblätter und hasteten über das Vorfeld zu dem gecharterten Geschäftsreiseflugzeug, das sie nach Rom zurückbringen sollte.

»Das Diplomatenkennzeichen SCV 13 wird genau so verwendet, wie wir gedacht haben«, berichtete Castelletti unterwegs. »Es ist eine der niedrigen Nummern für Limousinen, die Kardinälen und hohen Gästen zur Verfügung stehen. SCV 13 gehört zu einem Mercedes, der jetzt außerhalb des Vatikans in der Mercedes-Vertretung steht, wo er gewartet werden soll.«

Kirche. Vatikan. Rom. Diese drei Wörter gingen Roscani durch den Kopf. Er hörte die Triebwerke aufheulen und spürte, wie er in den Ledersitz gedrückt wurde, als das Flugzeug die Startbahn hinunterraste. Zwanzig Sekunden später hob es ab, und er hörte, wie unter ihm das Fahrwerk eingezogen wurde. Was mit Ermittlungen wegen des Attentats auf den Kardinalvikar in Rom begonnen hatte, kehrte jetzt wieder dorthin zurück.

Roscani lockerte den Gurt, nahm seine letzte Zigarette aus der zerdrückten Packung, steckte die leere Packung ein, klemmte die Zigarette in den Mundwinkel und sah aus seinem Fenster. Hier und da blinkte etwas, eine Wasserfläche oder die Glasfassade eines Gebäudes, weil ganz Italien unter wolkenlos blauem Himmel zu liegen schien. Es war eine schöne alte Kulturlandschaft, die jedoch endlos unter Skandalen und Intrigen auf allen Gesellschaftsebenen litt. Gab es irgendwo ein Land, das ganz frei davon war? Das bezweifelte Roscani. Aber er war Italiener, und das Land unter ihm war seine Heimat.

Er sah Gianni Pio, seinen Freund und Partner, den Taufpaten

seiner Kinder, vor sich, wie er blutüberströmt aus seinem zertrümmerten Wagen gehoben wurde. Roscani glaubte, die Leiche des erschossenen Kardinalvikars von Rom und das nach dem Sprengstoffanschlag ausgebrannte Buswrack vor sich zu sehen. Er dachte an die Morde, die Thomas Kind in Pescara und Bellagio verübt hatte. Und er fragte sich, was er tun konnte, um der Gerechtigkeit zum Sieg zu verhelfen.

Gewiß, die Verbrechen waren auf italienischem Boden verübt worden, wo er für sie zuständig war. Aber seine Zuständigkeit endete an den Mauern des Vatikans. Sobald die Gesuchten sich dahinter befanden, konnte er das Belastungsmaterial nur Marcello Taglia übergeben, der die Gruppo Cardinale als Chefermittler leitete. Danach lag die Gerechtigkeit in den Händen der Politiker, die letztlich untätig bleiben würden. Roscani wußte noch gut, wie Taglia sie vor Beginn der Ermittlungen wegen der Ermordung des Kardinalvikars aufgefordert hatte, äußerst behutsam vorzugehen, um »diplomatische Verwicklungen zwischen Italien und dem Heiligen Stuhl zu vermeiden«. Mit anderen Worten: Falls der Vatikan es darauf anlegte, konnte er sogar ungestraft morden.

121

Im ersten Augenblick hatte Harry daran gedacht, zu dem Mercedes zurückzulaufen, eine Seitenscheibe einzuschlagen, um an die Schlüssel heranzukommen, und Danny und Elena aus dem Apartment in der Via Nicolò V. wegzubringen.

»Er ist tot. Sie haben ihn verstümmelt«, berichtete er Danny über sein Mobiltelefon. »Weiß der Teufel, was er ihnen erzählt hat. Vielleicht sind sie schon zu euch unterwegs!« Harry verließ eben die enge Gasse hinter dem Gebäude, in dem Pater Bardoni gewohnt hatte, trat auf die Straße hinaus und bemühte sich, nicht aufzufallen, während er die Via del Parione entlanghastete. Er hatte es verdammt eilig.

»Harry«, sagte Danny ruhig, »komm einfach zurück. Pater Bardoni hat bestimmt nichts verraten.«

»Woher willst du das wissen?«

»Ich weiß es einfach.«

Keine halbe Stunde später betrat Harry das Apartmentgebäude. Nachdem er sich in der Eingangshalle umgesehen hatte, fuhr er nicht mit dem Aufzug, sondern benutzte die Treppe, weil er sich dort sicherer fühlte als in der kleinen Kabine, in der er hilflos festsitzen konnte.

Danny und Elena waren im Wohnzimmer, als er hereinkam. Er spürte sofort eine geradezu elektrische Spannung. Einen Augenblick lang herrschte Schweigen. Schließlich nickte Danny zum Fenster hinüber. »Sieh mal nach draußen, Harry.«

Harry wechselte einen Blick mit Elena, dann trat er an das Wohnzimmerfenster.

»Was soll ich hier sehen?«

»Sieh nach links die Mauer entlang«, forderte Danny ihn auf. »Im Hintergrund ragt der obere Teil eines runden Ziegelturms auf. Das ist der St.-Johannes-Turm, in dem Kardinal Marsciano gefangengehalten wird. Er befindet sich auf der anderen Seite in dem mittleren Raum auf halber Höhe. Dort führt eine Glastür auf einen kleinen Balkon hinaus. Diese Tür ist die einzige Öffnung in der Außenwand.«

Obwohl der Turm ungefähr vierhundert Meter entfernt war, konnte Harry den oberen Teil deutlich sehen, einen von Zinnen gekrönten hohen Rundturm aus dem gleichen Ziegelmauerwerk wie die Mauer, hinter der er stand.

»Wir sind die einzigen, die es noch tun können«, stellte Danny ruhig fest.

Harry drehte sich langsam um.

»Du und ich und Schwester Elena.«

»Was tun?«

»Kardinal Marsciano rausholen.« Seine Emotionen, die Danny sich zuvor deutlich hatte anmerken lassen, als er Pater Bardoni nicht hatte erreichen können, hielt er jetzt völlig zurück. Pater Bardoni war tot; sie mußten ohne ihn weitermachen.

Harry schüttelte den Kopf. »Nein, nicht mit Elena.«

»Ich will aber, Harry.« Elena erwiderte seinen Blick. Daß das ihr Ernst war, stand außer Zweifel.

»Natürlich wollen Sie das. Warum auch nicht?» Harry sah von ihr weg zu Danny hinüber. »Sie ist so verrückt wie du.«

»Außer uns kann ihm niemand helfen, Harry«, sagte Elena leise.

Harry starrte wieder seinen Bruder an. »Woher weißt du so bestimmt, daß wir hier sicher sind? Daß Pater Bardoni ihnen nichts gesagt hat? Ich habe ihn gesehen, Danny. An seiner Stelle hätte ich ihnen alles gesagt, was sie wissen wollten.«

»Das mußt du mir einfach glauben, Harry.«

»Hier geht es nicht um dich, sondern um Pater Bardoni. Zu ihm habe ich kein volles Vertrauen.«

Danny betrachtete seinen Bruder lange schweigend. Als er dann sprach, war er bemüht, ihn merken zu lassen, daß hinter seinen Worten mehr steckte, als er ausdrücken konnte oder wollte.

»Dieses Apartmentgebäude gehört dem Hauptgesellschafter eines der größten Pharmakonzerne Italiens. Allein die Mitteilung, Kardinal Marsciano benötige für ein paar Tage eine ruhige Wohnung, hat bewirkt, daß sie ohne irgendwelche Fragen zur Verfügung gestellt wurde.«

»Was hat das mit Pater Bardoni zu tun?«

»Harry, der Kardinal gehört zu den beliebtesten Männern Italiens. Sieh dir doch an, wer ihm bisher selbstlos geholfen hat! Ich...« Danny zögerte, dann fuhr er fort: »Als ich nach meiner Entlassung aus der Marine Priester geworden war, bin ich ebenso orientierungslos wie früher gewesen. Dann bin ich nach Rom gekommen und hier dem Kardinal begegnet, der mir gezeigt hat, daß ein Leben in mir steckt, von dem ich nie etwas geahnt hatte. Er hat mich jahrelang angeleitet, mich ermutigt, meine eigenen Überzeugungen zu finden. Die Kirche ist meine Familie geworden, Harry, und den Kardinal liebe ich wie einen Vater. Ganz ähnlich ist es Pater Bardoni ergangen. Deshalb weiß ich, daß er uns nicht verraten hat.«

Die Erinnerung an Pater Bardoni in der Badewanne war zu stark: ein Mann, der gefoltert wurde, aber trotzdem nichts verriet. Harry fuhr sich erschüttert mit einer Hand durchs Haar und mußte wegsehen. Dabei begegnete er Elenas sanftem Blick, der ihm sagte, daß sie verstand, was Danny angedeutet hatte, und wußte, daß er recht hatte.

»Harry!«

Dannys Tonfall bewirkte, daß er sich wieder nach seinem Bruder umdrehte. Erst jetzt merkte er, daß im Hintergrund der Fernseher lief.

»Ich muß dir noch etwas anderes erzählen. Ich habe es selbst nicht glauben wollen, aber Pater Bardonis Ermordung ist die Bestätigung dafür. Weißt du, was gegenwärtig in China passiert?«

»Ein Massensterben durch verseuchtes Trinkwasser. Warum genau, weiß ich nicht. Ich habe nicht viel Zeit gehabt, vor dem Fernseher zu sitzen. Worauf willst du hinaus?«

»Als wir in Bellagio in dem Lastwagen gesessen und darauf gewartet haben, daß Schwester Elena uns abholen würde, hat dein Mobiltelefon geklingelt. Das Klingeln hat mich geweckt. Ich habe gehört, wie du zwei Namen erwähnt hast: Adrianna und Eaton.«

»Was ist mit denen?« Harry begriff noch immer nicht, worauf sein Bruder hinauswollte.

»Adrianna Hall. James Eaton.«

Harry war überrascht und verwirrt zugleich. »Das sind die beiden Leute, die mir geholfen haben, dich zu finden. Woher kennst du sie?«

»Das spielt jetzt keine Rolle. Wichtig ist, daß du dich möglichst schnell mit beiden in Verbindung setzt.« Danny kam mit seinem Rollstuhl auf ihn zu. »Wir müssen verhindern, daß in China weitere Verbrechen verübt werden!«

»Welche Verbrechen?« fragte Harry verständnislos.

»Sie vergiften die Seen, Harry. Einer ist schon vergiftet worden. Zwei weitere stehen auf der Liste...«

»Wovon redest du überhaupt? Wer vergiftet die Seen? Soviel ich weiß, ist das eine Naturkatastrophe gewesen.«

»Nein, das stimmt nicht«, widersprach Danny rasch. Er sah zu Elena hinüber, bevor er sich wieder an Harry wandte. »Das alles gehört zu Palestrinas Plan. Er will China unter die Kontrolle des Vatikans bringen.«

»Das ist Bestandteil der Beichte gewesen, stimmt's?« Harry spürte, wie seine Nackenhaare sich sträubten.

»Ja, das hat dazugehört.«

Elena bekreuzigte sich. »Heilige Muttergottes«, flüsterte sie.

»Vorhin hat WNN einen zusammenfassenden Filmbericht über Hefei gebracht«, fuhr Danny eindringlich fort. »Zwei Minuten und zwanzig Sekunden nach acht – das weiß ich, weil ich auf meine Uhr gesehen habe – ist die Wasseraufbereitungsanlage in Hefei gezeigt worden. In dieser kurzen Szene habe ich einen Mann gesehen, der wissen muß, wer das Wasser vergiftet hat – falls er es nicht selbst gewesen ist.«

»Woher weißt du das?« fragte Harry betroffen.

»Ich habe ihn letztes Jahr auf einem Landsitz außerhalb von Rom gesehen. Er hat dort mit einem weiteren Mann darauf gewartet, zu Palestrina vorgelassen zu werden. Nicht viele Chinesen werden auf einen dem Vatikan gehörenden Landsitz eingeladen.« Danny wirkte konzentrierter, als Harry ihn jemals erlebt hatte.

»Adrianna Hall kann das Videoband besorgen und dieses Bild finden. Der Mann ist eher klein, steht am linken Bildrand und trägt eine Aktentasche in der Hand. Sobald sie das Bild hat, soll sie es schnellstens Eaton übermitteln.«

»Was soll denn Eaton damit? Er ist nur ein kleiner Botschaftsangestellter.«

»Harry, er ist der CIA-Resident in Rom.«

»Was?« Harry war wie vor den Kopf geschlagen.

Danny sprach eindringlich weiter. »Ich bin nun schon lange in Rom, Harry. Meine Arbeit spielt sich auf einer diplomatischen Ebene ab, auf der man solche Dinge weiß. Kardinal Marsciano hat mich in Bereiche eingeführt, deren Existenz viele Leute nicht einmal ahnen.«

Harry und Elena sahen beide, wie Danny litt. Er war durch das Beichtgeheimnis gebunden, andererseits waren Hunderttausende von Menschen in Lebensgefahr, so daß er etwas tun mußte. Dabei konnte er sich nicht stur ans Kirchenrecht halten.

Danny ließ seinen Rollstuhl etwas zurückrollen, ohne Harry aus den Augen zu lassen. »Ich möchte, daß du sofort aus der nächsten Telefonzelle Adrianna Hall anrufst. Dann suchst du dir eine andere Telefonzelle, um Eaton anzurufen. Erzähle ihm, was du von mir gehört hast und daß Adrianna ihm den Filmausschnitt besorgt. Sag ihm, daß er den chinesischen Geheimdienst verständigen soll, damit die Chinesen den Mann mit der Aktentasche aufspüren. Und daß höchste Eile geboten ist! Sonst tragen die Leute in Peking die Verantwortung für weitere Zehntausende von Todesopfern.«

Harry zögerte nur kurz, dann zeigte er auf das Tischchen neben der Tür. »Da steht das Telefon, Danny. Warum rufst du Eaton nicht selbst an?«

»Er darf nicht wissen, wo wir sind.«

»Warum nicht?«

»Eaton würde mehr von mir wissen wollen und vor nichts zurückschrecken, um weitere Informationen aus mir herauszuholen. Auch wenn er dazu uns drei illegal einsperren müßte. Tut er das«, Dannys Stimme sank zu einem heiseren, erschöpften Flüstern herab, »stirbt Kardinal Marsciano.«

Elena sah den Ausdruck in Harrys Blick. Sie sah, wie er seinen Bruder lange anstarrte, bevor er langsam nickte und knapp »okay!« sagte. Sie wußte, daß Harry ihr Vorhaben für wenig ratsam, sogar für falsch hielt. Aber trotzdem schien er Dannys spezielles Verhältnis zu Kardinal Marsciano wortlos zu akzeptieren und sogar zu verstehen, warum Danny alles riskieren würde, um ihn zu retten.

Durch seine Einwilligung hatte Harry seinem Bruder nicht nur gezeigt, wie sehr er ihn liebte, sondern zugleich auch Dannys Sache zu seiner gemacht: Sie würden in die Heilige Stadt eindringen, den im Turm gefangengehaltenen Prinzen befreien und lebend mit ihm entkommen. Ein ritterliches, tollkühnes Vorhaben, das selbst mit Pater Bardonis Hilfe schwierig genug gewesen wäre. Aber Pater Bardoni war tot, deshalb ruhte sein Teil der gemeinsamen Last jetzt ganz auf Harrys Schultern. Und Elena spürte, wie er damit zurechtzukommen und festzustellen versuchte, wo sie standen und wie es weitergehen sollte. Dann sah Harry plötzlich zu ihr hinüber und erwiderte sekundenlang ihren Blick, bevor er zur Tür ging und die Wohnung als bärtiger junger Priester verließ.

122

Peking, Villenkolonie Zhongnanhai.
Donnerstag, 16. Juli, 15.05 Uhr

Für Yan Yeh war dies ein Schreckenstag gewesen. Die ersten Meldungen aus Wuxi waren kurz vor zehn Uhr morgens eingegangen. Innerhalb einer Viertelstunde hatte das Volkskrankenhaus Nummer vier ein Dutzend Patienten mit Brechdurchfall und Magen- und Darmblutungen aufgenommen. Praktisch gleichzeitig kamen ähnliche Meldungen aus den Volkskrankenhäusern Nummer eins und zwei. Um elf Uhr dreißig konstatierte das Zentrum für chinesische Medizin eine Epidemie mit über siebenhundert Erkrankten und bisher zweihunderteinundsiebzig Toten.

Die Wasserversorgung war sofort unterbrochen, die Polizei und sämtliche Katastrophendienste waren alarmiert worden. Die Großstadt Wuxi befand sich am Rande einer unkontrollierbaren Panik.

Um dreizehn Uhr waren schon über zwanzigtausend Vergiftete registriert, von denen elfeinhalbtausend bereits gestorben waren, darunter Yan Yehs Schwiegermutter und zwei ihrer Brüder. Soviel hatte er in Erfahrung bringen können. Wo seine Frau und sein Sohn waren, ob sie überhaupt noch lebten, ließ sich nicht feststellen. Nicht einmal ein Machtwort Wu Xians, des allgewaltigen Generalsekretärs der KP, hatte in dieser Beziehung Klarheit schaffen können. Aber die Ereignisse sprachen eine deutliche Sprache. Pierre Weggen wurde in die Villenkolonie Zhongnanhai zurückgerufen.

Kurz nach fünfzehn Uhr setzte Yan Yeh sich zutiefst erschüttert und sorgenvoll, weil er noch immer nichts von Frau und Kind wußte, mit seinem Schweizer Freund an den Tisch, an dem bereits Wu Xian und zehn grimmig dreinblickende führende Mitglieder des Politbüros Platz genommen hatten. Das Gespräch dauerte nicht lange. Die Anwesenden waren sich darüber einig, den Schweizer Investmentbanker damit zu beauftragen, das von ihm vorgeschlagene Firmenkonsortium zu bilden, das sich sofort an die gigantische Aufgabe machen sollte, Chinas Wasser- und Wasserkraftwerke binnen zehn Jahren vollständig zu erneuern. Eile und Effizienz waren vorrangig. China und die Welt mußten wissen, daß Peking weiterhin das Heft in der Hand hielt und alles tat, um Gesundheit und Wohlbefinden der Bevölkerung zu sichern.

»Women shenme shihou neng nadao hetong?« fragte Wu Xian den Schweizer zuletzt ruhig.

Wann können wir den Vertrag haben?

123

Harry rief Adrianna und Eaton aus Telefonzellen in zwei verschiedenen Straßen an und faßte sich dabei so kurz wie möglich. Ja, erklärte Adrianna ihm, sie kenne den Filmbericht, den er meine. Ja, sie könne dafür sorgen, daß Eaton eine Kopie davon erhalte. Aber wozu das alles? Wieso war diese Szene so wichtig? Harry ging nicht darauf ein, sondern antwortete, falls Eaton sie einweihen wolle, werde er ihr alles selbst erzählen. Dann bedankte er sich und hängte ein, während Adrianna noch rief: »Wo zum Teufel bist du?«

Eaton erwies sich als etwas schwieriger. Er hielt Harry hin, redete um die Sache herum, fragte ihn, ob er mit seinem Bruder zusammen sei, und wollte wissen, wo sie jetzt steckten. Harry wußte, daß er dabei versuchte, feststellen zu lassen, woher dieser Anruf kam.

»Hören Sie mir jetzt zu«, unterbrach Harry ihn schließlich. Er erzählte von der Reportage, die Danny gesehen hatte, sprach von drei chinesischen Seen, die vergiftet werden sollten, beschrieb den in der Wasseraufbereitungsanlage Hefei aufgenommenen Mann mit der Aktentasche, der gefaßt werden mußte, unterstrich, der chinesische Geheimdienst müsse sofort unterrichtet werden, und erwähnte zuletzt, Adrianna werde dafür sorgen, daß Eaton eine Kopie des Filmberichts erhalte.

»Woher wissen Sie das? Wer steckt hinter den Vergiftungen? Welchen Zweck haben sie?« Eatons Fragen kamen immer direkter und schneller, aber Harry wehrte sie mit der Feststellung ab, er habe nur etwas auszurichten.

Wie bei Adrianna hängte er einfach ein, verließ die Telefonzelle und ging in Richtung Via della Stazione Vaticana davon, ein Priester, der dem Gehsteig unter der Vatikanmauer folgte, was nicht weiter auffällig war. Über sich sah er steinerne Bogen, die zu einem Aquädukt hätten gehören können, das einst den Vatikan mit Wasser versorgt hatte. Tatsächlich war das jedoch eine Eisenbahnbrücke, über die ein Gleis verlief, das von der Hauptstrecke abzweigte und durch ein massives Tor in den Vatikanbahnhof führte.

»Mit dem Zug«, hatte Danny gesagt, als Harry ihn gefragt hatte, wie Pater Bardoni und er Marsciano aus dem Vatikan hatten bringen wollen. Gleis und Bahnhof wurden kaum noch benutzt. Ein kurzer Güterzug brachte ab und zu Schwergut in den Vatikan, aber das war alles. Früher hatte der Salonzug des Papstes über dieses Gleis Anschluß an das italienische Schienennetz gefunden, aber diese Zeiten waren längst vorbei. Zurückgeblieben waren nur das Tor, der Bahnhof, die Schienen und ein verrostender Güterwagen auf einem Abstellgleis vor einem kurzen Betontunnel, der nicht weiterführte. Nur die Tunnelwände wußten, wie lange der Güterwagen schon dort stand.

Bevor Pater Bardoni aus Rom nach Lugano aufgebrochen war, hatte er den Bahnhofsvorsteher angerufen und ihm erklärt, auch wenn Kardinal Marsciano im Augenblick krank sei, könne er den Güterwagen nicht mehr sehen und bestehe darauf, daß er sofort entfernt werde. Wenig später hatte ein Disponent ihm telefonisch gemeldet, am Freitag morgen um elf Uhr werde eine Rangierlok den alten Güterwagen abholen.

Darauf basierte ihr Plan. Wenn der Güterwagen den Vatikan verließ, würde Kardinal Marsciano darin sein. So einfach war das. Da ein einfacher Disponent angerufen hatte, war Pater Bardoni sich sicher, daß diese Sache als Routineangelegenheit behandelt worden war. Der vatikanische Sicherheitsdienst würde informiert werden, daß eine Rangierlok kommen sollte, aber das Ganze war viel zu unbedeutend, um Farel gemeldet zu werden.

Als Harry hügelaufwärts weiterging, befand er sich bald auf gleicher Höhe mit der Zweigstrecke. Er blieb kurz stehen und sah sich um. Die Hauptstrecke, deren Gleise durch ständige Benutzung blank waren, kurvte nach links weg, während rechts das rostige Gleis der Zweigstrecke direkt auf die Vatikanmauer zuführte.

Harry drehte sich wieder um. Sein Blick folgte den Gleisen der

Hauptstrecke zur Stazione San Pietro. Ihm blieben noch zehn Minuten Zeit, um den Bahnhof zu erreichen, sich dort umzusehen und sich zu vergewissern, daß er sein Vorhaben ausführen wollte. Überlegte er sich die Sache doch anders, konnte er verschwinden, bevor sie kamen. Aber er würde nicht wieder gehen, das hatte er gewußt, als er angerufen hatte. Um zehn Uhr fünfundvierzig wollte er sich auf dem Bahnhof mit Roscani treffen.

124

Vatikan, St. Johannes-Turm. Zur selben Zeit

»Sie wollten mich sprechen, Eminenz.« Palestrina, dessen hünenhafte Gestalt die Tür beinahe ausfüllte, stand auf der Schwelle von Marscianos Turmapartment.

»Ja.«

Marsciano trat beiseite, um Palestrina einzulassen. Hinter ihm tauchte einer der Männer in Schwarz auf, der die Tür von innen schloß und sich als Wachposten daneben aufbaute. Es war Anton Pilger, der ständig grinsende junge Mann mit dem servilen Gesichtsausdruck, der bis vor wenigen Tagen Marscianos Chauffeur gewesen war.

»Ich möchte Sie privat sprechen«, sagte Marsciano.

»Ganz wie Sie wollen.« Als Palestrina seine riesige Pranke hob, nahm Pilger soldatisch Haltung an, machte ruckartig kehrt und verließ den Raum.

Marsciano blickte Palestrina lange an, als versuche er zu erraten, was hinter dessen Augen vorging. Dann streckte er langsam eine Hand aus und deutete auf den ohne Ton laufenden Fernseher. Auf dem Bildschirm war eine grausige Wiederholung der Ereignisse in Hefei zu sehen: Lastwagenkolonnen mit Soldaten der Volksbefreiungsarmee, die in panischer Angst aus der Stadt flüchtende Zivilbevölkerung. Dann ein Reporter in der an das Militär ausgegebenen Schutzkleidung, dessen Stimme nicht zu hören war, der aber offenbar versuchte, das Grauen in Worte zu fassen.

»Wuxi liegt am zweiten See.« Marscianos Gesicht war aschfahl.

»Ich will, daß sich das nicht wiederholt. Ich verlange, daß Sie die dritte Vergiftungsaktion absagen.«

Palestrina lächelte ungezwungen. »Der Heilige Vater hat nach Ihnen gefragt, Eminenz. Er wollte Sie besuchen. Ich habe ihm gesagt, daß Sie sehr schwach sind und vorläufig viel Ruhe brauchen.«

»Keine weiteren Toten mehr, Umberto«, flüsterte Marsciano. »Mich haben Sie bereits. Sorgen Sie dafür, daß dieser Schrecken in China aufhört. Dann bekommen Sie von mir, was Sie von Anfang an wollten.«

»Pater Daniel?« Palestrina lächelte erneut. »Sie haben mir erklärt, er sei tot, Nicola.«

»Nein, er lebt. Wenn ich ihn darum bitte, kommt er her. Sagen Sie die letzte Vergiftungsaktion ab, dann können Sie mit uns machen, was Sie wollen. Dann nehmen wir das Geheimnis Ihres ›chinesischen Protokolls‹ mit ins Grab.«

»Sehr nobel gedacht, Eminenz. Aber Ihre Einsicht kommt leider zu spät.« Palestrina sah kurz auf den Fernsehschirm, bevor er sich wieder an Marsciano wandte.

»Die Chinesen haben bereits kapituliert und wollen die Verträge unterschreiben. Aber trotzdem«, fügte Palestrina distanziert lächelnd hinzu, »kann es im Krieg keinen vorzeitigen Rückzug geben; der Feldzug muß plangemäß zu Ende geführt werden.« Er machte eine kurze Pause, um Marsciano spüren zu lassen, daß weitere Bitten zwecklos waren, bevor er fortfuhr: »Was Pater Daniel betrifft, brauchen Sie ihn nicht erst herzubitten. Er ist bereits unterwegs, um Sie aufzusuchen. Vielleicht ist er sogar schon in Rom.«

»Unmöglich!« rief Marsciano aus. »Wie kann er überhaupt gewußt haben, daß ich hier bin?«

Palestrina lächelte nochmals. »Pater Bardoni hat es ihm erzählt.«

»Nein! Niemals!« Marsciano lief vor Wut und Empörung rot an. »Er hätte Pater Daniel nie aufgegeben.«

»Er hat es trotzdem getan, Eminenz. Er hat sich davon überzeugen lassen, daß ich recht habe und daß der Kardinalvikar und Sie unrecht gehabt haben. Daß die Zukunft der Kirche wichtiger als das Leben irgendeines Menschen ist.« Palestrinas Lächeln verschwand. »Pater Daniel kommt, darauf können Sie sich verlassen.«

Marsciano hatte noch nie im Leben gehaßt, aber jetzt haßte er mit mehr Inbrunst, als er jemals für möglich gehalten hätte.

»Das glaube ich Ihnen nicht!«

»Glauben Sie meinetwegen, was Sie wollen.«

Palestrina griff langsam in die Innentasche des weiten Umhangs, den er über seiner Soutane trug, und zog einen mit einer Kordel zusammengezogenen schwarzen Samtbeutel heraus. »Als Beweis schickt Pater Bardoni Ihnen seinen Ring...«

Ohne Marsciano aus den Augen zu lassen, legte Palestrina den Beutel auf den Schreibtisch neben Marsciano, wandte sich ab und verließ den Raum.

Marsciano sah nicht, wie Palestrina ging, hörte nicht einmal, wie die Tür geöffnet und wieder geschlossen wurde. Er hatte nur Augen für den schwarzen Samtbeutel. Seine Hand zitterte, als er langsam danach griff und die Kordel aufzog.

Draußen hob ein Gärtner ruckartig den Kopf, als ein gräßlicher Schrei aus dem Turm gellte.

125

10.25 Uhr

Roscani ging allein die Via Innozenzo III. entlang. Es war heiß, und der Tag würde noch heißer werden, wenn die Sonne höherstieg. Vor ihm lag die Stazione San Pietro. Er war zweihundert Meter entfernt aus dem Auto gestiegen und hatte Scala und Castelletti zum Bahnhof weiterfahren lassen. Sie würden von zwei Seiten in den Bahnhof kommen, der eine kurz vor Roscani, der andere unmittelbar nach ihm. Sie sollten nach Harry Addison Ausschau halten, ohne ihn jedoch festzunehmen, solange er nicht zu flüchten versuchte. Dahinter steckte die Absicht, Roscani die Möglichkeit zu geben, ganz locker und ungezwungen mit dem Gesuchten zu reden; trotzdem sollten die beiden Kriminalbeamten sich ihm in den Weg stellen können, falls er fliehen wollte. Außer den beiden war keine Polizei aufmarschiert, waren keine Absperrungen errichtet. Das hatte Roscani versprochen.

Addison hatte sich geschickt verhalten. Sein Anruf war um zehn Uhr zwanzig in der Telefonzentrale des Polizeipräsidiums eingegangen. Er hatte lediglich gesagt:

»Mein Name ist Harry Addison. Roscani sucht mich.«

Dann hatte er die Nummer seines Mobiltelefons angegeben und die Verbindung unterbrochen. In dieser Zeit war es nicht möglich gewesen, feststellen zu lassen, von wo der Anruf kam.

Fünf Minuten später hatte Roscani ihn von dort aus angerufen, wo er sich befand, seit ihr Flugzeug in Rom gelandet war und er mit Scala und Castelletti an den Tatort gefahren war – aus Pater Bardonis Wohnung.

Roscani: Hier ist Roscani.
Harry Addison: Wir sollten miteinander reden.
Roscani: Wo sind Sie?
Harry Addison: Auf dem Bahnhof St. Peter.
Roscani: Bleiben Sie dort. Ich komme hin.
Harry Addison: Roscani, kommen Sie allein. Sie werden mich nicht erkennen, weil mein Aussehen sich verändert hat. Sehe ich irgendwo Polizei, verschwinde ich sofort wieder.
Roscani: Wo auf dem Bahnhof?
Harry Addison: Ich finde Sie.

Roscani überquerte die Straße und näherte sich dem Bahnhofsgebäude. Er dachte daran, wie er Harry Addison ursprünglich hatte aufspüren wollen: allein, mit einer Waffe in der Hand, um ihn wegen des Mordes an Gianni Pio zu erschießen. Aber die weitere Entwicklung der Dinge war komplexer gewesen, als er sich jemals hätte träumen lassen.

Falls Harry Addison sich wie versprochen auf dem Bahnhof aufhielt, befand er sich außerhalb des Vatikans. Und Roscani hoffte, daß das auch auf Pater Daniel zutraf. Vielleicht bot sich ihm noch eine Chance, bevor Taglia und die Politiker dafür sorgten, daß seine Ermittlungen im Sande verliefen.

Harry beobachtete, wie Roscani von der Straße hereinkam, die Bahnhofshalle durchquerte und auf dem Bahnsteig stehenblieb.

Die Stazione San Pietro war klein, ein unbedeutender Bahnhof an einer Nebenstrecke durch Rom. Hier warteten nur wenige Fahrgäste. Ein Blick in die Runde zeigte Harry einen Mann in Sportsakko und Krawatte, der ein Kriminalbeamter hätte sein können. Aber dieser Mann war ihm schon kurz vor Roscanis Ankunft aufgefallen, so daß schwer zu beurteilen war, ob er zu Roscani gehörte.

Er verließ den Bahnhof durch einen anderen Ausgang, ging um das Gebäude herum und kam aus der entgegengesetzten Richtung den Bahnsteig entlang, langsam, ohne irgendwelche Eile. Ein Priester, der hier auf seinen Zug wartete; ein Priester, der seinen gefälschten Reisepaß vorsichtshalber unter dem Kühlschrank in dem Apartment in der Via Nicolò V. zurückgelassen hatte.

Durch einen anderen Eingang sah er einen weiteren Mann den Bahnhof betreten. Sein Hemdkragen war aufgeknöpft, aber er trug ein Sportsakko wie der erste Mann.

Nun wurde Roscani auf ihn aufmerksam und beobachtete, wie er näher kam.

Harry blieb gut drei Meter von ihm entfernt stehen. »Sie sollten allein kommen.«

»Ich bin allein.«

»Nein, Sie haben zwei Männer mitgebracht.« Das war lediglich eine Vermutung, aber Harry war sicher, daß sie zutraf. Der eine Mann war noch im Bahnhofsgebäude, aber der andere war auf den Bahnsteig herausgekommen und beobachtete sie ungeniert.

»Halten Sie Ihre Hände so, daß ich sie sehen kann.« Roscani ließ Harry nicht aus den Augen.

»Ich bin nicht bewaffnet.«

»Tun Sie, was ich Ihnen sage!«

Harry verschränkte die Arme. Er fühlte sich unsicher und unbehaglich.

»Wo ist Ihr Bruder?« Roscanis Stimme klang völlig ausdruckslos.

»Er ist nicht hier.«

»Wo ist er?«

»Woanders. In einem Rollstuhl. Er hat sich die Beine gebrochen.«

»Aber sonst fehlt ihm nichts?«

»Nicht viel.«

»Die Krankenschwester ist noch bei ihm? Schwester Elena Voso?«

»Ja.«

Harry fühlte, wie ein emotionaler Ruck durch ihn ging, als Roscani Elenas Namen sagte. Er hatte mit seiner Vermutung recht behalten, die Polizei werde Elena anhand der in der Grotte zurückgelassenen Gegenstände identifizieren. Und jetzt wußte er, daß sie als Komplizin galt. Er hatte sie immer aus dieser Sache heraushalten wollen, aber jetzt war sie darin verwickelt, ohne daß er es ändern konnte.

Plötzlich sah er sich um. Auch der zweite Mann war inzwischen auf den Bahnsteig gekommen und hielt wie sein Kollege reichlich Abstand. Hinter ihm alberte und schwatzte eine auf ihren Zug wartende Teenagergruppe.

»Sie tun gut daran, mich nicht zu verhaften, Roscani, zumindest nicht sofort.«

»Warum haben Sie mich angerufen?« Roscani beobachtete ihn weiter. Er wirkte energisch und sehr konzentriert. Genau so, wie Harry ihn in Erinnerung hatte.

»Weil wir miteinander reden müssen.«

»Worüber?«

»Wie wir Kardinal Marsciano aus dem Vatikan herausholen können.«

126

Sie fuhren im Mittagsverkehr durch Rom. Harry und Roscani saßen auf dem Rücksitz, Scala auf dem Beifahrersitz, Castelletti am Steuer. Es ging den Tiber entlang, dann auf das andere Flußufer hinüber und zum Kolosseum, die Via di San Gregorio hinunter, an den Ruinen auf dem Palatinischen Hügel und am Circus Maximus vorbei, dann die Via Ostiense entlang und zur EUR, der Espositione Universale Roma – eine große Stadtrundfahrt, auf der man reden konnte, ohne gesehen zu werden.

Und Harry redete wie ein Buch, während er ihnen alle Umstände des Falls möglichst klar und deutlich darzulegen versuchte.

Der einzige Mensch, so erklärte er ihnen, der die Hintergründe des Attentats auf den Kardinalvikar von Rom, der Ermordung ihres Kollegen Gianni Pio und vermutlich auch des Busattentats aufklären konnte, war Kardinal Nicola Marsciano, der von Kardinal Palestrina im Vatikan gefangengehalten wurde, keinerlei Verbindung zur Außenwelt hatte und vermutlich in Lebensgefahr schwebte.

Das wußte Harry, weil Pater Daniel Addison, sein Bruder, es ihm erzählt hatte. Er war seine einzige Informationsquelle. Aber auch sie deutete die Wahrheit nur an; detaillierte Auskünfte hatte Pater Daniel von Kardinal Marsciano bei einer Beichte erhalten, die Palestrina heimlich hatte aufzeichnen lassen.

Um Pater Daniel als Mitwisser zu beseitigen, hatte Palestrina angeordnet, ihn zu ermorden. Um Marsciano weiter unter Druck setzen zu können, hatte Jakow Farel schon vorher durch gefälschtes Beweismaterial dafür gesorgt, daß Pater Daniel als Mörder des Kardinalvikars verdächtigt wurde. Und als Palestrina dann später vermutet hatte, Pater Daniel lebe noch, mußte er den Mord an Pio befohlen haben, denn unmittelbar darauf war Harry entführt und gefoltert worden, damit er den Aufenthaltsort seines Bruders verriet.

»Dabei ist dann der Videofilm entstanden, in dem Sie Ihren Bruder aufgefordert haben, sich zu stellen«, warf Roscani ein.

Harry nickte. »Ich habe nach der Folter noch unter Schock gestanden. Was ich sagen sollte, ist mir durch einen Ohrhörer vorgesagt worden.«

Roscani äußerte sich lange nicht dazu, sondern saß nur da und schaute den Amerikaner prüfend an.

»Warum?« fragte er schließlich.

Harry zögerte. »Weil dahinter noch mehr steckt«, sagte er dann. »Ein weiterer Teil von Marscianos Beichte.«

»Welcher weitere Teil?« Roscani beugte sich gespannt nach vorn.

»Er hängt mit der Katastrophe in China zusammen.«

»China?« wiederholte Roscani verständnislos. »Sie meinen das Massensterben?«

»Ja.«

»Was hat das mit den hiesigen Ereignissen zu tun?«

Das war der Aufhänger, nach dem Harry gesucht hatte. Auch wenn Danny Marsciano liebte und verehrte, war die Idee verrückt, Harry, Elena und er könnten ihn allein befreien. Aber mit Roscanis Hilfe hatten sie vielleicht eine Chance. Außerdem war Kardinal Marsciano der einzige Mensch, dessen Aussage beweisen konnte, daß sie alle drei unschuldig waren. Vor allem deshalb war Harry hier, hatte er das Risiko auf sich genommen, Roscani anzurufen und sich mit ihm zu treffen.

»Was ich dazu sagen könnte, Ispettore capo, würde auf Hörensagen beruhen und wäre damit wertlos. Und als Priester darf mein Bruder überhaupt nichts sagen. Aber Marsciano ist in alles eingeweiht.«

Roscani sank wieder zurück und zog dabei eine neue, zerdrückte Zigarettenpackung aus der Jackentasche. »Wir befragen also Kardinal Marsciano, er gibt zu Protokoll, was er bisher nur gebeichtet hat, und der ganze Fall ist aufgeklärt?«

»Ja, vielleicht«, sagte Harry. »Seine persönliche Situation hat sich sehr verändert.«

»Sie sprechen für ihn?« fragte Roscani rasch. »Sie sagen, daß er reden, daß er Namen nennen und Tatsachen zu Protokoll geben wird?«

»Nein, ich spreche nicht für ihn. Ich sage nur, daß er im Gegensatz zu uns die Zusammenhänge kennt. Aber Marsciano kann nur aussagen, wenn wir ihn dort rausholen und ihm Gelegenheit dazu geben.«

Roscani starrte die Zigarettenpackung in seiner Hand an. Sein Anzug war verknittert, und er hatte sich an diesem Morgen nicht rasiert. Er war noch ein junger Mann, aber er sah müde aus und wirkte älter als bei ihrer ersten Begegnung.

»Im ganzen Land läuft eine Großfahndung nach Ihnen«, sagte er halblaut. »Das Fernsehen und die Zeitungen haben mehrfach Ihr Bild gebracht. Für Hinweise, die zu Ihrer Ergreifung führen, ist eine hohe Belohnung ausgesetzt. Wie haben Sie es geschafft, aus Rom zum Comer See und wieder zurück nach Rom zu kommen?«

»Wie jetzt, in Priesterkleidung. Ihre Landsleute haben großen Respekt vor der Geistlichkeit. Vor allem vor katholischen Priestern.«

»Sie haben Hilfe gefunden.«

»Ja, manche Leute sind sehr hilfsbereit gewesen.«

Roscani betrachtete nachdenklich die zerdrückte Zigarettenpackung. Dann drückte er sie langsam ganz zusammen und behielt sie in der Hand.

»Ich will Ihnen etwas sagen, Mr. Addison. Alle Beweise sprechen gegen Sie und Ihren Bruder. Selbst wenn ich Ihnen glauben würde, wer würde es Ihrer Meinung nach noch tun?« Er zeigte nach vorn. »Scala? Castelletti? Ein italienisches Gericht? Die Verantwortlichen in der Vatikanstadt?«

Harry erwiderte seinen Blick, weil er wußte, daß alles andere ihn als Lügner hätte erscheinen lassen.

»Jetzt will ich Ihnen etwas erzählen, Roscani. Etwas, das nur ich wissen kann, weil ich dabeigewesen bin. An dem Nachmittag, an dem Pio erschossen worden ist, hat Farel mich aus meinem Hotel abholen lassen. Sein Fahrer hat mich aufs Land gebracht, zum Tatort des Busattentats. Auch Pio ist dort gewesen. Ein paar Jungen hatten eine Pistole mit Brandspuren gefunden. Farel wollte, daß ich sie sehe. Er hat unterstellt, sie habe meinem Bruder gehört. Damit wollte er mich so unter Druck setzen, daß ich Dannys Aufenthaltsort verrate. Das Problem war nur, daß ich nicht einmal gewußt habe, ob Danny noch lebt.«

»Wo ist die Pistole jetzt?« fragte Roscani.

»Sie haben sie nicht?« fragte Harry überrascht.

»Nein.«

»Sie hat im Kofferraum von Pios Wagen in einem Asservatenbeutel gelegen.«

Roscani äußerte sich nicht dazu. Er saß einfach nur da und beobachtete Harry ausdruckslos, während sein Verstand auf Hochtouren arbeitete. Ja, das war die Wahrheit gewesen. Wie hätte Harry Addison von der Pistole wissen können, wenn er nicht dabeigewesen war? Und er war ehrlich überrascht gewesen, daß die Polizei die Waffe nicht hatte. Seine sonstigen Aussagen stimmten mit Roscanis Ermittlungsergebnissen überein: von der verschwundenen Pistole bis zu dem vermutlichen Machtkampf im Vatikan.

Seine Aussage erklärte auch, weshalb so viele Menschen sich um Pater Daniel gekümmert, ihn gepflegt und zu seinem Schutz gelogen hatten – weil Kardinal Marsciano sie darum gebeten hatte.

Marscianos Schatten war riesengroß. Ein tief in seiner Heimaterde verwurzelter toskanischer Bauernjunge, ein Mann des Volkes, den die Menschen schon als Priester geliebt und verehrt hatten, lange bevor er im Vatikan zum Kirchenfürsten aufgestiegen war. Bat ein Mann wie er um Hilfe, wurde sie gewährt, ohne daß nach dem Grund dafür gefragt oder die Tatsache dieser Hilfeleistung eingestanden worden wäre.

Und der Drahtzieher Palestrina, der offenbar irgend etwas mit dem Massensterben in China zu tun hatte, besaß als weltweit erfahrener Diplomat die nötigen Verbindungen, um Kontakt zu einem internationalen Terroristen wie Thomas Kind aufnehmen zu können.

Außerdem besaß Kardinal Marsciano die eigentliche Verfügungsgewalt über die Gelder des Heiligen Stuhls, die breite finanzielle Basis, die Palestrina brauchen würde, um irgendein ehrgeiziges Großprojekt zu verwirklichen.

Harry merkte, daß der Kriminalbeamte seine Aussagen abwog und sich fragte, ob er ihm glauben sollte. Er spürte, daß er Roscani noch mehr berichten mußte, um ihn ganz zu überzeugen und auf ihre Seite zu ziehen.

»Ein Pater, ein Mitarbeiter Kardinal Marscianos, hat uns in unserem Versteck in Lugano aufgesucht«, berichtete Harry, ohne Roscani aus den Augen zu lassen, »und meinen Bruder gebeten, nach Rom zurückzukehren. Das hat er getan, weil Kardinal Palestrina gedroht hatte, andernfalls Marsciano umzubringen. Er hat uns einen Mercedes besorgt, Kennzeichen aus dem Vatikan mitgebracht und hier in Rom eine Unterkunft für uns gefunden. Heute morgen bin ich in seiner Wohnung gewesen. Er war tot. Jemand hatte ihm die linke Hand abgetrennt. Ich habe es mit der Angst zu tun bekommen und bin weggelaufen. Aber ich kann Ihnen die Adresse geben, damit Sie selbst …«

»Ich weiß, was Pater Bardoni zugestoßen ist«, wehrte Roscani ab.

»Aber was wissen Sie außerdem?« fragte Harry nachdrücklich. »Daß Pater Bardoni meinen Bruder im allgemeinen Durcheinander nach dem Busattentat im Krankenhaus aufgespürt hat? Daß er Danny heimlich mit seinem eigenen Wagen weggebracht hat? Daß er ihn zu einem befreundeten Arzt außerhalb von Rom gebracht hat, wo er bleiben konnte, bis die Vorbereitungen für seine Verlegung nach Pescara, für seine Pflege und Bewachung getroffen waren? Wissen Sie das alles, Ispettore capo?« Harry starrte Roscani an, bis er sicher war, daß seine Worte gewirkt hatten, bevor er etwas leiser hinzufügte: »Was ich sonst gesagt habe, ist ebenso wahr.«

Castelletti wendete jetzt und folgte der Viale dell'Oceano Pacifico zurück in Richtung Tiber.

»Mr. Addison, wissen Sie auch, wer Pater Bardoni ermordet hat?« fragte Roscani.

»Ich kann es mir denken. Der Blonde, der versucht hat, uns in der Grotte bei Bellagio umzubringen.«

»Wissen Sie, wer er ist?«

»Nein.«

»Sagt Ihnen der Name Thomas Kind etwas?«

»Thomas Kind?« Für Harry war dieser Name wie ein Stich ins Herz.

»Sie wissen also, wer er ist?«

»Ja, natürlich«, murmelte Harry. Roscani hätte ebensogut fragen können, ob er Charles Manson kenne. Thomas Kind war nicht nur einer der bekanntesten, brutalsten und gerissensten Terroristen der Welt, sondern für manche Leute in Hollywood auch einer der romantischsten. Allein dieses Jahr waren vier große Film- und Fernsehprojekte, die sich mit Thomas Kind befaßten, angekündigt worden. Das wußte Harry aus erster Hand, weil er zweimal an den Verhandlungen beteiligt gewesen war – einmal im Auftrag eines Stars, einmal als Vertreter eines Regisseurs.

»Selbst wenn Ihr Bruder nicht im Rollstuhl säße, wäre er in höchster Gefahr. Kind versteht es, Leute aufzuspüren, die er finden will. Das hat er in Pescara und Bellagio und jetzt hier in Rom bewiesen. Sie sollten uns lieber sagen, wo Ihr Bruder ist.«

Harry zögerte. »Verhaften Sie Danny, ist er noch gefährdeter«, sagte er dann. »Sobald Farel weiß, wo er ist, bringen sie Marsciano um und schicken jemanden los, um Danny erledigen zu lassen. Vielleicht Kind, vielleicht irgendeinen anderen Killer.«

Roscani beugte sich nach vorn, um Harry eindringlich in die Augen zu sehen. »Wir werden unser Bestes tun, damit dieser Fall nicht eintritt.«

»Was soll das heißen?« Harry hörte plötzlich Alarmglocken schrillen. Seine Handflächen waren feucht, und er hatte winzige Schweißperlen auf der Oberlippe.

»Das heißt, Mr. Addison, daß es keinerlei Beweise dafür gibt, daß Ihre Behauptungen wahr sind. Andererseits gibt es reichlich Belastungsmaterial, um Ihren Bruder und Sie wegen Mordes anzuklagen.«

Harry fühlte sein Herz jagen. Roscani wollte ihn auf der Stelle verhaften! »Wollen Sie wirklich untätig zusehen, wie der wichtigste Zeuge ermordet wird?«

»Ich kann nichts dagegen tun, Mr. Addison. Ich habe kein Recht, meine Leute in den Vatikan zu schicken. Und selbst wenn ich es täte, dürften sie dort niemanden verhaften.« Wie Roscani das sagte, bewies Harry, daß der Kriminalbeamte ihm glaubte. Daß er ihm zumindest glauben wollte.

»Auch ein Auslieferungsantrag«, fuhr Roscani fort, »um Marsciano, Palestrina oder Farel überstellt zu bekommen, wäre sinnlos. Es gibt keinerlei Beweise, Mr. Addison, deshalb ließe dieser Antrag sich nicht begründen. Und wer wollte so tollkühn sein, ohne handfeste Beweise den Vatikan zu beschuldigen?« Roscani zuckte mit den Schultern. »Als Anwalt müßten Sie das wissen.«

Roscani ließ ihn jetzt nicht mehr aus den Augen. In seinem Blick las Harry Wut, Frustration, Hilflosigkeit und das Gefühl, persönlich versagt zu haben. Roscani kämpfte gegen sich selbst und seine Dienststelle an.

Harry sah nach vorn, um Scala und Castelletti als dunkle Silhouetten vor der in der römischen Mittagssonne liegenden Straße zu beobachten. Bei ihnen nahm er ähnliche Empfindungen wahr. Sie waren mit ihrem Latein am Ende. Von Politikern gemachte Gesetze hatten sich stärker als die Gerechtigkeit erwiesen. Sie konnten nur noch tun, was ihre Befugnisse zuließen, und das bedeutete, daß sie versuchten, Danny und ihn vor Gericht zu bringen. Und Elena ebenfalls.

In diesem Augenblick wußte Harry, daß wieder alle Verantwortung auf ihm lastete. Er mußte Roscani irgendwie umstimmen, sonst waren sie alle verloren. Er und Danny und Elena und Marsciano.

Harry konzentrierte sich wieder auf Roscani.

»Pio und der Kardinalvikar, die Morde in Bellagio und anderswo – alle diese Verbrechen sind auf italienischem Boden verübt worden.«

Roscani nickte wortlos.

»Nehmen wir mal an, Sie hätten Kardinal Marsciano. Und er wäre bereit, mit Ihnen und dem Staatsanwalt über diese Verbrechen zu reden. Nehmen wir mal an, er wäre bereit, Namen und Motive zu nennen. Würde das für Auslieferungsanträge genügen?«

»Die wären trotzdem noch sehr schwierig.«

»Aber sie könnten Erfolg haben.«

»Ja. Nur haben wir ihn leider nicht, Mr. Addison. Und wir kommen nicht an ihn heran.«

»Was wäre, wenn ich ihn rausholen könnte?«

»Sie?«

»Ja.«

»Wie?«

Scala drehte sich auf dem Beifahrersitz nach ihm um, Castelletti fixierte ihn im Rückspiegel.

»Morgen vormittag um elf Uhr fährt eine Rangierlok in den Vatikan, um einen alten Güterwagen abzuholen. Das hat Pater Bardoni arrangiert, um zu versuchen, Marsciano herauszuholen. Vielleicht finde ich eine Möglichkeit, seinen Plan zu verwirklichen. Dazu würde ich Ihre Hilfe brauchen, allerdings nur außerhalb des Vatikans.«

»Hilfe in welcher Form?«

»Schutz für meinen Bruder, Schwester Elena und mich durch Sie und Ihre beiden Kollegen. Sonst darf niemand davon erfahren. Ich will nicht, daß Farel Wind davon bekommt. Sie geben mir Ihr Wort, daß niemand verhaftet wird, bis wir fertig sind. Dann bringe ich Sie zu den anderen.«

»Sie verlangen, daß ich mich strafbar mache, Mr. Addison.«

»Sie wollen die Wahrheit, Ispettore capo. Ich auch.«

Roscani wechselte einen Blick mit Scala, dann sah er wieder Harry an. »Bitte weiter, Mr. Addison.«

»Kommt die Rangierlok morgen mit dem Güterwagen aus dem Vatikan, fahren Sie ihr nach, bis sie hält. Klappt alles, sitze ich mit Kardinal Marsciano in dem Waggon. Sie bringen uns in die Wohnung, in der Danny und Schwester Elena sind. Dort lassen Sie Danny und den Kardinal ungestört reden, bis Marsciano bereit ist, seine Aussage zu machen. Dann kommen Sie mit Ihrem Staatsanwalt.«

»Was ist, wenn er beschließt, keine Aussage zu machen?«

»Dann ist unsere Übereinkunft hinfällig, und Sie tun, was Sie tun müssen.«

Roscani saß sekundenlang mit versteinerter Miene da, so daß Harry nicht wußte, ob er auf seinen Vorschlag eingehen würde. Dann sprach er endlich:

»Mein Part ist einfach, Mr. Addison. Aber Ihrer macht mir große Sorgen. Es geht nicht nur darum, einen Mann in einen Güterwagen zu schaffen. Sie müssen ihn erst aus seiner Unterkunft herausholen und bekommen es dabei mit Farel und dessen Leuten zu tun. Und irgendwo im Hintergrund lauert immer Thomas Kind.«

»Mein Bruder ist bei der Marineinfanterie gewesen«, antwortete Harry zuversichtlich. »Er sagt mir, was ich zu tun habe.«

Roscani wußte, daß es ein verrücktes Vorhaben war. Und er wußte, daß Scala und Castelletti nicht anders darüber dachten. Aber wenn sie Harry nicht selbst begleiteten, was sie nicht durften, weil sie einen diplomatischen Zwischenfall provoziert hätten, wenn sie dabei geschnappt worden wären, konnten sie nur beiseite treten und ihm viel Erfolg wünschen. Es war ein höchst riskantes Spiel. Aber letzten Endes blieb ihnen nichts anderes übrig, als Harry gewähren zu lassen.

»Einverstanden, Mr. Addison«, sagte er ruhig.

Harry versuchte, sich seine Erleichterung nicht anmerken zu lassen. »Ich brauche drei Dinge«, fuhr er fort. »Erstens eine Pistole.«

»Können Sie damit umgehen?«

»Beverly Hills Gun Club. Ein halbes Jahr Ausbildung in Selbstverteidigung. Einer meiner Mandanten hat mich dazu überredet.«

»Was noch?«

»Ein langes Kletterseil, das zwei Männer tragen kann, ohne zu reißen.«

»Das sind zwei Dinge. Was brauchen Sie noch?«

»Hier in Rom sitzt ein Mann in Haft. Die Polizei hat ihn von Lugano aus mit dem Zug nach Italien zurückgebracht. Er soll einen Mord verübt haben, aber ein fairer Prozeß würde beweisen, daß er in Notwehr gehandelt hat. Ich brauche seine Hilfe. Ich will, daß er freikommt.«

»Wer ist dieser Mann?«

»Er ist ein Zwerg. Er heißt Herkules.«

127

»Piano 3a«, sagte Harry.

»Gut.« Roscani nickte, und Harry stieg aus. Er blieb noch einen Augenblick stehen, bis die Kriminalbeamten davongefahren waren, dann trat er ins Haus. Er hatte getan, was er getan hatte: Roscani wußte, wo sie waren, und nun mußte er das Danny beibringen.

»Ich habe Adrianna Hall benachrichtigt und Eaton benachrichtigt. Genau wie du …«

»Und die Polizei benachrichtigt.« Danny wandte sich aufgebracht mit seinem Rollstuhl ab, bewegte ihn durch das Zimmer, um zornig aus dem Fenster zu starren.

Harry machte keine Bewegung. Er stand nur da, beobachtete seinen Bruder und wußte nicht, was er tun sollte.

»Bitte, Harry, das hat doch Zeit bis später.«

Elena legte ihm eine Hand auf den Arm. Sie wollte, daß er in eines der Schlafzimmer ging, um sich hinzulegen und sich auszuruhen. Er hatte seit über dreißig Stunden nicht mehr geschlafen, und sie hörte, wie heiser seine Stimme war, sah die emotionale Achterbahn der letzten Tage in seinem Blick und merkte ihm an, daß er völlig erschöpft war.

Harry war zurückgekommen und hatte von seinen Anrufen bei Adrianna und Eaton, seinem Treffen mit Roscani und der geforderten Unterstützung berichtet, die ihm die Kriminalbeamten nicht gewähren konnten. Er hatte geschildert, wie Roscani ihm gedroht hatte, um sich dann schließlich doch auf eine Übereinkunft mit ihm einzulassen. Er hatte von Herkules erzählt und von Thomas Kind. Aber Danny hatte offenbar nur gehört, was er hatte hören wollen: daß Polizei und Staatsanwalt hier warten würden, wenn sie mit Marsciano zurückkamen. Als ob der Kardinal irgendein Spion oder Kriegsgefangener sei, der es kaum noch erwarten könne, seine Kenntnisse über den Feind an den Mann zu bringen.

»Danny!« Harry schüttelte Elenas Hand ab und ging zu seinem Bruder hinüber. Müdigkeit ließ seinen Tonfall um so eindringlicher klingen. »Ich verstehe deinen Ärger und respektiere, was du dem Kardinal gegenüber empfindest. Aber du mußt um Himmels willen begreifen, daß Marsciano der einzige Mensch ist, der zwischen uns und dem Gefängnis steht. Weigert er sich, mit Polizei und Staatsanwalt zu reden, kommen wir alle drei«, seine Handbewegung umfaßte auch Elena, »für lange Zeit hinter Gitter.«

Danny wandte sich langsam vom Fenster ab und erwiderte Harrys Blick. »Kardinal Marsciano tut nichts, was der Kirche schweren Schaden zufügen könnte, Harry«, stellte er ruhig fest. »Nicht für dich, nicht für Schwester Elena, nicht für mich, nicht einmal für sich selbst.«

»Auch nicht um der Wahrheit willen?«

»Nicht einmal dafür.«

»Vielleicht irrst du dich.«

»Nein, das tue ich nicht.«

»Also bleibt uns wohl nichts anderes übrig«, sagte Harry ebenso ruhig wie sein Bruder, »als zu versuchen, ihn heil rauszuholen, damit er darüber selbst entscheiden kann. Sagt er nein, dann sagte er nein. Fair?«

Danny antwortete nicht gleich. »Fair«, bestätigte er zuletzt kaum hörbar.

»Also gut.« Harry, der sich kaum noch auf den Beinen halten konnte, wandte sich an Elena. »Welches Zimmer gehört mir?«

128

Vatikan, St.-Johannes-Turm. Zur selben Zeit

Kardinal Marsciano saß in einem Armsessel mit gerader Lehne und starrte wie in Trance den eineinhalb Meter von ihm entfernten Fernsehschirm an. Der Ton war noch immer abgestellt. Auf dem Bildschirm war ein Zeichentrickfilm als Werbespot zu sehen, aber was damit verkauft werden sollte, drang nicht in Marscianos Bewußtsein vor.

Auf dem kleinen Schreibtisch lag noch immer der Samtbeutel, den Palestrina zurückgelassen hatte. Sein grausiger Inhalt war die Bestätigung dafür – falls noch eine nötig gewesen wäre –, daß der Sekretär des Auswärtigen endgültig wahnsinnig geworden war. Marsciano, der das ungeheuerliche Ding kaum ansehen und erst recht nicht berühren konnte, hatte darum gebeten, es aus seinem Zimmer zu entfernen, aber Anton Pilger hatte ihm von der Tür aus erklärt, aus diesem Raum dürfe nichts ohne ausdrücklichen Befehl herein- oder herausgebracht werden. Das tue ihm leid, hatte er noch gesagt, bevor er die Tür wieder von außen abgesperrt hatte.

Im nächsten Augenblick erschien auf dem Fernsehschirm eine Graphik vor dem Hintergrund einer Landkarte Chinas, auf der die Städte Wuxi und Hefei farbig hervorgehoben waren.

Stand um zweiundzwanzig Uhr zwanzig Pekinger Zeit: WUXI: Zahl der Todesopfer: fünfzehntausendsiebenhundertacht. Hefei: Zahl der Todesopfer: siebenundachtzigtausendfünfhundertdreiundfünfzig.

Danach ein rascher Szenenwechsel nach Peking. Dort stand ein Reporter auf dem Platz des Himmlischen Friedens.

Marsciano griff nach der Fernbedienung.

Nun war die Stimme des italienischen Reporters zu hören. Soeben sei eine wichtige Regierungsverlautbarung in bezug auf die jüngsten Naturkatastrophen in Hefei und Wuxi angekündigt worden, berichtete er. Nach vorerst noch unbestätigten Gerüchten werde die Zentralregierung den Provinzen eine umfassende und mit Hochdruck vorangetriebene Rekonstruktion aller Wasser- und Kraftwerke Chinas zusichern.

Marsciano berührte die Fernbedienung, der Reporter sprach ohne Ton weiter. Palestrina hatte gesiegt. Aber obwohl er gesiegt hatte, sollte noch ein weiterer See, aus dem eine chinesische Großstadt ihr Trinkwasser bezog, vergiftet werden. Welche teuflische Überlegung steckte dahinter?

Marsciano schloß müde die Augen und wünschte sich, Pater Daniel wäre bei dem Busattentat umgekommen, um nie erleben zu müssen, welche schrecklichen Folgen Marscianos verdammenswürdige Schwäche und seine Untätigkeit gegenüber Palestrina gehabt hatten. Er wünschte sich, Pater Daniel wäre bei der Explosion umgekommen, anstatt hier von Farels Schergen ermordet zu werden, wenn er auf der Suche nach seinem Mentor herkam, nachdem die Anschläge in China bereits verübt worden waren.

Der Kardinal wandte sich von der kalten Grausamkeit des Fernsehbilds ab. Frühe Nachmittagssonne fiel durch die Glastür und lockte ihn dorthin. Außer Schlaf und Gebet war diese Tür sein einziger Trost. Von dort aus konnte er die vatikanischen Gärten überblicken, eine heitere Welt voller Frieden und Schönheit.

Jetzt stand Marsciano auf, trat an die Tür, zog den Vorhang zurück und beobachtete, wie das Sonnenlicht durch die Bäume fiel und die alte Gartenanlage in Hell-Dunkel-Kontraste tauchte. Er wollte sich von der Tür abwenden, um an seinem Bett niederzuknien und Gott wie schon unzählige Male in den letzten Tagen um Vergebung für das Grausen bitten, das er mitverursacht hatte. Da verschwand schlagartig alle Schönheit unter ihm. Was er sah, erschütterte ihn bis ins Innerste seines Wesens. Obwohl er dieses Bild schon hundertmal gesehen hatte, hatte es ihn noch nie mit solchem Abscheu erfüllt wie heute.

Zwei Männer kamen langsam den Kiesweg entlang. Der eine war ein Hüne in Schwarz, der andere war älter, viel kleiner und weiß gekleidet. Der eine war Palestrina. Der andere, der zierliche, gebrechliche Mann in Weiß, war der Heilige Vater, Giacomo Pecci, Papst Leo XIV.

Palestrina sprach lebhaft auf ihn ein, gestikulierte dabei mit ansteckender Energie. Als ob er die Welt und alles, was darin lebte, mit seiner Fröhlichkeit und Lebensfreude anstecken wolle. Und der Papst neben ihm stand wie immer unter dem Einfluß des Charismas dieses Mannes, dem er kritiklos vertraute. So bedingungslos, daß er für die Wahrheit blind war.

129

20.35 Uhr

»Mr. Harry!« rief Herkules aus, als Harry die Tür von Piano 3a öffnete und Roscani Herkules bedeutete, er solle eintreten. Der Zwerg schwang sich völlig überrascht auf seinen Krücken in die Wohnung. Roscani, Scala und Castelletti folgten ihm.

Castelletti schloß die Tür von innen ab und blieb neben ihr stehen, während Scala nach einem Blick zu Danny und Elena hinüber einen Rundgang durch das Apartment machte.

»Ihr Kletterseil liegt draußen im Flur«, sagte Roscani.

Harry nickte dankend, dann wandte er sich an Herkules, der mit vor Staunen offenem Mund neben Castelletti an seinen Krücken hing.

»Kommen Sie bitte herein, und nehmen Sie Platz. Das ist mein Bruder, Pater Daniel, und das ist Schwester Elena«, sagte er zu Herkules und Roscani, um sie mit dem Priester im Rollstuhl und der neben ihm stehenden attraktiven jungen Frau bekannt zu machen, als seien die beiden Besucher zum Abendessen eingeladene Gäste.

Herkules war noch immer sichtlich verwirrt, als er Harry durch den Raum folgte. Er wußte nur, daß er plötzlich aus der Untersuchungshaft im Zentralgefängnis geholt worden war, um in ein anderes Gefängnis verlegt zu werden. Eine Viertelstunde später war er auf dem Rücksitz eines dunkelblauen Alfa Romeo mit dem leitenden Kriminalbeamten der Gruppo Cardinale neben sich quer durch Rom gefahren worden.

»Sonst niemand«, meldete Scala Roscani nach seinem Rundgang. »Aus der Küche führt eine Tür zur Hintertreppe. Aber das Schloß ist nicht leicht zu knacken. Wer dort rein will, muß das Glas zerschlagen und viel Lärm machen.«

Roscani nickte, sah kurz zu Danny hinüber, als versuche er ihn einzuschätzen, und wandte sich an Harry. »Herkules soll offiziell in eine andere Haftanstalt verlegt werden, aber der Papierkram ist irgendwie in Unordnung geraten. Morgen um diese Zeit will ich ihn wieder zurückhaben.«

»Morgen um diese Zeit haben Sie vielleicht uns alle«, antwortete Harry. »Was ist mit der Pistole?«

Roscani zögerte, dann nickte er Scala zu. Der Kriminalbeamte griff unter seine Jacke und zog eine Pistole aus dem Hosenbund, die er Harry gab.

»Calico Parabellum, neun Millimeter, sechzehn Schuß im Magazin«, sagte er in stark akzentgefärbtem Englisch. Dann zog er ein zweites Magazin aus der Jackentasche und gab es Harry ebenfalls.

»Die Seriennummern sind abgefeilt«, erklärte Roscani ihm nüchtern. »Sollten Sie geschnappt werden, wissen Sie nicht mehr, wo Sie die Waffe herhaben. Sagen Sie irgend etwas über die Ereignisse in diesem Raum, wird alles offiziell geleugnet. Und Ihr Verfahren wird schwieriger, als Sie sich jemals hätten vorstellen können.«

»Wir sind uns nur einmal begegnet, Ispettore capo«, antwortete Harry. »Als Sie mich am Tag meiner Ankunft vom Flughafen abgeholt haben. Die anderen hier haben Sie nie gesehen.«

Roscanis Blick wanderte langsam durch den Raum. Er sah Herkules an, dann Elena, danach Danny und schließlich wieder Harry.

»Morgen«, sagte er, »wird der Güterwagen aus dem Vatikan zu einem Abstellgleis zwischen den Bahnhöfen Trastevere und Ostiense gebracht, um dort später abgeholt zu werden. Wir begleiten ihn auf der gesamten Fahrt. Sobald die Rangierlok weiterfährt, sind wir da.

Was den Rest betrifft... Ich rate Ihnen, Farels Männern unbedingt aus dem Weg zu gehen. Sie sind zu zahlreich und haben zu gute Funkverbindungen.«

Roscani zog ein Schwarzweißfoto aus der Innentasche seiner Jacke und gab es Harry.

»Das ist Thomas Kind, wie er vor drei Jahren ausgesehen hat. Ich weiß nicht, ob Ihnen das nützt, weil er sein Aussehen so häufig verändert, wie wir uns umziehen. Dunkelhaarig, blond, Mann, Frau... Er beherrscht ein halbes Dutzend Sprachen. Gar nicht erst nachdenken, falls Sie ihm begegnen, sondern gleich abdrücken. Dann weiter abdrücken, bis er tot ist, und einfach weggehen. Die offizielle Ehre, den Kerl zur Strecke gebracht zu haben, können Sie Farel überlassen.« Roscani sah sich in der Wohnung um. »Wir halten heute nacht abwechselnd draußen Wache.«

»Ich dachte, Sie hätten Vertrauen zu ...«

»Nur für den Fall, daß Thomas Kind herausbekommt, wo Sie sind.«

Harry nickte. »Danke«, sagte er aufrichtig.

Roscani sah nochmals zu den anderen hinüber. *»Buona fortuna«*, sagte er, bevor er Scala und Castelletti zunickte.

Im nächsten Augenblick schloß die Tür sich hinter den Kriminalbeamten.

Buona fortuna. Alles Gute.

130

Wuxi. Freitag, 17. Juli, 3.20 Uhr

Li Wen verzog das Gesicht, als das grelle Blitzlicht ihn blendete, und wollte den Kopf zur Seite drehen. Eine Hand hinderte ihn grob daran.

Wieder ein Blitzlicht und wieder eins und noch eins.

Er hatte keine Ahnung, wer diese Leute waren oder wo er sich befand. Oder wie sie ihn auf dem Weg zum Bahnhof in der erregten Menge, die sich in panischer Angst über die Chezhan Lu schob, aufgespürt hatten. Li Wen hatte nur versucht, nach hitzigen Diskussionen mit den Verantwortlichen der Wasseraufbereitungsanlage Nummer zwei die Stadt zu verlassen. Das von ihm am frühen Morgen untersuchte Trinkwasser hatte eine besorgniserregend hohe Konzentration von Algentoxinen aufgewiesen, genau wie in Hefei, und das hatte er gemeldet. Aber seine Warnung hatte nur bewirkt, daß Lokalpolitiker und Sicherheitsinspektoren sich in der Anlage versammelt hatten. Bis ihre Diskussionen dazu geführt hatten, daß die Wasserentnahme und -aufbereitung aus dem Taihu-See, dem Großen Kanal und dem Liangxi eingestellt wurde, war die Katastrophe längst eingetreten.

»Gestehe!« verlangte eine Stimme.

Li Wens Kopf wurde hochgerissen, und er sah einen Offizier der Volksbefreiungsarmee vor sich. Aber Li Wen wußte sofort, daß dies kein gewöhnlicher Offizier war. Der Uniformierte kam aus dem *Guojia Anquan Bu,* dem Ministerium für Staatssicherheit.

»Gestehe!« wiederholte die Stimme.

Dann wurde Li Wen plötzlich nach vorn gestoßen und hatte einen Tisch mit ausgebreiteten Schriftstücken vor sich. Er starrte sie an. Das waren die Unterlagen, die er in einem Pekinger Hotel von dem amerikanischen Hydrobiologen James Hawley erhalten hatte. Sie hatten sich in seiner Aktentasche befunden, als er aufgegriffen und verhaftet worden war.

»Das Rezept für Massenmorde«, sagte die Stimme.

Li Wen sah langsam auf. »Ich habe nichts getan«, behauptete er.

Rom. Donnerstag, 16. Juli, 21.30 Uhr

Scala saß in einem Sessel und sah zu, wie seine Frau und ihre Mutter Karten spielten. Ihre beiden kleinen Kinder waren schon im Bett. Ihm kam es vor, als genieße er den ersten ruhigen Familienabend seit Monaten, und er wollte nie mehr fort. Aber er mußte Castelletti um Mitternacht vor dem Apartmentgebäude in der Via Nicolò V. ablösen, um dort Wache zu halten, bis Castelletti um sieben mit Roscani zurückkam. Danach konnte er drei Stunden schlafen, bis sie sich um zehn Uhr dreißig wieder trafen und darauf warteten, daß die Rangierlok durch das mächtige Eisentor in der Vatikanmauer fuhr, um den Güterwagen abzuholen.

Als Scala aufstand, um in die Küche zu gehen und frischen Kaffee zu kochen, klingelte das Telefon. Er nahm rasch den Hörer ab.

»Pronto«, meldete er sich.

»Harry Addison ist in Rom«, sagte Adrianna Hall.

»Ja, ich weiß.«

»Sein Bruder ist bei ihm.«

»Ich ...«

»Wo sind sie, Sandro?«

»Keine Ahnung«, behauptete Scala.

»Doch, das weißt du, Sandro, lüg nicht. Nicht in einem so wichtigen Fall, nicht nach all diesen Jahren.«

Nach all diesen Jahren. Scala dachte an die Zeit, als Adrianna als junge Reporterin nach Rom gekommen war. Sie war einer sensationellen Story auf der Spur gewesen, die ihrer Karriere gutgetan und seine vor dem Abschluß stehenden Ermittlungen in einer Mordsache gefährdet hätte. Er hatte sie gebeten, ihre Story zurückzuhalten, was sie mit großem Widerstreben getan hatte. So war Adrianna seine Verbündete geworden, der er gelegentlich Insiderinformationen lieferte, für die sie sich mit eigenen Informationen revanchierte, die der Polizei weiterhalfen.

Aber dieser Fall lag anders. Diese Sache war zu gefährlich, hier stand zuviel auf dem Spiel. Gott sei ihm gnädig, wenn die Medien herausbekamen, daß die Polizei den Brüdern Addison geholfen hatte!

»Tut mir leid, ich besitze keine Informationen. Es ist schon spät, gute Nacht«, sagte Scala ruhig und legte auf.

131

22.50 Uhr

Sie saßen am Küchentisch, hörten Danny zu, dessen selbstgezeichneter Plan des Vatikans vor ihnen lag, und waren von Kaffeetassen, Mineralwasserflaschen und den Resten der Pizza umgeben, die Elena geholt hatte.

»Hier ist das Ziel, hier ist der Auftrag«, sagte Danny zum zwanzigstenmal, als er den Einsatz Schritt für Schritt so mit ihnen durchging, wie Harry es Roscani gegenüber vermutet hatte: nicht als Priester, sondern als Marineinfanterist, als Angehöriger einer Elitetruppe.

»Der Turm steht hier, der Bahnhof liegt hier.«

Danny tippte im Rollstuhl sitzend erneut mit dem Zeigefinger auf den Plan des Vatikans und sah nacheinander Harry, Elena und Herkules an, um sich zu vergewissern, daß sie aufpaßten und jeden Schritt des Unternehmens verstanden.

»Diese hohe Mauer«, fuhr er fort, »verläuft nach Südosten entlang einer schmalen gepflasterten Zufahrt, die ungefähr zwanzig Meter weit vom Turm wegführt und dann endet. Rechts davon steht die Hauptmauer«, Danny zeigte nach draußen, »die wir von unserem Fenster aus sehen können.« Er konzentrierte sich wieder auf die Gesichter am Tisch.

»Am Ende der Mauer führt dieser Kiesweg unter Bäumen hindurch zur Viale del Collegio Etiopico. Biegt man hier rechts ab, erreicht man eine niedrige Mauer und ist beinahe schon oberhalb des Bahnhofs.

Entscheidend ist der richtige Zeitpunkt. Wir dürfen nicht versuchen, Marsciano zu früh rauszuholen, sonst haben Farels Leute Zeit, das Gelände zu besetzen. Aber wir müssen ihn aus dem Turm holen und in den Güterwagen bringen, bevor das Tor geöffnet wird, um die Rangierlok einzulassen. Das bedeutet, daß er um zehn Uhr fünfundvierzig aus dem Turm und spätestens um zehn Uhr fünfundfünfzig im Waggon sein muß, weil der Bahnhofsvorsteher und ein bis zwei seiner Leute hinausgehen werden, um sich davon zu überzeugen, daß das Tor sich richtig öffnet.«

Danny tippte wieder auf den Plan. »Was tut ihr, wenn irgend jemand – Farels Männer, Thomas Kind, höhere Gewalt – euch daran hindert, der Mauer zu folgen? Ihr folgt dem Weg, der geradeaus durch die vatikanischen Gärten führt. Sobald ihr nach einigen hundert Metern das Sendegebäude von Radio Vatikan seht, biegt ihr rechts ab. So erreicht ihr die Viale del Collegio Etiopico und die Mauer oberhalb des Bahnhofs, der ihr etwa dreißig Meter weit folgt, um die Gleise zu erreichen. Dort steht dann der Güterwagen zwischen Bahnhof und Kehrtunnel vor euch.

Seht zu, daß ihr auf die der Viale abgewandte Seite des Waggons kommt. Dahinter befinden sich nur weitere Gleise und eine Mauer. Ihr zieht die Schiebetür auf, was Kraft kosten wird, weil sie alt und rostig ist, und klettert in den Wagen. Dann schließt ihr die Tür und wartet auf die Rangierlok. Noch Fragen?«

Danny sah sich nochmals um, und Harry mußte seine Haltung, seine Präzision und Konzentration bewundern. Die bisherige Melancholie war von ihm abgefallen. Er war ganz Offizier, der mit seinen Männern ein schwieriges Unternehmen besprach.

»Ich muß mal pissen«, sagte Herkules. Er stand auf, griff sich seine Krücken und verschwand nach draußen.

Harry grinste unwillkürlich. Das war wieder mal typisch Herkules: schroff, manchmal witzig und immer geschäftsmäßig, worum es auch gehen mochte. Sobald die Kriminalbeamten gegangen waren, hatte Herkules Harry völlig perplex angeschaut und sich erkundigt: »Was hat das alles eigentlich zu bedeuten?«

Harry hatte ihm in Dannys und Elenas Anwesenheit nüchtern erklärt, Kardinal Marsciano werde als Opfer einer Verschwörung gegen seinen Willen im Vatikan festgehalten und irgendwann ermordet, wenn sie ihn nicht herausholten. Dazu brauchten sie einen Mann, der unbeobachtet in den Turm gelangen konnte. Dieser Mann, so hofften sie, würde Herkules sein. Das war auch der Grund für das Kletterseil. Abschließend hatte Harry ihm offen erklärt, daß er sein Leben riskierte, wenn er mit ihnen gemeinsame Sache machte.

Herkules hatte sekundenlang mit ausdrucksloser Miene dagesessen und ins Leere gestarrt. Dann hatte er langsam von einem zum anderen gesehen und schließlich ein breites Grinsen aufgesetzt.

»Welches Leben?« hatte er laut und mit blitzenden Augen gefragt. Und seit diesem Moment war er einer von ihnen.

132

23.30 Uhr

Scala trat aus seinem Wohnhaus, sah sich kurz um und ging dann zu einem neutralen weißen Fiat. Nachdem er sich erneut umgeschaut hatte, stieg er ein, ließ den Motor an und fuhr davon.

Fast gleichzeitig fuhr hundert Meter hinter ihm ein dunkelgrüner Ford an. Eaton saß am Steuer, Adrianna Hall neben ihm. Sie bogen an der Via Marmorata links ab und folgten Scala bei schwachem Verkehr zur Piazza dell'Emporio und dann auf dem Ponte Sublicio über den Tiber. Ab dort blieben sie im Verkehr etwas weiter hinter ihm zurück, während er auf dem Westufer des Flusses nach Norden fuhr. Einige Minuten später bog Scala im Stadtteil Gianicolo nach Westen ab, um dann auf der Viale delle Mura Aurelie weiter nach Norden zu fahren.

»Er will sichergehen, daß er nicht beschattet wird.« Eaton ließ den Ford hinter einen silbergrauen Opel zurückfallen, um die Entfernung zu Scalas Fiat etwas zu vergrößern.

Daß der römische Kriminalbeamte Adrianna plötzlich Informationen verweigert hatte, war ein deutlicher Hinweis darauf, daß wichtige Dinge unbedingt geheimgehalten werden sollten. Scalas plötzliche Schweigsamkeit war untypisch. Schließlich hatte er selbst Adrianna den Tip gegeben, Pater Daniel werde in Bellagio vermutet, womit er ihr noch vor wenigen Tagen bewiesen hatte, daß sie weiterhin sein Vertrauen genoß. Seine bewußten Ausweichmanöver paßten jetzt nur allzu gut zu einer ganzen Serie von Ereignissen, die darauf hinwiesen, daß die Dinge im Vatikan sich kritisch zuspitzten. Zum Beispiel war da die plötzliche geheimnisvolle Erkrankung Kardinal Marscianos, der am vergangenen Dienstag die Chinesische Botschaft bei offenbar guter Gesundheit verlassen hatte. Selbst ihre vereinten Bemühungen hatten nicht mehr zutage gefördert als die amtliche Pressemitteilung des Vatikans, die besagte, er sei erkrankt und befinde sich in der Obhut des Leibarzts des Heiligen Vaters.

Da war die überstürzte Rückkehr Roscanis, Scalas und Castellettis aus Mailand nach Rom.

Und der an diesem Morgen verübte Mord an Pater Bardoni, einem engen Mitarbeiter Marscianos. Ein Mord, den die Polizei noch nicht bekanntgegeben hatte.

Ebenfalls an diesem Morgen kamen Harry Addisons knappe Anrufe aus Telefonzellen in der Nähe des Vatikans, in denen er sie auf die Situation in China hingewiesen hatte. Ihre prompte Reaktion hatte dazu geführt, daß wenige Stunden später ein staatlicher Wasserkontrolleur namens Li Wen heimlich verhaftet und verhört worden war.

Und ebenfalls an diesem Vormittag kam die überraschende Bekanntgabe, der lange untergetauchte, berühmt-berüchtigte Terrorist Thomas Kind werde derzeit in Italien vermutet und von der Gruppo Cardinale steckbrieflich gesucht.

Vor ihnen bog Scala plötzlich links ab, nahm die nächste Straße rechts, bog nochmals links ab und beschleunigte kräftig. Adrianna sah Eaton verbissen lächeln, während er hinter ihm blieb. Er schaltete, beschleunigte, bremste, blieb wieder zurück und zeigte so das gesamte Rüstzeug eines professionellen Spions. Bis heute nacht hatten Adrianna und er abwarten und darauf hoffen müssen, daß Harry Addison sie zu Pater Daniel führen würde. Jetzt übernahm die Polizei diese Aufgabe. Was hier wirklich gespielt wurde, wußten sie nicht, aber da es einen Zusammenhang zwischen den Katastrophen in China und den Ereignissen im Vatikan zu geben schien, waren sie der Überzeugung, vor bedeutsamen Entwicklungen zu stehen.

»Die Polizei macht die Sache schwieriger.« Eaton wurde langsamer. Vor ihnen bog Scala nach rechts in eine schwach beleuchtete Wohnstraße ab.

Adrianna äußerte sich nicht dazu. Sie wußte, daß Eaton in anderen Zeiten zwei oder drei seiner italienischen Agenten verständigt hätte, damit sie Pater Daniel entführten. Aber nicht jetzt, nicht in Anwesenheit der römischen Kriminalpolizei, nicht mit der schwerfälligen CIA, die nach dem Kalten Krieg von Washington und der Welt ständig mißtrauisch beäugt wurde. Nein, sie konnten nur tun, was sie schon bisher getan hatten: abwarten, beobachten und die weitere Entwicklung verfolgen. Und darauf hoffen, daß Pater Daniel ihnen irgendwann über den Weg laufen würde.

133

Freitag, 17. Juli, 0.10 Uhr

Palestrina fuhr mit einem Schrei aus unruhigem Schlaf hoch. Er war in Schweiß gebadet, und seine Arme waren ausgestreckt, als versuche er, Schattenwesen von sich abzuwehren. Dies war die zweite Nacht hintereinander, in der sie ihm im Traum erschienen waren. Sie waren zahlreich, und sie trugen eine schwere, unsaubere Decke, mit der sie ihn zu bedecken versuchten. Eine Decke, die voller bösartiger Krankheitskeime war, die das Fieber verursacht hatten, an dem er in seinem früheren Leben als Alexander gestorben war.

Er brauchte einige Sekunden, um zu merken, daß er nicht nur

von diesem Alptraum, sondern auch vom Klingeln des Telefons auf seinem Nachttisch aufgewacht war. Das Klingeln hörte plötzlich auf, um im nächsten Augenblick wieder zu beginnen, und die blinkende Anzeige ließ erkennen, daß die Nummer gewählt worden war, die nur Thomas Kind kannte. Palestrina nahm hastig den Hörer ab.

»Pronto.«

»In China hat es einen Rückschlag gegeben«, teilte Kind, der wieder französisch sprach, ihm absichtlich nüchtern mit, um den Kardinal möglichst wenig zu beunruhigen. »Li Wen ist verhaftet worden. Ich habe veranlaßt, daß die Situation bereinigt wird. Sie brauchen sich also weiter keine Sorgen zu machen.«

»Merci«, krächzte Palestrina erschrocken. Seine Hand zitterte wie im Fieber, als er langsam den Hörer auflegte. Die Schattengestalten existierten nicht nur im Traum, sie waren real und kamen unaufhaltsam näher. Was würde passieren, wenn es Thomas Kind nicht gelang, die Situation »bereinigen« zu lassen, so daß die Chinesen die ganze Wahrheit erfuhren? Das war nicht undenkbar. Schließlich war es Kind auch nicht gelungen, Pater Daniel zu liquidieren.

Plötzlich durchfuhr Palestrina ein schockierender Verdacht: Pater Daniel war nicht durch einen glücklichen Zufall mit dem Leben davongekommen, sondern weil die Schattengestalten ihn geschickt hatten. Und seinen Bruder ebenfalls. Sie waren Sendboten des Todes, der es auf ihn abgesehen hatte. Und er selbst hatte dafür gesorgt, daß die beiden nichts unversucht ließen, um ihn in seinem Schlupfwinkel aufzuspüren.

0.35 Uhr

Harry öffnete die Küchentür und machte Licht. Er trat an die Arbeitstheke und überzeugte sich erneut davon, daß das Ladegerät wirklich die schlanken Akkus ihrer Mobiltelefone lud. Sie besaßen jetzt zwei Telefone: das eine, das sie hier in der Wohnung vorgefunden hatten, und das andere, das Adrianna ihm gegeben hatte. Wenn sie morgen in den Vatikan aufbrachen, würden Danny und er je ein Mobiltelefon mitnehmen. So konnten sie während der Befreiung Marscianos in Verbindung bleiben, weil die vielen Touristen und Vatikanangestellten, die mit Mobiltelefonen telefonierten, es Farel hoffentlich unmöglich machen würden, ihre Gespräche abzuhören. Selbst wenn er wußte, daß sie in der Nähe waren.

Nachdem Harry sich vergewissert hatte, daß das Ladegerät funktionierte, schaltete er das Licht wieder aus und verließ die Küche.

»Sie sollten schlafen.« Elena stand in der Tür ihres Zimmers, das dem von Harry und Danny gemeinsam benutzten Schlafzimmer gegenüberlag. Ihr Haar war zurückgekämmt, und sie trug ein Baumwollnachthemd. Am Ende des dunklen Korridors lag das Wohnzimmer, in dem Herkules laut schnarchend auf der Couch schlief.

Harry trat zwei Schritte auf sie zu. »Ich will nicht, daß Sie mitkommen«, erklärte er ihr leise. »Danny, Herkules und ich kommen allein zurecht.«

»Herkules hat einen eigenen Auftrag, und irgendwer muß sich um Pater Daniel im Rollstuhl kümmern. Sie können nicht an zwei Orten gleichzeitig sein.«

»Elena! Dieses ganze Unternehmen ist zu unsicher und zu gefährlich.«

Das Licht der Nachttischlampe hinter ihr schien durch den zarten Stoff von Elenas Nachthemd, unter dem sie nichts anhatte. Als sie jetzt näher trat, konnte Harry sehen, wie ihr voller Busen sich bei jedem Atemzug hob und senkte.

»Elena, ich will nicht, daß Sie mitkommen«, stellte Harry mit Nachdruck fest. »Wenn Ihnen etwas zustieße…«

Sie hob eine Hand und legte ihm sanft ihren Zeigefinger auf die Lippen. Im nächsten Augenblick nahm sie den Finger wieder weg und streifte seine Lippen leicht mit ihren.

»Wir haben noch diese Nacht, Harry«, flüsterte sie. »Was auch geschieht, wir haben noch diese eine Nacht… Nütze sie, um mich zu lieben…«

134

1.40 Uhr

Zuletzt hatte Danny vor einer Viertelstunde auf seinen Wecker gesehen. Falls er in der Zwischenzeit geschlafen hatte, wußte er nichts davon. Harry war eben erst hereingekommen und unter seine Bettdecke geschlüpft. Seit er hinausgegangen war, um das Ladegerät zu kontrollieren, war über eine Stunde verstrichen. Wo er gewesen und was er in dieser Zeit getan hatte, wußte Danny nicht, aber er vermutete, daß sein Bruder bei Elena gewesen war.

Danny hatte verfolgt, wie sich seit Bellagio zwischen den beiden eine geradezu elektrische Spannung aufgebaut hatte, und genau gewußt, daß irgendwann ein Funke überspringen würde. Daß Elena Voso eine Nonne war, spielte dabei kaum eine Rolle. Danny hatte schon in Pescara gespürt, daß sie keine Frau war, die für ein stilles, zurückgezogenes Klosterleben geeignet war. Aber daß sie sich ausgerechnet in seinen Bruder verlieben würde, hätte er sich selbst unter den verrücktesten Umständen nicht vorstellen können. Allerdings – er mußte unwillkürlich grinsen – waren dies die bei weitem turbulentesten Umstände, die jemand sich hätte ausmalen können. Turbulent und dabei, sein Grinsen verschwand schlagartig, schrecklich tragisch.

Vor seinem inneren Auge stand erneut der bewaffnete Mann im Bus nach Assisi, und er glaubte wieder, die Detonation zu spüren. Dann kam die Erinnerung an das Feuer, die Schreie, das Durcheinander, den wild schlingernden Bus. Er wußte noch, wie er instinktiv möglichst viel von seinem Tascheninhalt in die Jacke des toten Killers gestopft hatte. Im nächsten Augenblick verschwanden diese Bilder, und er sah Marsciano durch das Gitter des Beichtstuhls, hörte seine schmerzlich heisere Stimme: »Segne mich, Pater, denn ich habe gesündigt …«

Danny wälzte sich auf die Seite und vergrub seinen Kopf im Kissen, als lasse die Stimme des Beichtenden sich so zum Schweigen bringen. Aber dieser Versuch war zwecklos. Er wußte jedes einzelne Wort auswendig.

Adrianna bewegte sich, als sie ein Geräusch hörte, und sah auf. Eaton stieg aus dem Wagen, zog das Jackett seines beigen Sommeranzugs gerade und ging dann auf dem Gehsteig in die Richtung davon, wo Scala parkte. Sie sah, wie er einen Bogen um den Lichtkreis einer Straßenlaterne machte, ohne die auf der gegenüberliegenden Straßenseite aufragenden unbeleuchteten Apartmentgebäude aus den Augen zu lassen, und in der Dunkelheit verschwand. Adrianna warf einen Blick auf die schwach orangerot leuchtende Borduhr und fragte sich, wie lange sie gedöst haben mochte.

2.17 Uhr

Eaton kam zurück und glitt auf den Fahrersitz neben ihr.

»Ist Scala noch da?« fragte sie.

»Er sitzt im Auto und raucht.«

»Im Gebäude brennt kein Licht?«

»Kein Licht.« Eaton sah zu ihr hinüber. »Du kannst ruhig weiterschlafen. Ich wecke dich, falls was passiert.«

Adrianna lächelte schwach. »Ich habe lange geglaubt, dich zu lieben, James Eaton.«

»Du hast die Position und nicht den Mann geliebt.« Eaton sah wieder zu dem Apartmentgebäude hinüber.

»Eine Zeitlang auch den Mann.« Adrianna hüllte sich enger in ihre Jeansjacke, zog die Beine hoch und kuschelte sich in ihren Sitz. Sie beobachtete, wie Eaton das Gebäude anstarrte, bevor sie endlich wieder in unruhigen Halbschlaf versank.

135

Peking. Freitag, 17. Juli, 9.40 Uhr

»James Hawley, ein Hydrobiologe«, stammelte Li Wen heiser. Sein Mund war ausgetrocknet, trotzdem war er in Schweiß gebadet. »Er... er lebt in Kalifornien, in Walnut Creek. Das Verfahren stammt von ihm. Ich... ich habe nicht gewußt, wie es wirkt. Ich... habe geglaubt, es sei ein neuer Test... auf Giftstoffe im Trinkwasser...«

Der Offizier, der Li Wen über den blanken Holztisch hinweg anstarrte, war derselbe Mann, der von ihm verlangt hatte, er solle gestehen, was er vor sechs Stunden in Wuxi getan hatte. Es war derselbe Mann, der ihm Handschellen angelegt hatte und in der Militärmaschine mitgeflogen war, die ihn nach Peking gebracht hatte, wo er jetzt auf einem Luftwaffenstützpunkt in einem hell erleuchteten Zellenblock verhört wurde.

»Es gibt keinen James Hawley aus Walnut Creek in Kalifornien«, sagte der Uniformierte ruhig.

»Doch, es gibt ihn! Es muß ihn geben. Ich habe die Formel nicht gehabt, sie stammt von ihm.«

»Ich wiederhole: Es gibt keinen James Hawley. Das haben wir aufgrund der bei Ihnen gefundenen Unterlagen bereits festgestellt.«

Li Wen spürte, wie diese Feststellung ihm den Atem verschlug, als er merkte, wie töricht sein Verhalten gewesen war. Falls irgend etwas schiefging, würde er allein dafür büßen müssen.

»Gestehe!«

Li Wen hob langsam den Kopf. Unmittelbar hinter dem Offizier war eine Videokamera aufgebaut, deren rotes Licht zeigte, daß sie jedes Wort, jede Bewegung aufzeichnete. Hinter der Kamera sah er fünf oder sechs weitere Uniformierte stehen, Militärpolizisten oder gar, wie der Vernehmungsbeamte, Angehörige des Ministeriums für Staatssicherheit.

Schließlich nickte Li Wen, sah direkt in die Kamera und schilderte, wie er seine »Schneebälle« aus nicht nachweisbarem, hochgiftigem, polyzyklischem, ungesättigtem Alkohol in die Wasseraufbereitungsanlage geworfen hatte. Und er erläuterte eingehend die Bestandteile der Formel, was sie hatte bewirken sollen und wie viele Todesfälle die eingebrachte Dosis voraussichtlich verursachen würde.

Als Li Wen sein Geständnis abgelegt hatte und sich mit dem Handrücken den Schweiß von der Stirn wischte, sah er zwei der Uniformierten auf sich zukommen. Sie rissen ihn hoch und führten ihn durch die Tür hinaus und einen schwach beleuchteten Betonkorridor entlang. Nach ungefähr zehn Metern sah er vor ihnen einen Mann aus einer Tür auf den Gang treten. Die Soldaten blieben überrascht stehen. Der Mann hielt eine Pistole mit aufgesetztem Schalldämpfer in der rechten Hand. Li Wen starrte ihn mit weit aufgerissenen Augen an. Der Mann war Chen Yin. Jetzt drückte er ab und schoß aus kürzester Entfernung.

Li Wen wurde zurückgeworfen, sein Körper drehte sich von den Soldaten weg, sein Blut bespritzte die Wand hinter ihm.

Chen Yin nickte den Soldaten befriedigt grinsend zu und wollte sich abwenden. Plötzlich wurde sein Grinsen zu einer entsetzten Grimasse. Der erste Soldat riß seine Maschinenpistole hoch, Chen Yin wich erschrocken zurück.

»Nein!« kreischte er. *»Nein, nicht schießen! Ich…«*

Er machte abrupt kehrt und wollte durch die Tür flüchten. Da hämmerte die Maschinenpistole los. Die ersten Schüsse warfen Chen Yin herum, der letzte Feuerstoß riß ihm die Schädeldecke über dem rechten Auge weg. Wie Li Wen war er tot, bevor er auf dem Betonboden zusammensackte.

136

Rom. 4.15 Uhr

Harry stand im Bad und rasierte sich seinen Bart ab. Das war gefährlich, weil er damit ein Gesicht sehen ließ, das die Öffentlichkeit aus den Fahndungsaufrufen der Gruppo Cardinale in Presse und Fernsehen kannte. Aber ihm blieb nichts anderes übrig. Danny hatte gesagt, nur sehr wenige im Vatikan beschäftigte Gärtner trügen einen Bart.

Herkules saß am Küchentisch und beobachtete die winzigen Dampfwölkchen, die aus dem Becher mit schwarzem Kaffee zwischen seinen Händen aufstiegen. Elena ihm gegenüber war ebenso schweigsam und hatte ihren Kaffee noch nicht angerührt.

Herkules war erst vor einer Viertelstunde aus dem Bad gekommen: Er hatte diesen seltenen Luxus so genossen, daß er eine halbe Stunde in der Wanne geblieben war, bevor er sich wie Harry rasiert hatte. Und sobald Harry fertig war, hatten sie etwas gemeinsam: Sie waren nicht nur kühne, tapfere Kreuzfahrer vor dem Marsch in ein fremdes Land, sondern würden beide frisch rasiert sein, wenn sie dorthin aufbrachen. Das war vielleicht nur eine Kleinigkeit, die aber wie eine Uniform ihre Bruderschaft festigte und Herkules innerlich sehr befriedigte.

Scala sah, wie die Haustür aufging und die beiden herauskamen. Der einzige Unterschied zwischen Harry Addison und einem gewöhnlichen Priester auf dem Weg zur Frühmesse war das zusammengerollte Kletterseil über seiner rechten Schulter. Das Seil und der Zwerg, der mit den kraftvollen, flüssigen Bewegungen eines gewandten Turners auf seinen Krücken mit ihm Schritt hielt.

Die beiden verließen die Via Nicolò V.; er sah sie in der Dunkelheit vor Tagesanbruch die Viale Vaticano erreichen und nach links abbiegen, um dann der Vatikanmauer nach Westen zum St.-Johannes-Turm zu folgen. Es war genau vier Uhr vierzig.

Auch Eaton, der am Steuer des Fords sitzend ein Nachtsichtgerät benutzte, sah die beiden aus dem Haus kommen. Der körperbehinderte Zwerg war ihm ebenso ein Rätsel wie das Seil, das Addison über der Schulter trug.

»Harry und ein Zwerg!« Adrianna, die wieder hellwach war, hatte die beiden im Lichtschein einer Straßenlaterne gesehen, bevor sie wieder im Dunkel verschwanden.

»Aber ohne Pater Daniel. Und Scala hat sich nicht von der Stelle gerührt.« Eaton legte das Nachtsichtgerät wieder weg.

»Wozu das Seil? Glaubst du etwa, daß sie …«

»Marsciano befreien wollen?« ergänzte Eaton an Adriannas Stelle. »Und die Polizei läßt sie gewähren.«

»Das verstehe ich nicht.«

»Ich auch nicht.«

137

Ein mit Brennholz beladener Kleinlastwagen ratterte an ihnen vorbei. Sobald die Straße wieder ruhig war, traten Harry und Herkules hinter einem Vorsprung der Vatikanmauer hervor, der ihnen Schutz gewährt hatte.

»Wissen Sie, wofür das Holz ist, Mr. Harry?« fragte Herkules flüsternd. »Für die Pizzaöfen der ganzen Stadt. Pizza!« Er kniff grinsend ein Auge zusammen. Im nächsten Augenblick gab er Harry seine Krücken und drehte sich nach der Mauer um. »Heben Sie mich hoch.«

Nach einem Blick die Straße entlang faßte Harry ihn um die Taille und stemmte ihn zu einem Sims in halber Höhe der Mauer hoch. Herkules reckte sich, bis seine Fingerspitzen den Vorsprung erreichten. Sekunden später balancierte er auf dem schmalen Sims.

»Erst die Krücken, dann das Seil.«

Sobald Herkules seine Krücken hatte, warf Harry ihm das Kletterseil hinauf. Herkules legte es sich um Brust und Schultern und ließ das freie Ende zu Harry hinunter.

Harry ergriff es und spürte, wie das Seil sich straffte. Zehn Sekunden später war Harry die Mauer hinauf und stand auf dem Sims neben ihm.

»Keine Beine, Mr. Harry, aber der Rest meines Körpers ist wie Granit, was?«

»Die Sache macht Ihnen Spaß, glaube ich.« Auch Harry mußte unwillkürlich grinsen.

»Wir versuchen, die Wahrheit zu finden. Und kein Ziel ist ehrenhafter, nicht wahr, Mr. Harry?« Aus seinem Blick sprachen die leidvollen Erfahrungen eines ganzen Lebens. Dann sah er rasch zur Mauerkrone hinauf.

»Sie müssen mir noch mal helfen, Mr. Harry. Dieses Mal wird es schwieriger. Sie lehnen sich mit dem Rücken an die Mauer und halten das Gleichgewicht, sonst landen wir beide unten.«

Harry lehnte sich mit dem Rücken an die Mauer und achtete auf einen guten Stand.

»Los«, forderte Harry Herkules leise auf. Im nächsten Augenblick fühlte er Herkules' Hände auf seinen Schultern, als der Zwerg sich an ihm hochzog. Dann streifte das zusammengerollte Seil seine Brust, und Herkules' kraftlose Füße glitten an seinem Gesicht vorbei, bevor er plötzlich kein Gewicht mehr zu tragen hatte. Harry sah rasch auf. Über ihm kniete Herkules auf der Mauerkrone.

»Krücken«, verlangte er.

»Wie sieht es drüben aus?« Harry reichte sie nach oben.

Herkules, der einen Arm durch die Krücken gesteckt hatte, sah auf der anderen Seite in die vatikanischen Gärten hinunter. Keine dreißig Meter von ihm entfernt ragte der St.-Johannes-Turm hinter einigen Bäumen auf. Herkules drehte sich um und reckte wortlos einen Daumen hoch.

»Alles Gute!«

»Wir sehen uns drinnen.« Herkules blinzelte ihm zu.

Dann beobachtete Harry, wie der Zwerg das Seilende um einen Mauervorsprung schlang, seine Krücken an sich preßte und jenseits der Mauer verschwand.

Harry zögerte noch einen Augenblick, bevor er nach einem Blick die Straße entlang von dem Sims sprang. Er kam hart auf, rollte sich über eine Schulter ab und war sofort wieder auf den Beinen. Nachdem er seine Jacke abgeklopft hatte, zog er seine schwarze Baskenmütze tiefer in die Stirn und ging rasch die Viale Vaticano entlang zurück. Er hatte Scalas Pistole im Hosenbund und Adriannas Mobiltelefon in der Tasche. Vor ihm zeichneten die Umrisse der Gebäude sich tiefschwarz vor dem blassen Blaugrau des heraufdämmernden Tages ab.

138

6.45 Uhr

Thomas Kind, der wie einer von Farels Leuten einen schwarzen Anzug mit weißem Hemd trug und sein schwarzgefärbtes Haar kurzgeschnitten hatte, lehnte am Geländer des Rundgangs um die mächtige Kuppel von St. Peter und blickte über Rom. Vor zwei Stunden hatte er erfahren, daß die kritische Situation in Peking bereinigt war, daß Li Wen und Chen Yin auftragsgemäß liquidiert worden waren.

Den ersten Mordauftrag hatte der noch ahnungslose Chen Yin selbst ausgeführt; den zweiten hatte ein Kontaktmann in der nordkoreanischen Geheimpolizei mit guten Verbindungen zum chinesischen Ministerium für Staatssicherheit rasch und für teures Geld übernommen. Li Wen war auf einen Luftwaffenstützpunkt bei Peking gebracht worden, um dort verhört zu werden. Ein Agent war dafür bezahlt worden, daß er eine Tür offenließ und wegsah, als Chen Yin hereinkam. Chen Yin hatte seinen Auftrag ausgeführt und erwartet, anschließend unbehelligt davongehen zu können. In diesem Augenblick war der zweite Mordauftrag durchgeführt worden.

Damit blieben nur noch Pater Daniel und seine Helfer übrig. Auf Palestrinas Befehl und mit Farels Zustimmung hatte Kind den größten Teil des gestrigen Tages mit fünf Angehörigen der vatikanischen Vigilanza verbracht, die Farel selbst ausgesucht hatte. Auf den ersten Blick unterschieden diese Männer sich nicht von den übrigen Gardisten. Auch sie waren katholische Schweizer, aber damit endeten die Gemeinsamkeiten bereits. Während die anderen ehrenhaft aus der Schweizer Armee entlassen worden waren, stand in ihren Personalakten nur der knappe Vermerk »militärische Erfahrung«. Drei von ihnen hatten in der Fremdenlegion gedient, die beiden anderen waren nach Strafverfahren wegen schwerer Körperverletzung aus der Schweizer Armee entlassen worden, einer sogar wegen versuchten Mordes. Dieser Mann war Anton Pilger. Alle fünf waren erst seit Jahresbeginn in die Vigilanza aufgenommen worden, so daß Thomas Kind sich unwillkürlich fragte, ob Palestrina die jetzigen Probleme vorausgesehen und deshalb solche Leute angefordert hatte. Jedenfalls war Kind gestern mit ihnen zusammengetroffen, hatte Fotos der Brüder Addison verteilt und dem Quintett seinen Plan erläutert.

Die Brüder würden nur herkommen, hatte er ihnen erklärt, um Kardinal Marsciano zu befreien. Deshalb wollte er den Turm aus der Ferne überwachen, damit die Brüder sich ihm auf beliebigen Wegen nähern konnten. Sobald sie im Vatikan waren, würde die Falle zuschnappen: Die Brüder würden auf der Stelle erschossen und ihre Leichen im Kofferraum einer neutralen Limousine zu einem Bauernhof außerhalb Roms gebracht werden. Dort würde die Polizei sie in ein bis zwei Tagen auffinden, von Unbekannten erschossen.

Von seinem erhöhten Standort aus blickte Thomas Kind auf den noch menschenleeren Petersplatz hinunter. In ungefähr einer Stunde würden die ersten Besucher kommen. Danach wuchs ihre

Zahl von Minute zu Minute, weil Menschen aus aller Welt zusammenströmten, um den Platz und die altehrwürdige Kirche zu besichtigen. Eigentlich merkwürdig, sagte er sich, wieviel ruhiger, vernünftiger und weniger verzweifelt er sich fühlte, seit er hier oben stand. Vielleicht ging von St. Peter doch eine heilende spirituelle Kraft aus.

Oder vielleicht lag das an der räumlichen Entfernung, die der Tatsache zu verdanken war, daß er die Morde diesmal nur organisierte, statt sie selbst auszuführen. Er stellte sich sogar vor, wie es wäre, niemals mehr zu morden und sich ganz aus diesem Geschäft zurückzuziehen, um so wieder zu genesen. Dieser Gedanke war erschreckend, denn damit gestand er sich ein, daß er krank war. Daß er freudig und zwanghaft mordete. Aber wie bei jeder anderen Sucht war eine Heilung nur möglich, wenn man sich seine Abhängigkeit eingestand. Und da keine professionelle Hilfe zu erlangen war, würde er sein eigener Arzt sein und sich die notwendige Kur selbst verschreiben müssen.

Kind hob langsam den Kopf und richtete seinen Blick auf das jenseitige Ufer des Tibers. Der Plan, den er für die Männer in Schwarz ausgearbeitet hatte, war eher zweckmäßig als bemerkenswert, aber da sie hier nicht den Dritten Weltkrieg führten, würde er unter den gegebenen Umständen und mit den von ihm ausgewählten Männern durchführbar sein. Sie brauchten nur abzuwarten, bis die Brüder kamen.

Dann würde die erste Etappe seines Heilungsprozesses beginnen: Er würde den von ihm entworfenen Plan von anderen ausführen lassen.

139

Das leise Klirren von Glas und der Geruch von Rum und Bier erfüllten die Küche. Der Ausguß gluckerte, als Elena die letzte Flasche Doppelmalzbier darin ausleerte. Dann drehte sie den Wasserhahn auf, um die Flasche auszuspülen, nahm die vier bereits entleerten Bierflaschen und brachte sie an den Küchentisch, an dem Danny arbeitete.

Vor sich hatte er eine große Porzellanschüssel stehen, die eine Mischung aus zwei Flüssigkeiten enthielt: fünfundsiebzigprozentigen Rum und Olivenöl. Auf dem Tisch rechts neben ihm lagen eine Schere, eine Schachtel mit Plastikbeuteln mit Klemmverschluß und zehn große Leinenservietten, die er in vier Teile zerschnitten, mit der Mischung aus Rum und Öl getränkt und eng zusammengerollt hatte. Diese Rollen steckte er jetzt mit öligen Händen in die Plastikbeutel, die er danach sorgfältig verschloß. Insgesamt vierzig Stück, vier pro Beutel, zehn Plastikbeutel.

Als er damit fertig war, wischte er sich die Hände mit einem Papierhandtuch ab, ließ sich von Elena die Bierflaschen geben und stellte sie vor sich auf den Tisch. Mit Hilfe eines Plastiktrichters verteilte er den Rest der explosiven Mischung gleichmäßig auf die vier Flaschen.

»Sie können schon mal eine weitere Serviette zerschneiden«, sagte er zu Elena, während er arbeitete. »Wir brauchen fünf eng zusammengerollte Dochte, ungefähr so lang wie Ihre Hand.«

»Sofort.« Während Elena nach der Schere griff, warf sie einen Blick auf die Uhr über dem Herd.

140

»Roscani und Castelletti«, sagte Adrianna, als der blaue Alfa Romeo hinter dem Fiat einparkte.

Jetzt wurde die Fahrertür des Fiats geöffnet, und sie sahen Scala aussteigen und nach hinten zu dem Alfa gehen. Die Kriminalbeamten redeten kurz miteinander, dann ging Scala zu seinem Fiat zurück und fuhr davon.

»Sie haben sich abgelöst«, stellte Eaton fest. »Harry Addison verläßt vor zwei Stunden das Haus und kommt nicht zurück. Jetzt kreuzt Roscani auf. Er wartet bestimmt darauf, daß Pater Daniel das Haus verläßt, und will aufpassen, damit ihm nichts passiert.«

In diesem Augenblick gab sein Piepser ein schrilles Zirpen von sich. Eaton schaltete sofort sein Handfunkgerät in der Halterung am Instrumentenbrett ein und setzte sich den leichten Kopfhörer auf.

»Ja?« fragte er nur.

Adrianna sah sein Gesicht starr werden, als er zuhörte.

»Wann?«

Eaton biß die Zähne zusammen, daß sie knirschten.

»Kein Kommentar dazu von unserer Dienststelle. Wir wissen nichts von dieser Sache... Richtig.« Er schaltete das Gerät wieder aus und starrte ins Leere.

»Li Wen hat gestanden, die Seen vergiftet zu haben. Nur wenige Minuten später ist er von einem Killer ermordet worden, der seinerseits vom Wachpersonal erschossen worden ist. Praktisch, nicht wahr? An wen erinnert dich das?«

Adrianna fühlte einen kalten Schauder. »An Thomas Kind«, sagte sie sofort.

Eaton sah wieder zu dem Apartmentgebäude hinüber. »Weiß der Teufel, was Roscani vorhat, aber wenn er zuläßt, daß sie versuchen, Marsciano aus dem Vatikan rauszuholen, kann es Tote geben. Vor allem, wenn Thomas Kind dort drinnen auf der Lauer liegt.«

»James!« sagte Adrianna warnend. Ihr war eine plötzliche Bewegung auf der Straße vor ihnen aufgefallen.

Roscani stieg mit seinem Mobiltelefon am Ohr aus dem Alfa und sah sich auf der Straße um. Auch Castelletti stieg aus, ließ die rechte Hand auf der Pistole in seinem Schulterhalfter ruhen und ging langsam den Gehsteig entlang. Er suchte die Häuserfronten auf beiden Straßenseiten ab, als sei er beim Secret Service.

Roscani nickte, während er telefonierte, sah dann auf und machte Castelletti ein Zeichen. Die beiden Männer stiegen sofort wieder in den Alfa.

Sekunden später öffnete sich die Tür unter der Hausnummer zweiundzwanzig, und ein bärtiger Mann, der ein Hawaiihemd trug und in einem Rollstuhl saß, wurde von einer jungen Frau mit Jeans und Sonnenbrille in die Morgensonne hinausgeschoben. Der Mann hielt eine Fototasche auf dem Schoß; die Frau trug eine ähnliche Tasche über der Schulter.

»Das ist er!« flüsterte Adrianna. »Und die Frau muß Elena Voso sein.«

Reifen quietschten, als Roscani mit dem Alfa anfuhr und auf der Straße wendete. Dann kam er in Gegenrichtung zurück, verringerte sein Tempo und blieb etwas hinter dem Paar mit dem Rollstuhl, das sich in Richtung Vatikan bewegte.

»Er will sie anscheinend händchenhaltend bis in den Vatikan begleiten.«

Eaton drehte den Zündschlüssel nach rechts, um den Motor anzulassen, und fuhr sofort an. Dann rollte der dunkelgrüne Ford im Schrittempo die Via Nicolò V. entlang. Eaton war wütend, frustriert und machtlos. Er wollte keinen internationalen Zwischenfall provozieren und durfte nicht mehr tun, als den Alfa in Sicht zu behalten.

Die beiden bogen jetzt vom Largo di Porta Cavalleggeri auf die Piazza del Sant' Uffizio ab, nur einen Steinwurf von der südlichen Kolonnade und dem Zugang zum Petersplatz entfernt. Roscani sah instinktiv in seinen Rückspiegel. Ein dunkelgrüner Ford war zwanzig bis dreißig Meter hinter ihnen. Er war mit einem Mann und einer Frau besetzt und fuhr so langsam wie der Alfa. Die Frau auf dem Beifahrersitz senkte plötzlich den Kopf, als fühle sie sich beobachtet. Dann sah er, wie Elena den Rollstuhl auf die Kolonnade zuschob. Als Roscani wieder in den Rückspiegel sah, bog der Ford rechts ab, beschleunigte und kam rasch außer Sicht.

141

Eaton raste zur übernächsten Straße weiter, bog dann zweimal links ab und war nun auf der Via della Conciliazione. Dort überholte er einen Touristenbus, wechselte abrupt auf die rechte Fahrbahn und brachte den Ford auf einem für Taxis reservierten Standstreifen zum Stehen.

Im nächsten Augenblick sprangen Adrianna und er aus dem Wagen, ignorierten das Geschrei eines Taxifahrers, der sich darüber ärgerte, daß sie den Ford auf einem Taxistandplatz parkten, und rannten durch den Verkehr auf den belebten Platz hinüber. Dort drängten sie sich durch die Touristenmassen und hielten verzweifelt Ausschau nach einer Frau, die einen Rollstuhl schob. Als hinter ihnen plötzlich ein warnendes Hupen ertönte, drehten sie sich um und sahen einen kleinen Pendelbus, der gerade den Petersplatz verließ. Auf seiner Vorderfront war das Fahrtziel angegeben: *Musei Vaticani* – Vatikanische Museen. Darunter war das vertraute blaue Zeichen mit dem weißen Rollstuhl angebracht, das den Bus als behindertengerechtes Fahrzeug auswies.

Sie traten rasch beiseite, um den Pendelbus vorbeifahren zu lassen. Dabei sah Adrianna flüchtig Pater Daniel an einem der vorderen Busfenster sitzen. Dann rollte der Bus auf die Straße hinaus und überquerte die Piazza, an deren Rand sie ihren Wagen zurückgelassen hatten.

Fünfzig Meter weiter überquerte Harry den Petersplatz in einer Menschenmenge, die zur Peterskirche unterwegs war. Er hatte noch immer Scalas Pistole im Hosenbund, trug seine schwarze Baskenmütze fast verwegen in die Stirn gezogen und hatte für alle Fälle den von Eaton erhaltenen Reisepaß eingesteckt, der ihn als Pater Jonathan Roe von der Georgetown University auswies. Unter seiner Priesterkleidung trug er eine Leinenhose und ein Arbeitshemd – Dannys Sachen aus dem Apartment in der Via Nicolò V.

Jetzt erreichte er eine breite Steintreppe, stieg sie inmitten der Menge hinauf und blieb stehen. Vor ihm warteten bereits mehrere hundert Menschen darauf, daß die Portale der Peterskirche geöffnet wurden. Es war acht Uhr fünfundfünfzig, die Portale sollten um neun Uhr geöffnet werden. Genau zwei Stunden vor dem Eintreffen der Rangierlok. Harry, der den Kopf gesenkt hielt und nur hoffen konnte, daß niemand ihn erkennen würde, holte tief Luft und wartete.

142

Herkules kauerte zwischen den Zinnen der an den St.-Johannes-Turm anstoßenden alten Festungsmauer. Dort befand er sich unmittelbar an der Turmmauer und etwa sechs bis sieben Meter unterhalb des runden Ziegeldachs.

Er hatte fast drei Stunden gebraucht, um eine geeignete Stelle zu finden und sich im tiefen Schatten auf der Innenseite der Mauer hochzuhangeln. Aber er hatte die Mauerkrone erreicht und sich bis hierher vorgearbeitet: ausgepumpt und durstig, aber zur rechten Zeit am rechten Ort.

Unter sich sah er zwei von Farels Männern in Schwarz in der Nähe des Turmeingangs im Gebüsch versteckt. Zwei weitere Männer standen hinter einer hohen Hecke jenseits der schmalen Zufahrt. Die Eingangstür direkt unter ihm schien unbewacht zu sein. Wie viele weitere Männer in Schwarz sich im Turm aufhielten, konnte er nicht beurteilen. Einer, zwei, zwanzig, keiner? Jedenfalls war eingetreten, was Danny vorausgesagt hatte: Farels Leute blieben außer Sicht und warteten wie Spinnen darauf, daß ihre Beute sich nichtsahnend in ihrem Netz verstrickte.

9.07 Uhr

Am Haupteingang der Vatikanischen Museen rückte Elena den Tragegurt ihrer Fototasche zurecht und betrachtete dabei Dannys Tasche. Diese beiden unauffälligen Nylontaschen, die jeder Tourist hätte tragen können, enthielten keine Kameras und Filme, sondern Zigaretten, Zündholzbriefchen, die Plastikbeutel mit den zusammengerollten Stoffstreifen, die mit der Mischung aus Öl und Rum getränkt waren, und die vier mit Dochten versehenen Bierflaschen, die mit der brennbaren Flüssigkeit gefüllt waren – je zwei Molotowcocktails pro Tasche.

Elena und Danny kamen als letzte zum Aufzug und mußten sich gegen die anderen drängen, während die Tür sich hinter ihnen schloß. Wären sie früher in den Aufzug gekommen und hätten sich darin wie die anderen umdrehen können, hätte Danny vielleicht Eaton mit Adrianna gesehen. Er hätte vielleicht gesehen, wie Eaton sich vom Kassenschalter abwandte und sie im Aufzug erspähte, kurz bevor die Tür sich schloß.

143

9.25 Uhr

Harry ging langsam durch den Petersdom, blieb dicht hinter einer Gruppe kanadischer Touristen und bewunderte wie sie Michelangelos Pietà, die leiderfüllte Statue der Muttergottes mit dem toten Christus. Danach löste er sich von den Kanadiern, schlenderte in die Mitte des Kirchenschiffs, betrachtete interessiert das Innere der gewaltigen Kuppel.

Dann wurde es Zeit, Dannys Anweisungen auszuführen.

Er wandte sich nach rechts, ging an den hölzernen Beichtstühlen vorbei, betrachtete im Vorbeigehen die Statuen der Heiligen Michele Arcangelo und Petronilla und erreichte das Denkmal für Papst Klemens XIII. Gleich dahinter befand sich ein Mauervorsprung. Als Harry ihn ohne auffällige Eile umrundet hatte, stand er vor einem dekorativen schweren Vorhang, der nur die nackte Mauer zu bedecken schien.

Harry sah sich um, stellte fest, daß ihn niemand beobachtete, trat in den schmalen Korridor hinter dem Vorhang und folgte ihm bis zu der Treppe an seinem Ende. Dahinter lag eine kurze Treppe, die zu einer weiteren Tür hinunterführte. Als Harry sie öffnete, stand er im Freien und blinzelte im hellen Sonnenschein der vatikanischen Gärten.

9.32 Uhr

Elena öffnete den Notausgang und hielt die Tür mit einem Fuß auf, während sie das Schloß mit durchsichtigem Klebeband abklebte, so daß es nicht hinter ihr einschnappen konnte.

Sobald sie mit ihrer Arbeit zufrieden war, trat sie ins Freie und schloß vorsichtig die Tür. Dann ging sie weiter und sah zum ersten Stock des Gebäudes auf, aus dem sie eben gekommen war, nachdem sie Danny auf dem Flur vor der Herrentoilette in der Nähe des Eingangs zur Sixtinischen Kapelle zurückgelassen hatte. Auf dem Flur, in den sie in wenigen Minuten zurückkehren würde.

Sie rückte den Tragegurt ihrer Fototasche zurecht, überquerte rasch einen kleinen Hof und erreichte ein Ensemble aus gepflegten Wegen, Rasenflächen und kunstvoll geschnittenen Hecken, das einen der vielen Eingänge der vatikanischen Gärten bildete. Rechts vor ihr lag die zum Abendmahlsbrunnen hinaufführende geteilte Treppe.

Elena ging rasch, aber vorsichtig darauf zu, sah sich unterwegs mehrmals um, als habe sie kein bestimmtes Ziel, und war für den Fall, daß sie angehalten wurde, darauf gefaßt, einfach zu behaupten, sie habe die Museen durch den falschen Ausgang verlassen und sich hier verlaufen.

Sie nahm die rechte Treppe, erreichte den Brunnen, wandte sich erneut nach rechts und hatte am Fuß einer gewaltigen Pinie mehrere große Pflanzentröge vor sich. Nun sah sie sich nochmals verwirrt um, als habe sie sich tatsächlich verlaufen. Nachdem sie festgestellt hatte, daß sie nicht beobachtet wurde, zog sie eine Gürteltasche aus schwarzem Nylonmaterial aus ihrer Fototasche und versteckte sie hinter den Pflanzentrögen. Dann richtete sie sich mit einem weiteren Blick in die Runde auf, ging auf dem gleichen Weg zurück, überquerte den Hof, zog die Tür des Notausgangs auf, betrat das Gebäude und riß im Vorbeigehen den Klebstreifen von dem Türschloß ab. Sie ließ die Tür hinter sich zufallen und hastete die Treppe in den ersten Stock hinauf.

144

9.40 Uhr

Auf der Herrentoilette öffnete Danny vorsichtig die Tür seiner Kabine und sah hinaus. Zwei Männer standen an den Urinalen, ein weiterer bohrte vor dem Spiegel in seinen Zähnen. Er machte die Kabinentür ganz auf, fuhr mit seinem Rollstuhl zu der auf den Korridor hinausführenden Schwingtür und versuchte sie aufzustoßen. Aber das ging nicht: Draußen war jemand, der hereinzukommen versuchte. Danny sah sich rasch um. Die anderen Männer standen wie zuvor da. Keiner der drei beobachtete ihn.

»Hey!« sagte eine Stimme auf der anderen Seite der Tür.

Danny rollte etwas zurück. Er wußte nicht, was ihn erwartete, aber seine Hand umfaßte die Fototasche, um sie notfalls werfen zu können.

Die Tür schwang auf und zeigte Danny einen weiteren Rollstuhlfahrer: einen Amerikaner mit der Mütze der L.A. Dodgers. Der Mann hielt auf der Schwelle, so daß sie sich in ihren Rollstühlen gegenübersaßen.

»Sind Sie echt ein Yankee-Fan?« Der Mann starrte Dannys Baseballmütze an und grinste. »Für mich spinnt jeder, der das ist.«

Danny sah an ihm vorbei auf den Korridor hinaus. Draußen schoben sich in beiden Richtungen Besucherströme vorbei. Wo blieb Elena? Sie durften keine Zeit vergeuden. Harry würde schon draußen in den vatikanischen Gärten sein, um sich die Gürteltasche zu holen.

»Ich mag bloß gern Baseball. Ich habe jede Menge Mützen.« Danny wich noch etwas weiter zurück. »Kommen Sie rein, damit ich raus kann.«

»Welche Teams gefallen Ihnen am besten?« Der Mann rührte sich nicht von der Stelle. »Haben Sie ein Lieblingsteam? In welcher Liga, American oder National?«

Plötzlich erschien Elena hinter dem Dodgers-Fan.

Danny sah ihn an und zuckte mit den Schultern. »Da wir im Vatikan sind, sollte ich mich wohl für die Padres entscheiden... Entschuldigung, ich muß weiter.«

Der Mann grinste breit. »Klar doch, Kumpel.« Er rollte in die Toilette, so daß Danny hinausfahren konnte.

Elena trat hinter seinen Rollstuhl und schob ihn weiter. Aber schon nach wenigen Metern faßte Danny nach den Rädern, um sie abzubremsen.

»Stopp!« sagte er.

Vor ihnen überquerten Eaton und Adrianna Hall, die sich einer Gruppe angeschlossen hatten, das Ende des Korridors. Beide wirkten hellwach und sahen sich um, als hielten sie Ausschau nach jemandem.

Danny sah zu Elena auf. »Wir kehren um und verschwinden in die andere Richtung.«

Hätte es hier eine Telefonzelle gegeben, wäre Harry sich wie Superman vorgekommen. Aber es gab keine, sondern nur eine niedrige Mauer vor dichten Büschen gegenüber der Stelle, an der er aus dem Petersdom getreten war. Dahinter war er verschwunden und hatte die Priesterkleidung abgelegt, so daß er jetzt Leinenhose und Arbeitshemd trug.

Nachdem er seine Priesterkleidung unter den Büschen versteckt hatte, bückte Harry sich nach einer Handvoll trockener Erde, die er über Schuhe, Hose und Hände verteilte. Dann trat er aus dem Gebüsch, ließ auf der schmalen Straße einen kleinen schwarzen Fiat vorbeifahren und setzte sich in Bewegung. Er konnte nur hoffen, daß er genug Ähnlichkeit mit einem Gärtner hatte, um nicht aufzufallen.

Er überquerte mit energischem Schritt die leicht abfallende gepflegte Rasenfläche und erreichte den Fußweg, der zum Abendmahlsbrunnen führte. Nachdem er sich mit einem kurzen Blick in die Runde orientiert hatte, nahm er die rechte Treppe. Oben blieb er stehen und sah sich erneut um. Er war allein. Vor sich hatte er die Pflanzentröge unter der Pinie, die Danny ihm beschrieben hatte. Als er darauf zuging, verließ seine bisherige Kaltblütigkeit ihn plötzlich. Er hörte sich schwer atmen, spürte den lästigen Druck der Pistole, die er unter seinem Hemd im Hosenbund trug, und fühlte sein Herz jagen.

Dann stand er vor den Pflanzentrögen am Fuß der gewaltigen Pinie. Nach einem weiteren besorgten Blick in die Runde kniete er davor nieder. Als seine Hand das Nylonmaterial ertastete, atmete er unwillkürlich auf.

Mit einem erneuten Blick über das Gebäude stand er auf und trat in den Schatten der Pinie. Er knöpfte sein Hemd auf, befestigte die Gürteltasche um seine Taille, steckte die Pistole dahinter und knöpfte das Hemd wieder zu. Unter seinem weiten Hemd, das er über der Hose trug, war die Gürteltasche gut getarnt, als Harry jetzt wieder die Treppe hinunterging. Das Ganze hatte kaum dreißig Sekunden gedauert.

Das grausame Knirschen, mit dem das Schloß aufgesperrt wurde, ließ Marsciano hochschrecken. Dann öffnete sich die Tür des Turmapartments, und Thomas Kind trat ein. Auf dem Flur hinter ihm war Anton Pilger zu sehen, der mit verschränkten Armen dastand und in den Raum starrte. Er blieb draußen, während Kind den Raum durchquerte.

»*Buon giorno,* Eminenz«, sagte er. »Sie gestatten?«

Marsciano beobachtete schweigend, wie Kind sich gründlich in seinem Zimmer umsah und dann im Bad verschwand. Gleich darauf kam er wieder heraus und ging zu der Glastür. Er öffnete sie, trat auf den winzigen Balkon, legte beide Hände auf das glatte Geländer, blickte in den Park hinunter und sah dann die glatte Ziegelmauer entlang zum Dach auf.

Dann kam er befriedigt zurück, schloß die Glastür und musterte Marsciano einige Sekunden lang.

»Danke, Eminenz«, sagte Kind schließlich. Er durchquerte den Raum und zog die Tür hinter sich zu. Das Knirschen, mit dem das alte Schloß zugesperrt wurde, ließ Marsciano einen kalten Schauder über den Rücken laufen. Dieses Geräusch war ihm unerträglich geworden.

Während er sich abwandte, fragte er sich, warum der Killer ihn in den letzten vierundzwanzig Stunden dreimal aufgesucht und jedesmal dieselben Kontrollen vorgenommen hatte.

146

»Hinter der gegenüberliegenden Tür rechts«, sagte Danny, als Elena ihn durch das Papstzimmer, den letzten Raum der Borgia-Apartments, schob.

Aus Pater Daniels ganzer Art sprach nervöse Ungeduld, die Elena bisher nicht an ihm kannte. Der drängende Unterton, der jetzt in seiner Stimme lag – das war mehr als nur Konzentration auf die vor ihnen liegende Aufgabe. Das war Angst.

Sie bog zu der Tür wie angewiesen rechts ab und schob Danny

einen langen Korridor hinunter. Etwa in der Mitte befand sich links ein Aufzug.

»Dort halten«, sagte Danny knapp.

Sie blieben vor dem Aufzug stehen, und Elena drückte auf den Rufknopf.

»Was ist los, Pater? Irgend etwas ist passiert. Was?«

Danny beobachtete einige Sekunden lang die Leute, die an ihnen vorbeigingen, um von einer Galerie zur anderen zu gelangen, und sah dann zu Elena auf. »Ich habe Eaton und Adrianna Hall hier gesehen. Sie sind auf der Suche nach uns. Aber sie dürfen uns auf keinen Fall finden.«

Nun öffnete sich die Aufzugtür. Während der Aufzug sich mit ihnen nach unten in Bewegung setzte, zog Danny den Schlüsselbund heraus, den Pater Bardoni ihm in Lugano gegeben hatte. Er steckte einen Schlüssel in die Öffnung unter den beleuchteten Knöpfen und drehte ihn nach rechts.

Elena beobachtete, wie der Aufzug das Erdgeschoß passierte und weiter in die Tiefe sank. Als er hielt, lag vor der Tür ein nur schwach beleuchtetes Kellergeschoß. Danny zog den Schlüssel ab und betätigte einen roten Kippschalter, auf dem »Halt« stand.

»Okay. Erst etwas nach links, dann scharf rechts den Korridor entlang.«

Zwanzig Sekunden später erreichten sie den großen Maschinenraum, in dem die Belüftungsanlage der Vatikanischen Museen arbeitete.

147

10.10 Uhr

Marmorboden, gepolsterte Holzbänke, ein halbkreisförmiger Marmoraltar mit einem Bronzekruzifix, die Decke aus leuchtendfarbigen Glassegmenten – die Privatkapelle des Heiligen Vaters.

Wie oft war Palestrina schon in diesem Raum gewesen? Um mit dem Papst oder den auserlesenen Gästen zu beten, die hierher eingeladen worden waren. Könige, Präsidenten, Staatsmänner.

Aber dies war das erste Mal, daß er ohne Vorankündigung aufgefordert worden war, sich hier mit dem Heiligen Vater zum Gebet zu treffen. Als er jetzt hereinkam, sah er den Papst mit zum Gebet gebeugtem Haupt in seinem Bronzesessel vor dem Altar sitzen.

Leo XIV. sah auf, als Palestrina näher trat. Er ergriff die Hände des Kardinals und sah ihm mit durchdringendem Blick sorgenvoll ins Gesicht.

»Was gibt es, Euer Heiligkeit?« fragte Palestrina ruhig.

»Heute ist kein guter Tag, Eminenz.« Der Papst sprach mit kaum hörbarer Stimme. »Ich empfinde böse Vorahnungen. Mein Herz ist von Angst und Schrecken erfüllt. Seit dem Aufwachen scheint ein Gespenst auf meiner Schulter zu sitzen. Ich kann es nicht genau erkennen, aber es scheint mit Ihnen zusammenzuhängen, Eminenz. Als seien Sie ein Teil dieser Finsternis.« Der Papst zögerte, während er Palestrina forschend betrachtete. »Sagen Sie mir, was das bedeutet…«

»Das weiß ich nicht, Euer Heiligkeit. Mir kommt dieser Tag wie ein heller, warmer Sommertag vor.«

»Dann beten Sie mit mir, daß ich mich täusche. Daß meine bösen Vorahnungen wieder vergehen. Beten Sie mit mir um die Erlösung des Geistes.«

Der Papst erhob sich aus seinem Sessel, und die beiden Männer knieten vor dem Altar nieder. Palestrina hörte gebeugten Hauptes zu, wie Leo XIV. laut betete, und wußte, daß die Befürchtungen des Heiligen Vaters nicht zutrafen.

Die namenlosen Schrecken, die Palestrina in den ersten Stunden dieses Tages empfunden hatte, als Krankheit und Tod bringende Gespenster ihn hatten hochfahren lassen, hatten sich plötzlich und unvorhersehbar in Wohlgefallen aufgelöst, nachdem Thomas Kind angerufen hatte, um ihm von Li Wen zu berichten.

Erst vor knapp einer Stunde hatte Pierre Weggen ihm telefonisch mitgeteilt, obwohl feststehe, daß die Seen vorsätzlich vergiftet worden seien – nach chinesischer Darstellung von »einem geistesgestörten Wasserkontrolleur« –, habe die Führung in Peking beschlossen, an dem Plan zur Erneuerung aller Wasserversorgungsanlagen festzuhalten. Diese Entscheidung sollte nicht nur die traumatisierte, noch immer ängstliche und unruhige Bevölkerung beschwichtigen, sondern auch der Weltöffentlichkeit beweisen, daß die Zentralregierung nach wie vor das Heft in der Hand hielt. Sie bedeutete zugleich, daß Palestrinas »chinesisches Protokoll« weiter in Kraft bleiben und nicht etwa revidiert werden würde.

Außerdem hatte Thomas Kind diesmal geliefert, was er versprochen hatte: Mit dem Tod Li Wens und Chen Yins war die Gefahr gebannt, daß jemand eine Straße entdeckte, die von China nach Rom führte. Und unter Thomas Kinds bewährter Regie würde sich der letzte Akt des Dramas schon sehr bald hier im Vatikan abspielen, zu dem die beiden Addisons sich hingezogen fühlten wie Motten zum Licht. Weder Pater Daniel noch sein Bruder waren von Geistern entsandte Todesboten, sondern verkörperten lediglich eine Gefahr, die eliminiert werden mußte.

Der Heilige Vater hatte sich getäuscht. Das Gespenst, das er auf seiner Schulter sitzend wähnte, war nicht etwa der Schatten von Palestrinas Tod, sondern das Spiegelbild der emotionalen und spirituellen Gebrechlichkeit eines ängstlichen Greises.

148

10.15 Uhr

Roscani knabberte vor Ungeduld an einem Fingerknöchel, während er beobachtete, wie die Rangierlok langsam auf sie zukam. Der größte Teil des ehemals hellgrünen Anstrichs der alten, klapprigen Lokomotive war unter einer öligen Schmutzschicht verschwunden.

»Sie ist zu früh dran«, sagte Scala vom Rücksitz aus.

»Macht nichts. Hauptsache, sie kommt überhaupt«, meinte Castelletti, der vorn neben Roscani saß.

Sie beobachteten die Rangierlok aus Roscanis blauem Alfa, der auf halber Strecke zwischen der Stazione San Pietro und dem Tor in der Vatikanmauer am Randstein geparkt stand. Während die grüne Lokomotive näher kam, hörten sie das Geräusch von Bremsklötzen auf Stahlrädern, als der Lokführer die Bremse betätigte. Die Diesellok rollte vorbei, wurde langsamer und hielt dann. Ein

Rangierer kletterte aus dem Führerstand und ging auf den Gleisen zur Abzweigung voraus. Die Polizisten beobachteten, wie er eine Weiche aufsperrte und den langen Weichenhebel umlegte. Auf seinen Pfiff hin fuhr die Lok mit einer schwarzen Dieselqualmwolke auf das Anschlußgleis und stoppte nach einem weiteren Pfiff. Der Rangierer stellte die Weiche wieder um und kletterte in den Führerstand zurück.

Scala beugte sich nach vorn. »Für den Zeitplan der Addisons wäre es ziemlich schlecht, wenn sie gleich reinfahren würden.«

Castelletti schüttelte den Kopf. »Das machen sie nicht. Sie warten hier draußen, bis sie um Punkt elf durch das Tor in den Vatikan fahren können. Kein italienischer Eisenbahner würde den Papst verärgern wollen, indem er zu früh oder zu spät kommt.«

Nach einem Blick zu Castelletti hinüber beobachtete Roscani wieder die Rangierlok. Worauf er sich eingelassen hatte, machte ihm immer mehr Sorgen. Vielleicht hatte er sich aus einem übergroßen Wunsch nach Gerechtigkeit selbst eingeredet, die Brüder Addison könnten ihm irgendwie dazu verhelfen. Aber je länger er darüber nachdachte, desto klarer wurde ihm, daß sie verrückt waren. Und am verrücktesten war er selbst, weil er sie hatte gewähren lassen. Die Addisons glaubten, auf alles vorbereitet zu sein, aber wie wollten sie gegen Farels Männer in Schwarz bestehen, von Thomas Kind ganz zu schweigen? Das Dumme war nur, daß Roscanis Einsicht zu spät kam, weil das Unternehmen bereits angelaufen war.

10.17 Uhr

Danny saß mit unbeholfen seitlich weggestreckten blauen Beinverbänden auf dem Fußboden. Vor sich hatte er einen halben Quadratmeter zerknüllter Zeitungen, auf denen er im Rollstuhl gesessen hatte. Auf den Zeitungen breitete er acht der mit Rum und Olivenöl getränkten Stoffetzen aus, die jetzt direkt vor dem Haupteinlaß des Lüftungssystems der Vatikanischen Museen lagen.

»Oorah!« murmelte Danny. »Oorah!« Das war der alte keltische Schlachtruf, den die Marineinfanterie übernommen hatte. Dieser alte Schrei war anspornend und erschreckend zugleich. Bisher hatte alles nur zur Vorbereitung ihres Unternehmens gedient; an dieser Stelle würde es im Ernst beginnen.

»Oorah!« wiederholte er halblaut, als er die Stoffetzen gleichmäßig ausgelegt hatte. Er sah über die Schulter hinweg zu Elena hinüber, die mit einem verbeulten Blecheimer, der ein Dutzend wassergetränkte Papierhandtücher enthielt, an dem Emailwaschbecken an der Wand stand.

»Fertig?«

Sie nickte.

»Gut.«

Nach einem Blick auf seine Armbanduhr riß Danny ein Zündholz an und entzündete einen Stoffetzen nach dem anderen. Sie fingen augenblicklich Feuer, qualmten dabei ölig-braun und setzten das Zeitungspapier in Brand. Danny drehte sich rasch nach links, wo weitere zerknüllte Zeitungen lagen, und warf sie auf das Feuer. Sekunden später loderte es hoch auf.

»Jetzt!« rief er.

Elena war sofort bei ihm. Sie kniff die Augen zusammen, als die Hitze des Feuers ihr entgegenschlug, nahm die nassen Papierhandtücher aus dem Eimer und breitete sie nebeneinander über dem Brandherd aus.

Die Flammen erloschen fast augenblicklich. Wo sie eben noch gelodert hatte, stiegen jetzt dichte braun-graue Rauchschwaden auf, die aber nicht den Kellerraum füllten, sondern in das Lüftungssystem gesaugt wurden. Danny rutschte befriedigt zurück, und Elena half ihm in seinen Rollstuhl. Dabei sah er zu ihr auf.

»Weiter«, sagte er.

149

10.25 Uhr

Harry stand im tiefen Schatten der Pinien unmittelbar nordöstlich des Kutschenmuseums und wartete, bis ein Gärtner auf seinem Elektrokarren vorbeigefahren war. Dann kam er unter den Bäumen hervor, leise fluchend, weil der Reißverschluß der Gürteltasche klemmte. Als er ihn endlich aufbekam, zog er einen Plastikbeutel heraus, nahm einen der zusammengerollten Brandbeschleuniger heraus und steckte den Beutel wieder ein.

»Los!« sagte er laut. Dann kniete er nieder, raffte einen großen Berg Piniennadeln zusammen, steckte den mit Öl und Rum getränkten Stoffetzen darunter und zündete ihn an. Die trockenen Nadeln brannten wie Zunder. Er zählte langsam bis fünf, bevor er das Feuer mit weiteren Nadeln bedeckte. Es rauchte kurz, brannte dann aber mit heller Flamme weiter. Nun bedeckte Harry es mit mehreren Armen voller klatschnasser Blätter, die er unter der nächsten Hecke, die erst morgens gegossen worden war, herausholte.

In diesem Augenblick hörte er die ersten Alarmsirenen in den Vatikanischen Museen losheulen. Nachdem er eine letzte Ladung Blätter auf das Feuer geworfen und die starke Rauchentwicklung beobachtet hatte, sah er sich nochmals um und ging dann rasch den Hügel zur Viale Centrale del Bosco hinauf.

Elena starrte blicklos ins Leere, während sie darauf wartete, daß der Aufzug hielt. Sie versuchte, das Sirenengeheul zu überhören und nicht an eine mögliche Panik unter den Museumsbesuchern zu denken oder daran, daß der Rauch unersetzliche Kunstwerke beschädigen könnte. »Nicht sehr wahrscheinlich«, hatte Pater Daniel ihr erklärt. Dann hielt der Aufzug, und die Tür öffnete sich. Jetzt vermengte starker Brandgeruch sich mit Sirenengeheul und dem Schrillen von Alarmglocken.

»Los, weiter!« drängte Danny. Sie schob ihn mit dem Rollstuhl auf den Korridor hinaus. Plötzlich befanden sie sich inmitten eines fast hysterischen Besucherstroms, der von Angehörigen der Vatikanpolizei in weißen Hemden vorwärts dirigiert wurde.

»Durch die Tür am anderen Ende«, verlangte Danny.

»Verstanden«, sagte Elena. Sie fühlte ihr Herz jagen, als sie Danny im Rollstuhl durch den Lärm und die dichter werdenden Rauchschwaden schob. Plötzlich mußte sie ohne bestimmten Grund an Harry denken, wie er sie wortlos angesehen hatte, kurz bevor er gemeinsam mit Herkules die Wohnung vor Tagesanbruch verlassen hatte. Aus seinem Blick hatten weder Sorge noch Angst, sondern nur Liebe gesprochen. Eine tiefe Empfindung, die sich kaum in Worte fassen ließ, außer daß sie dagewesen war, daß sie allein Elena gegolten hatte und ihr für den Rest ihres Lebens bleiben würde, wo sie auch war und was sie auch tat.

»Hier raus!« befahl Danny plötzlich.

Sein drängender Tonfall holte sie augenblicklich in die Gegenwart zurück. Elena befolgte seine Anweisungen und schob Danny energisch durch die Menschenmenge auf einen Innenhof hinaus, während Sirenengeheul die aufgeregten Schreie der aus zahlreichen Türen ins Freie strömenden Menschen übertönte. Sie beobachtete, wie Danny seine Fototasche öffnete und drei zusammengerollte Brandbeschleuniger und Zündholzbriefchen herausnahm, in die er zuvor filterlose Zigaretten geklemmt hatte, die als Lunten dienen würden.

»Dort drüben.« Er zeigte auf den ersten von drei großen Abfallbehältern, die mit ungefähr zwanzig Metern Abstand aufgestellt waren.

Aus allen offenen Fenstern und Türen quollen jetzt Rauchschwaden. Und überall wälzten sich Menschenmassen ins Freie, schiebend, stoßend, ängstlich, durcheinanderschreiend.

Danny griff mit öligen Fingern nach den Zündholzbriefchen und steckte sie einzeln in die zusammengerollten Stoffetzen.

»Nicht so schnell«, verlangte er, als sie sich dem ersten Abfallbehälter näherten. Elena ging langsamer. Danny hielt ein Streichholz an die erste als Lunte dienende Zigarette, überzeugte sich davon, daß sie anbrannte, sah sich kurz um und ließ dann den Brandsatz in den Behälter fallen.

»Weiter.«

Sie fuhren zum zweiten Abfallbehälter, bei dem sich dieser Vorgang wiederholte. Dann zum dritten.

Hinter ihnen brannte die erste Zigarette bis zu dem Zündholzbriefchen durch. Es flammte mit einer winzigen Verpuffung auf und entzündete den Brandbeschleuniger, der seinerseits den Abfall in Brand setzte.

»Wieder rein!« Danny mußte schreien, um die Alarmglocken und Sirenen zu übertönen.

Elena schob den Rollstuhl auf die nächste offene Tür zu, aus der weiter aufgeregte Menschenmassen und noch dichtere Rauchschwaden als zuvor quollen.

Über ihnen rannte ein halbes Dutzend *Vigili del fuoco*, vatikanische Feuerwehrleute, mit Helmen, Brandäxten und schweren Gummijacken die Dachkante entlang und hielten Ausschau nach Flammen. Anscheinend hatte noch niemand entdeckt, woher der Rauch kam. Plötzlich blieb einer der Männer stehen, deutete nach unten und rief etwas. Auch seine Kameraden sahen in dieselbe Richtung. Das zeigte ihnen, daß nun alle Abfallbehälter brannten.

Die beiden erreichten den Eingang.

»Scusi! Scusi!« kreischte Elena die Menge an, durch die sie mußten. Wie durch ein Wunder machten ihr genügend Menschen Platz, so daß sie den Rollstuhl weiterschieben konnte. Und dann waren sie in dem Gebäude, folgten einem Korridor und schlossen sich dem Menschenstrom an, der anderen Ausgängen zustrebte. Elena sah, wie Pater Daniel das Mobiltelefon aus seiner Brusttasche zog und eine Kurzwahlnummer eingab.

»Harry, wo bist du?«

»Auf dem Hügel. Nummer zwei brennt.«

Harry bewegte sich rasch durch ein dichtes Piniengehölz zur Nordwestecke des Parks und versuchte dabei, nicht daran zu denken, daß ihr Unternehmen zu klappen schien, obwohl sie im Augenblick nur zu dritt im Einsatz waren. Planung, Überraschung und Tatkraft des einzelnen, hatte Danny immer wieder betont, seien die Elemente jedes erfolgreichen Guerillaunternehmens, und bisher schien er recht zu behalten.

Fünfzig Meter hinter ihm ragte der Sendeturm von Radio Vatikan auf. In gleicher Entfernung rechts unterhalb seines Standorts begann jetzt starke Rauchentwicklung hinter einer hohen Hecke, wo er eben noch gewesen war. Und im Hintergrund sah er den Rauch seines ersten Feuers langsam in die Luft steigen.

»Praktisch kein Wind, Danny«, sagte Harry ins Mobiltelefon. »Der Rauch verteilt sich ganz langsam.«

»Du müßtest gleich bei den Absperrschiebern sein.«

»Richtig.«

Harry zwängte sich durch eine Öffnung in dem schützenden Heckenquadrat und hatte eine Betonwanne mit der freiliegenden

Hauptwasserleitung und zwei Absperrschiebern vor sich. Nach Dannys Beschreibung war dies nicht die eigentliche Absperrvorrichtung, sondern eine ehemalige Zwischensperre, die praktisch nicht mehr benutzt wurde. Falls die Techniker vom Dienst nicht zufällig alte Hasen waren, wußten sie vermutlich nicht einmal, daß sie existierte. Trotzdem ließ sich mit diesen Schiebern die gesamte Wasserversorgung des Vatikans abstellen, so daß alle tiefer gelegenen Gebäude, darunter die Peterskirche, die Museen, der Vatikanpalast und die Verwaltungsgebäude, ohne Wasser waren.

»Ich habe sie vor mir. Zwei gegenüber angeordnete Schieber.«

Elena kippte den Rollstuhl nach hinten und fuhr so mit Danny eine Treppe hinunter, noch tiefer in den Rauch hinein.

»Wie schlimm verrostet?« Der Rauch ließ Danny bellend husten.

»Weiß ich noch nicht«, sagte Harry knapp.

Elena machte am Fuß der Treppe halt und öffnete ihre Fototasche. Hustend und sich ihre tränenden Augen wischend, nahm sie zwei feuchte Taschentücher heraus und entfaltete sie. Nachdem sie Danny das erste vor Mund und Nase gebunden und hinter seinem Kopf verknotet hatte, band sie sich das zweite um und schob dann den Rollstuhl weiter in die Chiaramonti-Skulpturengalerien. Die Porträtbüste von Cicero, Herakles mit seinem Sohn, die Statue des Tiberius und das Riesenhaupt des Augustus waren in den Rauchschwaden, in denen Menschenmassen nach beiden Richtungen durch die lange, schmale Galerie wogten, kaum zu erkennen. Alle Besucher waren auf der Suche nach einem Fluchtweg.

»Harry?« Danny hielt das Mobiltelefon an sein Ohr gepreßt.

»Der erste Schieber ist geschlossen. Der zweite …«

Harrys Gesicht war vor Anstrengung verzerrt. Das Handrad des zweiten Schiebers war festgerostet, so daß er seine gesamte Kraft aufwenden mußte, um es zu drehen. Dann gab es plötzlich nach. Er verlor das Gleichgewicht, fiel gegen den Absperrschieber und schlug sich dabei die Fingerknöchel auf. Das Mobiltelefon flog zwei, drei Meter weit weg.

»Verdammt!«

Elena, die mit dem vorgebundenen Taschentuch wie Danny einem Banditen aus dem Wilden Westen glich, drehte den Rollstuhl zur Seite und zog ihn zurück, um einem halben Dutzend japanischer Touristen auszuweichen, die sich an den Händen haltend, schreiend, würgend und mit wegen des beißenden Rauchs tränenüberströmten Gesichtern durch die Galerie trabten. Dabei warf sie einen Blick aus einem der schmalen Fenster und sah mit Gewehren bewaffnete Männer in blauen Hemden und mit Baretten auf den Innenhof stürmen.

»Pater!« sagte sie besorgt.

Danny sah hinaus. »Schweizergarden«, stellte er fest. Er sprach wieder ins Telefon, als Elena ihn weiterschob. »Harry?«

»Was gibt's?«

Harry stand gebückt da, hatte eben das Mobiltelefon aufgehoben und saugte dabei an seinem blutigen Fingerknöchel.

»Was ist passiert?«

»Das verdammte Wasser ist abgedreht.«

Danny hob eine Hand, als sie das andere Ende der Galerie erreichten. Elena hielt den Rollstuhl an. Vor sich hatten sie die geschlossene Eingangstür der nächsten Galerie. Die Galleria Lapidaria, die Inschriftengalerie. Soviel zu erkennen war, schien sie bereits menschenleer zu sein.

Hier waren sie erstmals allein. Die Menschen, das Gedränge und die Panik bewegten sich in die entgegengesetzte Richtung.

»Ich bin zum dritten Feuer unterwegs. Seid ihr draußen?« fragte Harry ins Telefon.

»Noch zwei Halte.«

»Beeilt euch, verdammt noch mal!«

»Draußen wimmelt es von Schweizergarden.«

»Vergeßt die beiden letzten Halte.«

»Tun wir das, hast du Farel und die Schweizergarden auf dem Hals.«

»Dann laß das Gequatsche und mach weiter!«

»Harry«, Danny sah sich um. Ein Blick aus dem Fenster zeigte ihm Schweizergarden, die Gasmasken aufsetzten, und Feuerwehrmänner mit Äxten und Atemschutzgeräten.

»Eaton treibt sich irgendwo hier herum. Er hat Adrianna Hall mitgebracht.«

»Wieso zum Teufel ist er hier aufgekreuzt?«

»Keine Ahnung.«

»Danny, vergiß Eaton. Sieh zu, daß ihr dort rauskommt!«

150

»Das ist ein Ablenkungsmanöver.« Thomas Kind stand auf der Zufahrtsstraße unterhalb des Turms, beobachtete die aus den Vatikanischen Museen quellenden Rauchschwaden und sprach dabei in sein Handfunkgerät. In der Ferne war das Sirenengeheul von Rettungsfahrzeugen zu hören, die aus verschiedenen Stadtteilen zum Vatikan unterwegs waren.

»Was haben Sie vor?« erkundigte Farels Stimme sich.

»Ich bleibe bei meinem Plan. Und Sie sollten bei Ihrem bleiben.« Thomas Kind unterbrach die Verbindung und ging wieder in Richtung Turm zurück.

Herkules, der zusammengekauert auf der Mauer hockte und das Ende seines Kletterseils zu einer Schlinge verknotete, beobachtete Thomas Kind, der in sein Handfunkgerät sprach, während er den Weg zum Turm heraufkam. Tief unter sich konnte er die Männer in Schwarz hinter der Hecke sehen.

Der Zwerg wartete, bis Thomas Kind am Turm vorbeigegangen war. Dann richtete er sich auf, hängte sich seine zusammengebundenen Krücken über die linke Schulter und schwang das Seilende mit der Schlinge wie ein Lassowerfer. Nach kurzem Zögern warf er das Seil nach oben über das Turmdach.

Die Schlinge fiel über ein massives Eisengeländer, schien sich verhaken zu wollen, rutschte ab und fiel zurück. Als das Seil schlaff wurde, schaute Herkules sich erneut um. In der Ferne sah er dichte Rauchschwaden aus den Museumsgebäuden quellen, und auf dem Hügel jenseits der Bäume im Vordergrund stiegen ebenfalls Rauchwolken auf. Herkules schwang nochmals das Seil. Es kam schlaff zurück, und er beschimpfte sich selbst. Und warf es gleich wieder.

Beim fünften Versuch saß die Schlinge irgendwo fest, und er ruckte prüfend daran. Als es nicht nachgab, hangelte er sich mit seinen Krücken über der Schulter zufrieden grinsend daran hoch. Sekunden später verschwand er über die Dachbrüstung und war vom Park aus nicht mehr zu sehen.

151

»Verdammt!« Eaton, der wegen des Rauchs husten mußte, obwohl er sein Taschentuch an den Mund gepreßt hielt, suchte an einem Fenster der Gobelingalerie stehend mit tränenden Augen den Hof ab und hielt in dem Massenexodus nach Rollstühlen Ausschau. Er hatte schon zwei Behinderte entdeckt, die aber eindeutig nicht die Gesuchten waren. Der Teufel mochte wissen, wo Pater Daniel und seine Krankenschwester in diesem Durcheinander steckten.

Rauch, Husten, tränende Augen und allgemeines Chaos konnten Adrianna nicht daran hindern, wie ein Wasserfall in ihr Mobiltelefon zu sprechen. Sie hatte zwei Kamerateams draußen, eines im Petersdom, das andere am Eingang zu den Vatikanischen Museen. Zwei weitere Teams waren unterwegs, und ein zusätzlich angeforderter Kamerahubschrauber sollte in Kürze eintreffen.

Plötzlich faßte Eaton sie am Arm, drehte sie zu sich herum und hielt die Sprechmuschel des Telefons zu.

»Sag ihnen, daß sie auf einen bärtigen Mann in einem Rollstuhl achten sollen, der von einer jungen Frau geschoben wird«, forderte er sie eindringlich auf. »Erzähl ihnen, daß er verdächtigt wird, den Brand gelegt zu haben oder was dir sonst einfällt. Sag ihnen, daß sie ihn nicht aus den Augen lassen dürfen und dich sofort benachrichtigen sollen, falls sie ihn sehen. Erwischt Thomas Kind ihn zuerst, ist es aus mit ihm.«

Adrianna nickte, und Eaton gab das Telefon frei.

Danny stemmte sich mit schmerzverzerrtem Gesicht in seinem Rollstuhl hoch und drückte mit seinem ganzen Körpergewicht gegen den Fensterrahmen. Sekundenlang passierte nichts. Endlich war ein lautes Knarren zu hören. Der alte Rahmen gab nach, und das Fenster öffnete sich eben weit genug, um den Blick auf den Belvederehof freizugeben. Das Feuerwehrgebäude stand genau gegenüber. Ein Wurf aus diesem Winkel würde schwierig sein. Trotzdem…

Er zog den Reißverschluß seiner Fototasche auf und nahm einen der vorbereiteten Molotowcocktails heraus. Dann sah er zu Elena auf, von deren Gesicht unter dem vorgebundenen Taschentuch nur Augen und Stirn sichtbar waren.

»Alles in Ordnung?«

»Ja.«

Danny nickte, hob die Bierflasche und zündete den heraushängenden Docht an.

Er zählte langsam bis fünf.

»Oorah!« grunzte er und warf die Flasche aus dem Fenster. Sie zerplatzte mit lautem Knall, dann stieg eine Flammenwand auf, als die brennende Flüssigkeit über das Pflaster und in die Büsche unter dem Fenster lief.

»Auf die andere Seite!« sagte er rasch, zog das Fenster zu und ließ sich in den Rollstuhl zurücksinken.

Drei Minuten später explodierte der nächste Molotowcocktail im Kies vor dem Cortile di S. Damasco in der Nähe des Papstpalasts, ließ wie der erste Brandsatz eine Flammenwand aufsteigen und entzündete das in der Nähe stehende Gebüsch.

152

In Farels Büro herrschte völliges Durcheinander. Der Feuerwehrkommandant war am Telefon, wollte wissen, was passiert sei, und brüllte, der Wasserdruck sei überall auf Null gesunken, als der erste Brandsatz vor dem Feuerwehrgebäude explodierte. Nun änderte sich der Tonfall des Kommandanten blitzartig. Handelte es sich um Terroranschläge oder nicht? Er dachte nicht daran, seine Leute gegen bewaffnete Terroristen einzusetzen. Dafür war Farel zuständig.

Farel, der sich darüber im klaren war, hatte seine Männer in Schwarz bereits zur Unterstützung der bewaffneten Schweizergarden in die Museen entsandt und lediglich sechs seiner Leute, darunter Thomas Kind und Anton Pilger, in der Umgebung des Turms zurückbehalten. Da explodierte der zweite Molotowcocktail.

Jetzt durfte er nichts mehr riskieren. Vielleicht waren das die Addisons, vielleicht auch nicht.

»Das Löschwasser ist Ihr Problem, Capo.« Farel fuhr sich mit einer schweißnassen Hand über den rasierten Kopf, seine heisere Stimme klang tiefer als sonst. »Vigilanza und Schweizergarden sind dabei, die Besucher in Sicherheit zu bringen. Ich bin nur für eines verantwortlich: die Sicherheit des Heiligen Vaters. Alles andere geht mich nichts an.« Er knallte den Hörer auf die Gabel und hastete zur Tür.

Herkules konnte beobachten, wie Harry das vierte Feuer legte. Dann sah er ihn aus dem Rauch auftauchen, sich Richtung Turm bewegen und hinter einer Reihe alter Olivenbäume verschwinden.

Nachdem Herkules das Seil mit einem sicheren Doppelknoten am Eisengeländer der Turmplattform befestigt hatte, ließ er es durch seine Finger gleiten, bis er den Rand des steil abfallenden Dachs erreicht hatte und hinuntersehen konnte. Sechs bis sieben Meter unter sich sah er den kleinen Balkon vor dem Apartment, in dem Marsciano gefangengehalten wurde. Wiederum acht bis zehn Meter tiefer lagen die vatikanischen Gärten. Eine Kleinigkeit, solange man nicht von unten beschossen wurde.

Jenseits der Zufahrt sah er ein weiteres Feuer aufflammen. Und dann noch eines, dessen dichte Rauchschwaden die Sonne verdüsterten und den Park in ein ungewisses Halbdunkel tauchten. Der sonnenhelle Morgen war plötzlich dunkel geworden. Harrys Feuer, der dichte Rauch aus den Museen und die völlige Windstille hatten bewirkt, daß der Vatikanhügel sich binnen Minuten in eine unwirkliche Traumlandschaft verwandelte, deren Umrisse bei den unten auf dem Erdboden herrschenden Sichtweiten von nur wenigen Metern kaum noch zu ahnen waren.

Unter sich hörte Herkules lautes Husten und Würgen. Als der Rauch sekundenlang lichter wurde, sah er die beiden Männer in Schwarz, die bisher in der Nähe des Eingangs gelauert hatten, auf der Suche nach frischer Luft zu ihren Kollegen hinter der Hecke hinüberlaufen.

Gleichzeitig sah er eine von der Bahnstation herkommende Gestalt über die Zufahrt huschen und in der hohen Hecke auf der anderen Seite verschwinden. Herkules nahm seine Krücken von der Schulter, richtete sich kniend auf und schwenkte die Krücken über seinem Kopf. Im nächsten Augenblick tauchte Harrys Kopf hinter der Hecke auf. Herkules benutzte die Krücken, um auf die Stelle zu deuten, wo die vier Männer in Schwarz versteckt waren. Harry hob eine Hand, damit Herkules wußte, daß er ihn verstanden hatte; dann wurde er wieder von Rauchschwaden verdeckt. Fünfzehn Sekunden später loderten an der Stelle, wo Harry eben noch gewesen war, hellrote Flammen auf.

10.38 Uhr

Roscani, Scala und Castelletti standen neben dem blauen Alfa, beobachteten wie halb Rom die aufsteigenden Rauchwolken und hörten das Sirenengeheul. Im Polizeifunk war Interessantes zu hören: der Funkverkehr zwischen Vatikanpolizei und Feuerwehr, zwischen römischer Polizei und Feuerwehren. Und sie hörten, wie Farel persönlich einen Hubschrauber für den Papst anforderte, der jedoch nicht auf dem Hubschrauberlandeplatz hinter den vatikanischen Gärten, sondern auf dem Flachdach der päpstlichen Residenz landen sollte.

Fast im gleichen Augenblick sahen sie eine Dieselqualmwolke über der Rangierlok aufsteigen. Die kleine grüne Lokomotive setzte sich in Bewegung und fuhr langsam auf das Tor in der Vatikanmauer zu. Daß der Papst ausgeflogen und der größte Teil des Vatikans geräumt wurde, hatte keine Auswirkungen auf ihren Auftrag. Das Gleis stand nicht in Flammen, und niemand hatte sie zurückbeordert. Also fuhren sie los, um auftragsgemäß einen alten Güterwagen abzuholen.

»Wer hat eine Zigarette für mich?« fragte Roscani seine beiden Kollegen.

»Mach keinen Mist, Otello«, mahnte Scala. »Du hast das Rauchen aufgegeben, du kannst doch jetzt nicht wieder damit anfangen.«

»Wer sagt denn, daß ich sie anzünden will?« knurrte Roscani.

Scala zögerte. Er merkte, wie beunruhigt Roscani war. »Du machst dir Sorgen wegen dieser Sache, besonders um die beiden Amerikaner.«

Roscani erwiderte seinen Blick einige Sekunden lang. »Ja«, sagte er dann nur, wandte sich ab und setzte sich in Bewegung. Unten am Gleis blieb er stehen, um die Rangierlok auf ihrer langsamen Fahrt in den Vatikan zu beobachten.

153

10.40 Uhr

Im Schatten einer Hecke in der Nähe des St.-Johannes-Turms parkte ein schwarzer Lancia. Es war der Wagen, mit dem die Leichen der Brüder Addison aus dem Vatikan abtransportiert werden sollten.

Thomas Kind saß am Steuer. Hier im Wagen war er vor dem Rauch einigermaßen sicher. Sobald der erste Brand ausgebrochen war, hatte er gewußt, daß die Brüder unterwegs waren. Anfangs hatte er das Feuer für ein simples Ablenkungsmanöver gehalten, aber als die Brände den gesamten Vatikan einnebelten, hatte er gemerkt, daß dahinter jemand mit militärischer Spezialausbildung steckte. Er wußte, daß Pater Daniel als Scharfschütze einer Eliteeinheit des U.S. Marine Corps angehört hatte, aber die raffiniert einfachen und wirkungsvollen Brände bewiesen ihm, daß der Priester eine spezielle Ausbildung für den Einsatz hinter feindlichen Linien haben mußte. Wahrscheinlich hatte er sie bei den SEALS erhalten, den Kampfschwimmern der U.S. Navy, die als Einzelkämpfer dafür ausgebildet waren, mit einigen wenigen Männern zu erreichen, wofür sonst starke Kräfte notwendig waren.

Das bedeutete, daß die Addisons weit erfinderischer und gefährlicher waren, als er ursprünglich angenommen hatte. Aus dieser Überlegung wurde er gerissen, als unmittelbar vor ihm Harry Addison in einer Lücke der Hecke auftauchte und in Richtung Turm laufend wieder im Rauch verschwand.

Thomas Kinds erste Reaktion war, Harry sofort zu verfolgen und selbst zu liquidieren. Seine Hand lag schon auf dem Türgriff, aber dann ließ er sie mit bewußter Willensanstrengung sinken. Seine Reaktion war nicht nur nicht strategisch, sondern auch impulsiv unbeherrscht gewesen. Es war ein Wiederaufflammen alter Empfindungen, die ihn erschreckten. Genau daran hatte er zuvor gedacht, als er sich eingestanden hatte, krank zu sein, und beschlossen hatte, sich von diesem Unternehmen zu distanzieren.

Es gab hier andere Männer, die dafür bezahlt wurden, daß sie die Schmutzarbeit erledigten. Er mußte sie ihnen überlassen und sich selbst aus dieser Sache heraushalten. Nur so konnte er auf Heilung hoffen.

Kind griff rasch nach seinem Handfunkgerät. »Hier spricht *S*«, sagte er ins Mikrofon. *S* war sein Rufzeichen als Kommandeur der Männer. »Zielperson B trägt Zivilkleidung und bewegt sich allein in Richtung Turm. Laßt ihn rein, und eliminiert ihn sofort.«

Harry blickte aus dem Gebüsch am Fuß des St.-Johannes-Turms durch den Rauch nach oben. Herkules war eben noch zu erkennen. Der Zwerg deutete wieder zu der Hecke hinüber, hinter der die Männer in Schwarz lauerten. Harry hob eine Hand, um zu zeigen, daß er die Warnung verstanden hatte, und setzte sich dann mit schußbereiter Waffe in Bewegung. Sekunden später hatte er die schwere Glastür des Turms erreicht, stieß sie auf und trat über die Schwelle. Er ließ die Tür zufallen, sperrte sie ab und drehte sich um. Vor sich hatte er den Eingangsraum im Erdgeschoß mit einer schmalen Treppe und einem kleinen Aufzug.

Nach einem raschen Blick zum Eingang hinüber drückte er auf den Rufknopf des Aufzugs und wartete, bis die Aufzugtür sich öffnete. Dann griff er hinein und betätigte den Kippschalter, unter dem »Nothalt« stand. Mit dem Griff seiner Calico als Hammer schlug er den roten Plastikhebel ab, so daß niemand mehr den Aufzug benutzen konnte.

Nach einem Blick zur Eingangstür hinüber rannte er die Treppe hinauf.

Harry befand sich auf halber Höhe, als er hörte, wie unten an der Tür gerüttelt wurde. Es konnte nur noch Sekunden dauern, bis seine Verfolger das Glas einschlugen und hinter ihm die Treppe heraufkamen.

Er sah nach oben. Nach weiteren zehn bis zwölf Stufen bog die Treppe scharf nach rechts ab. Harry lief die restlichen Stufen hinauf, blieb an der Ecke stehen und schob sich mit schußbereiter Calico vorsichtig weiter. Aber hinter der Ecke war nur die Fortsetzung der Treppe zu sehen, ungefähr zwanzig Stufen bis zum nächsten Stockwerk.

Plötzlich hörte er unter sich das Klirren der eingeschlagenen Glastür. Als er sich über das Geländer beugte, sah er zwei Männer in Schwarz mit schußbereiten Waffen hereinstürmen und zur Treppe laufen. Er verschwand rasch um die Ecke, schob seine Calico in den Hosenbund und holte den aus einer Bierflasche improvisierten Molotowcocktail aus seiner Gürteltasche. Auf der Treppe waren bereits die stampfenden Schritte seiner Verfolger zu hören.

Harry riß ein Zündholz an, hielt es an den Docht der Brandflasche und zählte langsam bis drei. Dann trat er plötzlich vor und schleuderte den Molotowcocktail dem ersten Mann vor die Füße. Das Zersplittern der Flasche und das dumpfe Fauchen der hochschlagenden Flammen ging in einem Kugelhagel unter. Geschosse zerfetzten die Treppe neben Harry, surrten als Querschläger von Decke und Wänden. Aber unmittelbar darauf hörte Harry unter sich nur noch die gellenden Schreie der in Flammen gehüllten Männer.

»Diesmal haben Sie Pech«, blaffte eine mit starkem Akzent sprechende Stimme über ihm.

Harry warf sich herum und riß dabei die Calico aus seinem Hosenbund. Eine vertraute Gestalt kam die Treppe herab auf ihn zu: Jung, in einem schwarzen Anzug, hellwach, tödlich – Anton Pilger. Er hielt einen großkalibrigen Revolver in der Hand und wollte eben den Abzug betätigen.

Aber Harry schoß bereits. Er drückte mehrmals ab, so daß Pilgers Körper auf der Treppe zu tanzen schien, während Pilgers Schuß in die Stufe vor Harrys Füßen ging. Pilgers Gesichtsausdruck war eine Mischung aus Überraschung und Verwirrung.

Schließlich gaben seine Beine nach, und er sackte rückwärts auf die Treppe. Das Funkgerät in seiner Jacke knackte mehrmals laut, aber das war alles. In der nun folgenden Totenstille erinnerte sich Harry, daß er diese Stimme schon einmal gehört hatte. Plötzlich begriff er, was Pilger meinte, als er von Pech gesprochen hatte. Er hatte schon einmal versucht, Harry umzubringen, was ihm aber nicht gelungen war: in dem Abwasserkanal, nachdem Harry gefoltert worden war und bevor Herkules ihn gefunden hatte.

Dann beugte Harry sich über Pilger, nahm ihm das Funkgerät ab und lief weiter die Treppe hinauf.

154

10.45 Uhr

Marsciano stand mit dem Rücken an der Wand, als die Tür seines Apartments aufgesperrt wurde. Er hatte die Schüsse draußen im Gang gehört, das Klirren zerbrechenden Glases und die gellenden Schreie. Sein Stoßgebet enthielt eine zweifache Bitte: Pater Daniel möge kommen, um ihn herauszuholen – und er möge nicht kommen.

Dann flog die Tür auf, und Harry Addison stand auf der Schwelle.

»Alles in Ordnung«, sagte er ruhig, schloß die Tür hinter sich und sperrte sie von innen ab.

»Wo ist Pater Daniel?«

»Er wartet auf Sie.«

»Draußen sind Farels Männer.«

»Wir müssen trotzdem hinaus.«

Harry sah sich um, stellte fest, welche Tür ins Bad führte, und verschwand darin. Im nächsten Augenblick kam er mit drei angefeuchteten kleinen Handtüchern zurück.

»Hier, binden Sie sich das vor Nase und Mund.« Harry gab Marsciano eines der Handtücher, bevor er zu der Glastür lief und sie aufriß. Von draußen kamen dichte Rauchschwaden herein. Gleichzeitig schwebte eine merkwürdige Erscheinung vom Himmel herab.

Marsciano starrte sie an. Ein zwergenhaft kleiner Mann mit großem Kopf, mächtigem Brustkasten und verkrüppelten Beinen stand mit einem Kletterseil gesichert auf dem Balkon.

»Eminenz«, sagte Herkules lächelnd, indem er ehrfürchtig das Haupt beugte.

Thomas Kind hörte die Meldung im selben Augenblick, in dem sie aus Adriannas Mobiltelefon kam, über das sie den Funkverkehr zwischen ihren Kamerateams mithören konnte.

»Ich weiß nicht, ob das in der jetzigen Situation interessiert, aber das Eisenbahntor in der Vatikanmauer steht offen, und eine Rangierlok fährt darauf zu.«

»Skycam, wissen Sie das bestimmt?« Adrianna sprach mit dem Piloten ihres Kamerahubschraubers, der eben von Süden kommend den Vatikan erreichte.

»Positiv.«

Adrianna schaltete ihr Telefon stumm und sah zu Eaton hinüber. »Das Eisenbahntor des Vatikans steht offen, eine Rangierlok fährt darauf zu.«

Eaton starrte sie an. »Damit wollen sie Marsciano rausbringen!«

»Skycam, bleiben Sie auf der Rangierlok! Draufbleiben!« Thomas Kind hörte das Klicken, mit dem Adrianna die Verbindung beendete.

Plötzlich drehte er den Zündschlüssel nach rechts, um den Motor des Lancias anzulassen. Seine Männer im Turm hatten sich nicht wieder gemeldet, und er mußte wissen, was inzwischen passiert war. Er fuhr an, daß der Kies spritzte, und bog auf die parallel zur Vatikanmauer verlaufende schmale Straße. Rauchschwaden nahmen ihm die Sicht, aber Kind beschleunigte trotzdem weiter.

Dann schienen auf einmal Büsche an ihm vorbeizufliegen. Er streifte mit lautem Krachen einen Baum und schleuderte seitlich in eine dichte Hecke. Wo die Straße abgebogen war, konnte er nicht erkennen. Er legte den Rückwärtsgang ein und gab Gas. Der Motor heulte auf, die Räder drehten durch, der ganze Wagen zitterte, ohne sich von der Stelle zu bewegen. Als Kind die Fahrertür aufstieß, sah er, daß die Hinterräder auf zerfetztem Laub wie auf Eis durchdrehten.

In seiner Muttersprache Spanisch fluchend, stemmte Kind sich aus dem Lancia, mußte wegen des beißenden Rauchs sofort husten und trabte in Richtung Bahnstation.

155

10.48 Uhr

Danny und Elena benutzten einen Notausgang im Erdgeschoß der apostolischen Bibliothek, um ins Freie zu gelangen.

»Links«, kommandierte Danny, dessen Stimme unter dem Taschentuch heiser klang, und Elena folgte gehorsam der in die Gärten führenden schmalen Straße.

»Harry«, sagte Danny drängend in sein Mobiltelefon.

Nichts.

»Harry, kannst du mich hören?«

Ein leises Zischen zeigte, daß die Verbindung zumindest weiterbestand. Dann klickte es – die Verbindung war unterbrochen.

»Verdammt!« sagte Danny laut.

»Was ist passiert?« fragte Elena, die plötzlich Angst um Harry hatte.

»Keine Ahnung.«

Harry, Herkules und Marsciano kauerten schweigend auf dem Turmbalkon und versuchten, in dem Rauch unter sich etwas zu erkennen.

»Wissen Sie bestimmt, daß sie dort sind?« fragte Harry.

»Ja, gleich neben dem Eingang.«

Als Herkules sich vom Dach heruntergelassen hatte, hatte er beobachtet, wie zwei Männer in Schwarz auf beiden Seiten der Tür in Stellung gingen. Aber der langsam herabsinkende Rauch machte eine direkte Beobachtung unmöglich.

»Schicken Sie sie weg.« Harry zog Anton Pilgers Funkgerät aus dem Hosenbund und gab es Herkules.

Herkules griff danach und blinzelte Harry zu, während er es einschaltete. »Sie haben sich außen am Turm abgeseilt!« sagte er aufgeregt auf italienisch. »Sie sind zum Hubschrauberlandeplatz unterwegs!«

»*Va bene*«, antwortete eine Stimme.

»Zum Landeplatz! Zum Landeplatz«, blaffte Herkules sicherheitshalber nochmals, bevor er das Funkgerät abschaltete.

Unter ihnen raschelte es im Gebüsch, dann waren schemenhaft zwei Gestalten zu erkennen, die im Laufschritt zum Hubschrauberlandeplatz unterwegs waren.

»Los!« entschied Harry.

»Eminenz«, sagte Herkules. Seine Hände legten Marsciano das Seil um die Brust und verknoteten es geschickt. Im nächsten Augenblick saß Herkules auf dem Balkongeländer, Harry half Marsciano ebenfalls hinauf. Dann schlang er das Seil einmal um das als Bremse dienende Geländer und ließ die beiden Männer langsam in die Tiefe.

»Mr. Harry!« rief Herkules von unten. Harry sah, wie das Seil sich spannte, und wußte, daß Herkules ihn von unten sicherte. Er schlang es sich wie ein Bergsteiger um den Oberkörper, stieg über das Balkongeländer und fing an, sich abzuseilen. In diesem Augenblick krachte ein Schuß, der das Seil halb durchtrennte. Harry fiel wie ein Stein fünf Meter durch, bevor er seinen Sturz abbremsen konnte. Dort baumelte er noch eine Sekunde lang; dann riß das Seil, und er krachte zu Boden.

Als er sich benommen herumwälzte, hörte er einen lauten Schrei. Herkules hielt am Rand des Gebüschs einen Mann in Schwarz umklammert und hatte ihm einen stahlharten Arm um den Hals geschlungen.

»Vorsicht!« rief Harry.

Der Mann in Schwarz hatte noch seine Pistole, aber Herkules merkte nichts davon. Sie näherte sich seinem Kopf.

»WAFFE!« brüllte Harry, indem er sich aufrappelte und auf die beiden zustolperte.

Dann krachte ein ohrenbetäubend lauter Schuß, als Herkules eben den Druck seines angewinkelten Arms verstärkte. Die beiden Männer fielen mit einem gräßlichen Aufschrei zurück.

Harry und Marsciano erreichten sie gleichzeitig. Der Mann in Schwarz, dessen Kopf unnatürlich verdreht war, bewegte sich nicht mehr. Herkules lag mit blutüberströmtem Gesicht auf dem Rücken.

»Herkules!« Harry kniete bei ihm nieder, starrte ihn an. »Großer Gott«, flüsterte er und streckte eine Hand aus, um an seinem Hals nach dem Puls zu fühlen.

Da öffnete Herkules ein Auge und wischte sich mit einer Hand das Blut aus dem anderen. Er setzte sich ruckartig auf, blinzelte heftig und fuhr mit dem Handrücken über sein blutendes Gesicht. Eine Fleischwunde mit Schmauchspuren lief wie ein Pfeil senkrecht über seine Wange nach oben.

»Mich bringt keiner um«, sagte er dabei. »So nicht!«

In der Ferne war das Pfeifen einer Lokomotive zu hören. Herkules tastete nach seinen Krücken, fand sie und zog sich damit hoch.

»Die Rangierlok, Mr. Harry.« Obwohl sein Gesicht blutverschmiert war, blitzten seine Augen. »Die Rangierlok!«

156

Adrianna kam aus dem Gebäude und sah gerade noch, wie Eaton die Straße hinter der Peterskirche entlangrannte und wie ein Gespenst in den langsam ziehenden Rauchschwaden verschwand.

»Skycam, was ist mit der Rangierlok?« keuchte sie in ihr Telefon, während sie hügelaufwärts über den Rasen zum Regierungspalast, dem Rathaus des Vatikans, weiterlief. Sie war noch drei, vielleicht auch vier Minuten von der Bahnstation entfernt.

Elena zog Danny in der Nähe der Kirche San Stefano unter den schützenden Überhang eines Baums und wartete, bis der Hubschrauber über sie hinweggeflogen war. Die Maschine drehte plötzlich ab und flog in Richtung Bahnstation zurück.

Im selben Augenblick zirpte Dannys Mobiltelefon.

»Harry?«

»Wir haben Marsciano bei uns. Was ist mit der Lok?«

Elena fühlte ihr Herz rascher schlagen, als sie Harrys Stimme hörte. Er war heil und gesund, zumindest vorläufig.

»Harry«, antwortete Danny, »wir werden aus der Luft überwacht. Ich weiß nicht, wer das ist. Nehmt die andere Route an Radio Vatikan und der Viale del Collegia Etiopica vorbei. Bis dahin sind wir näher dran, und ich kann sehen, was dort vorgeht.«

10.50 Uhr

»Bleibt hier!« befahl Roscani Scala und Castelletti. Er machte kehrt und rannte auf den Gleisen hinter der kleinen ölig-grünen Rangierlok her, die eben durch das geöffnete Tor tuckerte und in dichten Rauchwolken verschwand.

Scala und Castelletti standen sekundenlang mit offenem Mund da und sahen ihm nach. Roscani war der Rangierlok langsam nachgegangen, aber sein plötzlicher Entschluß und die schnelle Ausführung hatten sie völlig überrascht. Im nächsten Augenblick trabten sie hinter Roscani her. Aber schon nach einigen Dutzend Metern blieben sie stehen, weil er bereits das Tor in der Vatikanmauer erreichte und im Rauch verschwand. Von ihrem Standort aus schien der gesamte Vatikan in Flammen zu stehen.

Plötzlich knatterte ein italienischer Militärhubschrauber direkt über ihre Köpfe hinweg. Gleichzeitig meldete Farel sich mit lauter Stimme über Funk, nannte seine Dienststellung und forderte den WNN-Kamerahubschrauber auf, den Luftraum über dem Vatikan sofort zu verlassen.

»Verdammt!« sagte Adrianna, als sie diesen Befehl hörte. Das Rotorengeräusch wurde schwächer, als ihr Hubschrauber prompt abdrehte.

»Skycam, südlich der Mauer warten!« rief sie ins Telefon. »An der Lok dranbleiben, wenn sie wieder rauskommt!«

Aus irgendeinem Grund hatte die Rangierlok unmittelbar nach dem Tor angehalten. Roscani lief hinter ihr vorbei, wandte sich nach rechts und verließ die Bahnstation. Hustend und mit vom Rauch tränenden Augen riß er sein Sakko auf und zog die 9-mm-

Beretta aus dem Gürtelhalfter, während er in Richtung Turm weiterrannte. Was er tat, war illegal, aber das kümmerte ihn jetzt nicht. Er hatte sich in dem Augenblick zum Eingreifen entschlossen, in dem er das für die Rangierlok geöffnete riesige Tor in der Vatikanmauer vor sich sah. Dieser Zugang war alles, was er brauchte, und er hatte ihn impulsiv genutzt, weil ihm bewußt war, daß er etwas tun mußte.

Und jetzt, während er nach Atem ringend und mit tränenden Augen weitertrabte, konnte er nur hoffen, daß er sich nicht verlaufen, daß er es irgendwie schaffen würde, die Brüder Addison zu finden, bevor einer von Farels Killern oder Thomas Kind sie aufspürte.

Thomas Kind lief mit seiner Walther-Maschinenpistole in der Hand weiter, wischte sich die von dem beißenden Rauch tränenden Augen und versuchte, möglichst wenig zu husten. Als er eine Rasenfläche überquerte und über eine niedrige Hecke sprang, verlor er plötzlich ganz die Orientierung und blieb stehen. Er kam sich vor, als sei er auf einer Skitour in dichten Nebel geraten. Über ihm, unter ihm und neben ihm sah alles gleich aus.

Weit links von sich hörte er die Sirenen von Rettungsfahrzeugen. Ebenfalls von links knatterte ein Hubschrauber heran, vermutlich die italienische Militärmaschine, die zur Landung auf dem Dach des päpstlichen Palasts anschwebte. Er hob sein Funkgerät und sprach auf italienisch hinein.

»An alle, hier *S*, kommen.«

Keine Antwort.

»An alle, hier *S*«, wiederholte er. »Kommen.«

Herkules hielt auf seinen Krücken mühelos mit Harry und Kardinal Marsciano Schritt, als sie mit feuchten Handtüchern vor ihren Gesichtern die schmale Straße in Richtung Radio Vatikan entlanghasteten. Aus dem Funkgerät an Harrys Gürtel drang eine befehlend scharfe Stimme.

»Wer ist das?« fragte Marsciano.

»Jemand, dem wir unter keinen Umständen begegnen möchten, glaube ich«, antwortete Harry, der instinktiv ahnte, daß das Thomas Kind war. Er mußte husten, während er auf seine Armbanduhr sah.

10.53 Uhr

»Eminenz«, sagte Harry drängend, »uns bleiben nur noch fünf Minuten, um die Gleise und die Bahnstation…«

»Mr. Harry!« rief Herkules plötzlich aus.

Harry sah auf. Im Rauch stand ein Mann in Schwarz keine fünf Meter entfernt direkt vor ihnen. Als er jetzt auf sie zutrat, hielt er zwei großkalibrige Revolver in den Händen. Er war groß, jung und schwarzgelockt, ein regelrechter Westernheld, der Thomas Kinds letzter Mann war.

»Legen Sie Ihre Pistole auf den Boden!« befahl er Harry. Er sprach englisch mit starkem französischem Akzent. »Die Gürteltasche auch.«

Harry zog langsam seine Calico aus dem Hosenbund und legte sie vor sich. Dann löste er den Schnappverschluß der Gürteltasche und ließ sie danebenfallen.

»Harry!« Dannys Stimme kam aus dem Mobiltelefon, das er an seinem Gürtel trug.

»Harry!«

In diesem Augenblick ereignete sich etwas, das sie alle verblüffte. Eine leichte Brise trieb die Rauchschwaden sekundenlang auseinander. Gleichzeitig war in der Ferne der Pfiff der Rangierlok zu hören, mit dem sie durch das Tor in der Vatikanmauer fuhr. Der Mann in Schwarz grinste plötzlich. Den Zug würde das Trio vor ihm jetzt nicht mehr erreichen.

Er war nur eine Sekunde abgelenkt, aber auf diese Chance hatte Herkules gewartet. Er verlagerte sein Gewicht blitzschnell auf seine linke Krücke und schleuderte die rechte gegen den Bewaffneten.

Der Mann in Schwarz stieß einen überraschten Schrei aus, als die Krücke seine rechte Hand traf und ihm den Revolver wegschlug. Aber er faßte sich rasch, zielte mit seiner zweiten Waffe auf Harry und drückte ab. Im selben Augenblick warf Herkules sich nach vorn. Harry sah den Revolver in der Hand des Mannes in Schwarz bocken und hörte den lauten Schußknall, als Herkules mit ihm zusammenprallte, so daß sie beide zu Boden gingen.

Harrys Finger ertasteten seine Calico. Die nun folgenden Ereignisse nahm er selbst nur bruchstückhaft wahr. Leidenschaft, blinder Zorn überwältigten ihn. Er sprang auf und stürzte sich auf den Mann in Schwarz, schlang ihm einen Arm um den Hals, riß ihn von Herkules weg. Er brachte seine Hand mit der Pistole fast an seinen Kopf, aber dann machte der Mann in Schwarz sich mit einem gewaltigen Ruck frei.

Im nächsten Augenblick hatte er Harry mit beiden Händen am Haar gepackt und riß seinen Kopf nach vorn, so daß seine Stirn gegen Harrys Nase schlug. Harry wurde sekundenlang schwarz vor den Augen. Als er wieder sehen konnte, hielt die Hand des anderen die Calico auf sein Gesicht gerichtet.

»Scheißkerl!« knirschte der Mann in Schwarz, bevor er abdrückte.

Ein ohrenbetäubend lauter Schuß fiel, dem rasch drei weitere folgten. Harry hatte den Eindruck, der Kopf des Mannes in Schwarz zerplatze in Zeitlupe. Als sein Körper sich aufbäumte, bevor er zusammensackte, fiel die Calico ins Gras.

Harry warf sich herum.

Roscani kam den Hügel herunter auf ihn zu. Seine Beretta blieb weiter auf den Mann in Schwarz gerichtet, als fürchte er, der Tote könnte noch einmal aufstehen.

»Harry, die Lok!« sagte Dannys Telefonstimme drängend.

Harry rappelte sich auf, als Roscani näher kam. Er wollte etwas sagen, brachte aber kein Wort heraus und starrte an Roscani vorbei hügelaufwärts.

»Vorsicht!« gelang es ihm zu rufen.

Roscani warf sich herum. Die beiden Männer in Schwarz, die Herkules zum Hubschrauberlandeplatz geschickt hatte, kamen auf sie zugerannt. Sie waren noch ungefähr dreißig Meter entfernt, aber in dem momentan dünner werdenden Rauch deutlich zu erkennen.

Roscani sah zu Herkules hinüber. Der war aschfahl und hielt sich den Unterleib. Zwischen seinen Fingern quoll Blut hervor.

»Verschwindet!« brüllte Roscani, drehte sich wieder um und ließ sich auf ein Knie nieder. Sein erster Schuß traf den vorderen Mann in Schwarz in die linke Schulter und warf ihn herum, aber der zweite Mann kam unbeirrbar weiter auf Roscani zugerannt.

Hinter sich hörte Harry eine ganze Salve von Schüssen. Er fühlte eine Kugel über sich hinwegzischen, als er sich über Herkules beugte, um ihn aufzuheben. Dabei fiel ihm plötzlich wieder Marsciano ein.

»Eminenz…!« rief er und sah auf.

Aber sie waren allein. Marsciano war verschwunden.

157

Roscani war nach vorn ins Gras gesunken. Fünfzehn Meter von ihm entfernt lag der erste Mann in Schwarz laut stöhnend auf dem Rücken; der zweite war keine fünf Meter vor Roscani zusammengebrochen. Seine blicklosen Augen standen offen, und aus der Einschußwunde mitten in seiner Stirn quoll Blut.

Da Farels Männer anscheinend nur zu zweit gewesen waren, riskierte Roscani es, sich herumzuwälzen und den Hügel hinunter in die Richtung zu blicken, in die Harry Herkules weggetragen hatte. Aber er sah nur langsam ziehende Rauchschwaden, die sich nicht auflösten, sondern sogar noch dichter zu werden schienen.

Roscani stand vorsichtig auf, hielt Ausschau nach weiteren Männern in Schwarz und trat an den vor ihm liegenden Toten. Er nahm ihm die Pistole ab, steckte sie in seinen Hosenbund und ging dann auf den Verletzten zu.

10.55 Uhr

»Danny«, sagte Harry vor Anstrengung atemlos ins Telefon. »Wo bist du?«

»In der Nähe der Bahnstation.«

»Sieh zu, daß du in den Güterwagen kommst. Ich habe Herkules bei mir; er ist angeschossen.«

Elena blieb stehen. Sie befanden sich unter den letzten Bäumen und hinter einer Hecke gegenüber Regierungspalast und Mosaikstudio. Unmittelbar vor ihnen lag der Bahnhof, und ganz rechts war noch ein Teil des Güterwagens zu sehen. Dann ertönte ein schriller Pfiff, und eine schmuddelige, hellgrüne Rangierlok kam in Sicht. Als sie hielt, trat ein weißhaariger Mann mit einem Schreibbrett in der Hand aus dem Stationsgebäude. Er blieb auf den Gleisen stehen und notierte sich offenbar die Nummer der Lokomotive, bevor er weiterging und zum Führerstand hinaufkletterte.

»Ich weiß nicht, ob Herkules durchkommt.«

Elena wechselte einen Blick mit Danny. Beide hatten die Angst, die Verzweiflung in Harrys Stimme gehört.

»Danny«, fuhr Harry fort, »Marsciano ist weg.«

»Was?«

»Ich weiß nicht, wohin. Er ist allein abgehauen.«

»Wo seid ihr da gewesen?«

»In der Nähe von Radio Vatikan. Elena, Herkules wird dich brauchen.«

Elena beugte sich nach vorn, um ins Telefon sprechen zu können. »Ich komme dir entgegen, Harry. Versprich mir, vorsichtig zu sein.«

»Danny, Roscani ist hier. Und Thomas Kind auch. Ich bin sicher, daß er über den Zug Bescheid weiß. Paßt gut auf!«

»Keine Bewegung!« befahl Roscani, der seine Beretta wie ein Scharfschütze mit beiden Händen umklammerte, dem stöhnend daliegenden Mann in Schwarz.

Als Roscani näher kam, sah er, daß das linke Bein des Mannes unter dem rechten angewinkelt lag und der Mann die Augen geschlossen hielt. Eine blutverschmierte Hand lag schlaff auf seiner Brust; die andere war unter seinem Körper verdreht. Dieser Mann konnte niemandem mehr gefährlich werden. Aus der Ferne kam ein Pfiff der Rangierlok, schon der zweite innerhalb kurzester Zeit. Roscani drehte sich rasch danach um und starrte durch den Rauch in Richtung Bahnhof. Harry und Herkules mußten dorthin unterwegs sein. Vielleicht auch Marsciano, aber auch Pater Daniel und Elena Voso. Das bedeutete, daß vermutlich auch Thomas Kind dorthin unterwegs sein würde.

Sein sechster Sinn veranlaßte Roscani dazu, sich herumzuwerfen. Der Mann in Schwarz hatte sich mit seiner Pistole in der Hand auf einem Ellbogen aufgerichtet. Beide Männer schossen gleichzeitig. Roscani spürte einen heftigen Schlag, sein rechtes Bein knickte unter ihm ein, so daß er zu Boden ging. Er rollte sich ab, richtete seinen Oberkörper auf und schoß nochmals. Aber dieser Schuß war überflüssig, sein erster Schuß hatte den Mann in Schwarz in den Kopf getroffen. Roscani rappelte sich mit schmerzverzerrtem Gesicht auf, stieß einen Schrei aus und sank wieder zurück. Auf seiner beigen Hose zeichnete sich ein größer werdender Blutfleck ab. Der Schuß hatte ihn in den rechten Oberschenkel getroffen.

Ohrenbetäubender Lärm ließ das ganze Gebäude erzittern.

»*Va bene*«, hörte Farel eine Stimme über Funk sagen.

Farel nickte zwei mit Sturmgewehren bewaffneten Schweizergarden in Overalls zu, die Tür zum Dach des päpstlichen Palasts zu öffnen. Dann traten sie in rauchverhangenes Tageslicht hinaus: erst die beiden Leibwächter, dann Farel, der den Heiligen Vater am Arm gefaßt hielt und den alten Mann über das Dach geleitete.

Ein weiteres Dutzend schwerbewaffneter Schweizergarden sicherte ihren Weg zu dem italienischen Militärhubschrauber, der mit pfeifenden Triebwerken und laufendem Rotor an der Dachkante stand. Zwei Offiziere und zwei von Farels Männern warteten vor der offenen Kabinentür.

»Wo ist Palestrina?« fragte der Papst Farel und sah sich um, als erwarte er, von seinem Sekretär des Auswärtigen begleitet zu werden.

»Er läßt bestellen, daß er später nachkommt, Euer Heiligkeit«, log Farel, der keine Ahnung hatte, wo Palestrina war. In der letzten halben Stunde hatte er nichts mehr von dem Kardinal gehört.

»Nein!« Der Heilige Vater blieb vor der offenen Kabinentür stehen und sah Farel durchdringend an.

»Nein«, wiederholte er dann. »Er wird nicht nachkommen. Ich weiß es, und er weiß es auch.«

Mit diesen Worten wandte Giacomo Pecci, Papst Leo XIV., sich von Farel ab und ließ sich von den beiden Männern in Schwarz in den Hubschrauber helfen. Danach stiegen sie und die beiden Offiziere ein. Die Kabinentür wurde geschlossen, und Farel trat zurück, um dem Piloten das Zeichen zum Start zu geben.

Die Triebwerke heulten auf, ein gewaltiger Sturm fegte über das Dach. Farel und die Schweizergarden zogen unwillkürlich die Köpfe ein, als der Hubschrauber abhob. Fünf Sekunden, zehn, dann war er verschwunden.

158

Durch Rauchschleier hindurch hatte Marsciano die hünenhafte Gestalt gesehen, als Herkules seine Krücke nach dem Mann in Schwarz warf. Hatte gesehen, wie sie den Hügel hinter dem Turm von Radio Vatikan heraufkam. In diesem Augenblick wußte Marsciano, daß er nicht in dem Güterwagen sein würde, wenn der den Vatikan verließ. Auch wenn Pater Daniel, Harry Addison und dieser merkwürdige, wundersame Zwerg ihn gemeinsam herauszuholen versuchten, gab es hier andere Dinge zu tun. Dinge, die nur er allein tun konnte.

Palestrina trug nicht wie sonst einen schlichten schwarzen Anzug mit bescheidenem Priesterkragen, sondern hatte seine Robe des Kurienkardinals angelegt. Zu einer schwarzen Soutane mit roten Biesen und roten Stoffknöpfen trug er eine purpurrote Scharpe und sein rotes Kardinalskäppchen. Dazu kam ein goldenes Brustkreuz an einer schweren Goldkette.

Auf dem Weg hatte er am Adlerbrunnen haltgemacht, den er trotz des dichten Rauchs mühelos gefunden hatte. Aber die Aura des großartigen heraldischen Symbol der Borghese, die ihn bisher stets im Innersten angerührt und ihm Mut, Kraft und Sicherheit geschenkt hatte, blieb heute erstmals wirkungslos. Was er betrachtete, war kein Zauberwerk, das den Kriegerkönig, als der er sich insgeheim fühlte, aufrichtete und stärkte. Was er betrachtete, war eine Adlerstatue aus alter Zeit, eine bloße Skulptur, eine Brunnenfigur. Ein Nichts.

Palestrina atmete schmerzlich tief aus, hielt sich eine Hand vor Mund und Nase, als könne er so den schrecklichen, beißenden

Rauch abwehren, und wandte sich dem einzigen Zufluchtsort zu, der ihm in den Sinn kam.

Er spürte die Wucht seines schweren Leibs, während er den Hügel hinaufstampfte, spürte sie noch mehr, als er die Eingangstür aufriß und die steile, enge Marmortreppe zu den Obergeschossen von Radio Vatikan erkletterte. Und noch mehr, als er schließlich mit jagendem Herzen und keuchender Lunge auf dem schwarzen Marmor vor dem Christusaltar in der winzigen Kapelle gleich neben den leeren, unbelebten Senderäumen niederkniete.

Leer. Unbelebt. Wie der Adler.

Radio Vatikan war sein selbstgewählter Festungsturm. Der Ort, von dem aus er die Verteidigung des Königreichs leiten konnte. Der Ort, von dem aus er aller Welt den Ruhm des Heiligen Stuhls verkünden würde. Des Heiligen Stuhls, dem sich im kommenden Jahrhundert nach und nach, vom Weiler zum Dorf zur Stadt zur Großstadt, ein Viertel der Menschheit unterwerfen würde, um Rom erneut zum Mittelpunkt der mächtigsten Kirche der Welt zu machen. Ganz zu schweigen von den gewaltigen Gewinnen, die sich aus dem Monopol für die Wasser- und Kraftwerke Chinas ziehen ließen. Da allein der Monopolist entscheiden würde, wer was und wo bauen oder anbauen durfte, würde der alte Spruch *Roma locuta, causa finita* bald wieder unbegrenzt Gültigkeit erlangen. Und das nur, weil Palestrina kühn genug gewesen war, das Notwendige zu erkennen und zu verwirklichen.

Aber dieser kühne Traum schien nun zu Ende geträumt. Der Vatikan wurde belagert, stand teilweise in Flammen. Der Heilige Vater hatte die Finsternis, die Palestrina umgab, intuitiv erkannt. Der Adler der Borghese hatte den Kardinal nicht aufgerichtet. Er selbst hatte Pater Daniel und seinen Bruder von Anfang an richtig eingeschätzt: Die beiden waren Boten der Unterwelt; der übelriechende Rauch, den sie erzeugten, brachte Unheil und Krankheit. Wie damals schon für Alexander. Also hatte sich nicht der Heilige Vater, sondern Palestrina getäuscht: Das Ding auf der Schulter des Papstes war kein Ergebnis der emotionalen und spirituellen Gebrechlichkeit eines alten, furchtsamen Mannes, sondern in der Tat der Schatten des Todes.

Palestrina hob plötzlich den Kopf. Er hatte geglaubt, alleine zu sein, aber das stimmte nicht. Er brauchte sich nicht umzudrehen, um zu wissen, wer das war.

»Beten Sie mit mir, Eminenz«, sagte er leise.

Marsciano stand hinter ihm.

»Worum?«

Palestrina erhob sich langsam, drehte sich zu ihm um. Dann lächelte er sanft. »Erlösung.«

Marsciano starrte ihn an.

»Gott hat selbst eingegriffen. Der Vergifter ist gefangengenommen und erschossen worden. Es wird keinen dritten See mehr geben.«

»Ja, ich weiß.«

Palestrina lächelte wieder, wandte sich dann langsam ab, kniete erneut vor dem Altar nieder und machte das Kreuzeszeichen. »Beten Sie mit mir, nachdem Sie es nun wissen.«

Palestrina hörte, wie Marsciano hinter ihn trat. Plötzlich stieß er ein lautes Grunzen aus. Er sah einen grellen Lichtblitz, heller als jedes Licht, das er in seinem Leben gesehen hatte. Er fühlte die spitze Klinge unterhalb der Nackenwirbel zwischen seinen Schulterblättern in seinen Rücken eindringen, spürte die wütende Kraft, mit der Marscianos Hände die Klinge tiefer in seinen Körper stießen.

»Es gibt wirklich keinen dritten See!« rief Palestrina aus. Er atmete keuchend, während er verzweifelt um sich schlug und mit seinen starken Händen nach hinten griff und Marsciano zu erreichen versuchte, aber das gelang ihm nicht.

»Wenn nicht heute, dann morgen. Morgen würden Sie sich neue Schrecken ausdenken. Und danach wieder welche. Und wieder welche.« Vor Marscianos innerem Auge stand nur das Entsetzen auf einem Gesicht, das er im Fernsehen in Großaufnahme gesehen hatte, kurz bevor Harry Addison gekommen war, um ihn zu befreien. Das Gesicht seines Freundes Yan Yeh, als der chinesische Bankier in Peking als gebrochener Mann zu einem bereitstehenden Wagen geführt wurde, nachdem er erfahren hatte, daß seine Frau und sein Sohn in Wuxi durch vergiftetes Wasser umgekommen waren.

Palestrina schrie erneut auf, und Marsciano fühlte, wie ein Zittern, das sich durch die Klinge fortpflanzte, Palestrinas Körper durchlief. Marsciano holte tief Luft, ließ los und wich mit jagendem Herzen zurück. Er streckte seine blutigen Hände erschrocken von sich.

»Heilige Maria, Mutter Gottes«, flüsterte er, »bete für uns Sünder, jetzt und in der Stunde unseres Todes…«

Dann spürte er, daß er nicht allein war, und drehte sich langsam um.

An der Tür hinter ihm stand Farel.

»Sie haben recht gehabt, Eminenz«, sagte Farel leise, indem er die Tür hinter sich schloß. »Morgen hätte er einen neuen See gefunden.« Farel sah den toten Palestrina lange an, bevor er sich wieder an Marsciano wandte.

»Was Sie getan haben, hat getan werden müssen. Ich habe nicht den Mut dazu gehabt… Wie er selbst oft genug gesagt hat, ist er nur ein Straßenjunge, ein *scugnizzo* gewesen, nicht mehr.«

»Nein, Farel«, widersprach Marsciano. »Er ist ein Mann und ein Kurienkardinal gewesen.«

159

10.58 Uhr

Eaton stand atemlos und schwitzend an der Rückfront des Bahnhofs und kämpfte gegen einen von dem beißenden Rauch ausgelösten Hustenanfall. Die leichte Brise, die aufgekommen war, war nicht stark genug und verbesserte nur ein wenig die Sichtverhältnisse. So konnte Eaton jetzt beobachten, wie Harry Addison, der den Zwerg trug, mit dem er die Wohnung in der Via Nicolò V. verlassen hatte, rechts von ihm den grasbewachsenen Hügel herunterkam. Er trabte im Laufschritt auf den Bahnhof zu und nutzte die Deckung der Bäume entlang der Bahnhofszufahrt aus.

Zwanzig Meter von ihm entfernt sah Eaton die grüne Rangierlok auf den verrosteten alten Güterwagen zukriechen, der seiner Überzeugung nach als Fluchtfahrzeug dienen sollte. Drehte er den Kopf zur Seite, konnte er die rostigen Gleise sehen, die durch das offene Tor in der Vatikanmauer hinausführten. Jetzt sah er sich wieder suchend nach Pater Daniel um. Sobald er ihn entdeckt hatte, würde er es irgendwie schaffen, ihn durch dieses Tor aus dem Vatikan herauszubringen, selbst wenn er ihn tragen mußte.

Eaton ging hinter dem Bahnhofsgebäude vorbei und hatte nun die Gleise vor und das offene Tor hinter sich. Auf dem Bahnsteig stand der weißhaarige Bahnhofsvorsteher und sah zu, wie der Güterwagen angekuppelt wurde. Der Mann war ebenso ein Problem wie die beiden Männer, die Eaton auf der Rangierlok gesehen hatte. Aber keines dieser Probleme war auch nur halb so schlimm wie das völlig neue, das er jetzt wahrnahm: Adrianna war wie aus dem Nichts aufgetaucht und lief quer über den Hügel auf Harry Addison und den Zwerg zu.

Er beobachtete, wie Harry stehenblieb, als er sie kommen sah. Dann rief Harry etwas – offenbar forderte er sie auf zu verschwinden. Adrianna lief unbeirrbar weiter. Dann hatte sie die beiden erreicht, hielt mit ihnen Schritt und sah dabei abwechselnd den Zwerg, den Harry trug, und Harry selbst an. Sie schien etwas zu sagen, aber Harry Addison reagierte nicht darauf, sondern hielt weiter auf den Bahnhof zu.

»Verdammt!« sagte Eaton halblaut, während er sich weiter nach Pater Daniel umsah.

»Verschwinde, Adrianna! Du weißt gar nicht, was du tust!« brüllte Harry, während er mit Herkules auf den Armen weiterstolperte.

»Ich komme mit, das tue ich.«

Sie waren schon fast am Fuß des Hügels, fast an den Gleisen. Harry sah die grüne Rangierlok vor dem alten Güterwagen stehen. Der Lokführer war vom Führerstand heruntergeklettert, um dem Rangierer beim Ankuppeln zu helfen. Die Männer kehrten ihm den Rücken zu, während sie sich mit der eingerosteten Kupplung abmühten.

»Dein Bruder ist in dem Güterwaggon, stimmt's? Das wissen die beiden nicht, aber er ist dort drin.«

Harry ignorierte sie. Während er weitertrabte, konnte er nur hoffen, daß die Bahnbediensteten nicht aufblicken und sie sehen würden. Als Herkules schmerzlich grunzte, sah Harry auf ihn herab. Der Zwerg lächelte schwach.

»Die Zigeuner sind am Zug, wenn er hält. Überlassen Sie mich nicht der Polizei, Mr. Harry. Die Zigeuner begraben mich.«

»Niemand begräbt Sie.«

Die beiden Männer kamen zwischen den Puffern hervor und kehrten zu ihrer Lok zurück.

»Sie fahren gleich ab!« Harry drückte Herkules fester an sich und spurtete die letzten Meter. Adrianna hielt weiter mit ihm Schritt.

Zehn Sekunden später überquerten sie die Gleise hinter dem Güterwagen und liefen außer Sicht von Lokführer und Rangierer zur Schiebetür des Waggons.

Harrys Augen tränten heftig, und seine Lunge brannte von dem Rauch und der anstrengenden Schlepperei. Wo zum Teufel steckten Danny und Elena? Und was war aus Roscani geworden? Dann erreichten sie die Schiebetür und machten halt. Die Tür stand einen Meter weit offen.

»Danny? Elena?« Keine Antwort.

Plötzlich stieß die Rangierlok einen Pfiff aus. Sie hörten, wie der Dieselmotor ansprang. Aus dem Auspuff kam eine braunschwarze Qualmwolke.

»Danny!« rief Harry erneut. Nichts.

Ein weiterer Pfiff. Harry sah auf seine Armbanduhr.

11.00 Uhr

Keine Zeit mehr, sie mußten so schnell wie möglich in den Güterwagen.

»Los, rein mit dir!« forderte Harry Adrianna auf. »Ich hebe ihn zu dir rauf.«

»In Ordnung.«

Adrianna stützte beide Hände auf den Boden des Güterwagens, zog sich hoch und kletterte hinein. Dann drehte sie sich um, und Harry hob Herkules zu ihr hoch.

Der Zwerg hustete mit schmerzhaft verzerrtem Gesicht, als sie sich anstrengte, um ihn in den Waggon zu ziehen. Dann hatte sie ihn oben, und Harry kletterte hinter ihr her in den halbdunklen Wagen. Im nächsten Augenblick erstarrte er.

Direkt vor ihm stand Thomas Kind. Er hielt Elena in festem Griff an sich gepreßt und drückte die Mündung einer Maschinenpistole an ihren Kopf.

160

11.04 Uhr

Scala lehnte an der Motorhaube von Roscanis blauem Alfa und hatte ein Fernglas auf das Tor in der Vatikanmauer gerichtet. Er sah jedoch nur die leichte Biegung der Gleise nach dem Tor und einen kleinen Teil des Bahnhofs, hinter dem noch immer dichter Rauch lag. Vor ihm stand Castelletti auf halber Strecke zum Tor und versuchte ebenfalls zu erkennen, was dahinter vorging. Trotz des Sirenengeheuls hatten sie deutlich Schüsse gehört, und obwohl sie den Auftrag hatten, auf die Rangierlok zu warten und sie zu ihrem Bestimmungsort zu begleiten, mußten sie sich zusammenreißen, um nicht hinter Roscani herzulaufen.

»Sie haben eine Pistole, Mr. Addison. Geben Sie sie mir bitte.«

Als Harry zögerte, bewegte Kind seine Maschinenpistole und drückte die Mündung gegen eine Stelle unter Elenas Ohr.

»Sie wissen, wer ich bin, Mr. Addison. Und wozu ich imstande bin.« Thomas Kind sprach mit ruhiger Stimme und lächelte dabei sogar leicht.

Harry griff nach seinem Hosenbund und zog die Calico heraus.

»Legen Sie sie auf den Boden.«

Harry gehorchte, richtete sich wieder auf und trat einen Schritt zurück.

»Wo ist Ihr Bruder?«

»Das wüßte ich selbst gern.« Harry sah unwillkürlich zu Elena hinüber.

»Sie weiß es auch nicht«, erklärte Thomas Kind ihm ruhig. Elena war allein zu dem Güterwagen gerannt, als Kind plötzlich über eine Mauer gesprungen war, sie festgehalten und nach Pater Daniel gefragt hatte. Wo er sei, wisse sie nicht, hatte Elena ihm trotzig er klärt. Der Pater habe sich von ihr getrennt. Sie sei eine Krankenschwester. Pater Daniels Bruder bringe einen Verletzten zum Bahnhof, und dorthin sei sie unterwegs, um den Verletzten zu übernehmen.

In diesem Augenblick, als er Elena am Arm gepackt hielt und ihre Angst und ihre mutige Entschlossenheit sah, fühlte Thomas Kind die plötzliche Wiederkehr seiner alten Leidenschaft. Er konnte sie geradezu schmecken und spürte die Erregung, in die sie ihn versetzte. Und er wußte, daß er nie wieder von ihr würde lassen können.

»Wir werden Ihren Bruder finden, Mr. Addison«, sagte Thomas Kind mit noch immer ruhiger, aber jetzt eisig klingender Stimme.

Harry hörte kaum zu, weil seine Aufmerksamkeit auf Elena konzentriert war. Er schaute sie an, versuchte, sie irgendwie zu trösten, und überlegte gleichzeitig angestrengt, wie er sie aus Kinds Griff befreien könnte. Dann stand plötzlich ein Mann an der offenen Tür des Güterwagens.

Der Mann war Eaton. *»Vigili del fuoco!«* Feuerwehr! sagte er rasch und mit der Autorität einer Amtsperson.

»Was tun Sie hier?« fragte Eaton auf italienisch. Er verhielt sich geschickt, indem er nicht Thomas Kind ansah, sondern sie als Gruppe ansprach, als existiere die Maschinenpistole in Kinds Händen gar nicht.

»Wir machen eine kleine Reise.« Kind lächelte unbefangen.

Eatons Pistole erschien aus dem Nichts. Es war eine professionelle, genau berechnete und kontrollierte Bewegung, die auf einen Treffer zwischen den Augen des Terroristen abzielte.

Aber Thomas Kind war schneller. Ein kurzer Feuerstoß aus seiner Maschinenpistole traf Eatons untere Gesichtshälfte, warf ihn blutüberströmt rückwärts auf das Gleis und ließ seine Pistole in weitem Bogen wegfliegen.

Elena war starr vor Entsetzen. Kind hielt ihr mit einer Hand den Mund zu.

Adrianna fühlte sich wie gelähmt. Ihr Gesicht blieb völlig ausdruckslos. Herkules, der auf dem Wagenboden zwischen Harry und Adrianna, Kind und Elena lag, hielt den Atem an, weil ihm bewußt war, was sie alle wußten: Kind brauchte nur erneut den Zeigefinger zu krümmen, dann war einer von ihnen, dann waren sie vielleicht alle tot.

161

»Adrianna!« Das war die Stimme des Piloten in dem Kamerahubschrauber, die dünn und blechern aus dem Mobiltelefon kam.

»Adrianna, wir stehen in fünfzehnhundert Fuß knapp außerhalb der Vatikanmauer. Der Zug hat sich nicht bewegt. Sollen wir trotzdem weiter draufbleiben?«

»Lassen Sie die Frauen frei. Lassen Sie sie Herkules mitnehmen«, schlug Harry vor.

Elena machte plötzlich eine Bewegung auf Herkules zu. Kind richtete die Maschinenpistole erneut auf sie.

»Elena!« rief Harry warnend.

Sie zögerte. »Wenn er nicht bald Hilfe bekommt, stirbt er.«

»Adrianna?« sagte der Hubschrauberpilot nochmals.

»Sagen Sie ihm, daß er statt des Zuges die Menschenmassen auf dem Petersplatz aufnehmen soll«, wies Thomas Kind Adrianna an. »Sagen Sie ihm das.«

Adrianna starrte ihn sekundenlang schweigend an, dann zog sie ihr Mobiltelefon heraus und gab seine Anweisung durch.

Thomas Kind trat an die Wagentür und blickte zum Himmel auf. Er sah, wie der Hubschrauber nach Osten abflog und dann nach Norden eindrehte, um über dem Petersplatz zu schweben. Kind drehte sich wieder um. »Wir steigen jetzt aus und gehen ins Bahnhofsgebäude.«

»Er ist nicht transportfähig.« Elena deutete auf Herkules und sah bittend zu Kind auf.

»Dann lassen Sie ihn hier.«

»Hier stirbt er.«

Harry sah Kinds Zeigefinger nervös über den Abzug seiner Maschinenpistole gleiten.

»Elena, tu einfach, was er verlangt.«

Sie gingen rasch über die Gleise davon: Kind mit Elena, die er am Arm gepackt hielt, voraus, Harry und Adrianna dicht hinter ihnen. Plötzlich war von der Rangierlok her etwas zu hören: Zwei Paar Füße setzten sich in Bewegung und rannten davon.

Thomas Kind trat einen halben Schritt vor. Der Lokführer und der Rangierer liefen auf das offene Tor in der Vatikanmauer zu. Mit einem drohenden Blick zu Harry hinüber warnte Kind ihn davor, Dummheiten zu machen; dann schwenkte er die Maschinenpistole, zielte und gab zwei kurze Feuerstöße ab. Der Rangierer und dann der Lokführer brachen zusammen, als habe ihnen jemand die Beine unter dem Leib weggezogen.

»Heilige Muttergottes!« Elena bekreuzigte sich.

»Weiter!« befahl Kind ihr und schob sie vorn an der Lok vorbei. »Dort hinein«, bedeutete er dann, indem er auf die lackierte Holztür des Bahnhofsgebäudes zeigte.

Als sie weitergingen, sah Harry das sperrangelweit offene Tor in der Vatikanmauer und dahinter an der Abzweigung des Bahngleises von der Hauptstrecke einen geparkten Wagen, vor dem zwei Männer standen. Sie sahen zu ihnen hinüber. Scala und Castelletti.

Roscani war also noch irgendwo im Vatikan. *Aber wo?*

Roscani, dessen Bein unerträglich schmerzte, hinkte ein Stück weit, ruhte sich kurz aus und hinkte wieder weiter, indem er mit der rechten Hand auf die Schußwunde in seinem Oberschenkel drückte, um die Blutung zum Stillstand zu bringen. Er glaubte, weiter in Richtung Bahnhof unterwegs zu sein, war sich seiner Sache aber nicht ganz sicher, weil der noch immer dichte Rauch die Orientierung erschwerte. Trotzdem stolperte er mit seiner Waffe in der linken Hand entschlossen weiter.

»Halt! Hände hoch!« blaffte ihn plötzlich eine aus dem Rauch kommende Stimme auf italienisch an.

Roscani erstarrte. Dann sah er ein halbes Dutzend Männer mit Gewehren auf sich zukommen. Sie trugen blaue Hemden und Barette – Schweizergarden.

»Ich bin Polizeibeamter!« rief Roscani ihnen zu. Er wußte nicht, ob sie Farels direktem Befehl unterstanden, und konnte nur hoffen, daß sie nichts mit den Männern in Schwarz zu tun hatten.

»Ich bin Polizeibeamter!«

»Hände hoch! Hände hoch!«

Rsocani schaute sie an, dann hob er langsam die Hände. Im nächsten Augenblick wurde ihm die Beretta weggerissen. Dann hörte er einen der Uniformierten in sein Handfunkgerät sprechen: *»Ambulanza!«* verlangte der Mann dringend. *»Ambulanza!«*

Thomas Kind schloß die Tür des Bahnhofsgebäudes hinter ihnen, und sie standen plötzlich in der riesigen Halle des Gebäudes, das einst das Tor des Papstes zur Welt gewesen war. Durch Oberlichte fiel Tageslicht in den Raum und malte helle Kringel auf den Marmorboden. Aber abgesehen von diesen Lichtquellen und dem trüben Licht, das durch das auf die Gleise hinausführende Fenster einfiel, war die Bahnhofshalle dunkel und kühl. Und erfrischend rauchfrei, als ob das jetzt eine Rolle gespielt hätte.

»Also!« Kind ließ Elena los, trat einen Schritt zurück und konzentrierte sich auf Harry. »Ihr Bruder wollte zu diesem Zug. Da der Zug nicht abgefahren ist, nehmen wir an, daß er noch kommt.«

Harrys Blick glitt langsam über Kind hinweg, als versuche er, dessen am ehesten verwundbare Stelle zu finden. Dann sah er in einer offenen Tür hinter Kind ein weißes Hemd, das im nächsten Augenblick wieder verschwand. Unglücklicherweise hatte er zu auffällig hingeschaut.

»Was gibt's?« fragte Kind scharf. »Ist Pater Daniel vielleicht schon hier?« Er erhob plötzlich seine Stimme. »Sie im Büro – rauskommen!«

Keine Reaktion.

Adrianna veränderte unmerklich ihre Position und bewegte sich einen Schritt auf Kind zu. Harry schaute sie an und fragte sich, was sie vorhaben mochte. Sie erwiderte seinen Blick und schüttelte kaum wahrnehmbar den Kopf.

»Rauskommen!« befahl Kind nochmals. »Sonst komme ich rein.«

Einige Sekunden später tauchte langsam ein weißer Haarschopf auf, dann der Rest des Bahnhofsvorstehers. Weißes Hemd, schwarze Hose, ein Mann Mitte Sechzig. Kind winkte ihn zu sich heran. Der Mann kam langsam aus seinem Dienstraum, ängstlich, mit weit aufgerissenen Augen, verwirrt.

»Wer ist noch dort drin?«

»Niemand.«

»Wer hat das Tor geöffnet?«

Der Mann hob eine Hand, zeigte auf sich selbst.

Harry sah, wie Kind die Augen zusammenkniff, und wußte, daß er schießen würde. »Nein!«

Kind sah zu ihm hinüber. »Wo ist Ihr Bruder?«

»Bitte, erschießen Sie ihn nicht!«

»Wo ist Ihr Bruder?«

»Weiß ich nicht«, flüsterte Harry.

Kind lächelte schwach, dann krümmte er den Zeigefinger und jagte einen kurzen Feuerstoß aus der Pistole.

Das weiße Hemd des Bahnhofsvorstehers verfärbte sich explosionsartig rot. Der weißhaarige Alte hielt sich noch einen Augenblick auf den Beinen, dann taumelte er rückwärts, krachte seitlich zu Boden und blieb auf der Schwelle seines Dienstraums liegen.

Harry zog Elena an sich und drehte sie von diesem Anblick weg.

Adrianna veränderte ihre Position erneut und kam noch einen Schritt näher an den Terroristen heran.

»Sie wollen meinen Bruder, ich bringe Sie zu ihm«, sagte Harry hastig. Kind war ohne Zweifel völlig übergeschnappt, und falls Danny plötzlich auftauchte, würde der Terrorist sie alle eiskalt ermorden.

»Wo ist er?« Thomas Kind setzte ein neues Magazin an seine Maschinenpistole an.

»Draußen in der Nähe des Tors. Der Zug sollte dort halten und ihn mitnehmen.«

»Sie lügen.«

»Nein.«

»Doch. Die Torflügel verschwinden seitlich in der Mauer. Dort draußen gibt es kein Versteck, in dem man warten kann.«

Kind merkte plötzlich, daß Adrianna sich ihm näherte, und wandte sich zu ihr um.

»Vorsicht!« warnte Harry sie.

»Was soll das?« fragte Kind.

»Nichts.« Sie kam noch einen halben Schritt näher. Ihr Blick ließ den Terroristen nicht mehr los.

»Nicht, Adrianna«, sagte Harry warnend.

Adrianna blieb stehen. Sie war bis auf eineinhalb Meter an Kind herangekommen. »Sie sind der Mann, der den Kardinalvikar von Rom erschossen hat.«

»Ja.«

»In den letzten Minuten haben Sie weitere vier Menschen ermordet.«

»Ja.«

»Und wenn Sie Pater Daniel finden, wollen Sie erst ihn und dann uns alle erschießen.«

»Vielleicht.« Thomas Kind lächelte, und Harry merkte, wie sehr Kind diese Szene genoß.

»Warum?« fragte Adrianna scharf. »Was hat das alles mit dem Vatikan und der Vergiftung der Seen in China zu tun?«

Harry starrte sie an und fragte sich, warum sie das tat. Warum setzte sie Kind mit Fragen zu, obwohl er sie mit einer Waffe bedrohte und sie damit nichts zu gewinnen hatte?

Dann erkannte er, was dahinterstecken mußte, gleichzeitig mit Thomas Kind.

»Sie zeichnen alles auf, stimmt's? Sie haben eine Videokamera an sich versteckt, Sie nehmen alles auf Video auf.« Der Terrorist lächelte, als finde er seine Erkenntnis belustigend.

Adrianna erwiderte sein Lächeln. »Wollen Sie nicht meine Frage beantworten? Dann können wir über alles reden.«

Dann passierte alles blitzschnell. Thomas Kind riß seine Maschinenpistole hoch und jagte einen hämmernden Feuerstoß hinaus. Adrianna machte ein völlig überraschtes Gesicht. Sie taumelte ein paar Schritte zurück und brach zusammen.

Elena wandte sich schreckensbleich ab. Thomas Kind achtete nicht auf sie. Er konzentrierte sich ganz auf das, was er jetzt tat. Harry sah die Adern auf seiner Stirn und an seinem Hals hervortreten, als er sich vor Adrianna aufbaute. Er schoß auf die leblos vor ihm Liegende, nicht mehr mit Feuerstößen, sondern mit Einzelfeuer. Dann ging er lächelnd vor ihr in die Hocke und drückte wieder und wieder ab, fast als vollziehe er einen Liebesakt.

Alles spielte sich viel zu schnell ab, zu gewalttätig, zu pervers. Harry hatte keine Zeit, darauf zu reagieren. Jetzt waren Elena und er mit Thomas Kind allein, mitten in einer riesigen leeren Bahnhofshalle, in der es nirgends ein Versteck gab.

Entschlossen setzte Harry sich in Bewegung. Er kam direkt auf den Terroristen zu. Kind sah ihn kommen, richtete sich auf und riß dabei seine Maschinenpistole hoch.

»Harry!«

Plötzlich hallte Dannys Stimme durch die Bahnhofshalle. Harry erstarrte, Thomas Kind ebenfalls, während er die Halle mit den Augen absuchte.

Harry nutzte diese Gelegenheit, um in die Schußlinie zu treten und sich genau zwischen Kind und Elena und dem Ausgang hinter ihnen zu stellen.

»Verschwinde, Elena! Los!«

Harry ließ Kind nicht aus den Augen. Seine Stimme klang drängend.

Elena wandte sich langsam und widerstrebend um.

»Verschwinde!«

Dann rannte sie plötzlich los, hetzte zum Ausgang. Sekunden später hatte sie ihn erreicht und war draußen.

»Thomas Kind!« rief Danny mit hallender Stimme. »Lassen Sie meinen Bruder frei!«

Kind umklammerte die Maschinenpistole fester. Seine Augen suchten weiter die Bahnhofshalle ab. Das Dunkel, die hellen Lichtflecken unter den Oberlichten, dann wieder die dunklen Ecken.

»Sie ist fort, Kind. Sie sind jetzt ohnehin erledigt. Davon, daß Sie meinen Bruder erschießen, haben Sie nichts. Ich bin es, auf den Sie es abgesehen haben.«

»Zeigen Sie sich!«

»Lassen Sie ihn erst laufen.«

»Ich zähle bis drei, Pater. Dann fange ich an, ihn in Stücke zu schießen. Eins …«

Durch das Fenster sah Harry, wie Elena zum Führerstand der Rangierlok hinaufstieg. Er fragte sich, was sie dort oben wollte.

»Zwei …«

Eine Serie von kurzen, gellend lauten Pfeifsignalen ließ das Gebäude erzittern. Kind ignorierte sie. Er zielte mit seiner Maschinenpistole auf Harrys Kniescheibe.

»Danny!« brüllte Harry. »Wie heißt das Wort? Wie heißt das Wort, Danny?«

Harry sah zu Thomas Kind hinüber. »Ich kenne meinen Bruder besser, als er glaubt.« Sein Blick ließ den Terroristen nicht mehr los. »Wie heißt das Wort, Danny? Das Wort?« Seine Stimme hallte von den Wänden der leeren Bahnhofshalle wider.

»Oorah!«

Plötzlich kam Danny mit seinem Rollstuhl aus der Dunkelheit hinter einer Trennwand im rückwärtigen Teil der Bahnhofshalle hervor. Harry sah, wie er sich mit beiden Händen kraftvoll ausgreifend vorwärtsrollte. Dann verschwand er in einer Fläche aus gleißend hellem Sonnenlicht, das durch die Oberlichte einfiel.

»Oorah!« brüllte nun auch Harry. »Oorah!«

»Oorah!«

»Oorah!«

»Oorah!«

Kind sah nichts als gleißend helles Licht vor sich. Da kam Harry auf ihn zu.

»Oorah! Oorah!« brüllte er rhythmisch, ohne den Terroristen aus den Augen zu lassen. »Oorah! Oorah!«

Plötzlich schwenkte Kind die Maschinenpistole wieder zu Harry hinüber. Gleichzeitig schob Danny den Rollstuhl kraftvoll weiter.

»Oooorahhhhhh!«

Dannys keltischer Schlachtruf hallte von den Marmorwänden wider, als sein Rollstuhl wieder sichtbar wurde.

»Jetzt!« brüllte Harry.

Kind schwenkte die Maschinenpistole wieder zu Danny hinüber, der eben seine letzten Molotowcocktails warf. Einen, unmittelbar danach den zweiten. Und beide Brandflaschen zerschellten vor Thomas Kinds Füßen.

Thomas Kind fühlte ganz kurz den Rückstoß der Maschinenpistole in seiner Hand, dann konnte er nichts mehr sehen. Flammen umgaben ihn auf allen Seiten. Er warf sich herum und wollte flüchten. Aber um rennen zu können, mußte er Luft holen, und dabei inhalierte er das Feuer, atmete die Flammen tief ein und verbrannte sich die Lunge. Die Schmerzen waren schlimmer, als er sich jemals hätte vorstellen können. Es gab keine Atemluft mehr; er konnte nicht einmal mehr schreien. Er wußte nur, daß er in Flammen stand und zu laufen versuchte.

Und dann schien die Zeit mit einemmal langsamer abzulaufen. Er sah, daß er ins Freie gelangt war, nahm den Himmel über sich wahr und das weit geöffnete Tor in der Vatikanmauer. Seltsamerweise und trotz der gräßlichen Schmerzen, die jetzt seinen ganzen Körper erfaßt hatten, empfand er tiefen Frieden. Was er in seinem Leben getan hatte oder was aus ihm geworden war, spielte keine Rolle mehr. Thomas José Alvarez-Rios Kind wurde von dem Leiden erlöst, das letztlich seine Seele zerstört hatte. Daß der Preis dafür erschreckend hoch war, brauchte ihn nicht mehr zu kümmern, denn in wenigen Augenblicken würde er frei sein.

Während die Rangierlok weiter schrill pfiff, rannten Scala und Castelletti das Gleis entlang. Erst Schüsse, dann dieses Pfeifen, ohne daß der Zug auftauchte – zum Teufel mit allen Dienstvorschriften, sie mußten hinein! Unvermittelt blieben sie stehen. Ein in Flammen stehender Mann kam auf den Gleisen durch das Tor in der Vatikanmauer taumelnd auf sie zugelaufen.

Die beiden Kriminalbeamten hielten den Atem an, als der Mann weiterlief. Zehn Meter weit, fünfzehn Meter. Dann wurde er langsamer, stolperte einige Schritte weiter und brach auf den Gleisen zusammen. Er war nicht weiter als dreißig Meter in Italien.

162

Harry hörte den dröhnenden Knall, mit dem das massive Eisentor in der Vatikanmauer sich hinter ihm schloß. Vor ihm fuhr ein Notarztwagen durch ein Meer aus schwerbewaffneten Schweizergarden in blauen Hemden auf den Bahnsteig außerhalb des Gebäudes. Das Fahrzeug wendete, stieß zurück und hielt neben der Rangierlok. Zwei Sanitäter und ein Notarzt rannten zu Elena, die neben Herkules kniete. Der Zwerg wurde sofort an einen Tropf angeschlossen, auf die Krankentrage gelegt und in den Wagen geschoben, der mit Sirenengeheul durch das Heer aus Vatikansoldaten davonfuhr.

Während Harry ihm nachsah, war ihm zumute, als werde ein Teil seiner selbst abtransportiert. Als er sich abwandte, sah er, daß Danny ihn beobachtete. Dannys Blick sagte ihm, daß sie beide das gleiche empfunden hatten: das Déjà-vu-Gefühl, daß ein geliebter Mensch in einen Krankenwagen geladen und weggefahren wurde, während sie hilflos dabeistanden. Jener schreckliche Sonntag, an dem der Feuerwehrkommandant die in eine Decke gehüllte Leiche ihrer Schwester in einen Krankenwagen gelegt hatte, der mit ihr in die eisige Dunkelheit davongefahren war, lag fünfundzwanzig Jahre zurück. Der einzige Unterschied war die Tatsache, daß Herkules noch lebte.

Harry bemerkte plötzlich, daß er Elena vergessen hatte. Als er sich umdrehte, sah er, daß sie allein neben der Rangierlok stand und Danny und ihn beobachtete, ohne sich um die vielen Soldaten um sie herum zu kümmern. Sie schien zu begreifen, daß zwischen den beiden Brüdern etwas sehr Wichtiges vorging, wollte gern daran beteiligt sein und zögerte trotzdem fast ängstlich davor, sich einzumischen. In diesem Augenblick liebte Harry sie mehr, als er jemals einen Menschen geliebt hatte.

Er ging zu Elena, ohne im geringsten bewußt darüber nachzudenken. Und vor Danny und der Masse aus gesichtslosen blauen Hemden, von denen sie umgeben waren, küßte er sie, sanft und mit aller Liebe und Zärtlichkeit, zu der er imstande war.

163

An diesem Nachmittag saßen Harry, Elena und Danny bis in den Abend hinein in einem kleinen Wartezimmer im Krankenhaus San Giovanni. Harry hielt Elenas Hand in seiner, während seine Gedanken zwanghaft von einem Thema zum nächsten sprangen. Hauptsächlich versuchte er jedoch, nichts zu denken. Nicht an die Menschen, die er oder andere erschossen hatten. Nicht an Eaton, nicht einmal an Thomas Kind. Und vor allem nicht an Adrianna …

In ihrer ersten gemeinsamen Nacht hatte er gespürt, daß Adrianna Angst vor dem Sterben hatte. Aber alles, was sie tat, jede Story, über die sie berichtete, schien irgendwie mit dem Tod zu tun zu haben, von kriegerischen Auseinandersetzungen in Kroatien über Bürgerkriege und Flüchtlingsströme in Afrika bis hin zur Ermordung des Kardinalvikars von Rom. Was hatte sie ihm erklärt? Wenn sie Kinder hätte, könnte sie dieses Leben niemals führen. Aber vielleicht hatte sie sich welche gewünscht und nur nicht gewußt, wie sie Beruf und Familie vereinen konnte. Sie konnte nicht beides haben, deshalb hatte sie sich für das entschieden, was ihr ein erfüllteres Leben zu garantieren schien und wohl auch garantiert hatte. Bis es sie umgebracht hatte.

Kurz vor sieben Uhr abends gesellte Kardinal Marsciano sich zu ihnen. Und eine Stunde später ließ sich Roscani, der blaß und angegriffen in einem Rollstuhl saß, von einem Krankenpfleger aus seinem Zimmer in einem anderen Flügel des Krankenhauses herüberbringen.

Um einundzwanzig Uhr fünfundfünfzig ging die Tür des Wartezimmers auf, und ein Chirurg, der noch Handschuhe und seine herabgestreifte Gesichtsmaske trug, kam herein.

»Er kommt durch«, sagte er auf italienisch. »Herkules wird überleben.«

Harry brauchte keinen Dolmetscher. Er wußte sofort, was der Chirurg gesagt hatte.

»Grazie«, sagte er und sprang auf. *»Mille grazie!«*

»Prego.« Der Chirurg erklärte ihnen noch, sie würden auf dem laufenden gehalten, dann nickte er, verließ den Raum und schloß die Tür hinter sich.

Das nun folgende tiefe Schweigen ließ keinen von ihnen unberührt. Daß der Zwerg aus dem römischen Untergrund überleben würde, war ein Lichtblick zum Abschluß einer langen, schwierigen Reise, die sie gemeinsam hinter sich gebracht hatten. Daß sie nun zu Ende war, mußte ihnen allen erst richtig bewußt werden. Aber sie war vorüber, und die Aufarbeitung hatte bereits begonnen.

Jakow Farel hatte blitzartig die Initiative ergriffen und war um Schadensbegrenzung bemüht, um den Heiligen Stuhl und vor allem auch sich selbst zu schützen. Der Chef der Vatikanpolizei berief innerhalb weniger Stunden eine Pressekonferenz ein, die vom italienischen Fernsehen live übertragen wurde. Vor den Medienvertretern gab er bekannt, der berüchtigte südamerikanische Terrorist

Thomas José Alvarez-Rios Kind, der anscheinend versucht habe, zum Papst vorzudringen, habe im Vatikan Brände gelegt und mehrere Morde verübt.

Thomas Kind hatte die WNN-Korrespondentin Adrianna Hall und den römischen CIA-Stationschef James Eaton erschossen, der in der Nähe gewesen und ihr zur Hilfe gekommen war. Bei seinen Bemühungen, den Heiligen Vater zu schützen, hatte Kardinal Umberto Palestrina, der geliebte vatikanische Sekretär des Auswärtigen, einen tödlichen Herzinfarkt erlitten. Farel schloß die Pressekonferenz mit der knappen Feststellung, der Terrorist, der nach Erkenntnissen der italienischen Polizei anscheinend den Kardinalvikar von Rom und den Kriminalbeamten Gianni Pio erschossen und auch den Bombenanschlag auf den Bus nach Assisi verübt habe, sei bei der vorzeitigen Explosion einer seiner Brandflaschen umgekommen. Die peinliche Tatsache, daß Roscani im Vatikan gewesen war, erwähnte Farel nicht einmal.

Roscani sah sich in dem kleinen Raum um. Er war aus seinem Krankenzimmer herübergekommen, um die Addisons und Elena Voso über Farels Pressemitteilung zu informieren und ihnen zu versichern, die Ermittlungen gegen sie würden eingestellt. Marscianos Anwesenheit war eine Überraschung gewesen, und Roscani hatte einen Augenblick lang gehofft, der Kardinal werde bereit sein, unter vier Augen mit ihm über die Hintergründe der Ermordung des Kardinalvikars von Rom, die Beschäftigung Thomas Kinds und das Massensterben in China zu reden.

Marsciano hatte diese Hoffnung jedoch rasch zunichte gemacht. Er hatte entschuldigend gesagt, unter den gegenwärtigen Umständen sei für die Beantwortung von Fragen, die den Heiligen Stuhl beträfen, allein der amtliche Sprecher des Vatikans zuständig. Das bedeutete, daß Marsciano sein Wissen jetzt und in Zukunft fur sich behalten wollte. Und da Roscani keine andere Wahl blieb, hatte er sich damit abgefunden und sich wieder den anderen zugewandt.

Was ihn selbst überraschte, war die Tatsache, daß er dablieb, obwohl er nun in sein Zimmer hätte zurückkehren können. Obwohl Roscani übermudet war und Schmerzen hatte, wartete er gemeinsam mit den anderen auf eine Nachricht über Herkules' Zustand.

Dazu fühlte er sich nicht nur verpflichtet, sondern es war ihm ein persönliches Bedürfnis. Vielleicht, weil er sich mit den anderen in einer Schicksalsgemeinschaft verbunden fühlte. Oder vielleicht, weil er Herkules in der kurzen Zeit ihrer Bekanntschaft schätzengelernt hatte und ebenso um ihn besorgt war wie die anderen. Wer konnte das in dem erschöpften, verwirrten Zustand, in dem sie alle waren, schon genau beurteilen? Wenigstens hatte er das Rauchen aufgegeben, was immerhin etwas war.

Roscani, den sein Krankenpfleger im Rollstuhl von einem zum anderen schob, gab allen die Hand und versicherte ihnen, er stehe jederzeit zur Verfügung, falls sie ihn brauchten. Dann wünschte er allen eine gute Nacht. Aber er hatte noch nicht alles gesagt, er sprach absichtlich zuletzt mit Harry.

»Ich habe noch eine persönliche Frage«, erklärte Roscani. »Es geht um den Videofilm mit Ihnen, den das Fernsehen gezeigt hat.«

»Was ist damit?«

»Ganz zum Schluß hat jemand etwas weggeschnitten, ein letztes Wort oder einen Halbsatz. Ich habe versucht, es herauszubekommen. Ich habe sogar eine Lippenleserin darauf angesetzt. Aber sie hat es auch nicht herausfinden können. Erinnern Sie sich zufällig, was Sie gesagt haben?«

Harry nickte.

»Was denn?«

»Ich war gefoltert worden und habe lange gebraucht, um zu erkennen, was passiert war. Ich brauchte Hilfe, deshalb habe ich einen Namen gerufen.«

»Wessen Namen?« fragte Roscani verständnislos.

Harry zögerte. »Ihren.«

»Meinen?«

»Sie sind der einzige Mensch gewesen, den ich kannte, der mir hätte helfen können.«

Roscani grinste langsam.

Harry ebenfalls.

Epilog

Bath, Maine

Sie hatten vereinbart fortzugehen und nie wieder zurückzukommen. Aber zwei Tage nach dem Staatsbegräbnis für Kardinal Palestrina kamen Harry und Danny doch zurück. Harry schleppte ihre Reisetaschen, und Danny humpelte an Krücken, und so flogen sie über New York nach Portland und fuhren an einem strahlend schönen Sommertag nach Bath hinauf.

Elena war heimgefahren, um ihren Eltern mitzuteilen, sie habe sich entschlossen, den Schleier abzulegen. Danach wollte sie nach Siena fahren und ihre Ordensoberen bitten, sie von ihrem Gelübde zu entbinden, bevor sie zu Harry nach Los Angeles flog.

Harry lenkte den gemieteten Chevy durch die vertrauten Städte Freeport und Brunswick und schließlich nach Bath hinein. Das alte Wohngebiet hatte sich praktisch nicht verändert: weiße Holzhäuser leuchteten in der Julisonne, und die großen Ulmen und Eichen standen in vollem Laub so zeitlos stattlich da wie früher. Nachdem sie an den Bath Iron Works, der Werft, auf der ihr Vater gearbeitet hatte, vorbeigekommen waren, fuhren sie langsam nach Süden in Richtung Boothbay Habor weiter, bis Harry von der Route 209 auf die High Street abbog und wenig später rechts in die Cemetery Road einfuhr, um zum Friedhof zu gelangen.

Das Familiengrab lag auf einem grasbewachsenen Hügel mit Blick auf die ferne Bucht. Der Friedhof war genau so, wie sie ihn in Erinnerung hatten: gepflegt, ruhig, friedlich und nur von Vogelstimmen erfüllt. Ihr Vater hatte die Grabstätte unmittelbar nach Madelines Geburt von seinen Ersparnissen gekauft, als er wußte, daß sie keine weiteren Kinder bekommen würden. Das Grab bot Platz für fünf Tote, und drei ruhten schon jetzt dort: Madeline, ihr Vater und ihre Mutter, die testamentarisch verfügt hatte, sie wolle nicht mit ihrem zweiten Mann, sondern bei Madeline und dem

Vater ihrer Kinder bestattet werden. Die beiden freien Plätze gehörten Harry und Danny, falls sie das wollten.

Früher wäre es für beide Brüder undenkbar gewesen, hier begraben zu werden. Aber die Umstände hatten sich ebenso verändert wie sie selbst. Die Ruhestätte der Familie war hübsch und friedlich, und in gewisser Beziehung war der Gedanke tröstlich, eines Tages hier mit den drei anderen vereint zu sein.

Aber darüber sprachen die beiden nicht; darüber waren sie sich stillschweigend einig, wie es nur innig vertraute Geschwister sein können.

Am nächsten Tag flogen sie aus Boston ab: Danny nach Rom zurück, Harry nach Los Angeles. Beide fühlten sich trauriger, bereichert, klüger und verändert. Sie hatten gemeinsam eine alptraumhafte Zeit überstanden und waren mit dem Leben davongekommen. Dabei hatten sie ein verrücktes, unwahrscheinliches Team improvisiert, dem eine Nonne, ein körperbehinderter Zwerg und drei außergewöhnliche italienische Kriminalbeamte angehörten, und zum erstenmal seit ihrer Jugend wieder eng zusammengearbeitet.

Sie hatten Marsciano das Leben gerettet und ein weiteres Massensterben Unschuldiger in China verhindert. Aber es gab auch eine betrübliche Kehrseite der Medaille: das Leid und die Tode, die sie nicht hatten verhindern können. Aber was geschehen war, ließ sich nicht mehr ändern, und sie mußten versuchen, dort weiterzumachen, wo sie aufgehört hatten, jeder in seinem eigenen Wirkungskreis: Danny mit Kardinal Marsciano und der Kirche; Harry mit der Verrücktheit, die sich Hollywood nannte, und mit Elena, dem neuen Mittelpunkt seines Lebens. Und beide mit dem neuen Bewußtsein, wieder einen Bruder zu haben.

Am Freitag, dem 17. Juli, um fünfzehn Uhr dreißig wurde Giacomo Pecci, Papst Leo XIV., der in seinem Sommersitz Castel Gandolfo in den Albanerbergen bei Rom von bewaffneten Schweizergarden beschützt wurde, über die gewalttätigen Ereignisse im Vatikan und den Tod Kardinal Palestrinas informiert.

Um achtzehn Uhr dreißig an diesem Abend, fast acht Stunden, nachdem er mit einem Hubschrauber in Sicherheit gebracht worden war, kehrte der Heilige Vater in den Vatikan zurück. Um neunzehn Uhr versammelte er seine engsten Berater zu einer Seelenmesse für die Toten.

Am Sonntag mittag läuteten alle Kirchenglocken Roms zum Zeichen der Trauer um Kardinal Palestrina. Und am Mittwoch darauf fand im Petersdom das feierliche Staatsbegräbnis für ihn statt. Zu den Tausenden von Trauergästen gehörte auch der neuernannte vatikanische Sekretär des Auswärtigen, Kardinal Nicola Marsciano.

Um achtzehn Uhr an diesem Abend traf Kardinal Marsciano privat mit Kardinal Joseph Matadi und Monsignore Fabio Capizzi zusammen. Unmittelbar danach betete er mit dem Heiligen Vater in dessen Privatkapelle, bevor er mit ihm in den päpstlichen Gemächern zu Abend aß. Was bei diesem Essen besprochen wurde, ist nicht bekannt.

Zehn Tage später, am Montag, dem 27. Juli, hatte Herkules sich soweit erholt, daß er aus dem Krankenhaus entlassen und zur Erholung in ein privates Kurheim verlegt werden konnte.

Drei Tage danach wurden die gegen ihn laufenden Ermittlungen wegen Mordverdachts stillschweigend eingestellt. Einen Monat später wurde Herkules aus dem Kurheim entlassen und erhielt eine Stellung und eine kleine Wohnung im toskanischen Montepulciano als Aufseher eines Olivenhains, der Elena Vosos Familie gehört.

Mitte September gab Marcello Taglia, der Chefermittler der Gruppo Cardinale, als Ermittlungsergebnis bekannt, der inzwischen umgekommene Terrorist Thomas José Alvarez-Rios Kind habe Rosario Palma, den Kardinalvikar von Rom, erschossen und das Attentat als Einzeltäter ohne Mitwirkung anderer Organisationen oder ausländischer Regierungen verübt. Nach dieser Bekanntgabe schloß die italienische Regierung die Ermittlungsakten und löste die Gruppo Cardinale auf.

Der Vatikan hüllte sich weiter in Schweigen.

Am 1. Oktober, genau zwei Wochen nach Taglias offizieller Bekanntgabe, machte Jakow Farel, der Chef der Vatikanpolizei, erstmals seit fünf Jahren wieder Urlaub. Bei dem Versuch, die italienisch-österreichische Grenze mit seinem Privatwagen zu überqueren, wurde er festgenommen und als Mittäter bei der Ermordung des römischen Kriminalbeamten Gianni Pio in Untersuchungshaft eingeliefert.

Und dann war da noch etwas...

Los Angeles. 5. August

Inmitten hektischer Arbeitsüberlastung nach seiner Rückkehr – auch wegen der Verhandlungen für einen Nachfolgefilm von *Dog on the Moon* – und unzähligen langen Telefongesprächen mit Elena, die sich in Italien auf ihre Übersiedlung nach Los Angeles vorbereitete, machte Harry die Erinnerung an ein Gespräch, das er auf der Rückfahrt aus Maine nach Boston mit Danny geführt hatte, zunehmend Sorgen.

Es hatte damit begonnen, daß Harry über unbeantwortete Fragen nachgedacht hatte. Angesichts seines wieder guten Verhältnisses zu seinem Bruder und der Abenteuer, die sie gemeinsam durchlebt hatten, und wegen der Geheimnisse, die sie beide bewahrten, hielt er es für völlig natürlich, Danny zu bitten, einige Unklarheiten zu beseitigen.

Harry: Du hast mich am Freitag morgen sehr früh aus Rom angerufen und auf meinem Anrufbeantworter die Nachricht hinterlassen, daß du Angst hast und nicht weißt, was du tun sollst. »Gott steh mir bei!« hast du gesagt.

Danny: Richtig.

Harry: Ich vermute, daß du eben Kardinal Marscianos Beichte gehört hattest.

Danny: Ja.

Harry: Was wäre passiert, wenn ich dagewesen wäre und mich am Telefon gemeldet hätte? Hättest du mir dann von der Beichte erzählt?

Danny: Ich bin völlig durcheinander gewesen. Ich weiß nicht, was ich dir erzählt hätte. Vielleicht, daß ich eine Beichte gehört hatte. Bestimmt nichts über ihren Inhalt.

Harry: Aber du hast mich nicht erreicht, also bist du nach Assisi gefahren. Warum gerade nach Assisi? Dort ist nach dem Erdbeben kaum noch eine Kirche benutzbar gewesen.

An dieser Stelle, so erinnerte Harry sich, waren Danny seine Fragen sichtlich unbehaglich geworden.

Danny: Das hat keine Rolle gespielt. Ich bin schrecklich durcheinander gewesen, der Bus hat dagestanden, und in Assisi habe ich schon oft Trost gefunden. Worauf willst du hinaus?
Harry: Daß du vielleicht nicht hingefahren bist, um Trost zu finden, sondern vielleicht einen anderen Grund für die Fahrt dorthin gehabt hast.
Danny: Welchen denn?
Harry: Um dich mit jemandem zu treffen.
Danny: Mit wem?
Harry: Eaton.
Danny: Eaton? Warum sollte ich bis nach Assisi fahren, um mich mit Eaton zu treffen?
Harry: Das möchte ich von dir hören.
Danny: Du täuschst dich, Harry. So einfach ist die Sache.
Harry: Eaton hat sich größte Mühe gegeben, dich zu erreichen, Danny. Daß er mir falsche Papiere besorgt hat, ist sehr riskant für ihn gewesen. Wäre er dabei erwischt worden, hätte er große Schwierigkeiten bekommen.
Danny: Das ist sein Beruf gewesen.
Harry: Er ist bei dem Versuch, dich zu finden, umgekommen. Vielleicht sogar bei dem Versuch, dich zu beschützen.
Danny: Das ist sein Beruf gewesen.
Harry: Was wäre, wenn ich behaupten würde, du seist in all diesen Jahren nicht nach Assisi gefahren, um Trost zu finden, sondern um Informationen zu liefern … an Eaton?
Danny, ungläubig grinsend: Willst du etwa behaupten, ich sei der Mann der CIA im Vatikan gewesen?
Harry: Bist du's gewesen?
Danny: Willst du's wirklich wissen?
Harry: Ja.

Danny: Nein. Sonst noch Fragen?
Harry: Nein.

Aber damit war die Sache noch nicht erledigt, und Harry mußte sich irgendwie Gewißheit verschaffen. Er schloß seine Bürotür, griff nach dem Telefon und rief einen Freund bei der *Time* in New York an. Zehn Minuten später sprach er mit dem CIA-Experten des Nachrichtenmagazins in Washington.

Wie hoch sei die Wahrscheinlichkeit, wollte er wissen, daß die Central Intellegence Agency einen Maulwurf im Vatikan habe? Die Antwort war ein Lachen. Höchst unwahrscheinlich, wurde ihm erklärt. Aber möglich? Ja, möglich.

»Vor allem«, erläuterte der *Time*-Korrespondent, »wenn jemand, der Italien überwachen soll, sich Sorgen über den Einfluß des Vatikans auf das Land macht. Speziell nach den vatikanischen Bankenskandalen der frühen achtziger Jahre.«

»Auch in bezug auf die Investitionen des Vatikans?« fragte Harry, der seine Worte sorgfältig wählte.

»Genau. Erschiene ihm das wichtig, würde er versuchen, einen Agenten möglichst dicht an der Quelle zu plazieren.«

Harry fühlte, wie ihm ein kalter Schauder über den Rücken kroch. Dicht an der Quelle – zum Beispiel als Privatsekretär des Kardinals, der die Investitionen des Vatikans verwaltet.

»Könnte dieser Jemand, der Italien beobachtet, der Stationschef in Rom sein?«

»Ja.«

»Wer würde davon wissen?«

»Als besonders geschützte Agentenkategorie gibt es die HUMINTS – ein Kürzel für *Human Intelligence,* das sind Leute, die sehr gut getarnt arbeiten. Noch besser getarnt und angesichts der empfindlichen Beziehungen zwischen den USA und dem Vatikan eher wahrscheinlich sind Leute, die als NOCs bezeichnet werden – ein Kürzel für *Non-Official Cover.* Solche Agenten ohne offizielle Legende arbeiten so geschützt und geheim, daß unter Umständen nicht einmal der CIA-Direktor von ihnen weiß. Ein NOC würde von jemandem wie dem Stationschef für eine ganz spezielle Position angeworben. Im allgemeinen liegt die Anwerbung schon einige Zeit zurück, damit der Betreffende sich in eine Vertrauensstellung hocharbeiten kann, ohne den geringsten Verdacht zu erregen.«

»Könnte ein Agent dieser Art zum Beispiel ein Geistlicher sein?«

»Warum nicht?«

Harry wußte nicht mehr, wie er das Gespräch beendet, wann er sein Büro verlassen, wie er im Smog und in der Augusthitze auf den Rodeo Drive geraten war oder auch nur, wann und wo er den Wiltshire Boulevard überquert hatte. Er wußte nur, daß er bei Neiman-Marcus war, wo eine sehr attraktive junge Frau ihm Krawatten zeigte.

»Nein, lieber doch nicht.« Harrys Kopfschütteln galt der vorgelegten Hermès-Krawatte. »Am besten sehe ich mich selbst ein bißchen um...«

»Natürlich.« In dem Lächeln der Verkäuferin lag eine Einladung zum Flirt, die er früher bereitwillig angenommen hätte. Aber nicht jetzt, niemals wieder. Heute war Mittwoch. Am Samstag würde er nach Italien zurückfliegen, um Elenas Familie kennenzulernen. Elena beherrschte seine Gedanken, seine Träume, alle seine Tage. Besser gesagt, sie hatte es getan, bis er sich nach dem Telefongespräch mit dem *Time*-Korrespondenten auf dem Weg hierher plötzlich und nur allzu klar daran erinnert hatte, wie er Thomas Kind, der ihn auf dem Bahnhof des Vatikans mit seiner Maschinenpistole bedroht hatte, kühn erklärt hatte: »Ich kenne meinen Bruder besser, als er glaubt.«

NOC, *Non-Official Cover* – ein Agent, der so geschützt und geheim arbeitet, daß unter Umständen nicht einmal der CIA-Direktor von ihm weiß.

Danny. Vielleicht kannte er ihn überhaupt nicht.

VATIKANSTADT

Die Mauer, die den Vatikan umgibt,
ist eine internationale Grenze

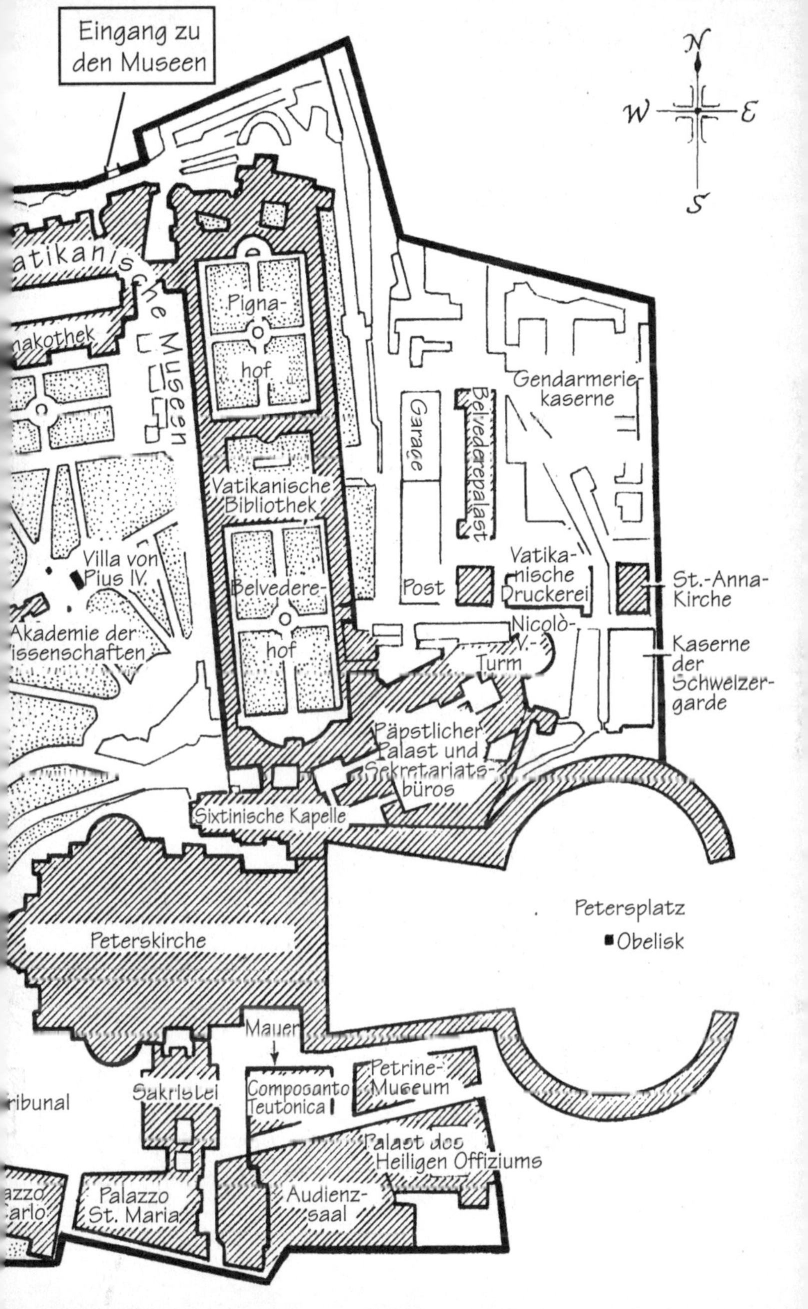
Eingang zu den Museen
N
W
E
S
atikanische Museen
nakothek
Pignahof
Vatikanische Bibliothek
Belvederehof
Villa von Pius IV.
Akademie der issenschaften
Garage
Belvederepalast
Gendarmeriekaserne
Post
Vatikanische Druckerei
St.-Anna-Kirche
Nicolò-V.-Turm
Kaserne der Schweizergarde
Päpstlicher Palast und Sekretariatsbüros
Sixtinische Kapelle
Peterskirche
Petersplatz
Obelisk
Mauer
Sakristei
ribunal
Composanto Teutonica
Petrine-Museum
Palast des Heiligen Offiziums
Audienzsaal
Palazzo St. Maria
azzo arlo

Danksagungen

Für technische Informationen und Ratschläge danke ich besonders Alessandro Pansa, Leiter des Zentralen Operativdienstes der italienischen Staatspolizei, Pater Gregory Coiro, PR-Direktor der katholischen Erzdiözese Los Angeles, Dr. Leon I. Bender und Dr. Gerald Svedlow, Niles Bond, Marion Rosenberg, Imara, Gene Mancini, Senior Biological Consultant, Master Gunnery Sergeant Andy Brown und Staff Sergeant Douglas Fraser, United States Marine Corps, und Dr. Norton F. Kristy.

Sehr dankbar bin ich außerdem Alessandro D'Alfonso, Nicola Merchiori, Wilton Wynn und vor allem Luigi Bernabò für ihre Unterstützung in Italien.

Ebenfalls zu Dank verpflichtet bin ich Larry Kirshbaum und Sarah Crichton und wie immer der Zauberei Aaron Priests. Zuletzt gilt mein ganz besonderer Dank Frances Jalet-Miller für ihre ausgezeichneten Vorschläge und unermüdliche Geduld bei der Überarbeitung meines Manuskripts.